Das Buch

Als der Anwalt Svend Foyn einen Anruf von der Journalistin Mirjam Lange bekommt, ist er mehr als erstaunt, denn er hat die attraktive und kämpferische Frau gerade erst in einer Fernsehdiskussion bewundert. Mirjam rollt einen alten Fall wieder auf: In den 80er Jahren wurden mehrere Frauen vergewaltigt und ermordet. Verurteilt wurde Reidar Andersen – zu Unrecht, wie die gehörlose Mirjam meint, da der Mann sich wegen seiner Taubheit nicht gut verteidigen konnte. Sie bittet Svend, ihr bei ihren Recherchen zu helfen. Noch bevor die beiden sich richtig an die Arbeit machen können, wird jedoch ein Brandanschlag auf Mirjam und ihre kleine Tochter verübt. War es ihr rachsüchtiger Exfreund? Oder versucht jemand zu verhindern, dass die Wahrheit ans Licht kommt? Mirjam lässt sich nicht einschüchtern, doch je mehr sie herausfindet, desto gefährlicher wird es für sie und Svend – zumal die Stadt von einem Mörder in Atem gehalten wird, der nach dem gleichen Muster vorgeht wie damals Reidar Andersen. Und dieser wurde gerade aus der Haft entlassen …

Der Autor

Jan Mehlum, 1945 in Tønsberg, Norwegen, geboren, ist Diplom-Ökonom und Soziologe. Er hat u. a. als Lehrer, Auslandsexperte und Gesellschaftsforscher gearbeitet und ist heute Dozent für Soziologie an der Universität Vestfold. Seine Krimis um Svend Foyn wurden mit mehreren Preisen ausgezeichnet, unter anderem mit dem Rivertonpris für den besten Kriminalroman des Jahres. Jan Mehlum lebt in Tønsberg.

In unserem Hause sind von Jan Mehlum bereits erschienen:

Die andere Wange
Schöner Schein trügt
Sind so kalte Hände

Jan Mehlum

IN EWIGER STILLE

Kriminalroman

Aus dem Norwegischen
von Gabriele Haefs

Ullstein

Besuchen Sie uns im Internet:
www.ullstein-taschenbuch.de

Umwelthinweis:
Dieses Buch wurde auf chlor- und säurefreiem Papier gedruckt.

Deutsche Erstausgabe im Ullstein Taschenbuch
1. Auflage Juni 2007

Titel der norwegischen Originalausgabe: *Din eneste venn*
(Gyldendal Norsk Forlag AS, Oslo)
Umschlaggestaltung: Büro Hamburg
Titelabbildung: © Wilfried Krecichwost/zefa/Corbis
Foto Umschlagrückseite: © Jo Michael
Satz: Pinkuin Satz und Datentechnik, Berlin
Gesetzt aus der Galliard
Druck und Bindearbeiten: Ebner & Spiegel, Ulm
Printed in Germany
ISBN: 978-3-548-26497-4

Die Stille,
die die Toten zudeckt
und auf der Treppe wartet, bis alle gegangen sind.
Die Stille,
die sich wie ein Vogeljunges zwischen deine
Hände legt,
ist deine einzige Freundin.

Rolf Jacobsen

Bestimmt hatte er auf sie gewartet. Ihr war auf der anderen Seite der Thorvald Meyers gate, in den Schatten bei dem kleinen Park, eine dunkel gekleidete Männergestalt aufgefallen. Oder vielleicht hatte der Mann in dem schwarzen Mercedes gegenüber dem Taxihalteplatz gesessen und die Straße hochgeschaut. Wenn es nicht der Mann auf dem Rennrad war; er hatte angehalten und ihr lange nachgesehen, als sie plötzlich auf der Straße standen, ganz allein.

Du gehst in dieser Gegend nicht um drei Uhr nachts allein nach Hause, schon gar nicht als Frau, sexy und beschwipst. Das hatte dieser Idiot Peder ihr hinterhergerufen, nachdem sie das Bier über seine langen Haare ausgegossen hatte. Sie war aufgestanden und mit unsicheren Schritten zur Tür gegangen. Bestimmt hatte er eine Frau noch nie »nein« sagen hören. Aber sie hatte ihn gehörig zusammengestaucht. Jetzt bereute sie das. Warum war er ihr nicht gefolgt? Sie hatte es den ganzen Abend gesehen, er war scharf auf sie. Ihr Protest war nicht ganz ernst gemeint gewesen, und sie wusste, dass er das wusste. Trotzdem war er da einfach sitzen geblieben, angetrunken, mit einem Lächeln um den Mund, wie um ihr deutlich zu machen, dass es genug andere gab. Dieser eingebildete Arsch.

Sie blieb für einen Moment stehen, wusste nicht, ob sie umdrehen und in die warme Geborgenheit bei den anderen zurückkehren sollte. Sie war gerade in Richtung Schous plass abgebogen. Das Geräusch der Schritte hinter ihr war verhallt. Kein Mensch war zu sehen. Die Spätsommernacht war feucht und dunkel, mit einer drückenden, intensiven Hitze, die ihr kleine Schweißtropfen auf die Stirn trieb. Sie versuchte, ihre Angst unter Kontrolle zu bringen. Ganz ruhig bleiben, nicht hysterisch werden. Das hier ist Oslo, nicht New York. Noch ein paar kurze Minuten, dann bist du zu Hause. Es wird nichts passieren. Gefährliche Männer, die einsame Frauen verfolgen, gehören in die Phantasie und nicht in diese verschlafene Stadt. Sie wusste, dass das nicht stimmte. Erst wenige Wochen zuvor war unten beim Akerselv eine Frau vergewaltigt und fast ermordet worden. Und die Polizei hatte den Täter noch nicht gefasst. Das gelang ja fast nie.

Wieder fuhr sie zusammen. Etwas bewegte sich in der Dunkelheit bei dem grünen Pissoir auf der anderen Straßenseite. Ein später Nachtwanderer, auch er auf dem Heimweg, einer mit so starkem Druck auf der Blase, dass er sich in den stinkenden Verschlag gewagt hatte. Einer, den sie um Hilfe bitten könnte. Sie machte einen zögernden Schritt hinaus auf die Straße. Kari Iversen war kein Schwächling. Das Handballspielen hatte sie hart werden lassen. Sie konnte sich vertei-

digen. Trotzdem spürte sie die Angst, die Furcht vor dem Unbekannten, vor einem fremden Gewalttäter, einem, gegen den sie sich nicht wehren konnte. Einem Verrückten, einem, der Frauen hasste, einem, der ihren Nuttenaufzug als Einladung auffassen würde. Sie starrte zum Pissoir hinüber. Jetzt war es dort ganz still. Sie konnte nicht mehr klar denken. Ihr Zimmer, wo sie in Sicherheit wäre, gleich hinter dem Sofienbergpark gelegen, kam ihr unerreichbar vor. Sie blieb ganz still stehen und schaute unsicher ins Halbdunkel. Da hinten lag die kleine, schmutzig rosa Stadtteilbibliothek. Jetzt war sie nur leer und bedrohlich wie eine düstere Friedhofskapelle.

Die Idee hatten sie alle witzig gefunden. Ein Fest zu veranstalten, bei dem die Gäste sich als Nutten und Zuhälter kostümierten. Jetzt verfluchte sie ihre spitzen hochhackigen Schuhe, die schwarzen Netzstrümpfe, den kurzen Lederrock, eine Aufmachung, die das Laufen unmöglich machte und die Selbstverteidigung erschwerte. Sie hätte sich umziehen sollen, ehe sie ausgegangen waren. Denn nach dem Fest hatten sie in der Stadt weitergefeiert. Sie hatte viele Blicke auf sich gelenkt, und das hatte sie genossen. Das Gefühl, die Situation zu beherrschen, die volle Kontrolle zu haben, war berauschend gewesen. Jetzt war es nur blöd.

Ein kühler Luftzug ließ sie erschaudern. Wieder waren irgendwo hinter ihr die schweren Schritte zu hören. Sie drehte sich um, sah aber nichts, nur dunkle Schatten. Sie ging rasch weiter, unterdrückte den Drang, loszurennen, setzte die Füße zielbewusst auf den Asphalt, während sie ihre kleine schwarze Ledertasche umklammerte. Als sie sich der Toftes gate näherte, zwang sie sich, den Kopf zu drehen und noch einmal einen Blick hinter sich zu werfen.

Nichts. Da war niemand. Es war einfach pure Einbildung, alles zusammen. Es lag an dem vielen Bier, das sie im Laufe des Abends getrunken hatte. Eigentlich trank sie gar nicht gern. Sie überquerte mit zögernden Schritten die Straße und spielte dabei mit dem Gedanken, den Umweg durch die Rathkes gate zu machen, um dem großen, dunklen Sofienbergpark zu entgehen. Aber sie wollte nur noch nach Hause. So rasch wie möglich. Und die Toftes gate war immerhin befahren und hell. Ein Taxi, das brauchte sie jetzt, auch wenn sie keine zehn Minuten von ihrem Zimmer entfernt war. Aber kein Auto war zu sehen. Die ganze verdammte Stadt kam ihr vor wie ausgestorben. Und in diesem Moment wusste sie es, sie wusste, dass sie hier nicht bleiben würde, dass sie nach Hause wollte. Dass Oslo ein mieses Loch war.

Sie beschleunigte ihr Tempo, ohne sich umzusehen, sie kam an der Schæffers gate vorbei und horchte dabei auf die Schritte. Der Kiosk, wo sie immer die Zeitung kaufte, war öde und dunkel. E. B. Myrhes Nachf. sparte Strom. Der Eingang zu Nummer 68 leuchtete weiß und frisch gestrichen. Einen Moment blieb sie stehen, wusste nicht, ob sie klingeln sollte. Sie kannte hier im Haus Leute. Aber meistens funktionierte die Klingel nicht, und außerdem: Sie war doch fast zu Hause. Sie ging eilig weiter. Das Klicken der spitzen Absätze auf dem Asphalt kam ihr beruhigend vor. Die Schritte hinter ihr waren verstummt.

Die Straßenlaterne bei der Sofienberggate warf ein gedämpftes Licht über den Parkeingang. Nur noch ein paar hundert Meter, dann wäre sie zu Hause.

Sie konnte das schmale rosa Haus oben in der Gøteborgsgate schon ahnen, auf der anderen Seite des Parks. Sie hatte den Sofienbergpark noch nie leiden können. Er galt sozusagen als Perle der Oststadt, aber er war verdreckt und wimmelte nur so von Leuten, die aussahen, als hätten sie sich niemals anderswo aufgehalten als eben hier im Park. Jetzt wirkte dieser Park nur bedrohlich. Die hohen Bäume neben dem asphaltierten Gehweg warfen lange Schatten im Licht der Straßenlaternen, als sie mit kurzen, zielstrebigen Schritten vorüberging. Und da sah sie es. Jemand hatte die Laternen eingeschlagen. Hinter den großen Eichen war es stockfinster. Sie blieb stehen, unsicher, ob sie umdrehen und außen um den Park herumgehen sollte. Aber alles war still, sie schien ganz allein in der Stadt zu sein. Autogeräusche aus der Ferne, eine Tür, die ins Schloss fiel, leise Musik aus einem offenen Fenster, das war alles. Zögernd ging sie weiter. Und dann hörte sie die Schritte wieder. Sie fuhr herum. Etwas bewegte sich in der Dunkelheit, hinter den Bäumen. Sie versuchte, ruhig zu gehen, aber sie spürte, wie die Panik sie jetzt überwältigte. Sie versuchte zu rennen, aber die Schuhe und der enge Rock machten das unmöglich. Die Schritte kamen näher. Als sie am Kinderspielplatz vorbeikam, sah sie ihn. Eine hohe, dunkle Gestalt, jetzt nur zwanzig, dreißig Meter hinter ihr. Er bewegte sich mit ruhigen, zielstrebigen Schritten, er schien ein konkretes Ziel zu verfolgen. Einen Moment lang atmete sie erleichtert auf. Ein nüchterner, ganz normaler Mann, einer mit Schlafproblemen oder auf dem Heimweg von einem nächtlichen Besuch bei seiner Geliebten. Kein mit Drogen zugedröhnter Irrer. Die Erleichterung wogte über sie hinweg.

Bald hatte sie den halben Park hinter sich gebracht. Sicherheitshalber steigerte sie ihr Tempo, als sie ihn näher kommen hörte. Sie musste sich noch einmal umdrehen, und im Lichtschein einer einsamen Straßenlaterne sah sie die Maske, ganz deutlich. Und nun streifte sie die Schuhe ab und rannte los, wobei sie seine Blicke im Rücken spürte. Jetzt wusste sie es, er hatte es auf sie abgesehen, er war die ganze Zeit da gewesen. In ihrer Verzweiflung warf sie ihre Tasche weg und lief fort vom Gehweg, hinein in die Finsternis, auf zwei ferne Autoscheinwerfer zu, die sich gerade in diesem Moment die Sofienberggate hinabbewegten. Sie mobilisierte alle Kräfte, als sie weiterrannte, und Blutgeschmack breitete sich in ihrem Mund aus. Und als sie schon glaubte, es schaffen zu können, rutschte sie im feuchten Gras aus und kippte vornüber.

Ihr Schrei wurde im Keim erstickt, als der Schlag ihren Nacken traf, so hart, dass sie nur teilweise bei Bewusstsein war, als sie dort liegen blieb, das Gesicht ins taufeuchte Gras gepresst. Apathisch registrierte sie das Gewicht des Angreifers. Er sprach nicht normal, er keuchte nur und flüsterte ihr wütende Beschimpfungen ins Ohr: Nutte! Du wirst in der Hölle brennen!

Vor Furcht gelähmt, spürte sie, wie ihr der Lederrock vom Leib gezerrt und wie ihre Unterhose in Fetzen gerissen wurde, während eine eiserne Hand ihren Kopf nach unten drückte. Ihre ganze Kraft schien zerbröselt zu sein, all ihr Wissen über Selbstverteidigung war vergessen. Sie versuchte zu schreien, brachte aber nur ein jämmerliches kleines Wimmern zustande. Sie war hilflos, und das wusste sie. Für einen entsetzlichen Moment erkannte sie, dass es mehr nicht gab, dass sie hier in dem dunklen, feuchten Park sterben würde.

Durch Tränen und Gras ahnte sie die Kirchturmuhr der Sofienbergkirche. Es war genau halb vier, als sich der kalte Metalldraht erbarmungslos um ihren Hals zusammenzog.

Danach, als alles still war, wehte ein kalter Wind durch den verlassenen Park. Er trug eine zerfledderte Zeitung über das Gras, vorbei an den hohen Eichen, durch den Spielplatz und weiter zu der Gestalt, die in verzerrter Haltung, mit gespreizten Beinen und einem unnatürlich abgeknickten Hals auf dem Boden lag. Die Zeitung öffnete sich über dem bewegungslosen Körper und blieb mit der ersten Seite nach oben dort liegen. Die verdreckte, zerfetzte Zeitung schien ihr eine letzte Ehre erweisen und ihren nackten Unterleib bedecken zu wollen. Die fehlende Unterhose würde für die Ermittlungen von Bedeutung sein.

Die Zeitung klebte noch immer an Kari Iversens Unterleib, als der Zeitungsbote die Tote fand, ganz kurz vor sechs Uhr morgens. Er war davon überzeugt, dass sie tot war, als er wie gelähmt dort stand und sie anstarrte. Erst als sie ein leises Stöhnen hören ließ, ging ihm auf, dass sie noch lebte. Während der Zeitungsbote Ausschau nach Hilfe hielt, kam sie auch schon, in Gestalt eines Krankenwagens, der langsam durch die Toftes gate fuhr, wo ein Herzpatient abgeholt werden sollte.

Die wenigen Tage, die sie noch lebte, waren ohne Hoffnung. Die Verletzungen im Nacken hatten sie vollständig gelähmt. Aber in einigen kurzen Momenten, in denen sie zu Bewusstsein kam, konnten die Ermittler ihr stückweise eine Art Erklärung entlocken, die ein Bild dieser letzten, entsetzlichen Minuten ver-

mittelte. Die Maske des Täters konnte sie nicht näher beschreiben, die Polizei kam jedoch zu dem Schluss, dass es sich um eine Gummimaske gehandelt haben musste, die er beim Betreten des Parks übergestreift hatte. Mehr konnte sie nicht mitteilen, ehe sie ins Koma fiel und starb, im Kreise ihrer vor Kummer wie erschlagenen Familie.

Trotz der umfassenden Ermittlungen fanden sich keine Zeugen, und lange trat die Polizei auf der Stelle. Bis dann der Täter durch einen anonymen Tipp eingekreist werden konnte.

1

Nicht einmal Oddvar Stenstrøms Anzug zu zehntausend Kronen, sein stechender Gucciblick oder sein vorwurfsvoller Zeigefinger konnten das Niveau der Sendung heben. Obwohl mir das schon längst aufgegangen war, blieb die nicht widerlegbare Tatsache bestehen, dass ich, ein verhältnismäßig intelligenter Mann, der seine besten Jahre noch nicht lange hinter sich hatte, ein Mann mit akademischer Ausbildung und ohne ernstliche Gebrechen, brav zusammen mit einer Hündin vor dem Bildschirm saß und meine Zeit mit einer Sendung vergeudete, die alles repräsentierte, was ich verabscheute. Die Töle dagegen wirkte überaus zufrieden. Offenbar war die Sendung wie geschaffen für die schlichteren Gemüter.

Diese Erkenntnis konnte meine Laune nicht bessern.

Das Thema des Abends war, warum wir Gewaltverbrecher mit Samthandschuhen anfassen, warum wir ihnen Puderzucker in den Hintern blasen und auch sonst in jeder Hinsicht zeigen, dass wir fast alles tolerieren und rasch vergeben. Nachdem die Medien von der Freilassung eines Dreifachmörders berichtet hatten, war diese Diskussion wieder aufgelodert. Der Mörder hatte drei Frauen vergewaltigt und umgebracht, zuerst zwei Straßenprostituierte, dann eine brave Studentin, ehe er nach intensiven Ermittlungen endlich festgenommen werden konnte. Vierundzwanzig Jahre darauf war er auf freien Fuß gesetzt worden, nachdem er zuerst seine Haftstrafe abgesessen hatte und dann in Sicherheitsverwahrung genommen worden war, in den letzten Jahren allerdings ohne sonderliche Kontrollen. Nach seiner Freilassung hatte er sich in einem friedlichen Wohngebiet niedergelassen, wo niemand etwas von seiner Vergangenheit wusste. Aber nachdem ein aufmerksamer Journalist die Identität des Mannes preisgegeben hatte, waren aus der Nachbarschaft interessante Informationen gemeldet worden. Vor allem sein scheinbar unschuldiges Interesse an den Kindern der Gegend auf dem lokalen Spielplatz war aufgefallen. Natürlich machten die Nachbarn sich Sorgen um ihre Sicherheit. Der Diskussion dieses Abends zufolge war dieser Mann kein Einzelfall. Es wurde behauptet, dass es viele von seiner Sorte gab. Gefährliche Psychopathen, tickende Bomben, Männer, die auf unvorhersagbare Weise neue grauenhafte Verbrechen begehen konnten, Menschen, die für immer hinter Schloss und Riegel gehörten. Ein Versuch, die Debatte durch den Hinweis besser zu strukturieren, dass Pädophile kein Interesse an Frauen haben und sie schon gar nicht umbringen, stieß auf ganz und gar taube Ohren. Der wohlmeinende Psychiater, der diese Behauptung aufgestellt hatte, wurde sofort als zu nachgiebig abgetan.

Etwas Neues ergab sich bei der Diskussion nicht. Mit einer Ausnahme. Auf dem Podium entdeckte ich ausnahmsweise einmal ein neues Gesicht, nämlich das einer überaus weiblichen und für mich ganz und gar unbekannten Journalistin. Aber nicht deshalb war sie mir aufgefallen, auch nicht aufgrund der Tatsache, dass sie phantastisch aussah mit ihren glatten dunklen Haaren, ihrer hellbraunen Haut und ihren schmalen Augen. Sie hätte eine Indianerin sein können. Mich interessierte auch weniger, was sie sagte, sondern dass sie taub war. Unglaublicherweise konnte sie trotzdem dem Wortschwall des Justizministers Odd Einar Dørum folgen, indem sie von seinen Lippen ablas. Ob sie dadurch klüger wurde, war allerdings eine andere Frage.

Wir bestrafen schon hart genug. Mirjam Lange schaute mit ernstem Blick in die Kamera. Im derzeitigen kriminalpolitischen Klima gehörte zu einer solchen Äußerung sehr viel Mut. *Menschen unter strengen Haftbedingungen lange Zeit eingesperrt zu halten, löst kein Problem, es verursacht nur neue. Außerdem steht es nicht fest, dass alle, die in norwegischen Gefängnissen sitzen, wirklich dorthin gehören.* Das hätte auch mein alter Lehrer, Professor Niels Christie, sagen können. *Ich arbeite an einem Buch über Schuld und Strafe. Wer dazu etwas zu erzählen hat, kann mich unter dieser Nummer erreichen,* endete sie und ignorierte den sanften Protest des Moderators, als sie ein Plakat hob. Ich hätte gern gewusst, wie sie Telefongespräche bewältigte.

Zwei Wochen später wurde mir diese Frage beantwortet. Der Frühling war gekommen und meine Arbeitslust verschwunden. In meiner Anwaltskanzlei war an diesem Freitagnachmittag alles normal. Noch immer fanden sich häufig Patienten ein, keine Mandanten. Vor mir hatte ein echter altmodischer Hausarzt diese Räumlichkeiten genutzt, und nicht alle mochten die Tatsache hinnehmen, dass er seinen Arztkoffer endgültig zugeklappt hatte. Sie waren nicht gerade begeistert, wenn sie mich an seiner Stelle entdeckten.

Svend Foyn, Anwalt. In der Kleinstadt Tønsberg

wimmelt es von Anwälten. Wir gehören zu einer auserwählten Zunft. Je mehr es von uns gibt, umso größer wird die Nachfrage nach unseren Diensten. Mein Vorgänger hier im Büro hätte von einer Epidemie gesprochen.

Als das Telefon klingelte, überließ ich die Sache dem Anrufbeantworter. Rein theoretisch konnte es ein Mandant sein, es war aber genauso wahrscheinlich, dass es meine Exfrau war, die an diesem Tag schon einen Versuch gemacht hatte. Das Wetter war zu schön für diese Art von Gesprächen.

Der Rechtsanwalt Svend Foyn hat im Moment zu tun. Bitte hinterlassen Sie nach dem Piepton eine Nachricht. Besonders beeindruckend klang das ja nicht. Aber die Alternative war viel teurer.

Hier spricht Mirjam Lange. Die heisere, flüsternde Stimme im Lautsprecher war leicht zu erkennen. *Ich hätte gern mit Svend Foyn gesprochen.*

Ich verschluckte mich am Kaffee. Es war einer dieser magischen Momente, in denen alles einen Sinn ergibt. Ich hatte die taube Journalistin nicht vergessen. Es musste das erste Mal in der Geschichte von »Holmgang« sein, dass diese Sendung einen bleibenden Eindruck hinterlassen hatte. Ich hatte ein paar Informationen über Mirjam Lange eingeholt. Dass sie als Freie tätig war, lag an einem Konflikt bei *Dagbladet,* wo ihr in einer Reportage über die Gehaltsbedingungen der Wirtschaftsbosse ein Fehler unterlaufen war. Ich hätte ja nicht geglaubt, dass man in diesem Bereich überhaupt übertreiben könnte, aber ihr war das offenbar gelungen.

Mit einer Kraftanstrengung konnte ich mich einschalten. »Hier Foyn«, hustete ich.

Sie schwieg eine Weile. »Ich würde gern einen Termin mit Ihnen machen«, sagte sie endlich.

»Einen T-t-termin?«

»Sind Sie kein Rechtsanwalt?«

»Worum geht es?« Ich hatte registriert, dass sie aus Oslo anrief. Meine dortigen Mandanten saßen normalerweise in gut gesicherten Institutionen.

Sie zögerte kurz. Es war unmöglich festzustellen, ob ihre Stimme freundlich, neutral oder pikiert war. Aber sie war jedenfalls ungewöhnlich. »Ich schreibe ein Buch über Gefängnisstrafen. Und Sie haben viel mit Strafrecht zu tun, oder nicht?«

»Wie hundert Kollegen auch, ja. Warum ich?«

»Es geht um einen Fall, für den ich mich interessiere.«

»Ach. Und welchen?«

»Den Fall Fredheim. Angeblich kennen Sie den am besten.«

Vor zwei Jahren hatte ich Kim Fredheim verteidigt, den ich vorher auch schon bei zwei Bagatelldelikten vertreten hatte. Ehe er sich wegen einer brutalen Vergewaltigung verantworten musste, war er verhältnismäßig gut zurechtgekommen. Er war nicht vorbestraft, auch wenn seine Umgebung ihn gründlich abgestempelt hatte. Da Aussehen, soziale Herkunft und schulische Leistungen gegen ihn sprachen, hatte er das perfekte Mobbingopfer abgegeben. Nicht nur, dass Kim mit seinem kleinen runden Kopf und seinem langen schlaffen Körper eher wie ein Geier aussah als wie ein junger Mann, zu allem Überfluss stotterte er auch noch. Da die Mädchen schon in seiner Jugendzeit einen großen Bogen um ihn gemacht hatten, hatte er angefangen, sich auf die einfachste Weise Sex zu verschaffen. Kein Bereich der Porno-Industrie war Kim Fredheim fremd. Er selbst behauptete hartnäckig, sich auf Fiktionen und Phantasien zu beschränken. Besonders glaubwürdig wirkte er jedoch nicht.

Die Frau, die vergewaltigt und fast ermordet worden war, gehörte zu den lockereren Vögeln in der Stadt. Da die bei ihr genommene Blutprobe ergeben hatte, dass sie alles andere als nüchtern gewesen war, würde ihre Beschreibung von Auto und Mann vor Gericht nicht von großem Wert sein. Es war ihr sehr schwergefallen, sich überhaupt an irgendetwas zu erinnern.

Eine ältere Dame mit ihrem Pudel hatte aus dem Wald bei den Messehallen, gleich neben Tønsbergs Innenstadt, Schreie gehört. Der Vergewaltiger hatte angehalten und das nackte Opfer aus dem Wagen gezogen. Wie die Polizei annahm, um es zu töten. Als er die Hundebesitzerin entdeckte, floh der Täter unerkannt. Die Zeugin sah nicht besonders gut, es war Nacht und von Autos hatte sie auch keine Ahnung. Sie konnte das Fahrzeug nur als groß und dunkel beschreiben. Später wurden einige Kleidungsstücke des Opfers an einer Ausfahrtstraße aus der Stadt gefunden. Ein Rock, ein Schuh, eine Bluse und eine Jacke, der Rest war verschwunden. Vermutlich hatte der Täter die Sachen aus dem Auto geworfen und dort hatten Wind und Wetter sie weitergetragen.

Zwei Wochen später meldete sich ein weiterer Zeuge, ein junger Mann, der die Szene aus etwas größerer Entfernung gesehen hatte. Er glaubte mit Sicherheit, das Auto als einen dunkelblauen Ford Granada erkannt zu haben. Dass er so lange geschwiegen hatte, lag daran, dass er in nichts hineingezogen werden wollte.

Es war diese Information, die Kim Fredheim dann endgültig in den Fokus stellte. Nicht nur besaß er ein solches Auto, er war auch bekannt für seine zumeist erfolglosen Versuche, Frauen aufzulesen. Bei den Ermittlungen wurden in seinem Auto wichtige organische Spuren gefunden. Zwei Haare ließen sich durch einen DNA-Test dem Opfer zuordnen. Kims Erklärung war, dass er diese Frau zu einem früheren Zeitpunkt aufgelesen und mit ihr eine Runde gedreht hatte, wie er sich ausdrückte. Die Haare konnten also von diesem Ausflug stammen. Eine Freundin des Opfers bestätigte diese Erklärung. Aber sicher war sie nicht. Und die Frau konnte sich an nichts erinnern, auch wenn sie zugeben musste, dass Kim Fredheim ihr von früher her bekannt war.

In der Vagina des Opfers wurden Reste eines Gleitmittels gefunden, die vermutlich vom Kondom des Täters stammten. Das Gleitmittel war von der gleichen Sorte, die zusammen mit den exklusiven Kondomen benutzt wurde, auf die die Ermittler bei Kim zu Hause stießen. Natürlich wurde ihm nicht geglaubt, als er behauptete, diese noch nie gesehen zu haben, schließlich zierten seine Fingerabdrücke jede einzelne Packung. Dass eine geöffnet war und ein Kondom fehlte, machte die Sache für ihn nicht besser.

Aufgrund von Indizien und Zeugenaussagen, weil er kein Alibi hatte und weil er sich bei seinen Erklärungen in eine Reihe von Widersprüchen verwickelte, wurde Kim in Untersuchungshaft genommen und angeklagt.

Kim hatte mich nicht anrufen dürfen, als die Polizei ihn das erste Mal auf die Wache geholt hatte, auch wenn er sich auf sein Recht berief, bei der Vernehmung einen Anwalt dabeizuhaben. Und die Vernehmung war auch nicht korrekt durchgeführt worden. Als Verteidiger hatte ich das einzig Mögliche getan und geltend gemacht, die Ermittlungen seien zu eingeschränkt verlaufen, und in ihrem Eifer, einen Täter präsentieren zu können, habe die Polizei sich nicht an die Vorschriften gehalten.

Polizei und Anklagebehörden sahen das anders. Sie waren überzeugt davon, den Richtigen erwischt zu haben, und meine Einwände gefielen ihnen überhaupt nicht. Und nicht nur das, sie ärgerten sich dermaßen darüber, dass sie sich bei der Anwaltskammer über mich beschwerten, worauf mir eine Abmahnung zuteilwurde.

Auch der Richter war nicht auf meiner Seite gewesen, als ich behauptete, die Polizei habe oberflächliche Arbeit geleistet. Ich kannte ihn bisher nur vom Hörensagen, als gründlichen und gerechten, bisweilen aber auch erbarmungslosen Mann in schwarzer Robe, einen, den wir Verteidiger fürchteten.

Eine knappe halbe Stunde hatte Reiulf Rynning gebraucht, um über Kim Fredheims Schicksal zu entscheiden.

Nach zwei Wochen in Untersuchungshaft, noch ehe eine Anklage erhoben worden war, hatte Kim sich in der Zelle aufgehängt, und deshalb kam es nie zu einem Prozess. Der Fall verstarb ebenso unbemerkt wie der Beschuldigte.

»Sie kennen den Fall doch besonders gut, nicht wahr? Sie haben sich da mehr als normal engagiert?« Ihre Stimme riss mich zurück in die Gegenwart.

»Wer hat das behauptet?« Fast war nun schon mein Misstrauen geweckt. Wie auch Anwälte werden Presseleute bezahlt, um die Wahrheit weniger verständlich zu machen, nicht mehr.

»Eine Quelle. Spielt das eine Rolle?«

»Kommt drauf an.«

»Kommt worauf an?«

»Was Sie wissen wollen. Wie Sie dieses Wissen benutzen möchten.« Ich konnte meine Neugier nicht mehr beherrschen. »Wie schaffen Sie das?«

»Was denn?«

»Zu hören, was ich sage. Sie sind doch taub, nicht wahr?«

»Sie haben vielleicht schon mal von moderner Computertechnologie gehört?« Sie wurde langsam sauer. »Was Sie sagen, erscheint als Text auf meinem Bildschirm. Ist das ein Problem für Sie?«

Das Gespräch nahm eine Entwicklung, die mir nicht gefiel. »Ich habe Sie im Fernsehen gesehen«, sagte ich. Auch das erschien mir nicht als geniale Replik. »Das haben Sie gut gemacht«, fügte ich hinzu.

»Danke«, sagte sie kurz. »Sie haben heute nicht zufällig einen Moment Zeit?«

»So schnell? Sind Sie denn nicht in Oslo?«

»Doch, aber es eilt.«

Ich schaute aus dem Fenster, hinunter auf den Marktplatz. Der Himmel war wolkenlos. Es würde ein warmer Tag werden, ein einladender Tag mit der Verheißung besserer Zeiten. »Fahren Sie Auto?« Zu spät ging mir auf, dass das eine hoffnungslose Frage war.

»Und Sie?«

»Tut mir leid, das war unüberlegt. Es gibt Züge«, sagte ich kleinlaut.

»Das weiß ich.«

Wir hatten offenbar Kommunikationsprobleme.

Aber Tauben kann diese Situation ja nicht ganz unbekannt sein. »Von Oslo bis Tønsberg sind es nur anderthalb Stunden.«

»Ich habe wirklich ein Auto«, sagte sie ruhig. »Aber ich fahre gern mit dem Zug. Sie haben heute also Zeit?«

Jetzt blieb mir keine Wahl. »Ein wenig werde ich mich wohl freimachen können.« Direkt gelogen war das nicht.

Ich hatte noch einige Vorbereitungen treffen können, bevor sie an die Tür klopfte. Zum Beispiel hatte ich das schlimmste Chaos von meinem Schreibtisch entfernt, zwei Kaffeetassen ausgespült und einen vergeblichen Versuch unternommen, mein Mandantensofa von Hundehaaren zu befreien. Den Ordner mit den Unterlagen des Falles hatte ich ebenfalls überflogen. Zwei Jahre waren vergangen und Kim war Geschichte. Ich hielt seinen Fall nicht für einzigartig.

Zu spät sah ich ein, dass ich schon wieder einen Patzer begangen hatte, als ich »herein« gesagt hatte.

Sie war klein, kleiner, als ich angenommen hatte. Aber ansonsten sah sie aus wie im Fernsehen. Mit ihrem ganz besonderen Gesicht, der goldenen, fast dunklen Haut und den hohen Wangenknochen, sah sie wirklich aus wie eine Indianerin. Ein helles kurzes Sommerkleid verbarg nicht viel, auch wenn sie lässig eine Jeansjacke über den Schultern hängen hatte. In der einen Hand hielt sie eine Reisetasche.

Was mich überraschte, war das kleine Mädchen, das sich an ihre andere Hand klammerte. Es mochte fünf, sechs Jahre alt sein. Jetzt stand es da und schaute mich von hinter den Beinen ihrer Mutter her an. Auch diese

Beine waren braun und schön. Die Kleine trug einen viel zu großen Ranzen auf dem Rücken, so einen, wie Kinder ihn am ersten Schultag bekommen.

Ich erhob mich und streckte die Hand aus. »Guten Tag«, sagte ich. »Ich bin Svend Foyn.«

Ihre Hand war schlank und wohlgeformt. Sie hatte einen überraschend festen Händedruck. »Mirjam Lange«, sagte sie. Sie schaute auf ihre Tochter hinunter. »Wir wollen nachher noch weiter, deshalb musste ich Mira mitnehmen. Ich hoffe, das macht nichts?«

»Aber nicht doch, setzen Sie sich doch einfach«, sagte ich. »Wenn das Tier die Güte hätte, sich zu entfernen.« Ich schaute die Töle streng an, und mit provozierender Langsamkeit ließ sie endlich ihren schweren Körper zu Boden rutschen. Die Geschichten über den Bernhardiner als getreuer Diener des Menschen sind gewaltig übertrieben. »Wohin wollen Sie nachher, haben Sie gesagt?«

»Ich habe gar nichts gesagt. Aber wir fahren dann weiter nach Larvik, genauer gesagt, dort werden wir abgeholt. Ich hatte keine Lust zu fahren.« Sie lächelte. Seltsamerweise war es kein ironisches Lächeln. »Auch Taube können den Führerschein machen«, sagte sie. »Wenn sie ansonsten die üblichen gesundheitlichen Anforderungen erfüllen. Wir müssen nur ein wenig öfter in den Rückspiegel schauen.«

Es gab doch immer etwas Neues zu lernen. Aus irgendeinem schwachsinnigen Grund passte mir die Vorstellung überhaupt nicht, dass jemand sie abholen würde.

»Wir waren noch nie dort«. Sie schien offenbar nicht nur von Lippen abzulesen. »Eine Freundin hat ein Ferienhaus auf Mølen geerbt. Wir können es leihen, während sie verreist ist, und jetzt will sie uns vor ihrer Abreise alles zeigen.« Mirjam Lange setzte sich vorsichtig auf die Sofakante, ihre Tochter interessierte sich mehr für Hulda.

»Kann ich den streicheln?«, fragte die Kleine mit glockenheller Stimme.

»Das ist kein *der*. Das ist eine Dame.«

»Kann ich *die Dame* also streicheln?«, fragte sie. Ein nicht allzu schüchternes Kind.

»Ja, sicher«, sagte ich. »Hulda mag alle, die kleiner sind als sie selbst. Sie glaubt, dass sie dann über sie bestimmen kann.« Ich sah mir die Kleine genauer an. »Hast du Lust, mit Hulda nach draußen zu gehen, während ich mich mit deiner Mutter unterhalte? Du kannst mit ihr in den Hinterhof gehen, da kann sie frei herumlaufen.«

Mirjam Lange sah mich skeptisch an. »Es ist alles abgeschlossen«, fügte ich hinzu. »Da können sie nicht verloren gehen.«

Mit dem zurückhaltenden Segen der Mutter brachte ich die beiden nach unten.

Als ich wieder nach oben kam, fühlte ich mich seltsam beschwingt. So, als sei mir etwas Angenehmes passiert. Es musste am Frühling liegen.

Sie saß noch immer auf der Sofakante. Sie war doch älter, als ich zuerst angenommen hatte. Im scharfen Sonnenlicht, das durch die Fenster fiel, traten die Fältchen um ihre Augen und an ihrem Hals deutlich hervor. »Schön, dass Sie sich so schnell Zeit nehmen konnten.« Wieder dieser rastlose, fast ängstliche Tonfall. Meine Mandanten verhielten sich oft so. Die meisten von ihnen hatten Angst. Aber sie war ja keine Mandantin.

Sie hatte diese seltsame mechanische Aussprache. Deutlich, aber doch nicht ganz leicht zu verstehen. Sie sah mich die ganze Zeit an, während sie sprach, als suche sie nach Zeichen und Reaktionen. Eine Frau, der man nur schwer etwas verheimlichen könnte.

»Sie sind nicht leicht zu verstehen«, sagte sie plötzlich.

Ich hatte geglaubt, klar und deutlich zu reden und über einen gut entwickelten Wortschatz zu verfügen. »Ach ja? Wieso nicht?«

»Es ist schwer, Sie abzulesen.«

Auch das klang nicht gerade wie ein Kompliment. Meine Exfrau behauptete, in mir lesen zu können wie in einem offenen Buch. Für sie war der Inhalt dieses Buches das Problem.

»Das liegt am Bart. Der versteckt die Lippen. Aber es geht, wenn Sie mich ansehen, während Sie reden. Ich sage Bescheid, wenn es schwierig wird. Daran bin ich gewöhnt.«

»Sind Sie schon lange taub?«

»Ich wurde so geboren. Das liegt an einem besonderen Gen. Für uns ist es am leichtesten«, fügte sie hinzu.

»Am leichtesten?«

»Für uns, die immer taub gewesen sind, werden Zeichensprache und Lippenlesen natürlich.« Sie hatte einen Notizblock hervorgezogen. »Ich will nicht mehr von Ihrer Zeit in Anspruch nehmen als notwendig.«

Ich ließ mich im Sessel zurücksinken und widerstand der Versuchung, die Beine auf den Tisch zu legen. »Schießen Sie los. Aber ich weiß nicht, ob ich Ihnen Antworten geben kann.«

Die Finger, die den Stift hielten, waren schön und

wohlgeformt. Sie trug keinen Ring. »Was ist eigentlich mit Kim Fredheim passiert?«, fragte sie und ließ den Stift über den leeren Bogen gleiten. »War er schuldig?«

Ich öffnete den roten Ordner und legte die Unterlagen auf den Schreibtisch. »Hier steht es, alles. Das können Sie doch selber lesen.«

»Das habe ich schon. Ich möchte die Geschichte von Ihnen hören.«

»Niemand hat noch irgendein Interesse an diesem Fall. Er war ein armer Teufel und jetzt ist er tot. Die Einzige, die ihn vermisst, ist seine Mutter.«

»Aber Sie haben nicht geglaubt, dass er es war?«

»Es spielt keine Rolle, was ich geglaubt habe. Es geht darum, dass die Anklagebehörden meiner Ansicht nach keinen Fall hatten, nicht einmal angesichts der so genannten Beweise, die sie vorgelegt haben. Deshalb hätte er nicht in Untersuchungshaft genommen werden dürfen. Wenn es zur Gerichtsverhandlung gekommen wäre, wäre er freigesprochen worden.«

»Da sind Sie sich sicher?«

Ich zuckte mit den Schultern. »Sicher kann man nie sein.«

»Angeblich haben Sie beim Haftprüfungstermin die für die Ermittlung Verantwortlichen heftig kritisiert.« Die braunen Augen musterten mich forschend, während sie das sagte. »Stimmt das?«

»Sie dürfen nicht alles glauben, was Sie hören. Vor allem nicht, wenn es aus dieser Richtung kommt.«

Sie ließ nicht locker. »Sie haben ihnen doch vorgeworfen, schlechte Ermittlungsarbeit geleistet zu haben.«

»Ich habe nur darauf hingewiesen, dass die Polizei sich nicht an ihre üblichen Vorgehensweisen gehalten hat. Dass das als unangebrachte Kritik aufgefasst wurde, war nicht mein Problem.«

»Wurde es aber, wenn ich das richtig verstanden habe«, sagte sie lächelnd. »Haben Sie irgendwelche Namen?«

»Wenn ich die gehabt hätte, hätte der Fall ganz anders ausgesehen. Aber es gab Leute bei der Truppe, die viel zu früh von Kims Schuld überzeugt waren, ja. Unmittelbar vor dieser Tat war die Polizei bei einem vergleichbaren Fall böse auf den Bauch gefallen und hatte den Verdächtigen laufen lassen müssen.«

»Und deshalb wollten sie jetzt ein Exempel statuieren, meinen Sie?«

»Das wäre jedenfalls nicht unvorstellbar. Sie sind ja auch nur Menschen. Und der Bursche, den sie laufen lassen mussten, war auf jeden Fall schuldig. Aber ich weiß nicht.«

»Was meinen Sie?« Mirjam Langes Stimme war faszinierend.

»Damals waren viele an der Ermittlung beteiligt. Der Fall hatte große Aufmerksamkeit erregt, nicht nur hier im Ort. Die Polizei hatte die ganze Zeit die Medien im Nacken.«

»Es wäre also nicht so leicht gewesen, irgendwelche Abkürzungen zu machen?«

Diese Journalistin war zweifellos intelligent und gut orientiert, und ich beschloss, vorsichtig mit klaren Aussagen zu sein. »Worum geht es Ihnen eigentlich?«, fragte ich.

»Die Wahrheit«, sagte sie leise. »Nur darum. Dagegen haben Sie doch wohl nichts?«

Meine Erfahrung war eher, dass die Wahrheit keine klar definierbare Größe ist, aber das sagte ich nicht.

»Bei der Haftverhandlung ergab es sich, dass zwei Polizisten Fredheims Wagen geholt und seine Wohnung durchsucht hatten«, sagte sie nun, ohne auf Antwort zu warten. »Wissen Sie mehr darüber?«

Sie hatte wirklich ihre Hausaufgaben gemacht. »Ich glaube, es waren noch mehr«, sagte ich vorsichtig. »Aber das wurde niemals zugegeben.«

»Sie wissen vielleicht, wer sie waren?«

»Ich kann nur raten, aber einen Namen kann ich Ihnen nennen. Hauptkommissar Kolberg, ein sehr erfahrener Ermittler. Er ist jetzt wohl in Frührente.«

»Kolberg, ja? Knut Kolberg?«

Ich musterte sie überrascht. »Wissen Sie, wer das ist?«

»Der Name ist aufgetaucht, ja.« Mirjam Lange war sogar auffallend gut informiert. »Wie gut kennen Sie diesen Kolberg?«, fügte sie hinzu.

»Fast gar nicht. Aber ich weiß immerhin, wer er ist.« Ich hatte schon genug gesagt und wollte lieber das Thema wechseln. »Sie schreiben ein Buch, haben Sie gesagt?«

Wir wurden von einem bedrohlichen Bellen unten im Hinterhof unterbrochen. Das Fenster im Treppenhaus, genau meinem Büro gegenüber, stand offen, und der Hinterhof funktionierte wie ein Schalltrichter. Ich sprang auf, riss die Tür auf und schaute nach unten. Mirjam Lange trat neben mich und beugte sich hinaus. Sie roch gut.

Hulda stand breitbeinig mitten auf dem Hof, vor der Kleinen. Sie schauten zum Eingang, der zur Straße führte. Da der Durchgang sich unmittelbar unter uns befand, konnten wir nichts sehen.

»Stimmt was nicht?«, rief ich. »Soll ich runterkommen?«

Mira schaute auf, sagte aber nichts.

Ihre Mutter machte ein ängstliches Gesicht. Mit Hilfe blitzschneller Fingerzeichen kommunizierte sie mit ihrer Tochter, die auf dieselbe Weise antwortete. Danach wandte sie sich mir zu. »Mira muss ins Haus kommen«, sagte sie rasch. »Sofort. Können wir sie holen?«

Ich schaute sie überrascht an. »Da unten kann ihr nichts passieren«, sagte ich. »Aber von mir aus kann sie gern hier sein. Wenn sie sich nicht zu sehr langweilt, meine ich.«

»Mira leidet an Epilepsie.« Mirjam Langes Stimme klang ausdruckslos. »In letzter Zeit hatte sie einige ernsthafte Anfälle. Sie nimmt neue Medikamente, deshalb muss ich auf sie achtgeben.« Sie lief vor mir her die Treppe hinunter.

Unten sah ich nichts, was beängstigend hätte wirken können. Trotzdem hatte die Kleine Angst, als sie zum Ausgang starrte und die Mutter beschützend den Arm um sie legte. Sie kommunizierten wieder per Zeichensprache. Mir kam es nicht vor, als fehle ihr etwas. Abgesehen davon, dass sie Angst hatte.

»Ist jemand hier gewesen?«, fragte ich. »Jemand, der dir Angst gemacht hat?«

Sie gab auch jetzt keine Antwort, drückte sich nur an die Mutter, die ihr über die Haare strich.

»Können wir nicht wieder nach oben gehen und weitermachen?« Mirjam Langes grüne Augen hatten einen neuen Ausdruck bekommen.

»Fürchten Sie sich vor irgendetwas?«, fragte ich und schaute mich auf dem friedlichen Hinterhof um. »Hier kann wirklich nichts passieren.«

Sie starrte mich noch immer ängstlich an und drückte die Hand ihrer Tochter. »Ich glaube, ich werde verfolgt«, sagte sie endlich.

»Haben Sie irgendeine Ahnung, wer das sein kann?«

»Ich weiß nicht recht.«

»Wirklich nicht?«

»Es ist nur so ein Gefühl.«

Ich fragte mich, ob sie vielleicht ein wenig überspannt war. »Ich habe gesehen, dass Sie sich mit Leuten aus der Wirtschaft angelegt haben. Könnte es einer davon sein?«

Sie runzelte die Stirn. »Das wäre natürlich nicht ganz unmöglich.« Es klang nicht so, als ob sie das selber glaubte.

»Und Sie haben nicht mit der Polizei gesprochen?«

Sie machte eine resignierte Handbewegung. »Was sollte ich denen denn erzählen?«

Sie hatte natürlich Recht. Die Polizei hatte anderes zu tun.

Wir gingen wieder ins Treppenhaus, nachdem ich sorgfältig den Hinterhof durchsucht hatte.

Die Kleine setzte sich mit dem Hund und einem Zeichenblock auf den Boden, während wir Erwachsenen den Fall Kim durchgingen. Es dauerte nicht lange, dann hatte ich die Technik gelernt. Dem Gegenüber in die Augen sehen, die Wörter deutlich aussprechen, fast flüsternd, dann auf Antwort warten.

Mirjam Lange war eine angenehme Gesprächspartnerin. Sie hatte mit anderen gesprochen, die über den

Verlauf der Ereignisse informiert waren, und hatte alle richtigen Fragen gestellt. Sie hatte alles getan, aber nicht feststellen können, was wirklich passiert war.

»Die, die möglicherweise etwas wissen, halten den Mund. Wir anderen können nur spekulieren. Und dabei kommt wohl kein Buch heraus, oder?«, sagte ich düster.

»Ich werde diesen Fall mit anderen vergleichen. Es ist ja nicht der einzige.«

»Meinen Sie hier etwas Bestimmtes?«

»Vielleicht.« Da sie ihren Tonfall nicht ändern konnte wie wir anderen, nahm sie eben den Blick. Jetzt schaute sie mir in die Augen. »Fälle, in denen die Ermittlungen sich nur auf eine einzige Spur konzentriert haben.«

»Da haben Sie sich aber ganz schön was vorgenommen.«

»Das weiß ich«, sagte sie ruhig. »Aber einige Geschichten sind auffälliger als andere.«

»Wie zum Beispiel?«

»Der Fall des Dreifachmörders, der neulich in der Fernsehsendung erwähnt wurde.«

Ich sah sie lange an. »Weil er taub ist?«

Dieser Täter war ein Rätsel. Zuerst hatte er alles abgestritten. Dann, nach etlichen Vernehmungen, gestand er plötzlich, nur um sein Geständnis dann wieder zurückzuziehen. Das Gericht hatte niemals eine Antwort auf die Frage nach dem »Warum« erhalten. Auch die Sachverständigen hatten keine Erklärung liefern können, sondern ihn nur für strafrechtlich zurechnungsfähig erklärt. Trotz seiner seltsamen Interessen und Neigungen.

Sie verzog das Gesicht. »Weil es ein interessanter

Fall ist und weil er in vieler Hinsicht an den Fredheim-Fall erinnert«, sagte sie kurz. »Außerdem ist er nicht taub, sondern nur hörbehindert. Mit den richtigen Geräten kann er hören.«

Das stimmte. Vor Gericht hatte er demonstrativ seinen Hörapparat abgelegt, wie um klarzustellen, dass er sich vom ganzen Prozess distanzierte. Als gehe der ihn nichts an.

»Auch wenn es lange her ist«, sagte sie, jetzt mit freundlicherer Miene, »gibt es doch noch Leute, die etwas wissen können.« Sie schien keine Lust zu haben, genauer auf dieses Thema einzugehen.

Heutzutage wäre er vielleicht anders behandelt worden. Sogar die Gerichtspsychiatrie hatte Fortschritte gemacht. Mit seinem seltsamen Drang, sich in ganz besondere Themen zu vertiefen, würde er heute wohl als typischer Asberger-Fall diagnostiziert werden. Wenn ich mich richtig erinnerte, hatte er sich unter anderem gewaltig für Theater, Rollenspiele, alles, was mit Drama zu tun hatte, interessiert. Ein auf seine ganz eigene Weise sehr intelligenter junger Mann ohne normalen Kontakt zur Wirklichkeit. So hatten die Sachverständigen ihn beschrieben. Einen Menschen ohne natürliche Sperren. Moderne Sonderpädagogen hätten sicher eine Diagnose gestellt. Damals, vor fast einem Vierteljahrhundert, war er nur ein komischer Kauz gewesen, ein harmloser armer Wicht, der seine Freizeit damit verbrachte, ziellos in einem alten Auto durch die Gegend zu fahren. Eine fatale Fehleinschätzung.

Mirjam Lange war aufgestanden und ans Fenster getreten, sie schaute hinunter auf den Markt mit seinem bunten Gewimmel. »Das ist eine schöne Stadt.

Und sicher ein Ort, an dem man gefahrlos wohnen kann?«

Ich sagte nichts dagegen. Alles ist relativ. In Bagdad war es sicher gefährlicher.

Sie drehte sich zu ihrer Tochter um und sagte etwas auf Zeichensprache. »Wir müssen jetzt los«, sagte sie hektisch zu mir. »Wir wollen noch ein Eis essen, ehe der Zug fährt. Danke, dass Sie sich die Zeit genommen haben. Und rufen Sie mich an, wenn Ihnen noch etwas einfällt.« Sie legte eine Visitenkarte auf den Schreibtisch.

»Etwas Neues haben Sie ja wohl nicht erfahren«, sagte ich bedauernd. »Aber melden Sie sich doch, wenn ich Ihnen noch weiterhelfen kann.« Ich sah ihre Tochter an, der es schwerfiel, sich von Hulda loszureißen. »Komm doch mal wieder und mach mit Hulda einen richtigen Spaziergang.«

Ich blieb stehen und schaute ihnen von meinem Aussichtsplatz am Fenster aus hinterher. Sie liefen über den Marktplatz, zwischen Buden und Menschen hindurch, auf die Eisdiele zu, dicht nebeneinander, Hand in Hand. Ich sah, dass Mirjam Lange sich immer wieder umdrehte.

2

»*Das Ganze ging so unglaublich schnell!*« Der Augenzeuge war noch immer gezeichnet von seinen nächtlichen Erlebnissen, als er an diesem Samstagmorgen in den Nachrichten interviewt wurde. Ich blätterte träge im *Tønsbergs Blad.* Eine passende Kombination. »*Ich war mit dem Hund unterwegs, kam gegen zwei Uhr nachts an dem Haus vorbei, und da war da alles still und ruhig. Nur wenige Minuten darauf habe ich dann die Flammen gesehen. Ich konnte nichts mehr machen, alles loderte schon, als ich dort ankam.*«

Die Kaffeetasse rutschte mir aus den Fingern und knallte auf den Tisch. Den Nachrichten zufolge waren eine junge Frau und ihre sechsjährige Tochter, beide aus Oslo, in der Nacht in einem Ferienhaus auf Mølen verbrannt. Weitere Details waren noch nicht bekannt.

Ich brauchte keine weiteren Informationen. Noch immer halb benommen, wählte ich die Nummer der Wache. Gott sei Dank war Wilhelm Mørk anwesend. »Weißt du etwas über diesen Brand heute Nacht in Larvik?«

Er musste meiner Stimme angehört haben, dass etwas nicht stimmte. »Hast du sie gekannt?«

»Ja«, sagte ich leise. »Ich glaube schon. Zwar nicht sehr gut, aber trotzdem.« Die Gedanken jagten unkontrolliert durch meinen Kopf. Gestern Nachmittag hatte ich ihre braunen lebendigen Augen bewundert, hatte mich über die Freude amüsiert, mit der die Tochter um

Huldas Hals hing, hatte den Geborgenheit schenkenden Zugriff der Mutter um die Hand der Kleinen beobachtet. Und dabei hatte ich die beiden zum letzten Mal gesehen. »Hast du die Namen?«

»Noch nicht, fürchte ich.«

Das spielte keine Rolle. Ich war ja doch sicher. »Was ist denn passiert?«

»Es war wohl ein explosionsartiger Brand. Die Technik ist gerade auf dem Weg dorthin.«

Neue Bilder von unserem Treffen tauchten aus der Erinnerung auf. Der Lärm im Hinterhof, der ängstliche Blick der Mutter über ihre Schulter, der schützende Arm um das Kind.

»Bei solchen Brandfällen ist das das übliche Vorgehen«, sagte Mørk jetzt. »Wenn es nötig sein sollte, holen sie Fachleute von der Kripo, um bei der Identifizierung zu helfen.«

Kripo? Endlich fing ich an, klar zu denken. »Waren noch mehr als diese beiden im Haus?«

»Wenn du mir ein wenig Zeit lässt, dann werde ich das überprüfen.«

Im Moment konnte ich keine weiteren Details ertragen. »Ich mach einen Spaziergang«, sagte ich. »Du kannst mich ja anrufen.«

Von Hunden wird erwartet, dass sie sich als der beste Freund des Menschen erweisen. Aber Tiere leben in einer unkomplizierten Welt. Es erleichterte mich überhaupt nicht, zuzusehen, wie Hulda unbekümmert zwischen den Ruinen auf dem Slottfjell herumschnüffelte, als wir uns hoch über der Stadt bewegten. Unter uns funkelten blaues Meer und grüne Wiesen. Ein schöner Tag im Mai und doch so sinnlos. Noch immer konnte ich es nicht fassen. Was hatte sie noch gesagt? *Sicher ein Ort, an dem man gefahrlos wohnen kann.*

Vielleicht stimmte das nicht. Kein Ort ist gefahrlos, wenn die Katastrophe zuschlägt. Im Feuer umzukommen, zusammen mit einem kleinen Kind. Einfach entsetzlich. Mørks Andeutungen hatten mein Gefühl verstärkt, dass an dieser ganzen Geschichte etwas nicht stimmte. *Das übliche Vorgehen.* Solche Reden wurden für die Presse geführt, wenn man nicht genug wusste oder der Öffentlichkeit etwas zu verbergen wünschte.

Ich musste die Brandstätte mit eigenen Augen sehen. Obwohl ich das eigentlich nicht wollte.

Es war noch keine elf Uhr, als ich von der E18 abbog und auf die Landesstraße 302 in Richtung Helgeroa fuhr. Ich hatte die vage Vorstellung, dass das Haus in der Nähe der Rollsteinbucht liegen müsse, einem einzigartigen Ort, wo das Meer seit undenklichen Zeiten die Felsen zu kleinen glatten Steinen abgespült hat. Die sanfte, offene Landschaft von Vestfold bildete einen starken Kontrast zu meinem eigenen Gemütszustand. Breite grüne Wiesen, ländliche Idylle, langsame Traktoren auf frisch gepflügtem Boden.

Bei der Autowerkstatt *Classic Garage* bog ich ab und kam an den ersten Höfen vor Mølen vorbei. Die Ferienhäuser hier lagen ein Stück vom Meer entfernt, gut geschützt vor Wind und Wetter, umgeben von dichtem Unterholz. Ich war lange nicht mehr hier gewesen, aber für die Bewohner des südlichen Teils von Vestfold ist die Gegend ein beliebtes Naherholungsgebiet.

Kaum hatte ich das Auto verlassen, als ich auch schon den Geruch verbrannten Holzes wahrnahm. Ich brauchte ihm nur durch eine enge Stichstraße zu folgen. Die Schranke, die den Verkehr hier reguliert hatte, lag verbogen auf dem Boden, in grobe Wagenspuren gepresst. Hulda blieb stehen und starrte in die klare Frühlingsluft. Sie schien zu verstehen, was nur wenige Stunden zuvor hier geschehen war.

Nach zweihundert Metern öffnete der niedrige Wald sich zu einer Lichtung, wo mich die roten und weißen Absperrbänder der Polizei aufhielten. Eine Handvoll Menschen starrte die schwarzversengten Ruinen an, die ich hinter den Löschzügen und zwei Streifenwagen gerade noch ahnen konnte. Den leisen Kommentaren entnahm ich, dass die Gaffer in den umliegenden Häusern wohnten.

Ich räusperte mich. »Weiß irgendwer, was hier passiert ist?«

Die Versammlung fuhr herum. Alle sahen mich schweigend und abwartend an. Endlich ergriff jemand das Wort, eine rüstige weißhaarige Dame mit brauner Haut und guter, altmodischer Wanderausrüstung. »Sie sind tot, alle beide«, sagte sie. »Der Krankenwagen hat sie schon geholt.«

»Haben Sie sie gekannt?«

»Nein«, sagte sie mit tränenerstickter Stimme. »Das nicht. Sie hatten das Haus doch gerade erst gekauft.«

Ich machte einige zögernde Schritte auf das Plastikband zu, hob es hoch und bewegte mich langsam auf die Ruinen zu. Hitze schlug mir entgegen. Vom Haus war nichts mehr übrig, alles war niedergebrannt. Ich fragte mich, wie sie es geschafft hatten, in diesem verrußten Chaos menschliche Reste zu finden.

Ein junger Mann in einem blauen Overall näherte sich mit energischen Schritten. Ich tippte auf einen Polizisten. Mein Verdacht wurde bestätigt, als er mich anblaffte: »Können Sie nicht lesen?« Dabei zeigte er auf das Absperrband. »Hier ist der Zutritt verboten.«

Ich war nicht in streitlustiger Stimmung. »Ich habe sie gekannt«, sagte ich leise. »Und ich bin der Anwalt der Toten.« Das war zwar gelogen, aber ich hatte schon schlimmere Lügen serviert.

Er beruhigte sich, nachdem er meinen Gesichtsausdruck registriert hatte. »Na ja«, sagte er ruhiger. »Hier gibt es nichts zu sehen. Warten Sie, bis wir die Untersuchung hier beendet haben. Die armen Wesen, wir können nur hoffen, dass sie nicht mehr aufgewacht sind.«

Ich versuchte vergeblich, nicht daran zu denken, was dieser Kommentar bedeutete. »Wissen Sie mehr über die Ursache?«

Er drehte sich um und zeigte auf die Brandruine. »Was glauben Sie wohl?«

Mehr brauchte er nicht zu sagen. »Und es gibt keine Zeugen?«, fügte ich hilflos hinzu.

»Wenn es welche gäbe, würde ich es Ihnen nicht erzählen.« Er musterte mich, jetzt mit einem gewissen Mitgefühl. »Melden Sie sich lieber nach dem Wochenende bei uns. Hier werden Sie nichts finden.«

Ich nickte stumm. Sicher hatte er Recht.

Ich blieb für einige lange Minuten dort stehen und starrte in die schwarzgebrannten Ruinen. Hulda hielt sich hinter mir, ungewöhnlich passiv. So rasch und brutal konnte es also enden. Gestern hatte Mirjam Lange mir gegenübergesessen, voller Leben, während ihre Tochter im Hinterhof spielte. Ich konnte mich an ihren Händedruck erinnern. Fest und doch weich. Und dann war Schluss gewesen.

Erst als ich wieder im Auto saß, kam die Reaktion.

Ich blieb lange sitzen, ehe ich mich in der Lage fühlte, nach Tønsberg zurückzufahren. Ich wünschte mir jemanden, mit dem ich reden könnte.

Der Anrufbeantworter meiner Tochter reichte da längst nicht aus. Ich bat sie um Rückruf.

Ich hatte keine Ahnung, was ich unternehmen sollte, und deshalb fuhr ich zum Büro. Dort griff ich zum Fredheim-Ordner. Obwohl ich das Gefühl hatte, alles schon hundertmal gelesen zu haben, machte ich doch einen ergebnislosen Versuch, etwas zu finden, was mir bisher entgangen war.

Ich wusste nicht viel über Mirjam Lange. Außer dass sie sich neben ihrem Interesse an Kim Fredheim auch für das Schicksal des Dreifachmörders interessiert hatte.

Ich brauchte nicht lange, um den Fall Reidar Andersen im Netz zu finden, wenn auch nur in einer verkürzten Version. Digitalisierte Volltextausgaben wurden erst gegen Ende der neunziger Jahre ins Netz gestellt. Trotzdem aber fand ich diese Übersicht brauchbar. Damals hatte der Fall große Aufmerksamkeit erregt, einerseits aufgrund des brutalen Vorgehens des Täters, andererseits wegen der umfassenden Ermittlungen und des Prozesses selber. Ich konnte mich daran erinnern, dass es während der Ermittlungen noch andere Verdächtige gegeben hatte, Leute, die dann einer nach dem anderen aus der Sache herausgecheckt worden waren. Die Medien hatten sich wilden Spekulationen ergeben. Viele Fragen wurden nicht beantwortet, obwohl Andersen wegen der drei Morde verurteilt worden war. Die Beweise im letzten Fall waren damals wohl das Zünglein an der Waage gewesen.

Wir Studierenden hatten damals unsere Zweifel gehabt, auch wenn Andersen einige Stunden vor dem Mord an Kari Iversen in der Nähe des Sofienbergparks gesehen worden war. Der Versuch des Verteidigers, die Glaubwürdigkeit der Zeugen zu erschüttern, war ohne Erfolg geblieben. Aber was Andersen den Hals brach, war sein Geständnis, auch wenn es dann später zurückgezogen wurde. Dieses Geständnis hatte detaillierte Auskünfte enthalten, Einzelheiten, die nach Ansicht der Anklagevertretung nur dem Täter bekannt sein konnten. Der Verteidiger hatte, ohne damit durchzukommen, angeführt, Andersen habe dieses Wissen auch den Medien entnehmen können. Bei der Polizei waren damals dauernd vertrauliche Auskünfte durchgesickert, das war allgemein bekannt.

Eine alte Anzeige hatte ihn zudem in zweifelhaftes Licht gerückt. Angeblich war bei dem Angeklagten ein verdächtiges Interesse an kleinen Mädchen beobachtet worden. Beweisen ließ sich das jedoch nicht.

Bei keinem der drei Opfer war Sperma gefunden worden, aber das war durch die Kondombenutzung zu erklären, dokumentiert durch Spuren des Gleitmittels, das von der Kondommarke Durex Gold stammte. Eine geöffnete Packung dieser Marke wurde bei Andersen zu Hause gefunden, und dass ein Exemplar daraus fehlte, machte die Sache nicht besser. Auf der Kondompackung waren keine identifizierbaren Abdrücke gefunden worden, was der Oberfläche zugeschrieben wurde. Aber ein Test war vor Gericht nicht vorgelegt worden.

Zeugen von der Heimvolkshochschule, die der Angeklagte besucht hatte, konnten von seinem fast krankhaften Reinheitsdrang erzählen. Reidar Andersen hatte eine ganz besondere Beziehung zu allem, was mit Körperflüssigkeiten zu tun hatte. Und unmittelbar vor Ende des Schuljahres wurde er der Schule verwiesen, nachdem eine Kommilitonin ihn wegen Vergewaltigung verklagt hatte, eine Beschuldigung, die sie dann später zurücknahm. Inzwischen war der Schaden jedoch bereits geschehen. Die Frau, die ihn damals beschuldigt hatte, lebte inzwischen nicht mehr.

Einer der spektakuläreren Aspekte der Morde war die Todesursache. Alle drei Opfer waren mit einem dünnen Metalldraht erwürgt worden. Wie durch ein Wunder hatte Kari Iversen diese Tortur jedoch überlebt.

Die Tatsache, dass der Angeklagte dünn und schmächtig gebaut war, war kaum berücksichtigt worden. Der Staatsanwalt hatte auf die umfassenden anatomischen Kenntnisse verwiesen, die sich Andersen durch die auf seinem Zimmer gefundene Fachliteratur hatte verschaffen können. Diese Literatur, zusammen mit Zeitungsausschnitten, Filmen und Büchern, in denen leichtlebige Frauen, oft Prostituierte, zentrale Rollen spielten, ließ den Staatsanwalt das Bild eines Eigenbrötlers zeichnen, eines klassischen Psychopathen. Eines hörbehinderten Mannes, dem es nie gelungen war, zu einer Frau ein Verhältnis aufzubauen. Eines Mannes, dem es, so die Anklagevertretung, um Rache gegangen war. Weiter stellte sich heraus, dass Andersen ein auffälliges Interesse an Prostituierten an den Tag gelegt hatte. Dass er als Freier aufgetreten war, ließ sich allerdings nicht belegen. Aber er war auf den Osloer Straßenstrichs gesichtet worden.

Einen Hintergrund als Gewalttäter schien er nicht zu haben. Mit zweiunddreißig wohnte er noch immer bei seiner alkoholsüchtigen Mutter, er hatte keine

Freunde und keinen normalen sozialen Kontakt und hatte im Arbeitsleben nur kurze Auftritte absolviert. Als er mit dreißig in Frührente ging, verschwand auch diese Kontaktmöglichkeit, obwohl er nun sein eigenes Geld hatte. Vorher hatte er sich mit dem Taschengeld zufriedengeben müssen, das seine Mutter ihm gab.

Die Lehrer konnten von einem einsamen Knaben mit ausgefallenen Interessen erzählen, denen er sich leidenschaftlich gewidmet hatte. Als Teenager war Reidar von Theater und Rollenspielen besessen gewesen. Er hatte sich liebend gern verkleidet und war in immer neuen Kostümierungen aufgetreten, mit einem gewissen Talent, wie von Leuten behauptet wurde, die ihn kannten. Die Psychologen hielten das für einen Ausdruck von Wirklichkeitsflucht. Später kam dann klassische Musik dazu, auch wenn seine Möglichkeiten, diese zu genießen, doch begrenzt waren. Während der Gerichtsverhandlung war er mehrmals vom Gerichtsdiener zurechtgewiesen worden, dem sein Kassettenrekorder missfiel, da der Angeklagte Kopfhörer trug und demonstrierte, dass die Musik ihn mehr interessierte als die von der Staatsanwaltschaft vorgelegten Zeugenaussagen.

Das alles hatte zur Verurteilung geführt, auch ohne technische Beweise. Von einem abgesehen: Das bei der ermordeten Studentin gefundene Haar stammte mit großer Wahrscheinlichkeit von Reidar Andersen und brachte ihn mit dem Mord in Verbindung. Aber damals, zu Beginn der achtziger Jahre, musste man sich noch mit morphologischen Untersuchungen des Haares begnügen, Farbe, Länge, Dicke und Haarkern wurden verglichen, es gab schließlich noch keine DNA-Analysen.

Eine Verurteilung auch für die beiden anderen Morde wurde für das Gericht verlockend. Andersen war in der Nähe sämtlicher Tatorte gesehen worden und alle drei Morde waren mit großer Wahrscheinlichkeit vom selben Täter begangen worden. Zudem glaubten Zeugen, sein Auto an den Abenden, an denen die Frauen verschwunden waren, dort in der Nähe gesehen zu haben. Außerdem lag ja sein Geständnis vor.

Reidar Andersen war für die kleine Familie Andersen ein erwünschter Zuwachs gewesen. Sie hatten keine eigenen Kinder gehabt. Doch als er 1952 als eines der ersten Adoptivkinder aus Korea nach Norwegen kam, geriet er in eine Gesellschaft, die nicht auf die Aufnahme von Menschen vorbereitet war, deren Aussehen sich vom norwegischen unterschied. Reidar, damals sechs Jahre, hatte nicht typisch asiatisch ausgesehen, eher wie ein Südamerikaner, auch wenn er ungewöhnlich groß war. Niemand wusste, welche Traumata der Junge erlitten hatte, ehe er ins Waisenhaus und später dann in ein fremdes Land gebracht worden war.

Der Vater hatte sich verdrückt, als es zu schwer geworden war, mit den Schwierigkeiten des Jungen zu leben. Die Mutter hatte danach eine Reihe von Liebhabern gehabt. Während der Verhandlung hatte der Verteidiger mehr als nur angedeutet, dass der Angeklagte Übergriffen von einem dieser vielen Männer ausgesetzt gewesen sein konnte.

Er selbst hatte jegliche Aussage zu diesem Punkt verweigert.

Mindestens ein bekannter Vergewaltiger war ins Zentrum der Ermittlungen geraten, ehe die Polizei sich auf Reidar Andersen konzentriert hatte. Außerdem glaubte ich mich zu erinnern, dass zu einem bestimmten Zeitpunkt die Theorie lanciert worden war, die Morde könnten mit einer Prostitutionsmafia in Verbindung gebracht werden. Die Zeitungen hatten über mögliche Zusammenhänge zwischen dieser Szene und der Tatsache spekuliert, dass zwei Opfer Prostituierte gewesen waren und das dritte am Mordabend so ausgesehen hatte. Aber diese Verdachtsmomente wurden nach Reidar Andersens Festnahme schnell aufgegeben.

In den Unterlagen entdeckte ich einen vertrauten Namen. Knut Kolberg. Er hatte als frischgebackener Kommissar an den Ermittlungen teilgenommen, wenn auch nur in einer untergeordneten Rolle. Ich konnte feststellen, dass er für kurze Zeit an die Ermittlungsgruppe ausgeliehen worden war, die alle verfügbaren Ressourcen genutzt hatte. Fast ein Vierteljahrhundert später tauchte er jetzt in Mirjam Langes Recherchen auf.

Jäh wurde ich in die Wirklichkeit zurückgerissen. Für einen kurzen Moment hatte ich die Tragödie und das schreckliche Bild von schwarzverkohlten Ruinen und Tod verdrängt.

Während ich mir noch den Kopf zerbrach, tauchten weitere Erinnerungsfetzen aus den achtziger Jahren auf. Ein ehemaliger Studienkollege hatte sich fast manisch für den Fall Andersen interessiert. Fredrik Grevstad hatte Material gesammelt und private Nachforschungen angestellt, in einem Umfang und mit einer Intensität, die ihn nach und nach zu einer Plage werden ließen. Da er sich von seiner Basis im Studentenheim Blindern aus mehr oder weniger konsequent dem Suff ergab, war seine Glaubwürdigkeit nicht gerade groß gewesen. Und während wir anderen unser Studium beendeten, verschwand er einfach. Gerüchten zufolge hatte seine aus Juristen bestehende Familie ziemliche Mühe damit gehabt, sein Wrack am Leben zu erhalten. Meines Wissens hatte er sein Studium niemals zu Ende führen können. Ich hatte keine Ahnung, wo er sich jetzt aufhielt. Und eine rasche Suche im Netz ergab keinen Treffer für diesen Namen.

Ein Gefühl der Ohnmacht überkam mich. Ich hatte eine vage Idee, Mirjam Langes Arbeit fortzusetzen, aber ich hatte keine Ahnung, wie ich da vorgehen sollte.

Als Mari anrief, war ich noch immer zu keiner Entscheidung gelangt. »Papa, was ist los? Du hast dich vorhin so komisch angehört. Bist du krank?« Zigarren, Cognac und ein ausschweifendes Leben würden mich ihrer Meinung nach in einen baldigen Tod treiben.

Also erzählte ich ihr lieber gleich alles.

»Ach, wie schrecklich. Du Armer! Soll ich dich trösten kommen?«

Ich wollte schon ja sagen, als mein Bürotelefon klingelte. »Moment, Mari«, sagte ich. »Hier kommt gerade ein anderer Anruf.«

»Ich melde mich später noch mal«, sagte sie besorgt. »Pass jetzt auf dich auf.«

»Sie waren allein im Haus.« Ich hatte Mørk an der Strippe. Er hatte auf seinen burschikosen Tonfall verzichtet. »Die beiden anderen hatten Glück. Wenn es früher am Abend passiert wäre, wären sie wohl auch umgekommen.«

Ich sprang so heftig auf, dass ich mit dem Knie gegen den Schreibtisch stieß. »Was zum Teufel soll das heißen?«

»Sie waren kurz vorher losgefahren. Mirjam Lange und ihre Tochter.«

Langsam gewann ich die Fassung zurück. »Heißt das, dass sie noch leben?«

»Ja, sicher. Es waren zwei Frauen da, beide mit kleinen Kindern. Zwei Erstklässlerinnen.«

Ich setzte mich langsam wieder hin. »Was ist denn passiert?«

»Kurz vor Mitternacht ging es dem einen Mädchen plötzlich sehr schlecht. Sie ließen ein Taxi kommen, das Mutter und Kind zum Krankenhaus fuhr. Der Brand brach zwei Stunden später aus.«

»Weißt du die Namen der Toten?«

»Die sind noch nicht offiziell bestätigt worden, aber allem Anschein nach hieß die Mutter Cecilie Ruud. Die Tochter Ida ist nicht einmal sechs geworden. Das Haus hat Frau Ruud gehört.«

»Was ist mit den beiden, die ins Krankenhaus gefahren sind? Geht es ihnen gut?«

»Das Mädchen ist ins Zentralkrankenhaus in Tønsberg überführt worden. Die Mutter ist bei ihr.«

»Weißt du schon mehr über den Brand?«

»Nein, es ist noch zu früh. Wir wissen nur, dass er sehr schnell um sich gegriffen haben muss. Möglicherweise ist eine defekte Propangasanlage daran schuld. Du kannst dich ja bei der Technik erkundigen.« Er legte eine Pause ein. »War das eine gute Nachricht?«

»Für mich ja.«

Mira Lange war von der Intensivstation auf die Kinderstation verlegt worden. Das konnte die Frau an der Rezeption mir mitteilen, als ich das nur wenige Gehminuten von meinem Büro entfernte Zentralkrankenhaus betrat. »Die Mutter war über Nacht hier. Sie finden sie sicher bei ihrer Tochter.« Sie musterte mich skeptisch. »Sind Sie auch von der Polizei?«

Nur selten irrte jemand sich dermaßen. »War die auch schon da?«

Sie nickte. »Im Moment sind zwei Polizisten bei ihnen. Sie wissen vielleicht, was heute Nacht passiert ist?«

»Ja. Ich kann warten, bis sie fertig sind.« Das Misstrauen der Polizei gegenüber war mir in Fleisch und Blut übergegangen. Ich würde die Beamten schon erkennen, wenn sie das Haus verließen.

Die beiden, die nun erschienen, waren auch wirklich nicht schwer zu identifizieren. Leider konnte ich mich nicht mehr hinter meiner Zeitung verstecken.

Hauptkommissar From starrte mich überrascht an. Die Beförderung hatte seiner Laune nicht auf die Sprünge helfen können. Die war immer schon durch und durch schlecht gewesen.

»Ach was, Foyn?«, sagte er und wandte sich an seinen Kollegen. »Was glaubst du, was der hier will?«

Jespersen war weiterhin nur Kommissar. Ich hatte das Gefühl, dass er mich dafür verantwortlich machte. In dieser Hinsicht lag er nicht ganz falsch. Als ich zuletzt mit den beiden zu tun gehabt hatte, war so viel Dreck aufgewirbelt worden, dass zwangsläufig etwas an ihnen hängengeblieben war. »Vielleicht kann ich euch helfen«, sagte ich unschuldig. »Mirjam Lange. Die habt ihr doch sicher besucht?«

From sah mich an. Sein Gesichtsausdruck war ebenso ausdrucksvoll wie der von Maris Schildkröte. »Wie das? Sag mir bloß nicht, dass du mit der Sache zu tun hast.«

Ich überhörte die Frage. »Wie geht es ihr?«

»Schlecht.« Jetzt schaltete Jespersen sich ins Gespräch ein. Der Mann hatte gewisse menschliche Züge. »Das kannst du dir ja wohl vorstellen.«

»Habt ihr die Brandursache schon gefunden?«

»Was glaubst du wohl? Das ist heute Nacht passiert. Meinst du vielleicht, wir hätten alle Mittel der Welt zur Verfügung?« From zuckte resigniert mit den Schultern. »Die Technik meinte, dass das Propangas schuld war.«

»Foyn hat vielleicht eine andere Theorie?« Jespersen galt als der Intelligentere von beiden.

»Nein«, antwortete ich kurz. »Habt ihr etwas Verdächtiges gefunden?«

»Was sollte das denn sein?«

»Autos, Menschen, Spuren, egal was.«

»Wir haben nur diese Hundebesitzerin«, sagte From schroff. »Ich an deiner Stelle würde nicht versuchen, daraus einen Fall zu machen. Dich hat wohl die Versicherungsgesellschaft geschickt?« Er machte keinen Versuch, seine Verachtung zu verbergen. »Bald sitzen solche wie du wohl schon an den Krankenbetten.«

Das Schlimmste war, dass er Recht hatte. Versicherungsrecht ist eine wild wachsende Branche.

Dass sie nicht in einem Einzelzimmer untergebracht worden war, nahm ich als gutes Zeichen. Die Kleine sah mich ernst an, als ich ins Zimmer schaute, das sie mit drei weiteren Kindern teilte. Sie erkannte mich immerhin sofort. Ihre Mutter war nicht zu sehen.

»Ich hatte einen Anfall«, flüsterte sie und sah mich ernst an. »Und dann bin ich schrecklich krank geworden. Hast du deinen Hund mitgebracht?« Sie fragte nicht, warum ich hier auftauchte. Solche Fragen sind Kindern fremd.

»Hunde dürfen nicht ins Krankenhaus. Nicht einmal Hulda. Du musst also gesund werden, dann kannst du sie besuchen kommen.« Ihr schien die Tragödie gar nicht bewusst zu sein. »Wo steckt denn deine Mutter?«

»Weiß nicht.« Sie schloss die Augen. »Der Arzt sagt, dass ich morgen vielleicht nach Hause darf.«

»Das klingt doch gut. Ich mach mich mal auf die Suche nach deiner Mutter.« Ich zog das Paket hervor und legte es auf ihr Bett. »Du musst dich solange hiermit zufriedengeben. Bis du gesund bist.«

Mit kleinen weißen Händen entfernte sie vorsichtig das Papier. Es war nicht leicht gewesen, aber ich hatte eine Schmusetierausgabe von Hulda gefunden.

Ich winkte ihr aufmunternd zu, als ich die Tür öffnete und auf den Gang trat.

Und da lief ich ihr sozusagen direkt in die Arme. Mirjam Lange blieb stehen, mitten auf dem grauen Krankenhausgang. Stocksteif stand sie da und starrte mich nur an. Trotz ihrer braunen Haut war sie bleich. Ihre Augen waren rot gerändert. Sie hatte in der Nacht bestimmt kein Auge zugemacht.

»Ich dachte, du wärst das«, sagte ich. »Du und deine Tochter. Ich war ganz sicher.«

Plötzlich brach sie in Tränen aus. Es war ein lautloses Weinen. Als sie sich abwandte, zur Wand hin, blieb ich stehen und betrachtete ihre leise bebenden schmalen Schultern.

Ich riss Papier aus einem Behälter an der Wand. »Wollen wir uns irgendwo hinsetzen?«, fragte ich leise, während sie sich die Tränen abwischte. Ihr Gesicht war nicht mehr lebhaft und neugierig. »Schaffst du es, zu erzählen?«

»Die Polizei war eben erst hier«, schluchzte sie.

Ich führte sie in eine einigermaßen ungestörte Ecke hinter einem Wandschirm, wo wir uns auf ein verschlissenes Sofa zwängten. Ich drehte mich zu ihr hin. »Was ist passiert?«

»Das weiß ich nicht. Wir waren schon schlafen gegangen, aber dann ging es Mira plötzlich schlecht. Das ist schon häufiger passiert, aber diesmal hatte ich wirklich Angst. Ich habe im Krankenhaus angerufen, und die meinten, wir sollten sofort kommen.«

»Und deine Freundin, die Hausbesitzerin, war sie auch da?«

»Ja, sie wollten heute Morgen fahren.«

»Hatte sie kein Auto?«

»Doch«, antwortete sie leise. »Aber wir hatten beide Wein getrunken, deshalb haben wir ein Taxi bestellt. Wir mussten ein Stück laufen, weil Cecilie die Schranke nicht aufschließen konnte.«

»Und sie und ihre Tochter sind im Haus geblieben?«

»Ich wusste ja nicht, wie lange wir im Krankenhaus bleiben müssten.« Sie sank in sich zusammen und legte den Kopf auf die Arme. Die Stille auf dem Gang war ohrenbetäubend. Ich hätte nicht herkommen dürfen.

Am Ende richtete sie sich auf und drehte sich zu mir hin. »Wir wurden weiter nach Tønsberg geschickt. Ich hatte Angst, als ich heute Nacht in den Nachrichten von einem Brand gehört habe, während ich bei Mira saß. Ich habe versucht, Cecilie anzurufen, aber ihr Telefon war tot. Und da habe ich mich an die Polizei gewandt.«

»Deine Tochter weiß also noch nichts?«

»Der Arzt hat gemeint, ich sollte noch warten. Ich hab solche Angst davor, es ihr zu erzählen.«

»Wir geht es ihr?«

»Besser, glücklicherweise. Aber sie muss noch gründlicher untersucht werden. Vielleicht wird eine Operation nötig.«

»Ich hab eben mal bei ihr reingeschaut. Sie wirkt doch ziemlich gesund«, sagte ich. »War ihr Vater schon hier?« Die Neugier würde mich noch ins Grab bringen, wie meine Mutter immer behauptet hatte.

»Der wohnt nicht hier«, sagte sie abweisend. »Wir haben keinen Kontakt.«

Sie hatte Recht. Es ging mich nichts an. »Hast du irgendeine Ahnung, wie der Brand entstehen konnte?«, fragte ich.

Sie schüttelte den Kopf. »Mir ist nichts aufgefallen.«

»Ich habe etwas über eine Propangasanlage gehört. Weißt du etwas darüber?«

»Das hat die Polizei auch schon gefragt, aber da konnte ich denen nicht helfen. Ich weiß nur, dass wir abends den Gasherd benutzt haben und da war alles in Ordnung.« Sie zögerte kurz. »Ich weiß noch, dass ich gefragt habe, ob so ein Gerät nicht gefährlich ist, aber Cecilie sah da keine Probleme.«

»Deine Freundin hatte das Haus doch gerade erst übernommen. Vielleicht kannte sie sich mit dem Herd nicht aus?«

»Das stimmt nicht. Cecilie war schon so oft da. Es muss einen anderen Grund geben.« Dieser Satz blieb in der Luft hängen.

»Welchen denn?«

»Das weiß ich nicht. Begreifst du das nicht?« Sie sah mich verzweifelt an. »Das wollte die Polizei doch auch schon wissen.«

»Hattet ihr irgendwelchen Besuch?«

»Nein, und wir haben auch mit niemandem geredet. Das Haus liegt ganz allein.«

»Konnten andere sehen, dass ihr da wart?«

»Wir hatten ja Licht brennen. Aber den Wagen hatten wir auf dem gemeinsamen Parkplatz abgestellt, unten an der Straße.«

»Und dir ist auch sonst nichts Verdächtiges aufgefallen?«

»Nein«, sagte sie leise. »Es war ein ganz normaler Abend. Es war so schön, die Kinder haben sich sehr gut verstanden. Alles ging gut, bis Mira dann den Anfall hatte.«

»Der Brand scheint sich sehr schnell entwickelt zu haben«, sagte ich nachdenklich. »Trotzdem, ist es nicht doch merkwürdig, dass sie nicht rechtzeitig erwacht sind und sich in Sicherheit gebracht haben? Es war doch kein großes Haus.«

»Glaubst du, daran hätte ich nicht auch schon gedacht?« Sie schlug überraschend heftig mit der Hand auf den Tisch. »Sie haben im hintersten Schlafzimmer übernachtet, weit weg von der Küche.«

»Gab es da einen Rauchmelder?«

»Ich weiß nicht«, sagte sie unsicher. »Mir ist keiner aufgefallen.«

»Weißt du, ob sie die Tür abgeschlossen hat, als ihr aufgebrochen seid?«

»Das nehme ich an. Wir wussten ja nicht, wie lange wir ausbleiben würden. Erst wollte Cecilie unbedingt mitkommen, aber ich hielt das nicht für nötig. Die kleine Ida schlief doch schon.« Sie unterbrach sich. »Das ist alles meine Schuld. Nur meinetwegen sind wir in das Haus gefahren.«

»Es war nicht deine Schuld«, sagte ich versuchsweise. »Es war ein entsetzliches Unglück, etwas, was auf jeden Fall passiert wäre.« Sie tat mir wirklich leid. Sie würde mit diesem Gefühl leben müssen, egal was andere ihr einzureden versuchten.

Mirjam Lange schien schreckliche Angst zu haben, als sie den ungewöhnlich geschmacklosen krankenhauseigenen Couchtisch anstarrte.

»Gibt es etwas, was du mir nicht erzählt hast?«, fragte ich jetzt vorsichtig. »Etwas, was du vergessen hast?«

Ihr Blick war jetzt wachsamer. »Was sollte das denn sein?«

»Keine Ahnung. Das musst du wissen.«

»Das Schloss klemmte«, sagte sie leise. »Das Schloss in der Haustür. Wir konnten den Schlüssel fast nicht umdrehen. Vielleicht konnten sie sie nicht öffnen. Und die Fenster waren geschlossen.«

Sie starrte zu Boden.

»Wenn ich das richtig verstanden habe, hast du im Fall Andersen Nachforschungen angestellt. Hattest du Kontakt zu denen, die damals auch unter Verdacht standen?«

Sie zögerte kaum merklich. »Ich habe mich ja ein wenig umgehört«, sagte sie vage. »Und ich habe mit vielen geredet, damals wurden doch etliche überprüft.«

Wir wurden von einer Krankenpflegerin unterbrochen. »Frau Lange? Der Oberarzt möchte Sie sprechen.«

Mirjam sah die Frau im weißen Kittel erschrocken an. »Stimmt was nicht?«

»Das glaube ich nicht«, meinte die Pflegerin beruhigend. »Kommen Sie einfach mit, dann wird er es Ihnen selbst sagen.«

Mirjam Lange drehte sich zu mir um. »Danke für deinen Besuch. Ich muss jetzt los.« Ihre Stimme klang neutral, fast schroff. Es war nicht schwer zu verstehen, dass sie sich in einem labilen Gemütszustand befand.

»Ruf mich an, wenn dir noch etwas einfällt«, sagte ich. »Oder wenn du Hilfe brauchst.«

Ich blieb stehen und sah hinter ihr her, als sie auf dem langen tristen Gang verschwand.

Es war noch immer Samstag, aber ich verspürte keine Samstagsstimmung. Nicht einmal ein Lauf mit Hulda, eine glühend heiße Dusche und ein kaltes Bier konnten mich von meiner Depression befreien. Die ganze Geschichte war einfach zu schrecklich. Es war das eine, auf diese Weise eine enge Freundin zu verlieren. Hinzu kam das schlechte Gewissen, weil man selbst zufällig davongekommen war.

Am Ende rief ich Mørk an.

Wir verabredeten uns im Grand. Da alle Kneipen mit Seele in dieser Stadt systematisch zu Objekten für Rationalisierung und Modernisierung geworden waren, bevor sie schließlich geschlossen wurden, fühlten wir uns wie gejagt. Derzeit waren wir in diese Ecke der Stadt gedrängt worden.

Er saß schon da, als ich kam. Jeder Gauner in diesem Polizeibezirk wusste, dass er Bulle war. Aber andere konnten das unmöglich sehen. Wilhelm Mørk achtete sehr auf sein Äußeres. Alles an ihm war teuer, exklusiv und geschmackvoll. Der Mann war einfach das Gegenteil eines Polizisten. Deshalb wusste ich ihn zu schätzen, trotz seiner düsteren Seiten. Ich hatte es aufgegeben, mir über diese einen Überblick zu verschaffen.

»Setz dich.« Er musterte mich unbeschwert. »Du siehst grauenhaft aus. Bier oder Wein?«

»Schnaps. Ich brauch einen richtigen Cognac.«

Nach zwei Runden fing er an zu erzählen. Die Techniker hatten festgestellt, dass die Propangasanlage nicht vorschriftsmäßig montiert gewesen war. »Die hatte einen Gummischlauch, wo ein Kupferrohr hingehört. Aber alles war ja geschmolzen, deshalb lässt sich die genaue Ursache wohl nicht ermitteln.«

»Kann es sich um Brandstiftung handeln?«

Mørk betrachtete mich voller Interesse. »Brandstiftung? Warum glaubst du das?«

»Ich weiß nicht«, sagte ich resigniert. »War die Tote auch Journalistin?«

»Ich dachte, das wüsstest du. Sie hat bei *Dagbladet* gearbeitet.«

Natürlich. Sie waren sicher früher Kolleginnen gewesen. Daher kannten sie sich.

»Sag mal«, Wilhelm Mørk betrachtete mich noch immer forschend. »Woher stammt eigentlich dein Interesse an diesem Unglück?«

Ich erzählte ihm lieber gleich alles. Ich hatte das Bedürfnis, mit jemandem zu sprechen. »Das Seltsame ist, dass ich nicht überrascht war, als sie angerufen hat«, endete ich. »Es war einfach so, wie es sein sollte. Als ob ich sie schon lange gekannt hätte.«

»Mirjam Lange, was?« Mørk starrte mich durch den Zigarettenrauch an. »Sie ist natürlich hübsch?« Er wartete nicht auf eine Bestätigung. »Sie wird dir Ärger an den Hals holen, das kannst du mir glauben.« Er schüttelte den Kopf. »Als ob das etwas Neues wäre.«

»Jetzt übertreib nicht«, wehrte ich ab. »Ich habe nur Fragen beantwortet. Das hättest du auch gemacht.«

»Genau. Und sie schreibt ein Buch?«

»Über Schuld und Strafe, sagt sie. Oder so.«

»Klingt ja wie Dostojewski, oder was?«

»Ja, vielleicht.« Ich hatte das Bedürfnis, sie zu verteidigen. »Innerhalb deiner Truppe gibt es ja genug Geschichten, an denen sie sich bedienen kann. Du kennst doch Knut Kolberg. Was sagst du über den?«

»Kolberg?« Mørk blies einen seiner gekonnten Rauchringe. Er legte sich perfekt um mein Glas. »Leg dich bloß nicht mit dem an. Der hat einflussreiche Freunde.«

»Erzähl mir lieber etwas Neues.« Ich hatte schon lange das unangenehme Gefühl, dass Kolberg über mehr als nur gute Beziehungen zu den Anklagebehörden verfügte. Aber Behauptungen, die sich nicht belegen lassen, sind für Anwälte nicht angenehm. Sie hatten nur auf eine Gelegenheit gewartet, um mich fertigzumachen.

Mørk lächelte. »Na gut. Du hast ja gewisse Erfahrungen, wenn ich das richtig in Erinnerung habe.«

»Vergiss es«, sagte ich resigniert.

»Sie hat dir nicht alles erzählt«, fügte er kryptisch hinzu. »Das ist dir doch wohl klar?«

Ich setzte mich gerade. »Wie meinst du das?«

»Ein Liebhaber«, teilte Mørk mit. »So einen musst du suchen.«

Natürlich konnte sie einen Liebhaber haben, auch wenn diese Vorstellung mir nicht gefiel. »Ja und?«

»Einen Exliebhaber, um genauer zu sein«, fuhr Mørk unbeirrt fort. »Von der zähen Sorte, die keine Abfuhr hinnehmen kann.«

»Meinst du, dass sie so einen Verrückten am Hals hat?« Ich konnte mir Mirjam Lange nur schwer in einer solchen Situation vorstellen. »Woher weißt du das?«

»Sie wurde routinemäßig überprüft. Dabei kam raus, dass sie diesen Typen wegen Belästigung verklagt hatte, aber dabei blieb es dann. Aussage gegen Aussage. Und es war kein schwerer Fall.«

»Ihr arbeitet schnell, wie ich sehe.«

Mørk lächelte zufrieden. »Möchtest du noch mehr wissen?«

Er war auffällig gut informiert. Das verhieß normalerweise nichts Gutes. »Was ist mit Gewalt? Spielt die auch eine Rolle?«

»Nicht dass ich wüsste. Gewalttätig scheint der Typ nicht zu sein.«

Man kann sich aber ändern. »Was ist er für einer?«

»Tja, das scheint ein Teil des Problems zu sein. Ein wirklich braver Bürger, Dipl.-Ing. mit bestem Leumund, offenbar Forscher. Glaubwürdiger Bursche. Warum sollte er auf so eine wahnwitzige Idee verfallen, einen Brand zu legen?«

»Alles ist möglich, wenn du mich fragst. Habt ihr am Tatort etwas Interessantes gefunden?«

»Wir haben Nachbarn und mögliche Zeugen befragt. Alles wirkt normal. Mit einer Ausnahme. Es wurde ein Auto gesehen, das die Ferienhausgegend verlassen hat.«

»Na und? Sie sind doch mit dem Taxi gefahren.«

»Das wissen wir auch. Aber diese Beobachtung ist

offenbar eine halbe Stunde später gemacht worden, nachdem das Taxi schon im Krankenhaus angekommen war. Diesen Zeitpunkt haben wir exakt feststellen können.«

»Wer ist dieser Zeuge?«

»Tja, ein alter Kerl, der das ganze Jahr da draußen haust.« Mørk zündete sich lässig eine seiner stinkenden Zigaretten an, Spezialimport aus Frankreich.

»Wenn seine Zeitangabe korrekt ist, dann hätte er ja eigentlich zwei Autos bemerken sollen.«

»Er sagt, dass er wohl geschlafen hat, als das Taxi kam. Später ist er dann wach geworden und musste pissen. Prostata, du weißt schon.« Mørk lächelte aufmunternd. »Und dabei glaubt er, das Auto gesehen zu haben.«

»Na gut. Das kann doch jemand aus einem anderen Haus gewesen sein.«

»Vermutlich.« Ich wusste, dass noch mehr kommen würde. »Dieses Auto soll ohne Licht gefahren sein.«

»Ach! Und was werdet ihr unternehmen?«

»Nicht viel, fürchte ich. Wir suchen den Fahrer als möglichen Zeugen. Aber da der Opa fast taub und blind und außerdem leicht verwirrt ist, wird dieser Information wohl kein sehr großes Gewicht beigemessen werden. Außerdem kann es eine andere Erklärung geben.«

»Und die wäre?«

»Diese Gegend wird angeblich oft von Paaren aufgesucht, die keinen anderen Zufluchtsort haben. Von Mannsbildern, die es mit andrer Leut's Ehefrauen treiben, zum Beispiel.«

Sein Lächeln gefiel mir nicht.

Mørk winkte der Tresenfrau. »Wir hätten gern

dasselbe noch mal.« Mich fragte er nicht. Obwohl ich die Rechnung bezahlen musste. Wir hatten eine stillschweigende Abmachung. Ich spendierte und er informierte. So war es immer schon gewesen.

»Ich werde dir sagen, wie es weitergeht«, sagte Mørk, als der Cognac auf dem Tisch stand. »Wenn die technischen Untersuchungen nicht andeuten, dass bei diesem Brand etwas nicht stimmte, und wenn keine anderen Informationen einlaufen, wird der Fall sehr bald als tragisches Unglück eingestuft werden, was aller Wahrscheinlichkeit nach ja auch zutrifft. Falls du keine andere Theorie hast?«

Ich fühlte mich unter seinem scharfen Blick sehr unwohl in meiner Haut und zuckte mit den Schultern. »Theorie? Nein, das nicht gerade. Es kommt mir nur so verdammt sinnlos vor. Und für die beiden, die zufällig überlebt haben, ist es eine schwere Last.«

Er nickte. »Glück im Unglück, ja. Hast du dir eins überlegt?«

»Was denn?«

»Falls dieser Brand kein Unglück war.« Mørk hob abwehrend die Hände. »Ich sage nur, *falls.*«

»Ja, was dann?«

»Denk daran, dass sich an diesem Abend zwei erwachsene Menschen in dem Haus aufgehalten haben.« Mørk machte eine viel sagende Handbewegung. »Dann muss nicht unbedingt deine kleine Freundin die Zielscheibe gewesen sein.«

Er hatte Recht. Daran hatte ich noch nicht gedacht. Es ist nicht normal, an Leute gleich als mögliche Mordopfer zu denken. Ganz zu schweigen von kleinen Kindern.

»Du solltest vielleicht feststellen, ob sie an einer besonderen Sache gearbeitet hat. Sie war doch Journalistin. Die stoßen auf so vieles«, endete er und leerte sein Glas. Es war das dritte.

Ich spürte, dass es an diesem Abend nicht das Letzte sein würde, was ich bitterlich bereute, als meine Tochter am Sonntagvormittag ohne jegliche Vorwarnung die Tür zu meiner Mansardenwohnung aufschloss. So nannte sie diesen Zeitpunkt jedenfalls. Ich finde ja, dass Vormittage nicht vor elf beginnen.

»Aber Papa, hier stinkt es ja vielleicht! Lüftest du denn nie? Ist gestern alles gut gelaufen? Ich hab vergessen, noch mal anzurufen.« Sie betrachtete mich mit mütterlichen Instinkten im Blick.

Ich hatte das Lüften vergessen. Das gebe ich gern zu.

Erst nachdem ich Mari und ihrem Freund Markus, der inzwischen den Führerschein besaß, den Wagen überlassen hatte, wurde mir verziehen. Die beiden wollten einen Ausflug machen. Ich hatte mir eingebildet, dass so etwas total passé war.

3

Zwei Wochen verstrichen. Es war Mai geworden, als sie anrief. »Ich bin's«, sagte sie.

Ich hätte überrascht sein müssen. Aber auch diesmal blieb diese Reaktion aus.

»Wie geht es euch?«, fragte ich. Von Mørk wusste ich, dass die Polizei gerade den Schluss zog, dass keinerlei strafbare Umstände an dem Brand schuld waren. Und der Exliebhaber war auch nicht mehr mit im Spiel. Angeblich hatte er ein Alibi präsentieren können.

»So gut, wie man erwarten kann.«

Das konnte vieles bedeuten.

»Mira ist glücklicherweise ziemlich gesund. Und sie spricht nicht mehr so viel über Ida.«

Ich fragte mich, worauf sie hinauswollte.

»Die Beerdigung war entsetzlich«, sagte sie leise.

Eine junge Mutter und ihre kleine Tochter. Viel schlimmer konnte es doch kaum kommen.

»Ich wollte dich etwas fragen.«

»Na los.«

»Ich schreibe einen Artikel über an den Rand gedrängte Gruppen, Menschen, die von der Gesellschaft abgewiesen und sich selbst überlassen werden. Menschen, die wir verachten.«

»Hast du da an eine bestimmte Gruppe gedacht?«

Sie zögerte kurz. »Ehemalige Strafgefangene, zum Beispiel. Vor allem solche, die lange gesessen haben, wegen schwerer Verbrechen. Wir geben ihnen keine neue Chance, wenn sie *herauskommen*.«

»Du beschäftigst dich noch immer mit dem Andersen-Fall?« Die Diskussion in den Medien war weitergegangen. Jetzt war sie wirklich scheußlich. Solche Fälle bringen oft unsere dunkelsten Seiten zum Vorschein.

»Das überschreitet doch inzwischen jegliches Maß«, sie war wirklich empört. »Es gibt Beispiele genug.«

»Da hast du leider wohl Recht. Aber es ist wirklich kein kleines Problem, mit dem du dich da befasst.«

»Ich wollte wissen, ob du dir meinen Entwurf ansehen könntest. Es gibt da einige juristische Fragen, bei denen ich unsicher bin. Wenn du Zeit hast, meine ich.«

»Schick es einfach rüber.« Ich fragte mich, warum sie sich an mich wandte und nicht an einen der Staranwälte in der Hauptstadt. Und ich fragte nicht nach dem Exliebhaber.

Der Artikel kam, als ich gerade das Büro verlassen wollte. Der Frühling machte mich ruhelos. Manchmal kam es mir sinnloser vor als sonst, meine Tage auf diesem düsteren Dachboden zu verbringen, mit einer Hündin als einziger Gesellschaft. Es kam vor, dass ich mich nach der Gemeinschaftskanzlei weiter unten im Haus zurücksehnte.

Es war ein gut geschriebener Artikel, scharfsinnig, provozierend und überaus engagiert. Letzteres war vielleicht eine Schwäche. Wenn es zum Beispiel um Reidar Andersen ging, fand ich, dass sie die Tatsache, dass der Mann ja immerhin wegen dreier Morde verurteilt worden war, zu leichtfertig übersprang. Es war nicht ganz unverständlich, dass manche Leute ein wenig unsicher waren, wenn sie es mit einem wie ihm zu tun hatten. Und in Bezug auf die Situation der

Prostituierten fand ich, dass sie dazu neigte, ihnen jegliche Verantwortung für ihre Entscheidungen abzusprechen. Meine Erfahrung war, dass sie nicht nur Opfer waren. Aber ansonsten fiel es mir leicht, ihre Ansichten zu unterschreiben. Und die Art, in der sie Randgruppen analysierte, war interessant und recht originell. Außerdem schrieb sie einen glänzenden Stil.

Ich nahm einige kleine Änderungen vor, strich einzelne Aussagen und fügte ein wenig Jura und einige Literaturhinweise hinzu, ehe ich den Artikel zurückschickte. Deshalb war ich überrascht, als ich am nächsten Morgen eine weitere Meldung vorfand, in der sie vorschlug, mich als Koautor zu nennen. *Deine Erfahrung als Anwalt wird diesen Ansichten größeres Gewicht geben,* schrieb sie. *Außerdem schreibst du gut.*

Ich besaß nicht genug Charakterstärke, um zu protestieren.

Überraschenderweise wurde der Artikel schon am folgenden Samstag in *Aftenposten* gedruckt. AUSGESTOSSEN UND MARGINALISIERT – EIN TYPISCH NORWEGISCHES PHÄNOMEN?

Als sie anrief und gratulierte, verabredeten wir, uns demnächst zu treffen. Ich beschloss, die Initiative ihr zu überlassen. Auch wenn ich sie gern wiedersehen wollte.

Es stellte sich heraus, dass wir einen ungeheuer schlechten Zeitpunkt für unseren Diskussionsbeitrag ausgewählt hatten. Eine Woche später, am Samstag, dem 1. Mai, verschwand die siebzehnjährige Helene Holt aus Åsgårdstrand. Sie war Schülerin an der Gesamtschule in Horten und in ihrem Freundeskreis ein beliebter Mittelpunkt. Die, die sie nicht kannten, konnten sie für ein ganz normales Schulmädchen halten, auch wenn sie älter aussah, sich gern herausfordernd anzog und schon in ihrem jungen Alter Erfahrungen verschiedenster Art gesammelt hatte. Wie einer ihrer männlichen Bekannten es einem zudringlichen Fernsehreporter gegenüber ausdrückte: *Sie hat gern gezeigt, was sie hatte. Und wenig hatte sie wirklich nicht.*

Die meisten von Helene Holts Bekannten wohnten in Horten. Und da die Busverbindung schlecht und teuer war, fuhr sie oft per Anhalter, auch wenn ihren Eltern das gar nicht recht war. Die Polizei befürchtete, dass sie das auch am Abend ihres Verschwindens gemacht hatte. Sie hatte ihre Freunde in Horten verlassen, um mit dem letzten Bus nach Hause zu fahren. Weil es der Tag nach dem Nationalfeiertag war, war auf dieser Linie nicht gerade viel Verkehr. Deshalb konnte der Fahrer mit Sicherheit aussagen, dass Helene Holt nicht mit ihm gefahren war. Also musste sie ihr Glück wohl per Anhalter versucht haben.

Aber in Åsgårdstrand tauchte sie nicht auf. Nicht an diesem Abend. Nicht am nächsten Abend, sondern überhaupt nicht mehr. Niemand hatte sie gesehen, nachdem sie das Zimmer ihrer Freundin verlassen hatte. Helene Holt hatte nicht eine einzige Spur hinterlassen, egal wie Familie, Polizei und Freundeskreis auch suchten. Und als die Zeit verstrich, wurde die Sache immer rätselhafter.

Es dauerte nicht lange, bis die Presse sich in Spekulationen verlor, wozu durchaus Grund bestand. Reidar Andersen hatte sich in Horten niedergelassen. Das lag daran, dass er diese Stadt während seiner Jahre im offenen Vollzug auf der nahegelegenen Gefängnisinsel Bastøy kennengelernt hatte. Reidar Andersen hatte es in Horten gefallen. Und jetzt fuhr er Auto, nachdem er sich mit Hilfe der Gefängnisbehörden einen neuen Führerschein besorgt hatte.

Die Polizei hatte ihn schon früh vernommen. Und nicht nur einmal. Sein alter Volvo war auf der Suche nach Spuren erfolglos auseinandergenommen worden. Die Medien fingen an, Fragen zu stellen. War es nicht riskant, einem Mann wie Andersen einen Führerschein auszuhändigen?

Hunderte von Zeugen waren vernommen worden, die Ermittler hatten nichts unversucht gelassen, um Reidar Andersen mit Helene Holt in Verbindung zu bringen, bisher ohne Erfolg. Aber der Verdacht haftete weiterhin an dem Mann. Es wurde nachgewiesen, dass er abends oft lange Fahrten durch die Umgebung unternahm. Viele wollten ihn gesehen haben, auch in Åsgårdstrand. An dem Abend, an dem Helene verschwunden war, hatte man ihn an einer Tankstelle gesehen. Wenn der Zeitpunkt stimmte, hätte er nicht rechtzeitig in Horten sein können, um Helene Holt an der Landesstraße 312 aufzulesen. Das Problem war nur, dass der Zeuge keine Uhr bei sich gehabt hatte und den Zeitpunkt deshalb nur ungefähr angeben konnte.

Jeden Tag steigerte sich der Erwartungsdruck und die Gerüchteküche brodelte. Helene Holt war angeblich in Oslo, in Kopenhagen und unterwegs nach London gesichtet worden. Ein eifersüchtiger Ex musste zugeben, dass er sie bedroht hatte, als sie Schluss machen wollte, behauptete jedoch, seine Enttäuschung schon längst überwunden zu haben. Bekannte Sexualverbrecher wurden überprüft, in Horten umfassende Suchaktionen gestartet, aber alles blieb ergebnislos. Helene Holt war und blieb verschwunden. Auch wenn das unwahrscheinlich schien, hofften Familie und Freunde noch immer, dass es aus freien Stücken geschehen war.

Ich selbst hatte vor Gericht zu tun und verfolgte die Sache nur oberflächlich. Die Presse belagerte das Haus, in dem Reidar Andersen sich aufhielt. Niemand wollte eine eventuelle Verhaftung versäumen. Die Stimmung in Helenes Umfeld war dermaßen aufgeheizt, dass alles passieren konnte. Aber wenn ich den Medienberichten Glauben schenken wollte, dann zeigte Andersen selbst sich seltsam unberührt. Der ganze Aufruhr schien ihn nichts anzugehen. Für einige erinnerte das an sein Verhalten während seines Prozesses vierundzwanzig Jahre zuvor.

Helenes Familie wandte sich an die Öffentlichkeit. Verweint und verzweifelt flehten sie um ein Lebenszeichen, ob das nun vom Entführer oder der jungen Frau selbst stammte, wenn sie sich in ein fremdes Land abgesetzt hatte. Die Ungewissheit war das Schlimmste. Aber das Lebenszeichen blieb aus. Helene Holt blieb verschwunden.

Von Mirjam Lange hörte ich nichts mehr. Es kam vor, dass ich an sie dachte.

Als ich mich in Wilhelm Mørks schlauchförmiges Büro drängte, waren seit Helene Holts Verschwinden fast sechs Tage vergangen. Es war Freitagnachmittag.

Er ließ mich länger als sonst sitzen, bis er mich über seine Brille hinweg ansah. »Ach! Du hast dir einen

Bewunderer zugelegt, wie ich höre. Wurde aber auch Zeit.«

Ich sah ihn verständnislos an. »Was soll das denn heißen?«

Meine Verwirrung schien ihn zu belustigen. »Du solltest früher aufstehen. Aber es wäre sicher zu viel verlangt, wenn du samstags schon um neun Uhr morgens bei Bewusstsein wärst.«

»Ich begreife nicht, worauf du anspielst.«

»*Bestellen Sie die Melodie* ist eine hervorragende Sendung«, fuhr Mørk ganz unberührt fort. »Ich dachte, du hättest Sinn für klassische Musik. Ist dein Liebling nicht der verrücke Russe Rachmaninow?«

Ich ließ ihn weiterreden. Lange Erfahrung hatte mich gelehrt, dass Wilhelm Mørk gern die Kontrolle über seine Gespräche hatte. Hoffentlich würde er bald zur Sache kommen.

»Vorigen Freitag gab es da einen Gruß für dich. Weißt du das nicht?«

»Einen Gruß?«

»Er war jedenfalls für jemanden mit deinem Namen. Und so viele davon kann es doch nicht geben.«

»Ein paar schon«, sagte ich. »Als ich das zuletzt überprüft habe, waren es fünf.«

»Es war ein interessanter Beitrag«, sagte Mørk unbeirrt. »Es kann darauf hinweisen, dass du kultiviertere Bekannte hast, als man befürchten könnte. Offenbar war es ein richtiger Musikliebhaber.«

»Ein Mann?«

»Du hattest wohl auf etwas anderes gehofft, stelle ich mir vor. Es war ein Mann, ja.«

Ich musterte ihn skeptisch. Es war unmöglich, Mørks Gesicht anzusehen, ob das eine neue Art von

Witz sein sollte. »Vielleicht könntest du mich genauer informieren«, sagte ich mit bemühter Ruhe. »Wer hat da angerufen und was wollte er?«

»Er hat mit großer Überzeugungskraft für die Art von Musik argumentiert, die mit dem Tod zu tun hat, in diesem Fall mit Assoziationen zu Filmmusik. Und er hatte sich seinen Musikwunsch gut ausgesucht, muss ich sagen.«

»Welches Stück war es also?«

»Mahlers Fünfte.«

»Der Tod in Venedig?«

»Genau«, sagte Mørk zufrieden. »Diesen Film vergisst man nicht so leicht.«

Ich wurde jetzt nervös. »Den Film habe ich natürlich gesehen, aber ansonsten habe ich keine Ahnung, wovon du redest. Hatte dieser Anrufer einen Namen?«

»Aber sicher.« Mørk musterte mich aufmerksam. »Einen Namen, den du als Jurist gut kennen müsstest. Wenn du noch Erinnerungen an dein Studium hast, meine ich.« Wilhelm Mørk hatte ebenfalls Jura studiert. »Ich würde hier wohl von einem Pseudonym sprechen.«

Ich überlegte. Das ging nicht so schnell. »Meinst du Peder Ås?«

»Richtig. Klingelt's jetzt bei dir?«

Ich wurde nervös. Peder Ås war ein fiktiver Name, der in allen Fallbeschreibungen in juristischen Lehrbüchern verwendet wurde. »Irgendwer scheint sich auf meine Kosten zu amüsieren«, sagte ich und versuchte, unberührt zu bleiben. »Was hat er sonst noch gesagt?«

»Ach, an die genaue Wortwahl kann ich mich nicht erinnern. Aber mit Musik kannte er sich wirklich aus.« Mørk schüttelte resigniert den Kopf, ehe er weiterredete. »Hast du übrigens mit ihr gesprochen?« Er ignorierte meine Reaktion, während er die Papiere auf seinem überfüllten Schreibtisch durchsuchte.

Ich setzte mich im Besuchersessel gerade. »Von wem redest du? Von Helene Holt vielleicht?«

»Man ist heute witzig, wie ich sehe.« Mørk sah müde aus. Die Polizei wurde derzeit hart in die Mangel genommen, sogar die Juristen wurden ins Feld geschickt. Er reichte mir ein Fax. »Das ist vielleicht etwas für dich.«

Es war eine Hausmitteilung der Osloer Polizei. Daraus ging hervor, dass eine Frau namens Mirjam Lange einen unbekannten Autofahrer angezeigt hatte, der auf den Bürgersteig gefahren war und sie mit der Stoßstange seines Wagens gestreift hatte. Es war an einer Straßenecke passiert, als sie spätabends zu Fuß nach Hause ging. Zeugen hatten sich nicht gemeldet. Was das Auto anging, so hatte sie es als groß und dunkel beschreiben können. Es war vor fast einer Woche am Samstag passiert, nur wenige Stunden vor Helene Holts Verschwinden.

Ich schaute überrascht in Mørks ausdrucksloses Gesicht. »Ja, verdammt«, sagte ich.

»Das hast du also nicht gewusst«, stellte er fest. »Das auch nicht. Deine taube Freundin lebt gefährlich, findest du nicht? Was glaubst du, was als Nächstes passieren wird?«

»Keine Ahnung. Ist sie verletzt worden?«

»Sie hatte Glück und ist mit einem Schock davongekommen. Sie musste nur zu einer kurzen Untersuchung bei der Unfallstation vorbeischauen. Du wirst sie sicher zu Hause antreffen. Das musst du nämlich, weißt du.«

»Was denn?«

»Dich bei ihr melden«, sagte Mørk geduldig. »Ich habe den Artikel gelesen. Ihr passt zueinander. Auch wenn das Ärger gibt.« Er schaute Hulda an, die bereits die Papierstapel auf dem Boden umgeworfen hatte. »Du brauchst andere Gesellschaft als dieses Tier.«

Hulda knurrte ihn an, als wir uns zurückzogen. Er würdigte sie jedoch nicht eines einzigen Blickes.

Im Büro blieb ich dann lange sitzen, ehe ich mich entschied. Mørk hatte Recht, wie so oft.

Sie meldete sich nicht sofort. »Ja«, sagte sie dann nur.

»Hier Foyn.«

»Ach«, sagte sie rasch. »Ich wollte ja anrufen, aber mir ging es nicht so gut.«

»Nicht so gut?« Ich konnte mich nicht beherrschen. »Heißt das, du warst krank?«

»Nur eine Erkältung«, antwortete sie ausweichend.

»Und ein Verkehrsunfall, habe ich gehört?«

»Ja«, sagte sie. »Ich war ziemlich erschrocken, aber jetzt geht es mir wieder gut. Ich hatte Glück.«

»War das wirklich ein Unfall? Hat nicht jemand versucht, dich anzufahren?«

Sie gab keine Antwort.

»Was ist mit der Polizei?«, fragte ich ungeduldig weiter.

»Die wissen nichts. Sie meinen, dass es ein Betrunkener war.«

»Und was glaubst du?«

»Das weiß ich nicht.«

Dieses Gespräch war nicht gerade informativ. »Hör

mal«, sagte ich verzweifelt. »Jemand hat es auf dich abgesehen. Bedrohungen, Brand, Verkehrsunfall, was kommt als Nächstes? Kannst du mir vielleicht verraten, was da los ist?«

Sie schwieg. »Das ist nicht so leicht«, sagte sie dann so leise, dass ich es kaum hörte.

Wir schienen nicht weiterzukommen. »Du weißt sicher, was gerade in Horten los ist. Was sagst du dazu?«

Nun erwachte sie zum Leben. »Das ist doch die pure Hexenjagd. Reidar Andersen hat seine Strafe abgesessen, jetzt hat er ein Recht auf seine Ruhe, genau wie alle anderen.«

»Wenn er unschuldig ist, ja. Aber kannst du da so sicher sein?«

»Darum geht es nicht«, sagte sie wütend. »Diese Art von Hexenjagd ist auf keinen Fall vertretbar.«

»Ich bin da durchaus deiner Ansicht«, sagte ich. »Aber vielleicht kann ich heute Abend mal vorbeischauen, damit wir darüber reden? Über alles, meine ich.« Mich aufzudrängen war wirklich nicht mein Stil. Trotzdem machte ich es jetzt.

»Bist du in der Stadt?«

»Ich hab doch ein Auto«, argumentierte ich optimistisch. »Ich wollte ohnehin nach Oslo.« Meine Mutter hatte mich vor Lügen gewarnt, sogar vor Notlügen. Diese Warnungen hatte ich immer ignoriert.

»Weißt du, wo ich wohne?« Sie schien einen Entschluss gefasst zu haben.

Ich hatte die Adresse bereits herausgesucht. Mitten in Grønland. »Ja, sicher. So gegen sieben? Ich kann den Hund mitbringen«, sagte ich, um die Pille zu versüßen. »Deine Tochter ist doch zu Hause?«

»Sicher. Mira wird sich freuen.« Sie selbst schien nicht so begeistert zu sein.

Ich führte ein weiteres Telefongespräch. Beim Radio gibt es noch immer Enthusiasten, Leute, die für das brennen, womit sie sich beschäftigen. Der Moderator von »Bestellen Sie die Melodie« war so jemand. Bezeichnenderweise war er noch in der Redaktion, auch wenn es schon auf fünf Uhr zuging. Er konnte mir nicht nur erzählen, was er am vergangenen Samstag gespielt hatte. Er konnte sich auch sehr gut an den Mann mit dem seltsamen Geschmack erinnern. *Musik und Tod.* So hatte der Anrufer sich ausgedrückt.

»Wir haben es auf Band«, sagte er unaufgefordert. »Ich bereite gerade die Sendung für morgen vor, deswegen hab ich es zur Hand. Wollen Sie es hören? Ich kann Sie durchstellen.«

Diese Chance konnte ich mir nicht entgehen lassen, auch wenn ich eine Verabredung hatte. Ich hätte gern gewusst, ob es das war, was meine Tochter ein *Date* nennen würde.

Hier spricht Peder Ås, die Stimme war total neutral. Nach einigen Einleitungsfloskeln kam er zur Sache. *Klassische Musik hat sich immer auf die tragischen Seiten des Lebens konzentriert,* dozierte er. *Auf Trauer, Krankheit und Tod. Als Teil des Lebens selber.*

Die Angst vor dem, was nach dem Tod kommt, hat die Menschen früher sicher mehr beschäftigt, sagte nun der Moderator. *Jetzt zählen nur die Freuden des Augenblicks.*

Sie haben ja so recht. Er schien sich darüber zu freuen, hier auf einen Meinungsgenossen gestoßen zu sein. *In Mahlers Fünfter finden wir diese Faszination vom*

Tragischen, vom Tod. Zusammen mit Thomas Manns Text wird das ungeheuer stark. Der alternde Komponist, der schöne Knabe, das erotische Begehren, die Bilder und die Musik, und die ganze Zeit mit dem Tod als Hintergrund. Musik und Tod. Ein ästhetisches Erlebnis.

Sie haben den Film also auch gesehen? Der Moderator war ein kultivierter Mann.

Natürlich. Wer hat das nicht?

Die meisten, fürchte ich.

Der Anrufer lachte. Es war kein warmes Lachen. *Ich würde diese Musik gern einem gewissen Svend Foyn widmen, wenn das geht?*

Svend Foyn? Der Moderator wirkte jetzt unsicher. *Meinen Sie den Walfänger aus Vestfold?*

Er hat einen Namensvetter, und der hat den Film sicher nicht gesehen. Da irrte er sich nun wirklich. Ich hatte den Film nicht nur gesehen. Ich konnte mich auch sehr gut daran erinnern. *Er braucht eine Erinnerung daran, dass der plötzliche Tod uns alle einholen kann,* fügte der Anrufer hinzu. *Dass der Tod seine eigene Faszination hat. Dass er für manche als Befreiung kommen kann. Dass er der Preis ist, den wir für das Leben bezahlen.*

Das hört sich aber dramatisch an. Der Moderator versuchte offenbar, das Gespräch auf eher alltägliche Themen zu bringen. *Es ist doch trotz allem nur ein Musikstück.*

Große Kunst ist niemals gleichgültig und immer befasst sie sich mit dem Tod. Der Anrufer wirkte fast erregt. *Denken Sie nur an unseren großen Maler Munch, der unten in Vestfold saß und unsere Angst vor dem Tod greifbar sichtbar gemacht hat. Munch hat seine wichtigsten Bilder in dem kleinen Ort Åsgårdstrand gemalt. Auch in solchen Idyllen gibt es Tragödie und Tod, vergessen Sie das nicht.*

Der Moderator schaltete das Band aus und meldete sich wieder zu Wort. »Das hat sich schon seltsam angehört, ja. Es war schwer zu entscheiden, ob es ein Witz sein sollte, vielleicht der besondere Umgangston zwischen Ihnen. Aber jedenfalls fand ich ihn nicht ganz angebracht.«

Da konnte ich ihm nur zustimmen.

»So ein Gruß bewegt sich absolut an der Grenze dessen, was wir zulassen«, sagte er dann, wie um sich zu entschuldigen. »Es soll doch eine angenehme Sendung sein. Aber sie wird direkt gesendet, und da konnte ich nichts machen. Ich habe das Gespräch abgebrochen und das gewünschte Stück gespielt. Die Wiener Philharmoniker unter Herbert von Karajan. Ist das ein Freund von Ihnen, dieser Ås?«

»Nein, ich habe keine Ahnung, wer das ist.«

»Wirklich? Dann bedauere ich es zutiefst, dass ich auf ihn eingegangen bin.« Er wirkte aufrichtig erschüttert. »Es ist doch unerhört, so was ist uns bei der Sendung noch nie passiert. Aber vielleicht kann eine Verwechslung vorliegen? Es gibt doch sicher noch andere, die heißen wie Sie?«

»Nicht sehr viele. Hat er schon früher angerufen?«

»Meines Wissens nicht. Aber ausschließen kann ich das auch nicht. Wir machen die Sendung ja schon seit fünfzehn Jahren und ich bin nicht der einzige Moderator.«

»Diese Stimme, die hat sich doch ein wenig seltsam angehört, finden Sie nicht?«

»Ja, darauf habe ich auch reagiert.«

»Könnte sie auf irgendeine Weise verzerrt gewesen sein?«

»Tja, das ist schwer zu sagen«, sagte er unsicher. »Sie war doch immerhin deutlich.«

»Hat er gesagt, von wo er anruft?« Aus dem Teil der Aufnahme, den ich gehört hatte, war das nicht hervorgegangen.

»Unserer Zentrale hat er gesagt, dass er per Handy aus Oslo anruft. Aber die Klangqualität war gut, deshalb haben sie ihn durchgestellt.«

»Und die Nummern werden bei Ihnen nicht registriert?«

»Nein, leider nicht. Das wäre zu viel Arbeit.«

»Rufen die Leute wirklich in der Sendung an? Treffen Sie keine Vorauswahl und lassen sie dann noch einmal anrufen?«

»Normalerweise nicht. Unsere Zentrale stellt allerdings nicht alle durch, sondern sortiert die ärgsten Idioten aus, aber von denen haben wir nicht viele. Unser größtes Problem sind die Wiedergänger, die jede Woche dabei sind.«

»Ist es schwer, durchgestellt zu werden?«

»Nicht wenn Sie früh anrufen. Wir fangen eine halbe Stunde vor Beginn an, Anrufe entgegenzunehmen.«

»Man kann das im Prinzip also ganz anonym machen, zum Beispiel von einem nicht registrierten Mobiltelefon aus?«

»Das ist möglich, ja. Aber wir fragen natürlich nach dem Namen«, sagte er verlegen. »Und meines Wissens hat es da nie Probleme gegeben.«

Das glaubte ich ihm. »Könnten Sie mir einen Gefallen tun?«, fragte ich vorsichtig.

»Ja, sicher.« Der Mann war jetzt das Wohlwollen in Person.

»Wenn noch einmal jemand anruft, der sich für Musik und Tod interessiert, würden Sie sich dann bei mir melden? Und sich die Telefonnummer notieren? Vor allem, wenn es sich um diesen Peder Ås handelt«, fügte ich hinzu.

»Ja, das dürfte kein Problem sein. Meinen Sie, hier stimmt etwas nicht?«, fragte er besorgt. »Ist das irgendwie ungesetzlich?«

»Vermutlich nicht.«

Mir gefielen Prophezeiungen über jähen Tod nicht. Schon gar nicht, wenn sie von einem Unbekannten stammten, der sich noch dazu als Freund ausgab. Für einen finsteren Moment hatte ich Wilhelm Mørk verdächtigt. Aber das konnte nicht sein. Mørk wäre viel eleganter vorgegangen. Und er hätte mich nicht auf diese Weise auf den Scherz aufmerksam gemacht.

Das ist sicher nur ein geschmackloser Scherz von jemandem, der dich nicht leiden kann. Da war die Auswahl ziemlich groß.

4

Als ich in Grønland gleich bei der U-Bahn hielt, war es schon fast acht. Ich hatte meine Verspätung mitgeteilt, und sie hatte diese Nachricht mit seltsamer Gleichgültigkeit aufgenommen.

Auf der anderen Straßenseite fiel mir ein seltener Wagen auf. Ein Bentley von gutem, altem Jahrgang. Hinter dem Lenkrad ahnte ich die Umrisse eines Mannes mit einer großen dunklen Sonnenbrille. Die Sonne war schon längst untergegangen, aber der Frühlingsabend war noch immer hell und warm. Die Zuwandererclique, die vor dem Butcher herumlungerte, bedachte Hulda mit witzigen Kommentaren, und Hulda war hin- und hergerissen zwischen dem Wunsch, auf sie loszugehen, oder sich auf die Dönerreste auf dem Boden zu konzentrieren. Obwohl die Gute absolut rassistisch veranlagt war, entschied sie sich für die Fleischreste.

Der Freitagabend war noch jung. In einigen Stunden würde das jetzt noch friedliche Bild ganz anders aussehen. Nur zweihundert Meter weiter lag der Eingang zum Lompa, gleich neben Ivars Kro. Ein Freitagabend dort reichte absolut aus, um klarzustellen, dass manche Muslime ebensolche Laster haben wie wir anderen auch. Das Lompa war zur Freistätte unserer neuen Landsleute geworden, die einen lässigen Umgang mit den islamischen Enthaltsamkeitsregeln pflegen.

Vor dem Smalgang 20 blieb ich stehen und schaute mich um. Irgendwer hatte die Frechheit besessen, das

Loch neben dem Durchgang zu den Nummern 16–30 als Kopenhagener Café zu bezeichnen. »Dänische belegte Brote m/Kaffee: 70 Kr. Darauf fiel ich nicht herein.

Das ganze Gelände war an die fünfzehn Jahre zuvor bebaut worden. Kleine teure Wohnungen weiter oben in den Stockwerken, jetzt schon heruntergekommene Lokale und Läden weiter unten, alles zwischen dem Kleiderladen der Heilsarmee über Sir Prince zu Your Style. So richtig gelungen kam mir das nicht vor. Von einem meiner Fälle her wusste ich noch, dass diese Gegend hier ein viel genutzter Strich war. Frauen aus alten Ostblockländern operierten von Mietwohnungen aus. Und davon gab es hier ja genug.

Das Namensschild an der Haustür teilte mir mit, dass sie ganz oben wohnte. Dem Telefonbuch hatte ich entnommen, dass sie ihre journalistische Tätigkeit zu Hause betrieb. Aber noch hatte ich nicht begriffen, wie eine Gehörlose als Journalistin arbeiten kann, auch wenn ihr alle Hilfsmittel der Welt zur Verfügung stehen.

Als sie aufmachte, sah ich, dass etwas mit ihr geschehen war. Ihre eine Wange war rot und zerschrammt. Der schwarze Trainingsanzug betonte ihr blasses Gesicht. Sie kam mir dünner vor, als sie mich mit ernster Miene musterte, ehe sie mir förmlich die Hand schüttelte. »Danke für die Hilfe«, sagte sie ernst. »Beim Schreiben und auch sonst.«

Hulda bellte einmal und drängte sich vor. »Du hast doch gesagt, dass ich den Hund mitbringen darf, nicht wahr?« Mögliche Einwände erübrigten sich, als ihre Tochter im Flur auftauchte. Hunde sind eben effektive Türöffner.

Hund und Tochter verschwanden in einem Zimmer.

Wir Erwachsenen saßen abwartend einander gegenüber an einem Arbeitstisch in einem kleinen, gut eingerichteten Zimmer – einer Kombination aus Wohnzimmer und Büro –, das an eine Küche grenzte. Ich schaute mich neugierig um. Helle, aufeinander abgestimmte Farben, wenige Gegenstände von hoher Qualität. Die Wohnung war von einer Person mit gutem Geschmack und wenig Geld eingerichtet worden. Was keine ungewöhnliche Kombination war.

Ihr war mein Blick offenbar aufgefallen. »Es ist ein wenig eng hier. Meine Mutter hatte eine Lebensversicherung, die mir dann ausbezahlt wurde. Und vor zwölf Jahren, als die Preise hier im Keller waren, habe ich diese Wohnung gekauft. Damals habe ich ja allein hier gewohnt.« Plötzlich lächelte sie. »Dann bin ich hiergeblieben, auch wenn wir ein Zimmer zu wenig haben. Die Wohnung liegt so praktisch und zentral. Und ich bin gern in Grønland.«

»Wie ist es hier denn für ein Kind?«

»Tja, das kannst du dir sicher vorstellen. Nicht wie in einer Kleinstadt, aber Kinder gewöhnen sich an kulturelle Unterschiede. Und das ist vielleicht nicht so dumm.« Sie schaute mich herausfordernd an.

»Nein, da hast du sicher Recht.« Ich war nicht hergekommen, um mich zu streiten. »Was ist eigentlich los bei dir? Du scheinst ziemlich gefährlich zu leben.«

Sie gab keine Antwort, sondern wandte sich nur ab.

Ich ließ nicht locker. »Du bist also fast überfahren worden, mitten auf dem Bürgersteig?«

»Ich habe erst etwas gemerkt, als es schon passierte. Ich war so in Gedanken versunken. Wir haben es nicht immer leicht im Verkehr, wir Gehörlosen, meine ich.«

Auf die Idee war ich auch schon gekommen. Eine andere hätte das Auto gehört und wäre ausgewichen. »Hat der Wagen danach nicht gehalten?«

Sie schüttelte den Kopf. »Zuerst hat er gebremst, aber als ich dann auf die Knie kam, ist er weitergefahren. Zum Glück ist es gut gegangen, ich hab nur ein paar Schrammen abgekriegt.«

»Kannst du den Wagen beschreiben?«

»Ich habe nur die Rücklichter gesehen, aber er war dunkel, glaube ich. Und groß.«

»Und mehr weißt du nicht?«

»Nein, eigentlich nicht.«

Eigentlich? Ich fragte mich, warum ich überhaupt hergekommen war.

»Möchtest du etwas trinken?«, fragte sie dann umgänglicher, während sie an einem Kugelschreiber herumspielte. »Aber du bist vielleicht mit dem Auto da?«

Ihr rascher Stimmungsumschwung verwirrte mich. »Jetzt nicht mehr«, sagte ich. »Das ist für heute abgestellt. Ich kann hier in der Nähe eine kleine Wohnung benutzen«, fügte ich rasch hinzu. »Sie gehört einem Freund von mir.« Der Freund war viel auf Reisen und ich schaute in der Wohnung nach dem Rechten. Eine hervorragende Abmachung. Ich hoffte, dass er auch weiter reisen würde.

»Ach! Wie praktisch.« Sie erhob sich und holte eine offene Flasche Rotwein. Die Flasche war unberührt. Sicher hatte sie sie für diese Gelegenheit geöffnet. Schon im Voraus.

»Es tut mir leid, dass ich so spät komme«, sagte ich. »Aber ich wurde aufgehalten. Habt ihr schon gegessen?«

»Pizza. Und du?«

Ich hob mein Glas. »Ich schaue später bei einem Imbiss vorbei.«

Wir tranken schweigend. Aus dem Kinderzimmer war nichts zu hören. Ich hielt das für ein gutes Zeichen. Sicher hatte Hulda längst das Bett der Kleinen in Besitz genommen, so wie ich das Tier kannte.

»Warum bist du hergekommen?« Sie sah mir in die Augen, mit ihrem direkten Blick, der mir schon ganz zu Anfang aufgefallen war. Einem Blick, dem man sich nur mit Mühe entziehen konnte.

»Du gefällst mir«, sagte ich ohne Vorwarnung. »Du hast mir schon gefallen, als ich dich damals in diesem schwachsinnigen Fernsehprogramm gesehen habe. Und dann tauchst du plötzlich in der Wirklichkeit auf, aus dem Nichts. Ich glaube nicht an Zufälle. Und ich sehe, dass du Schwierigkeiten hast. Reicht das?«

Sie starrte mich an, als könne sie ihren Augen nicht trauen. »Was willst du wissen?«, fragte sie endlich.

»Du kannst doch als Erstes von deinem Ex erzählen. Hat der versucht, dich zu überfahren?«

»Ich weiß nicht«, sagte sie leise und sah mich resigniert an. »Ich habe doch nichts gesehen.«

Ich ließ nicht locker. »Ihr könntet jetzt tot sein, du und deine Tochter. Und auch ich bin daran erinnert worden, dass mein Ende nahe sein kann.«

»Bist du bedroht worden?« Sie kam mir aufrichtig erschrocken vor.

»Nicht direkt.« Ich erzählte von dem seltsamen Gruß im Wunschkonzert.

Sie schaute mich verständnislos an. »Ich begreife gar nichts. Was kann das bedeuten? Bist du sicher, dass das kein Witz war?«

»Erzähl mir lieber, was mit deinem Ex los ist.«

»Da gibt es nicht viel zu sagen. Es hat nicht sehr lange gedauert. Und es ist jetzt zwei Jahre her.«

»Habt ihr zusammengewohnt?«

»Nein, absolut nicht. So weit ist es nie gekommen«, erzählte sie ein wenig ruhiger. »Wir haben uns durch einen puren Zufall kennengelernt.« Sie schaute verlegen zu mir hoch. »Anfangs war er ungeheuer charmant und freigebig. Er schenkte mir Blumen, Schmuck, lud mich auf Reisen ein, hatte immer interessante Ideen. Es war fast zu viel für uns, wir sind doch nicht an Überfluss gewöhnt.« Sie schüttelte den Kopf. »Ich glaube, er ist reich, er konnte überaus großzügig sein.«

»Konnte sein?«

»Manchmal war er seltsam geizig, zum Beispiel wenn wir essen gehen wollten. Dann konnte er sich mit dem Kellner über Kleingeld streiten. Gleich darauf lud er mich in ein Luxushotel in London ein. Das war schon seltsam«, sagte sie nachdenklich. »Ich wusste nie, was ich von ihm halten sollte.«

»Was hat deine Tochter gesagt?«

»Mira konnte ihn nicht leiden. Das war einer der Gründe, aus denen ich Schluss gemacht habe.«

»Hat dieser Wunderknabe einen Namen?«

»Frantz Bejer. Er ist Forscher und hat ein Computersystem entwickelt, das ihm ungeheuer viel Geld eingebracht hat. Jetzt arbeitet er in der Firma, die das Patent gekauft hat. Smart-Tech heißen sie. Er hat mir das alles besorgt.« Sie zeigte auf die technischen Geräte, die an den hochmodernen Computer angeschlossen waren. »Ich habe ihn seit fast einem Jahr nicht mehr gesehen.«

»Aber du hast ihn angezeigt.«

»Er hat mich verfolgt«, rief sie. »Nachdem ich Schluss gemacht hatte, tauchte er immer wieder auf. Er hat mich nicht in Ruhe gelassen. Das war schrecklich.«

»Hat er dich bedroht?«

»Nicht direkt. Aber er hat so schreckliche Dinge gesagt.«

»Zum Beispiel?«

»Dass er nicht wüsste, was er tun würde, wenn wir nicht wieder zusammenkämen. Dass ich keine Ahnung hätte, was ich ihm antat. Dass sein Leben zerstört sei. Du weißt schon.«

»War er gewalttätig?«

Sie schüttelte den Kopf. »Er hat mich nie geschlagen, wenn du das meinst. Aber ich hatte trotzdem Angst vor ihm. Die Gewissheit, dass er immer da war, war unerträglich. Er konnte die ganze Nacht in einem von seinen verdammten Autos hier vor dem Haus sitzen, und ich hatte keine Ahnung, wie ich mich verhalten sollte. Ich wäre fast verrückt geworden. Und da habe ich ihn angezeigt. Kannst du das verstehen?«

Ich erhob mich und ging zum Fenster. Am Blick auf die Straße war nichts auszusetzen. »Ja«, sagte ich. »Ich glaube schon.« Unten stand ein Mann und schaute nach oben. Ich hatte das Gefühl, dass er mich anstarrte. Die britische Luxuskarre war nicht mehr zu sehen.

»Und das war noch nicht alles«, sagte sie hinter meinem Rücken. »Ich hatte solche Angst um Mira. Davor, dass er ihr etwas antun könnte.«

Ich drehte mich zu ihr um. Sie war schön, wie sie sich da über den Tisch vorbeugte.

»Er hat nie etwas davon gesagt«, fügte sie hinzu. »Es war sein Blick.«

»Sein Blick?«

»Ab und zu konnte er sie ganz seltsam anschauen, das war ganz einfach ein bisschen unheimlich. Er wollte nicht, dass irgendetwas zwischen uns käme.« Sie wurde lauter. »O verdammt, jetzt im Nachhinein begreife ich nicht, wie ich so dumm sein konnte.«

»Er hat selbst keine Kinder?«

»Nein.«

»Vielleicht war es nur fehlende Erfahrung«, schlug ich vor. »Ist er viel älter als du?«

Sie schaute mich an. »In deinem Alter vielleicht.«

Ich verspürte einen gewissen Drang, das Thema zu wechseln. Unmerklich hatte ich mich an ihre besondere Stimme gewöhnt, an ihren flüsternden Tonfall, fast wie die Stimme von Menschen, denen die Stimmbänder entfernt worden sind und die durch ein Loch im Hals sprechen. Das spielte keine Rolle. Ich verstand alles, was sie sagte. Und ich dachte nicht mehr an sie als an eine Behinderte.

Ich setzte mich wieder an den Tisch. »Hat er dich in letzter Zeit belästigt?«

»Es war lange still. Aber vor zwei Wochen habe ich geglaubt, vor dem Haus eines seiner Autos zu sehen. Außerdem verfolgt er mich manchmal noch immer.«

»Aber du hast doch gesagt, dass du ihn seit einem Jahr nicht mehr gesehen hast.«

»Ich spüre das nur. Ich kann es nicht beweisen.«

»Glaubst du, er kann dich angefahren haben?«

»Das hat die Polizei auch gefragt, aber ich weiß es doch nicht. Der Ermittler hat gesagt, sie hätten die Sache überprüft und dass er am fraglichen Abend verreist war und das auch beweisen könnte.«

Er war sicher ein Experte für Alibis. »Sag mal, dieser Bejer, interessiert er sich für Musik? Vor allem für klassische Musik, meine ich?«

»Ich glaube schon, er sammelt Aufnahmen. Aber darüber haben wir nie gesprochen.« Sie schenkte uns Wein nach. »Musik ist für mich kein natürliches Gesprächsthema. Glaubst du, er kann bei diesem Wunschkonzert angerufen haben?«

»Tja, das ist natürlich möglich. Aber warum in aller Welt hätte er das tun sollen?«

»Ich weiß nicht«, sagte sie. »Vielleicht ist er eifersüchtig?«

»Hat er dazu einen Grund?«

Sie lächelte, sagte aber nichts.

»Ist er dir nach Tønsberg gefolgt? Hast du dich da vor ihm gefürchtet?«

»Ja. Ich glaube schon. Da habe ich ihn allerdings nicht gesehen. Aber ich hatte das scheußliche Gefühl, dass er in der Nähe war.«

Ich erzählte von dem Auto, das ich vor dem Haus gesehen hatte. »Was fährt er für einen Wagen?«

»Ich weiß nicht«, sagte sie unsicher. »Ich weiß nur, dass er mehrere hat. Er sammelt Autos.«

Dazu sagte ich nichts. Ein Bentley war so selten, dass sich das überprüfen lassen würde. »Was ist mit dem Brand?« Darüber hatten wir noch nicht gesprochen. Ich hatte gedacht, dass sie das nicht über sich bringen würde.

»Ich weiß nicht. Eigentlich traue ich ihm das nicht zu. Was hätte er denn davon gehabt? Er will mich doch sicher nicht umbringen. Und außerdem hat die Polizei gesagt, dass er eine Art Alibi aufweisen kann.«

»Das habe ich gehört«, sagte ich beruhigend. »Und es stimmt sicher auch.« In Wirklichkeit war ich nicht so sicher. Alibis lassen sich arrangieren. Und hier hatten wir es zweifellos mit einem intelligenten Mann zu tun. »Was weißt du sonst noch über ihn?«

»Wie meinst du das?«

»Tja«, ich machte eine vage Handbewegung. »Familie, Freunde, Herkunft, egal was.«

»Er hat viele Jahre in den USA gelebt«, sagte sie und sah mich unsicher an.

»Na gut. Hat er da studiert?«

Sie nickte. »In Boston. Ich glaube nicht, dass er in Norwegen viele Freunde hat«, fügte sie nachdenklich hinzu. »Er hat jedenfalls nie welche erwähnt. Aber er hat eine Schwester.«

»Kennst du sie?«

»Ich bin ihr nur einmal begegnet. Wir saßen im Theatercafé und da kam sie an unseren Tisch.« Sie verdrehte die Augen. »Das war eine seltsame Szene.«

»Inwiefern?«

»Sie schienen eigentlich überhaupt nicht miteinander zu sprechen, fast schon verfeindet zu sein. Frantz hatte offenbar gar keine Lust, uns einander vorzustellen. Und als sie sich gerade gesetzt hatte, musste Frantz telefonieren und war erst mal weg.«

»Hat sie etwas über ihren Bruder erzählt?«

»Nein, eigentlich nicht.« Sie runzelte die Stirn. »Aber ich hatte fast den Eindruck, dass sie fand, ich sollte die Finger von ihm lassen.«

Eine seltsame Form von Geschwisterliebe. »Vielleicht war sie eifersüchtig?«

Sie schüttelte energisch den Kopf. »Das war es nicht. Sie hat mir ihre Karte gegeben und gesagt, ich sollte anrufen, wenn etwas wäre, sie kam mir fast ängstlich vor, irgendwie.«

»Hast du die Karte noch?«

Sie erhob sich, ging zum Bücherregal und öffnete einen kleinen roten Ordner. »Hier ist sie«, sagte sie und legte mir die Visitenkarte in die Hand. Die Entfernung zwischen uns war angenehm gering.

Angela Bejer, Art Director, Salz & Pfeffer Werbeagentur. »Was für ein Name. Sieht sie auch so aus?«

Mirjam Lange lächelte. »Wie sieht eine Angela aus?«

»Wie du?«, schlug ich vor.

Jetzt lachte sie, auf ihre seltsame heisere Weise. »Sie war eher ein Glamourtyp.«

»Aber du hast dich nie bei ihr gemeldet?«

»Nein, warum in aller Welt hätte ich das tun sollen? Als Schluss zwischen uns war, wollte ich weder mit Frantz noch mit seiner Familie etwas zu tun haben.«

Das konnte ich verstehen. Was ich nicht verstand, war, warum sie sich überhaupt mit ihm eingelassen hatte.

Wir hatten die Flasche fast geleert. Ich fühlte mich wohl in dieser engen Wohnung hoch über dem Grønlands torg. Nur ferne Straßengeräusche waren hier oben zu hören. In Miras Zimmer war noch immer alles still. Als die Mutter die Tür öffnete, fanden wir Kind und Hund eng aneinandergeschmiegt im Bett. Die pure Idylle.

Sie bückte sich über die Anlage. »Was willst du hören? Ich habe keine große Auswahl. Ich sehe mir lieber Filme an.«

Ich hatte mir schon einen raschen Überblick verschafft. Ein wenig Klassik, die eine oder andere Kinder-CD. Ich selbst konnte mir kein Leben ohne Musik vorstellen. »Gehst du ins Kino?«, fragte ich dumm.

»Ich kriege genauso viel mit wie ihr.« Sie sah mich herausfordernd an.

Ihr. Ich hatte viel zu lernen.

»Als ich klein war, habe ich Filme mit Untertiteln bevorzugt, um das Lippenlesen zu üben. Ich habe mir einfach alles angesehen, was ich finden konnte. Und so habe ich dann weitergemacht.«

»Nicht nur deshalb, hoffe ich.«

»Jetzt sehe ich Filme aus Interesse. Du nicht?«

»Doch, sicher«, sagte ich kleinlaut.

»Wenn du allein bist, kommst du nicht so oft aus dem Haus. Und da leihe ich mir meistens Videos in der Bibliothek, die haben eine gute Auswahl.« Die Tatsache, dass es zudem nichts kostete, erwähnte sie nicht. »Ich verpasse nur den Klang«, fügte sie trotzig hinzu.

»Was siehst du dir für Filme an?«

»Einfach alles. Aber ich glaube, ich mag die Klassiker am liebsten.«

Die Bibliothek war wohl nicht so ganz auf dem Laufenden. Ich fragte mich, was sie unter »Klassiker« verstand. »Was denn?«

»Coppola, zum Beispiel. Oder Woody Allen. Ganz zu schweigen von Kubrick. Ansonsten seh ich Spielberg so gern wie Kieslowski. Oder Bergman, von mir aus.« Ihr Blick war fast quälend direkt. »Bist du jetzt überrascht? Ich hab doch gesagt, dass ich alles anschaue.«

»Nicht überrascht, nur neugierig.« Ich beschloss, sie auf die Probe zu stellen. »Wim Wenders, kennst du etwas von dem?«

»Sicher. Der hat ein paar kleine seltsame Perlen geschaffen. Neulich habe ich *Wings of Desire* gesehen.«

»Was ist mit *Paris, Texas?* Kennst du den?«

»Der Mann, der aus dem Nichts angewandert kam?«

Ich war angenehm überrascht. »Mit Harry Dean Stanton in der Hauptrolle. Nastassja Kinski hat seine Frau gespielt. Der Film hat 1984 in Cannes die Goldene Palme bekommen. Aber das war wohl vor deiner Zeit.«

Sie lächelte hold. »Ich hab ihn sogar im Kino gesehen. Und war schon alt genug dafür.«

Das zu hören, fand ich beruhigend. »Kannst du dich an den Anfang erinnern?«, fragte ich und versuchte, die poetische, verletzliche Stimmung des Films in Erinnerung zu rufen. »Die Szene mit dieser seltsamen zerlumpten Gestalt, die da in der Wüste auftaucht. Travis Anderson. Ein Mann ohne Gedächtnis, auf der Suche nach der Frau, mit der er einst verheiratet war, an die er sich aber nicht mehr erinnern kann. Ein perfekter Ausdruck für die totale Entfremdung.«

»Er war auf Jagd nach seiner Identität, ja.«

»Durch seine Frau. Und am Ende hat er sie dann gefunden, wenn auch in einem Puff.«

»Das war kein Puff«, sagte sie spitz. »Es war eine Bar mit Peepshow. Ein Ort, wo Männer ihre Phantasien mit einer Frau ausleben, die sie nicht sieht. Und sie rühren die Frauen hinter der Glaswand nie an. Eine durch und durch fiktive Beziehung.«

»Ein Bild unserer Gesellschaft, vielleicht.« Widerwillig musste ich zugeben, dass ich ein wenig beeindruckt war. »Aber in diesem Fall haben sie einander erkannt.«

»Für einen kurzen Moment, ja.« Sie wurde ernst. »So werden wir wirklich zu jemandem. Indem wir unsere Beziehungen wiederfinden, meine ich. Die Gewissheit, woher wir kommen, die ist das, was zählt.«

»Schade, dass dir Ry Cooders Gitarrenriffs entgangen sind.« Es fiel mir nicht mehr schwer, über ihr Problem zu sprechen. »Ich habe mir den Soundtrack oft angehört.«

»Jetzt nicht mehr?«

»Ich habe eine Tochter«, sagte ich. »Genau wie du. Nur ist sie zehn Jahre älter als deine. Natürlich hat sie es geschafft, gerade diese LP zu verschusseln. Und die ist nur schwer wieder aufzutreiben.«

»Du Armer.« Sie lachte. Ihre Zähne waren ungewöhnlich weiß. Vielleicht kam das durch den Kontrast zu ihrer goldbraunen Haut. »Aber es gibt ihn doch sicher auf CD?«

»Das ist nicht dasselbe. Diese Art Musik muss auf Vinyl sein. Aber lassen wir das. Reden wir von etwas anderem. Von Reidar Andersen zum Beispiel.« Ihre ansonsten so glatte Stirn wies jetzt eine kleidsame Furche auf. »Wir hätten vielleicht auf die eingelaufenen Leserbriefe reagieren sollen«, fügte ich hinzu. Unser Artikel hatte offenbar viele Menschen verärgert, die Reaktionen hatten jedenfalls nicht auf sich warten lassen. Das Thema war sogar im Fernsehen aufgegriffen worden.

»Du hast sicher Recht«, sagte sie kurz. »Das habe ich mir auch schon überlegt, aber ich habe keine Zeit.«

»Bist du mit dem alten Fall weitergekommen?«

»Willst du das wirklich wissen? Ich hatte den Eindruck, dass du das für verschwendete Mühe hältst.«

»Da irrst du dich«, sagte ich. »Also erzähl.« Was diesen Fall anging, war sie ungewöhnlich empfindlich.

»Hast du etwas gefunden?« Nach vierundzwanzig Jahren konnte es doch nicht mehr viel Neues zu entdecken geben. Und bald würde die Verjährungsfrist verstrichen sein.

»Ich habe nicht vor, mich geschlagen zu geben«, sagte sie trotzig. Sie sah jetzt sehr energisch aus. »Er war das perfekte Opfer.«

Ich sah sicher skeptisch aus, denn sie redete noch heftiger weiter. »Überleg doch mal, ein einsamer Eigenbrötler, ein armer Wicht ohne soziales Netzwerk, ein Mann mit einer Vorgeschichte.«

»Das alles sprach ja nicht gerade für ihn«, erwiderte ich.

»Genau!« Sie sah mich triumphierend an. »Aber was war das für eine Vorgeschichte? Angeblicher Voyeurismus, unterstelltes Interesse an kleinen Mädchen, vielleicht war er Fetischist. Das ist kein Verbrechen.«

»Na und? Das wusste ich nicht. Was hat er denn gesammelt?«

»Damenunterwäsche.«

»Die Unterhosen der Opfer waren verschwunden. Aber sie sind nie gefunden worden, oder?«

»Stimmt. Bei der Verhandlung wurde großes Gewicht auf diesen Umstand gelegt. Aber sie können auch auf andere Weise verschwunden sein. Es ist nie gelungen, Reidar Andersen irgendeinen Fall von Gewalttätigkeit nachzuweisen.« Sie klang völlig überzeugt.

Auch ich hatte in dem Material, das ich durchgesehen hatte, nichts Entsprechendes gefunden. »Nein, vielleicht nicht«, sagte ich vorsichtig. »Aber da gab es doch diesen alten Fall von der Volkshochschule, oder?«

»Von dem weiß aber niemand mehr etwas.« Das sagte sie sehr schroff.

»Hast du vor, eine Wiederaufnahme anzustreben? Auch bei der neuen Kommission für Justizirrtümer wird das eine Heidenarbeit.«

»Ich weiß. Aber wenn neue Erkenntnisse auftauchen, muss doch etwas geschehen? Oder wenn es Gegenbeweise gibt?«

»Nicht automatisch, fürchte ich. In der Praxis ist es fast unmöglich, einen so alten Fall wieder aufnehmen zu lassen. Dann braucht man im Grunde ein Geständnis, und das hast du wohl nicht?«

Sie hielt meinem Blick stand. »Das ist mir schon bewusst«, sagte sie gelassen.

»Du wirst ziemliche Mittel brauchen, um überhaupt weiterzukommen«, fügte ich unerbittlich hinzu. »Hast du es schon einmal bei Tore Sandberg versucht?«

»Ich habe bei ihm angefragt, aber er hat gerade keine Kapazitäten frei. Außerdem arbeitet er an einem fast identischen Fall.«

Und sie würde einen Juristen brauchen. Ich fragte mich, ob sie sich deshalb an mich gewandt hatte. »Was ist mit diesem Mädchen in Horten? Wie siehst du das?«

»Wir wissen ja noch nicht einmal, ob überhaupt ein Verbrechen vorliegt. Vielleicht ist sie einfach durchgebrannt?«

»Die Polizei neigt inzwischen wohl zu dieser Theorie«, sagte ich skeptisch. »Aber ich weiß nicht. Hätte sie dann nicht irgendwo gesehen werden müssen?«

»Aber trotzdem muss ja nicht Reidar Andersen dahinterstecken.«

Im Prinzip war ich ihrer Meinung. Aber es war doch

auffällig, dass er sich auch diesmal in Tatortnähe aufgehalten hatte. »Hast du noch mehr, worauf du in diesem Fall aufbauen kannst?«

»Es gibt noch vieles, was da unklar ist.« Ihr Blick sagte nicht allzu diskret, dass sie mir noch immer nicht ganz vertraute. »Dinge, die niemals richtig untersucht worden sind, nicht nachdem die Polizei sicher war, dass sie den Schuldigen erwischt hatte.«

»Spielst du hier auf etwas Besonderes an?«

Sie zuckte mit den Schultern. »Die jugoslawische Spur, zum Beispiel.«

»Du denkst an diesen Typen von der Prostitutionsmafia? War der Jugoslawe?«

»Ursprünglich schon. Er hat in ganz Skandinavien operiert und war als überaus brutaler Mann bekannt.«

Ich fiel ihr ins Wort. »Wenn ich mich richtig erinnere, hatte er ein Alibi«, sagte ich. »Und außerdem, warum hätte er Prostituierte umbringen sollen, wenn er mit ihnen doch sein Geld verdiente?«

»Es gab da Gerüchte«, sagte sie zögernd.

»Ja?«

»Eine Quelle hat mir erzählt, dass jemand im Milieu über längere Zeit die Kunden bestohlen haben soll. Das kann den Markt ruinieren. Und diese beiden Frauen können mitgemacht haben.«

»Die Morde hätten also eine Art Warnung sein sollen? Wäre das nicht ein bisschen zu drastisch? Und was ist mit dem dritten Opfer, das war doch eine einfache Studentin?«

»Das schon. Aber es ist ja auch nur eine von mehreren möglichen Theorien.« Sie schaute mich trotzig an. »Es geht darum, dass diese Spuren nie verfolgt worden sind. Und ich habe mich auch noch über etwas anderes gewundert.«

»Und das wäre?« Ich konnte mir nicht helfen. Ich war noch immer skeptisch.

»Das Engagement des Staatsanwaltes. Der hat wirklich nicht unparteiisch gewirkt.«

»Das sollte er auch nicht«, sagte ich trocken. »Seine Aufgabe war, den Mann hinter Gitter zu bringen.«

»Ich dachte, er sollte die Wahrheit ans Licht holen.« Sie sah mich herausfordernd an. »Oder habt ihr Juristen da vielleicht andere Vorstellungen?«

»Manche haben das sicher. Ich persönlich vertrete das Prinzip, immer anderer Meinung zu sein als die Staatsanwaltschaft.«

Sie lachte. »Das ist immerhin besser als das Gegenteil.« Dann wurde sie rasch wieder ernst. »Ich meine das, was ich über den Staatsanwalt gesagt habe, über Brede Busk. Und er ist noch immer aktiv.«

»Busk? Meinst du den, der jetzt in Oslo bei der Polizei ist?«

»Ja, sicher. Berater nennt er sich jetzt. Das ist so eine Art Vorruhestand. Ich habe ihn interviewt. Genauer gesagt, ich habe es versucht. Aber er war nicht sonderlich gesprächig.«

»Er muss doch bald richtig in Pension gehen. Er war früher mal ziemlich hoch oben in der Hierarchie.«

»So alt ist er nun auch wieder nicht.«

Und dann hörten wir es, ganz deutlich. Ein Geräusch im Treppenhaus. Wie eine Klappe, die zufiel.

Ich sprang auf und machte einige Schritte in Richtung auf die angelehnte Tür. Mirjam Lange drehte sich um und sah mich verwirrt an. Ich sah sie an und legte mir den Finger auf die Lippen.

Auf dem Boden im Flur, unter dem Briefschlitz, lag jetzt ein Stück Papier. Das Kreuz auf der Vorderseite gefiel mir nicht, aber ich bückte mich trotzdem danach und hob es auf.

BESTATTUNGSUNTERNEHMEN FREDRIKSEN IM GRØNLANDSLEIRET ERLEDIGT ALLE AUFGABEN SCHNELL UND ZUFERLÄSSIG AUSKUNFT UND APHOLUNG RUNDT UM DIE UHR

Hier gab es offenbar alles in der unmittelbaren Umgebung. Als ich die Wohnungstür aufmachte und ins Treppenhaus schaute, war dort alles leer. Ganz unten hörte ich Schritte und eine Tür, die sich öffnete. Ich überlegte, ob ich hinterherlaufen sollte, aber der unbekannte Besucher hatte bereits mehrere Etagen Vorsprung. Also ging ich ans Wohnzimmerfenster, das auf die Straße hinausging.

Kein Mensch kam aus dem Haus. Und die Straße unten war menschenleer.

»Es gibt eine Tür zum Hinterhof.« Ihre Stimme erklang an meinem Ohr. Sie war hinter mich getreten, ganz dicht an mich heran. Wärme und Duft ihres Körpers machten es mir schwer, an unangenehme Dinge zu denken. »Die kann auch ohne Schlüssel von innen geöffnet werden. Sicher hat er die genommen.«

Natürlich. Das hätte mir klar sein müssen. Wir hatten es hier nicht mit einem Idioten zu tun.

Wir blieben stehen und sahen uns den Zettel an. Glanzpapier. Es wirkte nicht wie eine professionelle Produktion. Vermutlich war es mit einem normalen Drucker hergestellt worden.

Dass sogar Bestattungsunternehmen jetzt schon zu

modernen Marketingmethoden griffen, überraschte mich nicht weiter. Aber solche Angebote an einem späten Freitagabend auszuliefern, kam mir doch ein wenig seltsam vor. Und mit der Rechtschreibung hatten sie auch ihre Probleme.

»Kennst du die Nachbarn hier?«, fragte ich.

»Ja, zwei jedenfalls.« Sie musterte mich verängstigt.

»Kannst du nicht sicherheitshalber bei ihnen klingeln und fragen, ob sie auch solche Angebote bekommen haben?«

Ich hatte Recht gehabt. Niemand sonst war über die Möglichkeiten einer unproblematischen Bestattung informiert worden. Dieses Angebot war sozusagen maßgeschneidert.

»Ist da unten nicht abgeschlossen?«, fragte ich, als wir uns wieder gesetzt hatten. Wein gab es nicht mehr.

»Doch, eigentlich schon. Aber hier in diesem Haus gehen doch so viele ein und aus. Und manche blockieren das Schloss, um auch ohne Schlüssel hereinzukommen.« Die Einladung lag vor uns auf dem Tisch. »Das da gefällt mir nicht«, sagte sie und zeigte darauf.

Mir sagte diese Mitteilung ja auch nicht zu. »Glaubst du, es kann dieser Bejer gewesen sein? Ich meine, wäre das sein Stil?«

»Vielleicht.« Sie musterte ihre Hände. »Jedenfalls wäre es bizarr genug für ihn. Meinst du, ich sollte mich an die Polizei wenden?«

»Das hätte wohl keinen Zweck. So was ist ja nicht strafbar. Aber ich kann versuchen, mit ihm zu reden, wenn du nichts dagegen hast.«

»Glaubst du, das könnte helfen?«

»Ich kann ziemlich beängstigend sein«, sagte ich. »Wenn ich Hulda mitnehme.«

Ich bildete mir ein, dass sie mich anlächelte.

»Ich will nicht, dass du meinetwegen Schwierigkeiten bekommst.« Das war nett gesagt.

»Er ist sicher nicht gefährlich. Solche Typen sind das normalerweise nicht. Die nerven nur«, sagte ich optimistisch, obwohl ich wusste, dass das alles andere war als die Wahrheit.

»Er war schon mal hier«, sagte sie leise. »Hier in der Wohnung, meine ich.«

»Natürlich war er das«, antwortete ich leicht verwirrt. »Ihr wart doch zusammen, oder nicht?«

»Später, meine ich. Nachdem Schluss war.«

»Soll das heißen, dass er einen Schlüssel hat?«

»Nicht dass ich wüsste. Aber er war trotzdem hier. Ich spüre das.«

»Das musst du genauer erklären«, sagte ich skeptisch. »Hat er eine Nachricht hinterlassen?«

»Das waren Kleinigkeiten«, sagte sie leise. »Schuhe, die er verlegt hat, Zeitungen, die aufgeschlagen liegen. Kaum merkliche Signale. Er will, dass ich es weiß. Dass er immer hier ist und mich überwacht.«

»Bist du dir da wirklich ganz sicher?«

Sie hatte offenbar den Zweifel in meinem Gesicht gelesen. »Da hast du's«, rief sie. »Du glaubst mir auch nicht. Ich kann doch nichts beweisen. Wenn ich zur Polizei gegangen wäre, hätten die mich als noch so ein hysterisches Frauenzimmer abgehakt.«

Damit lag sie nicht falsch. »Was ist mit den Schlössern? Hast du versucht, die auswechseln zu lassen?« Mir war aufgefallen, dass die Haustür zwei Schlösser aufwies.

»Das hat nichts geholfen. Offenbar hat er sich trotzdem einen Schlüssel besorgen können, ich weiß auch nicht, wie.«

Es ist leichter, einen Schlosser an der Nase herumzuführen, als man glauben sollte. Auch Wohnungsinhaber verlieren bisweilen ihre Schlüssel. Korrekter Name und Adresse, eine gefälschte Vollmacht und gute Überredungskünste bringen da viel.

»Wie lange geht das schon so?«

»Fast ein Jahr. Es passiert nicht sehr oft, und jetzt war lange Ruhe.«

Ich wechselte das Thema. »Zurück zu diesem Busk. Was war mit dem?«

»Den mochte ich nicht.«

»Könntest du ein wenig präziser sein?«

Sie lächelte. »Du musst mich doch für total verrückt halten. Normalerweise bin ich nüchtern und realistisch. Ich hatte also ein Interview mit ihm abgemacht. Es sollte um seine Erfahrungen als Staatsanwalt in mehreren wichtigen Prozessen gehen. Und ich hatte mein Interesse am Andersen-Fall nicht erwähnt.«

»Lass mich raten. Das gefiel ihm überhaupt nicht.«

»Zuerst war er entgegenkommend, zeigte keine Anzeichen von Skepsis und beantwortete alle meine Fragen. Er war eigentlich ziemlich sympathisch. Als ich mich das erste Mal bei ihm meldete, lud er mich sogar zu sich nach Hause ein. Da könne man besser reden, sagte er. Ich hatte zuerst fast den Verdacht, er wollte was von mir.« Sie lächelte dieses schräge Lächeln, ein Lächeln, das mir inzwischen schon beunruhigend gut gefiel. »Er wohnte allein in einer großen Wohnung ganz unten im Majorstuvei. Aber als ich Reidar Andersen erwähnte, wurde er total abweisend.«

»Ach! Und auf welche Weise?«

»Plötzlich hatte er keine Zeit mehr. Und er konnte sich auch an nichts erinnern. Das behauptete er jedenfalls.«

»Das war doch sicher kein Wunder? Er muss doch begriffen haben, dass du seine Arbeit von damals anzweifelst.«

»Aber es war, *wie* er reagiert hat.«

»Wie denn, was meinst du?«

»Ich weiß, dass er gesundheitliche Probleme hat, aber das war nicht die Ursache.«

»Gesundheitliche Probleme? Was denn?«

»Das Herz«, sagte sie ruhig. »Er hat mehrere Operationen hinter sich. Weißt du, dass er religiös ist? Er war sogar Vorsitzender im Pfarrgemeinderat.«

Sie hatte offenbar gründliche Vorarbeit geleistet.

»Nein.« Meine Erfahrungen mit den Anklagebehörden ließen mich zu der Auffassung neigen, dass ihre Kontakte im Jenseits eher in die Gegenrichtung gingen.

»Er hat seltsam reagiert«, sagte sie und lächelte, wie um Entschuldigung zu bitten. »Das wirkt sicher komisch. Aber Leute wie ich merken, wie andere sprechen. Das müssen wir.«

»Vielleicht hatte er ein schlechtes Gewissen«, schlug ich vor. »Wunder gibt es immer wieder. Hast du sonst etwas Neues erfahren?«

»Er hat erwähnt, dass es einen Versuch gegeben hatte, den Fall wieder aufzunehmen, der aber abgelehnt wurde. Aber das wusste ich schon. Ein Jurastudent hat das irgendwann in den achtziger Jahren gemacht, aber ihm fehlten wohl die Mittel und die Qualifikationen, um sich durchzusetzen.«

»Ein Student? Weißt du den Namen noch?«

Sie überlegte. »Greverud oder so.«

»Grevstad«, sagte ich. »Fredrik Grevstad. Der muss es gewesen sein.«

»Hast du den gekannt?«, fragte sie überrascht.

»Ein bisschen. Hast du schon mit ihm gesprochen?«

»Das wird sich wohl nicht machen lassen«, sagte sie trocken. »Fredrik Grevstad ist vor nicht allzu langer Zeit gestorben. Das habe ich beim Einwohnermeldeamt erfahren, als ich mich auf die Suche nach ihm gemacht habe. Er war mit keinem festen Wohnsitz registriert. Und ein Telefon hatte er auch nicht. Ich hatte den Eindruck, dass er fast auf der Straße lebte.«

Das kam nicht als große Überraschung. »Traurig«, sagte ich. »Du bist also so schlau wie zuvor?«

»Etwas schlauer immerhin. Mir ist ein interessantes Gerücht bestätigt worden.«

»Was denn?«

»Dass Kolberg und Busk eng befreundet sind.«

»Das ist doch kein großes Wunder«, sagte ich. »Sie haben sicher zusammengearbeitet.«

»Nicht nur das. Sie singen auch zusammen.«

»Singen?«

»In einem Chor«, erklärte sie geduldig. »Außerdem sind sie Brüder.«

Ich schaute sie verständnislos an.

»Freimaurer. Sie waren Mitglieder derselben Loge, als Kolberg in Oslo gewohnt hat.«

Freimaurer halten zusammen, das war also keine Sensation. Und verboten ist es auch nicht. Außerdem rekrutiert dieses Männerbollwerk aus irgendeinem Grund seine Leute vor allem bei Anklagebehörden und

Polizei. Offenbar fühlen Juristen sich wohl in solchen Organisationen. Es ist allgemein bekannt, dass sie dort überrepräsentiert sind. Sicher werden sie von einer Sehnsucht nach mehr Gesetz und Ordnung angetrieben. Oder vielleicht auch nur von schnöder Machtgier.

Sie hatte meine Gedanken gelesen. »Das ist noch nicht alles. Sie hatten angeblich auch besondere politische Sympathien.«

»Du hast offenbar gute Quellen?«

»Ich pflege meine Kontakte. Auch wenn ich nicht höre. Oder vielleicht wirkt es gerade deshalb ungefährlich, sich mir anzuvertrauen. Was meinst du?«

»Ich glaube eher an das Lächeln. Sprechen wir hier von der äußersten Rechten?«

»Jedenfalls nicht von Linksextremismus.«

Wir schienen einander offenbar langsam zu verstehen. »Ist das eine alte Geschichte?«

»Es geht zurück bis in die achtziger Jahre.« Das hörte sich an wie vor hundert Jahren.

»Was Kolberg angeht, so wundert mich das nicht.« Mit seiner intellektuellen runden Brille und seinem hübschen Gesicht sah er eher aus wie ein Gemeindepastor als wie ein durchtriebener Ermittler. Aber der Schein trügt. »Aber das wirft doch kein neues Licht über den Fall Andersen, oder?«, fügte ich hinzu.

»Vielleicht nicht. Und jetzt heißt es Polizeilicher Sicherheitsdienst.« Sie lächelte ironisch. »Überwachungsdienst hieß es damals, als du noch auf den Barrikaden gestanden hast.« Mir fiel auf, dass sie inzwischen einige Male auf die Uhr geschaut hat. Mir war gar nicht aufgefallen, dass es schon spät war.

Ich erhob mich widerwillig. »Ich muss jetzt los. Kommst du zurecht?«

»Hab ich eine Wahl?«

Ich sah sie genauer an. Das hatte ich an diesem Abend schon oft getan. »Schließ sorgfältig ab. Und lass niemanden ein, wenn du nicht sicher bist, wer es ist.«

»Er wird doch nicht zurückkommen? Frantz oder wer immer das gewesen sein kann?«

»Bestimmt nicht«, sagte ich, während ich einen Blick ins Zimmer der Tochter warf, wo Kind und Hund in süßem Schlummer lagen. Das Tier schnarchte einwandfrei lauter. »Aber ich habe einen Vorschlag. Hulda kann heute Nacht hierbleiben. Dann seid ihr jedenfalls in Sicherheit. Sie muss nur morgen früh ausgeführt werden. Was sagst du dazu?«

»Wenn das für dich in Ordnung ist, dann ...« Ich bildete mir ein, dass mein Vorschlag ihr gefiel.

»Wir können morgen ja einen Ausflug machen«, schlug ich optimistisch vor. »Wenn ihr dann noch nichts anderes vorhabt.«

»Ja, gern.«

Ich starrte in die dunklen Augen. Ich hätte gern gewusst, welche Geheimnisse sich dort verbargen.

Auch nachdem ich mit Hilfe einiger Biere in einer der dunkelsten Kneipen der Gegend darüber gegrübelt hatte, konnte ich keine Antwort auf diese Frage finden. Und auch nicht auf die anderen Herausforderungen.

Es wurde wirklich ein schöner Tag, einer von diesen Maitagen, die Hoffnung und Erwartung schenken, ein Frühlingstag, an dem die Sonne wärmt und fast alles machbar, harmlos und verheißungsvoll aussieht. Sie hatte darauf bestanden, mit ihrem eigenen alten, bunten VW-Bus zu fahren, einem Kleinod aus den siebziger Jahren. Für Mirjam Lange war es offenbar wichtig, zu zeigen, dass sie allein zurechtkam. Und mit diesem Wagen waren sie jeden Sommer verreist. Sie fuhr sicher. Mir fiel auf, dass sie die ganze Zeit ein Auge auf den Rückspiegel richtete. Ich hatte den Eindruck, dass sie besser fuhr als die meisten mit unversehrtem Gehör.

Wir fuhren hinaus nach Huk, machten am Strand einen Spaziergang, sammelten alten Schrott auf, tranken Kaffee aus Plastikbechern und verzehrten trockene Waffeln, während wir über alles Mögliche sprachen, nur nicht über das, was uns zusammengeführt hatte. Ich erfuhr von ihrer Kindheit als Einzelkind, mit einer tauben, alleinstehenden Mutter mit wenig Geld und viel Lebensmut, von einem Vater, den sie nicht kannte, von Sonderklassen, Gehörlosenschulen und schließlich der Universität. Mirjam Lange war nichts geschenkt worden. Auch ihre Tochter wuchs jetzt ohne Vater auf, auch wenn dessen Name immerhin bekannt war. Manche hätten hier von sozialem Erbe geredet. Sie sagte nichts über Miras Vater und ich stellte keine Fragen. Irgendwann würde sie vielleicht von ihm erzählen. Ich konnte warten.

Am Ende setzten wir uns oberhalb des Strandes auf eine Bank und sahen zu, wie Mira im Park mit Hulda spielte. Hunde sind schlichte Gemüter. Ich begreife nicht, warum sie es so toll finden, sich für einen trockenen Stock das Herz aus dem Leib zu rennen, ohne andere Belohnung als ein Streicheln. Vielleicht ist es einfach Ausdruck von Lebensfreude.

Es war schon später Nachmittag, als sie hinter dem Wohnkomplex hielt, wo sie einen festen ungestörten Parkplatz auf der Straße hatte. Ich staunte darüber, dass ihr Auto nicht schon längst gestohlen oder beschädigt worden war. Ich hätte meinen Jaguar hier keine zehn Minuten abgestellt.

Sie folgte meinem Blick. »Kein Mensch klaut so eine alte Karre. Außerdem weiß die ganze Nachbarschaft, wem sie gehört.« Dass der Wagen leicht zu erkennen war, stand fest.

»Ihr müsst bald wiederkommen«, sagte die Kleine, als wir aus dem Auto stiegen. Ich ging davon aus, dass sie Hulda meinte, denn schließlich schaute sie dabei den Hund an. Ich hatte sie zum Abendessen einladen wollen, aber Mira war bei einer Freundin zum Geburtstag eingeladen.

Die Mutter lächelte. »Das gilt auch für dich. Danke für die Hilfe. Und für den netten Ausflug.«

»Den können wir doch wohl wiederholen«, schlug ich vor. »Wir bleiben in Kontakt, nicht?«

Sie winkten, als sie im Smalgang verschwanden. Inzwischen war mir ein Jaguar aufgefallen, der hinter mir stand, weiter hinten in der Straße, ein Veteran aus den frühen siebziger Jahren. Nicht nur, dass dieser Wagen ungewöhnlich blank und glänzend war, ließ mich reagieren. Ich hatte ihn auf dem Parkplatz in Huk gesehen.

Scheinbar ziellos schlenderte ich die Straße entlang, auf den Straßenkreuzer zu. Aber ehe ich ihn mir genauer ansehen konnte, startete er und beschleunigte in Richtung Innenstadt. Ich konnte gerade noch die Autonummer notieren, ehe er in die Lakkegate abbog und verschwand.

5

Am Montagmorgen schaute ich als Erstes bei Mørk vorbei, und ich brauchte nicht lange, bis mein Verdacht sich bestätigt hatte. Frantz Bejer besaß zwei alte Jaguars, einen Bentley und mehrere alte Mercedes, außerdem einige eher normale Fahrzeuge. Der Mann war einwandfrei ein Sammler. Die Frage war, ob er außerdem gefährlich war. Verliebte Männer stellen oft verrückte Dinge an, aber die meisten davon sind harmlos. Das Problem sind die wirklichen Irren.

»Sieh dir das mal an«, sagte ich zu Mørk und reichte ihm den Reklamezettel des Bestattungsunternehmens. »Wenn du da irgendwelche Abdrücke findest, möchte ich das gern wissen.« Ich hatte für mich eine Kopie gemacht.

»Hm.« Er hielt den Zettel ganz oben am Rand fest und schob ihn in einen Plastikumschlag. »Jetzt kann nicht einmal mehr die Bestattungsbranche korrekt schreiben, wie ich sehe. War das auf deine Freundin gezielt?«

»Auf meine Mandantin«, korrigierte ich. »Sieh mal, was du machen kannst.«

Noch am selben Nachmittag rief sie an. »Ich wollte nur noch mal sagen, wie nett das war«, sagte sie. Diesmal hatte ich den Eindruck, dass ihre Stimme freundlich klang, fast schon zärtlich. »Ich soll von Mira grüßen. Sie hat schon wieder Sehnsucht.«

»Nicht nach mir, nehme ich an.«

Sie lachte. »Ich fürchte, du hast Recht.«

Ich fragte nicht, wie sie selbst das sah, sondern erzählte, was ich über Bejers Wagenpark in Erfahrung gebracht hatte. »Wenn er noch einen Versuch macht, musst du mir sofort Bescheid sagen. Und wenn es etwas Ernstes ist, rufst du die Polizei an.« Ich gab ihr die Durchwahl eines Polizeijuristen, von dem ich wusste, dass er einen solchen Vorfall ernst nehmen würde. »Diese Entwicklung gefällt mir nicht.«

»Meinst du wirklich, das ist kein Jux? Diese Warnung, meine ich?«

Ich mochte das nicht zugeben, aber ich hatte kein gutes Gefühl im Bauch. »Bleib jetzt mal ganz ruhig. Ich suche ihn so bald wie möglich auf.«

»Kommst du denn wieder nach Oslo?« Eine verheißungsvolle Frage.

»Im Laufe der Woche, ja.«

»Du musst anrufen«, sagte sie. »Wir waren gern mit dir zusammen.«

Das Dasein kam mir auf einmal um vieles einladender vor.

Diese Änderung war offenbar so auffällig, dass Mari mich sofort durchschaute, als sie auf dem Weg von der Schule vorbeikam, um mir Geld abzuluchsen. »Du bist verliebt, was?«, lautete ihr tödlicher Kommentar. »Ich dachte, bei euch Alten geht das nicht mehr.«

»Zum Glück entlarvst du hier nur deine Unwissenheit«, gab ich zurück. »Aber sonst wäre es auch traurig, dauernd von einem Teenie zusammengestaucht zu werden. Ist es wirklich so leicht zu sehen?«

Sie kannte kein Erbarmen. »Sicher doch. Aber es geht schon vorbei, so wie ich dich kenne.«

Sie bekam Geld, gegen das Versprechen, sich als Hundesitterin zu betätigen.

Das Büro kam mir vor wie ein Gefängnis. Ein effektiver Arbeitsplatz war es nie gewesen, aber jetzt konnte ich mich überhaupt nicht konzentrieren, nicht einmal auf die einfachste juristische Aufgabe. Eigentlich waren mir die Entwicklung des Handelsstandes, die Anbringung von Gartenzäunen und die Höhe von Steuerfreibeträgen restlos gleichgültig, es waren jedoch Dinge, die einen bedeutenden Teil des Einkommens der unbegreiflich vielen privat praktizierenden Anwälte hier in der Stadt ausmachten.

Nachdem ich mich davon überzeugt hatte, dass der berühmte Forscher persönlich anwesend war, beschloss ich am nächsten Morgen, Frantz Bejers Arbeitsplatz einen Besuch abzustatten. Da meine Entschuldigung für diesen Besuch in Oslo nur für meinen Privatgebrauch bestimmt war, begnügte ich mich mit der Erklärung, dass ich aufgrund eines hoffnungslosen Versicherungsfalles, den mein Mandant ohnehin verlieren würde, den Rat eines Osloer Kollegen einholen müsste. Er war zweifellos schuldig, das war uns allen peinlich bewusst. Aber der Mann war ein wahrer Querulant. Normalerweise hätte ich die Sache per Telefon erledigt.

Smart-Tech war in einem riesigen Bürokomplex in Lysaker untergebracht. Es war eine moderne Firma, die sich mit Forschung befasste und in der hervorragend ausgebildete junge Akademiker arbeiteten. Ein erfolgreicher Betrieb, auch finanziell gesehen. Bejer hatte seinen Doktor in Mikrotechnologie gemacht. Das alles hatte ich problemlos in Erfahrung bringen können. Wider Willen war ich beeindruckt.

»Ich habe einen Termin«, log ich die Vorzimmerdame an. »Er erwartet mich schon.«

Während sie über diese Mitteilung nachdachte, schlich ich mich an ihr vorbei und öffnete die Tür zu dem, was sich als ein kleines Büro und großes Computerlabor erwies. Dort saß mitten im Gewühl ein Mann, offenbar tief in Gedanken versunken, über einen Laptop gebeugt. Seine Gedanken waren wohl viel tiefgründiger als die meinen. Denn nicht einmal als ich mich ihm gegenüber auf einem Stuhl niederließ, reagierte er. Er saß einfach da, in unerschütterlicher Ruhe. Als sei ich nicht da. Aus unsichtbaren Lautsprechern in der Wand strömten Klänge aus der Oper »Dido und Aeneas«, mit Jessye Norman und Thomas Allen, wenn ich mich nicht ganz irrte. Henry Purcell. Ein versöhnlicher Zug an dem Typen, das musste ich zugeben.

»Hm«, räusperte ich mich, als er auch nach, wie es mir vorkam, mehreren Minuten noch kein Anzeichen von Interesse an meiner Person erkennen ließ. Er war von ungewöhnlichem Aussehen. Groß, dünn, mit wildem Lockenschopf. Er sah eigentlich ziemlich gut aus und erinnerte mich an Art Garfunkel in jungen Jahren. Für einen Moment konnte ich verstehen, dass er Mirjam gefallen hatte.

»Haben Sie ein paar Minuten Zeit?« Ich war überrascht über meine Höflichkeit.

Als er noch immer keinerlei Reaktion zeigte, redete ich ungeduldig weiter. »Hilft es, wenn ich den Namen Mirjam Lange erwähne?«

Endlich schaute er auf. »Du bist das, ja.« Er musterte mich mit einem scharfen, intelligenten Blick. Was er sah, schien ihm nicht zu gefallen.

Ich blieb abwartend sitzen und musterte das Diplom an der Wand. Einen Ph.D. vom Massachusetts Institute of Technology gibt es nicht per Postversand.

Eine innere Stimme sagte mir, dass das hier eine außergewöhnliche Begegnung werden könnte.

Endlich schaltete er seinen Laptop aus. Er schien Angst zu haben, der schwarze Kasten könne mir seine Geheimnisse verraten. Aber die Gefahr war wirklich nicht groß.

»Du bist kein guter Umgang für sie«, sagte er plötzlich. »Das habe ich überprüft. Ich weiß viel über dich.«

Das hier ging schon ganz falsch los. *Ich* müsste hier in der Offensive sein, nicht er. »Hör mal«, wandte ich ein, aber er winkte ab.

»Ich will nur ihr Bestes. Sie hat sonst niemanden.«

»Du irrst dich«, sagte ich gereizt. »Sie will in Ruhe gelassen werden. Du belästigst sie.«

Er musterte mich mit sichtlichem Widerwillen. »Ich habe nichts Verbotenes getan«, sagte er rasch. »Auch wenn sie mich angezeigt hat. Ich nehme ihr das nicht übel.«

Ich mochte meinen Ohren nicht trauen. »Ach ja? Das ist ja großzügig. Dass sie mitten auf dem Bürgersteig angefahren worden ist, war dann wohl auch ihre eigene Schuld?«

»Die Polizei meint, das sei ein Fall von Trunkenheit am Steuer gewesen. Und ich trinke nicht.«

Ich schaute ihn resigniert an. »Soll das dein Alibi sein?«

»Ich war hier im Labor.«

Ich warf die Kopie des Zettels vom Bestattungsunternehmen vor ihm auf den Tisch. »Und das hier? Meinst du, es ist angenehm, so was an die Tür gebracht zu bekommen?«

Er warf einen gleichgültigen Blick auf den Zettel. »Ist daran irgendwas auszusetzen?«

Der Kerl ging mir jetzt wirklich auf die Nerven. »Was weißt du über den Brand?«

»Den Brand? Von dem weiß ich nichts. Mirjam ist doch hoffentlich nichts passiert?«

»Sie wäre fast umgekommen«, sagte ich und schaute ihn misstrauisch an. »Liest du keine Zeitungen?«

»Nicht sehr oft. Ist sie verletzt worden?«

»Zum Glück nicht. Aber ihre Freundin und deren Tochter sind dabei umgekommen.«

»Davon hatte ich keine Ahnung.« Er kam mir seltsam unberührt vor. »Du musst verrückt sein, wenn du meinst, ich hätte damit etwas zu tun.« Er erhob sich und schaute auf mich herab. »Mirjam zu verletzen wäre das Letzte, was ich will.«

»Aber das ist dir immerhin gelungen.«

»Mirjam ist doch gar nichts passiert.«

»Das macht die Sache wohl nicht besser, oder was?«

»Nein, natürlich nicht. Aber ich kann doch für einen tragischen Unfall nicht verantwortlich gemacht werden.«

Ich wusste nicht, was ich glauben sollte. Es gibt Männer, die einfach durchdrehen, wenn sie abgewiesen werden, Männer, die sich sonst absolut vernünftig verhalten. Ich hatte das schon häufiger beobachtet. Hier war die Rede von einer Frau, die mehr Fürsorge brauchte als andere. Behinderte, Blinde, Taube und Lahme, wir haben die Tendenz, solche Menschen zu sehr beschützen zu wollen. Vielleicht glaubte er wirklich, das Richtige zu tun. Und das mit dem Auto konnte ja doch ein Unfall gewesen sein.

Er widmete sich jetzt wieder seinem Laptop. Unsere Unterhaltung war offenbar beendet.

Worauf ich einfach platzte. Ich fuhr hoch und baute mich ihm gegenüber auf. »Keine Überwachung mehr, keine unangenehmen Mitteilungen«, kläffte ich. »Du wirst einen großen Bogen um Mirjam Lange machen.«

Er blieb überraschend ruhig, saß einfach da und starrte seinen Bildschirm an, als ob er mich auch nicht für eine Sekunde ernst nähme. Was meine Wut noch steigerte.

»Du musst damit aufhören, sie zu verfolgen, begreifst du das nicht?«

Endlich schaute er auf. »Ich weiß wirklich nicht, wovon du hier redest.« Er schien seinen Ohren nicht ganz zu trauen. »Was ist eigentlich dein Problem, Anwalt Foyn? Hast du nicht genug Mandanten?«

Für einen Moment empfand ich den fast unwiderstehlichen Drang, seine Visage in diesen verdammten Computer zu rammen. Seltsamerweise konnte ich mich beherrschen. »Vergiss nicht, dass ich gern zu unkonventionellen Methoden greife«, sagte ich drohend. »Das hast du doch sicher schon herausgefunden, oder?«

Er setzte sich gerade und fuhr sich mit der Hand durch den Struwwelkopf. »Das habe ich, ja.« Er schien sich nicht im Geringsten zu fürchten. Dieser Mann hatte etwas Seltsames an sich, etwas, was ich nicht zu fassen bekam.

Er stand am Fenster und schaute hinter mir her, als ich den Parkplatz überquerte, den Jaguar aufschloss und mit dem unbehaglichen Gefühl seines Blickes im Rücken losfuhr. Das Gefühl ließ mich erst los, als ich die nächstbeste Bushaltestelle ansteuerte und die Visitenkarte hervorzog. Ich musste zugeben, dass diese Expedition nicht gerade ein Erfolg gewesen war.

Die Werbeagentur Salz & Pfeffer logierte in einem alten roten Holzhaus in Frogner. Ich hatte nicht angerufen, um einen Termin abzumachen, sondern nur, um mich von ihrer Existenz zu überzeugen.

Es handelte sich offenbar um die Sorte Agentur, die sich auf feminine Projekte spezialisiert. In der ganzen Bürolandschaft, die einwandfrei den Einrichtungspreis eines Magazins für Wohnkultur gewinnen wollte, war nicht ein einziger Mann zu sehen. Ich spürte das überzeugende Design schon bei meinem ersten Schritt in diese Räumlichkeiten.

Die Schönheit in der Rezeption betrachtete mich wie eine ganz neue Entdeckung, als ich mich über ihren Glastisch beugte und flüsterte: »Wo steckt sie?«

Für einen Moment fiel sie aus ihrer coolen Rolle, ehe sie sich mit einiger Mühe wieder fangen konnte. »Äh, wer denn?«

»Angela natürlich. Wer sonst?«

Verwirrt zeigte sie auf eine Glastür weiter hinten. »Sie hat gerade eine Besprechung.«

»Sagen Sie ihr, dass Anwalt Foyn hier ist.«

Sie hob zögernd einen Telefonhörer.

»Es eilt«, sagte ich.

Es liegt nicht daran, dass die Leute Respekt vor Anwälten haben. Sondern dass ihr schlechtes Gewissen sich zu Wort meldet. Alle haben Dreck am Stecken. Und wir erinnern sie daran.

Die Frau, die die Tür öffnete und hervorschaute, war außergewöhnlich. Obwohl sie nicht so groß war wie ihr Bruder, war sie doch sicher einiges über eins achtzig. Sie hatte den gleichen schlaksigen Körper und war von Kopf bis Fuß schwarz gekleidet.

Sie musterte mich neugierig. Ihre Stimme klang unerwartet hell.

»Privatsache«, sagte ich förmlich. »Können wir uns hier irgendwo ungestört unterhalten?«

Sie drehte sich um und informierte die anderen, die an der Besprechung teilnahmen. Auch hier handelte es sich ausschließlich um Frauen. »Wir gehen in mein Büro.«

Ich setzte mich vorsichtig, aus Angst, etwas Kostbares zu zerstören. Wenn diese Umgebung die Kreativität anregte, dann musste die Agentur der Spitzenklasse angehören. Ich hätte gern gewusst, wie Angela Bejer reagieren würde, wenn sie das Pech hätte, in meinem Büro zu landen.

»Es geht um Ihren Bruder«, sagte ich rasch, um mir nicht die Initiative nehmen zu lassen. »Frantz.«

»Ach, verdammt«, sagte sie resigniert. »Was ist es denn diesmal?«

Dieser Kommentar gefiel mir nicht. »Warum fragen Sie das?«

Sie gab sich mit hektischen Fingern Feuer. Erst jetzt sah ich, dass sie müde und angespannt wirkte. Angela Bejer war vermutlich noch keine vierzig, sah aber älter aus. »Was hat er diesmal angestellt? Denn deshalb sind Sie doch sicher gekommen?«

»Sie sind an solche Besuche also gewöhnt?«

»Ich will das mal ganz klarstellen.« Sie bewegte nervös ihre Zigarette. »Ich will nicht in Frantzens Unternehmungen hineingezogen werden. Ich rede jetzt auch nur wegen meiner Mutter mit Ihnen.«

Ich wartete gespannt darauf, was jetzt kommen würde.

»Das Letzte, was ich ihr versprochen habe, war, zu versuchen, ihm zu helfen. Und dieses Versprechen habe ich gehalten. Bis jetzt.«

»Sein Problem sind Frauen, wenn ich das richtig verstanden habe?« Wir hatten offenbar eine Gemeinsamkeit.

Sie seufzte resigniert. »So war es immer schon, seit damals in Boston. Es hätte Mutter fast umgebracht.«

Es war nicht schwer, sie zum Reden zu bringen. Der Bruder, der immer schon ein Sonderling gewesen war, hatte soeben seinen Doktor gemacht, als er von einer Kommilitonin angezeigt wurde. Während Frantz Bejer sich und die Frau als ein Paar beschrieb, war sie ganz anderer Ansicht. Die Sache wirbelte so viel Staub auf, dass seine Karriere im Universitätsmilieu ein jähes Ende nahm. Auch hier zu Hause war er mehrere Male in solche Situationen geraten.

»Die Polizei scheint nichts gegen ihn in der Hand zu haben«, sagte ich. »Ist das nicht seltsam?«

Sie machte eine resignierte Handbewegung. »Den meisten ist es wohl peinlich, zugeben zu müssen, dass sie sich dermaßen geirrt haben. Aber er kann einfach kein Nein hinnehmen. Und er gibt sich nie geschlagen.«

Ich erzählte ihr kurz Mirjams Geschichte.

Angela Bejer blickte mich skeptisch an. »Mord und Brandstiftung? Und er soll sie angefahren haben? Soviel ich weiß, war er noch nie gewalttätig.« Sie zog wütend an ihrer Zigarette. »Frantz war immer ein Waschlappen, schon als kleiner Junge. Und er hat Tiere sehr geliebt, das tut er noch immer. Immer wieder schleppte er halbtote Vögel und anderes Getier nach Hause, das er unbedingt retten wollte.«

»Sie haben Mirjam Lange doch kennengelernt«, sagte ich scharf. »Macht die auf Sie einen hysterischen Eindruck?«

»Ich kann mich gut an sie erinnern. Sie war taub. Und sehr charmant.«

Gegen diese Charakteristik konnte ich nichts einwenden. »Und Sie haben versucht, sie zu warnen?«

»Sie war das perfekte Opfer.«

»Wie meinen Sie das?«

»Das müssen Sie ja wohl verstehen!« Wütend drückte sie ihre Zigarette im Aschenbecher aus. »Sie brauchte seine Fürsorge. Sie war eine, um die er sich kümmern konnte. Das ist krankhaft, nicht wahr?«

Weiter kamen wir nicht. Die Mutter war einige Jahre zuvor gestorben, der Vater, ein bekannter Mathematikprofessor, war schon seit langem tot. Andere nahe Verwandte gab es nicht. Sie waren beide nicht verheiratet, hatten keine Kinder und so wenig wie möglich miteinander zu tun.

»Früher sind wir einander nahegestanden«, sagte sie und erhob sich. »Jetzt mache ich einen großen Bogen um ihn. Aber ich will versuchen, mit ihm zu reden. Mehr kann ich nicht versprechen.«

»Sie sollten mich vielleicht nicht erwähnen«, sagte ich vorsichtig. »Es kann sein, dass er sich von meinem Namen provoziert fühlt.«

»Warum das?« Sicher kannte sie die Antwort. »Ist er eifersüchtig?«

»Darauf weist vieles hin.«

»Und er hat Grund dazu?« Wenn sie lächelte, war sie ziemlich hinreißend.

»Ich wäre Ihnen sehr dankbar, wenn Sie einen Versuch machen könnten.« Dieses Gespräch hatte etwas Absurdes. Und es machte mir größere Sorgen, als ich zugeben mochte.

Von diesem Gedanken konnte ich mich nicht befreien, nicht einmal, als ich im Büro des Polizeibeamten saß, der mit dem Unfall zu tun gehabt hatte, dem Mirjam Lange fast zum Opfer gefallen wäre. Ich hatte ihn zwischen zwei Einsätzen erwischen können. Er war nur äußerst widerwillig bereit gewesen, mir fünf Minuten zu widmen. Bei der Polizei von Grønland hatten sie offenbar andere und wichtigere Dinge zu tun.

»Wir haben nichts gefunden«, sagte er übellaunig, während er in seinem Ordner blätterte. »Weder Wagen noch Fahrer.« Er musterte mich resigniert. »Was ist denn so wichtig an diesem Fall? Da ist doch im Grunde niemand zu Schaden gekommen.«

Auf diesen Kommentar ging ich überhaupt nicht ein. »Der Exliebhaber? Was hatte der zu erzählen?«

Er machte eine vage Handbewegung. »Nichts. Er war nicht am Tatort gewesen, und seine Kollegen glauben, ihn zum betreffenden Zeitpunkt im Büro gesehen zu haben. Außerdem gab es ja keine Zeugen für den Unfall.«

»Aber ein hieb- und stichfestes Alibi hat er also nicht?«

»Das braucht er auch nicht.« Der Polizist schleuderte gereizt den Ordner auf den Tisch und zeigte mit aller Deutlichkeit, dass er dieses Gespräch für sinnlos hielt.

»Habt ihr sonst was am Tatort gefunden?«, fragte

ich, ehe er davonstürzen konnte. »Irgendwelche Spuren oder so?«

»Wenn Sie das unbedingt wissen müssen. Wir haben Bremsspuren gefunden, die immerhin darauf hinweisen, dass der Betreffende energisch gebremst hat, ehe er auf den Bürgersteig gefahren ist. Außerdem gab es auf der Straße frische Blutspuren.«

»Blutspuren?« Ich starrte ihn überrascht an. »Wie habt ihr das erklärt? Waren noch andere in den Unfall verwickelt?«

Der Typ lächelte herablassend. Er ging mir jetzt wirklich auf die Nerven. »Von einem Tier«, sagte er dann. »Einer Katze oder vielleicht einem Dachs. So spätabends wimmelt es da in der Gegend doch von denen. Den Rest können Sie sich selber denken. Wir betrachten den Fall als abgeschlossen.«

Als ich den Wagen in der Tiefgarage abstellte, die irgendwer mit einem souveränen Mangel an Respekt nach Henrik Ibsen benannt hat, wurde ich ein weiteres Mal daran erinnert, wie wir in diesem Land unsere wenigen Genies missbrauchen. Ich war unterwegs zum Gericht, um mir sämtliche Unterlagen über den Prozess gegen Reidar Andersen kopieren zu lassen und um die Zeitungsberichte zu diesem Fall durchzusehen.

Aber zuerst wollte ich telefonieren. Mira meldete sich. »Mama ist nicht zu Hause«, teilte sie mit. »Sie ist einkaufen gegangen. Aber sie kommt bald zurück. Ist dein Hund auch da?«

»Gleich neben mir«, sagte ich. »Sie sitzt hier im Auto.«

»Ach, was hast du für ein Glück.«

»Das hast du auch«, sagte ich. »Kannst du raten, wieso?«

»Nein, sag schon!«

»Du bist zum Essen eingeladen«, sagte ich. »Hast du Lust?«

»Ich muss erst Mama fragen«, sagte sie zögernd.

»Tu das«, sagte ich. »Ich hatte gedacht, dass sie auch mitkommen könnte.«

Als der Anwalt, mit dem ich hatte sprechen wollen, beschäftigt war, ging ich weiter zum Gericht. Dort im Archiv war die Freude nicht gerade groß, als ich meinen Wunsch vorbrachte.

»Was ist an diesem alten Fall denn plötzlich so wichtig?« Die Sekretärin schaute mich sauer an. »Diese Kopiererei dauert doch ewig. Wir haben hier wirklich auch noch anderes zu tun.«

»Ach was? Hat es also noch weitere Anfragen gegeben?« Ich ging ja davon aus, dass Mirjam Lange hier gewesen war.

»Sie sind der Vierte.«

»Ich nehme an, eine war eine junge Dame?«

»Meinen Sie die Journalistin? Die Taube?«

Ich nickte.

»Die war die Erste, ja. Aber das ist schon eine ganze Weile her.«

»Und die beiden anderen, wer waren die?«

Sie lächelte viel sagend. »Sie wissen doch, dass ich Ihnen das nicht verraten darf.«

»Presseleute?«, fragte ich.

»Aber nicht doch.« Sie beugte sich vor. »Sie waren hier bekannt, das kann ich immerhin sagen.«

»Also aus dem Apparat.«

Ich nahm ihr Schweigen als Bestätigung. »Polizei oder Gerichtswesen?«

»Von mir wissen Sie das nicht.«

Weiter kam ich nicht. Bei *Dagbladet* blieb ich dann vor riesigen Zeitungsstapeln sitzen. Das Interesse der Presse war gewaltig gewesen, und die Sache hatte sich über mehr als ein Jahr hingezogen, vom ersten Mord bis zur Urteilsverkündung. Danach war alles still geworden. Reidar Andersen schien nicht mehr zu existieren. Bis er jetzt wieder in den Medien aufgetaucht war.

Die Zeitungen durchzugehen, auch wenn ich dabei ziemlich oberflächlich vorging, beschäftigte mich mehrere Stunden lang. Ich machte Kopien von Artikeln, die mir möglicherweise weiterhelfen könnten, notierte Orte und Personen, die während der Ermittlungen erwähnt worden waren, und nicht zuletzt prägte ich mir mehr oder weniger phantasievolle Theorien ein, die von allen möglichen Leuten stammten.

Nichts von allem, was ich hier las, machte mich klüger. Aber immerhin wurde der von Mirjam genannte Exiljugoslawe Josip Mirankovic erwähnt. Sein Name kam mir bekannt vor.

Ein Anruf bei einem alten Kollegen im Gerichtswesen bestätigte meinen Verdacht. Mirankovic war vom Zuhälter auf dem Straßenstrich zum Hintermann eines gut organisierten Prostitutionsnetzes aufgestiegen und als Geschäftsmann in der Pornobranche gelandet. Ein berüchtigter Mann, was ein Gerichtsreporter der Zeitung *VG* noch einmal betonte, als ich anrief, um mich auf den neuesten Stand bringen zu lassen. »Mirankovic ist keiner, dem man zu nahe tritt, Foyn. Er hat gefährliche Freunde, Leute, die vor nichts zurückschrecken. Leute, die ihm Ärger machen, neigen dazu, spurlos zu verschwinden. Verstehst du, was ich meine?« Er kam mir plötzlich ein wenig ängstlich vor. »Verdammt, das sind keine Amateure, Foyn.«

Ich hätte gern gewusst, ob er selbst auch bedroht worden war. Ich wusste, dass er an einer Reportageserie über Frauenhandel gearbeitet hatte, einem Projekt, dem plötzlich ein Riegel vorgeschoben worden war. »Aber sicher«, sagte ich übertrieben ruhig. »Du brauchst dir keine Sorgen zu machen. Mir geht es nur um ein wenig Hintergrundinformation.«

»Scheinbar operiert er jetzt legal«, sagte der Journalist ein wenig ruhiger. »Aber angeblich steckt er hinter einer Firma, die Hardcorepornos produziert. Solchen Kram, den deine Kinder lieber nicht sehen sollten, das kannst du mir glauben. Er ist auch im Zusammenhang mit Prostituierten aus Osteuropa ins Visier geraten. Lilja 4-ever, weißt du. Also, vorsichtig fahren.«

Ich konnte noch eine Sache abhaken, ehe ich mich auf den Weg nach Grønland machte. Ich hatte die vage Erinnerung, dass Fredrik Grevstad das Grefsen-Gymnasium besucht hatte.

Im Telefonbuch fand ich einen Anwalt Ansgar Grevstad, der im Frysjavei wohnte.

Der Mann, der sich dort meldete, klang uralt, aber seine zitternde Stimme war klar und deutlich. »Ja, hier Grevstad. Worum geht es?« Er besaß eine natürliche Autorität, die er sich sicher in vielen Jahren im Gerichtssaal erarbeitet hatte.

»Spreche ich mit Fredrik Grevstads Vater?«

Das konnte er bestätigen.

Ich erklärte, ich sei ein alter Kommilitone von Fredrik und hätte zufällig von dessen Tod erfahren. »Wie konnte das passieren? Ich wusste gar nicht, dass er krank war.« Das war eine ziemliche Untertreibung. In Wirklichkeit hatte ich kaum eine Ahnung von Fredrik Grevstads Wohl und Wehe.

»Woher stammt dieses Interesse?« Er hatte offenbar nicht viel übrig für die Freunde seines Sohnes. »Fredrik hat getrunken«, sagte der Vater dann mit brutaler Offenheit. »Aber das müssen Sie doch wissen, wenn Sie ihn gekannt haben?«

Der Mann dachte also sehr schnell. Und er war nicht wenig arrogant. Ich fing an zu verstehen, warum Fredrik Grevstad eine gespannte Beziehung zu seinem Vater gehabt hatte. »Ja, sicher«, sagte ich vorsichtig. »Aber wir hatten schon lange keinen Kontakt mehr. Hat er am Ende hier in Oslo gewohnt?«

»Was heißt schon wohnen.« Ich wartete geduldig darauf, wie es weiterging. »Man kann kaum sagen, dass er irgendwo gewohnt hätte. Aber er hing mit dieser Frau zusammen. Sie trinkt ebenfalls. Sie haben irgendwo unten in Bjølsen gehaust. Nachdem er bei ihr eingezogen war, haben wir ihn nicht mehr gesehen.«

»Wie heißt diese Bekannte?«, fragte ich vorsichtig. »Sie haben vielleicht die Adresse?«

Er wurde plötzlich misstrauisch. »Wozu brauchen Sie die?«

»Ach, es geht um eine alte Geschichte«, sagte ich vage. »Einen Fall, an dem Fredrik gearbeitet hat.«

Das schien ihn zu beruhigen. »Er hätte damals sein Studium beenden sollen. Aber schließlich hat er das Examen ja doch noch geschafft, wussten Sie das?«

Ein völliger Versager war der Sohn also nicht gewesen. »Wirklich? Wann denn?«

»Vor zwei Jahren so ungefähr. Mir hat er nie etwas davon erzählt, ich habe es ganz zufällig erfahren. An Plänen hat es ihm nicht gefehlt, unserem Fredrik. Aber durchgeführt hat er sie nie.«

Das stimmte sicher. So sah es auch in meiner Erinnerung aus.

Nach einigem Stochern konnte ich ihm die Mobilnummer von Fredriks Mitbewohnerin entlocken. An den Namen erinnerte er sich nicht. Das sagte sicher genug. »Er hatte alle seine Habseligkeiten mit zu ihr genommen. Hier haben wir nichts. Er wollte nichts mehr mit uns zu tun haben.«

Das Gespräch deprimierte mich ein wenig. Aber ich war doch nicht so niedergeschlagen, dass ich es nicht geschafft hätte, die Nummer der Mitbewohnerin zu wählen, nachdem ich überprüft hatte, dass diese Nummer nicht registriert war.

Niemand meldete sich, deshalb hinterließ ich eine Nachricht und bat dringend um Rückruf.

Der folgte schon nach einigen Minuten. »Du hast eben angerufen. Worum geht's denn?«, hustete eine grobe Frauenstimme.

»Mein Name ist Foyn«, sagte ich höflich. »Svend Foyn, ich bin Rechtsanwalt. Spreche ich mit der Bekannten von Fredrik Grevstad?«

»Stimmt was nicht?« Sie hatte eine Stimme wie ein alter Bierkutscher, rau, geprägt vom langjährigen Umgang mit Petterøes gröbstem Tabak. »Weißt du nicht, dass Fredrik nicht mehr lebt?«

»Doch, sicher«, sagte ich. »Es tut mir wirklich leid, das zu hören. Wir haben damals zusammen studiert.«

Das machte offenbar keinen weiteren Eindruck auf sie. »Was willst du also?«

»Ich brauche da ein paar Auskünfte.«

»Auskünfte? Woher hast du überhaupt meine Nummer?«

»Von seinem Vater«, sagte ich. »Habt ihr wirklich zusammengewohnt?«

»Wenn du von diesen versnobten Eltern kommst, dann bleib mir lieber gleich vom Leib. Wie heißt du noch gleich? Anwalt Foyn, ha? Fredrik konnte Anwälte nicht leiden.«

»Ich habe nichts mit seinen Eltern zu tun«, sagte ich geduldig. »Es geht um alte Unterlagen von einem Fall aus den achtziger Jahren. Glaubst du, er kann so was aufbewahrt haben?«

»Hier steht eine Menge Kram herum«, gab sie widerwillig zu. »Aber Fredrik hat gesagt, ich sollte mich um seinen Kram kümmern, seine Familie sollte den nicht kriegen. Und da weiß ich ja nicht …«

»Vielleicht kann ich bei dir vorbeischauen«, schlug ich vor. »Dann können wir ja darüber reden.«

»Das geht nicht. Ich geh so schnell nicht wieder nach Hause. Und ich muss mir die Sachen zuerst selbst ansehen. Ich hab es noch nicht geschafft, seinen Kram durchzugehen. Und ich hab doch keine Ahnung, wer du bist, oder?«

Weiter kam ich nicht. Am Ende gab ich auf. Es war ja ohnehin nur ein Schuss ins Blaue gewesen.

Von allen möglichen Lokalen endeten wir bei McDonald's, in Grønland, genau gegenüber. Mira hatte darauf bestanden und wir fügten uns. Mir kam das vollkommen natürlich vor.

Mirjam war jetzt ruhiger. Sogar als ich von meinem Gespräch mit Bejer berichtete, blieb sie gelassen.

»Und er wurde nicht wütend?«, fragte sie zweifelnd.

»Ich fürchte, ich war derjenige, der sich nicht beherrschen konnte.«

»Ach! Und warum nicht?«

»An dem Typen war irgendwas seltsam«, sagte ich nachdenklich. »Er kam mir fast unberührt vor, egal was ich auch sagte. Er wusste nichts. Das behauptete er jedenfalls.«

»Ich verstehe, was du meinst«, sagte sie und musterte ihre Hände. »Er hat viele Gesichter. Und das macht mir wirklich Angst.«

»Es gibt eine Stelle, wo du kein Ketchup hast.« Ich beugte mich vor und wischte ihr einen roten Klecks von der Wange. Die war warm und weich. »Vergiss Frantz Bejer«, sagte ich. »Der ist Geschichte.« Ich beschloss, mein Gespräch mit seiner Schwester nicht zu erwähnen. Mirjam brauchte jetzt wirklich nicht noch mehr Sorgen.

»Du hast gut reden.« Sie stocherte in der schalen Mahlzeit herum. Zum hundertsten Mal beschloss ich, nie wieder Junkfood zu essen. »Die Gedanken kommen nachts, wenn ich nicht schlafen kann. Es ist wie ein Albtraum. Die Flammen, die Hitze, ich muss einfach daran denken.«

»Hast du schon überlegt, professionelle Hilfe zu suchen?«

»Bei einem Psychologen, meinst du? Hast du eine Ahnung, wie viele Psychologen ich schon über mich ergehen lassen musste?«

»Es gibt Leute, die sich mit solchen Fällen auskennen. Es muss ja auch nicht unbedingt ein Psychologe sein. Ich finde, du solltest das versuchen. Wie geht es übrigens mit Mira? Denkt sie viel an den Brand?« Die Tochter tröstete gerade Hulda, die zu ihrem äußersten Unwillen draußen bleiben musste.

»Sie will nicht darüber sprechen, und das macht mir Sorgen. Aber sie scheint es gut in den Griff zu bekommen.«

Ich war mir da nicht so ganz sicher, zog jedoch lieber den Ordner mit dem Gerichtsstempel auf der Vorderseite hervor und legte ihn vor sie hin. »Ich hab da ebenfalls mal vorbeigeschaut.«

»Ach!« Sie warf einen Blick auf die Unterlagen. »Warum das?«

»Du brauchst einen Juristen, der dir bei dieser Arbeit hilft.«

Draußen stand Hulda und starrte uns durch das Fenster an, während Mira vergeblich versuchte, das Tier wegzuziehen. Der Hund hatte die Reste eines übergewichtigen Cheeseburgers entdeckt.

Sie antwortete nicht sofort. »Ich kann nichts bezahlen«, sagte sie endlich.

Ich kostete den Inhalt des Plastikbechers. Der Kaffee war wie das Essen, lauwarm und ohne Geschmack. »Es kostet nichts«, sagte ich. »Nicht als Voruntersuchung. Wenn es eine Grundlage dafür gibt, den Fall wieder aufzunehmen, dann sieht die Sache schon anders aus. Aber dann gibt es Geldquellen.«

»Ich weiß nicht, ob das etwas bringt.«

»Wie meinst du das?«

»Ich habe das Gefühl, auf der Stelle zu treten«, sagte sie leise, fast unhörbar. »Ich habe alles durchgesehen und finde nichts. Nichts wirklich Neues. Und alle, die etwas wissen müssten, sind tot.«

»Was ist mit den Parallelen zwischen dem Andersen-Fall und dem Fredheim-Fall, die dich so beschäftigt haben?« Unsere Rollen waren plötzlich vertauscht worden.

»Darüber will niemand reden. Und Beweise habe ich keine, nur Annahmen.«

Wir wurden von Mira unterbrochen, die den Hund jetzt aufgegeben hatte. »Ich werde mal sehen, was ich machen kann«, sagte ich, als wir aufstanden. »Und ich kann mir die Gerichtsunterlagen genauer ansehen. Danach kann ich dir dann eine Einschätzung geben. Rein juristisch.«

»Danke«, sagte sie und bedachte mich mit einem kurzen Lächeln.

Wir ließen das Thema fallen und machten mit Hulda einen Spaziergang am Akerselv. Der Nachmittag war warm und träge. Sogar die Junkies wirkten ganz ruhig, sie standen in Gruppen zusammen und unterhielten sich leise, während ihre Hunde lange Blicke hinter der scheinbar treuen Hulda herwarfen. Hulda drückte sich an Mira, als ob sie sie vor der Bande am Flussufer beschützen wollte. Die Junkies sahen gefährlicher aus, als sie waren. Meine Erfahrung war außerdem, dass sie vierbeinige Wesen liebten. Der Vorteil bei Hunden ist, dass Vorurteile für sie keine Bedeutung haben. Jemand, der sie einmal freundlich gestreichelt oder ihnen sogar einen Leckerbissen gegeben hat, ist und bleibt ein guter Mensch. Und Miras Bonbontüte befand sich jetzt gerade in passender Höhe für eine Bernhardinerhündin.

Wir setzten uns auf eine Bank und schauten in den Fluss, der klar und frisch an uns vorbeiströmte. Noch vor wenigen Jahren war er eine verdreckte Kloake gewesen. Jetzt wurde hier Lachs geangelt.

Ich wandte mich ihr zu. »Na, was sagst du? Sind wir ein Team?«

Sie legte mir die Hand auf den Arm. In dem späten Nachmittagslicht waren die Schrammen in ihrem Gesicht deutlich zu sehen. »Vielleicht«, sagte sie leise, erhob sich, nahm meine Hand und zog mich über den Rasen zur Nordre gate. Ich folgte ihr widerstrebend.

Wir gingen durch den Markvei, und wie auf eine stillschweigende Übereinkunft hin bogen wir dann ab in Richtung Schous plass. Erst im Sofienbergpark blieb sie stehen und schaute sich um. Wir standen genau unter den hohen Bäumen, die die Sonne aussperrten und die Frühlingsluft plötzlich kalt werden ließen.

»Hier ist es passiert«, sagte sie plötzlich. »Hier hat der Mörder sie eingeholt.«

Sofort überkam mich ein Gefühl intensiven Unbehagens. Es war so stark, dass mir fast schwindlig geworden wäre, mitten in diesem friedlichen Park, an einem ruhigen Tag im Mai. Menschen eilten an uns vorbei, auf dem Weg zur Arbeit, zur Familie, zu einem geliebten Menschen, zu Freunden. Oder zu einer einsamen Behausung.

»Ich habe einen Tipp für dich«, sagte ich mit erzwungener Ruhe und reichte ihr den Zettel mit der Nummer von Fredriks wenig kooperativer Mitbewohnerin. »Ich bin da nicht weitergekommen. Vielleicht gelingt dir das besser als mir.« Ich erklärte, worum es mir gegangen war. »Er war ein versoffener Wirrkopf, du darfst also keine großen Erwartungen haben, aber du kannst sie ja anrufen und sehen, ob ihr miteinander reden könnt.«

Wir hatten einige Schritte über den Rasen gemacht.

Die Kirchturmuhr zeigte genau halb sechs. Ein plötzlicher kalter Windstoß fegte durch den Park.

»Du warst schon häufiger hier«, konstatierte ich.

»Sehr oft.«

Um uns herum war es seltsam still geworden. »Hast du etwas gefunden?«

»Was sollte das sein?«

Ich hatte keine Antwort. Natürlich war nach vierundzwanzig Jahren nichts mehr zu finden.

»Ich war auch an den anderen Orten«, sagte sie jetzt. »Das heißt, dort, wo die Opfer gefunden wurden. Es hat sich ja nie genau feststellen lassen, wo die Morde geschehen sind. Aber bei diesem letzten«, sie zeigte zurück in den Park, »wissen wir, wo es passiert ist.«

Ich hatte es gerade noch geschafft, die Erklärung durchzusehen, die vor Gericht vorgelegt worden war, basierend auf den Bruchstücken, die Kari Iversen vor ihrem Tod hatte mitteilen können. »Wie kannst du so sicher sein, dass es der Letzte war?«, fragte ich. »Es gibt andere vergleichbare Fälle. Und was ist mit Helene Holt?« Im Laufe dieser Jahre hatte es mehrere nicht aufgeklärte Morde an jungen Frauen gegeben. Dazu kamen die Fälle, bei denen Menschen verschwunden waren. Einige waren junge Mädchen gewesen.

»Ich beschäftige mich nur mit dem Urteil, das über Reidar Andersen gefällt worden ist. Wenn sich das als Irrtum herausstellt, stehen wir vor einer ganz neuen Situation. Dann läuft hier draußen irgendwo ein Mörder frei herum.« Sie schaute sich um. Zweihundert Meter weiter, fast oben bei der Kirche, spielte Mira mit Hulda. »Und es dauert nicht mehr lange, bis der Mörder wirklich davongekommen ist«, fügte sie hinzu. »Bald läuft doch die Verjährungsfrist ab.«

Wieder empfand ich dieses Unbehagen. »Gehen wir«, sagte ich und pfiff dem Hund.

Ich hatte wieder Wärme im Leib, ehe wir Grønland erreicht hatten.

»Kommst du noch mit rauf?« Ich hatte sie bis zur Haustür im Smalgang gebracht. Es war noch immer früh. »Mira muss bald ins Bett, sie hat heute Nacht schlecht geschlafen. Das gilt übrigens für uns beide.«

»Gern«, sagte ich. Die Stimmung zwischen uns hatte sich jetzt geändert. War angespannter geworden.

»Du musst mich ja für total verzweifelt halten.« Wir saßen bei einem Glas Wein am Esstisch. Mira war mit guter Hundehilfe eingeschlafen. »Wo ich mit einem solchen Kerl zusammen war, meine ich.«

Auf diese Idee war ich auch schon gekommen. »Er kommt mir reichlich verrückt vor«, sagte ich. »Aber das muss ja nicht zwangsläufig heißen, dass er gefährlich ist.« Ich hörte selbst, dass das nicht sonderlich beruhigend klang.

»Ich hatte geglaubt, ihn zu kennen.« Wieder spürte ich ihren direkten Blick.

»Aber da hast du dich eben geirrt.« Ich hatte einfach keine Ahnung von Frauen. Der Typ war eine schlechte Karte, ich hätte das auch kapiert, ohne ihre Geschichte gehört zu haben. Frauen sahen so etwas wohl nicht.

»Wir haben uns im Netz kennengelernt.«

Ich schaute sie überrascht an.

»Wir haben jeden Tag gechattet. Und hatten das Gefühl, uns schon ewig gekannt zu haben.«

Das erklärte vieles. »Wann habt ihr euch getroffen? In der Wirklichkeit, meine ich.«

»Erst nach mehreren Monaten. Und da hatten wir uns gegenseitig alles erzählt, dachten wir.«

»Auch das mit der Taubheit?«

»Nicht sofort«, sagte sie langsam. »Im Netz sind wir in einer anderen Welt. Da sind wir genau wie alle anderen. Niemand kennt das Geheimnis.« Sie verstummte.

Ich ließ diese Erkenntnis in mir sinken. Es heißt, Taubheit sei schlimmer als Blindheit, doch das war schwer zu verstehen für jemanden, bei dem beide Sinne funktionierten. Das Netz war sicher die perfekte Arena. Bis man entlarvt wurde. Frantz Bejer besaß vielleicht auch eine Net-Persönlichkeit, eine Seite, bei der alles, was er gern sein wollte, zum Vorschein kam und die Wirklichkeit unsichtbar blieb.

Ich schaute auf die Uhr. Sie folgte meinem Blick. »Willst du jetzt noch fahren? Du hast doch getrunken.«

Ich betrachtete ihre Hände, die mit blitzschnellen Bewegungen ihre Worte betonten. Ich bildete mir ein, schon viel von ihrer Zeichensprache zu verstehen. Sie hatte mich gewarnt. *Ich muss einfach Zeichen benutzen, das ist ein Teil von mir.* Ich hatte nichts dagegen.

»Nicht viel.«

»Bleib noch ein bisschen. Ich will nicht, dass du jetzt gehst.« Sie legte ihre Hand auf meine und fuhr mit einem Finger über meine Lippen. »Wir müssen leise sein«, sagte sie, als sie sich erhob und die Schlafzimmertür öffnete. »Ich will nicht, dass Mira aufwacht. Du musst meine Ohren sein.«

Sie drückte sich in der Dunkelheit an mich. Ich schaute auf ihre dunklen, glatten Haare, spürte ihren Atem an meinem Hals, nahm den Duft eines warmen, sinnlichen Körpers in mich auf, spürte, wie ihre Hand verspielt über meinen Nacken wanderte, während sie ihr T-Shirt abstreifte. Ihre Brüste waren klein und fest, mit spitzen Brustwarzen, die an meinen Haaren zu zupfen schienen, während sie sich in meine Arme schmiegte und ich eine Hand über ihren Bauch huschen ließ. Der war glatt und weich, wie bei einem Kind. Ansonsten aber war sie alles andere als ein Kind.

Lange standen wir da und berührten einander einfach nur, während die Welt stillstand. Die fernen Geräusche des Grønlands torg verschwanden, die Lichter draußen funkelten nicht mehr, es gab nur uns beide und die Stille.

Später, viel später, als wir erschöpft auf dem Laken lagen und die Decke mit einem Tritt in die Ecke gefeuert hatten und nur noch das schöne, satte Gefühl von gutem Sex auskosteten, flüsterte sie: »Ich will dich.«

Mehr nicht. Drei verpflichtende Wörter, und ich erschrak nicht einmal.

»Aber du kannst nicht hierbleiben. Nicht jetzt. Ein andermal.«

Ich hatte den Wagen in einer Seitenstraße des Grønlandsleiret abgestellt. Es war schon lange nach Mitternacht, als ich mich dem glücklicherweise noch immer vorhandenen Jaguar näherte. Die langen Blicke, die die Eckensteher auf das Auto geworfen hatten, als ich es früher am Tag in die Parknische bugsiert hatte, hatten mir überhaupt nicht gefallen. Jetzt war alles still. Zwei Gestalten unterhielten sich leise in einer Sprache, die ich nicht verstand, ein alter Mann humpelte langsam über den Bürgersteig, zwei Radfahrer ohne Licht glitten lautlos an mir vorbei. Es war eine ganz normale Werktagsnacht in Oslos exotischster Gegend.

Die erste Warnung, dass etwas nicht stimmen könnte, erhielt ich, als mein Schlüssel nicht passte. Als ich mich vorbeugte, um genauer nachzusehen, entdeckte ich die Kratzer. Jemand hatte sich an meinem Schloss zu schaffen gemacht.

Vorsichtig drückte ich auf den Handgriff, nur um festzustellen, dass mein Auto nicht mehr abgeschlossen war. Ich schaute mich angespannt um. Die Stille kam mir nicht mehr so freundlich vor.

Ein wenig unsicher blieb ich stehen und wog die Lage ab. Mein Auto sah so unversehrt aus, wie man das von einem vierzig Jahre alten Veteranen erwarten kann. Und es stand genau da, wo ich es abgestellt hatte. Wenn irgendwer es hätte stehlen wollen, wäre das wirklich ungeheuer einfach gewesen.

Als ich durch das Fenster schaute, sah ich etwas Neues: Auf dem roten abgenutzten Leder des Beifahrersitzes lag jetzt ein Päckchen, nicht größer als eine geräumige Zigarettenschachtel, eingewickelt in Packpapier.

Eins wusste ich genau. Mir gehörte das Päckchen nicht. Und es war nicht da gewesen, als ich den Wagen verlassen hatte. Also musste jemand es dort abgelegt haben. Ich öffnete vorsichtig die Tür, um mir die Sache genauer anzusehen. Vielleicht fand irgendwer, ich hätte ein Geschenk verdient.

Das Geräusch gefiel mir noch weniger als das Päckchen. Tick-tack, tick-tack. Das rhythmische Ticken war durch das Packpapier deutlich zu hören.

Ich ließ die Tür los, als ob ich mich daran verbrannt hätte, und taumelte einige Schritte rückwärts. Bilder aus zahllosen Kriminalfilmen zogen an meinem inneren Auge vorüber, während ich mein Telefon hervorzog und die Nummer des Notrufs wählte. Irgendwer hatte eine Bombe in meinem Auto abgelegt, eine Bombe mit Zeitzünder.

Diese Mitteilung an die Polizei weiterzugeben, war jedoch nicht ganz einfach. Nachdem ich mich drei Führungskräften mit aufsteigendem Rang gegenüber erklärt hatte, liefen die Dinge dann aber schnell und dramatisch ab. Die Feuerwehr rückte mit mehreren Fahrzeugen an und sperrte die Straße, während Einheiten der Bereitschaftstruppe sich den Jaguar vornahmen. In voller Minenräummontur öffneten sie die Tür und bugsierten das Päckchen auf den Asphalt, wo es von einem Roboter in Empfang genommen wurde. Inzwischen hatten sich auf der Straße die Gaffer versammelt und das Blitzlicht der Pressefotografen erhellte die Umgebung. Bekannte Fernsehreporter schnüffelten aufmerksam herum. Schon gab es Gerüchte über Terroristen von al-Qaida. Ich selbst saß im Kommandowagen der Polizei und durfte mit niemandem sprechen, schon gar nicht mit Reportern. Ich überlegte, ob ich Mirjam anrufen sollte, beschloss dann aber, sie schlafen zu lassen.

Der Typ in Felduniform, der die Tür aufriss, hatte offenbar Takt und Ton der Offiziersschule vergessen. »Sind Sie hier verantwortlich?« Er starrte mich wütend an. Offenbar gab es für die norwegische Armee derzeit zu wenig Krieg. Jetzt ließ er seinen Frust an mir aus. »Sie sind Anwalt Foyn?«, herrschte er mich jetzt an.

Als ich bejahend nickte, packte er meinen Arm. »Mitkommen.«

Gehorsam ging ich neben ihm her über die Straße.

Hinter einem Panzerwagen sah ich eine Gruppe von Uniformierten, die eine geöffnete Schachtel vor sich auf dem Bürgersteig betrachteten. Ich beugte mich vor, um ebenfalls hineinzuschauen, während sie allesamt zu mir herumfuhren. Ihre Blicke waren nicht gerade freundlich.

Der Wecker, der in der Schachtel lag, war weiß und hatte große, deutliche Zahlen. Er zeigte, dass es schon spät war, genauer gesagt Viertel nach zwei. Das Problem war nicht der Zeitpunkt, sondern die Tatsache, dass die Schachtel sonst nichts weiter enthielt. Nicht einmal einen kleinen Gruß.

Ich räusperte mich. »Ist das alles?«

Die Versammlung starrte mich weiterhin an, aber niemand sagte etwas. Von hinten nahte nun endlich ein Vertreter der Polizei. »Sie haben um 0.45 Uhr den Fund einer Bombe in Ihrem Wagen gemeldet«, sagte er mit monotoner Stimme. »Ist das korrekt?«

Ich sah keinen Grund, das abzustreiten.

Er versuchte offensichtlich, eine wirklich tödliche Bemerkung zu finden, was ihm aber nicht gelang. Die norwegische Sprache war wohl zu wenig ergiebig für sein Vorhaben. »Und aus welchem Grund haben Sie angenommen, dass das da«, er zeigte auf den Wecker, ehe er weitersprach, »dass das da«, wiederholte er unnötigerweise, da ich weder taub noch begriffsstutzig war, der Kerl ging mir jetzt schon auf den Geist, »eine Bombe sein könnte?« Er spuckte das entscheidende Wort fast aus.

»Das habe ich schon mindestens fünfmal zu erklären versucht«, sagte ich unschuldig. »Ich dachte, ihr begrüßt es, wenn gesetzestreue Bürger sich melden, wenn ihnen etwas Verdächtiges auffällt.«

Er gab auf. Die restlichen Experten folgten seinem Beispiel. Ich fand, sie hatten keinen Grund zur Klage. Sie wurden sicher gut bezahlt, wenn sie mitten in der Nacht ausrückten. Außerdem war es bestimmt ein gutes Training. Sie schienen das allerdings alles anders zu beurteilen.

»Sie kommen morgens vielleicht nicht so leicht aus dem Bett?« Er war nicht nur sauer, er versuchte auch noch, ironisch zu sein. »Haben Sie es mal mit dem telefonischen Weckdienst probiert?«

»Suchen Sie lieber nach Fingerabdrücken auf dem Wecker«, gab ich zurück. »Vielleicht finden Sie da etwas Interessantes.«

Erst nachdem ich mich zwei Polizisten gegenüber erklärt hatte, denen es schwerfiel, ihr Grinsen zu unterdrücken, durfte ich gehen. Ich spürte ihre Blicke im Nacken, als ich davonfuhr. Während der Vernehmung hatte ich eingesehen, dass meine Geschichte keinen Eindruck machen würde. Deshalb versuchte ich nicht einmal, ihnen alle Details zu vermitteln. Das einzige Interessante, was sie vielleicht begriffen, war, dass sie sich einen gewissen Frantz Bejer genauer ansehen sollten.

6

Am nächsten Tag war alles unwirklich, wie in einem Traum. Ich war ziemlich früh aufgestanden, hatte meinen Terminkalender konsultiert und war ohne sonderliche Überraschung zu der Erkenntnis gekommen, dass der Tag terminfrei war.

Ich brachte mit Hulda den Gang über den Slottsfjell hinter mich, nahm eine rituelle Überprüfung des Anrufbeantworters vor, zwang mich dazu, *Tønsbergs Blad* mehr als die üblichen drei Minuten zu widmen, und zerbrach mir den Kopf darüber, was in der vergangenen Nacht eigentlich geschehen war. Die Antwort auf den ersten Teil dieser Frage wusste ich ja. Mirjam Lange mochte taub sein, aber andere Behinderungen hatte ich nicht feststellen können. Und noch immer wusste ich fast nichts über sie.

Mit der Bombengeschichte stand es schon schlimmer. Jetzt, wo ich eine gewisse Distanz dazu gewonnen hatte, konnte ich die Sache mit Humor betrachten. Glücklicherweise hatten die Zeitungen meinen Namen nicht erwähnt, als sie sich über den falschen Bombenalarm lustig gemacht hatten.

TØNSBERGER ANWALT IN VERMEINTLICHEM BOMBENDRAMA.

Ich fürchtete trotzdem das Schlimmste. Tønsberg war ja eine kleine Stadt.

Es stellte sich heraus, dass ich meinen Jaguar in auffälliger Nähe zum Büro eines bekannten islamistischen Aktivisten abgestellt hatte, eines Mullahs, für den die

Behörden sich schon lange interessierten. Sicher waren sie deshalb mit ihrem gesamten Apparat angerückt.

Vielleicht verfügte dieser verdammte Bejer ganz einfach über einen ganz eigenen Sinn für Humor und war nicht gefährlich, sondern nur quälend eifersüchtig, wozu er jetzt sogar Grund hatte. So dachte ich, während ich vor den Unterlagen zu Reidar Andersens Fall saß und mir fast die Augen zufielen.

Ich nahm mir die drei Morde in der richtigen Reihenfolge vor. Der erste war irgendwann nach elf Uhr abends passiert, am Samstag, dem 26. Juli 1980. Siri Fredriksen, die an diesem Tag ihren achtundzwanzigsten Geburtstag feierte, war zu diesem Zeitpunkt auf dem Straßenstrich bei Bankplassen letztmalig gesehen worden. Die Polizei hatte einen Kunden ausfindig machen können, der glaubte, sie dort gegen 22.00 Uhr gesehen zu haben, und das bestätigten mehrere andere, die an diesem Abend dort gearbeitet hatten. Eine Stunde darauf verschwand sie, ohne dass irgendwer bemerkt hätte, auf welche Weise. Ungefähr gleichzeitig wurde ein großer dunkler Wagen beobachtet, der durch die Gegend fuhr. Zwei Zeugen hatten unabhängig voneinander mitgeteilt, es könne sich möglicherweise um Reidar Andersens dunkelblauen alten Chevrolet gehandelt haben. Aber besondere Autokenntnisse hatten beide nicht besessen, was der Verteidiger natürlich gebührend erwähnt hatte.

Siri Fredriksen war seit weniger als einem halben Jahr auf dem Straßenstrich tätig gewesen, als sie von ihrem Schicksal ereilt wurde. Ich starrte lange das von einem Automaten aufgenommene Schwarzweißbild an. Eine hübsche, dunkelhaarige Frau. Sie sah aus wie viele. Und ehe sie den Typen kennengelernt hatte, mit dem sie sich dann später verlobt hatte, war sie das auch gewesen. Eine ganz normale Frau aus einem kleinen Ort im inneren Østfold.

Das Heroin hatte sie dann fertiggemacht. Zuerst war der Verlobte an einer Überdosis gestorben. Dann, ein halbes Jahr später, kam sie an die Reihe. Das Leben auf der Straße war alles andere als ungefährlich, aber sie hatte offenbar ganz besonderes Pech. Die Polizei glaubte, dass sie keinen festen Zuhälter gehabt hatte, aber da sie regelmäßig ihren Schuss brauchte, musste es wohl irgendeinen Bekannten gegeben haben, der ihr bei der Versorgung half.

Als sie von einer Hundebesitzerin an einem öden Waldweg in Aurskog im Straßengraben gefunden wurde, war es schon August. Vermutlich war sie am Abend ihres Verschwindens umgebracht worden, aber aufgrund des Zustandes der Leiche hatte sich der genaue Zeitpunkt nicht feststellen lassen. Der Mörder hatte sie mit einem dünnen Metalldraht erwürgt. Am Tatort waren keine weiteren Funde gemacht worden, es gab auch keine Zeugenaussagen von irgendeiner Bedeutung, abgesehen davon, dass in der Nacht, in der der Mord möglicherweise geschehen war, in der Umgebung ein dunkler Wagen gesehen worden war. Die Verletzungen im Unterleib des Opfers passten zu der Vergewaltigungstheorie. Sie war nackt, aber ihre Kleider wurden, mit Ausnahme der Unterhose, in der Nähe gefunden. Da die Kleidungsstücke nicht beschädigt waren, nahm die Polizei an, dass sie sich freiwillig ausgezogen hatte oder dazu gezwungen worden war.

Der nächste Mord war ebenfalls an einem Samstag passiert, einen Monat später. Irgendwann kurz vor

Mitternacht am 23. August war Annette Møller im Hafen bei Vippetangen in ein Auto gestiegen. Hier fand die Polizei einen Zeugen, einen Taxifahrer, dem die Frau aufgefallen war. *Sie stand da wie ein kleines Mädchen,* hatte er gesagt. *Verdammt, die hätte man wirklich nicht für eine Nutte gehalten, aber das war sie. Ich hatte sie hier schon oft gesehen.* Bei dem Auto war er sich seltsamerweise nicht sicher. *Kann ein alter Mercedes gewesen sein oder vielleicht ein Ami. War jedenfalls schwarz oder dunkelblau. Aber an dem Abend war es so verdammt dunkel.*

Die Frau wurde am nächsten Vormittag auf einem Rastplatz an der E 6 gefunden, nackt, erwürgt, mit sichtbaren Spuren einer brutalen Vergewaltigung. Ihre Unterhose war verschwunden, die übrigen Kleidungsstücke lagen am Tatort, ganz unversehrt. Diese Frau hatte nachweislich Kontakt zu einem oder mehreren Zuhältern gehabt, und während der Ermittlungen war der Name des Exiljugoslawen aufgetaucht. Aber niemand von denen, die etwas wissen konnten, waren zu Auskünften bereit gewesen. Eine andere Prostituierte, eine Frau thailändischer Herkunft aus Josip Mirankovic' Stall, war spurlos verschwunden, als die Polizei mit ihr sprechen wollte. Nach Reidar Andersens Geständnis verlor die Polizei das Interesse an ihr.

Mehrere Frauen, die in der Gegend arbeiteten, hatten Reidar als häufigen Besucher der Umgebung bezeichnet, wo er in seinem Chevrolet durch die Gegend fuhr. Keine jedoch wollte ihn auch als Kunden gehabt haben. Ein Alibi für den Mordabend hatte er nicht liefern können, er hatte auch keins für den Zeitpunkt von Siri Fredriksens Verschwinden. Das Gericht hielt es deshalb für mehr als nur wahrscheinlich, dass er am

Abend des Verschwindens an beiden Tatorten gewesen war.

Der dritte Mord war anders. Er war mitten in der Stadt passiert, kein Auto kam mit ins Bild, bei dem Opfer handelte es sich nicht um eine Prostituierte. Aber die Frau war sehr herausfordernd gekleidet gewesen. Ansonsten war alles gleich: Vergewaltigung. Erwürgen, Verletzungen im Unterleib. Und noch immer schlug er samstags zu. Aber diesmal hatte er das Opfer nicht ausgezogen, abgesehen von der Unterhose, die abermals fehlte. Den *Unterhosenmörder,* so hatten die Zeitungen ihn genannt.

Wieder war Reidar Andersen zur falschen Zeit am falschen Ort gewesen, wie sein Verteidiger das ausdrückte. Das Gericht sah das anders. Dass mehrere Zeugen glaubten, ihn spät in der Nacht, in der Kari Iversen ermordet worden war, in seinem Auto vor der Schoushalle gesehen zu haben, galt als starkes Indiz. Aber am schwersten wog der Haarbeweis: Kopfhaare, die mit ziemlicher Sicherheit Reidar Andersen zugeschrieben werden konnten, waren am Tatort gefunden worden. Dafür hatte der Verteidiger keine Erklärung geben können. Aber da das alles vor der Zeit der exakten DNA-Analysen geschehen war, hatte er erfolglos versucht, den Haarfund durch eine Unsicherheit in der Analyse zu erklären. Die Haare hätten auch von anderen stammen können. Auch Vorgehensfehler am Tatort waren vom Verteidiger erfolglos kritisiert worden.

Es sprach nicht für Reidar Andersen, dass die Ermittler in einem Kellerverschlag, der zur Wohnung seiner Mutter gehört, auf eine Sammlung von Damenunterhosen stießen. Keine davon ließ sich mit Sicherheit einem der Opfer zuordnen, weder durch biologische Spuren noch auf andere Weise. Aber es wurde festgestellt, dass sie gründlich gewaschen worden waren. Dass Reidar Andersen zuerst abstritt, von dieser Sammlung überhaupt etwas zu wissen, um dann zuzugeben, die Hosen entwendet zu haben, rückte ihn in ein noch schlechteres Licht. Er hatte nicht nachweisen können, woher sie stammten, sondern behauptete, sie aus irgendwelchen Impulsen heraus von irgendwelchen Wäscheleinen gestohlen zu haben.

Was die Kondome anging, so war seine Lage da noch jämmerlicher. Die Packung, die in seinem Zimmer gefunden wurde, war übersät von seinen Fingerabdrücken und hatte dieselbe Art von Gleitmittel, die auch bei zwei Opfern gefunden worden waren. Siri Fredriksens Leichnam war in einem Zustand gewesen, der die Suche nach solchen Spuren unmöglich gemacht hatte.

Aus den Vernehmungsprotokollen ersah ich, dass er zuerst abgestritten hatte, etwas mit den Kondomen zu tun zu haben. Aber später erzählte er von einer unbekannten Freundin, an deren Namen er sich nicht erinnern könne. Er behauptete, alle seien verpflichtet, sich gegen Krankheiten zu schützen. Danach stritt er abermals alles ab und behauptete, die Packung mit den Kondomen im Auto gefunden und behalten zu haben, ohne eine plausible Erklärung dafür liefern zu können, wie sie dorthin geraten sein sollte. Dass das alles nicht als glaubwürdig eingestuft wurde, konnte niemanden überraschen.

Schon nach dem ersten Mord war die Polizei auf ihn aufmerksam geworden. Aber da damals noch nichts konkret gegen ihn gesprochen hatte, hatten sie ihn laufen lassen müssen. Außerdem hatten sie zu diesem Zeitpunkt mehrere bekannte Gewaltverbrecher im Visier. Da diese dann aber aus dem Fall herausgecheckt werden konnten, wuchs das Interesse der Ermittler an Reidar Andersen. Sobald nach Kari Iversens Tod die Analyseergebnisse vorlagen, wurde ein Haftprüfungstermin angesetzt. Da er wirklich nur fadenscheinige Erklärungen liefern konnte, wurde dem Antrag der Ermittlungsbehörden auf Untersuchungshaft fast automatisch stattgegeben.

Während der U-Haft, nach Monaten der Isolation und vielen Vernehmungen, hatte er alles gestanden, dieses Geständnis aber, wie gesagt, später zurückgezogen. Was ihm nicht viel genutzt hatte, wie wir nun wussten.

Ich legte die Füße auf den Tisch und zündete ein Zigarillo an. Meine Gedanken waren anderswo, genauer gesagt im Osloer Stadtteil Grønland.

Den Medien zufolge hatte Reidar Andersen bei seinem Prozess eher wie ein Zuschauer gewirkt. Tag für Tag hatte er im Gerichtssaal gesessen wie im Theater, einem Ort, den er nach Ende der Vorstellung sofort verlassen könnte. Den Sachverständigen war er ein Rätsel geblieben. Seine Gehörprobleme hatten es für ihn sicher schwer gemacht, der Verhandlung zu folgen, vor allem, nachdem er demonstrativ das Hörgerät beiseitegelegt hatte. Aber die Ärzte meinten, er könne durchaus ausreichend hören, wenn er das Gerät benutzte. Sie hielten ihn für absolut imstande, dem Prozess zu folgen.

Der Mangel an technischen Spuren war dann noch ein Aspekt. Ich fand es auffällig, dass der Mörder die beiden Prostituierten in seinem Auto transportiert haben sollte, ohne dass sie auch nur ein Haar dort hinterlassen hatten, vor allem, wenn sich dort ein Kampf auf Leben und Tod abgespielt hatte. Aber dieser Kampf konnte sich ja anderswo zugetragen haben. Beide Frauen waren dafür bekannt gewesen, dass sie ihre Kunden auch zu Hause aufsuchten. Diese Erklärung aber passte nicht für Reidar, da seine Mutter immer zu Hause war und ein Kinderzimmer sich für diese Art von Aktivitäten nicht eignete. Sogar der Staatsanwalt musste das zugeben. Reidar Andersens Problem war, dass sein Auto blendend sauber war, es fehlte einfach an jeglichem Abfall, Müll, an allen Hinterlassenschaften, die es normalerweise in einem alten Fahrzeug gibt, was der Verteidiger durch einen Hinweis auf die Aversion seines Mandanten gegen Schmutz und Unordnung zu erklären versuchte.

Das Gericht sah das anders. Ich neigte dazu, ihm zuzustimmen. Der Wagen war ungewöhnlich gründlich gesäubert worden, und das galt als verdächtig. Irgendetwas hätte man normalerweise dort finden müssen.

Das Geständnis war in Bezug auf die beiden ersten Morde detailliert gewesen, beim dritten war es dann aber weniger präzise ausgefallen. Der Verteidiger hatte ohne Erfolg versucht, das auszunutzen, indem er auf Medienberichte über Einzelheiten der ersten beiden Fälle verwiesen hatte, die wirklich alle Welt den Zeitungen hatte entnehmen können. Während der Ermittlungen im Mord an Kari Iversen jedoch hatte der Angeklagte fast die ganze Zeit in Untersuchungshaft gesessen und keinen Zugang zu den Medien gehabt.

Es konnte Reidar Andersens Position nicht stärken, dass die Polizei bei ihm sehr viele Zeitungsausschnitte fand, bei denen es um die ersten beiden Morde ging, wenn auch zusammen mit Berichten über andere viel beachtete Kriminalfälle. Der Verteidiger konnte berichten, dass sein Mandant ein großes Interesse an solchen Fällen an den Tag legte. Auch hier konnte er das Gericht nicht überzeugen. Ich hatte am Ende das bestimmte Gefühl, dass der Mann keine besonders gute Arbeit geleistet hatte, auch wenn er ein sehr bekannter Verteidiger war.

Die Psychologen, die der Polizei bei den Nachforschungen geholfen hatten, waren sich in einer Hinsicht erstaunlich einig. Der Täter musste von einem starken aufgestauten Hass auf Frauen getrieben worden sein. Sicher hatte es in seiner Kindheit traumatische Erlebnisse gegeben.

Anders als mehrere andere bekannte Serienmörder hatte dieser Täter keinerlei unbewussten Wunsch, aufgehalten zu werden, zum Ausdruck gebracht, es hatte auch keine Vorwarnungen gegeben, ehe er zugeschlagen hatte. Es wurde auch spekuliert, ob er für weitere ungeklärte Fälle von Vergewaltigungen verantwortlich sein könnte, Verbrechen, bei denen er von zufällig Vorüberkommenden gestört worden war oder bei denen das Opfer hatte entkommen können. Aber Reidar Andersen konnte mit keinem dieser Fälle in Verbindung gebracht werden, und in der Stille, die auf den Prozess folgte, gerieten sie dann nach und nach in Vergessenheit.

Es war schon später Nachmittag, als ich die Unterlagen beiseitelegte, meine Angeltasche packte und den Freizeithafen ansteuerte. Im Laufe der Jahre waren es nicht wenige, die dieselben Übungen wie ich absolviert hatten: Anwälte, Journalisten, Autoren, engagierte Amateure. Soviel ich wusste, hatte niemand etwas Neues finden können. Trotzdem hatte ich das Gefühl, dass etwas nicht ganz stimmte. Ein kleines Detail vielleicht.

Erst nachdem ich Bolærne steuerbord und Gåsø backbord gelassen hatte, sah ich eine mögliche Verbindung, die unter Umständen für andere nicht so leicht zu entdecken gewesen war.

Der Frühlingsabend war warm und still, als Hulda und ich langsam durch die Ausfahrtsrinne von Tønsberg tuckerten. Mit freundlicher Hilfe eines Mandanten mit Adresse im Freizeithafen war das alte Holzboot zu Wasser gelassen worden. Wenn man mit fünf Knoten Tempo über glattes Meer gleitet, die Sonne als rote Kugel am Horizont steht und die Möwen leise schreien, dann ist die Zeit zum Nachdenken gekommen.

Ich war kein Kondomexperte. Aber ich wusste immerhin, dass es sich bei den bei Reidar Andersen zu Hause gefundenen Exemplaren nicht um Standardware handelte. Sie waren von der dünnen, gefühlsechten und teuren Art. Durex Gold. Die Kondome, die Kim Fredheim mehr als zwanzig Jahre später benutzt hatte, stammten nicht von Durex, sondern von der Konkurrenzfirma RFSU. Auch hier aber handelte es sich um exklusive Ware, die man nicht so einfach im nächsten Supermarkt mitgehen lässt. Ich hatte die Werbung gesehen. *Cho-San. Das mikrodünne Kondom für alle, die Qualität und Gefühlsechtheit schätzen.* In beiden Fällen hatte der Täter also überaus edle Pariser verwendet.

Ein unwichtiges Detail vielleicht, aber dennoch eine Art Zusammenhang.

Ich war zu den Fernsehnachrichten wieder zu Hause, und an diesem Abend gab es dort eine Reportage über verschwundene Jugendliche. Drei Jahre zuvor waren drei Jungen spurlos aus ihren Elternhäusern mitten in Ostnorwegen verschwunden, alle, nachdem sie mehr oder weniger feuchtfröhliche Feste besucht hatten. Als Tage und Wochen vergingen, ohne dass sich irgendwelche Spuren dieser Jungen finden ließen, neigten Medien, Angehörige und Polizei mehr und mehr zu der Theorie, dass hier ein Serienmörder zugeschlagen haben konnte. Aber als die drei gefunden worden waren, ertrunken oder erfroren, gaben sich alle mit der Erklärung zufrieden, dass es sich um ein zufälliges Zusammentreffen gehandelt habe.

Helene Holt war nun seit fast zwei Wochen verschwunden. Es gab nur wenige, vage Spuren, die Polizei tappte im Dunkeln und die Familie stand unter Schock. Reidar Andersens Name wurde nicht mehr so oft erwähnt, da es den Ermittlern nicht gelungen war, ihn mit Helene Holts Verschwinden in Verbindung zu bringen. Aber der Verdacht bestand weiterhin.

Er wohnte noch immer in Horten. Das hatte ich beim Einwohnermeldeamt überprüft.

Mein Entschluss war rasch gefasst. Sonderlich gut durchdacht war er nicht. Aber auch wenn er sich den Medien gegenüber nicht äußern wollte, so konnte es doch möglich sein, dass er mit mir reden würde. Besonders viele Freunde konnte er nicht haben. Nicht jetzt, wo Helene Holt verschwunden war.

Es gab viele Fragen, die ich ihm gern gestellt hätte. Aber er hatte Mirjam Lange ja zurückgewiesen. Warum sollte er sich da einem wie mir gegenüber öffnen?

Hulda musterte mich verständnislos. Wenn Hundebesitzer laute Selbstgespräche führen, können sie immer auf ihren Hund verweisen. Das Tier protestiert ja nicht, egal wie blöd die Selbstgespräche sich auch anhören mögen.

Als ich in Horten ankam, war es schon fast zehn. Das Wetter wurde jetzt schlechter, Regen hing in der Luft und es wurde langsam dunkel.

Horten ist eine stille Stadt, scheinbar abgelegen und vergessen. Ein Ort am Fjord, ein Halteplatz auf dem Weg in fernere und exotischere Gegenden. Aber das war das Bild der Uneingeweihten, derer, die die Geschichte nicht kannten, die nicht wussten, dass sogar Bob Marley hier aufgetreten war, die nicht an Nordeuropas heftigster Weihnachtssession teilgenommen hatten, die nicht unseren allerersten Fußballprofi in Italien kannten und die keine Beziehung zu Roald Amundsens Begleiter, dem Schlagerstar Lille Grethe und zu Marinemusik hatten.

Die Langgate führte durch ein altes Villenviertel zum Meer. Nicht prunkvoll, aber mit dem Gepräge altmodischer Gediegenheit. Gepflegte großer Häuser vom Beginn des 20. Jahrhunderts, blühende Gärten, viel benutzte Autos in niedrigen Preisklassen, selbstgebaute solide Garagen.

Das Haus an der Ecke der Ribes gate fiel hier auf. Es lag da wie ein kleines, abgeschiedenes Puppenhaus, eingezwängt zwischen den Villen. Die Vorhänge hinter den schmalen Fenstern waren sorgfältig geschlossen. An die Hauswand presste sich ein dunkelblauer Autoveteran, ein blank polierter Volvo Amazon. Ein breiter, langer Kratzer im Lack störte das Bild.

Der niedrige Lattenzaun, der das Grundstück umgab, war an mehreren Stellen eingerissen und zerbrochen. Dem Garten war Ähnliches widerfahren. Die Beete waren verwüstet worden, die Pflanzen lagen überall verstreut.

Ich hielt ein Stück weiter die Straße hinunter und ließ Hulda im Jaguar sitzen, nachdem ich ihr für später einen Spaziergang versprochen hatte. Viel später, dachte ich, als ich die ersten Regentropfen spürte.

Der Kies knirschte unter meinen Füßen, als ich einige zaghafte Schritte in Richtung Haustür machte. Obwohl das Haus im Dunkeln lag und alles still war, wirkte es nicht unbewohnt. Reidar Andersen hatte nach seiner Haftentlassung dieses gemeindeeigene Haus beziehen können. Meinen Unterlagen zufolge wohnte er noch immer hier. Eine Alternative hatte er wohl kaum.

Ich konnte keine Klingel entdecken, deshalb klopfte ich an die Tür, zuerst vorsichtig, dann kräftiger, das alles aber ohne Erfolg. Ich wollte schon aufgeben, als ich Stimmen hörte. Erst nach einigen Sekunden ging mir auf, dass sie aus dem Fernsehen stammten. Irgendwer im Haus hörte offenbar nicht besonders gut. Es dauerte noch eine Weile, bis mir einfiel, dass dem ja auch wirklich so war. Reidar Andersens Gehör war in all den Jahren sicher nicht besser geworden.

Ich hämmerte noch einmal gegen die Tür. Noch immer ohne irgendwelche Reaktionen, nur wurde der Fernseher noch lauter gedreht. Als ich auf die Türklinke drückte, konnte ich feststellen, dass die Tür abgeschlossen war. Ein Telefon hatte er auch nicht, davon hatte ich mich schon überzeugt.

In einem Fenster hoch oben unter dem Giebel sah ich jetzt ein blaues flackerndes Licht. Mit Hilfe einer altersschwachen Leiter konnte ich hoch genug steigen, um einen Blick in den ersten Stock zu werfen. Das Zimmer war klein, spärlich möbliert und lag im Halbdunkel. Ein Fernseher aus der Frühzeit dieses Mediums warf flimmernde Bilder an die kahlen Wände. Ein einfacher Sessel, ein Couchtisch aus Teakholz, auf dem eine Kaffeetasse stand, ein Teller und eine Zeitung, ein Sofa aus den sechziger Jahren, ein fast leeres Bücherregal. Eine halboffene Tür führte in etwas, was aussah wie eine Küche.

Die Stereoanlage, die vor der Wand auf dem Boden stand, fiel aus dem Rahmen. Eine Tandberg Sølvsuper mit dazugehörigem Plattenspieler, zwei leistungsstarken SEAS-Lautsprechern und altmodischen, großen Kopfhörern. LPs mit klassischer Musik waren ordentlich an der Wand aufgereiht. Ich hatte das Gefühl, einen Blick in die sechziger Jahre zu werfen. Obwohl die Einrichtung alt und schlicht aussah, war alles ordentlich und gepflegt.

Was mich vor allem interessierte, war aber der Mann im Sessel. Er starrte bewegungslos den Fernseher an, als gäbe es dort etwas Bedeutsames zu sehen. Ich konnte sein Profil ganz deutlich sehen. Ein überraschend hübsches Gesicht, erstaunlich wenig geprägt von einem vergeudeten Leben. Seine Gesichtsfarbe war gerade so dunkel, dass sie auch durch einen Ferienaufenthalt am Mittelmeer verursacht sein konnte, schrägsitzende Augen wie seine konnte man auch bei vielen Norwegern finden. Er war schlank, fast schmächtig. Und obwohl er saß, konnte ich sehen, dass er ungewöhnlich groß war. Das Hörgerät umschloss sein linkes Ohr. Er sah überraschend jung aus, die Jahre hinter Schloss und Riegel schienen keine Spuren hinterlassen zu haben, auch wenn er doch sicher auf die sechzig zuging. Seine Haare waren dicht, dunkel und kurzgeschnitten, ohne eine Spur von Grau. Er trug eine graue undefinierbare Hose von der Art, wie man sie bei der Heilsarmee kaufen kann, dazu ein kariertes Arbeitshemd und weiße Tennissocken. Seine Hände ruhten auf den Armlehnen. Die weißen Finger waren ungewöhnlich lang und schlank, wie bei einer Frau. Er warf keinen einzigen Blick in meine Richtung, aber ich hatte das unangenehme Gefühl, dass er genau wusste, dass ich dort an der Wand klebte.

Als er sich gerade vorbeugte und den Fernseher noch lauter drehte, gab die Leiter unter mir nach und ich fiel wie ein Stein ins Dorngebüsch. Dort blieb ich eine Zeitlang liegen, bis ich mich endlich mit Mühe losmachen und auf die Beine kommen konnte. Noch immer war in dem Häuschen alles still.

Auf dem Grundstück lastete eine düstere Stimmung. Es schien nicht in dieses friedliche, ganz normale Wohngebiet zu passen, so als wolle das Haus selbst die dramatische Geschichte der Vergangenheit seines Bewohners erzählen. Kein Mensch war zu sehen, weder auf der Straße noch in den umliegenden Gärten.

Als ich zum Jaguar hinkte, fiel mir ein Wagen auf, der leise durch die Straße glitt. Vor dem Grundstück kam er zum Stehen. Ein Fenster öffnete sich, ein Arm tauchte in der Öffnung auf. Eine Frauenhand schleuderte eine weiße Tüte über den Zaun, auf das verhängte Fenster mitten in der Wand. Klatschend breitete sich etwas Dunkles, Widerwärtiges auf der Fensterscheibe aus, während der Wagen weiterglitt, bei der Kreuzung nach links abbog und in Richtung Innenstadt verschwand.

Ich machte kehrt und ging zurück. Die Schweinerei auf dem Fenster stank ganz einfach grauenhaft, eine Mischung aus faulem Fisch und menschlichen Exkrementen. Im Haus war es noch immer still, so als ob nichts geschehen wäre.

Als ich mich wieder dem Jaguar näherte, hörte ich eine Tür, die ins Schloss fiel, und fuhr herum. Reidar Andersen stand auf der Treppe und musterte die Sauerei. Er konnte mich nicht sehen, denn ich stand hinter der Hecke der Nachbarn. Jetzt trug er eine grüne Militärjacke und eine schwarze Schirmmütze. Über der Schulter hatte er einen großen grünen Sack von der Sorte, die bei der Armee für persönliche Habseligkeiten benutzt werden, eine geräumige Tasche, die er mit irgendetwas gefüllt hatte. Helene Holt war klein und schmächtig, sie hätte man in einem solchen Sack unterbringen können. Oder Teile von ihr.

Ich erschauderte.

Es regnete jetzt heftig. Für die Jahreszeit war es ungewöhnlich dunkel.

Er überließ es dem Regen, den Dreck vom Fenster zu waschen, und bewegte sich mit langsamen Schritten durch die Langgate in Richtung Meer, ohne sich umzusehen. Den Sack drückte er an sich. Reidar Andersens Bewegungen hatten etwas Geschmeidiges, fast katzenhaft Weiches. Ich folgte ihm in sicherer Entfernung. Er blieb mehrmals stehen und sah sich um, als rechne er damit, verfolgt zu werden. Ich glaube nicht, dass er mich im Halbdunkel sehen konnte.

Noch immer war kein Mensch unterwegs, nur zwei Autos kamen vorbei, auf dem Weg in die Innenstadt.

Nach einigen Minuten erreichten wir den Verteilerkreis beim Grand Hotel. Dort überquerte er die Straße und bog nach rechts zum Neubaugebiet an der Strandpromenade ab, während er sich immer wieder umschaute. Ich musste so weit zurückbleiben, dass ich schon glaubte, ihn verloren zu haben.

Doch er tauchte wieder vor mir auf, als er gerade an den ersten neuen Häusern vorbeiging. Offenbar wollte er jemanden unten in den neuen Wohnungen im Strandpark besuchen. Falls er nicht zu dem weiter im Norden gelegenen Baugebiet unterwegs war, wo weitere Häuser und eine Straße angelegt wurden.

Ich hatte Recht. Er ging an dem ersten Haus vorbei. Jetzt musste ich mich an einem Zaun entlangschleichen, um nicht gesehen zu werden, während er zielstrebig weiterging, nun mit rascheren Schritten.

Bei der Baustelle bog er zum Meer hin ab und kletterte über einen Lehmhügel, scheinbar ohne auf den Dreck zu achten. Ganz offenbar hatte er etwas bei sich, dessen er sich entledigen wollte, etwas, was er ins Meer werfen oder im Boden vergraben wollte, ehe die Gegend von den großen Baumaschinen, die auf einem eingezäunten Gelände in Reih und Glied standen, planiert und asphaltiert wurde.

Unten am Kai blieb er stehen und schaute hinaus auf das dunkle Meer. Eine große Schwanenschar kam aufs Ufer zugeschwommen. In diesem Moment wurden wir von einem Auto gestört, das auf dem Baugelände losfuhr. Die scharfen Scheinwerfer badeten uns in Licht, und als Reidar Andersen herumfuhr, musste er mich einfach entdecken. Für einen Moment blieb er stehen und starrte in meine Richtung. Dann warf er sich den Sack über die Schulter und verschwand hinter einigen Bäumen.

Ich versuchte, ihm zu folgen, aber mein schmerzender Knöchel machte Probleme. Außerdem wurde ich von den Scheinwerfern geblendet, stolperte und fiel auf die Nase. Als ich wieder auf die Beine kam, war er verschwunden. Er musste es geschafft haben, das dunkle Gelände hinter sich zu bringen und die Hauptstraße zu erreichen.

Im Auto wartete Hulda geduldig. Hundebesitzer machen keine Witze, wenn sie Spaziergänge versprechen.

Reidar Andersen sah ich an diesem Abend nicht mehr. Ich glaubte nicht, dass er wieder zu Hause war, denn sein Haus kam mir leer vor, als ich dort vorüberkam. Auch sonst sah ich ihn nirgendwo, als ich mit dem Hund durch die Straßen von Horten wanderte. Der Mann war verschwunden.

Während das Tier beim Pavillon in der Storgate Blumen goss, rief ich Mirjam an. Wie immer meldete sie sich erst nach einiger Zeit. »Ich bin's. Svend«, fügte ich sicherheitshalber hinzu.

»Ich habe dich nicht vergessen. Noch nicht.«

Das klang doch ermutigend. Ich war nicht so ganz sicher, was ihr Lachen anging. Das war anders als das anderer Menschen.

Aber ich hatte gelernt, mich darüber zu freuen.

»Warst du das?« Ihre Stimme klang jetzt wieder ernst. »Mit der Bombe?«

»Tut mir leid«, sagte ich verlegen. »Es war nichts weiter. Ich hab mich bloß blamiert.«

»Ich habe an dich gedacht, als ich darüber in der Zeitung gelesen habe. Warum hast du mir nichts gesagt?«

»Ich wollte dich nicht unnötig ängstigen«, sagte ich. »Am Ende war ja alles nur ein Scherz.« Ein schlechter

Scherz allerdings und vielleicht kein ganz ungefährlicher. Aber ich hatte jetzt keine Lust, näher darauf einzugehen. »Rat mal, wo ich gerade bin.«

»Du bist unterwegs? Bist du hier in Oslo?«

»Wenn es so wäre, würdest du dann wollen, dass ich vorbeikomme?«

»Rat mal«, sagte sie kryptisch. Ich war nicht so sicher, wie das zu verstehen war.

»Ich bin in Horten«, sagte ich und erzählte, was ich soeben beobachtet hatte.

Mit ihrer Reaktion hatte ich nicht gerechnet. »Warum hast du das getan? Ich hatte dir doch gesagt, dass er nicht reden will. Mit niemandem. Jetzt hast du ihm Angst gemacht und das macht alles nur noch schwieriger.«

»Das glaube ich nicht. Reidar Andersen hat offenbar eine so gespannte Beziehung zu seiner Nachbarschaft, dass es nicht mehr schlimmer werden kann. Und ich glaube, er hat irgendwelchen Dreck am Stecken.«

»Das kannst du ja wohl nicht wissen«, sagte sie spitz. »Er wird doch gehetzt wie ein Stück Wild.«

Ich gab keine Antwort.

»Wann kommst du?«, fragte sie nun.

Wieder wusste ich nicht, was ich denken sollte. »Morgen?«

»Ich bin zu Hause.«

Mehr sagte sie nicht. Unsere Gespräche hatten offenbar die Tendenz, kürzer zu werden, nicht länger. Ich wusste nicht, ob mir das gefiel. Aber sie hatte mich gebeten, ihr ein wenig Zeit zu lassen.

Christian Salvesen, ehemaliger Anwalt beim Obersten Gericht, hatte noch immer hier im Haus zu tun, wenn auch nicht bei mir, sondern bei meinen früheren Kollegen aus der Kanzlei. Die in Verlegenheit zu bringen, gehörte zu seinen Lieblingsbeschäftigungen. Es war auch nicht besonders schwierig. Und die Tatsache, dass die Kanzlei seinerzeit von Christian Salvesens Ahnen gegründet worden war, ließ sich nicht wegdiskutieren. Auch er hatte zweifellos zu der günstigen Entwicklung beigetragen. Das aber, ehe der Alkohol die Kontrolle über sein Leben an sich gerissen hatte.

Als ich am nächsten Vormittag ins Vorzimmer schaute, wurde ich von Frau Svendsen, meiner alten mütterlichen Sekretärin, fast überfallen. »Was hast du denn nun schon wieder angestellt, Svend?«, fragte sie mit besorgtem Gesicht.

Da Frau Svendsen offenbar über die Episode auf Grønland informiert war, war es nur eine Frage der Zeit, bis ich auch die restliche Stadt am Hals haben würde. »Das war nur ein Missverständnis. Hast du den Alten gesehen?« Ich zeigte auf den Archivraum, wo der alte Herr sich laut schriftlicher Abmachung aufhalten durfte, wenn er es für gut befand, sich für juristische Fragen zu interessieren. Normalerweise pflegte er ganz andere Interessen.

»Er ist nicht hier. Hast du's im Büro versucht?«

»Dem Black & White? Treibt er sich jetzt da rum?«

»Im Moment ist es das einzige Lokal, wo er kein Hausverbot hat.« Sie lächelte und nickte den Mahagonitüren zu, hinter denen die Partner sich verbargen. »Und da er seinen Monatsbetrag kassiert hat, bin ich ziemlich sicher, dass er dort ist.«

Das Lokal lag genau zwischen den beiden Marktplätzen von Tønsberg. Ursprünglich war es das kleinste der Stadt gewesen, aber der Bedarf an einer Kneipe wie dieser war offenbar groß, und nun hatte der Besitzer es erweitern lassen.

Salvesen war in eine heftige Diskussion über die Frage vertieft, die die Leute hier mehr interessierte als alles andere. Das Mautschrankensystem, das die Stadt umgab, hatte ein Engagement ausgelöst, das alles übertraf. Weltkriege, Vietnam, Irak, Terrorismus – nichts konnte sich mit diesem Übergriff messen.

Ich blieb am Tisch stehen und hörte Salvesen zu, der die Mautschranken jetzt mit dem deutschen Einmarsch 1940 verglich. »Du hast doch nicht mal den Führerschein«, warf ich ein. »Außerdem hasst du den privaten Autoverkehr. Schon vergessen?«

»Es geht hier ums Prinzip!« Er musterte mich irritiert. »Irgendwer muss den Politikern widersprechen. Was willst du übrigens hier?«

Ich betrachtete sein Glas. Es war fast leer. »Ich hatte vor, ein Bier auszugeben. Wenn du Zeit hast, meine ich.«

Christian Salvesen war in seiner Jugend ein Kandidat für den Nationalkader im Hundertmeterlauf gewesen. Als er aufsprang, zeigte er ein wenig von seiner alten Schnelligkeit. »Tut mir leid, Jungs«, sagte er zu seinem Publikum am Tisch, einer fröhlichen Mischung unangepasster Typen jeglicher Couleur. »Die Arbeit ruft.« Das schien hier keinen Eindruck zu machen. Das Wort Arbeit war wohl nicht das meistbenutzte Substantiv in dieser Runde.

Wir ließen uns an einem friedlicheren Ecktisch nieder, nachdem ich zwei Halbe geholt hatte.

»Also los. Zur Sache.« Er leerte das halbe Glas, zog ein verschmutztes Taschentuch mit dem Monogramm seiner Familie aus der Tasche und wischte sich sorgfältig den kleinen spitzen Mund. »Welche Dummheiten hast du diesmal angestellt?«

Der Anwalt beim Obersten Gericht war für seine Fähigkeit bekannt gewesen, die Leute im Gerichtssaal aus der Fassung zu bringen. Gewisse Tricks hatte er nicht vergessen. »Erinnerst du dich an den Fall Fredheim?«, fragte ich.

»Den Knaben, der sich das Leben genommen hat?« Er schnalzte nachdenklich mit der Zunge. »Da hast du nicht gerade glänzend gearbeitet. Aber das war nicht nur deine Schuld«, fügte er versöhnlich hinzu. »Der Richter war eine harte Nuss, was?« Er wartete nicht auf Antwort, ehe er weiterdozierte. »Richter Rynning ist nicht so leicht im Umgang, das nun wirklich nicht. Bei dem kriegst du nichts geschenkt. Ein ungewöhnlich intelligenter Mann. Aber er gilt als gerecht.«

Ich mochte nicht gern an diesen Haftprüfungstermin erinnert werden. Noch immer hatte ich das Gefühl, da so ziemlich versagt zu haben. »Der für die Ermittlungen zuständige Kommissar, was weißt du über den?«

»Kolberg? Diesen abgedankten Rentner?«

Ich konnte mein Lächeln nicht unterdrücken. »So solltest du aber nicht reden. Du könntest ja fast sein Vater sein.«

Salvesen musterte mich mit resignierter Miene. »Ich rede hier nicht von seinem physischen Alter.«

»Sondern?«

Das restliche Bier war blitzschnell verschwunden. Sekunden später hatte der Wirt ein neues Glas gebracht. »Mein lieber Foyn«, verkündete Salvesen und schmatzte. »Hattest du in letzter Zeit das Vergnügen, dem Erwähnten zu begegnen?«

»Zum Glück nicht.«

»Na gut.« Er schien sich wohl einzubilden, hier wieder im Gerichtssaal zu stehen. »Es ist so, dass mit dem Hauptkommissar etwas geschehen ist. Er hat keinen Stil mehr. Nicht mehr so wie früher.«

Hier redete der Fachmann. »Das passiert wohl bei Leuten, die zu früh in Rente gehen«, sagte ich. »Er hat doch Macht und Position verloren.« Nachdem er jahrelang in Tønsbergs Unterwelt ein strenges Regiment geführt hatte, war er jetzt zum normalen Bürger degradiert worden.

Salvesen schüttelte den Kopf. »Falsch. Dieser Abstieg hat schon vor zwei Jahren begonnen.«

»Du weißt vielleicht, warum?«

»Du liest zu wenig, Foyn.«

»Könntest du ein wenig präziser sein?« Ich hätte gern gewusst, ob die Gerüchte zutrafen und ob der kleine Mann da vor mir griechische Klassiker im Original las und einmal Monate in Dublin verbracht hatte, um »Ulysses« besser zu verstehen, oder mehrere Male in Italien in Ibsens Fußspuren gewandert war. Es gab so viele Geschichten.

»Ibsen, darum geht es«, dozierte er weiter. »Denk daran, Foyn, auch der kam aus einer Kleinstadt. Weißt du, dass er nie wieder nach Skien zurückgekehrt ist, nachdem er die Stadt als siebzehnjähriger Apothekerlehrling verlassen hatte? Kein einziges Mal im Laufe seines ganzen Lebens.«

Salvesens Gedankensprüngen zu folgen war eine anstrengende Übung.

»Die Lebenslüge, mein lieber Foyn«, sagte er nun. »Darum geht es hier.«

»Und das war Kolbergs Problem?«

»Vielleicht, ja. Aber was weiß ich?«

Ich schaute mich im Lokal um. »Weißt du, wo er sich aufhält?«

»Auf der Piste jedenfalls nicht. Vermutlich sitzt er zu Hause und starrt die Wände an.«

»Hat er keine Familie?«

»Seine Frau hat ihn verlassen. Angeblich hat sie auf eine Gelegenheit gewartet. Das ist zwei Jahre her. Aber so sind Frauen ja wohl, oder?« Er zwinkerte mir zu.

Ich empfand das starke Bedürfnis, das Gesprächsthema zu wechseln.

»Es gibt noch andere, die ihrer Frauen verlustig gegangen sind«, verkündete Salvesen jetzt ungerührt.

»So?«

»Dein Freund Rynning hat ein vergleichbares Problem.« Der alte Jurist schaute sehnsüchtig zum Tresen hinüber und schmatzte abermals. Ein Blick von mir, schon stand der Wirt vor uns.

»Er ist nicht mein Freund«, sagte ich. »Wie du habe auch ich lieber nichts mit Personen in schwarzer Robe zu tun.«

Salvesen achtete überhaupt nicht auf mich. »Seine Frau wurde umgebracht«, dozierte er weiter, nachdem er das halbe Glas geleert hatte. »Das muss ein harter Schlag gewesen sein.«

»Umgebracht? Das meinst du doch nicht im Ernst!«

»Liest du nicht die Lokalpresse?«

»Offenbar nicht«, sagte ich gereizt. Einen Blick auf *Tønsbergs Blad* zu werfen, reichte mir schon aus.

»Sie haben in Sandefjord gewohnt. Sie wurde überfahren, einige Monate ehe du das Vergnügen hattest, ihm vor Gericht zu begegnen.«

Jetzt konnte ich mich daran erinnern. Ein klassischer Fall von Fahrerflucht. Es hatte keine Zeugen gegeben und der Unfallwagen hatte spurlos verschwinden können. Trotz einer umfassenden Ermittlung hatte die Polizei ganz einfach mit leeren Händen dagestanden. Die Frau war direkt vor ihrem Haus überfahren worden. »Aber sie hieß doch nicht Rynning?«

»Sie hatte ihren eigenen Namen behalten. Astrid Bruun, aus der Reederfamilie. Sie war in Sandefjord geboren. Und sie war wirklich nicht irgendwer, o nein.«

»Hast du sie gekannt?«

»Ich verkehre nicht mit der Bourgeoisie.«

Das war eine Wahrheit mit Modifikationen. Ein Menschenalter hindurch war das sein Leben gewesen, dann hatte er sich von Gattin Nr. 3 scheiden lassen, seine Kanzlei aufgegeben und ein neues Leben angefangen. Ein besseres Leben, behauptete er. Seine alten Bekannten waren da nicht so ganz seiner Ansicht.

»Danach habe ich nicht gefragt. Sag mir lieber, was du über die beiden weißt.«

»Sie haben zu Anfang der achtziger Jahre geheiratet, er hat seine Frau erst in reiferen Jahren kennengelernt, der gute Rynning. Sie war um einiges jünger. Für ihn war diese Wahl ein Glück, möchte ich meinen, auch wenn sie schon einmal verheiratet gewesen war. Alle hatten ihn für einen ewigen Junggesellen gehalten, und eigen genug dafür war er. Aber Kinder bekamen sie nicht. Sie hatte zwei aus erster Ehe.« Er beantwortete meine Frage, noch ehe ich sie stellen konnte. »Ja, ich habe ihren ersten Mann gekannt. Er ist leider zu jung gestorben.«

»Und sie ist ihm dann gefolgt.«

Er nickte viel sagend. »Ein tragisches Schicksal, das muss man sagen dürfen.«

»Aber war denn irgendwas mit dieser Ehe?«, hakte ich nach.

»Vielleicht.« Er schaute mich listig an. »Du weißt, es gibt so viele Gerüchte.«

»Versuch's mal bei mir.«

»Reiulf Rynning schien für eine großartige Karriere wie geschaffen.« Salvesen legte eine lange Pause ein. Für einen Moment konnte ich ihn in seinen Glanzzeiten vor mir sehen, als Jurist beim Obersten Gericht, mit einer imponierenden Ahnengalerie, einem umfassenden Netzwerk und finanzieller Kraft. Ein Mann mit Einfluss und Macht.

»Aber trotz seiner fachlichen Kompetenz kam er nicht von der Stelle. Richter hier am Stadtgericht.« Er schüttelte düster seinen kleinen Vogelkopf. »Ein Abstieg, wenn du mich fragst.«

Ich sagte nichts. Wenn die Karriereentwicklung anderer Juristen zum Gesprächsthema wurde, hielt ich immer den Mund.

»Zehn Jahre als Abteilungsleiter im Justizministerium waren wohl zu lang«, dozierte er weiter. »Und machen dich jedenfalls nicht weniger förmlich. Ich hatte damals mit ihm ein paar fachliche Diskussionen, das muss gegen Ende der siebziger Jahre gewesen sein. Er war nicht ganz einfach im Umgang, wenn ich mich so ausdrücken darf.«

»Da decken sich unsere Erfahrungen«, sagte ich trocken.

»Er wurde umgänglicher, als er sie kennengelernt hatte«, sagte Salvesen. »Sie war eine bezaubernde Frau. Eine Frau, die einen Mann eben verändern konnte.«

»Als ich ihm ausgesetzt war, kam er mir nicht gerade umgänglich vor.«

»Das kann schon sein. Aber vergiss nicht, da war seine Frau schon tot.«

»Warum hatte sie ihn genommen?«

»Ach, in jüngeren Jahren war er schon ein gutaussehender Mann, fast schön, würde ich sagen. Und sie teilten künstlerische Interessen. Im Ministerium wurde getuschelt, er sei sicher homosexuell, wo er doch nie eine Frau fand. Aber dann tauchte sie auf. Sie hatten zwanzig Jahre zusammen. Eine schöne Geschichte, nicht wahr? Nur schade, dass sie ein so jähes Ende genommen hat.«

Ich wusste nicht so recht, ob ich ihm das alles glauben sollte. Aber überraschend oft enthielten Salvesens Phantasien ein Körnchen Wahrheit. »Gibt es noch mehr?«

»Es gibt immer noch mehr.« Er musterte mich wieder listig, dann leerte er sein Glas. »Wer weiß?«

Irgendwer wusste es sicher. Jetzt verhandelten wir über den Preis. »Und wer sollte das sein?« Diskret zückte ich meine Brieftasche. »Solch eine Information kann für mich von einem gewissen Wert sein.«

Er machte ein schlaues Gesicht. »Ich könnte ja eine diskrete Untersuchung anstellen, auch wenn ich gerade sehr viel zu tun habe.« Er räusperte sich. »Aber das setzt natürlich einen bescheidenen Vorschuss voraus.«

»Wie viel?«

Er schaute sich um. Die Zechbrüder behielten die Entwicklung genau im Auge. Nicht zum ersten Mal hatte er mir Geld abgezapft. »Sagen wir zweitausend?«

»Die Hälfte muss reichen«, sagte ich und erhob mich. »Ich kann das auch gleich am Tresen einzahlen. Da endet das Geld am Ende ja ohnehin.«

Er sagte nichts dagegen.

7

Am Donnerstag hatte ich arbeiten wollen. Ich igelte mich in meinem Büro ein, erledigte einige rituelle Telefongespräche, schickte für einen Mandanten, der keine Lust hatte, Steuern zu bezahlen, einen Schmähbrief ans Finanzamt, legte gegen ein hoffnungsloses Urteil in einem Fall, den wir auch ein zweites Mal verlieren würden, Berufung ein und, und das war nicht ganz unwichtig: Ich schrieb eine dicke Rechnung für einen Mandanten, der sein Geld ganz knapp innerhalb der gesetzlichen Grenzen und jenseits der moralischen verdiente.

Als es Abend wurde, kam ich mir vor wie ein echter Anwalt.

Wie üblich klopfte er nicht an, er kam einfach herein und lenkte seine Schritte zum Sofa hin, wo er Hulda gegen das Hinterteil schnippte. Sie hob widerwillig den Kopf, dann gab sie grunzend den ungleichen Kampf um das Sofa auf und ließ sich zu Boden gleiten. Hunde lernen aus Erfahrung. In Wilhelm Mørk hatte Hulda ihren Bezwinger gefunden.

»Hast du Kontakt zu ihm aufgenommen?« Mørk musterte mich durch den Rauch einer stinkenden französischen Zigarette. »Saugst du hier drinnen nie Staub?«

Wie immer gelang es ihm, mich zu verwirren. »Wie meinst du das?«

»Staubsaugen«, wiederholte er geduldig. »Das passiert, wenn man einen Staubsauger anwendet, um

Staub aufzusammeln, in diesem Fall allerdings Hundehaare.« Er lächelte zufrieden.

»Mit wem soll ich Kontakt aufgenommen haben?«

»Mit dem Promianwalt Brynjar Meling zum Beispiel. Sein Mullah kann doch sicher ein gutes Wort für dich einlegen.«

»Das hast du also gehört.« Alles andere wäre aber auch Wunschdenken gewesen.

»Ich war aber doch ein wenig überrascht.«

»Ich dachte, dich könnte nichts mehr überraschen«, sagte ich kurz und fest entschlossen, mich nicht provozieren zu lassen.

»Darüber, dass du uns um Hilfe gebeten hast, meine ich. Das ist doch sonst nicht deine Art.« Er schnippte ein wenig Asche auf Huldas Fell, ehe er hinzufügte: »Hier geht es doch um sie, nicht wahr?«

»Ich würde eher sagen um ihn«, gab ich zurück, noch immer mit großer Gelassenheit.

»Den Ex? Lernst du nie?«

»Das hatte schon längst angefangen, als ich mit ins Spiel gekommen bin«, sagte ich resigniert. »Der Typ muss doch verrückt sein. Und um solche Fälle müsst ihr euch kümmern, ehe die wirklich dramatisch werden.«

»Hm.« Mørk machte keinen sonderlich besorgten Eindruck. »Das ist also ernst, das hab ich schon verstanden. Was weißt du eigentlich über deine taube Freundin?«

»Genug. Du hörst dich an wie meine Mutter. Übrigens kannst du mir einen Gefallen tun.«

»Nämlich?«

»Dein ehemaliger Kollege, Knut Kolberg, was macht der denn so?«

Mørk musterte mich mit neuem Interesse. »Meinst du etwas Besonderes?«

»Angeblich hat er Probleme. Weißt du darüber etwas?«

»Warum trinkt Jeppe?« Ein perfekter Rauchring aus Mørks Produktion legte sich jetzt um Huldas Kopf. »Hast du dich das schon mal gefragt?«

»Oft.«

»Und zu welcher Antwort gelangst du dann?«

»Vergiss es«, sagte ich. »Ich habe gehört, dass seine Frau sich abgesetzt hat.«

»Sie hat ihn verlassen, ja. Aber seine Probleme sind wohl schon älteren Datums.«

»Ach! Wohnt er noch immer hier in der Stadt?«

»Sicher. Er ist mit dem Haus sitzengeblieben, einer großen alten Villa beim Krankenhaus. Wenn du dich so sehr für den Mann interessierst, kannst du ihn doch einfach besuchen. Zeit genug hat er jetzt doch wohl.«

»So interessiert bin ich nun auch wieder nicht«, sagte ich und wechselte das Thema. »Der Richter im Fall Fredheim hat doch auch seine Frau verloren. Hat er sich dann auch dem Alkohol ergeben?«

»Die Frau wurde von einer Verkehrssau umgefahren. Zu deiner Orientierung kann ich noch erwähnen, dass sie dabei alles andere als nüchtern war. Ihr Gatte dagegen ist Antialkoholiker.« Mørk erhob sich und wischte sich Hundehaare vom Anzug. »Wolltest du nicht eigentlich auf Segeltörn?«

»Das geht am Wochenende los. Und es ist nur für einige Tage.« Ich zeigte auf die Unterlagen, die sich vor mir stapelten. »Ich muss erst noch das hier erledigen.«

Ein frisch gekauftes Boot aus den Niederlanden

herzuholen, zusammen mit zwei befreundeten Seglern, war etwas, worauf ich mich schon lange gefreut hatte, auch wenn ich nicht der glückliche Besitzer war.

Es war schon ziemlich viel später als neun Uhr abends, als ich mich dem Grønlands torg näherte, diesmal zu Fuß. Den Jaguar hatte ich in einiger Entfernung geparkt, hinten beim Schous plass. Die Erinnerung an das, was hier erst vor wenigen Tagen passiert war, gefiel mir überhaupt nicht. Deshalb schaute ich mich überaus sorgfältig um, als ich vor dem Smalgang die Straße überquerte. Soweit ich es überblicken konnte, war ich nicht verfolgt worden.

Die Sicherheitskette wurde erst gelöst, als sie sah, dass ich vor der Tür stand. Hinter ihr lugte ihre Tochter hervor, deutlich enttäuscht, als sie keinen Hund entdeckte. Ich hatte eine widerwillige Mari überreden können, sich um die Töle zu kümmern. Auch während ich auf Segeltörn war, würde Hulda bei Mari bleiben.

»Hier«, sagte ich und zog die Blumen hervor, die ich hinter meinem Rücken versteckt hatte. »Danke für neulich.«

Als ich ihre Arme um meinen Nacken spürte, wusste ich, dass das hier echt war. Es war kein Traum. Eine Frau zu treffen, mit der man sich ohne weiteres vorstellen könnte, das Leben zu teilen, ist keine Selbstverständlichkeit. Nichts anderes spielte in diesem Moment eine Rolle. So empfand ich es jedenfalls, als wir einander gegenüber in dem engen Wohnzimmer saßen, nachdem Mira ins Bett gegangen war. Wir waren den schwierigen Themen ausgewichen, solange sie auf gewesen war. Aus ihrer Leseecke hatte sie unser Gespräch aufmerksam verfolgt. Ich musste einfach einsehen: Egal wie reizend ich mich auch benahm, so war ich für sie doch eine potentielle Bedrohung, einer, der ihr die Mutter wegnehmen konnte.

»Kannst du hierbleiben?« Sie hatte eine Flasche Rotwein geöffnet und uns beiden eingeschenkt.

Ich hob mein Glas. »Jetzt muss ich ja. Ich fahre morgen früh zurück.« Ich hatte ihnen von dem Segeltörn erzählt. Davon, sich in einem kleinen Boot auf offenem Meer zu befinden, sich selbst und den Naturgewalten preisgegeben, von der Freude, mit Hilfe des Windes durch die schäumende See zu gleiten, und nicht zuletzt von der Herausforderung, durch unbekanntes Fahrwasser zu navigieren und am Ende den ersehnten Hafen zu finden.

»Tut mir leid, dass ich so heftig reagiert habe.« Sie legte mir die Hand auf den Arm. »Aber ich habe so lange daran gearbeitet, in Kontakt zu Reidar Andersen zu kommen. Ich weiß, wie scheu er ist.«

»Es war bestimmt keine geniale Idee von mir«, sagte ich bedauernd. »Ich habe ihm sicher Angst eingejagt. Aber ich weiß noch immer nicht, was er vorhat. Hast du da irgendeine Vorstellung?«

»Er wird schikaniert. Was du erzählt hast, hat nur das bestätigt, was ich ohnehin schon wusste.«

Ich widersprach nicht. Reidar Andersen hatte seine Strafe abgesessen und ein Anrecht darauf, in Ruhe gelassen zu werden. Wenn er keine neuen Verbrechen begangen hatte. Und diese Frage war weiterhin offen. Über Helene Holt gab es nichts Neues. Den Zeitungen zufolge neigte die Polizei jetzt zu der Annahme, dass sie das Land freiwillig verlassen hatte. Ein anonymer Anrufer wollte sie in Kopenhagen gesehen haben, genauer gesagt im Freistaat Christiania.

»Du hast von Bejer nichts mehr gehört, hoffe ich.«

»Nein«, sagte sie energisch. »Gar nichts.« Sie schien nicht an seine Existenz erinnert werden zu wollen. »Glaubst du, er hat den Wecker in dein Auto gelegt?«

»Ich weiß nicht«, erwiderte ich. »Aber wer hätte das sonst tun sollen?«

»Es war doch sicher ein Scherz, oder?«

»Sicher.« Aber dieser Scherz gefiel mir nicht. Und die Vorstellung, dass er sie weiterhin überwachte, auch nicht. »War die Polizei bei dir?«

Sie schüttelte den Kopf. »Ich habe nichts gehört. Ich habe auch im Fall Reidar Andersen nichts mehr unternommen, ich war so sehr mit einem anderen Auftrag beschäftigt.« Sie erzählte, dass sie ab und zu für mehrere Zeitungen Reportagen lieferte. »Aber ich werde nicht lockerlassen.«

Das überraschte mich eigentlich nicht. Ich dagegen hätte die ganze Geschichte am liebsten vergessen.

Ich wechselte das Thema und wollte von meinen bescheidenen Ermittlungsversuchen erzählen, aber da fiel sie mir ins Wort. »Komm«, sagte sie. Ich hatte nicht geahnt, dass ihre Stimme so sanft klingen könnte. »Wir haben nicht endlos Zeit.« Sie stand auf und trat an mich heran. Die Wärme ihres Körpers, der weibliche Duft, die Haare, die meinen Hals kitzelten, ich vergaß Zeit und Ort. Reidar Andersen, Kim Fredheim, die Juristerei, nichts davon war jetzt noch von Bedeutung. Es gab nur uns beide, in einer kleinen Wohnung mit Blick über Grønland.

Im Zwielicht, das die Lichter der Stadt hier oben verursachten, betrachtete ich sie, als sie vor dem Fenster stand und ihre Kleidungsstücke fallen ließ, eins nach dem anderen, als wolle sie aller Welt zeigen, dass es jetzt nur noch um uns beide ging.

In dieser Nacht schliefen wir nicht viel. Wir liebten uns, wir sprachen über wichtige Dinge und liebten uns dann wieder. Sie erzählte nicht viel von ihrem Leben, aber ich wusste, dass das noch kommen würde. Wir schmiedeten keine Pläne. Aber als ich fröhlich dem Sender P2 lauschte, während ich am nächsten Morgen dem Stoßverkehr entgegen auf der E18 nach Süden fuhr, ertappte ich mich bei dem Gedanken an die Zukunft, und dieser Gedanke war diesmal überhaupt nicht unangenehm. Ehe ich Tønsberg erreicht hatte, hatte ich sie schon zweimal angerufen. Das hier musste ernst sein.

Kaum betrat ich auf dem Rotterdamer Flughafen am Samstagnachmittag die Ankunftshalle, als auch schon mein Telefon klingelte. Wir waren zu dritt, voll beladen mit Gepäck, als wir dort auf ein Taxi warteten, das groß genug war, uns zum Yachthafen und zum Segelboot zu bringen. Fast vierzig Fuß pure Seetüchtigkeit. *Vancouver 38*. Wenn wir unser Ziel nicht erreichten, würde es jedenfalls nicht am Schiff liegen. Der Skipper war ein alter Freund, frisch geschieden, vermögend und wild entschlossen, ein neues und besseres Leben zu beginnen, nachdem er das vorige benutzt hatte, um sich eine Computerfirma, eine hochnäsige Familie und endlose Mengen von wertlosem Kram zuzulegen, wie er selbst das ausdrückte. Jetzt wollte er nur noch segeln. Außerdem hatten wir einen Knaben bei uns, einen Segelfreak, der sich auf einige Tage auf See freute. Außerdem verfügte er über lange Regattaerfahrung.

»Ist dort Foyn?« Es war eine unsichere Stimme, die ich nicht einordnen konnte.

»Ja, hier ist Håkon Ringsdal.« Was bei mir keinerlei Glöckchen zum Klingeln brachte.

»Ich moderiere die Sendung ›Bestellen Sie die Melodie‹.«

Jetzt erinnerte ich mich. Ein Hauch von Tod. Genau wie der Wecker im Auto.

»Es hat wieder so einen Anruf gegeben«, sagte er. »Und da sollte ich Ihnen doch Bescheid sagen.«

Ich ließ meinen Seesack fallen. Es war schwer zu verstehen, was er sagte. Seltsame Anrufe bei einem norwegischen Wunschkonzert kamen mir in diesem Moment weit weg und uninteressant vor. »Und wie war das diesmal?«

»Da hat ein Mann angerufen. Ich weiß nicht, ob es derselbe war, aber es wäre möglich. Er hat ein Mobiltelefon benutzt.«

»Ein nicht registriertes?«

»Ja, leider.«

»Wie hat er sich diesmal genannt?«

»Äh«, er zögerte ein wenig. »Er hat sich als Fredrik Torgersen vorgestellt.«

»Was? Nicht Fasting Torgersen, oder?«

»Nein. Nur Torgersen. Aber ich musste ja doch an den Mörder denken.« Den Mann, der noch immer seine Unschuld beteuerte, ein Menschenalter nachdem er wegen des Mordes an einer jungen Frau verurteilt worden war und seine Strafe längst abgesessen hatte.

»Was hat er sich denn gewünscht?«, fragte ich ungeduldig. »Etwas mit Tod?«

»Ein Streichquartett von Schubert. *Der Tod und das*

Mädchen, vorgetragen vom Norwegischen Kammerorchester.«

Der Lärm um mich herum war schlimmer denn je. »Hat er das irgendwie begründet?«

»Nicht sonderlich präzise, aber ich habe es aufgenommen. Haben Sie Zeit, um sich das anzuhören?«

Ich schaute mich um. Meine beiden Segelkumpels standen neben einem Taxi und winkten ungeduldig. »Im Moment geht das nicht«, sagte ich. »Fassen Sie das doch lieber kurz zusammen.«

»Er hat Franz Schuberts zu frühen Tod erwähnt und dass sein Leben auf tragische Weise von einer Frau genommen wurde.«

»Ist Schubert ermordet worden?« Meine Kenntnisse der klassischen Komponisten ließen offenbar zu wünschen übrig.

»Nein, nein«, sagte er erschrocken. »Schubert ist friedlich in seinem eigenen Bett gestorben, mit nur einunddreißig Jahren. Seine Gesundheit war arg geschwächt, nachdem er sich in jungen Jahren eine Geschlechtskrankheit zugezogen hatte. Das wissen alle Musikliebhaber.«

Nur ich nicht. Ich brauchte Zeit, um diese Auskunft sinken zu lassen. »Hat er diesmal jemanden grüßen lassen?«

»Nein, aber er hat etwas von Schuld und Sühne gesagt. *Es geht eine Nemesis durch das Leben. Plötzlich können wir oder unsere Nächsten getroffen werden, wenn wir am wenigsten damit rechnen.* Und erst da habe ich dann reagiert.«

Ich dachte kurz nach. »Hören Sie zu. Ich bin gerade für einige Tage verreist, aber ich melde mich bei Ihnen, wenn wir wieder in Norwegen sind. Bitte, bewahren Sie die Aufnahme auf.«

»Ja, ja, natürlich.«

Ich warf mir den Seesack auf den Rücken und lief zum Taxi. Ein scheußliches, unbehagliches Gefühl hatte mich gepackt. Und das Schlimmste war, dass ich nichts daran ändern konnte.

Der Segeltörn wurde nicht gerade ein Vergnügen. Es ging schon los, als wir am Sonntagmorgen in See stechen wollten.

Die Wettervorhersage war alles andere als gut, aber sie war doch keine Katastrophe. Wir hatten wenig Zeit, ein erstklassiges Boot und eine gute Mannschaft. Deshalb legten wir wie geplant los. Aber schon nach wenigen Stunden verschlechterte sich das Wetter und wir suchten Schutz in einem kleinen Freizeithafen in der Maasmündung. Auf diesem kurzen Fahrtabschnitt hatten wir bereits Ärger mit Autopilot und Windruder bekommen. Außerdem verstummten alle unsere Telefone unwiderruflich, als wir unter einem plötzlichen Brecher fast begraben worden wären. Über Funk konnte ich Mari mitteilen, dass ich an den kommenden Tagen kaum zu erreichen sein würde, dass wir jedoch alles unter Kontrolle hatten. Dasselbe sagte ich Mirjam.

Nachdem wir das Steuersystem repariert hatten, warteten wir einige Stunden, dann beschlossen wir, es darauf ankommen zu lassen. Bei starker Gegenströmung und steifer Brise stampften wir mit Motorkraft nach Norden. Am Montagabend mussten wir uns geschlagen geben und den Kurs ändern, damit der Wind hinter uns war, was uns zu einem langen Umweg zwang. Glücklicherweise funktionierte alles an Bord tadellos, auch unser hervorragendes Kurzwellenradio, das unter anderem auch Nachrichten von zu Hause brachte.

Die aber waren alles andere als ermutigend. An diesem Abend meldete der Norwegische Rundfunk, dass eine junge Frau aus Tønsberg verschwunden war. Jannicke Jensen hatte am frühen Sonntagmorgen ein feuchtfröhliches Fest verlassen, um zu Fuß nach Hause zu gehen. Ihre Eltern hatten ihr Verschwinden erst entdeckt, als sie am Sonntagabend von einem Wochenendausflug zurückgekehrt waren. Jannicke Jensen war siebzehn und besuchte die Greveskogen Gesamtschule. Die Polizei hielt ihr Verschwinden für verdächtig und befürchtete ein Verbrechen.

Ein Anruf bei meiner Exfrau über Funk war kaum ein Trost. Mari hatte nicht direkt mit der Sache zu tun, kannte aber die Verschwundene. Und was mir wirklich Sorgen machte: Die beiden waren an diesem Samstag auf demselben Fest gewesen. Nur die Hundeverpflichtungen meiner Tochter hatten sie davon abgehalten, bis zum Ende dortzubleiben. Da sie in meiner Wohnung wohnte, musste sie Rücksicht auf das Tier nehmen, das regelmäßig an die Luft wollte. Ansonsten war es nicht unwahrscheinlich, dass Mari zusammen mit Jannicke gegangen wäre, die mitten in Tønsberg wohnte. Und diese Vorstellung gefiel mir nun überhaupt nicht.

Nach einer strapaziösen, aber doch erfolgreichen Tour mit Unterbrechungen in Dänemark und an der schwedischen Küste kamen wir am Sonntagnachmittag in Oslo an. Wegen der Telefonprobleme war mein Kontakt mit der Heimat sehr begrenzt gewesen. Das Erste, was ich auf meinem Anrufbeantworter fand, als mein Telefon wieder funktionierte, war eine Mitteilung von Mirjam. *Muss mit dir sprechen. Hab interessante Infos.* Die Mitteilungen meiner Tochter liefen darauf hinaus, dass ich mir keine Sorgen machen sollte. Sie habe alles im Griff. Das klang vertraut. Die Mitteilungen ungeduldiger Mandanten waren weniger beruhigend.

Ich versuchte erfolglos, Mirjam zu erreichen, ehe ich nach Hause fuhr. Eine Woche war vergangen, mir kam sie vor wie ein ganzes Jahr. So ist das beim Segeln, alles andere rutscht in den Hintergrund. Die Wirklichkeit besteht nur aus dem Boot, dem Meer und einem selbst.

Mari platzte vor Neuigkeiten, der Hund grunzte nur unzufrieden, als ich nicht einen einzigen Leckerbissen liefern konnte. Es passte dem Tier nicht, wenn ich auf eigene Faust Expeditionen unternahm.

»Jannicke ist noch nicht gefunden worden. Was meinst du, Papa?« Sie schien den Ernst der Lage nicht begriffen zu haben. »Ich war doch da. Was, wenn wir zusammen nach Hause gegangen wären?«

»Hast du schon mit der Polizei gesprochen?«

»Himmel, ja. Alle, die auf dem Fest waren, sind vernommen worden. Aber von uns weiß niemand was.«

Ich sah mir meine Tochter genauer an. Manchmal war sie noch ein kleines Kind, auch wenn sie so oft betonte, dass das Gegenteil der Fall sei. »Ist auf dem Fest etwas Besonderes passiert? Waren da zum Beispiel Leute, die du nicht kanntest?«

»Ich hab fast gar keinen gekannt.«

»Ach?«, fragte ich misstrauisch. »Warum bist du dann hingegangen?«

»Hanne wusste von dem Fest. Ich bin einfach mitgegangen.«

»Hm. Zu Fuß?«

»Ja, sicher. Und uns ist niemand gefolgt, wenn du das denken solltest. Es ist doch nicht gefährlich, zwei Kilometer auf einer beleuchteten Straße zu gehen?«

»Tagsüber nicht. Aber mitten in der Nacht ist das etwas anderes.« Meine Tochter war jetzt dabei, die notwendigen, aber bedauerlichen Grundregeln für das soziale Leben von Frauen zu lernen. »Glaubst du, diese Jannicke kann durchgebrannt sein?«, fügte ich hinzu. »Weißt du, ob sie irgendwelche Probleme hatte?«

»Ich habe sie nicht so gut gekannt. Sie hatte wohl Streit mit ihren Eltern, wollte ausziehen und so. Sie hatte nur Partys im Kopf.«

»Hat sie Drogen genommen?«

Mari zuckte beunruhigend gleichgültig mit den Schultern. »Ich glaube, sie hat Bier getrunken. Sie war nicht zugedröhnt, wenn du das gemeint haben solltest.«

Die ganze Zeit redeten wir in der Vergangenheit. »Was ist mit Freunden?«

»Danach hat die Polizei auch gefragt. Ich glaube nicht, dass sie einen hatte.«

»War sie beschwipst, als sie das Fest verlassen hat?«

»Das ist mir nicht aufgefallen. Aber angeblich war sie ziemlich voll. Darum hat niemand sich gekümmert. Sie hatte es ja nicht weit. Und es ist eine Hauptstraße.«

Mit ziemlich viel Verkehr, das schon. Aber nicht unbedingt um drei Uhr nachts. »Wie war sie angezogen?«

»Angezogen? Wie meinst du das?«

»Du weißt bestimmt, was ich meine«, sagte ich geduldig. »War sie leicht bekleidet?«

Meine Tochter schaute mich trotzig an. »Sie muss sich ja wohl anziehen dürfen, wie sie will, oder nicht?«

»Ich deute das so, dass sie ein wenig herausfordernd angezogen war.«

Mari nickte zögernd. »Sie war ziemlich grell geschminkt, ja. Und alte Schweine würden das wohl als herausfordernd bezeichnen, stelle ich mir vor.«

»Ich hoffe, ich bin damit nicht gemeint«, sagte ich und musterte sie mit strengem Blick. »Mit anderen Worten, sie kann so ausgesehen haben, als ob sie ein lockeres Leben führt, oder wie immer ihr das heute nennt.«

»Ja, vielleicht.«

»Glaubst du, sie hat versucht, per Anhalter zu fahren? Hatte sie Geld, weißt du das?«

»Sie war sicher abgebrannt. Und sie ist oft per Anhalter gefahren. Vielleicht ist sie auch in Kopenhagen. Das hat in den Zeitungen gestanden.«

»Ja, vielleicht«, sagte ich beruhigend. Aber ich fühlte mich durchaus nicht beruhigt. Vor allem nicht nachher, als ich mir das Foto der Vermissten ansah.

Erst am Montagnachmittag konnte ich Mirjam erreichen, nachdem ich mich den ganzen Tag mit Aufgaben abgemüht hatte, die schon zu lange liegen geblieben waren. Die Zeitungen spekulierten wie besessen über Jannicke Jensens Verschwinden. Aber niemand wusste etwas, auch nicht die Polizei. Reidar Andersen war bereits vernommen worden. Den Medien zufolge hatte er auch diesmal kein Alibi.

Sie rief mich an. »Du bist wieder da.« Das war einfach eine Feststellung. »Das freut mich. Ich hatte schon Angst, dir könnte etwas passiert sein. Ich könnte es nicht ertragen, dich zu verlieren.«

So etwas Schönes hatte schon sehr lange niemand mehr zu mir gesagt. »Wann kommst du?« Ich hatte beide zu einem Wochenendbesuch nach Tønsberg eingeladen. Als Beginn von etwas Wichtigem.

»Wir können erst nächste Woche. Aber ich muss jetzt mit dir sprechen.« Ihre Stimme klang hektisch. »Ich muss etwas mit dir bereden. Etwas Wichtiges. Kannst du nach Oslo kommen? So schnell wie möglich?«

»Morgen geht das gut, irgendwann am Nachmittag.«

»Schön. Aber ich muss Mira gegen fünf zu einem Geburtstagsfest fahren. Und du?«

»Ja?«

»Kannst du deinen Hund nicht mitbringen? Mira möchte den so gern sehen.«

»Nicht *den*«, sagte ich. »*Sie*. Sonst wirst du nicht akzeptiert.«

»*Sie.*« Sie lachte.

Als ich endlich Ordnung in meinem Büro geschaffen hatte, fasste ich einen Entschluss. Wie üblich hatte sie zu tun, aber ich ignorierte die Frau an der Rezeption und ging sofort hinein, nachdem ich symbolisch an die Tür geklopft hatte. Polizeiadjutantin Anne Rønningen hatte immer zu tun.

»Ja?«, fragte sie. »Womit kann ich behilflich sein?«

»Es geht um diese verschwundenen Mädchen. Ich glaube, ich habe möglicherweise Informationen für dich.«

Die Skepsis in ihrem Gesicht wuchs. »Ach?« Sie trommelte leicht mit den Fingern auf ihrem ordentlichen blank polierten Schreibtisch.

Ich ließ mich im Besuchersessel nieder, auch wenn sie mich wieder nicht dazu aufgefordert hatte. Dann legte ich zwei Fotos vor sie auf den Tisch. Das eine zeigte meine Tochter. Das andere war ein Zeitungsbild der Verschwundenen. Jannicke Jensen. »Was sagst du?«, fragte ich. »Hast du einen Kommentar?«

Rønningen hob die Bilder hoch und musterte sie interessiert. »Hm«, sagte sie endlich und schaute auf. »Das da ist deine Tochter, nicht wahr?« Sie zeigte auf das Bild von Mari.

Ich nickte. Die beiden waren einander zweimal begegnet. Bei einem der seltenen Male, wenn ich meine Tochter zum Segeln überreden konnte, hatten wir die Freude gehabt, das Boot der Familie Rønningen aus einer Untiefe zu befreien, in der es stecken geblieben war, nicht ohne eine gewisse Schadenfreude meinerseits.

»Willst du andeuten, dass diese Ähnlichkeit etwas mit Jannicke Jensens Verschwinden zu tun hat?« Sie drückte sich aus wie eine echte Juristin.

»Vielleicht. Außerdem: Mari kennt Jannicke.«

Rønningen schaute mich verwirrt an. »Na und?«

»Gustav Mahler und Franz Schubert«, sagte ich unangefochten. »Hast du irgendein Verhältnis zu denen?« Ich hatte sie bei Konzerten gesehen. Ohne den Gatten. Der hatte wohl Wichtigeres zu tun.

»Was?« Sie schien offenbar zu glauben, ich hätte den Verstand verloren. »Könntest du versuchen, zur Sache zu kommen?«

»Mit ein wenig Phantasie können beide mit dem

Tod assoziiert werden«, sagte ich. »Mahlers fünfte Symphonie wird verwendet im Film *Der Tod in Venedig*. Ganz zu schweigen von Schuberts Streichquartett *Der Tod und das Mädchen*. Außerdem ist Schubert ja sehr jung gestorben. Angeblich an Syphilis.«

Ihr Blick sagte mehr als Worte, was sie von solchen Ratespielen hielt. Vor allem, wenn die von mir kamen. »Soll das etwas mit deiner Tochter zu tun haben?«

Obwohl ich jetzt versuchte, meinen Verdacht sachlich zu erklären, hörte ich selbst, wie vage meine Theorie sich anhörte. »Irgendwer kann solche Meldungen ausgesandt haben, ehe diese Mädchen verschwunden sind. In Form von Musik. Eine Meldung bezog sich aus irgendeinem Grund auf mich. Und dann verschwindet noch ein Mädchen, das auffällige Ähnlichkeit mit Mari hat. Und an dem Abend ihres Verschwindens waren beide auf demselben Fest. Das macht mir Angst. Verstehst du?«

Rønningen verstummte. »Es kann doch ein Zufall sein«, sagte sie endlich und spielte an den Fotos herum. »So ähnlich sehen sie sich nun auch wieder nicht.« Sie musterte mich misstrauisch. »Bist du sicher, dass du nicht mehr zu erzählen hast?«

»Du vertrittst hier die Polizei. Ihr sollt gesetzestreue Bürger wie mich beschützen. Das hier ist alles, was ich weiß. Aber für mich ist es mehr als genug.«

Es war offensichtlich, dass sie mir nicht glaubte. »Und was soll ich also unternehmen?«

»Du kannst ja zum Beispiel Peder Ås und Fredrik Torgersen überprüfen und feststellen, ob Leute mit diesen Namen wirklich beim Wunschkonzert angerufen haben. Wenn das nicht der Fall ist, wissen wir doch, dass hier etwas nicht stimmt.«

»Aber du hast nur diese Namen? Keine Adressen oder Telefonnummern?«

»Sie haben von nicht registrierten Mobiltelefonen aus angerufen. Das allein müsste dich doch schon nachdenklich machen. Beim Sender haben sie die Anrufe aufgenommen«, fügte ich hinzu. »Vielleicht solltest du dir die anhören?«

»Ist das alles, was du zu bieten hast? Warum sollte irgendwer dich bedrohen?« Ihr ironisches Lächeln gefiel mir überhaupt nicht.

»Ich finde ja auch, dass das unwahrscheinlich klingt«, erwiderte ich. »Aber ihr habt die Öffentlichkeit um Mithilfe gebeten. Und jetzt helfe ich mit. Da solltest du dankbar sein und nicht unzufrieden.«

Sie seufzte tief. »Hast du eine Ahnung, um wie viele Namen es hier gehen kann?«

»Um dir die Mühe zu sparen, das herauszufinden, kann ich dir sagen, dass es vierundzwanzig Personen namens Fredrik Torgersen gibt. Bei Peder Ås ist es einfacher, da gibt es um die fünfzehn, mit unterschiedlicher Schreibweise. Das müsst ihr doch wohl schaffen können?«

»Na gut. Ich werde dafür sorgen, dass das an die richtige Stelle weitergeleitet wird.«

Ich drehte mich in der Tür noch einmal um. »Was wisst ihr eigentlich über diese Mädchen? Habt ihr so wenig Ahnung, wie die Medien behaupten?«

»Du weißt, dass ich dir keine Details über laufende Ermittlungen erzählen darf. Aber ganz ohne Spuren stehen wir nicht da, das kann ich dir immerhin sagen.«

»Geht es um diesen komischen Kauz in Horten?«, fragte ich. »Den Unterhosenmörder? Setzt ihr noch immer auf den?« Als sie keine Antwort gab, fügte ich hinzu: »Ist das nicht ein bisschen phantasielos?«

»Wir bauen nicht auf Phantasie oder Spekulationen auf«, sagte sie steif. »Sondern auf Tatsachen. Und das solltest du auch tun.«

Das Gespräch mit meinem Mandanten dauerte länger, als ich erwartet hatte. Um kurz vor fünf bog ich mit dem Jaguar in Richtung Grønland ab. Als ich den Smalgang ansteuerte, sah ich Mirjams bunten VW-Bus, der wie üblich hinter dem Haus stand. Der Hund sprang glücklich vor mir her.

Sie kamen uns auf der Treppe entgegen. Die Tochter in einem frisch gebügelten weißen Kleid. Mit ihren nackten braunen Beinen, ihrer dunklen Haut und ihren Locken war sie zum Fressen. Das galt auch für die Mutter. Als ich sie an mich drückte, war alles wieder da. Ich hatte das Gefühl, sie schon seit Jahrhunderten zu kennen.

Die Kleine fiel dem Hund um den Hals. »Könnt ihr nicht mitkommen?« Sie schaute mich bittend an. »Wir können unser Auto nehmen. Hulda und ich können hinten sitzen.«

Ich sah Mirjam an. »Wenn dir das recht ist.«

»Natürlich.« Sie lächelte. »Es ist auch nicht weit. Reden können wir dann nachher.« Sie zog ein buntes Paket mit einer Geburtstagskarte aus ihrem Netz und reichte es ihrer Tochter. »Du darfst das Geschenk nicht vergessen, Mira«, sagte sie, dann drehte sie sich zu mir um und gab auch mir ein Päckchen, einen flachen, dünnen Gegenstand, der kunstvoll in rotes Seidenpapier gewickelt war. »Du kriegst auch ein Geschenk. Aber das darfst du erst heute Abend auspacken.«

Als wir die Treppe hinunter und auf die Straße gingen, kam ich mir vor wie ein Teil einer Familie.

Mitten auf dem Platz geschah etwas Merkwürdiges. Hulda blieb plötzlich stehen und wollte keinen Schritt weitergehen, obwohl Mira versuchte, sie mit sich zu ziehen. Aber fünfundsiebzig Kilo Bernhardinerhündin sind für ein kleines Mädchen nicht leicht zu manövrieren.

»Setzt euch schon mal ins Auto«, sagte ich. »Manchmal benimmt sie sich so komisch. Bestimmt muss sie mal. Ich geh kurz mit ihr in den Hinterhof.«

Sie zögerten einen Moment, dann gingen sie weiter zum Auto, Mirjam vorweg, in ihrem schwarzen kurzen Kleid, auf hohen eleganten Absätzen, das schön eingewickelte Geschenk unter dem Arm, ihre Tochter einige unsichere Schritte hinter ihr, noch immer Hulda anstarrend, die sich weiterhin weigerte, sich auch nur einen Meter zu bewegen. Sie waren schön, als sie langsam über den Platz gingen, und ich war stolz darauf, sie zu kennen.

An diesem Nachmittag war es in Grønland ungewöhnlich ruhig und friedlich.

Die Hündin stand bewegungslos, starrte das Auto an und wimmerte leise. Es war ein seltsames, dünnes Fiepen. Das Fell auf ihrem Rücken sträubte sich. Etwas stimmte hier nicht. Und Hulda versuchte, mir das klarzumachen. Hunde besitzen einen Sinnesapparat, von dem wir Menschen keine Ahnung haben.

Jetzt hatte sich eine seltsame lähmende Stille auf den Platz gesenkt. Für einige wenige, lange Sekunden erstarrte alles, und dann begriff ich. Es war das Auto. Der alte, leicht erkennbare VW-Bus. Der immer dort stand, den alle kannten.

Ich ließ den Hund los und rannte los. Ich rannte um ihr Leben.

Mirjam hatte die Schlüssel hervorgezogen und hielt sie in der Hand, als ich rief: »Rühr den Wagen nicht an!«

Ihre Tochter, die jetzt dicht hinter dem VW-Bus vorbeiging, blieb stehen und schaute mich überrascht an. Zwei Taxifahrer auf der anderen Straßenseite fuhren herum. Ein kleiner Junge hielt krampfhaft sein Eis fest. Eine junge Frau fuhr auf dem Rad vorbei, ohne auf uns zu achten. Diese Szene ätzte sich in mein Bewusstsein ein.

Es war das letzte Bild, das ich für lange Zeit klar sah.

Es waren fünfzig Meter bis zum Auto und ich hatte nicht einmal die halbe Strecke hinter mich gebracht.

Mirjam reagierte nicht und beugte sich vor, den Rücken zu mir gekehrt, um die Tür aufzuschließen. Sie war taub. Sie konnte mich nicht hören.

Als sie den Schlüssel umdrehte, knallte es. Die Explosion war ungeheuer stark. Ich sah alles deutlich, Bild um Bild, wie in Zeitlupe. Den Wagen, der sich vom Asphalt hob, die Tür, die abgerissen wurde, Glassplitter, einen Sitz, der wie ein Geschoss gen Himmel jagte, das zerfetzte Dach, das Rad, das auf mich zukam, den menschlichen Körper in der Luft. Dann kam das Dröhnen, das mir die Trommelfelle eindrückte, ehe die Druckwelle mich hochhob, über den Marktplatz wehte und gegen ein Reklameschild presste.

Etwas Schweres und Düsteres legte sich über mich. Für einen kurzen Moment war alles still. Dann setzten die Schreie ein. Ein Kind weinte voller Panik, Frauen kreischten unkontrolliert, eine Männerstimme faselte laut und unbegreiflich, Autos hupten sinnlos. Als Letztes registrierte ich das Blut, das als dunkler, klebriger Strom über mich floss. Aus irgendeinem Grund wusste ich, dass es nicht meins war.

In der Stille danach, als ich das Bewusstsein verlor, wurde alles segensreich dunkel. Wie eingehüllt in eine dicke Decke verschwand ich aus der Wirklichkeit. So kam also der Tod.

Die Geräusche stellten sich als Erstes wieder ein. Ein intensiver anhaltender Ton, so laut, dass es wehtat. Er kam von innen, aus meinem eigenen gequälten Kopf.

Das Pfeifen wurde von einer Stimme unterbrochen. »Papa, bist du wach?«

Ich schlug vorsichtig die Augen auf, ich hatte Angst davor, was ich jetzt sehen würde.

Das Zimmer war unangenehm weiß und es roch sauber. Die Gesichter, die sich über mich beugten, drückten Hoffnung aus, gemischt mit Angst. Ich lebte noch.

»Tut es weh?« Wie immer führte meine Tochter das Wort.

Vorsichtig bewegte ich mich. Meine Arme funktionierten, meine Beine auch. Ich setzte mich im Bett auf. Als mir auch das gelang, fühlte ich mich zu einer Antwort fähig. »Nicht so schlimm«, sagte ich erschöpft. Plötzlich war alles wieder da und ich ließ mich zurück auf die Kissen sinken, blieb liegen und starrte meine Hände an. Abgesehen von Schrammen schienen sie nicht verletzt zu sein. Das Blut war verschwunden. Die Wirklichkeit drängte sich jetzt wieder auf. Die Bilder vom Platz waren da, eins nach dem anderen.

Es war kein angenehmes Erlebnis.

Nun ergriff ein Mann das Wort. Da er einen weißen Kittel und ein Stethoskop aufweisen konnte, ging ich davon aus, dass ich einen Arzt vor mir hatte.

»Hm«, sagte er. »Sie scheinen ungewöhnlich viel Glück gehabt zu haben. Wie ist es mit Ihrem Gehör?«

»Das ist vorhanden«, sagte ich müde. »So halbwegs.«

Einer der anderen ernsten Männer in der Runde lächelte vorsichtig. Erst jetzt erkannte ich Wilhelm Mørk. »Ich habe mir die Freiheit genommen, deine Tochter herzufahren, als die Nachricht einlief«, sagte er aufmunternd. »Ich soll von deiner Exfrau grüßen. Sie konnte nicht mitkommen.«

Das überraschte mich eigentlich nicht. Ich fragte mich, ob sie sich die Zeit genommen hätte, zur Beerdigung zu erscheinen. Meine Armbanduhr zeigte halb elf. Aber ich konnte nicht feststellen, ob es Abend oder Morgen war. Ich wagte nicht, die gefährliche Frage zu stellen, die mir auf der Zunge brannte. Die Antwort kannte ich schon.

»Zu deiner Orientierung kann ich erwähnen, dass noch immer Dienstag ist«, sagte Mørk jetzt. »Du bist erst seit ein paar Stunden hier.«

Der Arzt schaltete sich ein. »Soviel ich sehen kann, haben Sie, außer einigen Brandwunden, etwas Ärger mit den Trommelfellen und einer leichten Gehirnerschütterung, keine Verletzungen davongetragen. Sie fühlen sich natürlich wie gerädert. Aber das wird sich geben. Wir möchten Sie gern zwei Tage zur Beobachtung hierbehalten. Wir haben Sie bei den Untersuchungen in Schlaf versetzt. Die Gehörprobleme werden bald verschwinden.«

Meine Tochter hörte allem mit ängstlichem Blick

zu. Niemand sagte etwas darüber, was mich wirklich beschäftigte.

»Wir würden gern so bald wie möglich mit Ihnen sprechen«, sagte ein grauhaariger kräftiger Typ im Hintergrund. Auch wenn er eine schwarze Lederjacke und Jeans trug, roch er nach Polizei.

Hinter ihm wiederum stand ein uniformierter Polizist, zweifellos ein Wachtposten.

»Können Sie jetzt sprechen?«, fragte der Grauhaarige überraschend sanft.

Der Arzt verstand wohl als Einziger, welche Qualen ich litt. »Es tut mir leid«, sagte er leise. »Wir konnten sie nicht retten. Sie war zu schwer verletzt.«

Das hatte ich gewusst.

Als ich die Augen wieder schloss, sah ich sie vor mir, zusammen mit ihrer Tochter, in den letzten Sekunden, auf dem Weg über den Platz, zum Auto. Ich sah alles genau vor mir, bis ins letzte Detail.

Endlich riss ich mich zusammen und öffnete die Augen. »Was ist mit ihrer Tochter? Was ist ihr passiert?« Ein unschuldiges kleines Mädchen, jetzt allein auf der Welt.

»Ihr Zustand ist ernst, ihre Sehfähigkeit ist beschädigt worden. Wir wissen nicht, ob wir die retten können.«

Wieder sank ich in mich zusammen. Jetzt fühlte ich mich wirklich elend. Und mich überkam ein gewaltiges Schuldgefühl. Ich hätte etwas tun müssen. Irgendetwas, um die Katastrophe zu verhindern.

Eine Ewigkeit verging. Niemand sagte etwas, nur Mari schluchzte leise. Die anderen standen da und starrten den Boden an. Die Stimmung war düster.

»Hulda ist nicht verletzt worden«, sagte Mari endlich. »Sie hat sich nur ein wenig das Fell versengt. Sie sitzt im Auto.«

»Der Hund hat mich gerettet«, sagte ich matt und erzählte, wie das Tier reagiert hatte. Ich musste etwas sagen, egal was. Etwas, was den Schmerz dämpfen könnte.

Wieder wurde alles still.

»Sie haben unter dir auf dem Boden etwas gefunden, Papa«, sagte Mari. »Offenbar ein Geschenk.« Zögernd legte sie ein Päckchen auf die Bettkante. Es war einmal schön und rot gewesen, jetzt war es verrußt und an den Kanten zerrissen. Die daran befestigte Karte war nur teilweise leserlich: *Für Svend von ein …* Der Rest war abgerissen.

Jetzt hatte ich noch mehr, worüber ich mir den Kopf zerbrechen konnte. Noch eine Frage ohne Antwort.

Die Gäste musterten mich schweigend, während ich die Papierfetzen abpflückte.

Das Cover von *Paris, Texas* war sicher auch vorher schon verschlissen gewesen, jetzt aber war es vollständig zerstört. Das Vinyl fiel in drei Scherben auf mein Bett.

Alles schwieg, dann brach ich das Schweigen: »Ich habe das von ihr bekommen. Nur wenige Sekunden ehe die Bombe hochging.«

Nur das Schluchzen meiner Tochter störte die Stille.

Nun griff der Polizist ein. Er stellte sich vor, übernahm die Leitung und schickte alle aus dem Zimmer. Gleichzeitig tauchte eine Frau auf, auch sie in Zivil gekleidet. Noch ehe sie ihren Namen nennen konnte, hatte ich sie identifiziert. Berit Holm war Polizeijuristin in Oslo und zuständig für die Ermittlung, die bereits voll im Gang war. Ich war Schlagzeilenmaterial.

Anders Fagereng war Hauptkommisar bei der Kriminalsektion der Osloer Polizei. »Das ist nur eine vorläufige Vernehmung«, sagte er gelassen. »Die Einzelheiten nehmen wir uns dann später vor, wenn Sie wieder auf den Beinen sind. Da es sich um einen Mordfall handelt, werden wir wohl auch die Kripo einschalten müssen.«

Ich hatte nicht viel zu erzählen. Aber das Wichtigste war klar. Frantz Bejer musste festgenommen werden. »Habt ihr ihn euch schon geholt? Ihr wisst doch wohl, dass er sie schikaniert hat. Bestimmt hat er auch den Wecker in mein Auto gelegt. Das sollte eine Warnung sein, versteht ihr das nicht?« Ich berichtete von allem, was Mirjam mir erzählt hatte. »Reicht das nicht?« Ich hörte selbst, dass ich zu schnell und zu laut redete.

Sie wechselten einen Blick, dann schaltete Berit Holm sich ein. »Er wird jetzt gerade vernommen. Bisher als Zeuge.«

»Als Zeuge? Könnt ihr diesen Irren nicht lieber gleich in U-Haft nehmen?«

»Dazu ist es zu früh«, sagte sie spitz. »Bis auf weiteres haben wir keinen Beweis. Und meines Wissens hat er nichts gestanden. Sie kennen doch die übliche Vorgehensweise, Sie als Anwalt.«

Ich hörte nicht zu. Ich wollte nicht zuhören. »Das kann euch doch nicht überraschen«, sagte ich wütend. »Er hat noch nie irgendetwas gestanden. Der Typ ist verrückt. Er hätte schon längst hinter Gitter gehört, dann wäre diese Tragödie nicht geschehen.«

Ich fragte mich, ob ich es wohl jemals schaffen würde, wieder ein normales Leben zu führen. Der Anblick des Wagens, in Einzelteile zerrissen, der Frauenkörper in der Luft, die Kleine, blutend und verbrannt auf dem Boden, das alles kam mir hoch. »Was wisst ihr über die Bombe?«, fragte ich müde.

»Er hat Dynamit benutzt.« Fagereng kam mir vor wie ein Mann von großer Gemütsruhe. »Der Zündsatz war am Türschloss angebracht, eine primitive Variante. Aber einfach und wirkungsvoll. Jemand, der sich damit auskennt, kann für die Montage nicht lange gebraucht haben. Und der Wagen stand seit Tagen ungeschützt dort auf dem Parkplatz.«

Er hatte natürlich Recht. Darauf hatte ich ja selbst auch reagiert.

»Wir glauben, dass jemand unmittelbar nach der Explosion in ihrer Wohnung war, ehe wir gekommen sind.« Fagereng sah mich fragend an. »Wissen Sie etwas darüber?«

»Woher sollte ich das wissen?« Ich konnte diese Art von Provokationen nicht ertragen. »Ich war es jedenfalls nicht. Ist da etwas gestohlen worden?«

»Bisher wissen wir das nicht«, sagte er zögernd. »Wir nehmen an, dass das Türschloss aufgestochert worden ist, aber das muss ein Fachmann gewesen sein. Ihr Computer ist jedenfalls verschwunden. Und jemand scheint sich an ihren Unterlagen bedient zu haben. Alles professionell durchgeführt, ohne Spuren zu hinterlassen. Sie hatten nur wenig Zeit, wir waren weniger als eine halbe Stunde nach der Explosion dort. Und da war die Wohnungstür abgeschlossen.«

Ich konnte ihm nicht helfen.

Als sie mich endlich in Ruhe ließen, war ich einfach fertig. Es war ein Wunder, dass ich auf die Beine kommen und Mørk und Mari zum Auto folgen konnte, wo Hulda verärgert hinter dem Hundegitter des Volvos thronte, an einem für dieses Tier unbekannten Ort. Sie bestand sonst immer auf dem Beifahrersitz. Jetzt würde es schwer werden, der Töle etwas abzuschlagen. Sie hatte sich psychische Vorteile verschafft.

Ich blieb stehen und sah hinter ihnen her, als sie durch das Tor des Universitätskrankenhauses in Ullevål fuhren, in Richtung Tønsberg. Das pure Glück hatte dafür gesorgt, dass ich noch am Leben war. Aber in diesem Moment war mir das total egal. Ich war einfach total leer.

Zu allem Überfluss hatte ich auch noch die Medien am Hals, die mich bereits aufgespürt hatten. Von meinen Exkollegen in Tønsberg war ein besorgter Anruf gekommen. Sie befürchteten wohl, die Sache könnte sich als schlechte PR für die Kanzlei erweisen, auch wenn sie versucht hatten, diese Angst mit einer Art Interesse an meinem Gesundheitszustand zu tarnen. Sogar *Tønsbergs Blad* hatte den Knall registriert. Jetzt wollten sie ein Interview, das jedoch zur Bürozeit.

Es war schon spät in der Nacht, als ich erschöpft einschlief.

8

An den ersten Tagen war das Interesse der Medien enorm. Endlich bekam auch ich meine Minuten im Fernsehen. Alle möglichen Frauenorganisationen brachten den Mord als Beispiel dafür, was passieren kann, wenn Frauen von besessenen Männern verfolgt werden und die Gesellschaft keine Verantwortung für ihre Sicherheit übernimmt.

Ich selbst lebte in einer Art Gegenwelt. Alles, was um mich herum passierte, erschien mir nur als Schauspiel. Die Wirklichkeit, mit der ich fertig werden musste, war eine ganz andere.

Einige Tage vergingen. Den Samstag verbrachte ich bei der Osloer Kriminalpolizei. Sie fassten mich mit Samthandschuhen an. Das war eine neue Erfahrung.

»Wissen Sie, ob Mirjam Lange irgendwelche Feinde hatte? Feinde, von denen sie sich bedroht fühlte. Abgesehen von Bejer natürlich.« Wir saßen in Fagerengs Büro im Osloer Polizeigebäude und gingen noch einmal meine Aussage durch. »Irgendeinen Bezug zu ihrer Arbeit, zum Beispiel?«

»Ich weiß nicht mehr als ihr«, sagte ich verzweifelt. »Ihr könnt euch doch bei *Dagbladet* erkundigen. Die haben sie gefeuert, als sie irgendwelchen Machtmenschen auf die Zehen getreten ist. Aber sie hatte doch ein ganzes Leben hinter sich, als ich sie kennengelernt habe. Habt ihr mit dem Vater ihrer Tochter gesprochen?« Wieder sah ich Mira in dem weißen Geburtstagskleid vor mir.

»Der lebt angeblich in den USA. Wir haben ihn noch nicht erreichen können.«

»Sie hat an einem Buch über die Auswirkungen von Gefängnisstrafen gearbeitet. Das hat ihr sicher Feinde verschafft, ja. Außerdem hatte sie ein besonderes Interesse an alten Mordfällen.«

»Ach!«

»Sie hielt den Dreifachmörder Reidar Andersen für ungerecht behandelt, sie war nicht einmal von seiner Schuld überzeugt. Und sie glaubte, dass er jetzt schikaniert würde, von seinen Nachbarn, den Medien und den Behörden.« Wut und Trauer darüber, dass sie nicht mehr da war, drohten mich zu überwältigen. Ich konnte nicht mehr. Nach mehreren Vernehmungen, in denen der Lauf der Ereignisse wiedergekäut worden war, hatte ich genug. »Sie hatte sich an die Leute gewandt, die damals aus dem Fall Andersen herausgecheckt worden waren. Die solltet ihr euch mal näher ansehen.«

Er kam mir nicht sonderlich überrascht vor. »Ihr Interesse ist uns bekannt. Sie hat auch zu uns Kontakt aufgenommen. Mehr als einmal.«

Sie hatte sich bei der Truppe offenbar keine Freunde zugelegt. »Mehr weiß ich nicht. Ihr habt ja einen sehr wahrscheinlichen Täter. Sorgt endlich dafür, dass er verurteilt wird, so verdammt schwer kann das ja wohl nicht sein.«

Nach langen Vernehmungen wurde Frantz Bejer dem Untersuchungsrichter vorgeführt. Sogar ich konnte sehen, dass die Argumente der Anklagebehörden schwach waren. Es gab keine Beweise und keine Zeugen. Sie hatten nur das Motiv. Und wie erwartet hatte er seine Spuren gut verwischt. Wie üblich hatte er sich am betreffenden Abend im Labor aufgehalten, was sein Verteidiger beweisen zu können glaubte. Aber die Bombe konnte er ja zu einem anderen Zeitpunkt angebracht haben.

Mirjams Auto war so zerstört, dass sich keine Spuren finden ließen. Keine Fingerabdrücke, kein DNA-Material. Die Ermittler fanden nur Fragmente einer hocheffektiven Bombe aus Standardkomponenten, die in jedem Haushaltswarenladen zu haben waren.

Das mit dem Dynamit war schon schwieriger. Aber auch das ließ sich auftreiben, wenn man Ahnung hatte. Es gab genügend Sprengstoff, der auf Abwege geraten war.

Niemand hatte etwas Auffälliges beobachtet. Niemand wusste etwas.

Bejer gab ziemlich bald zu, dass er Mirjam Lange überwacht hatte. Aber den Ermittlern zufolge hatte er sie nur beschützen wollen, zum Beispiel vor Männern wie mir. Er hatte nur dafür sorgen wollen, dass sie es gut hatte. Weitere Geständnisse machte er nicht.

Ich war schon seelisch darauf vorbereitet gewesen, dass sie ihn laufen lassen müssten, und dieses eine Mal teilte ich das sogenannte gesunde Volksempfinden in Bezug auf die Laschheit der Justiz.

Überraschenderweise gab der Untersuchungsrichter dem Antrag der Staatsanwaltschaft statt, und obwohl Bejer sofort Einspruch einlegte, musste er sich mit zwei Wochen in Untersuchungshaft abfinden.

Äußerlich gesehen war ich wiederhergestellt. Aber ich konnte nicht schlafen. Und die Bilder waren da. Jede Nacht stellten sie sich wieder ein. Wieder und wieder durchlebte ich die Sekunden auf dem Grønlands torg, wenn ich erwachte, stocksteif und schweißgebadet. Und ich hatte keine Ahnung, wie ich mich davon befreien sollte.

Der Sommer kam plötzlich. Mitte Juni schlug er auf eine Weise zu, wie man sie nur hier im Norden erleben kann. Strahlende Sonne, warme Nächte, Menschen, die einfach nicht ins Bett wollen. Obwohl es jedes Jahr passiert, ist es jedes Mal eine große angenehme Überraschung.

Diesmal ließ ich mich davon nicht beeinflussen. Das Wetter interessierte mich nicht. Das Boot lag unbenutzt am Steg. Der Jaguar stand in der Garage. Ich blieb so viel wie möglich im Haus, wo ich mich mit Musik tröstete, lehnte Interviewwünsche ab und verweigerte mich dem Nervkram der Presseleute.

Ich überlebte zwei Wochen mit Arbeit, Hund und Mari. Als Frantz Bejer dann einen neuen Haftprüfungstermin hatte, war ich vorbereitet. Und meine bösen Ahnungen bewahrheiteten sich. Der Mann wurde auf freien Fuß gesetzt, auch wenn er weiterhin als verdächtig galt. Die Polizei hatte weiterhin weder Zeugen noch Beweise. Noch immer hatten sie nur ein Motiv. Aber die Ermittlungen liefen auf Hochtouren, und Anders Fagereng, zu dem ich noch immer Kontakt hatte, beteuerte, dass sie durchaus nicht aufgeben würden.

Andere Verdächtige hatten sie nicht. Und mir persönlich reichte Frantz Bejer.

Weder Helene Holt nach Jannicke Jensen war wieder aufgetaucht. In beiden Fällen stand die Polizei mit leeren Händen da. Alle Tipps erwiesen sich als Sackgassen. Und als die Tage und Wochen vergingen, schrumpfte das Interesse der Medien. Einige meinten, die beiden Fälle müssten nicht unbedingt miteinander zu tun haben und die beiden jungen Damen könnten freiwillig verschwunden sein. Unabhängig voneinander liefen Meldungen ein, nach denen sie im Ausland gesehen worden waren, auf Flughäfen und Fähren. Das Problem war, dass diese Meldungen anonym waren.

Reidar Andersen befand sich bis auf weiteres in Freiheit. Aber der Verdacht gegen ihn war unvermindert stark. Und das Urteil der öffentlichen Meinung stand fest. Dass der Unterhosenmann wieder zugeschlagen haben könnte, reichte aus. Die Frage, wieso die Behörden diesen Mann frei herumlaufen ließen, wurde immer energischer gestellt. Mehr denn je hätte er jetzt Mirjam Langes Engagement brauchen können.

So dachte ich, als ich in der Kapelle auf dem Nordfriedhof saß. Die Trauerfeier, die bis zum Vorliegen des endgültigen Obduktionsberichtes aufgeschoben worden war, war eine geschlossene und schlichte Zeremonie. Kollegen von der Presse, Vertreterinnen von Frauenorganisationen, einige Politiker. Soviel ich sehen konnte, keine Verwandten. Mira war nicht da. Sie hatte soeben eine Augenoperation hinter sich. Wenn ich es richtig verstanden hatte, glaubten die Ärzte nun doch, ihr Augenlicht retten zu können.

Ich hatte mich auf die hinterste Bank gesetzt und trug eine Sonnenbrille, in der Hoffnung, nicht erkannt zu werden. Trotzdem hatte ich das Gefühl, dass alle mich anstarrten.

Ganz hinten in der Kapelle stand Anders Fagereng zusammen mit zwei anderen Männern, sicher Polizisten. Bildeten sie sich wirklich ein, der Mörder werde hier erscheinen? Nach kurzem Nachdenken kam ich zu dem Schluss, dass das möglich sein könnte. Ich wusste von mehreren Mordfällen, wo die Schuldigen sich um die Angehörigen der Opfer gekümmert hatten, wie Pyromanen, die der freiwilligen Feuerwehr beitreten.

Nach der kurzen Zeremonie kam eine Frau auf mich zu, eine schwarzgekleidete hochgewachsene Dame mit einem riesigen Hut, der ihr Gesicht versteckte. »Sie sind doch Svend Foyn? Der Anwalt?« Ihre Stimme war tief, fast grob.

»Ja«, sagte ich und betrachtete sie abwartend.

»Tove Lund.« Sie streckte eine Hand aus. Ihre roten Fingernägel sahen aus wie Klauen. »Mirjam und ich haben früher einmal zusammengearbeitet, als sie noch keine Freiberuflerin war.« Als sie den Hut zurückschob, sah ich, dass sie geweint hatte.

Ich schaute mich um. Die Trauergäste strömten jetzt auseinander.

Tove Lund packte meinen Arm. »Haben Sie ein paar Minuten Zeit?«

Ich hatte alle Zeit der Welt, das sagte ich aber nicht, sondern nickte nur.

»Ich brauche ein Glas«, sagte sie daraufhin. »So was wie das hier pack ich einfach nicht.«

Besser hätte ich das auch nicht ausdrücken können. Wieder dachte ich an Mira. Nach den ersten kritischen Tagen hatte die Kleine den Kampf um das Leben gewonnen und war jetzt auf dem Weg der Besserung. Aber bis sie gesund genug sein würde, um eine weitere Augenoperation über sich ergehen zu lassen, würde sie blind bleiben.

Als ich sie im Ullevål-Krankenhaus besucht hatte, war es mir durch zähe Verhandlungen gelungen, Hulda mit aufs Zimmer zu nehmen. Ich hatte Mira Huldas weiches Fell streicheln lassen und ihr gesagt, wenn sie erst gesund genug wäre, würde sie vielleicht auch einmal einen eigenen Hund bekommen. Danach war sie fast glücklich gewesen.

Von den Ärzten im Krankenhaus hatte ich erfahren, dass auf Mira zuerst eine harte Trainingsphase in einem Heim wartete. Danach war alles unsicher. Da sie jetzt vielleicht behindert und jedenfalls elternlos und ohne Angehörige war, würde die Gesellschaft für sie verantwortlich sein. Ihr Vater hatte sich noch immer nicht gemeldet. Für einen wilden Moment hatte ich mich schon als Pflegevater gesehen, war aber rasch zu der Einsicht gelangt, dass das nicht funktionieren würde. Mira brauchte stabile Verhältnisse. Und die konnte ich nicht bieten.

Tove Lund winkte einem Taxi, das gerade Gäste der nächsten Trauerfeier auslud. Das ging hier wirklich wie am Fließband. Willenlos lief ich hinter ihr her. Jetzt konnte ich eine Stärkung wirklich brauchen.

Sie fragte mich nicht, sondern bat den Fahrer einfach, uns zum Justisen zu bringen.

Unterwegs wechselten wir nicht ein Wort. Erst als wir in einer Ecke saßen und zwei kalte, frisch betaute Halbe auf dem Tisch standen, sagte sie etwas. »Das ist das zweite Mal in allzu kurzer Zeit«, sagte sie mit rauer Stimme, während sie an ihrer Zigarettenpackung herumspielte. »Die Welt ist wirklich total aus den Angeln geraten.« Sie schaute mich verzweifelt an. »Und rauchen darf man auch nicht mehr. Der Teufel hole alle Ayatollahs. Hast du sie geliebt?«

Die Frage kam unerwartet. »Ja. Aber ich weiß nicht, ob das gegenseitig war.«

»Spielt das eine Rolle?« Sie wartete meine Antwort nicht ab. »Bestimmt war das wieder dieser Verrückte. Er hat sie eben doch umbringen müssen. Krank, was?«

Krank war noch milde gesagt. »Hast du sie gut gekannt?«

»Nicht privat. Mirjam Lange war keine, an die man leicht herankam. Ich glaube nicht, dass das irgendwem von uns gelungen ist. Und es lag nicht an ihrer Taubheit.«

»Nein?«

»Sie war schüchtern, die Arme. Als ob sie sich irgendwann gründlich die Finger verbrannt hätte.«

Nur war sie leider nicht schüchtern genug gewesen. »Meinst du jetzt den Vater der Kleinen?«

»Nach allem, was ich gehört habe, hat er sich zurück in die USA verzogen, als er von Mirjams Schwangerschaft gehört hat. Das scheint erblich zu sein.«

»Wieso? Ist ihrer Mutter dasselbe passiert?«

Sie nickte viel sagend. »Mirjam hat ihren Vater nie kennengelernt. Verdammt übel, was?«

Ich widersprach nicht. »Er hat sich nicht gemeldet. Miras Vater, meine ich.«

»Arme Kleine.« Sie starrte düster in ihr Glas. »Ich könnte den Arsch umbringen.«

»Eins wüsste ich gern«, sagte ich, als die nächste Runde serviert worden war. »Zwei plötzliche Todesfälle in so kurzer Zeit in einer kleinen Gruppe von Journalistinnen, findest du das nicht auffällig?«

»Das habe ich mir natürlich auch schon überlegt, und da bin ich sicher nicht die Einzige. Aber Cecilies Tod war doch ein Unfall, oder nicht?«

»Das wird behauptet, ja. Weißt du, woran sie gearbeitet hat, als dieser Unfall passiert ist?«

Sie musterte mich forschend. Presseleute sind wie

Anwälte. Sie wittern überall Komplotte. Außerdem haben sie zu viele Lügen und Halbwahrheiten gehört.

»Nichts Besonderes, soviel ich weiß. Aber es gab schon Gerüchte.« Sie senkte die Stimme.

»Lass mich raten«, sagte ich vorsichtig. »Cecilie hat Mirjam dabei geholfen, im Schlamm zu wühlen, um etwas gegen die Firma zu finden, die hinter Mirjams Kündigung steckt? Dem Global Money Service?«

»Es wird heiß«, sagte sie gelassen. »Eine norwegische Ausgabe des Skandia-Skandals, darum ging es Mirjam Lange. Aber es hatte sich doch herausgestellt, dass sie da falsch lag. Es ist durchaus nicht verboten, sich die Ersparnisse leichtgläubiger Kleinsparer zu ergaunern, das ist doch allgemein bekannt.« Nachdem sie ein System aufgebaut hatten, das ganz legal auf internationalem Glücksspiel beruhte, waren die drei Firmengründer aus ihrem Luftschloss ausgestiegen. Sie hatten ein Vermögen gemacht, während das Geld ihrer Investoren sich in Luft aufgelöst hatte. Jetzt, nur zwei Jahre später, waren sie rehabilitiert. Die Medien liebten sie schon wieder.

»Können sie etwas gefunden haben?«, fragte ich. »Etwas wirklich Gefährliches?«

»Wer weiß?« Sie beugte sich über den Tisch vor. »Ich habe erst vor kurzem mit Mirjam gesprochen, und da hat sie diese Angelegenheit überhaupt nicht erwähnt. Aber da war noch etwas anderes«, fügte sie hinzu und sah mich wieder forschend an.

»Ja?« Ich versuchte, nicht gar zu eifrig zu wirken. Hartgesottene Presseleute beharren immer auf ihrem alleinigen Zugriffsrecht auf eine gute Geschichte. In dieser Hinsicht darf man sie nicht herausfordern. »Irgendwer hat ihre Wohnung durchsucht«, erzählte ich vorsichtig. »Hast du irgendeine Ahnung, wer das gewesen sein kann?«

»Nein. Aber sie hat einen Test erwähnt. Sagt dir das etwas?«

»Einen Test?« Bestimmt sah ich aus wie das personifizierte Fragezeichen. »Was denn für einen Test? Ein Examen?«

»Ich hatte gehofft, dass du mir das sagen könntest. Sie hatte es eilig, sie war unterwegs, um irgendeinen Test in Ordnung zu bringen. Genau so hat sie sich ausgedrückt. Und das war unsere letzte Begegnung. War sie krank?«

»Nicht dass ich wüsste. Hast du das der Polizei gegenüber erwähnt?«

»Sollte ich das?«

Etwas sagte mir, dass ihr Vertrauen in die Obrigkeit nicht gerade großartig war. Sie gefiel mir immer besser. »Frag mich nicht.« Die Bilder vom Grønlands torg standen mir entsetzlich klar vor Augen. Die Wunden waren wieder aufgebrochen. Und in diesem Moment kam es mir vor, als ob jemand Salz hineingerieben hätte. Die Trauerfeier war hart genug für mich gewesen. Ich hätte danach sofort nach Hause fahren müssen.

»Trinken wir doch noch einen«, sagte sie plötzlich. »Das hilft zwar nichts. Aber es lässt uns vergessen.«

Ich wusste, dass es nicht so einfach war. Aber ich brauchte einen Menschen, mit dem ich reden konnte.

Wir blieben an diesem Tag lange im Justisen sitzen. Der Nachmittag ging in den Abend über, der Abend in die Nacht. Die Menschen kamen und gingen, wir aber blieben einfach sitzen, ein altes, erschöpftes Ehepaar, das von der Wirklichkeit überfahren worden ist. Echte Trauer verschwindet nicht. Ich wusste, dass ich niemals vergessen würde. Der Knall, mit dem die Bombe hochgegangen war, würde sicher leiser werden. Die Erinnerungen an Mirjam würden verblassen, einige Details würden verschwinden, der Schmerz würde kleiner werden. Aber er würde immer da sein, jeden Tag, als etwas, was ich mit mir herumschleppen müsste. Obwohl unsere Beziehung nur einige kurze Wochen gedauert hatte. Über solche Dinge sprach ich mit Tove Lund, unter anderem.

Die Erinnerungen an das, was später geschehen ist, sind ziemlich unklar. Mit Sicherheit kann ich nur sagen, dass ich am nächsten Morgen in einem mir unbekannten Zimmer erwachte, auf einem fremden Sofa, mit dem schlimmsten Kater aller Zeiten als einziger Gesellschaft.

Tove Lund brachte mir schwarzen, dynamitstarken Kaffee, ehe sie in die Redaktion fuhr. Ich ging die Sache ruhig an. Sie hatte doch Recht gehabt. Die physischen Qualen dämpften den anderen Schmerz.

Rønningen meldete sich ganz freiwillig. Und nicht nur das, sie erschien sogar in meinem Büro. Wenn ich es nicht besser gewusst hätte, ich hätte fast glauben können, dass sie um mich besorgt war. Sie konnte mir erzählen, dass sie mit den seltsamen Anrufen bei »Bestellen Sie die Melodie« nicht weitergekommen waren. Die Personen, bei denen sie nachgefragt hatten, stritten es ab, dahinterzustecken. Es konnte sich ja auch um eine bizarre Art von Scherz handeln. Auf jeden Fall reichte es nicht aus, um weitere Ermittlungen in die Wege zu leiten. Wonach hätten sie schließlich suchen sollen?

Sie empfahl mir, die Sache zu vergessen. »Pass auf

dich auf, Foyn«, sagte sie und grinste. »Wir werden schon dafür sorgen, dass der Mörder seiner wohlverdienten Strafe zugeführt wird. Darauf kannst du dich verlassen.« Offenbar standen wir plötzlich auf derselben Seite.

Sie konnte mich aber nicht überzeugen. Ich zweifelte nicht Justitias guten Willen an, sondern ihre Fähigkeiten. Denn so wie die Sache jetzt aussah, gab es allen Grund zu der Befürchtung, dass Frantz Bejer ungeschoren davonkommen und wie bisher weiterleben würde, im Gegensatz zu seinen Opfern. Und diese Vorstellung war unerträglich.

Als das Telefon klingelte, hatte ich mich in einen Stapel undurchdringlicher Unterlagen vertieft. Es war Freitagvormittag. Zum ersten Mal seit Wochen hatte ich das Gefühl, dass die Welt mir zaghaft zulächelte. Ich spielte sogar mit dem Gedanken an einen Ausflug auf den Fjord.

Wohlgemeinte Ratschläge von Ermittlern und den Vertretern der Staatsanwaltschaft, einen großen Bogen um Frantz Bejer zu machen, hatte ich bisher befolgt. So konnte das nicht weitergehen.

»Hier spricht Dr. Meland vom Ullevål-Krankenhaus. Spreche ich mit Anwalt Foyn?« Die freundliche Frauenstimme klang besorgt.

»Ja.« Niemand mag unerwartete Anrufe aus einem Krankenhaus. Ich war da keine Ausnahme. »Worum geht es?«

»Wir haben eine Patientin hier, der etwas Unangenehmes passiert ist«, sagte sie vorsichtig. »Es ist wirklich nichts Ernstes«, fügte sie rasch hinzu. »Aber sie besteht darauf, dass wir Ihnen Bescheid sagen.«

»Mira Lange?« Hier stimmte etwas nicht, das spürte ich. »Geht es ihr schlechter?«

»Äh, das nicht.« Sie zögerte. »Das heißt, im Moment hat sie es nicht so leicht.«

»Sagen Sie es lieber gleich«, sagte ich gereizt. »Viel schlimmer als das, was sie schon durchgemacht hat, kann das ja wohl nicht sein. Was ist denn passiert?«

»Also, es war so: Heute Morgen, als sie im Rollstuhl im Garten saß, ist sie bestohlen worden«, sagte die Ärztin verlegen. »Ja, leider wurde sie sozusagen überfallen.«

»Auf dem Krankenhausgelände? War sie denn allein, ohne Betreuung?«

»Eine Schwesternhelferin war bei ihr. Aber sie musste kurz weg, und da ist es dann passiert.«

»Ist sie verletzt worden?«

»Nicht ernstlich. Aber sie hat sich einen Arm gebrochen und hat arge Schmerzen. Sie wissen doch, wie schlimm ihre Brandwunden sind«, fügte sie bedauernd hinzu.

»Wie geht es ihr denn jetzt?«

»Wegen der Brandwunden konnten wir nicht gipsen. Ich fürchte also, dass es ihr nicht gerade gut geht.«

Ich begriff überhaupt nichts mehr. »Was kann man einem kleinen Mädchen denn stehlen? Geld hatte sie doch sicher nicht bei sich?«

»Unseres Wissens nicht. Es handelt sich wohl um einen Kassettenrekorder. Eine Art Tonbandgerät.«

Damit hatte sie ihre Ahnungslosigkeit verraten. Ihre Kinder wussten bestimmt, was ein MP3-Player ist. Es war Frantz Bejer zu verdanken, dass bei Familie Lange kein Mangel an digitaler Technologie geherrscht hatte.

»Ist der Vorfall schon der Polizei gemeldet worden?«, fragte ich.

»Natürlich«, sagte sie leicht pikiert. »Das machen wir immer so. Aber sprechen Sie lieber mit unserem Sicherheitschef, wenn Sie genauere Auskünfte wünschen. Der kümmert sich um solche Dinge.« Sie nannte mir eine Telefonnummer. »Ich habe Mira versprochen, Sie sofort anzurufen. Es schien ihr sehr wichtig zu sein. Warum, hat sie nicht gesagt.« Sie schwieg eine Weile. »Waren Sie dabei, als der Unfall passiert ist?«

»Das war kein Unfall«, sagte ich. »Das war Mord.«

»Ja, natürlich.« Ihre Stimme klang bedauernd. »Möchten Sie sie besuchen? Sie können jederzeit kommen.«

»Ich kann das heute Nachmittag schaffen. Sagen Sie ihr, ich komme, so schnell ich kann. Würden Sie das machen?«

»Natürlich. Ich sage ihr sofort Bescheid.«

Der Sicherheitschef war ein riesiger, kräftiger Bursche. Er empfing mich in seinem Büro, als ich kurz vor Feierabend dort erschien. Ich musste wissen, was passiert war, ehe ich mit der armen Kleinen redete. Es gab wohl keine Grenzen für das, was sie ertragen musste.

»Setzen Sie sich«, sagte er freundlich. Dass es sich um einen ehemaligen Polizisten handelte, stand ihm auf der Stirn geschrieben. »Das ist wirklich eine schlimme Geschichte. Ich habe ja gehört, dass die Kleine Schweres durchgemacht hat.«

Seine Floskeln interessierten mich nicht. »Habt ihr den Kerl schon erwischt?«

»Leider nein.« Er machte eine resignierte Handbewegung. »Wir wissen noch nicht mehr.«

»Ich finde es seltsam, dass ihr es nicht einmal schafft, eine hilflose Patientin auf dem Krankenhausgelände zu beschützen«, sagte ich mit der unangenehmsten Anwaltsstimme, die ich zur Verfügung hatte. »Wie konnte das passieren?«

»Wir haben hier immer wieder Diebstähle, aber so einen Überfall habe ich noch nicht erlebt, und ich bin schon seit drei Jahren da.«

Es interessierte mich nicht weiter, wie lange er schon hier war. »Gibt es irgendwelche Zeugen?«

»Es war noch ein anderer Patient im Rollstuhl dort, ein älterer Mann. Er hat eine gute Beschreibung des Täters geliefert.«

»Und?«

»Er hat ihn als typischen Drogensüchtigen beschrieben. Als großen schlanken Mann mit langen, ungepflegten Haaren und Jeans.« Er runzelte die Stirn und sah mich nachdenklich an. »Die Beschreibung passt hier in der Stadt doch auf mindestens zehntausend. Aber ich weiß nicht.« Er fuhr sich über den Dreitagebart.

»Ja?«

»Dieser Patient hatte einen scharfen Blick. Ihm ist aufgefallen, dass der Täter ausgefallene Schuhe trug, wie er sich ausgedrückt hat.« Der Sicherheitschef lächelte. »Er hatte schwarze, blank geputzte Schuhe.« Unser Mann hatte offenbar die normalen Schuhvorlieben der Junkies registriert. In dieser Szene gehören Turnschuhe zur Uniform.

»Zuerst ist er direkt auf die Kleine zugegangen, er hat nicht versucht, die Tasche des Alten zu stehlen. Die hing über dessen Stuhllehne und enthielt ein paar Hunderter. Ehe er abgehauen ist, hat er die auch noch an sich gerissen. Aber man hätte doch eine andere Reihenfolge erwartet.«

»Hat er etwas gesagt?«

»Soviel wir wissen, nicht. Er hat sich nur den Player geschnappt, der über ihrer Schulter hing, und als sie den nicht loslassen wollte, hat er ihn ihr ganz brutal entrissen. Dabei hat sie sich ja den Arm gebrochen, wie Sie vielleicht wissen.«

»Das habe ich gehört, ja. Wisst ihr, wie er hereingekommen ist?«

»Hier stehen die Tore im Grunde doch allen offen«, sagte er resigniert.

Ich blieb vor ihrer Tür stehen und schaute durch das Fenster hinein. Sie lag da wie ein weißes Bündel, den Arm in einer von der Decke hängenden Schiene. Ihr Gesicht war dick bandagiert. Zuerst glaubte ich, sie schlafe, aber als ich sah, dass sie die Finger der unversehrten Hand bewegte, öffnete ich die Tür und schaute mich um. Auf dem Gang war kein Mensch zu sehen, Mira hatte ein Einzelzimmer. Rasch ließ ich Hulda hineinschlüpfen. Einen Bernhardiner in ein Krankenhaus zu schmuggeln, ist kein Scherz.

Wir blieben für einen Moment vor dem Bett stehen. Sie kam mir zuvor. »Seid ihr das?«, fragte sie mit dünner, aber klarer Stimme. »Du und Hulda? Das kann ich riechen.«

»Wir sind beide hier.« Ich half ihrer freien Hand, sich in Huldas Fell zu vergraben. »Jetzt brauchst du deine Freunde doch, nicht wahr?«

Sie nickte kaum merklich.

»Tut es weh?«, fragte ich und schaute den Arm an, der auf die Decke zeigte.

»Ein bisschen. Aber ich kriege Spritzen. Das war ein Blödmann«, fügte sie ernst hinzu. »Ich habe gesagt, er soll das lassen, aber er wollte nicht hören.«

»Hat er etwas zu dir gesagt?«

»Er hat mir den Player abgenommen. Und den hatte ich von Mama!«

Ich nahm ihre Hand. »Ich besorg dir einen neuen«, sagte ich. »Aber woher hattest du den Player? Hat irgendwer ihn für dich geholt?«

»Das war der Polizist. Er war bei meiner Freundin, ich hatte ihn ihr geliehen, verstehst du. Er hat mir auch meine Lieblingspuppe geholt. Sie sind lieb.« Ihre Wörter kamen heraus wie kurzes, rasches Schluchzen.

»Dieser Player, war das so einer, auf dem du Musik speichern kannst? Hast du damit eure CDs runtergeladen?«

»Ja, der ist super«, sagte sie mit tränenerstickter Stimme. »Mama hat das für mich gemacht. Ich hatte alle meine Lieblingsstücke da und Hörspiele und Bücher und alles Mögliche. Glaubst du, ich kriege den zurück?«

»Nicht genau denselben«, sagte ich. »Aber einen ganz ähnlichen. Und dann speicherst du alles, was du selber willst. Das schaffst du doch, oder?« Zu spät ging mir auf, dass ihr das jetzt vielleicht nicht so leichtfallen würde.

»Sicher«, sagte sie altklug. »Der kann alles Mögliche speichern und es ist ungeheuer viel Platz drauf. Ich hab noch meine Ohrstöpsel, die hat der Dieb nicht mitgenommen.«

»Das ist schön. Weißt du, ob deine Mutter den Player bei der Arbeit benutzt hat?«

»Sie hatte genau so einen, aber der ist gestohlen

worden, und da hat sie meinen genommen. Aber da hab ich gesagt, dass sie auf ihre Sachen besser aufpassen soll. Meine Mama ist ein bisschen schusselig, weißt du.«

»Der wurde auch gestohlen?«, fragte ich überrascht.

»Mama war ein bisschen blöd, weißt du. Sie hat ihre Tasche auf einen Cafétisch gestellt, und da hat jemand sie mitgenommen. Es gibt ja so viele Diebe hier in der Stadt«, sagte sie viel sagend. »Mama glaubt nicht, dass es Diebe gibt, aber die gibt es doch, oder?«

»Du hast schon Recht. Aber die meisten Menschen sind ehrlich, vergiss das nicht.« Ich war dermaßen an den Umgang mit Gaunern gewöhnt, dass ich nicht mehr darüber nachdachte. Ich sah keinen Grund, warum Mira so enden sollte wie ich. »Hat deine Mama etwas auf deinem Player gespeichert, etwas, was du dir angehört hast?«

»Das hätte ich doch nie gemacht«, sagte sie ernst. »Man darf die Sachen von anderen Leuten nicht anhören, wenn die das nicht erlaubt haben, das musst du doch wissen.«

»Natürlich. Aber es hätte dir doch aus Versehen passieren können«, sagte ich. »Wo es dein Player war, meine ich.«

Hinter uns öffnete sich die Tür. Die Krankenschwester brauchte nicht zu sagen, was sie von der Anwesenheit des Hundes hielt, aber sicherheitshalber knurrte Hulda sie an.

Ich drückte Mira die Hand. »Wir müssen jetzt los«, sagte ich. »Morgen kriegst du einen neuen Player.«

Als ich das Krankenhaus gerade verlassen wollte, klingelte mein Telefon. Es war der Sicherheitschef, ich hatte ihm meine Nummer gegeben und ihn gebeten, sich zu melden, wenn er noch etwas herausfand. »Wir haben eine Spur«, sagte er aufgeregt. »Die Polizei hat einen neuen Zeugen gefunden.«

»Einen, der gesehen hat, was passiert ist?«

»Nein, aber ein Mann mit auffälliger Ähnlichkeit mit dem mutmaßlichen Täter wurde beobachtet, als er auf dem Parkplatz in ein Auto einstieg. Dem Zeugen ist das aufgefallen, weil der Fahrer so gar nicht zu seinem Auto passte.«

»Wie ist das zu verstehen?«

»Das Auto war ein älterer Jaguar, während der Fahrer direkt von der Platte zu kommen schien.«

»Ein Jaguar also? Sie haben nicht zufällig die Nummer?«

»Doch, genau die haben wir«, sagte er triumphierend, als habe er diese Entdeckung persönlich gemacht. »Der Wagen ist auf den Namen eines gewissen Frantz Bejer registriert.«

Bingo. Endlich hatte er einen Fehler begangen.

»Ich weiß, dass die Polizei sich schon für ihn interessiert hat. Ich lese ja Zeitungen.« Sie hatten der Presse den Namen genannt.

Am Samstagvormittag kaufte ich für Mira einen neuen Player. Ganz einfach war das nicht und billig erst recht nicht. Aber am Ende fand ich einen, der aus dem Netz herunterladen konnte, der Aufnahmen von anderen Medien machen konnte und sich auch als normales Tonbandgerät nutzen ließ.

Unterwegs war ich über den Grønlands torg gekommen. Ich war seit dem fatalen Nachmittag nicht mehr dort gewesen. Jetzt wirkte alles wieder friedlich.

Ich hielt an, blieb aber im Wagen sitzen. An Mirjams Wohnung hatte ich nicht einmal denken wollen. Ich wusste, dass die Polizei sie auf Spuren durchsucht hatte, aber die Ermittler meinten, nichts gefunden zu haben, was darauf hinweisen könnte, dass sie außer Bejer noch andere Feinde gehabt hatte. Sie behaupteten, nichts von Interesse für den Fall entdecken zu können. Das hatten sie mir jedenfalls gesagt. Aber sie hatten feststellen können, dass vor ihnen schon jemand die Wohnung durchsucht hatte. Die Wohnung war noch immer gesperrt, und es war absolut unklar, was damit passieren würde. Ich müsste mich dort also umsehen.

Mein Mann bei der Polizei, Anders Fagereng, war bereit, mich zu treffen, als ich dort anrief. Er behauptete, das komme ihm sehr gelegen, da er soeben Bejer vernommen hatte.

»Ich hab was für dich, Foyn«, sagte er. »Eine Neuigkeit, die dir gefallen wird. Also hör zu.« Er strahlte geradezu vor Optimismus, als er vor mir her in seinen engen Büroschlauch im Polizeigebäude ging. »Dieser Zeuge vom Parkplatz ist überaus zuverlässig und er ist sich seiner Sache ganz sicher. Er hat sogar die Autonummer notiert, weil er sicher war, dass mit dem Typen etwas nicht stimmte.«

»Und es war also wirklich eins von Bejers Autos?« Es war fast zu schön, um wahr zu sein.

»Zweifellos«, sagte Fagereng zufrieden. »Das wird ihm den Hals brechen. Jetzt haben wir die Verbindung, die wir brauchen. Und das ist noch nicht alles.«

»Nein?«

»Gestern Abend haben die Leute von der Technik den Jaguar aus der Garage im Sørkedalsvei geholt, wo er seine Autosammlung stehen hat. Heute wurden auf dem Vordersitz Haare gefunden, die von einer Perücke stammen. Er behauptet, dass der Wagen gestohlen worden sein muss, aber wir kennen ihn doch jetzt langsam. Bejer hat keine Glaubwürdigkeit mehr.«

In diesem Moment wurde er vom Telefon unterbrochen. Seiner Miene konnte ich entnehmen, dass ihm das, was er nun hörte, nicht gefiel. »Bist du sicher?«, fragte er endlich. »O verdammt!« Er knallte den Hörer auf die Gabel und sah mich wütend an. »Das war das Labor. Offenbar ist Bejers Jaguar wirklich geknackt worden. Sie haben Spuren an den Schlössern gefunden, am Garagentor und im Wagen.«

»Dieser Typ ist intelligent«, sagte ich. »Er hat an alles gedacht. Den Schlössern ein paar Kratzer zu verpassen, ist doch eine Kleinigkeit. Der führt euch total an der Nase rum.«

»Das ist noch nicht alles«, meinte Fagereng düster. »Jetzt hat er wieder eine Art Alibi serviert.«

Ich winkte ab. »Sag nichts mehr. Er war sicher mit seinen verdammten Rechnern zusammen.«

Fagereng trommelte mit den Fingern auf seinen Schreibtisch. Mir fiel auf, dass er Probleme mit dem Takt hatte. »Es waren auch Leute bei ihm in der Firma«, sagte er unsicher. »Aber die können nicht genau sagen, wann sie ihn gesehen haben. Ein Abstecher nach Ullevål hätte nur eine Stunde gedauert.«

Ich erhob mich. Das gute Gefühl, endlich einen Verantwortlichen für die Tragödie gefunden zu haben, verflog schon wieder. »Was passiert jetzt?«

»Wir haben für Montag einen neuen Haftprüfungstermin angesetzt. Aber versprich dir nicht zu viel davon.«

Das hatte ich mir längst abgewöhnt. Ich beugte mich über seinen Schreibtisch. »Du musst mir einen Gefallen tun«, sagte ich. »Es geht um die Wohnungsschlüssel. Ich würde mich da gern umsehen.«

»Warum?« Er schaute mich misstrauisch an.

»Aus keinem besonderen Grund«, sagte ich aufgesetzt gleichgültig. »Vergiss nicht, dass er auch mich fast umgebracht hätte. Ich muss mich nur mal umsehen. Ihr seid da doch ohnehin fertig.«

Er erhob sich ebenfalls und machte ein ablehnendes Gesicht. »Das ist keine gute Idee«, sagte er kurz. »Und selbst wenn ich die Schlüssel hätte, würde ich sie dir nicht überlassen dürfen. Du bist am Fall beteiligt. Die Anklagebehörden werden dich als wichtigen Zeugen vorladen. Also vergiss es.« Die Audienz war offenbar zu Ende.

Dem Wunsch des Staatsanwaltes wurde nicht stattgegeben, auch wenn er überzeugend argumentierte, dass Mirjam Lange aus irgendeinem Grund etwas auf dem MP3-Player geladen haben könnte, was für Bejer kompromittierend wäre. Also sei er ein ziemliches Risiko eingegangen, um das Gerät an sich zu bringen. Etwas, was seine Rolle beim Attentat verraten hätte. Oder etwas anderes, was für ihr gefährlich sein könnte.

Nichts half. Frantz Bejer war wie Teflon.

Ich hatte den Wunsch, mir die Wohnung noch einmal anzusehen, noch nicht verworfen, als ich an diesem späten Montagnachmittag im Büro saß und Für und Wider abwog. Ich hatte mich jetzt lange genug als gesetzestreuer Bürger verhalten. Und das Wohnhaus im Smalgang hatte bestimmt einen Hausmeister.

Nach allerlei Telefonaten konnte ich jemanden ausfindig machen, der angeblich diese Funktion ausübte. Auf einem miesen Mobilfunknetz musste er das widerwillig zugeben. »Ich hab heut viel zu tun, versuchs morgen noch mal oder nächste Woche.« Er hielt mich offenbar für einen der Hausbewohner, denen er theoretisch zu Diensten sein musste. Im Hintergrund konnte ich Gläser klirren hören. Der Typ hielt sich offenbar in einem Lokal auf. Es war noch keine vier.

»Hören Sie mal gut zu«, sagte ich und versuchte, meine Stimme überaus anwaltsmäßig klingen zu lassen. »Hier spricht Rechtsanwalt Foyn. Es geht um eine Angelegenheit, die eine gewisse Diskretion erfordert. Kann ich mich auf Sie verlassen?«

»Was soll das heißen, Scheiße?«

Das würde nicht einfach werden. »Ich muss mir Zugang zu einer Wohnung verschaffen. Es geht um eine ernste Angelegenheit«, drängte ich. »Eine Angelegenheit, die für die Eigentümergemeinschaft sehr unangenehm werden kann, wenn es zum Prozess kommt.« Ich wusste nicht einmal selbst, was ich mir bei dieser Behauptung denken sollte.

»Hm«, grunzte er misstrauisch. »Und was soll ich da machen?«

»Mich hineinlassen.«

»Geht nicht.« Das kam kurz und bündig.

Ich ließ nicht locker. »Es ist wirklich sehr eilig. Können wir uns später heute treffen?«

»Hab jetzt keine Zeit.«

»Was ist mit heute Abend?«

»Muss aber spät sein.«

»Das ist in Ordnung«, sagte ich. »Sagen wir um zehn?«

»Na gut«, sagte er widerwillig. »Aber Tür aufmachen geht nicht, klar?«

Das ignorierte ich. »Wo sind Sie jetzt gerade?«

»Im Dienst natürlich«, sagte er vergrätzt.

»Und das ist im Lompa?« Ich glaubte, im Hintergrund eine Stimme gehört zu haben, die den Namen dieser schummrigsten von allen schummrigen Kneipen in Grønland nannte. Das klang verheißungsvoll.

»Da kann ich ja mal reinschauen.« Das würde mir wirklich nicht schwerfallen. »Dann ist das abgemacht. Und nicht vergessen, es ist wichtig.«

Erst später ging mir auf, dass ich keine Ahnung hatte, wie der Typ aussah. Aber ich konnte mir schon vorstellen, wie ich ihn unter Druck setzen könnte. Deshalb rief ich einen alten Kommilitonen an, der beim Osloer Stadtgericht arbeitete. Nach mildem Druck war er bereit, den Hausmeister in den ihm zugänglichen Registern zu suchen. Und das waren nicht wenige. Ich bat ihn nicht zum ersten Mal um einen Gefallen.

Nach einigen Minuten meldete er sich wieder. »Schlechte Karten, dein Hausmeister.«

Etliche unbezahlte Bußgelder, eine Verurteilung wegen Alkohols am Steuer, nicht bezahlte Alimente, eine Anzeige wegen sexueller Belästigung – die Auswahl war groß.

»Fax mir alles rüber«, sagte ich zufrieden. »Und vielen Dank.«

Ich war lange vor zehn im Lompa. Den Hausmeister zu identifizieren war keine große Herausforderung für jemanden, der Trond Viggos Parodien gesehen hat. Der einzige wesentliche Unterschied zwischen dem Hausmeister in der Fernsehserie und dem aus dem

Smalgang war, dass die Wampe des Originals ein wenig tiefer saß als die des Humoristen. Ansonsten war fast alles identisch.

Er starrte mich skeptisch an, als ich einen Stuhl heranzog und mich an seinem Tisch niederließ. Sein Widerwille schwand, als ich ihm ein eiskaltes Bier vor die Nase setzte, zusammen mit meiner Visitenkarte. Er interessierte sich mehr für das Bier.

»Sie haben die Schlüssel zu allen Wohnungen, oder nicht?«, fragte ich.

»Schlüssel werden genau kontrolliert. Wenn einer wegkommt, ist die Hölle los.«

»Ich muss in die Wohnung von Mirjam Lange. Der Frau, die ermordet worden ist.«

Er riss die Augen auf. »Bist du total bescheuert? Die ist doch von der Polizei versiegelt.«

»Nein, das nicht mehr«, sagte ich beruhigend. »Da hängt jetzt nur noch ein Absperrband. Wer einen Schlüssel hat, kann einfach reingehen. Die Polizei hat ihre Untersuchungen beendet.«

»Kommt nicht in die Tüte.« Wenn er das Bier nicht gehabt hätte, wäre er jetzt sicher gegangen.

»Sehen Sie sich das mal an.« Ich zeigte auf die Karte. »Sagt mein Name Ihnen etwas?«

Er kniff die Augen zusammen. »Himmel«, sagte er endlich. »Du bist das also? An dem Tag war ich nicht da.« Er wirkte jetzt ein wenig umgänglicher. »Hilft aber nix.« Er schüttelte den Kopf. »Gibt ja doch bloß Ärger.«

»Na gut. Dann kann ich Ihnen vielleicht helfen.« Ich zog sein Sündenregister hervor und legte es vor ihm auf den Tisch. »Ich gehe davon aus, dass Sie Ihren Arbeitgeber über diese Verhältnisse informiert haben?«

Er hielt das Blatt so wie ich früher die Briefe, die ich im Auftrag meines Klassenlehrers meinen Eltern aushändigen musste. »Was zum ...« Weiter kam er nicht.

Die Antwort reichte mir. »Na? Was wird jetzt?«

Er schaute mich verzweifelt an. »Ja, Scheiße, das kann mich doch Job und alles kosten.«

»Sie brauchen nur irgendwann am späten Abend die Tür aufzuschließen. Dann lassen Sie mir ein paar Stunden Zeit. Danach können Sie wieder abschließen und alles ist vergessen.« Ich zeigte auf das Sündenregister. »Auch das hier. Wenn nicht, geht das morgen früh an den Vorsitzenden der Eigentümergemeinschaft.«

Er hatte keine Wahl. »Zwölf Uhr«, murmelte er. »Du darfst auf keinen Fall gesehn werden. Um zwei schließ ich wieder ab und dann musst du weg sein. Das Schloss unten übernehm ich.«

Ich legte zwei Hunderter auf den Tisch, ehe ich ging. Die würden ihn bis Mitternacht wohl in der Kneipe festhalten können.

Es war gerade Mitternacht vorbei, als ich den Platz überquerte. Der plötzliche Schmerz, als ich die tiefen Spuren im Beton passierte, wo noch vor wenigen kurzen Wochen ihr Auto gestanden hatte, löste in mir Schwindelgefühle aus. Alles war wieder da. Der Knall, der Gestank, das Geschrei.

Mit großer Mühe konnte ich mich zusammenreißen und mich auf wackligen Beinen zur Haustür schleppen, während ich vergeblich versuchte, die Brandspuren zu ignorieren.

Vor der Haustür musste ich mich an die Mauer lehnen, um Kräfte zu sammeln. Die Tür war nicht abgeschlossen. Wie wir es abgemacht hatten. Der Hausmeister hatte sie mit einem Stück Metall blockiert.

Vor ihrer Wohnungstür blieb ich lange stehen. Das Schild hing noch immer da:

Hier wohnen Mirjam und Mira Lange.
Willkommen.

Es dauerte, ehe ich das Absperrband der Polizei zur Seite schieben konnte und auf die Klinke drückte. Lautlos öffnete sich die Tür. Es war unangenehm still im Treppenhaus, nicht ein Geräusch war zu hören. Das ganze Haus schien ausgestorben zu sein, als hätten alle hier dasselbe Schicksal erlitten wie Mirjam Lange.

Die Wohnung war stockdunkel und hatte schon diese muffige Atmosphäre, von der leere Wohnungen so schnell geprägt werden. Auch als ich Licht gemacht und frische Luft hereingelassen hatte, saß er in den Wänden. Der Duft von etwas, was es nicht mehr gab.

Ich hatte keine Ahnung, wonach ich suchen sollte. Die Techniker von der Polizei hatten nicht sonderlich sorgfältig aufgeräumt. Aber in ihren Augen spielte es ja keine Rolle. Keine der beiden Bewohnerinnen würde diese Wohnung jemals wiedersehen.

Ich fing in der Diele an und ging dort alles durch. Kleider, Schuhe, Taschen, Regalfächer, Schrank.

Nichts von Interesse tauchte auf. Keine Zettel, Mitteilungen oder Briefe. Es deprimierte mich nur, ihre Taschen umzustülpen, alte Einkaufstaschen zu leeren und mir zufällige Rechnungen anzusehen. Die beiden hatten vorsichtig gelebt.

Eine kurze Inspektion von Miras Zimmer zeigte mit aller Deutlichkeit, dass sie bereits zu einem kleinen Ordnungsmenschen geworden war. Die Puppen saßen in Reih und Glied im Regal, Bücher und Kleider wiesen die schönste Ordnung auf, das Spielzeug war säuberlich auf Kartons verteilt, sogar die Pferdebilder an der Wand hatten ein System. Alles war anders als das, woran ich gewöhnt war.

Die Durchsuchung der Küche brachte ebenfalls kein Ergebnis. Ich fragte mich, was mit den Lebensmitteln passieren würde, die dort vor sich hin gammelten.

Miras Epilepsiemedikamente standen ordentlich in einem in kinderfreundlicher Höhe angebrachten Regal. Pillen in allen Farben, verschrieben von der Uniklinik Ullevål. Als ich genauer hinsah, bemerkte ich, dass einige auf Mirjam Lange ausgestellt waren. Ich hatte nicht geahnt, dass auch sie krank gewesen war.

Das Schlafzimmer war das Schwierigste. Ich beschloss deshalb, damit bis ganz zum Schluss zu warten. Zuerst machte ich mich über das Wohnzimmer her, das Mirjam Lange auch als Arbeitszimmer genutzt hatte. Ihr Archiv füllte ein ganzes Regal. Soviel ich sehen konnte, waren alle elektronischen Geräte entfernt worden: Computer, Drucker, Kamera, Disketten, dazu Kalender, Terminkalender – Dinge, die mehr über ihr Leben hätten berichten können.

Ich warf einen Blick auf die Uhr, ehe ich anfing, in den noch vorhandenen Unterlagen zu blättern. Diese Arbeit konnte leicht die ganze Nacht in Anspruch nehmen, wenn ich nicht selektiv vorging. Ich hätte versuchen sollen, Mirjam Lange zu vergessen, statt ziellos in ihrem Leben herumzuschnüffeln. Jetzt war es zu spät. Als ich ihren Pass fand, konnte ich ihn nicht beiseitelegen, ich musste mich einfach in das Bild vertiefen, das noch nicht alt sein konnte. Sie war gerade vierzig gewesen. Geboren am 11. Februar 1964 in Oslo.

Es waren vor allem private Dinge, die ich hier fand. Hinterlassene Papiere der Mutter, bei deren Tod Mirjam fünfzehn gewesen war. Damals war sie in die Gehörlosenschule in Holmestrand eingewiesen worden. Ein Brief, den sie aufbewahrt hatte, ließ darauf schließen, dass die Beziehung zwischen Mutter und Tochter angespannt gewesen war. *Wir haben darüber schon so oft diskutiert, aber ich kann dir in dieser Sache nicht helfen. Es würde einfach zu nichts Gutem führen, irgendwann wirst du das verstehen.* Der Brief ging im selben Stil weiter, aber er sagte mir nichts Konkretes, nichts, was mir mehr über dieses Verhältnis verraten hätte. Aus dem Totenschein der Mutter ging hervor, dass sie nicht lange nach diesem Brief gestorben war. Als Todesursache war eine schwere Gehirnblutung angegeben.

Am Ende riss ich mich los und versuchte, systematischer vorzugehen. Vor allem suchte ich Unterlagen über ihre jüngsten Arbeiten, darüber, woran sie gearbeitet hatte.

Für den Fall Reidar Andersen hatte sich der unbekannte Einbrecher offenbar nicht interessiert. Der füllte zwei dicke Ordner. Das Material zu Ermittlung und Prozess war mir bekannt. Aber sie hatte sich außerdem gründlich über die Herkunft des Mannes informiert, seit damals, als er als kleiner Junge ins Land gekommen war. Kinderbilder, zusammen mit seinen Eltern, Klassenfotos, Zeugenaussagen, Zitate aus der psychiatrischen Untersuchung. Sie hatte offenbar versucht, die Angelegenheit zu untersuchen, die 1963 zur Folge hatte, dass Reidar Andersen unmittelbar vor

Ende des Schuljahrs die Schule hatte verlassen müssen. Ein Siegertyp war Reidar nie gewesen, damals nicht und später auch nicht. Und er würde es wohl auch niemals werden.

In den Unterlagen fiel mir ein Name unter vielen anderen auf. Ester Nilsen, Markvei 14. Mirjam hatte diesen Namen mit einem roten Kreis und einem großen Fragezeichen markiert.

Der Gangster aus dem Rotlichtmilieu, Josip Mirankovic, tauchte auf einem Zettel auf, der aus einem Notizbuch fiel. Ich fand nur Stichwörter und Hinweise auf ein anderes Dokument, sicher auf eins, das sie im Computer gespeichert hatte. Entsprechende Verweise gab es noch auf einen anderen Gewaltverbrecher, Raymond Antonsen, der damals als Tatverdächtiger ausgeschlossen worden war.

Ich stand kurz davor, den Mut zu verlieren. Ich war schon seit über einer Stunde hier und hatte nicht das Gefühl, auch nur einen Schritt weitergekommen zu sein. Außerdem wurde ich jetzt wirklich müde.

Ziellos griff ich zu einem weiteren Ordner, der einen Überblick über Mirjam Langes finanzielle Situation lieferte. Steuererklärungen, Briefwechsel mit dem Finanzamt in Verbindung mit ihrem Übergang von der angestellten Lohnempfängerin zur selbständigen Unternehmerin, Versicherungen, der ganze Papierkrieg. Wirklich wichtig werden diese Dinge paradoxerweise erst, wenn wir nicht mehr da sind, jedenfalls für die Hinterbliebenen. Soviel ich sehen konnte, waren ihre Versicherungen nicht übermäßig günstig gewesen. Ihre Tochter würde wohl nur mit einer minimalen Rente rechnen können. Ich ertappte mich bei der Überlegung, wer wohl ihre Interessen vertrat. Die Unterlagen, die ich hier fand, ließen annehmen, dass die Polizei sich mit dieser Frage noch nicht befasst hatte.

In den Jahren ihrer Selbständigkeit hatte Mirjam überraschend wenig verdient. Mir erschien es als finanzielles Wunder, dass sie überhaupt überlebt hatte. Allein die Hosenkäufe meiner Tochter hätten das Kleidungsbudget dieser Familie gesprengt. Ihre Kontoauszüge für dieses Jahr und das Vorjahr boten eine noch betrüblichere Lektüre als meine eigenen. Selbst das Wohngeld zu bezahlen war ihr schwergefallen. Aus den Papieren ging hervor, dass sie auf die Wohnung ein Darlehen von fast einer Million aufgenommen hatte, was ich nur mit Mühe mit ihrer Behauptung in Verbindung bringen konnte, sie habe geerbt. Schon damals, als sie sich hier eingekauft hatte, waren die Preise wohl verhältnismäßig hoch gewesen.

Zweimal in diesem Jahr hatte sie ziemlich hohe Beträge auf ihr Konto eingezahlt, 25 000 im März und 30 000 im Mai. Weitere Unterlagen dazu fand ich nicht. Soviel ich sehen konnte, handelte es sich um Bareinzahlungen. Es musste dieses Geld sein, das sie finanziell gerettet hatte, denn gleich darauf waren die dringlichsten Rechnungen bezahlt worden. Wenn sie Handwerkerin gewesen wäre, hätte ich das hier als Hinweis auf Schwarzarbeit genommen. Aber bei einer Journalistin? Auf einem Kontoauszug klebte ein gelber Zettel mit einer Telefonnummer: 22 60 60 05. Keine weiteren Auskünfte.

Ich nahm den Zettel an mich und blätterte weiter. Der Fall, der ihr den Konflikt mit ihren Chefs bei *Dagbladet* eingetragen hatte, füllte einen weiteren Ordner. Ich prägte mir ein, wem sie am allernachdrücklichsten auf die Zehen getreten war. Vor allem ein norwegischer Wirtschaftsboss im Ausland hatte sich schikaniert gefühlt, mit einer gewissen Berechtigung, wie ich widerwillig zugeben musste. Die Briefe seiner Anwälte waren keine sonderlich erbauliche Lektüre.

Aus einem anonymen Umschlag fiel plötzlich etwas auf den Boden. Als ich mich bückte und den Gegenstand aufhob, sah ich zu meiner Überraschung, dass es sich um einen Kamm handelte.

Ich drehte und wendete ihn und hielt ihn ins Licht. Es war kein neuer Kamm, sondern ein wohl vielbenutztes, braunes Exemplar. Ihm fehlten mehrere Zähne, er war verklebt von etwas, was unangenehme Ähnlichkeit mit Schuppen hatte, und sah alles andere als sauber aus. Außerdem war er zerbrochen, der Teil in meiner Hand konnte nur eine Hälfte gewesen sein. Er stank nach Mülltonne. Ich konnte mir nicht vorstellen, dass er Mirjams schöne Haare berührt haben könnte. Ohne weiter darüber nachzudenken, faltete ich den Umschlag zusammen und steckte ihn in die Tasche.

Es ging auf halb zwei zu und noch immer fehlte mir das Schlafzimmer. Es war stiller im Haus denn je, sogar die Lichter der Stadt waren jetzt gedämpft, und das ferne Verkehrsdröhnen war verstummt. Aus dem Fenster, das ich geöffnet hatte, konnte ich auf den menschenleeren Platz hinuntersehen. Ein dunkles großes Auto kam von Grønlandsleiret gefahren und hielt an. Niemand stieg aus.

Ich drehte mich vom Fenster weg und öffnete die Schlafzimmertür. Das Schlafzimmer war kleiner als in meiner Erinnerung. Ein Kleiderschrank, eine Kommode, ein Holzstuhl, ein großer Spiegel an der Wand. Diese spartanische Einrichtung war mir nicht einmal aufgefallen, mich hatte nur das Bett interessiert.

Als ich mich auf die Bettkante setzte, öffnete meine Erinnerung ihre Schleusen. Alles brach über mich herein: die Wärme ihres Körpers, die glatte Haut, die weichen Haare, ihr ganz besonderes Lachen. Ich ließ mich auf dem Bett zurücksinken und blieb liegen.

Ich kam mit dem Kopf auf ihrer Jeansjacke zu liegen und erinnerte mich daran, wie sie über ihren schmalen Schultern gehangen hatte, als Mirjam zum ersten Mal mit ihrer Tochter an der Hand mein Büro betreten hatte. Und dann nahm ich in der Jacke etwas Hartes wahr.

Die Taschen waren leer, aber ein kleiner Beutel war durch ein Loch ins Futter geraten.

Ich ging davon aus, dass sie ihre Brieftasche bei sich gehabt hatte, als die Bombe hochgegangen war, oder dass die Polizei sie mitgenommen hatte, denn ich hatte sie nicht gefunden.

Der Beutel enthielt ein paar Münzen, zwei Parkscheine, Busfahrkarten und andere uninteressante Dinge. Aber es gab noch etwas: einen Schlüssel und einen zerknüllten Zettel mit einer Telefonnummer. 22 54 51 40. Hinter diese Zahlenfolge hatte sie die Initialen HG notiert. Außerdem fand ich eine Quittung, aus der hervorging, dass sie am letzten Samstag drei Stunden an einer Parkuhr in Horten gehalten hatte, in der Nähe von Bibliothek, Alkoholladen und Polizeiwache.

Irgendwo weit weg hörte ich eine Tür, die sich öffnete, Schritte im Treppenhaus und Stimmen aus einer Wohnung. Als ich gekommen war, hatte der Fahrstuhl nicht funktioniert.

Plötzlich war ich hellwach. Jemand kam die Treppe hoch.

Ich verfluchte meinen Leichtsinn. Ich hatte nicht nur Licht gemacht, ich war auch auf der Toilette gewesen und hatte abgezogen. Die Wohnung lag zwar ganz oben im Haus, aber bei dem Wirbel, den der Mord verursacht hatte, wäre es ja nur verständlich, wenn die Hausbewohner sich für alles interessierten, was sich in dieser Wohnung abspielte. *Der Täter kehrt immer zum Tatort zurück.*

Die Schritte waren jetzt vor der Haustür zum Stillstand gekommen. Eine ängstliche Frauenstimme sagte: »Hier ist es. Ich bin sicher, dass ich jemanden gehört habe.«

Eine Männerstimme murmelte eine Antwort.

Ich warf einen Blick aus dem Fenster. Es waren sechs Stockwerke bis unten. Sofort ging mir auf, dass Flucht keine gute Strategie wäre. Tatsache war, dass ich überhaupt keine Strategie hatte. Aber ich konnte den Beutel noch zurücklegen und die Jacke unter die Decke schieben, ehe die Klinke nach unten gedrückt und die Tür vorsichtig geöffnet wurde.

Sie waren zu zweit. Sie waren uniformiert und wirkten nicht sonderlich mutig. »Ist da jemand?« Die Frage war überflüssig, denn sie starrten mir ja ins Gesicht.

Ich versuchte, ganz unbeschwert zu erscheinen, als ich mich umblickte. »Sieht nicht so aus, nein.«

Der Kleinere der beiden machte einen zögernden Schritt auf mich zu. »Wer sind Sie? Und was machen Sie hier? Wissen Sie nicht, dass die Wohnung abgesperrt ist? Können Sie nicht lesen?«

»Könnten Sie eine Frage nach der anderen stellen?«, fragte ich höflich.

Die Oma hinter ihnen starrte mich mit ängstlicher

Wollust an. So dicht war sie an einen Mörder wohl noch nie herangekommen.

»Wenn Sie sich ausweisen könnten«, regte Nr. 2 an. Ich setzte mein Vertrauen in ihn, denn er wirkte etwas gelassener. Sein Kollege sehnte sich sicher nach einem Schießeisen, so wie er an seinem Gürtel herumfingerte.

»Ich bin Anwalt«, sagte ich mit aufgesetzter Ruhe und hielt dem anderen meine Karte hin. »In dieser Wohnung hat eine Mandantin von mir gewohnt.«

Sie studierten die Karte voller Misstrauen. Nachdem sie dazu noch meinen Führerschein beäugt hatten, sank ihr Stressniveau ein wenig.

»Foyn, ja.« Glücklicherweise hatte jetzt Nr. 2 die Herrschaft an sich gerissen. »Sie wären hier draußen auch fast ums Leben gekommen, oder?«

Ich nickte.

Er ließ nicht locker. »Aber was machen Sie hier?«

»Ich habe etwas gesucht«, sagte ich. »Die Tür war offen und da bin ich einfach hineingegangen.« Viel näher an die Wahrheit konnte ich nicht kommen. »Es tut mir leid, dass ich nicht auf die Absperrung geachtet habe.« Ich zeigte auf das Band, das über der Tür hing. »Aber ich dachte, dass ihr hier jetzt fertig seid.«

»Sie haben einfach so vorbeigeschaut, mitten in der Nacht?« Er war nicht ganz blöd, das musste ich zugeben.

»Ich war in der Nähe«, sagte ich und versuchte, die Taschenlampe zu verstecken.

»Haben Sie etwas angefasst?« Nr. 1 versuchte jetzt, sich ins Gespräch zu mischen.

Ich machte eine vage Handbewegung. »Was sollte das denn sein? Ich wollte nur die Wohnung sehen.«

»Und die Tür war nicht verschlossen? Sind Sie sich da ganz sicher?«

»Sie können mich ja durchsuchen«, schlug ich kühn vor. »Ich habe keinen Schlüssel.«

»Warten Sie hier.« Der Chef zog sich auf den Flur zurück, sicher um irgendeinen Vorgesetzten anzurufen, während der Lakai stehen blieb, um mich zu bewachen. Es ärgerte mich, dass die Oma noch immer da war. Brauchte die denn überhaupt keinen Schlaf?

Nach zwei Minuten war der andere wieder da. »Sie kommen mit uns«, sagte er streng. »Und erklären sich dann dem Wachhabenden.«

Ich registrierte seine Ausdrucksweise. Die Polizei hat ihre ganz eigene Sprache.

»Ich dachte zuerst, da wär wieder die Polizei«, sagte die Oma plötzlich hinter ihm mit Piepsstimme. »Aber ihr kommt doch wohl nicht mitten in der Nacht, oder?«

Wie auf Kommando fuhren sie zu ihr herum. »War hier schon mal jemand?«

»Aber sicher«, erklärte sie triumphierend. »Hier war vorige Woche ein Mann, das war am Freitagabend und auch ziemlich spät. Aber nicht so spät wie jetzt, nein. Es war vielleicht so gegen Mitternacht, glaub ich.«

»Und es war nicht Anwalt Foyn?« Nr. 2 zeigte auf mich.

»Nein«, sagte sie entschieden. »Der hatte keinen Bart.«

»Haben Sie vielleicht mit ihm geredet?«, griff ich jetzt ein. Die beiden ließen mich widerstrebend gewähren.

»Das habe ich versucht. Aber er war nicht gerade höflich, dieser Mann.«

»Erzählen Sie uns lieber genau, was passiert ist.« Polizist Nr. 1 riss die Initiative wieder an sich. »Was haben Sie gesehen?«

»Ich habe also gehört, dass hier oben jemand war«, sagte sie beleidigt. »Und weil ich wusste, dass nach diesen schrecklichen Ereignissen die Wohnung leer war, hab ich die Treppe hochgeschaut, und da hab ich also diesen Mann gesehen.«

»Und was hat er gemacht?«

»Er hat am Schloss herumgefummelt. Ja, er hatte wohl keinen Schlüssel, er hat mit irgendeinem Werkzeug darauf eingeschlagen, ich konnte nicht sehen, was das war. Ich bin von diesem Krach geweckt worden.«

»Hat er sich vorgestellt?«

»Er hat gesagt, er wäre von der Polizei und ich könnte auch gleich wieder ins Bett gehen. Aber er sah nicht aus wie einer von der Polizei. Und er hatte auch keine Uniform, so wie ihr.«

»Können Sie ihn beschreiben?«

»Er war groß. Und er hatte sehr lange Haare.«

»Haben Sie eine Vorstellung, wie alt er war?«

»Er war nicht jung, glaube ich. Aber ich hab sein Gesicht nicht gesehen.«

»Und ist dieser Mann dann in die Wohnung gegangen?«

»Aber nicht doch«, schnaubte sie. »Er hat seinen Kram zusammengepackt und ist verschwunden.«

»Haben Sie das der Polizei gemeldet?«

»Nein«, sagte sie zögernd. »Hätte ich das tun sollen? Ich wusste ja nicht so recht, ob er vielleicht die Wahrheit sagte. Aber ich habe viel darüber nachgedacht, ob es etwas mit der armen Frau zu tun haben kann, die hier gewohnt hat. Und deshalb war ich misstrauisch, als ich jetzt wieder was gehört habe.«

»Das war auch ganz richtig. Und wenn Sie wieder einmal etwas hören, müssen Sie uns sofort verständigen.« Nr. 1 musterte mich streng. »Und jetzt gehen wir.«

Ich brauchte zwei Stunden, um mich aus dieser Sache herauszureden.

Als ich endlich gehen durfte, war es Morgen. Die Drohung einer möglichen Anklage machte mir keine besonders große Angst. Im Moment glaubte ich eine gewisse Sympathie von Seiten der Obrigkeit zu verspüren, schließlich galt ich ja selbst fast als Opfer eines Gewaltverbrechens. Ich hatte nur Angst, dass das nicht lange so weitergehen könnte.

9

Das Frühstück im Temperenzlerhotel Bondeheimen war durch und durch norwegisch und zweifellos gesund. Ich hatte an ein Lokal einige hundert Meter weiter östlich gedacht, aber mein letzter Besuch im Justisen ließ mich davon absehen.

Ich fingerte lange an dem gelben Zettel herum, den ich in Mirjams Beutel gefunden hatte, während ich eine Tasse wässrigen Kaffees nach der anderen leerte. Die Telefonauskunft hatte mir schon mitgeteilt, wem diese Nummer gehörte. *Dem Pfarrbüro der Gemeinde Uranienborg.* Auf mich hatte Mirjam überhaupt keinen religiösen Eindruck gemacht.

Daas gate 19. Ich hatte eine vage Vorstellung, dass es sich um eine wichtige Information handeln könnte, aber als ich an diesem Morgen Anfang August reichlich erschöpft dasaß, begriff ich einfach nicht, warum. Die schöne, gleichmäßige Schrift führte mir wieder Mirjam Langes Bild vor Augen und ließ alles andere belanglos wirken.

Der Anruf eines Mandanten, der derzeit im Osloer Kreisgefängnis logierte, lieferte mir einen Vorwand, um den ganzen Tag in der Stadt zu bleiben. Vieles ließ vermuten, dass seine Adresse mehr als nur vorübergehend sein würde, egal was ich auch unternahm. Er dagegen bildete sich ein, dass die Freiheit schon in Reichweite sei. Da er erst am späten Nachmittag Besuch bekommen durfte, hatte ich Zeit genug, um mich genauer über die Verhältnisse in der Lutherischen

Norwegischen Kirche zu informieren, einem Bereich, über den ich ungewöhnlich schlecht orientiert war. Vielleicht könnte ich gleichzeitig auch ein wenig seelsorgerische Anleitung mitnehmen.

Der Schlüssel machte mich neugierig. Er war platt, kleiner als ein normaler Türschlüssel, das Metall war matt. Es war unmöglich, die eingravierte Zahl zu lesen. Offenbar war der Schlüssel ziemlich alt. In der Wohnung hatte ich nichts gesehen, wozu er passen könnte.

In der Pilestrede ging ich zu einem Schlosser, der sich in den Anblick des Schlüssels vertiefte und dann nach reiflichem Nachdenken mitteilen konnte, dass er allem Anschein nach zu einem alten deutschen Geldschrank gehörte. »Ich würde hier nicht von Safe reden, nein«, sagte er und schaute mich über den Brillenrand hinweg an. »Aber früher wurden darin sicher Wertsachen aufbewahrt. Die Deutschen hatten im Krieg solche, das weiß ich immerhin.« Er schüttelte düster den Kopf. »Viele von der Sorte kann es heute nicht mehr geben.« Ich hatte nur erzählt, dass ich den Schlüssel gefunden und keine Ahnung hatte, woher er stammte. Sehr weit entfernt von der Wahrheit war das ja nicht. »Es wird Ihnen bestimmt schwerfallen, so einen Reitzelschrank zu finden, der noch benutzt wird«, endete er pessimistisch.

Vor dem Pfarrbüro blieb ich eine Weile stehen und musterte die Umgebung, während ich erfolglos versuchte, mir einen Grund für meinen Besuch aus den Fingern zu saugen. Am Ende kam ich zu dem Schluss, dass es keinen gab. Ich musste einfach improvisieren.

Ehrlich gesagt hatte ich von einer Gemeinde in dieser Gegend mehr erwartet. Die heruntergekommene, dunkle Fassade war alles andere als einladend. Und auch das Frauenzimmer, das sich über einen Computer aus der Anfangszeit dieser Geräte beugte, in einem Raum, der an eine Rezeption erinnerte, brachte mich nicht dazu, meinen baldigen Eintritt in die Staatskirche zu planen. Das Ganze hier hatte etwas Düsteres.

Ich räusperte mich in der Hoffnung, Aufmerksamkeit zu erregen.

Sie warf einen kurzen Blick auf mich, dann widmete sie sich wieder ihrer Schreibarbeit. Inzwischen hatte ich feststellen können, dass die Postfächer an der Wand mit drei Namen versehen waren. Nur Halvdan Gjedde hatte die Initialen HG.

»Ist Herr Gjedde im Haus?«, fragte ich vorsichtig.

Jetzt nahm sie sich die Zeit, mich einer genaueren Musterung zu unterziehen. Das Gefühl, dass ich eine überaus ungewöhnliche Frage gestellt hatte, verstärkte sich noch, als sie fragte: »Wollen Sie denn mit ihm sprechen?«

Schon möglich, dass mit mir etwas nicht stimmte, aber ich hatte den deutlichen Eindruck, dass die Leute Halvdan Gjedde nicht gerade die Tür einrannten. »Ja, bitte«, sagte ich kleinlaut.

»Er sitzt da drinnen.« Sie zeigte auf eine Tür ganz hinten in einem engen Flur, dann konzentrierte sie sich wieder auf ihren Computer. Wenn das hier der übliche Umgang mit Kunden in dieser Institution sein sollte, dann war die Gefahr groß, dass sie ihre Marktanteile an serviceorientiertere Organisationen verlieren würde.

Ich betrachtete das Plastikschild an der Tür. *Pastor der hiesigen Filialkirche.* Sie hatten sich nicht einmal die Mühe gemacht, seinen Namen zu nennen. Soweit ich das aus meinen überaus begrenzten Kenntnissen der Norwegischen Kirche wusste, war diese Stellung so ungefähr die allerunterste in der geistlichen Hierarchie. Deshalb staunte ich, als der Pastor hinter seinem Schreibtisch aufschaute, nachdem er mich mit dünner, frommer Stimme hereingebeten hatte.

Er war mindestens sechzig, groß und dünn. Weiße Locken umgaben seinen Kopf wie ein Kranz. Er hatte ein glattes, blasses Gesicht ohne eine einzige Falte. Ein dunkler, zerknitterter Anzug mit einem weißen, nicht ganz sauberen Kragen deutete an, dass der Pastor irdische Dinge nicht so ganz eng sah. Er bot mir keinen Stuhl an, vielleicht weil der für Besucher bestimmte Stuhl von Papieren bedeckt war. Langsam fühlte ich mich hier schon fast wie zu Hause.

»Ja?«, fragte er abwartend. »Kann ich Ihnen irgendwie behilflich sein?«

Ich raffte die Papiere zusammen, legte sie verhältnismäßig vorsichtig auf den Schreibtisch und nahm Platz. Diese Initiative schien ihn aber nicht zu beeindrucken.

»Ja?«, fragte er noch einmal, diesmal schon dringlicher.

»Es geht um eine Frau. Eine Mandantin. Ich bin Anwalt.« Ich legte meine Karte vor ihn auf den Tisch. Auch das führte zu keiner erkennbaren Reaktion. Er fingerte nur ein wenig daran herum.

»Nun gut«, sagte er, scheinbar gleichgültig. Aber sein Blick war jetzt hellwach.

Es roch irgendwie seltsam. Ich hatte das sofort gemerkt, als ich das kleine Zimmer betreten hatte. Erst jetzt wurde mir klar, wonach es roch. Nach Lakritz. Es roch ganz einfach nach Lakritz. Als ich ihn mir jetzt näher ansah, fiel mir auf, dass seine Kiefer sich fast unmerklich bewegten, wie die einer wiederkäuenden Kuh. Der Mann hatte sich den Mund mit Pastillen vollgestopft. Vielleicht hatte er gerade mit Rauchen aufgehört. Kleine Schweißperlen sammelten sich auf seiner Stirn. Nervlich war er offenbar ziemlich daneben. Oder er hatte ein schlechtes Gewissen. Was ja beides oft zusammenhängt.

»Mirjam Lange«, sagte ich. »Sagt dieser Name Ihnen etwas?«

»Sie ist tot«, antwortete er kurz. »Die Frau im Auto. Wenn Sie die meinen.«

»Haben Sie sie gekannt?« Als ich diese Frage stellte, fiel mein Blick auf den Aktenschrank, der halb hinter dem Schreibtisch verborgen war. Reitzel. Der runde schwarze Namenszug war deutlich zu sehen.

»Dazu will ich mich nicht äußern«, sagte er schroff. »Aber ich lese Zeitungen.«

Ich spürte, dass meine anfängliche Irritation in Aggression umschlug. »Sie ist ermordet worden. Und die Polizei hat den Mörder noch nicht gefunden.«

»Das ist natürlich bedauerlich. Aber ich verstehe nicht, was das mit mir zu tun hat.«

»Ich weiß, dass sie hier war«, bluffte ich. »Was haben Sie ihr da gesagt?«

»Hören Sie.« Jetzt faltete er immerhin die Hände. »Selbst wenn das, was Sie hier sagen, seine Richtigkeit hat«, er drehte abermals die Pastillen in seinem Mund um, »so stehen wir unter absoluter Schweigepflicht. Ich kann unter gar keinen Umständen über Dinge sprechen, die mir als Seelsorger anvertraut worden sind.« Nach dieser Salve ließ er sich zufrieden in seinem Sessel zurücksinken.

Ich schaute ihn skeptisch an. »Sie waren also ihr Seelsorger?«

»Das habe ich nicht gesagt.« Er warf einen nervösen Seitenblick zum Aktenschrank hinüber.

Und da fiel es mir auf. Das Schloss war um einiges blanker als der restliche Schrank. »Hatten Sie hier in letzter Zeit einen Einbruch?«, fragte ich.

»Einbruch? Nicht dass ich wüsste.«

Nicht dass ich wüsste! So groß konnte dieses verdammte Pfarrbüro ja wohl nicht sein. »Ich möchte meinen Grund für diesen Besuch präzisieren«, sagte ich mit leichter Drohung in der Stimme. »Es geht um einen Mordfall. Nicht nur ich, sondern auch die Polizei wird sich dafür interessieren, was Sie wissen. Es ist strafbar, einer Ermittlung Hindernisse in den Weg zu stellen.« Jetzt hätte Rønningen mich hören sollen.

»Ich habe über diese Angelegenheit nichts mehr zu sagen.« Er versuchte, ein frommes Pastorengesicht aufzusetzen. Der Versuch war nicht gerade von Erfolg gekrönt. »Weder zu Ihnen noch zu anderen.« Jetzt schaute er zur Decke hoch, als erwarte er, dort Hilfe zu finden. »Wir sind allein dem allmächtigen Gott gegenüber zur Rechenschaft verpflichtet.«

Ich hatte den Verdacht, dass dieser Kerl von ganz anderen Göttern abhängig war als dem Allmächtigen da oben. Niemand stopft sich dermaßen mit Pastillen voll, wenn er nur Halsschmerzen hat. Aber irgendwo hatte er ja auch Recht. Die Schweigepflicht von Geistlichen reicht noch weiter als die von Anwälten.

Er erhob sich, schob die Unterlagen auf seinem Schreibtisch zusammen und legte sie in eine dünne schwarze Ledermappe. »Ich muss jetzt leider fort.« Er bedachte mich mit einem Lächeln, das sicher um Entschuldigung bitten sollte, das aber eher wie eine nervöse Zuckung wirkte. Schlechte Zähne hatte er noch dazu.

Wir verließen das Büro gemeinsam. Ich sah mit einer gewissen Enttäuschung zu, wie er die Tür abschloss. Auf der Treppe draußen wandte er sich mir zu. »Es tut mir leid, dass ich nicht behilflich sein konnte«, sagte er. Er schien wirklich ehrlich zu sein. »Und jetzt müssen Sie mich entschuldigen.«

Draußen gab ich die Nummer des Pfarrbüros in mein Handy ein. Die Empfangsdame musterte mich mit offenkundigem Misstrauen, als ich nach einigen Minuten des Wartens wieder ins Haus ging und mich abermals vor ihrem Schreibtisch aufbaute. »Ich muss Sie leider noch einmal stören«, schleimte ich. »Ich habe leider bei Herrn Gjedde einige Unterlagen vergessen. Könnten Sie mir wohl für einen Moment die Tür aufschließen?«

»Das darf ich nicht.«

»Sie würden mir wirklich einen großen Gefallen tun«, sagte ich gewinnend. »Es geht ganz schnell. Und Sie können doch mit hereinkommen.«

Endlich gab sie sich geschlagen und suchte einen Schlüssel heraus. Mit einer Miene, als verschaffe sie mir freien Zugang zu den britischen Kronjuwelen, schloss sie die Tür auf und ließ mich das Kabuff des Pastors betreten. Ich spürte ihren Blick im Rücken, als ich einen Schritt ins Zimmer machte und vorgab, nach den Papieren Ausschau zu halten. Gleichzeitig wählte ich diskret die Nummer des Pfarrbüros.

Als ihr Telefon klingelte, blieb sie zuerst ein wenig unsicher stehen, dann lief sie durch den Gang zu ihrem Schreibtisch. Ich ließ mich nicht zweimal bitten, sondern schob einen Stuhl von der Schranktür weg und steckte Mirjams Schlüssel ins Schloss. Er passte nicht.

Ich blieb stehen und betrachtete den Schrank. Er war aus Metall und machte einen sehr soliden Eindruck. Als ich die schweren Schritte der Alten hinter mir auf dem Gang hörte, gab ich auf. Es war wohl nicht gerade mein Tag.

»Sie hatten hier vielleicht kürzlich einen Einbruch?«, fragte ich, als wir zur Rezeption zurückmarschierten. »Bleibt so etwas nicht einmal Ihnen erspart?«

»Einbruch?« Sie machte ein fragendes Gesicht. »Wir hatten hier keinen Einbruch. Schon seit Jahren nicht«, fügte sie hinzu. »Warum glauben Sie das?« Jetzt war ihr Misstrauen abermals geweckt.

»Ach, mir ist nur aufgefallen, dass jemand sich am Safe des Pastors zu schaffen gemacht hat. Das kann doch nur eins bedeuten. Ich bin Anwalt«, fügte ich hinzu. »Ich beschäftige mich vor allem mit Strafrecht.«

»Jemand hat sich daran zu schaffen gemacht?« Sie hatte einen irritierenden Hang dazu, meine Sätze zu wiederholen. »Sie denken an das Schloss, das wir auswechseln mussten.« Ihr Lächeln war säuerlich. »Herr Gjedde hatte einfach den Schlüssel verschusselt.« Sie schüttelte resigniert den Kopf. »Das war eine teure Angelegenheit. Und das, wo wir ohnehin sparen müssen.«

Ich konnte mir vorstellen, wie der Pastor zusammengestaucht worden war. »Wann ist das passiert?«

»Ach, das war irgendwann im Frühsommer. Sie können ihn doch selbst fragen«, fügte sie boshaft hinzu. »Er hat es sicher nicht vergessen.« Sie gab mir deutlich zu verstehen, dass das nicht der erste dicke Patzer von Pastor Gjedde gewesen war.

Wir befanden uns offenbar auf dem Weg zu einer schönen Freundschaft. »Ist es nicht ungewöhnlich, dass Geistliche in Herrn Gjeddes Alter noch solche Stellen bekleiden?«, fragte ich neugierig. »Ich meine, das ist doch meistens das erste Amt nach der Ordination.« Ich war fast von mir selbst beeindruckt.

Ihr Lächeln war ebenso einladend wie das Gesicht einer Kobra. »Er war früher einmal Gemeindepfarrer.« Sie hatte ihre Stimme gesenkt. »Aber was er da gemacht hat, war nicht gut.«

»Was hat er gemacht?« Auch ich war jetzt ganz leise.

»Es war sicher nur Klatsch.« Sie zögerte kurz, redete dann aber doch weiter. An einer schönen Klatschgeschichte möchte man schließlich nicht ersticken. »Ach, es wird so viel geredet, wissen Sie. Aber am schlimmsten war wohl der Alkohol. Und die Scheidung natürlich.«

»Er hat also getrunken?« Jetzt flüsterte ich auch. »Und er ist geschieden?« Diese Geschichte kam mir beunruhigend vertraut vor. »War das alles?« Ich war fast enttäuscht.

Sie schaute mich verärgert an. »Er war einfach nicht zum Geistlichen und zum Seelsorger geeignet. Und obwohl es lange her ist, war es wirklich ein Glücksfall, dass er hier in der Gemeinde noch eine Chance bekommen hat«, erklärte sie spitz. »Und ich bin wirklich nicht sicher, ob er dieses Vertrauen verdient hat.«

»Wie lange ist er schon hier?«

»Mal überlegen. Das müssen jetzt wohl bald drei Jahre sein.«

»Wissen Sie noch, ob er zu der Zeit, als der Schlüssel verschwunden ist, Besuch von einer jungen Dame hatte? Einer dunklen schönen Frau?« Aus irgendeinem Grund hatte ich keine Lust, dieser Schlange mehr über Mirjam zu erzählen.

»Keine Ahnung«, sagte sie wie aus der Pistole geschossen. »Damals hatte ich gerade Urlaub.«

Am nächsten Morgen ging ich als Erstes ins Büro. Dort war nichts passiert. Die schmutzigen Kaffeetassen standen genau dort, wo ich sie hinterlassen hatte, der Anrufbeantworter wies keine Mitteilungen auf, der Rechnungsstapel war nicht geschrumpft. Die Zeit schien stillgestanden zu haben. Sogar der Kalender zeigte noch dasselbe Datum wie zuletzt.

Aber die Post hielt immerhin eine Art Aufmunterung in Form eines Briefes des Plattenladens Musikk-Huset in Oslo für mich bereit. Mir wurde mitgeteilt, dass ich als guter Kunde bei einer Verlosung eine Gratis-Serie von CDs gewonnen hätte. Die erste lag im Umschlag bei. Es wurde nicht genauer ausgeführt, mit welchen Meistern ich mich nun bekannt machen durfte.

Obwohl ich mich immer über Geschenke freue, ärgerte es mich, dass ihnen meine musikalischen Vorlieben offenbar bekannt waren. Ich hatte zwar zweimal dort eingekauft und vermutlich mit Karte bezahlt. Aber es gefiel mir nicht. Und ein guter Kunde war ich dort nie gewesen. Ehe ich den Brief beiseitelegte, beschloss ich, bei Gelegenheit einen kleinen Einspruch gegen diese Art von Marketing einzulegen. Ich war ja trotz allem Jurist.

Erst gegen Mittag glaubte ich, genug geleistet zu haben, um ein Gespräch mit Wilhelm Mørk erbitten zu dürfen. Wir verabredeten uns im Havariet. Der Sommer ging zur Neige und langsam kehrten in der

Kleinstadt wieder normale Zustände ein. Aber für mich war nichts mehr so wie vorher. Meine Wühlarbeiten in Mirjam Langes Leben waren eine nötige, aber schmerzliche Therapie. Das Problem war, dass sie mich nicht weiterbrachten.

»Na? Was Neues?« Er glitt lautlos auf einen Stuhl und gab gleichzeitig bei der Blondine hinter dem Tresen diskret eine Bestellung auf.

»Danach wollte ich dich fragen.«

»Was sollte das denn sein?«

»Habt ihr zum Beispiel mehr über diesen Irren, Bejer, herausgefunden?«

»Der wird ungeschoren davonkommen«, sagte Mørk lakonisch. »Das Letzte, was ich gehört habe, ist, dass die Staatsanwaltschaft keine Anklage erheben will. Außerdem höre ich, dass du dich in die Ermittlungen einmischst. Wie üblich.«

»Ich war in ihrer Wohnung, falls du das gemeint haben solltest.«

»Irgendwas von Interesse gefunden?«

»Vielleicht. Deshalb wollte ich mit dir sprechen«, sagte ich mit aufgesetzter Ruhe und berichtete von meinen Abenteuern im Pfarrbüro. »Dieser Pastor, Halvdan Gjedde, über den weißt du nicht zufällig etwas?«

»Gjedde ...« Mørk kostete den Namen aus. »Der war doch mal Gemeindepfarrer, oder? In der alten Aker-Gemeinde?«

»Kann schon sein. Jetzt ist er jedenfalls gründlich degradiert worden.«

»Mal überlegen ...« Wilhelm Mørk schaute nachdenklich aufs Meer hinaus. »Das muss Anfang der achtziger Jahre gewesen sein.« Er nippte am Weinglas und rümpfte die Nase. »Und das nennen die Chablis. Aber was kann man von einem solchen Loch schon erwarten?«

»Vergiss das mal einen Moment«, sagte ich ungeduldig. »Außerdem trinkst du ja auf meine Rechnung.« Ich hob mein Glas. »Prost. Wie war das also mit Gjedde?«

»Tja, du weißt, das Übliche.«

»Und das wäre?«

»Dieser Pastor hatte viele irdische Interessen. Die Fleischeslust und das alles.«

»Könntest du vielleicht ein bisschen genauer sein?«

»Er hatte es auf einzelne der üppigen Teenager dieser Gemeinde abgesehen. Zu seinem Glück waren diese Mädels alle haarscharf über sechzehn, deshalb kam er in diesem Punkt ohne Anklage davon. Aber es gab genug anderes, was gegen ihn sprach. Dem Bischof und seinen Leuten ist es dann gelungen, die Sache unter den Teppich zu kehren. Mit einem gewissen Erfolg, muss ich sagen. Wenn ich mich richtig erinnere, wurde ziemlich laut angedeutet, dass diese kleinen Mädels auch Besuch von anderen Stützen der Gesellschaft bekommen hatten. Aber eine offizielle Untersuchung hat es nie gegeben.«

»Woher weißt du das alles? Ich kann mich nicht an irgendwelche Zeitungsartikel erinnern.«

»Ich war damals kurz bei der Sitte.«

Ich wusste viel zu wenig über Wilhelm Mørk. »Er wurde also geopfert?«

»Sie haben das Wort des Meisters über die Vergebung nicht gerade wichtig genommen.« Mørk schaute mich verschmitzt an. »Irgendwer wollte seine eigene Haut retten, jemand, der in der Hierarchie um einiges höher saß als dieser arme Gemeindepfarrer. Und dafür brauchten sie einen Sündenbock.«

»Aber jetzt ist er also wieder da. In welcher Verbindung kann er zu Mirjam Lange gestanden haben? Das kannst du mir vielleicht erzählen, wo du doch alles weißt?«

»Die Wege des Herrn sind unergründlich«, sagte Mørk unbeirrt. »Nicht alles lässt sich erklären, weißt du. Du hattest doch immer schon den Hang, bei helllichtem Tag Gespenster zu sehen.« Er wurde ernst. »Deine taube Freundin kann in diesem Schrank etwas entdeckt haben. Oder vielleicht hat sie das nicht mehr geschafft, ehe das Schloss ausgewechselt wurde. Du solltest noch mal eine Runde durch die Geistlichkeit drehen. Brauchst du vielleicht ein wenig Seelsorge?«

In dieser interessanten Diskussion wurden wir unterbrochen, als ein Typ sich zögernd unserem Tisch näherte. Er war ziemlich klein geraten, und neben uns beiden wurde er auch nicht größer, als er mit dem Fuß scharrte und Mørk nervös anstarrte. Mich ignorierte er.

Der Kerl leckte sich die Lippen und flüsterte abgehackt: »Scheiße, wusste doch nicht, dass noch wer kommt.« Damit war zweifellos ich gemeint.

Er mochte so um die dreißig sein und trug eine dunkle Seidenjacke mit einem Drachen auf dem Rücken, enge Jeans und spitze hohe Stiefel, was ihm das Aussehen eines Rockstars aus den fünfziger Jahren gab. Schmalztolle, Koteletten, das offene Seidenhemd, alles stimmte. Er war ein hübscher junger Mann. Aber im Moment war er so nervös, dass er von einem Fuß auf den anderen trat.

Ich kannte ihn noch vom Fall Kim Fredheim her. Er

war einer der Zeugen gewesen, die ich hatte vorladen wollen, um zu bezeugen, dass die Vergewaltigung nicht unbedingt von Kim begangen worden sein musste. Ich hatte aus der kriminellen Szene in Vestfold den Tipp bekommen, dass er interessante Informationen besaß. Aber nachdem Kim die Probleme auf seine eigene Weise gelöst hatte, war die Sache im Sande verlaufen. Niemand interessierte sich noch dafür, und ich hatte ja keinen Mandanten mehr.

»Setz dich.« Wilhelm Mørk zog für den Neuankömmling einen Stuhl herbei. Es klang wie ein Befehl. »Hier ist jemand, den du kennenlernen musst.« Er zeigte auf mich, während der Winzling sich vorsichtig und noch nervöser auf der Stuhlkante niederließ. »Und du kannst dich glücklich preisen, dass wir uns an einem öffentlichen Ort aufhalten und du in der Nähe bist.«

»Scheiße, was meinst du?« Sein Blick irrte panisch zwischen uns hin und her.

»Sonst würde er dich sicher umbringen«, erklärte Mørk mit kalter Stimme.

Ich schaute mich um. Wir waren jetzt die einzigen Gäste, also musste hier von mir die Rede sein.

Der Neuankömmling wollte sich wieder erheben, aber Mørk legte ihm eine kräftige Hand auf die Schulter. »Du bleibst hier und tust, was ich dir sage. Wir haben verabredet, dass du uns etwas vorsingst.«

Der arme Wicht geriet noch mehr in Panik.

»Das ist Boris, Beruf Einbrecher, wohnhaft in Larvik. Stimmt das nicht?«

»Wir kennen uns schon«, sagte ich. »Das heißt, ich kenne ihn. Kim Fredheim, klingt der Name bekannt?«

»Der ist doch tot.« Boris versuchte, gleichgültig zu erscheinen. Es ging in die Hose. »Ja, Scheiße, ich hab doch nix verbrochen!«

»Darüber kann man geteilter Meinung sein. Erzähl jetzt lieber Anwalt Foyn, was du mir anvertraut hast.«

»Foyn? O Scheiße, du bist das?« Boris sah mich mit unverhohlenem Entsetzen im Blick an. Ich wusste nicht, dass ich einen dermaßen schlechten Ruf hatte. »Ich hab das in der Zeitung gelesen. Aber Scheiße, das war nicht meine Schuld, das musst du mir glauben. Ich hatte doch keine Ahnung!« Jetzt schrie er schon fast.

Mørk schaute mich resigniert hat. »Unser junger Freund war da, als es gebrannt hat. Nicht wahr, Boris?«

»Ich wusste doch nicht, dass wer im Haus war, Scheiße!«

»Du warst in dem Haus, das abgebrannt ist?«, fragte ich ungläubig. »Dem Ferienhaus auf Mølen?«

Er nickte stumm, während sein Adamsapfel Amok lief.

»Hast du den Brand gelegt?« Ich konnte mir einfach nicht vorstellen, dass jemand grausam genug sein konnte, um ein kleines Kind verbrennen zu lassen.

»Nein, nein!« Er hob die Hände, wie um sich vor einem Schlag zu schützen.

Ich versuchte, mich zu beherrschen. »Dann sag uns endlich, was passiert ist.«

»Ich war an dem Tag da, als es gebrannt hat, also nachmittags.« Wieder irrte sein Blick zwischen uns hin und her, fand aber nirgendwo Unterstützung. »Ja, ich wollte einen Bruch starten, Scheiße. War auf Bestellung«, fügte er hinzu, als ob das die Sache besser machen könnte. »Da gab's Lampen und einen Schrank, auf die da wer Lust hatte, verstehst du.« Er wandte sich an mich. Er ging wohl davon aus, dass ich über die Denkweise von Einbrechern unvollkommen orientiert war. Da irrte er sich allerdings gewaltig.

»Also, das war so gegen vier, fünf, und da kam jemand und ich hab mich verpisst.«

»Moment mal«, sagte ich. »Bist du ins Haus eingebrochen?«

»War ja wohl nicht schwer, Scheiße«, sagte er verächtlich. »Das da hätte ich nicht als Schloss bezeichnet.«

»Du hast also das Schloss geknackt«, sagte ich wütend. »Hast du überhaupt eine Ahnung davon, wozu das geführt hat?« Mir fiel ein, was Mirjam erzählt hatte. *Das Schloss klemmte, vielleicht konnte sie es nicht öffnen, als der Brand ausbrach.* »Es war deine Schuld, du verdammtes Schwein. Du hast sie umgebracht, ist dir das überhaupt klar?« Mørk hatte absolut recht, ich hätte ihm nur zu gern die Elvisfresse poliert.

Mørk griff ein. »Lass den Knaben jetzt erzählen.« Seine Stimme mochte mild klingen, der Blick, den er Boris zuwarf, war eiskalt.

»Ja, also, ich wollte dann später zurückkommen, wenn die Leute im Bett wären. Ich hatte alles schon fertig, brauchte nur noch die Scheißlampe runterzuholen.«

»Und das hast du dann gemacht?«

»Ja, Scheiße, sicher. War ziemlich spät, war jedenfalls nach zwölf.«

»Was ist dann passiert?«

»Ich hab das Schloss aufgestochert, also, das war

scheißleicht. Aber als ich reinkam, hab ich den Scheißgeruch bemerkt.«

»Propan«, stellte Mørk fest.

»Yes, das kann ich dir sagen. Die pure Stinkbombe.«

»Moment mal«, warf ich misstrauisch dazwischen. »Propan stinkt nicht.«

Er schaute mich beleidigt an. »Doch, Scheiße, das hat gestunken.«

»Er hat Recht«, sagte Mørk. »Sie haben diese neue Sorte Propan mit Geruchsverstärker benutzt. Die soll es ermöglichen, undichte Stellen frühzeitig festzustellen. Das habe ich überprüft.«

»Aber die Hausbewohnerinnen haben doch nichts bemerkt«, wandte ich ein. »Dann wären sie doch aus dem Haus gestürzt.«

»Die waren nicht in Küchennähe«, hustete Boris. »Schlafzimmer lagen hinten im Haus, in so 'nem Anbau. Deshalb hab ich mich doch noch mal hingetraut, Scheiße.«

»Aber warum hast du nicht versucht, sie zu wecken?«, wollte ich wissen.

»Hab ich versucht, ich schwör's. Ich hab einen Stein gegen das Fenster geworfen, eh ich abgehauen bin, und ich dachte, jetzt wachen sie auf. Aber ich konnte doch nicht sicher sein, dass wer da war, Scheiße, hab doch kein Schwein gesehen. Dachte, die wären wieder weg.«

Ich glaubte ihm nicht. »Hast du ihr Auto nicht gesehen?«

»Standen doch so viele Scheißkarren auf dem Parkplatz, ich konnte doch nicht wissen, welche denen ihre war, oder was?« Er suchte Hilfe bei Mørk, fand aber keine.

»Du hast also niemandem Bescheid gesagt, sondern bist einfach abgehauen?«

Er nickte.

»Warst du mit dem Auto da?«

»Natürlich, Scheiße, Mann. Hätt ich vielleicht zu Fuß laufen sollen?«

Das Argument klang überzeugend. »Hast du das Diebesgut mitgenommen?«

Er schaute sich ängstlich um, ehe er eine Antwort wagte. »Nur eine Lampe.«

»Nur eine Lampe«, äffte ich ihn nach. »Die hast du gestohlen. Aber die Leute zu wecken, die im Anbau schliefen, dazu hast du dir nicht die Zeit genommen. Das ist so gut wie Mord, ist dir das klar? Und da kannst du dich auf fünf Jahre Bau freuen, und sogar das ist viel zu wenig.«

Jetzt hatte er wirklich Angst. »Ich hab mich einfach nicht getraut, noch eine Sekunde in der Butze zu bleiben. Die konnte doch jeden Moment in die Luft fliegen, ein Funke hätte ausgereicht. Mir ist fast das Herz stehen geblieben. Ich konnte nur noch ganz schnell abhauen.«

Ich schaute zu Mørk hinüber. Die Geschichte konnte durchaus stimmen, so ungefähr jedenfalls. Ich hätte gern gewusst, wie Wilhelm Mørk davon Wind bekommen hatte. Aber ich wusste nur zu gut, dass ich das niemals erfahren würde.

»Und was sollen wir nun mit dir machen?« Mørk musterte Boris ohne sichtliches Mitgefühl. »Wenn ich dich laufen lasse, bist du mir ewigen Dank schuldig. Verstehst du, was das bedeutet?«

»Ja, Himmel, klar kapier ich das, Scheiße.« Er war die Unterwürfigkeit in Person, wie er da zitternd vor uns saß, bereit, wegzurennen. »Sag nur Bescheid, wenn ich irgendwas tun kann.«

»Du wusstest etwas über die Vergewaltigung, wegen der Kim verknackt werden sollte, stimmt das?«

»Na und? Ist doch jetzt zu spät, oder was?« Er sah mich ängstlich an. »Muss jetzt weg.«

Wir ließen ihn laufen. Danach schauten wir lange stumm aufs Meer hinaus. Kleine Zufälle, die bestimmen, ob jemand lebt oder sterben muss. Es war zum Verrücktwerden. Und nun waren beide Frauen tot.

Ich drehte mich zu Wilhelm Mørk um. »Was machen wir jetzt?«

»Mit diesem Bericht? Nichts. Was du gehört hast, bleibt unter uns.«

Das akzeptierte ich, wenn auch zögernd. »Du musst mir einen Gefallen tun«, sagte ich und zog den Kamm hervor, den ich in Mirjams Nachlass gefunden hatte. Er befand sich noch immer in dem Umschlag und roch nicht besser. »Kannst du den hier auf biologische Spuren untersuchen lassen?«

»DNA-Test, meinst du? Das ist ein teures Verfahren.«

»Genau.« Ich hatte nicht vor, zu verraten, woher ich den Kamm hatte. Jedenfalls nicht, ehe ich sicher war, wie er bei Mirjam gelandet war. »Es ist wichtig.«

»Ist es immer.« Mørk steckte den Umschlag in die Tasche. »Ich werde sehen, was ich machen kann.«

Als ich endlich ins Büro zurückkehrte, fand ich dort im Türspalt die Visitenkarte von Christian Salvesen jr., Richter a.D. Die Karte war imposant, gedruckt in Gold auf teurem Papier und mit dem Wappen der

Familie. Er schien aus seinen großen Tagen noch über ein unerschöpfliches Lager zu verfügen.

»Ruf mich an«, hatte er ganz unten auf der Karte mit verschnörkelter Altherrenschrift notiert.

Das war leichter gesagt als getan, denn meines Wissens verfügte er schon seit Jahren nicht mehr über ein Telefon. Nach ausgedehnten juristischen Disputen mit sämtlichen Telefongesellschaften war er am Ende überall auf die schwarze Liste gesetzt worden.

Auf dem Heimweg kam ich an seiner Stammkneipe vorbei, aber da war er nicht. »Versuch's auf der Trabrennbahn«, schlug einer der Zechkumpane vor, ein riesiger fetter Kerl, der sich Trucker schimpfte, jedoch seit den siebziger Jahren schon keinen Führerschein mehr hatte. »Der und der Klomann sind zum Wetten hingegangen«, fügte er neidisch hinzu. »Die haben offenbar gerade Kohle.«

Ich nahm an, dass es mein Geld war, das Salvesen Löcher in die Taschen sengte. Er hatte es sicher dem Tresenmann im Black & White abschwatzen können.

Die Trabrennbahn war nur eine kleine Radtour von der Innenstadt entfernt, aber da ich Hulda bei mir hatte, dauerte es doch seine Zeit.

Die Rennen waren soeben beendet, als ich die beiden im Restaurant fand. Die zerknüllten Wettscheine auf dem Tisch deuteten an, dass die Investitionen nicht vom ganz großen Erfolg gekrönt gewesen waren.

Ich nahm Platz, ohne auf eine Einladung zu warten. Dem Gesicht des Anwalts beim Obersten Gericht konnte ich entnehmen, dass auch keine erfolgt wäre. Der Klomann dagegen schien das Fiasko mit stoischer Ruhe zu nehmen. Er hatte sich auf dem Sofa ausgestreckt und schnarchte laut und mit friedlichem Gesicht. Er träumte wohl von der Zeit, als er über das Pissoir unter dem Marktplatz geherrscht hatte. Jetzt war er schon längst wegrationalisiert worden.

»Na«, sagte ich vorsichtig. »Ist nicht so gut gelaufen, oder?«

Salvesen wirkte nicht im Geringsten erstaunt über meinen Anblick. »Ich hatte einen zuverlässigen Tipp«, sagte er düster. »Rot Lakritz war angeblich der todsichere Sieger.«

»Ich gehe davon aus, dass du von einem Pferd redest«, sagte ich. »Das war ein Verlierer, wie üblich?«

»Du hast eine unangenehme Angewohnheit, Foyn. Weißt du das überhaupt?«

»Nein«, sagte ich. »Und du hörst dich an wie meine Exfrau.«

»Immer redest du über Dinge, von denen du keine Ahnung hast.«

»Ich bin nicht hergekommen, um mich über Pferde zu streiten«, sagte ich und hielt ihm seine Visitenkarte vor die Nase. »Du wolltest etwas für mich erledigen, weißt du das noch? Ich hoffe, deine Quellen in dieser Hinsicht sind einigermaßen zuverlässig.«

»Ja, ja.« Er schaute mich listig an. »Ich vergesse nie etwas. Richter Rynning ist nicht ganz gesund.«

»Krank? Ist das alles, was du für tausend Eier erzählen kannst? Hat er sich vielleicht erkältet?«

»Du solltest auch besser aufpassen«, erwiderte er. »Mir ist schon aufgefallen, mit was für Damen du dich herumtreibst.«

»Kannst du jetzt zur Sache kommen?«, fragte ich gereizt. »Ist Rynning krank?«

»Was heißt schon krank ...« Salvesen schmatzte

und warf einen sehnsüchtigen Blick zum Tresen hinüber. »Diese Hitze macht durstig, findest du nicht?«

»Ich finde es hier überhaupt nicht besonders warm.« Diesmal hatte ich beschlossen, hart zu bleiben. »Erst Information, dann Bier.«

Salvesen musterte mich pikiert. »Das ist Erpressung. Aber von mir aus.« Er senkte die Stimme, wie um mir ein Staatsgeheimnis anzuvertrauen. »Er soll gewisse Probleme mit dem Untergestell haben«, flüsterte er. »Ich habe brisante Informationen erhalten.«

»Wie meinst du das? Ist er vielleicht impotent geworden?«

»So kann man es wohl nennen, ja.« Seine Stimme klang geheimnisvoll.

»Na und?«

»Ich dachte nur, du wolltest das sicher wissen.«

Da eine seiner verschmähten Freundinnen die Sache herumerzählt hatte, war es allgemein bekannt, dass der große Jurist sich dieser Herausforderung hatte stellen müssen. Die pharmazeutische Industrie, die er sonst verachtete, hatte das Problem offenbar gelöst.

Plötzlich hatte ich ungeheure Lust auf eine Zigarre. Da die Gesundheitsapostel diese Möglichkeit jedoch verbaut hatten, winkte ich dem Kellner und bat um Bier.

»Außerdem«, fügte Salvesen viel sagend hinzu, »soll seine Frau es an dem Abend ihres Todes so eilig gehabt haben, dass sie sich nicht einmal die Zeit genommen hat, einen Mantel anzuziehen, ehe sie überfahren wurde. Soll ich weiter an dem Fall arbeiten?«

»Arbeiten« war wohl ziemlich übertrieben. »Klatsch einholen« hätte besser gepasst. »Nicht auf meine Rechnung jedenfalls.«

»Ich dachte, wir hätten eine Abmachung.« Salvesen sah mich verärgert an. »Aber wenn du kein Interesse hast, ist es mir auch egal. Ich habe Fälle genug.«

»Sicher. Von jetzt an heißt es: erst Information, dann Honorar.«

An den folgenden Tagen hatte ich bei Gericht zu tun, erst am Freitagnachmittag konnte ich Luft holen. Obwohl ich mir alle Mühe gab, meine unangenehmen Gedanken zu unterdrücken, holten sie mich ein. Immer wieder erlebte ich den Albtraum auf dem Grønlands torg. Und die Ermittlungen gingen nicht weiter, jedenfalls fühlte sich niemand bemüßigt, mich über eventuelle Fortschritte zu unterrichten.

Ich fasste ganz plötzlich einen Entschluss, als ich mit einer ungenießbaren Fertigmahlzeit vor den Fernsehnachrichten saß. Frantz Bejer war jetzt wieder auf freiem Fuß, ohne irgendwelche Auflagen. Er saß jetzt sicher vor seinem verdammten Computer und heckte smarte Geschäftsideen aus. Wenn er nicht schon ein neues Opfer umwarb, irgendeine arglose Frau, die glaubte, dem großen Wohltäter ihres Lebens begegnet zu sein.

Diese Vorstellung war unerträglich.

Eine halbe Stunde darauf saß ich im Auto und war unterwegs nach Oslo. Einen klaren Plan hatte ich nicht.

Unterwegs fischte ich den Umschlag von Musikk-Huset hervor. Die beigelegte CD hatte kein Cover und keinerlei Informationen über den Inhalt.

Ich hatte die ganze Sache eigentlich vergessen, aber als ich die CD einlegte, stellte meine Irritation sich wieder ein. Der Aufkleber auf meinem Briefkasten, der sich Werbung verbat, schien nichts zu helfen.

Die Klänge waren vertraut. Es war die meistgespielte Totenmesse der Musikgeschichte. Mozarts Requiem.

Ich bremste den Jaguar und fuhr so plötzlich an den Seitenstreifen, dass sogar Hulda erwachte. Ein unbehagliches Gefühl kroch über meinen Nacken nach unten. Eine Totenmesse?

Erst nach einigen Minuten des Überlegens konnte ich ein Minimum an Tatkraft zurückgewinnen. Ich rief die Auskunft an und ließ mir die Nummer der Besitzer von Musikk-Huset nennen, und nachdem ich mich mit allerlei Drohungen zu ihnen durchgefragt hatte, wurde mein Verdacht bestätigt. Der Laden hatte durchaus keine Verlosungen veranstaltet, und sie begriffen nicht, wie jemand ihren Namen und ihr Briefpapier benutzt haben konnte. *Aber im Laden liegt vielleicht Papier herum*, sagte mein Gesprächspartner peinlich berührt. *Wir haben nicht viel Platz im Büro. Und da ist es doch möglich, dass irgendwer einen Bogen gestohlen hat.*

Ich schaltete die Anlage wieder ein und ließ die Musik laufen. Es konnte eine Botschaft sein, wie die anderen Mitteilungen, die ich erhalten hatte. Die Ankündigung eines baldigen Todes. Besonders aufmunternd war das ja nicht.

Es hörte sich an wie eine Live-Aufnahme, vielleicht aus irgendeiner Kirche. Es war keine große Aufführung, aber sie war stimmungsvoll und schön, gesungen von einem Chor, den ich zu kennen glaubte.

Die mächtigen Klänge füllten das Innere des Wagens. Die Musik schien den düsteren Hintergrund zu neutralisieren. Ich dachte, dass ein Mensch, der diese Musik zu schätzen wusste, einfach nicht schlecht sein könnte. Aber ich wusste, dass ich mich da irrte.

Ehe ich weiterfuhr, rief ich einen alten Freund an,

jemanden, mit dem ich viele Musikerlebnisse geteilt hatte. Einen Mann, der sich im musikalischen Leben der Hauptstadt auskannte.

»Hör dir das bitte mal an«, sagte ich und ließ die CD von vorne laufen. Er hörte immerhin zu, als ich das Musikstück über Telefon ablaufen ließ. Er musste begriffen haben, dass ich in Schwierigkeiten war, denn als ich eine nicht ganz zusammenhängende Erklärung für mein neues Interesse an Totenmessen herausgestottert hatte, fragte er: »Stimmt was nicht, Svend? Geht's dir gut?« Er war einer von denen, die sich nach der Explosion besorgt bei mir gemeldet hatten. »Deine Stimme klingt ein bisschen seltsam, das muss ich schon sagen. Und was soll das hier eigentlich?«

»Das weiß ich selbst nicht. Aber kannst du diese Aufnahme identifizieren? Gelingt dir das?«

»Tja, vielleicht. Ich hab da schon so eine Idee.« Er zögerte. »Ist das eine neuere Einspielung?«

»Ich weiß nicht«, sagte ich resigniert. »Kannst du dich bei deinen Kontakten in der Plattenbranche erkundigen?«

»Hör mal«, wandte er ein. »Es ist Freitagabend, weißt du das überhaupt? Normale Menschen haben jetzt andere Dinge vor, als solche Fragen zu beantworten.« Er sagte damit ziemlich deutlich, dass ich nicht dazugehörte. Zu den normalen Menschen. Das fand ich beruhigend. Ich hätte aber gern gewusst, was die so machten. »Na ja, wenn es denn so eilt.«

»Ja, versuch es bitte sofort.«

»Ich melde mich.« Er hatte offenbar meiner Stimme angehört, dass es wichtig war.

Als ich bei IKEA vorbeifuhr, rief er zurück. Das Chaos auf dem Kundenparkplatz verriet mir, womit die normalen Menschen sich beschäftigten. »Du hast Recht«, sagte er. »Es muss sich um *Grex Vocalis* handeln. Diese CD ist voriges Jahr erschienen und es ist wirklich eine Aufnahme aus einer Kirche.«

»Und weißt du auch, aus welcher?«

»Aus der Sofienbergkirche in Grünerløkka. Die hat eine sehr gute Akustik.«

Der Sofienbergkirche. Sofort stand ich wieder vor dem alten Tatort im Park, zusammen mit Mirjam, und hatte das unheimliche Gefühl. Wie eine düstere Vorahnung. »Weißt du, wann die Aufnahme entstanden ist?«

»Ich hab mir schon gedacht, dass du das wissen willst, ja. Die Aufnahme wurde am 13. August 2003 gemacht, um ganz genau zu sein. Es war wohl ein großes Konzert, die Kirche war bis zum letzten Platz besetzt. Es ist also fast genau ein Jahr her. Fast wäre ich selber hingegangen.«

Morgen vor einem Jahr. Das konnte sogar ich ausrechnen. Und morgen war Samstag. Der Wochentag, an dem die alten Morde geschehen waren. Und an dem die beiden Mädchen verschwunden waren. Immer samstags!

Meine Phantasie machte Überstunden. Der Absender konnte doch mehrere Botschaften eingebaut haben, kleine Zeichen, die ich übersehen hatte. Oder die ich erst jetzt bemerken würde. Was hatte er noch beim ersten Mal gesagt? *Tod und Tragödie gibt es auch in der kleinen Stadt Åsgårdstrand*. Helene Holts Heimatort. Und dann war in Tønsberg ein Mädchen verschwunden: *Die Tragödie kann dich und deine Nächsten treffen, wenn du am wenigsten damit rechnest*. Meine Tochter war der Tragödie beängstigend nahegekommen. Und sie hatte eine erschreckende Ähnlichkeit mit dem Opfer.

Ich ließ das Seitenfenster des Jaguars lautlos nach unten gleiten, aber die frische Abendluft wirkte durchaus nicht beruhigend. Alles war wieder da. Die alten Morde, der geheimnisvolle Reidar Andersen, die verschwundenen jungen Frauen, die Bombe in Grønland, die kryptischen Musikwünsche. Geschehnisse, zwischen denen es keinen Zusammenhang gab. Oder vielleicht doch? Wie Wilhelm Mørk es ausdrücken würde: *Du neigst dazu, bei helllichtem Tag Gespenster zu sehen.* Diesmal fürchtete ich, dass er sich irrte.

10

Es war fast neun, als ich in Grünerløkka hielt. Meinen Anruf bei der Polizei hatte ich bisher vor mir hergeschoben, aber das ging jetzt nicht länger. Hauptkommissar Anders Fagereng von der Kripo hatte mir seine Mobilnummer gegeben und gesagt, ich könne mich jederzeit an ihn wenden. Ich bezweifelte, dass er das so wortwörtlich gemeint hatte, denn er klang nicht gerade glücklich, als er sich endlich meldete. Eher schroff und abweisend. Aber es war ja schließlich Freitagabend. Im Hintergrund hörte ich Stimmengewirr. Der Mann hatte offenbar ein Privatleben.

»Hier ist Foyn«, sagte ich. »Anwalt Svend Foyn«, fügte ich hinzu, da die erste Mitteilung keinen Eindruck zu machen schien.

»Ja?«

Ich hatte ja schon geahnt, dass das hier nicht leicht sein würde. »Es geht um diese Musikwünsche«, sagte ich deshalb trotzig. Als ich nach dem Bombenanschlag vernommen worden war, hatte ich ihm alles erzählt. »Jetzt habe ich einen weiteren Gruß erhalten.« Ich merkte selbst, wie wenig glaubwürdig meine Geschichte klang. Eine Reklame-CD, ein bekanntes Musikstück, eine Kirche in Oslo. Die Verbindung zu den verschwundenen Frauen und zu den alten Morden lag nicht unbedingt auf der Hand. Trotzdem musste ich einen Versuch machen.

Er nahm sich immerhin die Zeit, mir zuzuhören.

»Na«, sagte er am Ende. »Und was sollen wir deiner Meinung nach unternehmen?«

»Das ist ja wohl nicht mein Problem. Ihr könntet doch Ermittlungen anstellen, oder was?« Es ärgerte mich, dass seine Frage durchaus berechtigt war. Was zum Henker sollten sie machen?

»Überlass uns diese CD. Und den Umschlag. Vielleicht können wir den Absender ausfindig machen.«

Das glaubte er ja nicht einmal selber. »Könntet ihr morgen nicht ein besonderes Auge auf die Umgebung der Sofienbergkirche haben?«, schlug ich vor.

Fagereng seufzte vernehmlich. »Ehrlich gesagt, Foyn, du musst doch begreifen, dass wir nicht die Möglichkeit haben, aus so vagen Gründen Leute loszuschicken. Aber ich sag den Streifen in der Gegend Bescheid.«

Das konnte mich so wenig beruhigen, dass ich noch einmal telefonierte, was mir sehr schwerfiel.

Die Polizeijuristin meldete sich persönlich. »Anne.« Ihre Stimme klang nicht so geschäftlich, wie ich es gewöhnt war. Und auch nicht so streng. Ich fragte mich, ob sie schon den Freitagsabendwein entkorkt hatte. Sicher handelte es sich um einen guten Jahrgang.

»Hier ist Foyn. Tut mir leid, dass ich so spät anrufe. Du hast vielleicht zu tun?«

»Woher hast du diese Nummer?« Jetzt klang ihre Stimme wieder normal.

»Ich habe meine Beziehungen. Du solltest dir auch welche zulegen.« Geheime Telefonnummern waren doch ein Witz. Jeder kleine Gauner konnte sie für billiges Geld an sich bringen. Smarte Anwälte wie ich bezahlten gar nichts.

»Ich hoffe, du hast einen guten Grund dazu, uns

um diese Zeit noch zu stören«, sagte sie spitz. »Wir wollten uns gerade zu Tisch setzen.«

Im Hintergrund hörte ich Stimmen. Lachen, Leute, die miteinander anstießen. Essen mit guten Freunden. Hinter mir spürte ich Huldas ungeduldigen Atem. Er roch alles andere als gut. Plötzlich war ich unbeschreiblich traurig. »Es geht um diese verschwundenen Mädchen«, sagte ich resigniert. Ein Mann, bald in mittleren Jahren, mit einer Hündin als einziger Gesellschaft.

Sie hatte offenbar meiner Stimme angehört, dass ich nicht obenauf war. »Ja?«, fragte sie fast freundlich. »Hast du vielleicht neue Informationen? Etwas, was du uns noch nicht erzählt hast?«

Sie konnte sich offenbar nicht beherrschen. Trotzdem erzählte ich ihr die ganze Geschichte und ließ mich nicht einmal von dem Trottel stören, der im Hintergrund gereizt herumschrie. »Anne, kannst du den Anruf nicht später erledigen?« Das Abendessen sollte ihm im Hals stecken bleiben.

Seltsamerweise ließ sie sich nicht aus der Ruhe bringen, sondern hörte genau zu, stellte keine Fragen und brachte keinen der üblichen Einwände. »Hm. Ich werde sehen, was ich tun kann«, sagte sie, als ich endlich fertig war.

»Ein wenig Druck deinerseits könnte nicht schaden«, sagte ich. »Trotz allem fallen diese Verschwundenen in euer Ressort in Vestfold. Könntest du nicht morgen Abend jemanden auf Reidar Andersen ansetzen? Falls er zum Beispiel einen Ausflug nach Oslo plant?«

»Ich werde mit den Zuständigen reden. Aber erwarte nicht zu viel. Zu knappe Mittel, du weißt schon.« Sie legte eine Pause ein, ehe sie weiterredete. »Wo bist du eigentlich gerade?« Fast rechnete ich schon mit einer Einladung. Ich beschloss, dankend abzulehnen.

»In Oslo«, sagte ich. »Wo denn sonst?«

»Tu nichts Übereiltes«, sagte sie streng. »Und vor allem, misch dich nicht in die Arbeit der Polizei ein.« Das klang schon vertrauter.

»Das ist doch nicht möglich. Ihr unternehmt ja nichts.«

Ich wusste, wo er wohnte. Ich war einmal an dem Haus vorbeigefahren, aber dabei war mir nichts Besonderes aufgefallen. Es lag zurückgezogen in einer engen Sackgasse, nur einige hundert Meter oberhalb des verkehrsreichen Sørkedalsvei. Aber hier oben war es still und friedlich. Das Grundstück war sicher Millionen wert, riesengroß mit bester Hanglage. Das Haupthaus war zwar alt und wirkte ziemlich heruntergekommen, aber die Aussicht war grandios. Sein Vater, der Mathematikprofessor, hatte es zu einem Zeitpunkt gekauft, als Akademiker noch hoch bezahlt wurden und der Immobilienmarkt noch nicht von Spekulanten dominiert war. Frantz Bejer wohnte allein hier oben, er hatte seine Schwester mit einer hohen Summe ausbezahlt, und er hatte keinerlei Kontakt zu den Nachbarn, die sich schon lange über seinen zugewucherten Garten ärgerten. Das alles wusste ich von der Schwester.

Ich stellte den Jaguar ein Stück weit vom Grundstück ab. Hulda musste sich knurrend mit ihrer Rolle als Wachhündin abfinden. Ich hatte kein Vertrauen zu den Bewohnern dieser Gegend.

Vor dem Haus stand kein Auto, aber ich ging davon aus, dass zwei seiner Wagen in der großen Doppelgarage untergebracht waren. Die anderen standen sicher in der Werkstatt im Sørkedalsvei. Alle seine Luxuskutschen hinderten ihn ja nicht daran, mit dem Rad zur Arbeit zu fahren. Und andere Orte suchte er schließlich nicht auf. Das hatte er jedenfalls bei den Verhören behauptet, deren Protokolle Fagereng mir gezeigt hatte. *Ich gehe nirgendwohin. Warum sollte ich das?*

Ich hatte zuerst in seinem Büro angerufen und dort erfahren, dass der Chef das Labor an diesem Abend wohl frühzeitig verlassen hatte. Die Frau, mit der ich sprach, hatte mit größter Selbstverständlichkeit an einem Freitagabend um halb neun meine Fragen beantwortet.

Einen Plan hatte ich nicht, wie gesagt. Ich glaubte ja nicht, dass ich ihm ein Geständnis abpressen könnte. Frantz Bejer war ein gerissener Arsch, und bisher hatte er sich eiskalt verhalten. Meine Waffe war das Überraschungsmoment. Wenn ich ihn nur aus der Fassung bringen könnte, würde er vielleicht einige seiner Geheimnisse verraten. Andere Möglichkeiten sah ich nicht.

Ich war überzeugt davon, dass es ihm an Geheimnissen nicht mangelte.

Im Haus brannte so wenig Licht, dass ich schon daran zweifelte, dass er wirklich zu Hause war, aber dann sah ich in der Küche eine Gestalt. Für einen Moment glaubte ich, die Locken und die lange schlaksige Gestalt zu erkennen, als er sich bückte, um das Fenster zu schließen, und dann verschwand.

Ich schlich vorsichtig im Halbdunkel bis an die Hauswand weiter. Es herrschte eine fast quälende Stille. Nur in der Ferne konnte ich die Geräusche der Stadt hören. Das flackernde weiße Licht in den Fenstern deutete an, dass Bejer vor einem Computer saß.

Vorsichtig presste ich mich an die Wand, während

ich mich auf das nächstgelegene Fenster zuschob. Dort hatte ich einen perfekten Einblick.

Das Zimmer war spärlich möbliert. Klassische Möbel, vermutlich Antiquitäten. Vor der Wand, mit dem Rücken zu mir, saß Frantz Bejer an einem großen Schreibtisch vor einem Rechner.

Auf seltsame Weise hatte ich das Gefühl, in die Vergangenheit zu blicken. Weder der Mann noch die Möbel oder das Haus gehörten in unsere Welt. Auch wenn der Typ sich mit moderner Technologie wirklich auskannte. Alles andere an ihm wirkte hoffnungslos altmodisch.

Ein großer Esstisch füllte den größten Teil des Raums. Der Tisch war übersät mit Fotos. Der Schock, den ich empfand, als ich das Motiv der Fotos erkannte, verstärkte sich noch, als mir zugleich die ebenfalls von Fotos bedeckte Pinnwand auffiel. Mirjam Lange in allen Variationen. Beim Einsteigen in ihren knallbunten VW-Bus, zusammen mit ihrer Tochter in einem Straßencafé, allein auf einer Parkbank, allein in einer Kinoschlange, auf dem Weg durch eine dunkle Straße irgendwo in Oslo, vor einer Supermarktkasse, die Brieftasche in der Hand, bei einem Blick aus ihrem Fenster im Smalgang.

Die Bilder mussten mit Teleobjektiv aufgenommen worden sein. Dieser Irre hatte sie sehr sorgfältig überwacht.

Als ich genauer hinschaute, erkannte ich mehrere Motive. Er hatte an dem Sonntag in Huk Bilder von uns gemacht. Als wir durch den Sofienbergpark gegangen waren. Unser Essen bei McDonald's.

Er war die ganze Zeit da gewesen. Der Kerl war krank.

Das alles gefiel mir überhaupt nicht.

Plötzlich drehte er sich um und schaute in meine Richtung, genau auf das Fenster. Obwohl ich ganz schnell den Kopf einzog, hatte ich das unangenehme Gefühl, dass er mich schon längst entdeckt hatte. Dass er wusste, dass ich da war. Dass er nur mit mir spielte.

Ich schlich über den überwucherten Rasen. Es war schon ziemlich dunkel.

Vor der Haustür blieb ich unschlüssig stehen.

Das Problem löste sich ganz plötzlich, als die Tür aufgerissen wurde. Frantz Bejer schien seltsam wenig überrascht von meinem Anblick. Eine solide Sicherheitskette trennte uns. »Was willst du denn?«, fragte er tonlos. Als ich keine Antwort gab, fügte er hinzu: »Hat der Staatsanwalt dir nicht gesagt, dass du mich in Ruhe lassen sollst?«

»Der Staatsanwalt hat mir nichts zu sagen.« Dann fiel mein Blick auf die Kamera in der Wand. Das Haus war videoüberwacht. Er hatte mich die ganze Zeit gesehen.

Ich räusperte mich. »Lass mich rein«, sagte ich. »Wir haben etwas zu besprechen, oder nicht?« Ich zeigte ins Hausinnere. »Was ist mit den Bildern da hinten, hast du dem Staatsanwalt davon erzählt?«

»Warum sollte ich? Ich wollte doch nur auf sie aufpassen.« Zu meiner Überraschung öffnete er die Sicherheitskette. »Was willst du eigentlich?«

Das war eine gute Frage. »Das von dir selbst hören«, sagte ich verbissen.

»Was denn hören?« Er wich in Richtung Wohnzimmer zurück. Ich folgte ihm.

»Dass nicht du die Bombe angebracht hast.«

»Du bist schuld«, sagte er nur. »Das alles wäre nicht passiert ohne dich.« Er hatte diesen belehrenden Ton, als spräche er mit einem Kind.

Meine Schuld? Dieses Gespräch ging doch in die ganz falsche Richtung. Die Bilder von Mirjam an seiner Wand trafen mich jetzt mit voller Wucht. »Warst du das?«, fragte ich noch einmal.

Er gab keine Antwort, sondern musterte mich nur mit einem Blick, den ich nicht deuten konnte.

»Woher soll ich wissen, dass du es nicht warst?«, fragte er endlich. »Du hast doch alles zerstört.«

Der Kerl war verrückt. Wenn ich jemals daran Zweifel gehabt hatte, dann waren sie jetzt verflogen. »Hast du vergessen, dass ich fast ums Leben gekommen wäre?«

»Das behauptest du, ja. Aber wie ist es möglich, dass du unversehrt davongekommen bist?« Er wischte meine Einwände weg. »Du sagst, dass dein Hund dich gewarnt hat, ja, das weiß ich. Aber darauf fall ich nicht rein. Du musst von der Bombe gewusst haben, deshalb bist du auf sichere Distanz gegangen.«

»Und warum hätte ich Mirjam umbringen sollen? Von ihrer Tochter ganz zu schweigen.« Dieses Gespräch erschien mir vollständig bizarr.

»Du hast eben Angst davor gehabt.«

»Angst wovor?«

»Dass wir wieder zusammenkommen würden.«

Sein Gesichtsausdruck gefiel mir nicht. Frantz Bejer war noch verrückter, als ich angenommen hatte.

»Ich weiß alles über euch«, fügte er gelassen hinzu. »Alles über eure Ermittlungen.« Er schaute zu seinem Rechner hinüber. Dort hatte er sicher seine Phantasien gespeichert.

»Ach ja?«, fragte ich misstrauisch. »Was weißt du?«

»Dass sie bei Josip Mirankovic war, zum Beispiel. Einem gefährlichen Kriminellen.«

»Warst du da?«

»Sie hat mich gebraucht«, sagte er einfach. »Und im Gegensatz zu dir war ich für sie da, während du dich mit diesem Segelboot amüsiert hast.«

Ich starrte ihn ungläubig an. Er hatte wirklich den totalen Durchblick. »Wo hat diese Begegnung stattgefunden? Und was ist dabei passiert, weißt du das auch?«

»Das geht dich nichts an«, sagte er herablassend. »Außerdem hatte sie Kontakt zu den Leuten, die hinter dem Global Money Service stehen. In Horten war sie auch.« Er schnappte sich einen Stapel Briefe und hielt ihn mir vor die Augen. »Weißt du, was das hier ist?«

Ich gab keine Antwort, ich ließ ihn einfach weiterreden.

»Drohbriefe«, sagte er und verteilte die Briefe auf seinem Schreibtisch. »Von Leuten, die keine Ahnung haben, Leuten, die meinen, dass solche wie ich kein Recht auf Leben besitzen. Mir ist das doch egal.«

Im Dienste der guten Sache hatten die Medien ganz offen seinen Namen genannt. Frantz Bejer war jetzt sicher bevorzugtes Ziel feministischer Hasstiraden. »Hast du das der Polizei gezeigt?«

Er lächelte hämisch. »Der Polizei? Die kapieren doch nichts. Ich stelle lieber meine eigenen Ermittlungen an. Ich weiß vieles, wovon du keine Ahnung hast.«

Mein Blick folgte seiner Hand, die auf ein Schwarzweißbild auf dem Tisch zeigte. Eine Frau und ein Mann, nackt im Halbdunkel, dicht aneinandergeschmiegt, im Hintergrund die Lichter der Stadt.

Ich beugte mich über den Tisch und starrte sprachlos dieses Foto an. Plötzlich befand ich mich wieder in dem Zimmer, zusammen mit Mirjam. Ihr warmer Körper, der Duft ihrer Haare, ihr heiseres Flüstern an meinem Hals. Er hatte in ihrer Wohnung Kameras angebracht. Kameras und zweifellos auch Mikrofone. Die Gewissheit, dass er alles gesehen und gehört hatte, lähmte mich.

»Ich habe sie geliebt«, sagte er plötzlich. »Und sie hat mich gebraucht, deshalb war ich immer da.«

»Wenn das wahr ist, warum hast du ihr das Leben dann so schwer gemacht?« Ich wusste, dass das eine hoffnungslose Frage war. »Warum hast du ihr diesen Zettel vom Bestattungsunternehmen hingelegt? Hast du geglaubt, ihr damit eine Freude zu machen?«

»Ich war das nicht.«

Ich glaubte ihm nicht. »Was ist mit dem Wecker in meinem Wagen? Das warst du dann wohl auch nicht?«

»Zu dieser Art von Beschuldigungen sage ich überhaupt nichts, Foyn.«

Sein herablassender Ton ging mir mehr und mehr auf die Nerven. »Jetzt hör mal zu«, sagte ich verbissen. »Hast du sie etwa nicht überwacht?«

»Ich wollte nur feststellen, ob es ihr gut ging«, sagte er steif.

Ob es ihr gut ging? »Aber du bist doch in ihre Wohnung eingebrochen, oder etwa nicht?«

Er schlug die Augen nieder. »Das war vielleicht dumm von mir, ja. Aber ich wollte ihr doch nur helfen.«

Helfen? »Und außerdem hättest du sie fast überfahren. Wie erklärst du das?«

»Das war ein Versehen«, sagte er kurz. »Es war nicht meine Schuld, dass ich einem Tier ausweichen musste. Und sie hätte vorsichtiger sein können. Es ist nicht ungefährlich, so spät noch durch die Gegend zu laufen, schon gar nicht bei den Feinden, die sie hatte.«

»Welche Feinde meinst du jetzt?«

Er musterte mich mit resignierter Miene. »Du kapierst wirklich nichts, Foyn. Sie wollte dich überhaupt nicht. Das hast du dir nur eingebildet.« Plötzlich hielt er einen Brieföffner in der Hand. »Mich konnte sie nicht einwickeln, ich wusste ja, was sie so machte. Du bist ein Trottel, Foyn. Dich hat sie so an der Nase herumgeführt wie vorher mich.«

»Was du nicht sagst«, sagte ich mit erzwungener Ruhe. Ehe er reagieren konnte, hatte ich seinen Arm gepackt und ihm den Brieföffner entrissen. Sein Zugriff war nicht kräftiger als der eines Kindes. Den Brieföffner warf ich auf den Tisch. »Du kannst mir vielleicht erzählen, was sie gemacht hat?«

Er rieb sich die Finger. »Sie hat dich benutzt, Foyn. Genau wie vorher mich. Sie war wirklich die Mühe nicht wert, das habe ich am Ende erkannt.«

Und da verlor ich die Kontrolle. Der Schlag, der nun folgte, resultierte aus einer Mischung aus Trauer und Aggression. Und er war hart.

Er wurde gegen die Tür geschleudert, knallte mit dem Kopf gegen den Rahmen und fiel zu Boden, wo er bewegungslos und in verzerrter Haltung liegen blieb. Aus seinem halboffenen Mund sickerte ein dünner Blutfaden. Er sah leblos aus.

Ein einziger Schlag, und mein ganzes Leben hatte sich verändert.

Die Stille im Haus war überwältigend. Nur das rhythmische Ticken der Wanduhr störte den Frieden.

Ich hatte keine Ahnung, wie lange ich so stehen geblieben war, ohne auch nur einen einzigen vernünftigen Gedanken fassen zu können. Dann wurde ich von der Wanduhr gerettet. Aber erst nach dem zehnten Schlag kam ich wieder richtig zu mir.

Nun hatte ich ein großes Problem. Wie viele Jahre würde ich bekommen? Es fehlte zwar nicht an mildernden Umständen, aber ich glaubte nicht, dass die mir helfen würden. Was würde meine Tochter sagen? Und wer sollte sich um Hulda kümmern? Oder könnte ich aus dieser Sache wohl noch herauskommen? Ich würde zweifellos ganz oben auf der Liste der Verdächtigen stehen. Ich glaubte nicht, dass irgendwer mich hier gesehen hatte, aber es würde jede Menge Spuren geben. Kameras, Fotos, Gott weiß, was dieser Psychopath so alles registriert hatte. Und sein Computer war sicher voller Informationen, auch über mich.

Eigentlich wusste ich, dass ich keine Chance hatte. Aber anstatt den nötigen Anruf zu erledigen, drehte ich mich um und sah mir seine Musiksammlung in den Wandregalen an. Fast ausschließlich Klassik, eine große Auswahl, zusammengestellt von einem Musikliebhaber. Einem Mann, der seine Meister kannte.

Ich trat an die Wand, riss die Fotos herunter, eins nach dem anderen, legte sie aufeinander und steckte sie in die Tasche, zusammen mit den Bildern auf dem Tisch. Ich kam mir vor wie in einem Traum.

Ich empfand keine Reue. Ich hatte eine Art Gerechtigkeit hergestellt. So primitiv sind wir also. So dachte ich, ehe sich dann Gegenargumente in meinem Kopf zu Wort meldeten.

Das leise Stöhnen des Mannes auf dem Boden ließ mich endlich vernünftig reagieren.

Ich bückte mich und fühlte seinen Puls. Der war überraschend gleichmäßig. Und er atmete deutlich hörbar. Aber erst als er die Augen öffnete und mich verwirrt ansah, fühlte ich mich sicher. Ich war noch einmal davongekommen.

»Wolltest du sonst noch etwas sagen?«, fragte ich, während mich die Erleichterung überkam.

»Du irrst dich«, flüsterte er. »Nichts ist so, wie du glaubst. Geh jetzt einfach, ich schaff das schon allein.« Aus irgendeinem Grund wusste ich, dass er sich nicht an die Polizei wenden würde. Was mich dann umwarf, waren seine Abschiedsworte. »Wir sind gleich, du und ich«, würgte er auf dem Boden aus sich heraus. »Vergiss das nicht.«

Ich spürte seinen Blick im Rücken, als ich ging.

Lange blieb ich dann im Jaguar sitzen, ehe ich den Motor anließ. Immer wieder zog ich das Foto aus dem Schlafzimmer hervor, immer wieder mit demselben Gefühl. Etwas war endgültig zerstört.

An diesem seltsamen Frantz Bejer ergab einfach nichts einen Sinn. Ich war davon überzeugt gewesen, dass er der Täter war. Jetzt war ich nicht mehr so sicher.

Nicht einmal eine mehr als solide Dosis Cognac konnte meine Probleme lösen. Auch nicht eine Runde durch die Stadt, die um halb vier Uhr morgens vor 7-Elevens Würstchenstand endete. Spät genug, um die Zeitungen von morgen zu lesen, früh genug für ein paar Stunden Schlaf.

Schon war der Samstag gekommen.

Es war Huldas unzufriedenes Knurren, das mich am nächsten Morgen aus den Federn zwang. Ich brachte es erst über mich, auf die Uhr zu schauen, als ich durch die verdreckten Straßen von Grünerløkka wanderte. Es war ohnehin zu früh. Hulda hatte mit aller Deutlichkeit klargestellt, dass der Olaf Ryes plass für sie nicht groß genug war, deshalb gingen wir durch die Grüners gate in Richtung Sofienberg. Der Sommer ging zu Ende. Kältere Luft kündigte einen Wetterumschwung an. Aber noch immer konnte man sich draußen aufhalten.

Mit glühend heißem Kaffee und *Aftenposten* ließ ich mich auf einer Bank mit Ausblick auf die Kirche nieder, während Hulda über den abgenutzten Rasen fegte.

An diesem Morgen hielten sich überraschend viele Leute im Park auf. Kinderreiche Zuwandererfamilien, Hippies aus einer anderen Zeit, Junkies mit angespannten Blicken und trägen Bewegungen, frischgebackene Eltern mit Designerkinderwagen, alte Damen mit Thermosflaschen und Butterbroten, üppige junge Mädels mit bloßen Bäuchen, die flacher waren als meine Brieftasche. Ein krummrückiger Pakistaner las Flaschen und Dosen aus Mülleimern, wischte sie sorgfältig mit einem Lappen ab und verstaute seinen Schatz dann in den Fahrradtaschen. Dosen rechts, Flaschen links. Zwei Knaben afrikanischer Herkunft ließen auf einem riesigen Ghettoblaster dröhnenden Rap laufen. Ein junger blasser Mann setzte sich neben mich auf die Bank und zog ein zerfleddertes Taschenbuch hervor. Bjørneboes *Augenblick der Freiheit*. Zwei Polizisten verließen widerwillig ihren Streifenwagen und gingen über die Rasenfläche auf einen alten Mann zu, der halb entkleidet auf dem Spielplatz lag, während die Tauben über ihm kreisten wie Geier. Er sah leblos aus und lag genau an der Stelle, wo fast vierundzwanzig Jahre zuvor Kari Iversen um ihr Leben gekämpft hatte. Ich hatte mich bei der Parkverwaltung erkundigt. Der Spielplatz war erst gegen Ende der achtziger Jahre angelegt worden.

Es war ein ganz normaler Samstag. Oder vielleicht auch nicht.

Die Polizisten konnten den alten Mann im Sandkasten schließlich zum Leben erwecken. Sie schienen sich nicht gerade darüber zu freuen, dass sie den stinkenden Greis über die Wiese schleppen mussten. Ich hätte gern gewusst, ob diese beiden ganz allgemein den Park im Auge behielten. Jetzt wünschten sie sich sicher weit weg.

Ich trank meinen Kaffee und überflog die Zeitung. Auch darin stand nichts Neues.

Es würde ein langer Tag werden. Ich beschloss, Mira Lange zu besuchen.

Sie machte zwar Fortschritte, aber nur langsam. Als die physischen Verletzungen heilten, kamen die Traumata an die Oberfläche. Das erfuhr ich jedenfalls von den Ärzten. *Sie ist jetzt in der wütenden Phase, Foyn,* hatte der freundliche Oberarzt gesagt. *Sie braucht einen Sündenbock. Wie es oft Kindern in solchen Situationen geht, hat sie die Verantwortung für den Tod ihrer Mutter übernommen. Und um aus diesem Teufelskreis ausbrechen zu können, braucht sie Hilfe.* Aber ein Licht brannte doch in diesem düsteren Elend: Mira würde vermutlich ihr Augenlicht zurückgewinnen, eingeschränkt zwar, aber alles wies darauf hin, dass sie irgendwann gut genug sehen würde, um allein zurechtzukommen.

Als wir am St. Hanshaugen vorbeigingen, brach gerade die Sonne durch die Wolkendecke. Ich hatte unterwegs zahllose Schaufenster angesehen, ohne ein passendes Geschenk zu finden, etwas, was nicht zu sehr an die unangenehme Tatsache erinnerte, dass sie nichts sehen konnte.

Das war eine unmögliche Aufgabe.

Sie war auf, als wir kamen. Wie schon zuvor hatte ich Hulda durch die Hintertür einschmuggeln können.

Der Oberarzt hatte Recht gehabt. Sie machte keinen munteren Eindruck. Nicht einmal Huldas weiches Fell konnte das Eis brechen. »Es ist langweilig hier«, sagte sie plötzlich, nachdem sie lange einer Schauergeschichte von Roald Dahl gelauscht hatte. Zu spät war mir aufgegangen, dass das kein kluges Geschenk war. »Ich will jetzt nach Hause.«

Über ihre Zukunft war meines Wissens noch nicht entschieden worden. Die Möglichkeiten schwankten zwischen Pflegefamilie und Heim. Zuerst, während ihre Augen noch heilten, würde sie wohl in einem dafür geeigneten Heim wohnen müssen. »Du weißt doch, dass du jetzt noch ein wenig Hilfe brauchst«, sagte ich vorsichtig. »Damit du wieder gesund werden kannst. Deshalb kannst du noch nicht nach Hause. Aber du kannst die Wohnung behalten«, fügte ich eilig hinzu. »Dann kannst du da wohnen, wenn du groß bist.«

Sie hörte mir nicht zu. »Wer hat Mama umgebracht? Weißt du das?« Sie hatte noch immer einen Verband um die Augen. »Weißt du das?«, wiederholte sie trotzig.

»Nein, leider nicht«, sagte ich leise. »Aber die Polizei gibt sich alle Mühe. Sie werden ihn schon finden. Und ich helfe ihnen. Wir werden den Schuldigen finden, ganz bestimmt.« Dieses Versprechen rutschte einfach so aus mir heraus.

»Versprichst du mir das?« Sie griff nach meiner Hand.

Ein kleines Mädchen, das so viel durchgemacht hatte wie sie, durfte ich einfach nicht enttäuschen. »Ja, du kannst dich auf mich verlassen.« Jetzt hatte ich mich wirklich in eine unmögliche Lage gebracht. Ein solches Versprechen würde ich doch nie im Leben halten können. »Und wo wir schon darüber reden«, sagte ich, um sie abzulenken, »da gibt es etwas, woran du dich vielleicht erinnerst, was dir aber nicht eingefallen ist, als du mit dem Polizisten gesprochen hast.«

»Das war kein Polizist«, sagte sie entschieden. »Das war eine Polizistin.«

»Na gut«, sagte ich. »Eine Polizistin, natürlich. Aber weißt du noch, ob deine Mutter irgendwen besucht hat an den Tagen vor ... äh, dem Unglück? Keine Bekannten, meine ich, eher irgendwelche Fremden?« Ich konnte mir nicht so recht vorstellen, dass bei den Ermittlungen überprüft worden war, was Mirjam an den Tagen vor der Explosion unternommen hatte. Die Polizei hatte sich sicher auf Frantz Bejer konzentriert.

»Das weiß ich nicht sicher. Die Polizistin wollte das auch wissen, aber ich konnte mich an gar nichts erinnern, nicht mal daran, wie mein Teddy heißt.«

»Aber jetzt ist es dir vielleicht wieder eingefallen?«

»Ja. Mama wollte eine Dame besuchen.«

»Eine Dame? Eine fremde Dame?«

Sie nickte.

»Woher weißt du das?«

»Sie wusste nicht genau, wo diese Dame wohnt«, sagte Mira altklug. »Und da kann sie sie doch nicht gekannt haben, oder?«

»Nein, da hast du sicher Recht. Aber hast du irgendeine Vorstellung davon, wo die Dame gewohnt hat?«

»Na ja, vielleicht.« Jetzt klang sie geheimnisvoll.

»Wie meinst du das?«

»Mama hat mit der Dame telefoniert, und da hat sie gesagt, sie würde den Bus Nr. 37 nehmen. Nach Hawaii, hat sie gesagt.«

»Hawaii? Bist du dir da sicher?«

»Klar doch. In Hawaii, das hat sie gesagt.«

»Auf Hawaii, nicht in. Wann war das, weißt du das auch noch?«

»Klar doch. Am Freitag.«

Ich überlegte rasch. Die Explosion war an einem Dienstag gewesen. »Meinst du den Freitag vor …« Wieder wusste ich nicht, wie ich mich ausdrücken sollte. »Ehe die Bombe hochgegangen ist?«

»Nicht doch.« Ihre Stimme klang gereizt. »Mama hat am Donnerstag mit der Dame geredet und wollte sie am Freitag besuchen, so meine ich das. Ich war doch in der Schule, das kannst du dir ja wohl denken.«

»Aber du hast nicht gehört, wie die Dame hieß?«

»Dann hätte ich das ja wohl gesagt.«

»Natürlich«, sagte ich. »Aber deine Mama hat diese Dame also angerufen?«

»Das kann ich ja wohl nicht wissen.« Die Kleine hatte offenbar das Bedürfnis, nicht mehr so verdammt umgänglich zu sein.

»Aber sie haben doch telefoniert?«, wandte ich ein.

»Hab ich ja gesagt. Aber die Dame kann ja auch Mama angerufen haben, oder was?«

»Du hast Recht. Hat diese Dame also angerufen?«

»Weiß ich doch nicht. Als ich kam, waren sie gerade fertig. Macht das was?« Jetzt war sie wieder kleinlauter.

»Nicht doch. Ich werde das schon herauskriegen.«

Ihre Laune war um vieles besser, als ich ging. Ihre Klassenkameradinnen hatten angerufen und für diesen Nachmittag einen Besuch angekündigt. Die ganze Klasse.

Auf dem Weg in die Stadt rief ich an. Wenn er am Freitagabend sauer über meinen Anruf gewesen war, dann war das doch nichts im Vergleich zu dem Ton, mit dem er mich am Samstagnachmittag empfing.

»Ob wir ihre Telefongespräche überprüft haben?«, kläffte er wütend. »Hör mal zu, Foyn, hältst du uns für Amateure? Oder wofür hältst du uns?«

Nicht einmal als ich ihn höflich darauf aufmerksam machte, dass es sich hier um zwei ganz verschiedene Fragen handelte, besserte sich seine Laune, im Gegenteil.

»Wir haben natürlich alle Gespräche überprüft«, Hauptkommissar Anders Fagereng hatte einen schlechten Tag. Geheul und Geschrei im Hintergrund stammten nicht nur von seinen Kindern. Seine Gattin war offenbar auch nicht zufrieden mit sich und der Welt.

»Was ist mit dem Donnerstag vor dem Mord? Kannst du dich zufällig erinnern, ob sie da irgendwelche auffälligen Gespräche geführt hat? Mit Leuten, die sich irgendwo in Ostoslo aufhielten, entlang der Buslinie 37 zum Beispiel?« Mehr wollte ich ihm nicht verraten. Ich hatte die Geheimnistuerei der Polizei satt.

»Buslinie 37?« Jetzt hatte ich sein Misstrauen geweckt. »Warum willst du das wissen?«

»Ach, das war nur so eine Idee.«

»Wir haben alle gefunden, mit denen sie an diesem Donnerstag gesprochen hat, falls dich das beruhigt. Es waren ganz normale Gespräche. Wir haben mit den Leuten geredet, mit fast allen.«

»Du kannst mir die Liste nicht zufällig besorgen?«

»Sehe ich wirklich so dumm aus, Foyn? Das sind polizeiliche Unterlagen. Was willst du übrigens damit?« Jetzt war es mir wirklich gelungen, ihn misstrauisch zu machen.

»Vergiss es«, sagte ich. »Übrigens, gab es auf der Liste eine nicht registrierte Mobilnummer?«

»Sicher«, brummte er. »Zwei Gespräche, eins von ihr, eins an sie, beide an dieselbe Nummer. Bei unseren Anrufen hat sich da niemand gemeldet. So was müsste verboten werden.«

»Hast du diese Nummer?«

»Ich bin jetzt nicht im Büro«, sagte er sauer. »Aber vielleicht hab ich sie irgendwo. Was willst du damit?«

Ich wich dieser Frage aus. »Kannst du sie für mich heraussuchen? Das ist wichtig.«

»Unter einer Voraussetzung. Du hältst mich auf dem Laufenden, wenn du etwas findest.«

»Wir haben doch gemeinsame Interessen, oder was?«

Er grunzte eine unverständliche Antwort und bat mich zu warten, während er seine Notizen überprüfte. Nach einigen langen Minuten kam er dann zurück und nannte eine Nummer. »Sagt die dir etwas?«

»Nicht sofort«, log ich glatt. Dass Fredrik Grevstads Mitbewohnerin nicht zurückrief, wenn die Polizei an der Strippe war, war ja keine Sensation. So hielten es viele meiner Bekannten.

Als ich kurz darauf selbst dort anrief, meldete sich wieder niemand. Aber ich hatte die Nummer erkannt.

Ich hatte den Bus Nr. 37 schon lange nicht mehr genommen. Aber als ich an den Überresten der Sagene Lunsjbar vorüberfuhr, hatte ich das Gefühl, wieder nach Hause zu kommen. Früher einmal hatte ich hier oben gewohnt. Damals, als ich noch geglaubt hatte, Frau Justitia könne nicht systematisch Recht und Unrecht verwechseln, ehe die Anwälte auf Aker Brygge groß und fett geworden waren, damals, als es nicht zum guten Ton gehörte, als Laufbursche der Machtelite aufzutreten, ohne sich in dieser Rolle zumindest ein wenig unwohl zu fühlen. Es musste lange her sein.

Ich hatte vor, mit dem Bus zur Endstation zu fahren und danach zurückzugehen, in der Hoffnung, etwas zu finden, was vielleicht an Hawaii erinnerte. Aber als wir über den Dehlis plass fuhren, löste das Problem sich von selbst. *Hawaii Kiosk & Video, offen 7–24.* Der Laden lag direkt neben der Bjølsen-Schule, in einer echten Arbeitergegend, die jetzt so nach und nach von hippen jungen Leuten besetzt wurde.

Das Hawaii unterschied sich nicht von ähnlichen Läden. Videos und DVDs ohne erkennbares System, Spielautomaten, Süßigkeiten und Limo, dazu widerliche fette Würste, jede Menge Chips, alles, was dazugehörte, um die Körperform des durchschnittlichen Norwegers zu erklären.

Der Pakistaner hinter dem Tresen sah aus, als hätte

er am liebsten alles vergessen, was er von Norwegen je gesehen hatte.

Er nahm keinerlei Notiz von mir. Das taten auch die Kunden nicht, die offenbar den Samstagabend mit einem Haufen Scheißfilmen planten.

Ich stellte mich hintenan. Um keinen Verdacht zu erregen, kaufte ich eine Tüte Chips.

Während ich bezahlte, fragte ich diskret: »Sie kennen nicht zufällig einen gewissen Fredrik Grevstad? Der soll hier in der Nähe wohnen.« Ich hielt es nicht für nötig, den Pakistaner darüber zu informieren, dass Fredrik sich jetzt an einem ganz anderen und aller Wahrscheinlichkeit nach sehr viel wärmeren Ort aufhielt.

Er gönnte mir nicht einmal einen Blick. »Ich kenn keinen.«

Ich hoffte um seinetwillen, dass das nicht ganz wörtlich gemeint war.

Draußen blieb ich stehen und betrachtete die Chipstüte. Das tat auch Hulda.

Als ich hinter dem Hawaii zum Jugendzentrum ging, sah ich die Reste. Das Haus, das jetzt nur noch eine schwarzverkohlte Ruine war, konnte nicht groß gewesen sein. Es sah aus wie ein Anbau, nicht wie ein wirkliches Wohnhaus.

Während ich noch dastand und die Reste betrachtete, kam ein altes Paar vorbeigehumpelt. Sie mit Gehgerät, er mit zwei Stöcken. »Verzeihung«, sagte ich, als ich auf sie zuging. »Wissen Sie, was hier passiert ist?« Ich zeigte auf die Brandstätte.

Sie blieben stehen. »Das ist so traurig«, sagte endlich die Frau. »Schrecklich ist das.«

»Was denn?«

»So zu verbrennen. Die Arme!«

»Sie hatte erst ein Jahr da gewohnt.« Ihr Mann schaltete sich ein. »Ja, Sie wissen schon, dieser Schuppen war eigentlich als Wohnhaus gar nicht zugelassen. Aber sie haben sich da wohlgefühlt. Nette Leute, haben uns nie gestört.«

»Wissen Sie noch, wie sie hießen?«

»Ja, von ihm weiß ich nicht viel. Er soll ein gebildeter Mann gewesen sein. Aber gearbeitet hat er nicht. Nicht dass ich wüsste jedenfalls. Sie hieß Andersen, glaube ich. Seinen Namen habe ich nie erfahren, aber er wurde Freddy genannt, das habe ich gehört. Er war doch krank, der Arme.«

»Mit ihr ging es ja auch nicht gut, nachdem ihr Freund tot war.« Die Frau hustete, während sie sich auf das Gehgerät stützte. »Sie hat wohl ein bisschen zu viel getrunken. Aber was hätte sie denn tun sollen?« Sie schaute mich vorwurfsvoll an, als wäre ich daran schuld. »Angeblich hat sie im Suff im Bett geraucht.«

»Ja, ja.« Der Alte schickte braunen Tabaksaft in perfektem Bogen zur Brandstätte hin. »Jetzt sind sie beide tot. Der Friede sei mit ihnen.« Er bekreuzigte sich.

»Wann ist das passiert?«

Sie wechselten einen Blick. »Das muss so zwei Monate her sein.«

Also zum Zeitpunkt der Explosion in Grønland. »Wurde die Brandursache festgestellt?« Ich konnte mich nicht daran erinnern, von diesem Brand gehört zu haben. Aber er war ja nur einer von vielen in Oslos alten Stadtteilen.

Das wussten sie nicht. In den Zeitungen hatte etwas über einen Pyromanen gestanden, der in der Gegend früher Angst verbreitet hatte. Aber das hier wurde für ein tragisches Unglück gehalten.

Ich spielte schon mit dem Gedanken, Fagereng noch einmal auf die Nerven zu gehen, gab aber auf, noch ehe ich die Nummer zu Ende gewählt hatte. Die dürftigen Reste von Wohlwollen, die er für mich möglicherweise noch hegte, durfte ich jetzt nicht zerstören. Und ich hatte ja auch nichts Konkretes zu erzählen. Außerdem war mir eine bessere Idee gekommen.

Wilhelm Mørk war noch im Büro, als ich anrief. »Ein Brand in Bjølsen? Weißt du Adresse und Zeitpunkt?« Er fragte nicht, wozu ich diese Informationen brauchte. »Wo bist du übrigens gerade?« Ich hatte das Gefühl, dass er das wusste, dass ihm klar war, was ich machte.

»Ich bin hier«, sagte ich. »An der Brandstätte.«

Kaum hatten die beiden Alten sich weitergeschleppt, sah ich mir die Ruinen genauer an. Das Skelett des Gebäudes stand noch immer, und nicht alles war komplett ausgebrannt. Aber es herrschte das pure Chaos. Offenbar hatte niemand sich die Mühe gemacht, hier Ordnung zu schaffen. Schwarze Möbel, Reste von Kleidungsstücken, Decken, Papiere, Lampen und Leitungen. Bestandteile einer Stereoanlage lagen halb auf der Straße, als hätte jemand sie abholen sollen und diesen Plan dann aufgegeben.

Der hintere Teil des Hauses, der zum Hinterhof lag, war am besten erhalten. Vorsichtig kletterte ich über die Brandreste, hinüber zu etwas, was ein winziger Raum gewesen sein musste, fast ein Verschlag. Als ich eine versengte Tür aufriss, fiel ein schwarzverkohlter Bildschirm heraus. Ich konnte mir ja nicht vorstellen, dass da noch etwas zu holen wäre, aber der Rechner darunter sah schon verheißungsvoller aus.

Ich erinnerte mich vage an Fredriks viele seltsame Interessen. Eins davon war Technik gewesen. Er hatte zu unseren Studienzeiten die schärfste Anlage gehabt, die damals überhaupt aufzutreiben gewesen war. Und als vor fast fünfundzwanzig Jahren die ersten PCs aufgetaucht waren, war er in meinem Bekanntenkreis der Erste gewesen, der sich einen angeschafft hatte. Was er später gemacht hatte, wusste ich nicht. Aber ich hielt es nicht für unwahrscheinlich, dass er seine Interessen gepflegt hatte.

Ich sah mir die Festplatte an. Abgesehen von etwas Ruß sah sie überraschend unversehrt aus. Das Problem war wohl eher das Löschwasser.

Mit Ruß beschmiert und dem PC unter dem Arm ging ich rasch in Richtung Sofienberg. Hulda blieb lieber auf sicherer Distanz. Sie konnte Brandgeruch nicht leiden.

Mein Abendessen nahm ich im Schous Corner ein, an dem Tisch, an dem Kari Iversen am letzten Abend ihres Lebens gesessen hatte. Rechts, gleich neben dem Haupteingang von der Thorvald Meyers gate. Ich hatte die Zeugenaussagen genau gelesen. Nichts hier im Lokal hatte sich verändert. Nicht einmal Tische und Stühle waren ausgetauscht worden. Wände, Decke und Boden waren von derselben braunen Farbe, eingebeizt von Tabak, Alkohol und Schweinekoteletts vieler Jahrzehnte.

So früh war hier noch wenig los. Es war erst gegen zehn, und das Schous füllte sich erst, wenn die anderen Lokale der Gegend die Zapfhähne zudrehen mussten. Hier hatte ich den Eindruck, dass das erst geschah, wenn auch der letzte Gast den Kanal voll hatte.

Jedes Mal wenn die Tür sich öffnete, musterte ich die Eintretenden mit einem Blick, als käme ich von der Fremdenpolizei. Etliche der nichtnorwegischen Gäste hier hatten allen Grund, ein Interesse dieser Behörde zu fürchten. Immer wieder tauchten hier alte Bekannte aus dem Gerichtssaal auf. Wenige von ihnen hielten sich wohl auf der richtigen Seite der unsichtbaren Grenze zwischen Recht und Unrecht auf.

Mein Problem ist, dass ich zu viele Bekannte von der falschen Seite habe, überlegte ich düster an diesem Samstagabend in Ostoslo in einer schmutzig braunen Kneipe. Es ging auf Mitternacht zu. Ich musste meiner Exfrau Recht geben. Ich brauchte neue Freunde.

Gegen halb eins stand ich auf und ging. Erst jetzt setzten sich die Leute in der Gegend so langsam in Bewegung. Eine Weile blieb ich vor der Tür stehen und sah mir das Treiben an. Immer wieder entdeckte ich verdächtige Typen, junge Eckensteher, dunkle Wagen, die langsam vorüberglitten, Radfahrer mit wachsamem Blick, Leute, die scheinbar auf die Straßenbahn warteten. Männer, die krank genug wirkten, um einsame Frauen zu überfallen und zu verschleppen. Aber wann immer ich genauer hinsah, kam ich zu dem Schluss, dass wieder meine Phantasie mit mir durchgegangen war.

Das hier war ein hoffnungsloses Projekt.

Weshalb ich beschloss, Kari Iversens Route zu folgen.

In den Schatten beim Pissoir neben der Bibliothek lungerte ein dunkel gekleideter, krummrückiger Typ herum, das Gesicht vollständig von einer Kapuze verdeckt. Auf mich reagierte er nicht. Aber als zwei kichernde junge Mädchen mit nackten Bäuchen und kurzen Röcken die Straße überquerten, heftete er sich an ihre Fersen und folgte ihnen durch die dunkle Rathkes gate, wo aus irgendeinem Grund die Laternen ausgefallen waren. Die Gemeinde musste wohl sparen. In sicherer Entfernung schlich ich hinterher.

Beim Brunnen in der Kirkegårdsgate ließen die Damen sich auf einer Bank nieder. Der Typ stellte sich hinter einen breiten Baum, während ich mich hinter einem Auto versteckte. Ein verliebtes Paar schlenderte über den Platz, ein Hundebesitzer zog einen fetten Pudel hinter sich her in Richtung Schæffers gate, in der Ferne knallte eine Autotür ins Schloss, aus einem Fenster erscholl gedämpfte Klaviermusik. Es war genau ein Uhr.

Nachdem er sich mehrere Male nervös umgeschaut hatte, richtete der Verfolger sich plötzlich auf und schlich lautlos an die Mädchen auf der Bank heran, eine Hand in der Jackentasche. In der anderen hielt er etwas, was wie eine Waffe aussah. Plötzlich waren die Straßen vollständig menschenleer.

Es wurde Zeit, einzugreifen.

Ich rannte von hinten auf den Unhold zu.

Er konnte sich nicht mehr umdrehen, ehe ich mich über ihn hermachte. Der Typ war überraschend dünn und schmächtig. Er leistete keinerlei Widerstand und lag nur wimmernd unter mir, während die Mädchen auf der Bank uns sprachlos anstarrten. Seine Finger umklammerten noch immer das, was ich für eine Waffe gehalten hatte. Eine schwarzgebrannte Pfeife. Aus seiner anderen Hand riss ich einen in Silberpapier gewickelten Klumpen.

»Scheiße, das ist ja Stian«, rief eins der Mädchen. »Was machst du denn mit dem?«

»Kennt ihr den?«, fragte ich verständnislos. »Er hat euch verfolgt.«

»Der ist ja wohl nicht gefährlich, der wollte uns doch bloß was verkaufen. Du hast doch keine Ahnung, Mann. Wer bist du eigentlich, zum Teufel, was bildest du dir überhaupt ein?«

Der Junge mit der Kapuze schaute vom Pflaster her ängstlich zu mir hoch. »Scheiße, bist du ein Bulle, oder was?«

»Eher *oder was*«, sagte ich, richtete mich auf und musterte das Loch im Knie meiner neuen Jeans. »Vergiss es. Ich war nur zum Training unterwegs.« Es war einwandfrei nicht mein Abend.

Was sich dann als korrekte Einschätzung erwies. Als ich endlich die obligatorische Wurst im 7-Eleven zu mir nahm, während Hulda die Essensreste müder Kunden verschlang, war es schon nach vier. Alles, was ich erreicht hatte, war, mir eine heftige Erkältung zuzuziehen, in Hundescheiße zu treten und mich mit einer Bande besoffener Teenies anzulegen. Als ich dann noch fast von einem Zivilbullen festgenommen worden wäre, der im Park Jagd auf Dealer machte, gab ich auf. Sicher hatte es in Sofienberg seit vielen Jahren keinen friedlicheren Samstagabend gegeben. Dieses eine Mal war ich nicht direkt unzufrieden damit, dass ich mich geirrt hatte.

11

Am nächsten Morgen hörte ich sofort Nachrichten. Aber weder der Norwegische Rundfunk noch Lokalsender oder Zeitungen konnten von einem nennenswerten Drama in der Hauptstadt berichten. Es gab keine Morde, keine Entführungen und keine Vergewaltigungen. Nicht einmal ein Überfall war gemeldet worden.

Der stinkende, verrußte Computer machte mir zu schaffen. Ich hatte einen halbherzigen Versuch gemacht, ihn anzuschließen, aber ohne Erfolg. Hier war zweifellos der Experte gefragt. Ich hatte auch eine Ahnung, wo ich den finden könnte.

Ehe ich nach Tønsberg zurückkehrte, beschloss ich, mich über einen der Namen zu informieren, die ich in Mirjams Papieren gefunden hatte. Ester Nilsen wohnte offenbar gleich in der Nähe.

Ich hätte das Interesse an ihr fast verloren, als ich feststellte, dass es die Adresse des Sofienbergheims ganz unten im Markvei war. Hoffentlich gehörte Ester zu den geistig Gesunden.

Die Pflegerin, die mich zu ihrem Zimmer führte, erklärte mir, dass Frau Nilsen auf die fünfundneunzig zuging. »Sie bleibt jetzt meistens im Bett. Aber sie kann sich noch immer gut erinnern, vor allem an Dinge, die vor längerer Zeit geschehen sind. Die Gegenwart interessiert sie nicht mehr so sehr.« Sie lächelte mich kurz an, dann ließ sie mich mit Frau Nilsen allein. »Sie können sie gern wecken. Das Mittagessen ist ja da.«

Ich stellte den Teller mit den beiden Brotscheiben vorsichtig auf den Nachttisch und betrachtete die Frau im Bett. Sie sah aus wie eine Puppe, wie sie da bewegungslos lag, mit kleinen, gepflegten, auf der Decke gefalteten Händen. Ihr schönes altes Gesicht sah friedlich aus. »Frau Nilsen?«, flüsterte ich. »Sind Sie wach?«

Sie schlug die Augen auf und wirkte überhaupt nicht erstaunt darüber, hier einen wildfremden Mann mit Bart vor sich zu sehen. »Ja, sicher«, sagte sie ruhig. »Und wer sind Sie?«

Ich stellte mich vor. Ihre kleine Hand verschwand vollständig in meiner.

»Anwalt?«, fragte sie verwundert. »Brauche ich einen?«

»Bestimmt nicht. Ich würde Ihnen nur gern ein paar Fragen stellen. Es geht um einen alten Fall.«

Sie streckte die Hand nach einem Butterbrot aus. Es sah trocken aus. »Ich muss zuerst etwas essen«, sagte sie und hustete.

Ich ließ sie in Ruhe kauen. »Mirjam Lange«, sagte ich nach einigen Minuten der Stille, die nur unterbrochen wurde durch Frau Nilsens tapferen Kampf mit dem Brot. »Können Sie sich erinnern, ob Sie der je begegnet sind?«

»Die war taub«, antwortete Frau Nilsen. »Und hübsch, sehr hübsch. Kennen Sie sie?«

»Ja«, sagte ich. »Aber sie ist jetzt tot.« Es kam mir vor wie eine Erleichterung, das zu sagen. »Sie wurde ermordet.«

Die alte Dame sah mich lange an. »Wie traurig«, sagte sie endlich. »Sie war hier.«

»Was wollte Sie von Ihnen?«

»Sie hat nach Reidar gefragt.«

»Dem Mörder Reidar Andersen?«

Sie nickte unmerklich.

»Kennen Sie ihn?«

»Sie auch? Der ist doch nicht auch tot?«

»Nicht doch, er lebt noch. Aber ich habe noch nie mit ihm gesprochen. Obwohl ich viel über ihn weiß, wüsste ich gern noch mehr. Ich hatte gehofft, Sie könnten mir helfen.«

Frau Nilsen hob den Kopf und winkte mit einer schlaffen kleinen Hand. »Das hat sie auch gesagt.«

»Was denn?«

»Dass sie Reidar nicht kannte, aber dass sie sehr viel über ihn wusste. Und sie wollte mehr wissen. Sie sei seine einzige Freundin.«

Seine einzige Freundin? »Er war ja früher einmal ziemlich berühmt. Oder, genauer gesagt, berüchtigt.«

»Ich weiß, ich weiß.« Ihr Gesicht wirkte jetzt verträumt. »Er war schon seltsam, der Reidar. Ziemlich seltsam sogar. Aber im tiefsten Herzen war er ein lieber Junge, das glaube ich ganz sicher, ja.«

Ich fragte, ob sie wisse, weshalb er verurteilt worden war.

Sie winkte meine Einwände ab. »Ja, ich weiß ja, dass er etwas Schreckliches getan hatte. Er war mein Nachbar, wissen Sie. Als mein Mann gestorben war, bin ich dort wohnen geblieben, bis ich allein nicht mehr zurechtkam. Sie wohnten auch in dem Block, gleich unter mir. Ich weiß es noch wie gestern, wie er abgeholt worden ist. Seine Mutter schrie so laut, dass es im ganzen Block zu hören war. Sie hat danach auch nicht mehr lange gelebt, nein.«

Sie hatten in einem Wohnblock in Grefsen gewohnt, das wusste ich aus den Gerichtsunterlagen.

»Was war denn mit Reidar?«, fragte ich. »Wieso war er als Kind seltsam?«

»Er war meistens allein. Und ich glaube nicht, dass irgendwer ihn richtig kannte. Er sah ja ein bisschen komisch aus, der Arme. Er war nicht wie die anderen Kinder. Und er hörte schlecht, wissen Sie. Bestimmt hatten viele Angst vor ihm.«

»Was war mit Ihnen?«

»Angst hatte ich nie. Aber er konnte schrecklich wütend werden.« Sie schloss die Augen.

Ich beugte mich über ihr Bett, denn ich hatte Angst, sie könnte hier vor meinen Augen einschlafen. »Glauben Sie, dass er es war? Dass er die Frauen umgebracht hat, meine ich?«

»Wer weiß, worauf die Menschen verfallen können?«

Sie hatte so recht.

»Er hat so viele seltsame Dinge gemacht, der Reidar. War viel allein, wissen Sie. Die anderen Kinder wollten nicht mit ihm spielen.«

»Das habe ich gehört«, sagte ich. »Und dass er ein bisschen ausgefallene Interessen hatte.«

»Das steht fest, ja«, seufzte sie, schloss wieder die Augen und blieb lange still liegen. »Sie waren ja leicht zu erschrecken, wissen Sie.«

»Zu erschrecken?«, fragte ich. »Wieso denn?«

»Ach, Sie wissen doch, er hatte ja diese Krankheit.«

»War er krank?«

»Er hatte die Fallsucht. Es konnte unheimlich aussehen, wenn man daran nicht gewöhnt war. Aber wir im Haus kannten ihn ja, wir hatten das gesehen. Und wir wussten, was wir dann zu tun hatten.«

»Sie meinen Epilepsie? Mit Krämpfen und Ohnmachtsanfällen?«

»Ja, das war es wohl. Es kam nicht so oft vor. Und als er erwachsen war, hat es wohl aufgehört, so schlimm kann es also nicht gewesen sein. Es hat sich sicher ausgewachsen.« Sie schloss wieder die Augen und war kurz vor dem Einschlafen.

»Können Sie sich noch an etwas anderes erinnern, etwas Ungewöhnliches?«

Sie öffnete noch einmal die Augen. Ihr Lächeln stammte aus einer anderen Zeit. »Angeblich hat er Damenunterhosen gesammelt, aber das war nur dummes Gerede.«

»Wie meinen Sie das? Die Polizei hat doch in der Kellerbude seiner Mutter eine Unterhosensammlung gefunden?«

»Davon glaub ich kein Wort. Die Hosen waren nicht von Reidar, wissen Sie. Und sie lagen auch nicht bei seiner Mutter. Sie gehörten Jørgensen. Der hatte sie im Heizungskeller. Außer mir wusste das niemand. Die müssen in den Keller der Mutter gelegt worden sein, so sehe ich das.«

»Moment mal. Wer war Jørgensen?«

»Der Hausmeister. Der im Block das Sagen hatte.«

»Reidar hat also keine Damenunterhosen gesammelt?«

»Warum hätte er das tun sollen?« Sie musterte mich mit einem erstaunlich klaren Blick. »Das tun doch nur Verrückte. Und verrückt, das war er nicht, auch wenn er ein wenig seltsam war, ja.«

»Aber warum haben Sie das damals nicht gesagt?«

Sie senkte den Blick. »Ich hab mich nicht getraut. Ich hatte wohl Angst vor Jørgensen. Und er hat es ja dann doch gestanden.«

Das stimmte. Reidar hatte das Sammeln von Unterhosen zugegeben.

Sie befand sich jetzt wieder in alten Zeiten. »Einmal hab ich Jørgensen im Keller erwischt. Er hatte da einen ganzen Karton versteckt. Ich musste versprechen, niemandem ein Wort zu sagen, sonst würde er dafür sorgen, dass ich ausziehen müsste, sagte er.«

»Und Sie haben der Polizei nicht gesagt, dass diese Unterhosen dem Hausmeister gehörten?«

»Sie haben mich nicht gefragt. Denn dann hätte ich es gesagt, glaube ich.«

»Wo hatte dieser Jørgensen die Hosen gestohlen, was meinen Sie?«

»Ich habe keine Ahnung, ich hab mich nicht getraut, ihn zu fragen.«

»Haben Sie das Mirjam Lange erzählt? Der, die hier war?«

»Ja«, sagte sie leise. »Hätte ich das nicht tun dürfen?«

»Doch, natürlich«, sagte ich beruhigend. »Für sie war das eine wichtige Information.«

»Ich habe oft darüber nachgedacht.« Sie seufzte tief. »Ich habe mich so geschämt, weil ich damals nichts gesagt habe. Und jetzt ist es zu spät.« Sie schloss die Augen.

Hinter mir wurde die Tür geöffnet und die Pflegerin kam herein. »Frau Nilsen braucht jetzt Ruhe«, sagte sie leise. »Ich glaube, Sie kommen lieber ein andermal wieder.«

»Nur noch eine Frage, Frau Nilsen.« Ich beugte mich

über sie. »Hat Reidar jemals ein unpassendes Interesse an Kindern gezeigt? Sexuelle Aufmerksamkeit?«

»Ich weiß schon, was Sie meinen«, sagte Frau Nilsen. »Er hatte Kinder gern, der Reidar, die haben mit ihm geredet, als ob er ein normaler Junge wäre, deshalb war er viel mit kleinen Kindern zusammen.« Sie seufzte noch einmal. »Das hat nicht allen gefallen, und deshalb ist er einmal angezeigt worden. Aber ich glaube nicht, dass er einem Kind etwas getan hätte. Mehr weiß ich nicht.«

»Das ist auch genug«, sagte ich und nahm ihre Hand. »Sie waren mir eine große Hilfe.«

Der Montag war wie alle Montage, nur ein bisschen schlimmer. Jedenfalls kam es mir so vor, als ich im Büro saß und mir alle Mühe gab, um ein Minimum an Arbeitslust zu mobilisieren, genug jedenfalls für die schlichten Anwaltsaufgaben, die ich im Hinblick auf meine unbezahlten Rechnungen zum üblichen Schleuderpreis übernommen hatte.

Ich irrte mich allerdings gründlich. Dieser Montag war nicht nur ein bisschen schlimmer, er war eine Katastrophe.

Es fing an mit der ersten Meldung in den Fernsehnachrichten: *Eine junge Frau wäre um ein Haar von einem Mann beim Sofienbergpark in Oslo in einem Auto entführt worden, nachdem sie gegen halb fünf Uhr am Sonntagmorgen ein Fest in Grønland verlassen hatte. Die Polizei sucht jetzt nach Zeugen dieses Zwischenfalls und bittet alle, die zum betreffenden Zeitpunkt etwas gesehen haben, sich sofort zu melden.* Aus nicht genannten Gründen hatte die Frau den Überfall erst Sonntagabend angezeigt.

Meine Ahnungen bestätigten sich. Alice Alfheim, so hieß die neunzehnjährige Studentin, hatte ein munteres Fest besucht. Sie war alles andere als nüchtern gewesen, als sie sich sehr leicht bekleidet auf den Heimweg gemacht hatte, in einer Gegend, die um diese Tageszeit nicht gerade als sicheres Pflaster galt. Sie hatte weder den Wagen noch den Mann genauer beschreiben können. Sie konnte nur aussagen, dass sie ihn energisch in die Hand gebissen hatte und dass es ihr danach gelungen war, aus dem Auto zu springen, das sie zuerst für ein nicht registriertes Taxi gehalten hatte. Sie konnte nur sagen, dass der Wagen dunkel und groß gewesen war.

Des Weiteren konnte der Nachrichtensprecher aus der Hauptstadt berichten, dass ein Mann unter verdächtigen Umständen in seiner Wohnung tot aufgefunden worden war. Die Polizei befürchtete, dass ein Mord vorlag.

Ich hatte an diesem Wochenende wohl allerlei verpasst.

Aber es sollte noch schlimmer kommen, viel schlimmer.

Während ich noch immer am Telefon herumspielte und nicht so recht wusste, was ich jetzt machen sollte, hörte ich sie auf der Treppe. Die Schritte von Polizistenfüßen kann man einfach nicht verwechseln.

Es hörte sich an wie eine ganze Kompanie. Die Technik, die Füße schwer auf den Boden zu setzen, muss an der Polizeihochschule als eigenes Fach gelehrt werden, um Verbrecher von der Schlagkraft der Truppe zu überzeugen.

Sie ließen sich Zeit mit dem Anklopfen. Ich deutete das als winzig kleines positives Signal.

»Anwalt Svend Foyn? Sind Sie das?« Der junge Uniformierte, der mich anstarrte, konnte seine Stimme nicht ganz ruhig halten. Bestimmt hatte jemand ihm erzählt, dass ich gefährlich werden könnte.

Ich hatte Hauptkommissar From in Verdacht, der hinter ihm in die Tür getreten war und sie versperrte, um jeglichen Fluchtversuch zu unterbinden. Der Einzige, der hier noch fehlte, war sein Kompagnon.

Ich schaute mich im Büro um. Das ging schnell. Abgesehen von Hulda, die jetzt drohend knurrte, konnte ich kein lebendes Wesen entdecken. »Sehen Sie hier noch jemanden?«, fragte ich höflich.

Das brachte ihn ein wenig aus dem Konzept. »Ich muss Sie bitten, uns zu begleiten«, sagte er feierlich. »Sofort.«

Froms diskretes Lächeln war jetzt in ein süffisantes Grinsen übergegangen. »Also los jetzt«, grunzte er.

Ich spürte, wie mein Ärger wuchs. »Ich habe Zeit genug«, sagte ich übertrieben ruhig. »Wenn das so verdammt wichtig ist, dann kann ich euch vielleicht einen Termin geben. Und vergesst nicht, dass ich alle Arten von Fällen übernehme.« Es war allgemein bekannt, dass nur eine schützende Hand in der Chefetage den Hauptkommissar vor einer Anklage gerettet hatte, bei der sein angespanntes Verhältnis zu manchen Untersuchungshäftlingen zur Sprache gekommen wäre. Vor allem zu solchen, die sich nicht wehren können.

»Lass den Scheiß, Foyn, und komm jetzt mit, sonst wirst du verhaftet!« Sein Lächeln war verschwunden.

Ich fing an, mich ein wenig beunruhigt zu fühlen. »Welchen Grund hat denn dieses Interesse?«

»Den schlimmstmöglichen«, sagte er sauer. »Reicht das?«

»Nacktbaden?«, schlug ich vor. »Oder Rauchen im Restaurant?«

»Eines Tages gehst du zu weit, Foyn«, knurrte er.

Da mochte er durchaus Recht haben. Ich ging freiwillig mit.

Auf der Wache herrschte ungewöhnlich große Aktivität. Ich hatte gehofft, ein paar Worte mit Wilhelm Mørk wechseln zu können, aber der war nicht zu sehen. Im Gegensatz zu Rønningen. Ich hielt es für ein schlechtes Zeichen, dass sie mich mit einem fast herablassenden Blick empfing, sicher verschanzt hinter ihrem überaus ordentlichen Schreibtisch. Die Lakaien hatten mich im Allerheiligsten abgeliefert.

»Ich hab nichts getan«, sagte ich und hob abwehrend die Hände. »Ich habe nur versucht, euch zu warnen, aber das hat ja nicht viel geholfen.«

Rønningens hübsches Gesicht war ausdruckslos. Sie musterte mich düster. »Die Kripo will mit dir sprechen. Sofort.«

Diese Formulierung kam mir ja so bekannt vor. »Von mir aus gern. Aber vergiss eins nicht.«

»Was denn?«

»Meine Zeit ist kostbar.«

Damit hatte ich offenbar eine Grenze überschritten. Sie schlug mit der Hand auf den Tisch. Die Hand war klein und wohlgeformt. Ich musste mir einfach vorstellen, was es für ein Gefühl wäre, sie im Nacken zu spüren.

»Es geht um Mord, Foyn!«, sagte sie mit spitzer Stimme. »Hauptkommissar Fagereng erwartet dich da drüben.« Sie zeigte auf eins der Vernehmungszimmer. »Vorläufig als Zeugen«, fügte sie viel sagend hinzu.

Diese Formulierung fiel mir auf. *Vorläufig.*

Er sah nicht auf, als ich das Zimmer betrat, er kritzelte nur weiter auf einem Blatt herum, das er vor sich liegen hatte. Ein bekannter Trick. Glaubte er wirklich, damit etwas erreichen zu können?

Um die Stimmung aufzupeppen, zog ich meinen eigenen Notizblock hervor und fing an, Strichmännchen zu zeichnen. Auch ich schaute nicht auf. Fagereng hatte unsere bisherigen Gespräche offenbar vergessen. Damals hatte ich eine Art Mitgefühl geahnt. Jetzt war er nur noch Kripobeamter.

Er schaltete das Tonbandgerät ein und trug die obligatorische Einleitung vor. »Wir haben einen verdächtigen Todesfall«, sagte er neutral. »Würdest du dich erklären?«

»Wozu denn?«

Er wich einer Antwort aus. »Willst du einen Anwalt kommen lassen?«

»Ich bin Anwalt. Wer ist denn tot? Der König? Der Ministerpräsident?«

»Wo warst du am Freitagabend?«

»Zu Besuch«, sagte ich. »Und du?« Zu spät ging mir auf, dass ich das ja wusste. »Du warst zu Hause, ja. Ich hoffe, du hast dich gut unterhalten?«

Er versuchte, diese Bemerkung zu ignorieren, was ihm aber nicht gelang. »Bei Frantz Bejer vielleicht?«, fragte er steif.

»Was du alles weißt. Ich bin nicht lange geblieben, wenn dich das beruhigen kann. Warum willst du das eigentlich wissen?« Ein bohrender Verdacht machte mir jetzt zu schaffen. Hatte ich doch zu hart zugeschlagen?

»Was ist da passiert?«, nervte er weiter.

»Wir hatten ein interessantes Gespräch. Danach habe ich mich zurückgezogen, still und friedlich.«

»Beherzigst du jemals einen guten Rat, Foyn?« Zum ersten Mal bei diesem Gespräch ahnte ich ein persönliches Engagement. »Hab ich nicht gesagt, dass du Bejer aus dem Weg gehen sollst?«

»Das hast du gesagt, ja. Aber viel geholfen hat es nicht, oder? Bejer ist doch noch immer auf freiem Fuß.«

»Jetzt nicht mehr.«

»Wie meinst du das?«

»Frantz Bejer wurde irgendwann zwischen zwanzig Uhr am Freitag und zwölf Uhr am Samstag umgebracht.«

Das Surren des Tonbandgerätes war plötzlich das Einzige, was die Stille unterbrach. Ich hätte gern etwas gesagt, aber mein Mund war wie ausgedörrt. Deshalb hielt ich die Klappe.

»Ich wiederhole meine Frage, Foyn. Hast du ihn umgebracht?«

Meiner Ansicht nach war das eine neue Frage. »Er lebte noch, als ich gegangen bin«, sagte ich kleinlaut. »Nach einigen Turbulenzen hatten wir ein friedliches Gespräch.«

»Der Gerichtsmedizin zufolge war er sofort tot.«

Ich verstand gar nichts mehr. Deshalb sagte ich nichts.

»Zu deiner Orientierung kann ich dir mitteilen, dass wir deine Fingerabdrücke auf der Mordwaffe gefunden haben. Wie du weißt, hatten wir deine Abdrücke ja schon.«

»Auf der Mordwaffe?« Ich sah sicher aus wie das personifizierte Fragezeichen.

»Seid ihr am Freitagabend physisch aneinandergeraten?«, fragte er jetzt. »Und hast du ihn dann mit einem Brieföffner erstochen?«

Das war das, was man eine Suggestivfrage nennt. Genauer gesagt waren es zwei von der Sorte.

»Bejer hatte eine Wunde auf der Wange, als er gefunden wurde. Hast du ihm die zugefügt?«

Polizeiliche Ermittler haben eine seltsame Auffassung von dem, was wir anderen als Gespräch bezeichnen.

»Wir haben einen Zeugen, der dich am Tatort gesehen hat. Und Bejers Überwachungskamera hat dich aufgenommen, wir wissen also, dass du dort warst. Gibst du es zu?«

»Ich war da, ja. Das hab ich doch schon gesagt.«

»Wir haben seine Fotos.« Das gefiel mir nun überhaupt nicht. »Das Haus war voll davon. Du hast dich provoziert gefühlt und dich nicht beherrschen können. Ist es so passiert?«

»Fast«, sagte ich. »Mit einer wichtigen Ausnahme.«

»Und die wäre?«

»Ich habe den Brieföffner nicht benutzt. Im Gegenteil, ich habe ihn ihm abgenommen. Deshalb habt ihr darauf meine Abdrücke gefunden.« Ich erzählte ihm die Geschichte in allen Details. Fast. Ich hörte selbst, wie dünn sie war.

Er hörte mir aber immerhin zu. Als ich fertig war, erhob er sich und trat ans Fenster. Dort blieb er mit dem Rücken zu mir stehen und schaute hinaus. Das Fenster blickte auf eine Mauer in einem Hinterhof, deshalb glaube ich nicht, dass er die Aussicht bewunderte.

Dann fuhr er herum. »Bist du sicher, dass du mir jetzt alles erzählt hast, was du weißt, Foyn?« Seine Stimme war seidenweich geworden. Mir war die harte Ausgabe lieber. »Du verstehst ja wohl selbst, dass die Sache für dich gar nicht gut aussieht. Kannst du mir einen guten Grund nennen, warum wir dich nicht festnehmen sollten?«

»Ja, sicher. Ich war es nicht. Reicht das nicht?« Ich wusste es besser. Plötzlich war es im Zimmer unangenehm warm geworden. Die grünen Wände waren hässlich und bedrohlich, der Mann vor mir war kein Freund. Irgendwer hatte ein bizarres Spiel mit mir getrieben, hatte mich als Spielball und Sündenbock benutzt, und ich hatte das nicht begriffen. Irgendwer, der über Leichen ging. »Wer hat ihn gefunden?«, fragte ich kleinlaut.

»Die Putzfrau, gestern Abend. Sie hatte den Schlüssel, aber den brauchte sie nicht. Die Tür stand offen.«

»Putzfrau am Sonntag? Ist das nicht ein bisschen ungewöhnlich?«

»Nicht für Leute wie Bejer. Normalerweise ist er am Wochenende im Büro. Dort hätte er auch gestern sein sollen, sagen seine Mitarbeiter. Sie hatten versucht, ihn zu erreichen.«

»Gibt es irgendwelche Anzeichen für einen Einbruch?«

Der Polizist schüttelte den Kopf. »Nichts. Er muss den Mörder freiwillig eingelassen haben. Deshalb glauben wir, dass er ihn gekannt hat.«

»Da irrt ihr euch«, sagte ich. »Frantz Bejer hatte vor niemandem Angst. Sogar mich hat er eingelassen.« Zu spät ging mir auf, dass das keine besonders kluge Aussage war. »Wo wurde er gefunden?«

»Auf dem Fußboden im Wohnzimmer. Genau da, wo du ihn angeblich hinterlassen hast.«

Das hörte sich nicht gut an. »Und die Fingerabdrücke auf dem Brieföffner?«

»Nur seine eigenen. Und deine.«

»Der Mörder hat natürlich Handschuhe getragen«, sagte ich. »Das hätte ich auch getan.« Eins überraschte mich. »Wie ist es möglich, dass er mit diesem Brieföffner ermordet wurde? Wenn ich das richtig in Erinnerung habe, war der nicht gerade scharf. Ein ganz normaler Brieföffner, oder nicht?«

»Das haben wir uns auch überlegt. Der Täter muss entweder Glück gehabt haben oder er verfügte über ganz besondere Kenntnisse.«

Sein Blick verriet mir, dass er mich für einen Anatomieexperten hielt. Hätte ich mich vielleicht geehrt fühlen sollen? »Woher wisst ihr, dass es keine Mörderin war?«

»Das wissen wir nicht. Aber zu dem Stich waren Kraft und Präzision vonnöten.«

Eigenschaften, die überraschend gut auf mehrere meiner weiblichen Bekannten zutrafen. »Habt ihr noch andere Spuren gefunden? Oder Zeugen?«

»Bisher nicht. Abgesehen von dem, der dich gesehen hat. Aber wir arbeiten natürlich daran.« Er zog eine Plastiktüte von der Sorte hervor, in der die Techniker am Tatort ihre Fundstücke unterbringen. Die Tüte enthielt ein Schlüsselbund.

»Kennst du das?« Er hielt mir die Tüte vors Gesicht.

Ich ging davon aus, dass er den Inhalt meinte. »Nein«, sagte ich. »Das heißt, Schlüssel sehe ich ja nicht zum ersten Mal.«

Fagereng schnitt eine Grimasse. Der Mann besaß

keinerlei Sinn für Humor. »Diese Schlüssel passen für Mirjam Langes Wohnung.« Er gab mir Zeit, diese Information zu verdauen.

Ich sah mir die Schlüssel genauer an. Daran war ein Zettel befestigt.

Fagereng folgte meinem Blick. »Genau«, sagte er ruhig. »Er hatte ihren Namen daraufgeschrieben. Deshalb konnten wir so schnell feststellen, wozu sie passen. Frantz Bejer war ein Mann der Ordnung.«

»Das stimmt doch mit dem überein, was ich euch erzählt habe. Mirjam glaubte, dass er in ihrer Wohnung war, nachdem sie Schluss gemacht hatte. Sie hatte ihm keine Schlüssel gegeben. Und damit habt ihr ja noch ein Indiz gegen ihn.«

»Der Mord wirkt wie die reine Hinrichtung«, sagte Fagereng unbeeindruckt. »So als habe irgendwer sich rächen wollen. Wir glauben, dass es ein eiskalter Fisch war.«

»Und da hältst du es für natürlich, mich zu verdächtigen?« Ich versuchte nicht einmal, meine Ironie zu verbergen.

»Du hattest ein Motiv, du warst am Tatort, und du gibst zu, dass du ihn angegriffen hast.«

Wenn er das so ausdrückte, dann klang es überhaupt nicht gut. »Er hatte sich doch genug andere Feinde zugelegt«, sagte ich. »Habt ihr euch die Hassbriefe genauer angesehen?«

»Denen werden wir noch sorgfältig nachgehen. Du brauchst uns nicht zu sagen, wie wir unsere Arbeit machen sollen.«

Eine bewundernswerte Selbstbeherrschung ließ mich einen sarkastischen Kommentar hinunterschlucken. »Wisst ihr, ob im Haus etwas fehlt?«

»Meinst du etwas Besonderes?« Fagereng war bereit, zuzuschlagen, falls ich mich verriet.

»Das war ja kein Zufallsmord. Der Mörder kann etwas gesucht haben.«

»Deiner Theorie nach, ja.«

»Nehmen wir an, die trifft zu«, sagte ich. »Hat also etwas gefehlt?«

»Wir haben noch nicht die volle Übersicht. Aber offenbar ist die Festplatte seines Computers verschwunden«, gab er widerwillig zu. »Zusammen mit anderem Computerzubehör. Weißt du darüber etwas?«

»Ja, sicher«, sagte ich eifrig. »Wenn du den Rechner meinst, der auf seinem Schreibtisch stand, dann war der komplett, als ich das Haus verlassen habe, da bin ich mir ganz sicher.«

»Du kannst den Kram doch selbst eingesteckt haben.«

»Warum hätte ich das tun sollen, nachdem ich Bejer im Affekt niedergestochen hatte, wie du behauptest?«

»Das werden wir schon feststellen«, sagte er steif. »Du kannst deine Gründe gehabt haben.«

»Genau.« Langsam fühlte ich mich ein wenig sicherer. »Was ist mit der Frau, die um ein Haar entführt worden wäre? Habt ihr euch den Fall genauer angesehen?«

»Wir sind dabei, das kann ich dir versichern.« Er seufzte tief, als wäre ich an allem schuld. »Aber was könnte diese Geschichte mit Bejers Tod zu tun haben?«

»Das sollt ihr ja herausfinden, nicht ich. Was ist mit Reidar Andersen? War er zum Beispiel am Wochenende in Oslo?«

»Soviel wir wissen, nicht.«

»Soviel ihr wisst? Habt ihr ihn nicht überwacht?«

»Die lokale Polizei behält seine Unternehmungen im Auge.«

»Sie fahren zweimal pro Tag an seinem Haus vorbei, meinst du.«

»Wir werden Reidar Andersen genau auf den Zahn fühlen, das kann ich dir versprechen.«

Ich ahnte eine gewisse Unsicherheit in seiner Stimme. »Das werdet ihr tun? Was soll das denn heißen?«

»Wir arbeiten daran«, sagte er kurz.

»Und das bedeutet?«

»Wir haben ihn noch nicht erreicht.«

»Hat er sich abgesetzt?«

»Im Moment wissen wir nicht, wo er sich aufhält.«

»Er ist also durchgebrannt? Und alles, was ihr schafft, ist, mich hopszunehmen?«

»Wir suchen nach ihm und werden ihn sicher bald finden.«

»Was ist mit dem alten Volvo? Ist der auch verschwunden?« Seinem Gesichtsausdruck konnte ich entnehmen, dass mein Verdacht berechtigt war.

Wieder wich er einer Antwort aus. »Du bist hier in Verbindung mit dem Mord an Frantz Bejer, Foyn, versuch also nicht, dich da rauszureden.« Sein Getrommel mit den Fingern auf dem Tisch machte mich nervös. »Du stehst ja in dem Ruf, nicht gerade kooperativ zu sein.«

»Ich dachte, die Polizei lässt sich von Gerüchten nicht beeinflussen.« Diesmal hatte ich doch wirklich fast alles erzählt. »Ich glaube, Frantz Bejer kann ermordet worden sein, weil er etwas wusste«, sagte ich. »Etwas, was für den Mörder gefährlich war. Habt ihr an diese Möglichkeit gedacht?«

»Wir halten uns alle Möglichkeiten offen, Foyn. Meinst du jetzt etwas Besonderes?«

»Ihr solltet euch die alten Morde genauer ansehen, die, für die Reidar Andersen verurteilt wurde.«

»Und wonach sollen wir da suchen?« Er versuchte gar nicht erst, seine Skepsis zu verhehlen.

»Was, wenn er unschuldig war?«

»Wieso glaubst du das? Er hat gestanden und die Beweise waren erdrückend.«

»Sagen Polizei und Anklagebehörden, ja. Es gab Leute, die eine andere Meinung vertraten.«

Fagereng kniff die Augen zusammen. »Weißt du etwas Konkretes oder sind das nur Spekulationen?«

»Angenommen, bei dem Prozess damals ist etwas passiert«, sagte ich vorsichtig. Ich befand mich jetzt auf dünnem Eis. Der Korpsgeist bei der Polizei kann ungeheuer stark sein. »Etwas, was nicht ans Tageslicht gelangen durfte.«

»Hast du einen Namen?«, seine Stimme war ganz und gar ausdruckslos.

»Versuch es bei Hauptkommissar Knut Kolberg. Ich weiß, dass Mirjam mit ihm und dem Staatsanwalt von damals zu tun hatte, mit Brede Busk. Die beiden kennen einander.« Jetzt war es gesagt. Und da konnte ich auch weiterreden. »Bejer kann etwas entdeckt haben, was Mirjam herausgefunden hatte. Und jetzt sind beide tot.«

Fagereng trommelte jetzt wieder auf dem Tisch. »Ist dir so richtig klar, was für Beschuldigungen du hier vorbringst?«, fragte er endlich. »Solche Vorwürfe müssen belegt werden.«

Ich zuckte mit den Schultern. Ich hatte schon mehr als genug gesagt. »Was ist mit diesen Musikwünschen?

Wollt ihr denen nicht nachgehen? Kolberg und Busk singen beide in einem Chor«, teilte ich mit. »Findest du das nicht interessant?«

»Wir werden uns auch das ansehen.« Jetzt klang seine Stimme schroffer denn je.

»Das ist noch nicht alles«, sagte ich. »Wenn sich Reidar Andersens Unschuld herausstellen sollte, dann würde das doch bedeuten, dass der Mörder frei herumläuft. Ihr müsst euch die anderen, die damals zunächst in Verdacht waren, noch einmal genauer ansehen.«

»Soviel ich weiß, gibt es keinerlei Grund, um die alten Ermittlungen noch einmal aufzunehmen«, sagte Fagereng steif. »Außerdem ist der Fall fast verjährt.« Er fühlte sich offenbar gar nicht wohl in seiner Haut.

Plötzlich konnte ich ihn verstehen. Ich hatte ja begriffen, dass es sich um einen schwachen Punkt in der Indizienkette der Polizei handelte. Wenn nicht, dann wäre ich schon längst dem Untersuchungsrichter vorgeführt worden und in einer Arrestzelle gelandet.

»Ihr habt mich also auf Video. Was ist mit dem Täter? Den müsst ihr doch auch haben?«

»Bisher haben wir nichts gefunden«, sagte Fagereng kurz. »Nach dir nicht mehr.«

»Aber?«

»Es besteht die Möglichkeit, dass irgendwer sich am System zu schaffen gemacht hat«, sagte er mit leichtem Zögern. »Ich betone: die Möglichkeit. Unsere Techniker untersuchen das gerade.«

Das war Musik in meinen Ohren. »Etwas ist gelöscht worden, meinst du?«

Er antwortete nicht sofort. »Im Prinzip könnte es

dann jeder gewesen sein«, sagte er endlich. »Auch du. Um uns zu verwirren«, fügte er hinzu.

Ich hätte mich an meinem spöttischen Kommentar fast verschluckt. Freunde muss man sich erkämpfen, Feinde kriegt man automatisch. »Na gut«, sagte ich um einiges ruhiger. »Und was machen wir jetzt?«

Er erhob sich. »Warten«, sagte er kurz. »Du bleibst solange hier.«

»Bin ich festgenommen?«

Er drehte sich in der Tür um. »Wir halten dich fest, bis der Staatsanwalt seinen Spruch aufgesagt hat.«

Die Unsitte, keine Fragen zu beantworten, hatte er sich sicher auf der Polizeischule zugelegt. Gutes Benehmen schien dort nicht auf dem Lehrplan zu stehen. Und der Einsatz von Phantasie auch nicht.

»Ich brauche einen Kaffee. Und bitte ein paar Zeitungen.«

Nicht Fagerengs Drohungen machten mir die größten Sorgen, sondern die Tatsache, dass irgendwo dort draußen ein Mörder frei herumlief, einer, der allem Anschein nach verrückt genug war, um wieder zuzuschlagen. Ich hatte das unangenehme Gefühl, dass er mich ausgewählt hatte. Oder, schlimmer noch, Menschen, die wichtig für mich waren. Und diese Menschen konnte ich nicht entbehren.

Der Service in diesem Etablissement war unbefriedigend, denn es passierte gar nichts. Über lange Zeit. Bis dann die Tür aufgerissen wurde und Wilhelm Mørk hereinschaute. »Ach was«, sagte er kurz. »Du bist auf Wartediät gesetzt, wenn ich das richtig verstanden habe?«

»Ich werde die Rechnung schicken«, erwiderte ich. »Was ist da draußen los?«

»Nach allem, was ich gehört habe, wollten sie dich eigentlich in U-Haft stecken. Du weißt sicher, was das bedeutet hätte?«

Er sprach in Vergangenheitsform. »Ich wusste nicht, dass das mit dir diskutiert wird.«

»Ich komme gerade von einem Plausch mit dem Staatsanwalt. Der ist übrigens ein alter Freund von mir.« Er schaute auf die Uhr. »Was sagst du zu einem späten Mittagessen? Falls du nichts anderes vorhast.«

»Sehr komisch.«

»Sagen wir um zwei, im Grandhjørnet?« Mørk schloss die Tür, ohne meine Antwort abzuwarten.

Wenige Minuten später kamen sie dann. Hauptkommissar Fagereng zusammen mit Rønningen und einem jungen Spund von der Staatsanwaltschaft. Holten die sich ihre Leute jetzt schon unter den Konfirmanden?

Sie bauten sich stumm vor mir auf. Ich ließ sie stehen.

»Du kannst gehen, Foyn«, sagte Fagereng endlich. Sein Gesicht war ausdruckslos.

Ich sprang so hastig auf, dass ich mit dem Bein gegen den Tisch knallte, während ich den intensiven Drang bekämpfte, jetzt endlich einen spöttischen Kommentar abzugeben. »Das bedeutet also, dass ich nicht zum Haftrichter muss?«, fragte ich verhältnismäßig ruhig, auch wenn ich lieber gejubelt hätte.

»Erst einmal nicht. Aber das bedeutet nicht, dass kein Verdacht mehr besteht.«

Das Kindergesicht stimmte zu. »Wir möchten Sie bitten, das Land nicht zu verlassen«, piepste er eifrig. Den Stimmbruch hatte er immerhin schon erreicht.

»Wie schade. Und dabei hatte ich gerade einen Flug nach Brasilien gebucht.«

Rønningen schien etwas zu unterdrücken, was Ähnlichkeit mit einem Lächeln hatte. Aber es hätte auch eine Grimasse sein können. »Du hast offenbar noch immer Freunde«, sagte sie mit überraschtem Tonfall.

Der Hauptkommissar sah mich nur an. Ich fragte mich, ob ich auch einen neuen Feind hatte.

Wilhelm Mørk war in eine Zeitung vertieft, als ich kam. »Ich nehme gern ein Glas Chablis«, sagte er zerstreut. »Und der Geflügelsalat hier soll essbar sein, oder was meinst du?« Er schaute auf.

»Sicher«, murmelte ich und konnte es noch immer nicht ganz fassen, dass ich mich auf freiem Fuß befand. »Wie hast du das geschafft? Womit hast du diesen Staatsanwalt in der Hand?«

»Was denn geschafft?« Ohne auf Antwort zu warten, fügte er hinzu: »Du hast die Finger nicht aus der Schüssel lassen können, was?«

»Was hättest du denn gemacht?«, fragte ich. »Ich habe ihn ganz unschuldig besucht. Dieser Irre durfte doch frei herumlaufen.«

Mørk lächelte. »Sie haben etwas über Reidar Andersen gehört. Ich dachte, das solltest du vielleicht wissen.«

»Ja, und?«, fragte ich wachsam.

»Er ist angeblich am Samstagabend in der Toftes gate gesehen worden, in seinem dunkelblauen Volvo Amazon.«

»Ach! Und wann?«

»Gleich nach Mitternacht, sagt der Zeuge. Ihm ist

das Auto aufgefallen, weil es eben ausgefallen aussah und weil der Fahrer nicht ausstieg.«

Als habe er auf jemanden gewartet. »Ich war da, mir hätte das Auto auch auffallen müssen.« Ich war mehrmals am Sofienbergpark vorbeigegangen. »Wer hat das gesagt?«

»Es war ein anonymer Tipp von jemanden, der den Fall Andersen offenbar verfolgt hat.« Die Boulevardpresse hatte mehrmals gründlich über Reidar Andersen und sein Auto berichtet.

»Anonym? Das entwertet die Aussage doch.«

»Ja, vielleicht.« Mørk machte eine vage Handbewegung. »Aber die Kripo scheint das nicht so wichtig zu nehmen. Die Leute haben doch die seltsamsten Motive. Vielleicht war er selber aus illegalen Gründen da.«

»Es war also ein Mann«, stellte ich fest.

Mørk nickte. »Meines Wissens ja.«

»Und Reidar Andersen ist noch immer nicht wieder aufgetaucht?«

»Nix. Zuletzt ist er am Freitag von einem Nachbarn gesehen worden. Seitdem nicht mehr.«

»Was ist mit seinem Auto?«

»Das ist ebenfalls verschwunden.«

»Wissen wir, wann es verschwunden ist?«

»Nein, und das ist ein Problem. Keiner von den Nachbarn kann das genau sagen. Sie meinen nur, dass es am Samstagvormittag vor dem Haus stand. Aber sicher sind sie nicht.«

»Dann wird doch jetzt sicher offiziell nach ihm gefahndet?«

»Erst seit heute Morgen, als der Tipp eingelaufen ist. Vorläufig gibt es keine Spuren, weder von ihm noch von seinem Auto.«

Ich neigte zu derselben Auffassung wie Fagereng. Reidar Andersen würde sich unmöglich lange versteckt halten können. Norwegen ist ein kleines Land. Und so viele blaue Volvo Amazons kurven nicht auf den norwegischen Straßen herum.

»Er soll doch ein großartiger Verkleidungskünstler sein«, sagte Mørk, der offenbar meine Gedanken erraten hatte. »Er kann sich verkleidet und sein Auto an einer einsamen Stelle abgestellt haben und untergetaucht sein. Er kann durchaus das Land schon verlassen haben. Einen falschen Pass kriegt man sicher leicht, wenn man die richtigen Beziehungen hat. Die hat er bestimmt, nach so vielen Jahren hinter Gittern. Aber wenn die Medien die Sache erst gebracht haben, wird er sicher geschnappt.« Mørk ließ sich zurücksinken und spielte mit einer Zigarette. »So sieht die Kripo das jedenfalls.«

»Das ist sicher richtig, du kennst die Bande ja. Aber was glaubst du?«

Mørk gab keine Antwort, sondern stellte eine weitere Frage. »Was sagen dir diese Namen: Steinar Hagen, Ivar Reite, Raymond Antonsen?«

»Alle wurden in den siebziger Jahren wegen Vergewaltigung verurteilt, oder nicht? Ich habe diese Namen in Mirjams Papieren gefunden. Ich glaube, sie hatte Kontakt zu ihnen.«

»Hm.« Mørk runzelte die Stirn. »Hast du gewusst, dass auch Reidar Andersen private Ermittlungen über diese drei angestellt hat?«

Ich schüttelte den Kopf. »Woher weißt du das?«

Er ignorierte meine Frage. »Interessant, nicht?«

»Ein Zeichen für seine Unschuld, könnte man meinen. Weißt du, ob er etwas herausgefunden hat?«

»Das bezweifele ich.« Mørk winkte der hübschen jungen Dame hinter dem Tresen. »Wir nehmen noch zwei Wein. – Ich hab mir diese Typen ein bisschen angesehen. Keiner ist ein Musterknabe.«

»Das sind doch viele nicht«, sagte ich. »Weißt du etwas Konkretes?«

»Tja. Weder Hagen noch Reite können in alle drei Morde verwickelt gewesen sein. Raymond Antonsen dagegen hatte die Gelegenheit, und er hatte kein Alibi. Ich nehme an, dass Reidar Andersen sich auf ihn konzentriert hat. Und es gibt noch etwas, was an ihm interessant ist.«

»Was meinst du jetzt?« Wieder hatte ich das Gefühl, dass Mørk etwas wusste, was auch ich hätte wissen müssen.«

»Er wohnt hier in der Nähe, genauer gesagt in Horten.«

»In Horten?« Ich verschluckte mich an meinem Wein. »Seit wann?«

»Er hat sich da zwei Jahre vor Reidar Andersens Entlassung angesiedelt.«

Konnte das der Grund sein, aus dem Reidar Andersen nach Horten gegangen war? An einen Ort, wo er in der Nähe eines Mannes gewesen wäre, der ihm vielleicht zwanzig Jahre Gefängnis beschert hatte?

»Antonsen ist dort aufgewachsen«, erzählte Mørk gelassen weiter. »Bei seinen Großeltern. Und Reidar Andersen hat den letzten Teil seiner Strafe auf Bastøy abgesessen. Also kann es ein Zufall sein, dass beide jetzt in derselben Kleinstadt wohnen. Aber auffällig ist es eben doch.«

Er hatte Recht. Es war mehr als nur auffällig. »Was weißt du sonst noch über diesen Antonsen?«, fragte ich. Vage konnte ich mich daran erinnern, dass er mit mehreren Gewaltverbrechen zu tun gehabt hatte, unter anderem auch mit einer brutalen Vergewaltigung, bei der er aber wegen Mangels an Beweisen freigesprochen worden war.

Mørk zog einen Umschlag hervor. »Ich dachte schon, dass du das fragen würdest. Hier hast du alles, was du brauchst, auch Informationen über unseren jugoslawischen Freund Josip Mirankovic. Der war bei den alten Mordfällen ja auch aktuell. Und sie hat sich für ihn ebenfalls interessiert. Um den musst du einen großen Bogen machen, überlass ihn lieber uns.« Mørk schaute hinaus auf die Straße, wo gerade der Konfirmand von der Staatsanwaltschaft vorbeiging. »Sie kann ja nicht gerade ängstlich gewesen sein, diese Mirjam Lange«, sagte Mørk nachdenklich. »Was mag sie wohl angetrieben haben?«

»Der Wunsch, eine Art Gerechtigkeit herzustellen, vielleicht? Dann kann sie sich noch viel mehr Feinde zugelegt haben als nur Frantz Bejer. Aber der hat mir gegenüber ja behauptet, sie geliebt zu haben.«

»Hat er das?« Mørk musterte mich aufmerksam. »Sie geliebt, meine ich.«

»Ich weiß nicht«, sagte ich unsicher. »Wenn ja, dann hat er es auf seltsame Weise gezeigt.«

»Da wäre er nicht der Erste.« Mørk hatte eine seiner stinkenden französischen Zigaretten hervorgezogen, verzichtete aber gesetzestreu darauf, sich Feuer zu geben. »Apropos Liebe, wir haben den Automörder gefunden, den, der die Frau des Richters überfahren hat. Die deines alten Freundes.«

»Gratuliere, aber er ist nicht mein Freund. Wie habt ihr das übrigens geschafft?«

»Das solltest du dir merken.« Mørk lächelte viel sagend. »Die Frau des Automörders wusste offenbar, was er angerichtet hatte, hat es aber für sich behalten. Nur war er dann blöd genug, sie zu betrügen, und damit war Schluss mit der Diskretion. Sonst hätten wir ihn nie erwischt. Wir hatten keinerlei Spuren.«

»Und wer ist dieser Typ?«

»Ein junger Mann aus Stokke, der allein von einem Fest nach Hause fuhr. Er ist Autolackierer, deshalb hat er die Schäden an seinem Wagen selbst ausgebessert. Er behauptet, Frau Bruun sei ihm einfach ins Auto gelaufen.«

»Warum hat er sich dann nicht gemeldet?«

»Er war natürlich blau.« Mørk zuckte mit den Schultern. »Er behauptet, angehalten zu haben. Erst als er festgestellt hatte, dass sie tot war, ist er in Panik geraten und abgehauen. Und da ist er ja nicht der Erste.«

»Wenn er die Wahrheit sagt, ja. Aber dafür haben wir keine Garantie.«

»Mit einem guten Anwalt kommt er billig davon.« Mørk erhob sich. »Sei vorsichtig bei deinen Ermittlungen, Svend. Diese Typen sind viel gefährlicher als Frantz Bejer. Halt du dich an deinen Anwaltskram und überlass uns die Grobarbeit. Und noch was.«

»Ja?«

»Es gibt noch immer nichts über die beiden Frauen, die hier in Vestfold verschwunden sind. Nur eine Menge Beobachtungen, die allesamt wertlos sind. Niemand hat sie gesehen.«

»Und es gibt auch nichts Neues über den Überfall auf diese Studentin in Oslo?«

»Bisher nicht. Aber das ist ja keine große Angelegenheit.«

»Sie haben die Beweise frisiert«, sagte ich. »Als Reidar Andersen verurteilt wurde. Ich habe eine Zeugin gefunden.«

Mørk hob die Augenbrauen. »Du liegst wirklich nicht auf der faulen Haut. Um was geht es?«

Ich berichtete über meinen Besuch bei Frau Nilsen. »Das bedeutet ja, dass er nicht auf Unterhosen abgefahren ist.«

»Aber sonst beweist es nichts.«

»Wenn sie an diesem Beweismaterial herumgepfuscht haben, können sie doch auch andere Dinge getan haben.«

»Zum Beispiel?« Mørk blickte mich nachdenklich an. »Hältst du das für ungewöhnlich? Damenunterhosen unterzuschieben, wenn sie wissen, mit wem sie es zu tun haben? Sie waren von seiner Schuld überzeugt. Vergiss das nicht.«

Ich winkte ab. »Darüber will ich nichts mehr hören. Nächstes Mal trifft es sicher mich.«

*

An diesem Nachmittag ging ich nicht zurück ins Büro. Ich ließ mein Telefon liegen, sagte meine wenigen Termine ab und spazierte mit Hulda am Fjord entlang. Noch immer hing eine Ahnung von Sommer in der Luft, obwohl der Herbst die behagliche Wärme schon verjagte. Ich benutzte den Abend, um festzustellen, dass die Freiheit noch immer wertvoll war, so deprimierend die Wirklichkeit auch aussehen mochte. Der bloße Gedanke an die Ausstattung der hiesigen Arrestzellen, in die häufig die Kandidaten für die Untersuchungshaft gesteckt wurden, jagte mir kalte Schauer über den Rücken.

Das Meer brachte mich wieder ins Gleichgewicht. Die Wellen eines Bugs, der sich gleichmäßig durch das Wasser schob, vermischt mit dem beruhigenden Pochen eines Sleipner-Motors, waren Balsam für meine strapazierten Nerven. Als ich am späten Abend wieder in meine Wohnung kam, hatte ich zum ersten Mal seit der schrecklichen Explosion in Grønland Lust auf eine Begegnung mit dem Alltag.

Aber nur, bis ich den Anrufbeantworter überprüfte und die Klänge mir entgegenströmten. Bachs Orchestersuite Nr. 3 in D-Dur, ein Werk, das oft bei Trauerfeiern gespielt wird. Die Wiedergabe war alles andere als perfekt, aber deutlich genug. Wahrscheinlich hatte irgendwer den Telefonhörer an einen Lautsprecher gehalten. Keine Mitteilung, nur diese düsteren, assoziationsreichen Klänge. Wie in einer Kapelle.

Ich versuchte nicht, die Nummer des Anrufers ausfindig zu machen. Ich wusste ja schon, dass es sich um ein nicht registriertes Mobiltelefon handelte. Der Anruf war um zwanzig Uhr gekommen, als ich gerade am Leuchtturm von Fuglehuk vorbeigegangen war.

Ich blieb sitzen und starrte ins Leere. Normale Menschen hätten sich jetzt an die Polizei gewandt, aber ich wusste ja, dass dort nur wenig zu holen war. Und was hätte ich ihnen eigentlich sagen sollen? Dass ich eine anonyme Person mit hervorragendem Musikgeschmack verklagen wollte?

Es war Montagabend. In fünf Tagen würde ein neuer Samstag anbrechen, hoffentlich auch für mich. Aber jetzt war ich in keiner Hinsicht mehr sicher.

Ein bohrender Verdacht brachte mich dazu, Mari anzurufen. Aber bei meiner Exfrau war auch keine Hilfe zu finden. »Sie ist mit irgendwelchen Freundinnen unterwegs, glaube ich.« Sie hörte sich resigniert an.

»Um diese Zeit?« Es war elf Uhr abends. »Muss sie morgen nicht in die Schule?«

»Sie sagt mir nicht mehr, wohin sie geht. Du musst mal ein ernstes Wort mit ihr sprechen, schließlich hast du sie so verwöhnt.«

Diese Bemerkung hatte mir gerade noch gefehlt. »Sag ihr, sie soll mich anrufen, wenn sie nach Hause kommt«, sagte ich müde. »Egal wie spät es wird. Ich versuch mal, ihr Mobiltelefon anzurufen.«

Sie saß in einem Auto, das konnte ich deutlich hören. »Mit wem bist du zusammen?«, fragte ich misstrauisch. »Und was treibst du eigentlich so spätabends?«

»Wir fahren nur eine Runde«, sagte sie so defensiv, dass ich ihr sofort ein nicht ganz reines Gewissen unterstellte. »Zusammen mit ein paar Mädels aus meiner Klasse. Else fährt, ihr Vater hat ihr den Wagen geliehen.« Else war ein Jahr älter als die anderen. »Sie fährt sehr vorsichtig, du brauchst dir also keine Sorgen zu machen.«

»Ich schlage vor, dass ihr jetzt ins Bett geht«, sagte ich streng. »Und macht keine Dummheiten, ja?« Seltsamerweise fragte sie nicht, was ich damit meinte. Und auch das machte mich nervös.

12

Am nächsten Morgen kamen mir meine Erlebnisse vom Montag unwirklich vor. Der Mord in Oslo beherrschte die Schlagzeilen. Die Geschichte der gescheiterten Entführung der Studentin wurde ebenfalls breitgetreten, und die Zeitungen wiesen sehr deutlich darauf hin, dass dieser Überfall mit dem Verschwinden der beiden Mädchen in Vestfold in Verbindung gebracht werden könnte. Alle drei hatten ja vermutlich versucht, per Anhalter zu fahren.

Bilder von Reidar Andersen und seinem Wagen prangten auf den Vorderseiten der Zeitungen.

HAT DER UNTERHOSENMÖRDER WIEDER ZUGESCHLAGEN?

Sicher hatte ein juristischer Berater für dieses Fragezeichen gesorgt. Ein prominenter Anwalt aus Vestfold war offenbar im Zusammenhang mit dem Mord an dem begabten Forscher Frantz Bejer ins Visier der Polizei geraten, dem Mann, den diese Zeitungen nur wenige Wochen vorher als Bombenleger gebrandmarkt hatten.

Ein prominenter Anwalt aus Vestfold? Ich hatte den starken Verdacht, dass diese Behauptung meine Mandantenliste nicht vergrößern würde. Ich glaubte fast schon, das erleichterte Aufseufzen meiner Exkollegen unten im Haus zu hören, die sich sicher glücklich priesen, weil sie mich rechtzeitig losgeworden waren. Alles für die Mandanten.

Ich versuchte, so zu tun, als sei es ein normaler Tag,

was sich aber rasch als unmöglich erwies. Nicht nur die Medien hatten es auf mich abgesehen. Aber die Einzige, mit der ich reden mochte, war meine Tochter. Sie schien sich von dem Mediensturm nicht beeinflussen zu lassen. Man konnte das vielleicht mit Erfahrungen aus früheren Eskapaden ihres Vaters erklären. Ich selbst hielt es für eine Kombination aus guten Genen und guter Erziehung.

Mari interessierte sich auffällig für die verschwundenen Mädchen. Normalerweise kümmerte sie sich nicht sonderlich um Kriminalfälle. Aber diesmal war ja immerhin eine Bekannte von ihr betroffen.

Ich brachte Fredriks versengte Festplatte zu einem Computerfreak, den ich einmal vor dem Gefängnis bewahrt hatte, obwohl der Knabe sich in das Computersystem einer Bank gehackt und dort vergnügt hatte. Es war einfach gewesen, sich mit der Bank gütlich zu einigen. In diesen Kreisen wünschte man vor allem Stillschweigen.

Ich beschloss, noch einen Ausflug nach Horten zu unternehmen. Mørk hatte mir alle Informationen gegeben, die ich brauchte. Raymond Antonsen wohnte in Falkensten, etwas außerhalb der Stadt, wo er ein Haus gemietet hatte. Meinen Unterlagen zufolge arbeitete er in einem Antiquitätenladen.

Ich konnte bald feststellen, dass Schrotthandel eine passendere Bezeichnung gewesen wäre, als ich vorüberging und ins Fenster schaute, wo allerlei Müll aufgestapelt war. Wenn ich mich nicht sehr irrte, dann wurde in diesem Laden bestimmt allerlei Hehlerware umgesetzt. Der Besitzer war ein guter Bekannter der Polizei, aber sie hatten ihm lange nichts mehr nachweisen können. Außerdem war es praktisch, einen Ort zu haben, wo man suchen konnte, wenn etwas vermisst wurde. Die Polizei nutzte ihn zudem ab und zu als Informanten.

Der Laden wirkte wie ausgestorben. Aber auf dem Hinterhof stand ein alter Pick-up, und als ich die Motorhaube betastete, konnte ich feststellen, dass sie noch warm war.

Glücklicherweise fand ich auf der gegenüberliegenden Straßenseite einen Imbiss, wo ich mich an einen Fenstertisch setzte, Kaffee und ein Frikadellenbrot bestellte und versuchte, die übelsten Schlagzeilen zu übersehen, als ich mich durch die Zeitungen blätterte. Ich war der einzige Gast und hatte endlos Zeit.

Nachdem ich eine halbe Stunde gewartet hatte, tauchte ein Mann auf und schloss die Ladentür auf. Er war groß, kräftig und dunkel, seine Haut war fast braun. Ein Kranz aus grauen Haaren umgab seinen Kopf wie eine Wolke. Er trug einen verdreckten Overall und mochte so Mitte fünfzig sein. Einwandfrei ein Mann, dem ich ungern in einer dunklen Gasse begegnen würde, und eigentlich auch nicht bei helllichtem Tag in Horten. Er sah reizbar aus. Aber er hatte keine große Ähnlichkeit mit meinem Mann.

Einige Minuten darauf passierte wieder etwas. Noch ein Typ kam angetuckert, und auch er verschwand im Laden. Diesmal hatte ich Glück. Raymond Antonsen war noch größer als sein Chef, aber viel dünner, mit Hühnerbrust und Unterarmen voller Tätowierungen. Er sah nicht gesünder aus als ein Schwindsüchtiger. Ein Hängeschnurrbart in einem schmalen, verhärmten Gesicht ließ ihn traurig wirken. Und nach der Begegnung mit mir würde er sicher auch traurig sein.

Ich faltete die Zeitungen zusammen, bezahlte die

Rechnung, die erstaunlich niedrig war, und überquerte die Straße. Einen Plan hatte ich wieder einmal nicht. Aber da wir in einem freien Land lebten und der Laden geöffnet hatte, konnte es doch nicht schaden, einen Blick auf die Waren zu werfen.

Der Köter, der mich von der Theke her ankläffte, sah aus, als ob er zum Frühstück Pudel verspeiste. Es war klug von mir gewesen, Hulda zu Hause zu lassen.

Das Lokal war vollgestopft mit Schrott. Von Antiquitäten zu sprechen, wäre eine sprachliche Todsünde gewesen.

Ich bahnte mir vorsichtig einen Weg durch das Gerümpel und behielt dabei den Köter im Auge, der mit einer kräftigen, aber rostigen Kette an der Theke angebunden war. Diesem Laden konnte man nicht gerade vorwerfen, sich übertrieben um die Kundschaft zu kümmern.

Aus dem Hinterzimmer waren Stimmen zu hören, wütende Stimmen. Ich hoffte, dass sie nicht über mich sprachen.

Nach einigen Minuten tauchte Antonsen auf. »Ja?«, blaffte er. »Ist was?«

»Ich wollte mich nur umsehen«, sagte ich höflich. »Sie haben ja allerlei zu bieten.«

Er glotzte mich misstrauisch an. »Suchen Sie was Bestimmtes?«

Ich schüttelte den Kopf. »Nein, einfach alten Kram. Gerne aus den achtziger Jahren«, fügte ich waghalsig hinzu. Sicher bestand die Gefahr, dass dieser Typ den doppelten Sinn dieser Aussage nicht begriff, und deshalb versuchte ich, noch deutlicher zu werden. »Eine Bekannte hat Sie empfohlen«, teilte ich lässig mit. »Mirjam Lange. Sie erinnern sich vielleicht an sie?«

Seine Reaktion war beängstigend. Er drehte sich mit einem Tempo zu mir hin, das ich seinem ausgezehrten Körper niemals zugetraut hätte, knallte eine überraschend große Faust auf die Theke, worauf sogar das Untier auf dem Boden die Klappe hielt, und schaute sich ängstlich um. »Was soll das heißen, zum Teufel?«

»Ach, war nur so ein Tipp«, sagte ich. »Sie war hier und hat etwas Interessantes gefunden.«

Ich konnte ihn förmlich denken hören. Am Ende entschied er sich glücklicherweise für eine friedliche Strategie. »Ich kenne diese Dame nicht«, sagte er mürrisch. »Sagen Sie Bescheid, wenn Sie was finden«, grunzte er dann noch in einem misslungenen Versuch, freundlich zu wirken, dann verschwand er wieder im Hinterzimmer. »Ich bin hier drinnen.«

Die Musik, die aus einem schlecht eingestellten Radio dröhnte, signalisierte durchaus keinen exklusiven Musikgeschmack. Ich konnte mir nicht vorstellen, dass dieser Gorilla je auch nur von den klassischen Perlen gehört hatte, die mir zugespielt worden waren, ganz zu schweigen davon, dass er fähig gewesen wäre, dermaßen subtile Drohungen anzuwenden. Aber er konnte ja seine Helfer haben.

Der Köter an der Theke war gerade dabei, sich von seiner Kette zu befreien. Ich konnte mich gerade noch in Sicherheit bringen, ehe das Vieh seine Zähne in die Tür schlug.

Falkensten war nur wenige Fahrminuten vom Zentrum entfernt. Mit Hilfe von Mørks Beschreibung fand ich sofort den Weg zum Haus, das ganz allein am Ende einer Sackgasse lag. Obwohl, Haus … das Gebäude sah eher aus wie eine Mischung aus Garage und Scheune. Auch der obligatorische Schrott auf dem Hof fehlte nicht. Autowracks, Trecker, Mopeds, Badewannen und geheimnisvolle Maschinen aller Art waren dort verstreut. Und kein Schwein war zu sehen.

Da die Bestie ja im Laden Dienst schob, riskierte ich es, zur Eingangstür hinten in der Bruchbude weiterzugehen. Die Tür war angelehnt. Ich schaute mich abermals um. Es war verlockend und technisch gesehen nicht einmal Einbruch.

Das Hausinnere war überraschend gut aufgeräumt, auch wenn der Abwasch schon einige Tage dastand und eine Runde Putzen den Böden nicht geschadet hätte. Es war gemütlich, mit Möbeln aus den fünfziger Jahren und sogar Blumen auf der Fensterbank. Vieles ließ annehmen, dass dahinter eine Frau steckte.

Ich bewegte mich vorsichtig von einem Zimmer zum anderen, was rasch geschehen war, da es hier nur zwei Schlafzimmer, ein Wohnzimmer, eine Küche und ein enges kleines Badezimmer gab. Ich hatte keine Ahnung, wonach ich suchen sollte, wollte mir eigentlich nur ein Bild von Raymond Antonsen machen, um ihn möglicherweise von meiner Kandidatenliste streichen zu können.

Im Bücherregal fand ich etwas Interessantes. Es gab dort nicht viele Bücher, aber mehrere Fotoalben. Ich fing an, sie durchzublättern.

Zu meiner Überraschung konnte ich feststellen, dass Raymond Antonsen einmal ein kleiner und scheinbar unschuldiger Knabe gewesen war. Auf der Treppe bei Muttern, zusammen mit Geschwistern, mit einer Katze auf dem Schoß, beim Angeln mit jemandem, bei dem es sich sicher um seinen Vater handelte. Sein

Erwachsenenleben war dagegen nicht so ausführlich dokumentiert. Aber er hatte Zeitungsausschnitte gesammelt. Die Fälle, bei denen er verurteilt worden war, und auch die, bei denen es einen Freispruch gegeben hatte, waren detailliert vertreten. Ich registrierte, dass die Fälle, in denen Reidar Andersen verurteilt worden war, umfassend dargestellt waren, auch wenn Antonsens Name, soviel ich sehen konnte, nicht einmal erwähnt wurde. Es wurde nur darauf hingewiesen, dass die Polizei noch mehrere vorbestrafte Vergewaltiger im Blick hatte.

Ich war dermaßen in dieses Material vertieft, dass ich Zeit und Ort vollständig vergaß. Das war nicht unbedingt klug, denn als ich hinter mir Schritte hörte, konnte ich mich nicht mehr umdrehen. Etwas Schweres und Hartes traf mich. Es war, als hätte jemand das Licht ausgeknipst. Ich sank in die Knie und versuchte, mich vor dem nächsten Schlag zu schützen, mit dem Resultat, dass die Hand, die ich noch in meinen Nacken legen konnte, von einem harten Schlag gelähmt wurde. Jemand hämmerte mit einem Spaten auf mich ein.

Ich kroch über den Boden, bekam ein Stuhlbein zu fassen und knallte den Stuhl mit voller Kraft gegen die Beine meines Peinigers, den ich noch immer nicht gesehen hatte. Das verschaffte mir eine kleine Atempause, ausreichend, um mich halbwegs aufzurichten.

»Ganz ruhig!«, rief ich. »Das ist ein Missverständnis!«

Erst jetzt sah ich, dass mich eine Frau angegriffen hatte. Eine Riesin in der Hundertkiloklasse. Sie war kohlschwarz, hatte dunkle Kräuselhaare und stand jetzt mit erhobenem Spaten über mir. »Was zum Teufel machst du hier?«, fragte sie. »Hier gibt's nichts zu stehlen. Gehst du jetzt freiwillig oder muss ich die Bullen anrufen?«

»Ganz ruhig«, sagte ich noch einmal, während ich vorsichtig die schwellende Beule an meinem Hinterkopf betastete. »Ich wollte nur mit Raymond sprechen. Die Tür stand auf, und da dachte ich, dass er zu Hause ist. Wer sind Sie denn überhaupt?« Ich war jetzt auf die Beine gekommen. Das Album auf dem Boden verriet, dass ich gelogen hatte. »Ja, ich wollte nur beim Warten einen Blick auf die Bilder werfen«, fügte ich kleinlaut hinzu.

Sie glaubte mir nicht. Aber sie gestattete es mir, mich an den Küchentisch zu setzen, während ich versuchte, wieder zu Atem zu kommen. »Ich wohne hier. Ich wohne jetzt seit fast fünf Jahren mit Raymond zusammen und kenne ihn seit zehn. Willst du ein Glas Wasser?«, fragte sie überraschend freundlich.

Ich nickte. Das hätte ich nicht tun dürfen. Rote Wolken schoben sich vor meine Augen.

Sie musterte mich mit fast mitleidigem Blick. »Hier treiben sich so seltsame Leute rum«, sagte sie entschuldigend. »Ich hab dich auch für so einen gehalten.«

»Was denn für Leute?« Ich konnte mir nur schwer vorstellen, dass diese Bruchbude für Einbrecher ein beliebtes Objekt sein könnte.

»Ach, du weißt schon.« Sie sah sich um. »Leute wie wir sind doch in der Nachbarschaft nicht gerade willkommen. Niemand hier will mit uns zu tun haben. Raymond hat viel angestellt, das ist schon richtig. Aber das ist lange her. Er hat seine Strafe abgesessen und ich auch.«

Ich fragte nicht, was sie getan hatte. Es hätte mich

nicht gewundert, wenn es sich um Körperverletzung gehandelt hätte. »Ich heiße Foyn«, sagte ich. »Svend Foyn. Ich bin Anwalt.« Nachdem ich mich dermaßen blamiert hatte, konnte ich auch gleich die Karten auf den Tisch legen. »Es geht um diese Mordfälle, mit denen Reidar Andersen zu tun hatte.« Ich musterte sie aufmerksam. »Er wohnt ja auch hier in der Stadt. Sie haben sicher von ihm gehört?«

»Das habe ich, ja. Die Frau war auch hier, die Schöne, Taube. Ich hab zum Raymond gesagt, dass er sich anständig benehmen und mit ihr reden sollte, aber er hatte Angst und hat sie vor die Tür gesetzt.«

»Angst? Hatte er vielleicht ein schlechtes Gewissen?«

Sie bedachte mich mit einem wütenden Blick. »Er wollte diesen alten Kram nicht wieder aufwühlen. Raymond hat nichts getan. Aber die Bullen wollten ihn damals fertigmachen, einfach weil er schon mal Ärger gehabt hatte, lange vor den Morden, als er noch ganz jung war. Die haben nicht viel Phantasie, diese Kriminaltypen. Aber wenn sie einen einsacken wollen, dann fällt ihnen immer etwas ein.«

Ich konnte ihr da nur zustimmen. »Haben Sie ihn damals schon gekannt?«

»Wofür halten Sie mich? So alt bin ich nun auch wieder nicht.« Sie schaute mich beleidigt an. Beim Alter einer Frau darf man sich nicht vertippen. Jedenfalls nicht in die falsche Richtung. »Einer von denen war übrigens hier.«

»Ach! Kürzlich erst?«

»Vor ein paar Wochen, ja. Er kam einfach hier reingeplatzt, als ob das sein Haus wäre. Ein echtes Arschloch, das war er.«

»Was wollte er?«

Sie seufzte resigniert. »Wenn man erst einmal eine Dummheit begangen hat, kriegt man nie wieder Ruhe. Er hat nach diesem alten Kram gefragt, genau wie die Taube.«

»Nach dem Andersen-Fall?«

Sie nickte stumm.

»Wissen Sie noch, wie dieser Polizist hieß?«

»Der sah aus wie ein Pastor«, sagte sie energisch. »Aber das war er nicht, o nein. Holberg oder so ähnlich hieß er, glaube ich.«

»Kolberg?«, fragte ich. »Knut Kolberg? Hieß er so?«

»Genau, ja.«

»Der ist nicht mehr bei der Polizei.«

»Das hat er uns nicht gesagt. Raymond hatte nichts zu erzählen, und da war er stocksauer.« Sie schaute mich herausfordernd an. »Warum hat er den Raymond so gequält? Der hat doch nichts getan.«

Fast hätte ich ihr geglaubt. Raymond Antonsen kam mir langsam vor wie das pure Unschuldslamm.

»Ich kapier ja nicht, warum ihr euch mit diesem uralten Kram abgebt. Da kann doch nichts Gutes bei rauskommen, oder? Aber Sie können mir vielleicht erzählen, was eigentlich los ist?«

»Leider nicht«, sagte ich. »Das wüsste ich nämlich auch gern.« Meine Kopfschmerzen ließen langsam nach, deshalb erhob ich mich und machte einige unsichere Schritte. »Vielleicht erzählen Sie Raymond lieber nichts von meinem Besuch«, schlug ich vor. »Wir wollen ihm doch keine Angst einjagen, oder? Und wenn Ihnen noch etwas einfällt, dann rufen Sie mich bitte an.« Ich gab ihr meine Karte. »Egal wann.« Ich sah den Spaten an, den sie noch immer fest im Griff hatte. »Ich glaube, den können Sie jetzt weglegen.«

Ich fuhr sehr vorsichtig zurück in die Innenstadt. Noch der kleinste Ruck beschwor den roten Nebel wieder herauf. Es war so schlimm, dass ich schon fast mit dem Gedanken spielte, mir einen Wagen mit Federung zuzulegen.

Es war noch immer früh am Tag. Ich hatte nicht vor, mein Büro aufzusuchen, und die Stadt Horten hatte noch immer viel Interessantes zu bieten. Irgendwer musste doch etwas über Reidar Andersen wissen. Ich bezweifelte nicht, dass die Polizei auf Jagd nach Informationen und Spuren die ganze Gegend durchgekämmt hatte. Aber die meisten Leute haben Angst vor Obrigkeit und Uniformen. Sich vor mir zu fürchten, wäre dagegen völlig abwegig.

Zuerst versuchte ich mein Glück bei den Nachbarn. Da sie davon ausgingen, dass ich von der Presse kam, wurde ich überall abgewiesen, abgesehen von einem Haus, wo mir eine junge Frau die Tür öffnete. Hinter ihr krochen zwei heulende Kinder herum, die mit einer heftigen Prügelei beschäftigt waren. Die Frau war schwarz gekleidet und hatte hübsche Piercings an allen möglichen Stellen, abgesehen von denen vielleicht, die ich aus Gründen der Schicklichkeit nicht betrachten konnte. Aber ich ging davon aus, dass sie wohl auch dort dekoriert war.

»Ja?«, fragte sie direkt. »Wer bist du? Staubsauger verkaufst du ja wohl nicht, oder?«

»Gut beobachtet«, sagte ich. »Hast du einen Moment Zeit?« Aus irgendeinem Grund hatte ich sofort

Vertrauen zu ihr. Vom Fenster in ihrem Flur aus konnte sie Reidars Haus sehen.

»Komm rein. Hier ist es ohnehin unerträglich.« Sie trat zur Seite und ließ mich eintreten. Das kleine Ungeziefer unterbrach für einen Moment den Kampf, dann ging es wieder los. »Was willst du also? Wenn du Journalist bist, dann habe ich nichts zu sagen.«

»Ich brauche Informationen«, sagte ich. »Über deinen Nachbarn, Reidar Andersen. Aber ich komme nicht von der Presse. Ich bin Anwalt.«

Sie musterte mich interessiert. »Du möchtest etwas über den Schrecken der Kleinstadt wissen, ja?« Ihr Sarkasmus war nicht zu überhören. »Die Leute hier glauben, dass er zum Frühstück Menschenblut trinkt. Was glaubst du?« Ihr Blick war ungewöhnlich direkt. Sie konnte nicht viel über zwanzig sein.

»Ich tippe eher auf Magermilch«, sagte ich. »Vielleicht auch Saft.«

Sie lächelte. Sie hatte ein hübsches Lächeln. »Er ist nur ein harmloser alter Kauz«, sagte sie. »Mir scheißegal, was er früher getan hat.«

»So alt ist er nun auch wieder nicht«, sagte ich leicht verärgert. »Kennst du ihn gut?«

»Nein, das kann ich nicht behaupten, er sagt ja fast nie was. Aber er hat mir erzählt, weshalb er gesessen hat, das wusste ich also schon, als es im Fernsehen kam. Er passt manchmal auf meine Gören auf, und das macht er gut. Frag doch die.«

Ich warf einen Blick auf die Miniverbrecher, die jetzt versuchten, sich gegenseitig die Augen auszustechen. »Ich versuch mein Glück lieber bei dir. Hältst du ihn für gefährlich?«

»Du bist ja vielleicht schlau. Glaubst du, ich würde

sie ihm dann überlassen?« Die Teufelsbälger heulten wie besessen, während sie aufeinander einschlugen.

Ich schluckte einen ironischen Kommentar hinunter.

»Er redet mit niemandem und geht jetzt nur selten aus dem Haus, er wird jetzt überall erkannt, wo so viel in den Zeitungen war. Und die Fotografen liegen doch hier im Gebüsch. Er traut sich nicht mal, tagsüber sein Auto zu benutzen, obwohl er die Karre so liebt. Putzt und wienert dauernd daran rum, echt. Er putzt das Auto und saugt darin Staub, jeden Tag, egal ob er es benutzt hat oder nicht.« Sie lächelte. »Er ist total waschgeil. Einmal hab ich ihn gebeten, sich auch mal meins vorzunehmen, aber das war irgendwie nicht dasselbe. Und dann fährt er abends durch die Gegend, so ganz allein. Das muss doch traurig sein.«

»Weißt du, wieso er sich das Auto leisten kann? Er hat doch sicher keine Arbeit.«

»Das war ein Wrack, als er es hier angeschleppt hat. Hat es sicher selbst repariert, nehm ich an. Leute wie der kriegen doch nie einen Job. Meinst du, irgendwer hier in der Stadt würde ihn einstellen?«

Ich wusste, dass Reidar eine Zeitlang in einer betreuten Werkstatt gearbeitet hatte, aber als dort Einsparungen vorgenommen werden mussten, war damit Schluss gewesen. Danach war ihm nur das Sozialamt geblieben.

»Er hatte Angst, sie könnten ihm den Führerschein wegnehmen. Und das hätte ihn total fertiggemacht.«

»Wieso denn?«

»Er hatte doch diese Anfälle. Aber das kam nicht oft und war immer schnell vorbei.«

»Epilepsie, meinst du?«

Sie nickte. »Ich habe eine Tante, die hat das auch, und deshalb kenn ich mich da aus.«

Es hatte sich also doch nicht ganz ausgewachsen. »Kennt ihn wirklich niemand?«, fragte ich. »Er wohnt doch schon eine ganze Weile hier.«

»Nicht dass ich wüsste, nein. Er bleibt meistens allein. Und ich hab ihn eine Weile nicht mehr gesehen.«

»Sein Auto auch nicht?«

»Seit Tagen nicht mehr. Ich weiß es nicht genau.« Sie sah mich neugierig an. »Die Polizei hat mich auch schon gefragt. Hat das was mit der verschwundenen Frau zu tun?«

»Das scheint die Polizei zu glauben, ja. Aber niemand weiß etwas Genaues und jetzt ist er verschwunden.«

»Das ist schon unheimlich, was? Übrigens«, fügte sie eifrig hinzu. »Da gibt es eine Frau, sie arbeitet in der Bäckerei in der Storgate. Ich hab beim Einkaufen einmal gesehen, dass er mit ihr geredet hat.«

»Wie heißt sie, weißt du das?«

»Eva, glaub ich. Möchtest du einen Tee? Es ist so verdammt langweilig hier.«

Die Kinder hatten den Kampf jetzt aufgegeben und lagen erschöpft auf dem Boden. Langweilig erschien mir nicht als der passende Ausdruck. »Ja, bitte«, sagte ich und fasste mir an den Hinterkopf. »Es ist hart, hier in der Stadt Leute zu besuchen.«

Ich fühlte mich besser, als ich mich erhob, um die Schwarzgekleidete zu verlassen. Sogar ihre Kinder waren mir nach und nach fast menschlich erschienen. Ich hatte nicht viel Neues über Reidar Andersen erfahren. Nur dass niemand etwas mit ihm zu tun haben wollte. Den Leuten wäre es am liebsten gewesen, wenn er einfach verschwunden wäre. Und noch schlimmer war es geworden, als die Zeitungen mit ihren Spekulationen angefangen hatten.

»Gibt es sonst noch etwas, was ich über Reidar wissen müsste?«, fragte ich. Wir standen auf der Treppe und schauten zu seinem Haus hinüber. »Was dir jetzt gerade einfällt?«

»Wenn, dann höchstens seine Musik.« Sie lächelte. »Spätabends dreht er sie ab und zu verdammt laut auf. Aber er hört ja auch kaum was, da ist das wohl kein Wunder.«

»Was hört er denn so? Klassische Musik?«

»Da kenn ich mich nicht mit aus. Oper und so, glaub ich. Ziemlich tollen Kram sogar.«

Die Bäckerei war geradezu überfüllt. Ich stellte mich ganz hintenan und wartete, bis ich an der Reihe war. Ich konnte mir nicht vorstellen, dass es sich bei der Frau hinter dem Tresen um die erwähnte Eva handeln könnte. Sie war sauer wie Essig, dick wie eine Tonne und so freundlich wie mein Deutschlehrer auf dem Gymnasium.

»Ich hätte gern mit Eva gesprochen«, sagte ich, als ich mich zum Tresen vorgearbeitet hatte. »Ist sie hier?«

»Eva«, rief die Frau. »Hier ist ein junger Mann für dich!«

Das klang doch nach einem verheißungsvollen Einstieg.

Die Frau, die aus der Backstube kam, war sicher Mitte sechzig, auch wenn sie jünger aussah. Sie war klein und schlank und hatte eine füllige, fast überwältigende Büste, Locken und ein hübsches, runzliges

Gesicht. Sie schaute mich mit offenem Blick an. »Ja?«, fragte sie. »Ist etwas?«

Ich drehte mich zu der Schlange hinter mir um. »Können wir uns irgendwo unterhalten?«

»Ja, sicher. Kommen Sie mit.« Sie öffnete die Tür zu etwas, was mir wie eine Speisekammer vorkam. Der Duft von frischem Gebäck hing schwer in dem engen Raum. »Setzen Sie sich«, sagte sie, zog einen Stuhl heran, ließ sich mir gegenüber nieder und stellte eine Tasse Kaffee auf den Tisch. »Ich weiß, wer Sie sind.«

Dieses Gespräch fing nicht ganz so an, wie ich erwartet hatte.

»Sie sind der Anwalt, der fast in die Luft gesprengt worden wäre«, sagte sie. »Als die taube Frau ums Leben gekommen ist. Svend Foyn, nicht wahr?«

»Ja, das stimmt.« Ich hatte die Initiative total verloren. Die Beule an meinem Hinterkopf pochte rhythmisch. Mir war plötzlich schwindlig.

»Stimmt was nicht?« Sie musterte mich besorgt.

»Nicht doch.« Ich trank einen Schluck Kaffee und setzte mich gerade. »Ich hab nur eine arge Beule am Kopf. Das war ein Unfall«, fügte ich hinzu, während ich die Beule vorsichtig betastete.

»Mal sehen.« Sie stand auf, holte ein großes Handtuch, hielt es in kaltes Wasser und wickelte es dann um meinen Kopf. Es war angenehm und kam mir seltsam natürlich vor. »So, das ist sicher besser. Ich will auch gar nicht wissen, wie Sie sich diese Beule geholt haben.« Sie lächelte aufmunternd.

»Ich fürchte, es gibt da einen Zusammenhang«, sagte ich, ohne das weiter zu erklären. »Ich interessiere mich für Reidar Andersen, den Mörder. Sie sind eine der wenigen hier in der Stadt, die Kontakt zu ihm hatten, habe ich gehört.«

»Was wollen Sie wissen?« Ihre Stimme klang jetzt misstrauisch.

»Ich will alles Mögliche wissen, egal was. Ich bin Reidar ja nie begegnet.«

»Ich habe keine Ahnung, was er getan hat, auch wenn ich den Klatsch ja hören musste. Aber das ist doch ein Menschenalter her. Die Leute können sich ändern, oder nicht?«

»Doch, sicher. Aber jetzt ist ja wieder etwas passiert.«

»Das wird behauptet, ja. Aber ich weiß nicht, was die Wahrheit ist.«

»Reidar Andersen ist verschwunden, sagt die Polizei.«

»Ich habe ihn seit einer Weile nicht mehr gesehen. Als die Zeitungsschreibereien angefangen haben, ist er nicht mehr hergekommen.«

»Aber vorher schon?«

Sie nickte.

»Warum?«, fragte ich. »Um Sie zu treffen?«

Sie lächelte, aber es war ein wehes Lächeln. »Er ist mit seinem alten Auto hergekommen.«

»Worüber haben Sie gesprochen?«

»Tja, was soll ich sagen. Wir haben seine Vergangenheit nicht erwähnt, wenn Sie das meinen sollten.« Für einen Moment funkelten die sanften Augen. »Niemand wollte etwas mit ihm zu tun haben. Als ob er aussätzig wäre. Er kam jeden Tag vor Ladenschluss her. Er war ein einsamer Mann.«

»Was ist mit den verschwundenen Mädchen? Kann er mit denen etwas zu tun gehabt haben?«

»Das kann ich mir nicht vorstellen.« Sie klang energisch.

»Und Sie haben keine Ahnung, wo er jetzt sein könnte?«

»Woher soll ich das wissen? Das habe ich schon der Polizei gesagt. Die war auch hier. Die und die Zeitungen. Sie haben es auf ihn abgesehen, allesamt.«

»Aber warum ist er hergekommen?«

»Wissen Sie das nicht?«

Ich schüttelte den Kopf.

»Um Brot zu holen natürlich. Das wir sonst weggeworfen hätten. Er kam mit seiner Tasche her.«

Langsam ging mir ein Licht auf. »So einem grünen Militärsack?«

»Ja, darin war viel Platz.« Sie lächelte. »Meistens haben wir sie vollgemacht.«

»Lassen Sie mich raten: Er hat Vögel gefüttert?«

»Er war sicher der größte Vogelfreund hier in der Stadt. Vor allem die Schwäne hatten es ihm angetan, die, die nicht in den Süden ziehen, sondern hier im Hafen überwintern. Bei denen war er jeden Abend, wenn keine Leute mehr unterwegs waren. Er redete mit den Vögeln, hat er gesagt, und sie haben ihn verstanden. Ich glaube wirklich, dass das stimmte.«

»War?«, fragte ich. »Warum reden Sie über ihn in der Vergangenheit?«

Sie sah mich lange an. »Ich weiß nicht«, sagte sie schließlich.

Wir tranken schweigend unseren Kaffee. Und sogar die frisch gebackenen warmen Heißwecken, die sie dazu servierte, hatten einen ganz leichten Beigeschmack.

13

Es war ruhig auf der Wache. Der Wachhabende hatte sicher seine Anweisungen erhalten. Vielleicht glaubte er, ich sei gekommen, um ein Geständnis abzulegen.

Die meisten Beamten waren nach Hause gegangen. In dem großen Gebäude herrschte eine beängstigende Stille. Es kann sein, dass meine Phantasie mir einen Streich spielte, aber ich glaubte deutlich, aus dem Keller, wo sich die Arrestzellen befanden, Stöhnen und Rufe zu hören.

Mir schauderte, als ich mit langen Sprüngen die Treppe zu Wilhelm Mørks Büro hochlief.

Der Empfang dort versetzte mir einen Schock. Er erhob sich, wischte Papiere von seinem Besuchersessel und bot mir einen Platz an. »Sieh mal an. Solltest du nicht einen großen Bogen um uns machen? Oder hast du unten etwas von dem gebeichtet, was du bestimmt auf dem Gewissen hast?«

»Ich war in Horten«, sagte ich und setzte mich. »Und habe bei unserem Freund Raymond Antonsen vorbeigeschaut.«

Mørk hob die Augenbrauen. »Und?«

»Er ist nicht mein Mann«, sagte ich bestimmt. »Und ich glaube sogar, dass er besser ist als sein Ruf.«

»Dazu gehört nicht viel. Du hast vielleicht das Vergnügen gehabt, seiner Lebensgefährtin zu begegnen?«

»Die kennst du auch?«

»Sie ist harmlos«, sagte Mørk lächelnd. »Nur sieht sie nicht so aus. Sie ist zwar vorbestraft wegen Gewalt gegen die Polizei, aber sie selbst behauptet, sie habe nur Raymond verteidigen wollen, als sie einem Polizisten fast den Finger abgebissen hat.«

»Das klingt plausibel.« Vorsichtig betastete ich die Beule an meinem Hinterkopf. Sie pochte jetzt nicht mehr, sondern tat einfach weh. »Hast du übrigens die Ergebnisse der DNA-Analyse, um die ich dich gebeten hatte?«

»Hm.« Mørk hob ein Papier von seinem Schreibtisch auf. »Reidar Andersen hat diesen Kamm gründlich benutzt, das steht fest. War es wichtig, das festzustellen?«

»Ich weiß nicht.«

»Das ist noch nicht alles.« Mørk sah mich lange an. Ich glaube nicht, dass er das fand, wonach er Ausschau hielt. »Ich habe auch einige Vergleiche anstellen lassen.«

Aus irgendeinem Grund wurde ich nervös. »Was denn für welche?«

»Sag mir nicht, dass du nicht auch schon auf diesen Gedanken gekommen bist.« Wilhelm Mørk zog eine seiner abscheulichen Zigaretten hervor, zündete sie mit stoischer Ruhe an und blies seine perfekten Rauchringe, diesmal nicht zu mir, sondern zur Decke. »Du hast ihn bei ihr gefunden, nicht wahr?«

»Ja«, sagte ich. »Stimmt. Sie hat ihn wohl aus Reidar Andersens Mülltonne gefischt.« Ich erzählte ihm von dem Parkschein, den ich in ihren Unterlagen gefunden hatte.

Mørk sah mich wieder lange an. »Alles hat gestimmt«, sagte er ruhig.

Jetzt wusste ich es. Die Erklärung hatte mir schon lange gedämmert. Die erbliche Epilepsie, die Taubheit, der Brief der Mutter, das allumfassende Interesse an Reidar Andersens Schicksal. »Er war ihr Vater, nicht wahr?«

Er nickte stumm.

Wir blieben lange sitzen, ohne etwas zu sagen. »Sie soll einer ehemaligen Kollegin erzählt haben, dass sie Proben genommen hatte«, sagte ich schließlich. »Sicher waren das diese hier.«

Mørk nickte. »Ich habe ein wenig herumtelefoniert. Sie waren im selben Internat.«

»War das die Vergewaltigungsgeschichte, in die Reidar verwickelt war? Wegen der er von der Schule geflogen ist?«

»Gewissermaßen, ja. Aber es gibt noch eine andere Version dieser Geschichte, erzählt von einer anderen Schülerin, mit der ich vorhin gesprochen habe.«

»Ja?«

»Danach ist diese sogenannte Vergewaltigung auf einem Fest passiert, bei dem alle mehr oder weniger betrunken waren. Eine Frau hat die Sache nachher bereut und Reidar angezeigt, und der hat sofort gestanden.« Mørk schnippte mit einer eleganten Bewegung die Asche von seiner Zigarette. »Wie du sicher bemerkt hast, neigt er dazu, den Leuten nach dem Munde zu reden. Später hat sie die Anzeige zurückgezogen, aber da war der Schaden schon angerichtet. Reidar war geflogen und nach Hause gefahren.«

»Wusste er, dass sie schwanger war?«

»Soweit ich feststellen konnte, ist er auf die Vaterschaft niemals aufmerksam gemacht worden. Die wenigen, die etwas gewusst haben können, haben offenbar den Mund gehalten. Und dass Reidar Andersen später als dreifacher Mörder verurteilt wurde, kann ja die Motivation, Mirjam Lange die Identität ihres biologischen Vaters zu enthüllen, nicht gerade vergrößert haben. Jetzt weißt du immerhin, was sie angetrieben hat.« Er legte mir einen Rauchring wie einen Heiligenschein über den Kopf. Einen, der nun wirklich fehl am Platze war.

An diesem Abend saß ich in meiner Mansardenwohnung und zerbrach mir den Kopf. Was hatte Bejer mir da hinterhergerufen? *Sie hat dich an der Nase herumgeführt, Foyn. So wie sie auch mich an der Nase herumgeführt hat.* Ich hatte ihn für einen Sonderling gehalten, ohne Kontakt zur Wirklichkeit. Aber jemand hatte ihn umgebracht. Und das Einzige, was ich sicher wusste, war, dass ich es nicht gewesen war. Eine Gewissheit, die ich nicht mit der Polizei teilte.

Nachdenklich blätterte ich in meinen Notizen. Ich hatte viele Fragen und wenige Antworten. Die beiden großen Einzahlungen auf ihr Konto machten mir zu schaffen, aber das taten sie schon, seit ich die Auszüge entdeckt hatte. Den Zettel mit der Telefonnummer hatte ich aufbewahrt.

Hier ist ein Anrufbeantworter von Media Sør. Leider ist unser Büro derzeit nicht besetzt. Wenn Sie nach dem Piepton eine Nachricht hinterlassen, rufen wir Sie zurück.

Die Frauenstimme war höflich und angenehm, fast sinnlich, mit einem leichten Akzent.

Ich legte auf und überprüfte die Nummer per Internet. Und es gab wirklich die Firma Media Sør Ag, mit der Adresse Markvei 32. Im Herzen von Grünerløkka.

Die Auskunft, die ich beim Firmenregister in Brønnøysund erhielt, machte mich nicht klüger. Aktienkapital von einer halben Million. Geschäftsführer und Vorstand sagten mir nichts, die Namen wirkten jedoch norwegisch. Die Firma existierte seit fünf Jahren und diente dem diffusen Zweck, alles, was mit Film zu tun hatte, zu erledigen. Die Erträge waren in den ersten Jahren befriedigend gewesen, soweit ich sehen konnte, mehr aber auch nicht.

Ich rief Mørk an, der noch immer im Büro saß. »Media Sør, sagt dir das was?«

»Sollte es das?«

»Ich weiß nicht«, sagte ich geduldig. »Kannst du das für mich untersuchen?«

»Geht es dir um etwas Bestimmtes?«

»Egal was. Was immer du finden kannst. Es eilt.«

Dazu sagte er nichts. Ich nahm das als gutes Zeichen.

»Übrigens«, sagte er, als ich schon auflegen wollte. »Ich habe einige Informationen über diesen Brand in Bjølsen bekommen. Beim Videokiosk Hawaii. Der hat sich sehr schnell ausgebreitet und in den Ruinen wurden Reste von entzündlicher Flüssigkeit gefunden.«

Mein Puls wurde schneller. »Es war also Brandstiftung?«

»Das habe ich nicht gesagt. Bei der entzündlichen Flüssigkeit handelte es sich um guten alten schwarzgebrannten Fusel. Dein alter Freund scheint Probleme mit der Kühlung am Destillierkolben gehabt zu haben. Und seine Mitbewohnerin war auch keine Expertin. Sie hat wohl versucht, sich einen Schnaps zu gönnen.«

»Hm«, sagte ich skeptisch. »Findest du nicht, dass der Brand wie gerufen kam?«

»Wie gerufen, aber vielleicht doch ganz zufällig. Die

Kripo hat sich die Sache angesehen, hat aber nichts gefunden. Vergiss nicht, dass die beim Brand umgekommene Frau eine alte Drogensüchtige war. Sie hat sich angeblich immer mit vielen brennenden Kerzen umgeben.« Er zögerte kurz. »Auch wenn sie nach meinen Informationen im letzten Jahr clean war. Aber die haben doch immer wieder Rückfälle. Sie kann also wieder losgelegt haben.«

Wieder schlief ich sehr schlecht. So schlecht, dass ich gegen drei Uhr eine Dosis Cognac zu mir nehmen und zwei Zigarren rauchen musste. Schlafen konnte ich danach noch immer nicht, aber es war jetzt angenehmer, wach zu sein. Ich dankte Gott, weil unser Gesundheitsminister und seine Bande es noch nicht geschafft hatten, auch in die Privatsphäre einzudringen. Aber ich kam zu dem Schluss, dass das nicht die richtige Adresse für solche Lobpreisungen war.

Der Mittwoch kam ohne mein Zutun. Im Gegenteil, ich versuchte, ihn so lange wie möglich hinauszuzögern. Aber als ich endlich kapitulieren musste, lag es an Hulda, die, soviel ich wusste, keine Beziehung zu existentiellen Problemen hatte. Sie wollte auf dem Slottsfjell ausgelüftet werden.

Danach verhielt ich mich wie ein echter Anwalt. Ich ging ins Büro, holte die Post, öffnete und sortierte sie, hörte den Anrufbeantworter ab, überflog die Zeitungen, räumte meinen Schreibtisch auf und fragte mich, wo die Mandanten blieben, während meine Gedanken die ganze Zeit anderswo waren. Es waren nur noch drei Tage bis zu einem neuen Samstag.

Mørk störte mich durch einen Anruf. »Du hast wieder die Finger nicht bei dir halten können, was?«

»Ich verstehe nicht, wovon du redest.«

»Erzähl mir nicht, dass du nicht gewusst hast, wer hinter Media Sør steckt.«

»Es handelt sich vielleicht um einen gewissen Josip M.?« Mein Verdacht hatte also nicht getrogen.

»Offiziell ist er nur Berater. Aber die Wirtschaftsleute von der Kripo sagen, dass er mehrere Mediengesellschaften kontrolliert, hier und in anderen Ländern. Auf diese Weise kann er Schwarzgeld aus kriminellen Aktivitäten waschen. Aber dieses Pornounternehmen scheint ganz legal zu sein.«

»Die Firma produziert also Pornos?«

»Produziert und vertreibt, ja.«

»Vielen Dank«, sagte ich und legte auf, ehe er weitere Ermahnungen anbringen konnte.

Ich würde rechtzeitig zu einem späten Mittagessen in Oslo sein.

Auf der Fahrt dorthin hatte ich genug Zeit zum Nachdenken, was aber ohne spürbare Wirkung blieb.

Ein weiterer Anruf bei Media Sør brachte mich in Kontakt zu der Frau mit der sinnlichen Stimme. Sie konnte mir mitteilen, dass Josip M. sich normalerweise nicht in diesem Büro aufhielt, dass sie ihm aber etwas ausrichten könne, falls es wichtig sei. »Vielleicht schaut er heute Nachmittag herein.«

»Sagen Sie ihm, es geht um Mirjam Lange. Ich heiße Foyn, Anwalt Svend Foyn. Ich komme gegen drei. Dann sollte er auch dort sein.« Ich legte auf, ehe sie protestieren konnte.

Ich hielt am Schous plass und ging mit Hulda den Markvei hinauf. Es war ein angenehmer, entspannter Nachmittag im frühen Herbst. Nichts kam mir bedrohlich vor. Hulda freute sich über die exotischen Düfte.

Nummer 32 war vor allem ein Wohnblock. Im Erdgeschoss gab es jedoch mehrere Ladenlokale: Töpferei, Kiosk, Polsterei, Galerie, ein Sportgeschäft, das hier wirklich fehl am Platze war. Und Media Sør AS. Neutrales Schild, vorgezogene Vorhänge, eine bescheidene Eingangstür. Wirklich keine Spur von Hollywood.

Die Tür war unverschlossen. Die Frau, die von einem ordentlichen und blank polierten Schreibtisch aufschaute, sah genauso aus, wie ich mir das vorgestellt hatte. Eine dunkle, in Schwarz gekleidete Schönheit, herausfordernd und sexy. Ihre Nägel waren lang und rot. Sie schienen nicht benutzt zu werden, um auf eine Tastatur einzuhämmern.

»Ja?« Sie musterte mich mit Schlafzimmerblick.

Ich beugte mich über den Schreibtisch. »Foyn«, sagte ich. »Ist er da?«

Sie schüttelte den Kopf. »Ich habe es ihm ausgerichtet.«

»Na gut.« Ich wartete nicht auf eine Aufforderung, sondern setzte mich einfach auf ein wahrscheinlich teures, aber unbeschreiblich geschmackloses Sofa und musterte den Raum. Es sah wirklich nicht nach Filmindustrie aus. Ein Fernseher, ein DVD-Gerät und einige Plakate waren alles, was hier an Film erinnern konnte.

»Vielleicht sollten Sie ihn anrufen und ihm mitteilen, dass ich da bin?«, schlug ich vor.

Brav griff sie zum Telefon. Das Interessante an dem Gespräch, das sie dann führte, war nicht der Inhalt, denn von dem verstand ich kein Wort. Sondern die Sprache. Ich tippte auf Serbokroatisch.

»Na?«, fragte ich, als sie fertig war. »Muss ich lange warten?«

»Er wird bald da sein.« Sie vertiefte sich in den Anblick ihrer Nägel.

So blieben wir sitzen. Eine besonders aufmunternde Gesellschaft war sie nicht. Auch wenn sie schön war, hatte ihr ein wenig zu grell geschminktes Gesicht etwas Hartes. Es lag vielleicht am Blick. Sie hatte sicher so einiges gesehen. Ich hätte gern gewusst, ob Josip M. seine Schauspielerinnen auch als Sekretärinnen einsetzte.

Die Minuten vergingen. Ich warf einen warnenden Blick auf das ungeduldige Tier, das draußen warten musste, und zog *Dagbladet* hervor. Die Schönheit schien nicht zu wissen, was sie machen sollte. Besonders viele Büroarbeiten schienen hier nicht anzufallen.

Ich war so vertieft in die Reportage über die Kleptomanie der beliebten Sängerin Herborg Kråkevik, dass ich sein Hereinkommen gar nicht bemerkte. Die Vorstellung, dass der Unschuldsengel Herborg möglicherweise einmal ein Spitzendeckchen gestohlen haben könnte, war fast unerträglich. Und natürlich eine Schlagzeile auf der ersten Seite wert.

Plötzlich stand er vor mir. Ich hatte ein Foto von ihm gesehen, aber das war offenbar alt. Dieser Mann machte einen anderen Eindruck. Er war ungewöhnlich groß, windhundschmal und schien in beängstigend guter Form zu sein. Mit seinen fülligen schwarzen Haaren und dem obligatorischen Schnurrbart hätte er ein jüngerer Bruder von Saddam Hussein sein können. Hoffentlich hatte er nicht dessen schlechte Gewohnheiten, was den Umgang mit ungebetenen Gästen anging.

In der rechten Hand trug er einen schmalen Metallkoffer. Die Goldkette, die lässig über seinen Handrücken hing, war dick und sicher echt. Sein Anzug musste ein Vermögen gekostet haben.

Er blieb abwartend zwei Meter von mir entfernt stehen, während seine Sekretärin redete wie ein Wasserfall. Sie hatte jetzt hübsche rote Rosen auf den Wangen. Das ließ sie menschlicher wirken.

Im Laufe ihres Gesprächs fiel mehrere Male mein Name.

Ich erhob mich und faltete die Zeitung zusammen. »Josip Mirankovic?«

»Ja?«, fragte er, nicht sonderlich freundlich. »Ist es wichtig? Ich habe jetzt wirklich keine Zeit.«

»Es ist wichtig, ja. Können wir hier irgendwo ungestört miteinander reden?«

Er zeigte auf die Tür, die tiefer ins Haus hineinführte. »Wir können in mein Büro gehen. Normalerweise bin ich nicht hier«, fügte er hinzu, ehe er für mich die Tür öffnete. »Das hier ist nur ein kleines Nebengeschäft für uns. Die Zentrale liegt in Stockholm.«

Daran hatte ich keine Zweifel. Bald würde dann Berlin kommen und danach New York.

Das Büro war überraschend nüchtern.

Er ließ sich im Chefsessel zurücksinken und musterte mich forschend. In seinem Blick lag etwas, was mir einwandfrei nicht gefiel. »Und jetzt zu uns, Foyn«, sagte er dann. »Ja, ich habe es doch mit Anwalt Svend Foyn zu tun, nicht wahr?« Er sprach gut Norwegisch, aber mit einem leichten Akzent. »Womit kann ich Ihnen behilflich sein?« Er hatte die Finger aneinandergelegt, was seine Rolex zur Geltung brachte. Trotzdem passte er nicht ganz in die Rolle des Geschäftsmannes.

»Mirjam Lange«, sagte ich. »Es geht um sie.«

»Ja?«

»Es geht um Ihre gemeinsamen Geschäfte.«

»Geschäfte? Könnten Sie da genauer sein?« Noch immer zeigte er mir ein steinernes Gesicht.

»Hören Sie«, sagte ich leicht drohend. Als er keine Antwort gab, machte ich im selben Tonfall weiter. »Sie war meine Mandantin. Und jetzt ist sie tot. Getötet durch eine Autobombe. Davon haben Sie doch gehört?«

»Es kam in den Nachrichten, ja.« Er zuckte mit den Schultern. »Was hat das mit mir zu tun?«

»Diese Frage können Sie ja wohl besser beantworten«, sagte ich. »Deshalb bin ich hier. Und ich komme nicht vom Finanzamt.«

»Wir hatten eine kurze Zusammenarbeit«, sagte er widerwillig. »Vollständig legal, das können Sie mir glauben.«

Ich sagte nichts, ich ließ ihn einfach weiterreden.

»Diese Frau«, er zog ein silbernes Zigarrenetui hervor, klopfte sorgfältig mit dem langen dünnen Zigarillo auf die Tischkante und gab sich dann langsam mit einem Feuerzeug in Pistolenform Feuer. »Sie hat sich vor einem halben Jahr an unsere Firma gewandt und ihre Dienste angeboten.«

Dienste?

»Es war schon eine ausgefallene Anfrage«, fuhr er unbeirrt fort. »Wir hatten zwar nach Models gesucht. Aber sie wollte mit mir sprechen, auch wenn ich mich nicht in die Produktionen einmische. Außerdem hatte sie einen etwas ungewöhnlichen Hintergrund.« Jetzt lächelte er. Aber auch sein Lächeln gefiel mir nicht. »Wir überprüfen solche Dinge immer. In unserer Branche kann man nicht vorsichtig genug sein. Wir haben zweimal mit ihr gearbeitet, das war alles.«

»In Pornofilmen?« Ich versuchte, meine Stimme unter Kontrolle zu halten.

»Nicht in Filmen. Es waren Aktbilder und Hausfrauenpornos. Die Bilder, die wir von ihr gemacht haben, wurden von Zeitschriften gekauft, die Sie an jedem Kiosk bekommen können. Und sie war professionell, das muss man ihr lassen.«

»Hat sie gesagt, warum?«

»Wie meinen Sie das?«

»Warum sie bereit war, sich an Ihren schmutzigen Geschäften zu beteiligen?«

»Was weiß ich?« Er machte eine vage Handbewegung. »Meistens geht es doch um Geld. Und sie hatte Erfahrung. Das behauptete sie jedenfalls.«

Erfahrung? »Und Sie haben gut bezahlt?«

»Ich bezahle besser als die meisten anderen in dieser Branche, das kann ich Ihnen sagen.«

Ich hatte seine Beteuerungen schon ziemlich satt. Mit großer Mühe konnte ich den Wunsch unterdrücken, ihn zu Brei zu schlagen. »Haben Sie solche Bilder hier?«

Er öffnete die Schreibtischschublade und zog einen Umschlag heraus. Eine Serie von Farbfotos wurde auf dem Tisch verteilt. »Das ist vollkommen legal. Und Erwachsenen kann es nicht schaden.«

Ich kam mir vor wie nach einem Schlag ins Zwerchfell. Sie war stark geschminkt und trug eine Perücke. Halbnackt und noch viel mehr, in teilweise herausfordernden Posen. Es war nicht leicht, sie zu erkennen. Aber sie war es wirklich.

Mein Magen krampfte sich jetzt schmerzhaft zusammen.

»Sie war tüchtig«, teilte er gelassen mit. »Vor allem auf dem deutschen Markt kommt so was an.«

»Sie haben nicht die ganze Wahrheit erzählt, oder?«

Jetzt machte es ihm doch Probleme, seine Maske zu wahren. »Wie meinen Sie das?«

»Sie hat sich aus ganz anderen Gründen an Sie gewandt, nicht wahr?« Ich wusste nicht, wie ich mit meinem neuen Wissen umgehen sollte. Sie war wirklich bereit gewesen, weit zu gehen, um ihr Ziel zu erreichen.

Er sah mich lange an, ehe er weiterredete. »Es ging um diesen alten Fall«, sagte er endlich. »In den sie mich damals hineinziehen wollten. Aber das ist ihnen nicht gelungen.«

»Die Morde an drei jungen Frauen vor fast fünfundzwanzig Jahren. Sie waren damals im Visier der Polizei. Aus guten Gründen, habe ich gehört. Mirjam Lange arbeitete an diesem Fall, als sie ermordet wurde. Es gibt Leute, die glauben, dass hier ein Zusammenhang besteht.« Diese letzte Bemerkung ließ ich sozusagen in der Luft hängen.

Mirankovic erhob sich und ging zum Fenster. Dort blieb er mit dem Rücken zu mir stehen. »Diese Polizisten waren rassistische Schweine.« Er spuckte die Wörter geradezu aus. »Wenn ich ihnen nicht gäbe, was sie haben wollten, würden sie dafür sorgen, dass ich verurteilt werde. Sie hatten ihre Methoden. Ihnen war es scheißegal, ob ich schuldig war oder nicht. Damals konnten sie mich so behandeln. Damit ist jetzt Schluss.«

»Und was wollten sie von Ihnen?«

Er drehte sich zu mir um. »Sie mischen sich in Dinge ein, die Sie nichts angehen, Foyn. Das kann gesundheitsschädlich sein.« Ich war ebenfalls aufgestanden.

Er kam mir nicht sonderlich gefährlich vor. Trotzdem fühlte ich mich nicht sicher. »Ziehen Sie die Jacke aus«, sagte er plötzlich.

Er hatte wohl nicht vor, mich so einfach umzubringen, mitten am helllichten Tag, deshalb gehorchte ich.

Flinke Finger suchten mich von Kopf bis Fuß ab. Er schien zufrieden mit dem zu sein, was er nicht fand. »Sie sind also nicht verkabelt? Und haben keine Waffe?« Sein Lächeln war nicht gerade charmant.

»Musste der Falsche zwanzig Jahre hinter Gittern sitzen? Sie können jetzt unbesorgt reden. Die Verjährungsfrist ist bald abgelaufen. Und ich werde meine Zeit nicht damit verschwenden, dass ich zur Polizei gehe.«

Mirankovic starrte mich wütend an. »Sie sind dümmer, als ich dachte, Foyn. Ich habe nichts mit den Morden zu tun. Das habe ich auch Ihrer Freundin gesagt, als ich sie auf frischer Tat ertappt habe, während sie in meinen Papieren herumwühlte.« Er zeigte auf einen Aktenschrank in der Ecke. »Ob sie sich wohl eingebildet hat, ich hätte dort mein Geständnis versteckt?«

Er musste mir meine Skepsis angesehen haben. »Sie hat versucht, mich an der Nase herumzuführen, Foyn, und das tut niemand ungestraft.« Er drückte wütend den Zigarillo im Aschenbecher auf dem Schreibtisch aus und starrte mich an. »Ehe Sie gehen, werde ich Ihnen ein Geheimnis anvertrauen.« Er hatte die Stimme gesenkt und zeigte viel sagend auf ein Hightech-Telefon, das mitten auf dem blank polierten Schreibtisch stand. »Die Leute verschwinden. Ein Gespräch reicht. Es gibt Methoden genug, das können Sie mir glauben.«

Der Mann war nicht nur gefährlich. Er war auch clever. Er hätte mich fast davon überzeugt, dass er nichts mit dem Mord an Mirjam zu tun hatte. Seine anderen Beteuerungen überzeugten mich wirklich.

»Sehen Sie her«, sagte er dann, steckte die Fotos wieder in den Umschlag und reichte sie mir. »Amüsieren Sie sich damit. Und hören Sie auf, Leute zu schikanieren, die ihren ganz legalen Geschäften nachgehen. Dieser Frau hat es gefallen.«

Alle guten Vorsätze, mich zusammenzureißen, waren verflogen. Ich hatte nur noch Lust, meine Faust in die grinsende Visage vor mir zu pflanzen.

»Denken Sie nicht einmal dran.« Der eiskalte Arsch stand einfach da und sah mich an.

Ich machte auf dem Absatz kehrt und ging auf die Tür zu.

»Dieses Gespräch hat nicht stattgefunden«, hörte ich hinter mir. »Denken Sie daran. Und noch etwas.«

Ich drehte mich zu ihm um. Hinter Anzug und Gold ahnte ich den Zuhälter. »Ja?«

»Vielleicht war ich es ja doch. Aber das werden Sie nie erfahren. Ihr Norweger seid hoffnungslos naiv.« Sein höhnisches Lachen hatte keinerlei Wärme.

Die Schreibtischkönigin schaute nicht einmal auf, als ich an ihr vorüberging.

Zur Abendbrotzeit war ich zu Hause. Appetit hatte ich nicht, aber da Mari einige Tage bei mir wohnen würde, während ihre Mutter eines ihrer zahllosen Seminare in irgendeiner exotischen Großstadt besuchte, musste ich nahrhafte Kost auftischen, die Mari natürlich innerhalb von zehn Minuten verschlungen hatte.

»Es wird vielleicht ein bisschen spät«, rief sie mir

beim Hinausgehen zu. »Du brauchst nicht auf mich zu warten. Ich bin mit der Clique zusammen, du brauchst dir also keine Sorgen zu machen.« Ich hatte ihr sorgfältig eingeschärft, vorsichtig zu sein und sich nie allein an einsamen Orten aufzuhalten. »Wir haben morgen die erste Stunde frei.« Ich konnte sie nicht mehr fragen, was diese Fahrerei sollte oder was auch immer sie da machte.

Nicht auf sie warten? Bei dieser Erziehung musste etwas schiefgegangen sein.

Der Umschlag mit den Bildern brannte in meiner Jackentasche. Am Ende zog ich ihn hervor und breitete die Fotos vor mir aus. Es war eine ganze Serie. Mirjam Lange in allen möglichen Posen, mit und ohne Kleider. Sie hatte sich große Mühe gegeben, nicht zu erkennen zu sein. Ihr Gesicht war unter Schminke und Perücken versteckt.

Die Bilder waren durchaus nicht schlecht. Und sie hatte niemanden ausgenutzt, sondern nur auf vollständig legale und moralisch nicht einmal sonderlich verwerfliche Weise schnelles Geld verdient. Sie hatte es im Dienste der guten Sache getan. Diese Form von investigativem Journalismus konnte niemandem schaden. Ich hatte also keinen Grund, dermaßen niedergeschlagen zu sein. Aber ich fühlte mich elend.

Als die Uhr zehn anzeigte, gab ich auf und ging in die Stadt. In Wilhelm Mørks Büro brannte noch immer Licht. Der Mann schien kein Privatleben zu führen. Bei genauerem Nachdenken ging mir auf, dass diese Vermutung auch auf mich beängstigend gut zutraf.

Er meldete sich sofort, als ich anrief. »Ein Bier? Gibt es einen besonderen Grund?«

»Viele«, sagte ich. »Können wir das später besprechen? Ich schlage das Black & White vor. Ich bin nicht in der Stimmung für erfolgreiche Leute.« In diesem Etablissement war die Gefahr, Menschen zu begegnen, denen das Leben gelungen war, nicht gerade groß.

Das Lokal war alles andere als überfüllt. Die wenigen Gäste schienen schon lange hier zu sitzen, was ja auch der Fall war. Ihre Gesichter waren geprägt von hartem Leben, zerbrochenen Träumen und verlorenen Illusionen. Ich fühlte mich seltsam heimisch hier.

Der Wirt verzog keine Miene, als ich einen Halben und einen dreifachen Schnaps bestellte.

*

»Sieh an, sieh an.« Obwohl ich seit einer halben Stunde geduldig gewartet hatte, wurde ich doch von ihm überrascht. Er musterte die halb leeren Gläser. »Ja, wenn das so ist.« Mørk winkte dem Häuptling hinter dem Tresen unmerklich zu, einem Mann, der fast alles gesehen hatte, nachdem er aus einem um einiges wärmeren und freundlicheren Land nach Norwegen gekommen war. »Noch zwei Runden.«

Wir blieben schweigend sitzen. Manchmal braucht man nichts zu sagen.

Endlich brach Mørk das Schweigen. »Du hast also mit Josip M. gesprochen, wenn ich das richtig verstanden habe?«

Ich nickte. »Ich glaube nicht, dass er etwas mit den alten Morden zu tun hat.«

»Aber das ist es nicht, was dich bedrückt, oder?«

»Du hast Recht«, sagte ich. »Es gibt vieles andere, was mich bedrückt.«

»Hat er dir vielleicht von den Bildern erzählt?«

»Woher zum Teufel weißt du das denn?«

»Wir wissen viel über diesen Typen. Über die Bilder bin ich zufällig gestolpert.«

Ich glaubte ihm kein Wort. Bei Wilhelm Mørk gab es keine Zufälle.

»Macht dir das Probleme?«, fragte er nun. »Ein einfacher Fotojob?«

»Die Fotos quälen mich nicht weiter.«

»Was denn dann?«

»Dass sie es mir nicht erzählt hat«, sagte ich verzweifelt. »Was hat sie sonst noch geheim gehalten?«

»Überleg doch ausnahmsweise mal ein bisschen.« Mørk war jetzt ernst. »Und hör dir selber zu. Du redest wie ein Narr. Sie hat dich sicher nicht informiert, weil sie nicht wissen konnte, wie du reagieren würdest. Und du bist doch der wandelnde Beweis dafür, dass sie mit ihren Zweifeln Recht hatte.«

Ich führte mich auf wie ein Vollidiot. Aber ich konnte nicht dagegen an. So war es ganz einfach.

»Du hast sie wirklich geliebt, wie ich sehe.« Mørk starrte in sein Glas. »Das kam plötzlich, was?«

Ich konnte nur stumm nicken.

»Und jetzt ist sie nicht mehr da. Was wirst du also unternehmen?«

»Ich weiß nicht. Eigentlich weiß ich nichts. Aber eins steht fest.«

»Und das wäre?« Dieses eine Mal konnte ich keine Ironie hören.

»Ich werde die Arbeit, die Mirjam begonnen hat, zu Ende führen.«

»Ach.« Mørk wirkte nicht überrascht. »Na, jetzt weißt du immerhin, wer ihr Vater war. Glaubst du, sie hat das auch gewusst?«

»Sie konnte die Haare im Kamm ja nicht mehr analysieren lassen. Aber sie wollte mir etwas Wichtiges sagen, etwas, was sie in Erfahrung gebracht hat, als ich auf Segeltörn war. Und das hat sie nicht mehr geschafft.«

Der Wirt brachte noch eine Runde und wir konzentrierten uns auf die Getränke.

»Reidar Andersen ist wie vom Erdboden verschwunden«, sagte Mørk plötzlich. »Er und sein Wagen. Genau wie diese Mädchen. Das ist seltsam, nicht wahr?«

»Was zum Teufel ist bloß los? Kannst du mir das sagen?« Ich spürte jetzt die Wirkung des Alkohols. »Ist er doch ein verdammter Kidnapper? Ich kapier nicht, wie so was passieren kann. Und das, ohne dass ihr auch nur eine einzige Spur findet!«

»Wir arbeiten an der Sache.« Wie üblich ging ich davon aus, dass er etwas wusste. Aber jetzt hatte ich meine Zweifel. Nicht einmal Mørk hatte in dieser Geschichte noch den Überblick.

Wir leerten die Gläser. Zwei Männer mittleren Alters, die ihr Dasein nicht im Griff hatten. Erbärmlich.

»Ich habe noch eine Mitteilung bekommen. Eine neue Totenmesse.« Ich erzählte von der Meldung auf meinem Anrufbeantworter. »Was zum Teufel soll ich machen? Es ist doch schon Mittwoch. Und er schlägt samstags zu.«

»Hm. Hast du Rønningen informiert?«

Ich schüttelte den Kopf. »Warum sollte ich? Ihr tut ja doch nichts.«

»Sag das nicht«, sagte Mørk rätselhaft. »Solltest du nicht versuchen, ein wenig offensiver zu werden, statt einfach hier zu sitzen und darauf zu warten, dass etwas passiert?«

Er hatte Recht, natürlich. Ich brauchte einen Tritt in den Hintern.

»Außerdem, hast du dir schon mal die Frage gestellt, warum gerade du diese Mitteilungen bekommst?«

»Natürlich.« Ich sah ihn gereizt an. »Aber eine Antwort habe ich nicht.«

»Dein Kontakt zu Mirjam Lange hatte den Fall Fredheim als Ausgangspunkt, nicht wahr?« Mørk redete unbeeindruckt weiter. »Vielleicht solltest du da mit Suchen anfangen?«

Ich war erst weit nach Mitternacht zu Hause. Als ich nachsehen wollte, ob Mari schon schlief oder ob sie wie üblich las und den MP3-Player voll aufgedreht hatte, blieb ich in der Türöffnung stehen und starrte ihr leeres Bett an. Sie war noch nicht nach Hause gekommen.

Das gefiel mir überhaupt nicht. Sie musste am nächsten Morgen in die Schule und hatte nicht angerufen und auch keine SMS geschickt. Das machte sie sonst immer. Sie verfiel zwar oft auf die seltsamsten Unternehmungen, sagte aber Bescheid, meistens per SMS eben. Dann brauchte sie keine Argumente vorzubringen.

In diesem Moment klingelte mein Telefon. »Mari? Wo bist du?«

Zuerst herrschte bedrohliches Schweigen. Dann hörte ich ein angespanntes Atmen, und endlich war sie da. »Papa, ich bin das. Du musst tun, was er sagt.«

Das Telefon rutschte mir aus den Fingern. Ich fing es im letzten Moment auf.

»Mari?«, fragte ich noch einmal. »Was ist denn los?«

Eine andere Stimme meldete sich, eine metallische Männerstimme, unmöglich zu erkennen, vermutlich auf irgendeine Weise verzerrt. »Du tust genau das, was ich sage, nicht mehr und nicht weniger, wenn du deine Tochter wiedersehen willst«, erklärte er.

Ich sagte nichts und überlegte nur fieberhaft, während die Panik in Wellen über mich hereinbrach.

»Bleib ganz ruhig«, sagte jetzt der Mann. »Niemand darf von ihrem Verschwinden erfahren. Denk dir irgendeine Geschichte aus, falls jemand fragt. Du bist doch für deine blühende Phantasie bekannt. Und vergiss jeden Versuch, festzustellen, woher wir anrufen. Habe ich mich klar ausgedrückt?«

Ich räusperte mich. »Aber ...« Ich machte noch einen Versuch. »Was willst du denn?«

»Das erfährst du noch früh genug. Und noch etwas, Foyn.«

»Ja?«

»Wenn du dich an die Polizei wendest, wirst du sie nie wiedersehen. Ich habe den vollen Überblick über deine Unternehmungen. Und zu deiner Orientierung: Deine Tochter weiß nicht, wer ich bin, und sie hat keine Ahnung, wo sie ist. Sie wird freigelassen, sowie du deinen Teil unserer Abmachung erfüllt hast. Hier ist sie so sicher wie in der Bank. Und vollständig unversehrt.« Sein Lachen war nicht angenehm. »Bis auf weiteres.« Er legte auf.

Es war genau ein Uhr. Ich ließ mich aufs Sofa sinken. Meinen Teil der Abmachung?

In dieser langen Nacht schlief ich nicht eine Minute. Stunde um Stunde ging ich alles durch, was ich wusste, grübelte und überlegte, überprüfte alte Protokolle und Notizen, suchte im Internet Informationen und versuchte, den großen Zusammenhang zu finden, den ich schon längst hätte erkennen sollen. Mein Teil der Geschichte fing mit Kim Fredheim an. Da musste ich ansetzen.

Mehrmals hätte ich fast die Polizei angerufen. Aber die Angst vor dem, was dann passieren könnte, hielt mich zurück. Wenn die erst einmal ihren großen Apparat angeworfen hätten, würde etwas durchsickern. Und solange ich nicht ahnte, was der Entführer von mir wollte, musste ich Stillschweigen bewahren.

Um halb acht am Sonntagmorgen setzte ich mich ans Telefon. Maris Freundin Else, die als Chauffeurin fungiert hatte, gestand sofort. Wie kleine Miss Marples hatten sie ihre eigenen Ermittlungen angestellt und waren abends durch die Gegend gefahren, um nach verdächtigen Autos und Männern Ausschau zu halten. Und damit nicht genug. Bisweilen waren sie auch als Lockvögel aufgetreten und mit gezücktem Telefon die Straße entlanggewandert, während die anderen in der Nähe im Wagen gesessen hatten.

»Ich habe Mari oben in Stenmalen abgesetzt, gleich beim Sportplatz. Sie wollte nach Hause gehen, während ich die anderen holte. Und sie wollte anrufen, wenn sie etwas Verdächtiges sieht.«

»Hat sie angerufen?« Ich versuchte, meine Stimme ganz neutral klingen zu lassen.

»Nein, ich habe nichts von ihr gehört«, sagte sie zögernd. »Es war ja auch nicht weit. Ich habe danach versucht, sie anzurufen, aber da hat sie sich nicht gemeldet. Es ist doch wohl nichts passiert?«

»Aber nein«, log ich. »Sie hatte nur vergessen, ihr Telefon aufzuladen.« Ich hatte schon längst festgestellt, dass ihr Handy ausgeschaltet war. »Jetzt hat sie die Grippe, also wird sie an den nächsten Tagen in der Schule fehlen. Wann hast du sie abgesetzt, hast du gesagt?«

»Um kurz vor elf, glaube ich. Macht das was?« Ihre Stimme klang dünn. »Wir wollten doch nur versuchen, herauszufinden, was mit Jannicke geschehen ist. Aber es ist nichts passiert«, fügte sie ängstlich hinzu.

»Besonders klug war das nicht von euch.« Ich versuchte, meine Stimme unter Kontrolle zu halten. »Das dürft ihr nie wieder machen. Das ist zu gefährlich.«

14

Ich hatte den Versuch aufgegeben, etwas zu essen. Stattdessen schüttete ich mich mit dynamitstarkem Kaffee voll und starrte das Telefon an. Aber alles war still. Keine Mitteilungen, keine Forderungen, kein Lebenszeichen.

Um acht rief ich Mørk an. Nicht von meinem eigenen Telefon aus, sondern von einem Kiosk an der Eisenbahn. Meinen Festanschluss hatte ich aufs Mobiltelefon umgestellt.

Er war ein Morgenmuffel. »Weißt du, wie spät es ist?«

»Können wir uns in einer halben Stunde treffen? Im Café M?«

Etwas in meiner Stimme musste ihm gesagt haben, dass die Lage ernst war. »Na gut. Ich komme.«

»Und besorg die Adresse von Boris. Dem, der in das Ferienhaus eingebrochen ist.«

»Kein Problem. Sonst noch was?«

»Im Moment nicht.«

Ich nahm Hulda mit. Ein Gassi gehender Hundebesitzer kann doch niemanden provozieren.

Jetzt war ich es, der Mørk überraschte. Ich hatte an der Ecke beim Café gestanden und alle gemustert, die sich in der Umgebung aufhielten. Erst als ich mich ganz sicher fühlte, band ich Hulda an, ging ins Café und zog Mørk mit mir an einen Ecktisch.

Er schaute mich überrascht an. »Ganz schön heftig, was?«

»Willst du frühstücken?«

»Wenn du darauf bestehst. Dann nehme ich einen doppelten Espresso und ein Croissant.«

»Hast du die Adresse?« Vom Kaffee wurde mir nur schlecht.

Er schob mir einen Zettel hin. »Normalerweise findest du Boris bei seiner Freundin hier in Tønsberg. Seine offizielle Adresse ist in Larvik, aber da ist er nur selten.«

»Gibt es dafür einen besonderen Grund?«

»Zu viele aggressive Gläubiger. Und es ist auch nicht gesund, als Zinker zu gelten.« Mørk musterte mich nachdenklich. »Wer hat es auf dich abgesehen?«

»Niemand«, sagte ich kurz. »Mehr kann ich nicht sagen.«

»Lass mich raten. Hat es etwas mit deiner Tochter zu tun?«

Ich schaute mich erschrocken um. »Warum willst du das wissen?« Ich hatte schon mit dem Gedanken gespielt, mich ihm anzuvertrauen, aber ein Mann wie Mørk ließ sich nichts befehlen. Ich hatte Angst vor dem, was er dann unternehmen würde.

»Gibt es denn etwas anderes, was dich dermaßen aus dem Gleichgewicht bringen kann?«

In diesem Moment klingelte mein Telefon. Endlich.

»Foyn.« Überraschenderweise schaffte ich es, ruhig und deutlich zu sprechen.

»Am nächsten Samstag bringst du in *Aftenposten* einen Artikel, wo du die blödsinnigen liberalen Ansichten widerrufst, die du neulich mit deiner Journalistin vorgebracht hast.« Es war dieselbe verzerrte Stimme. »Und erspar mir idiotische Fragen. Du weißt sehr gut, was ich meine. Sorg dafür, dass die Sache als regulärer

Artikel erscheint, dann wirst du deine Tochter bald wiedersehen. Wenn nicht, kannst du sie vergessen.« Er unterbrach die Verbindung.

Ich blieb stumm sitzen und starrte mein Telefon an, als könnte es mir eine Antwort geben.

Wilhelm Mørk beobachtete mich genau. Ich wusste nicht, ob er das Gespräch gehört hatte.

Ich stand auf. »Ich muss los«, sagte ich leise. »Bis dann.«

Die Adresse, die Mørk aufgeschrieben hatte, war mir durchaus vertraut. Das Haus in der Gråbrødregate im alten Zentrum von Tønsberg hatte eine lange und bunte Geschichte. Zuerst als Mietskaserne für Arbeiter, bis die Sozialklientel eingerückt war. Nachdem es längere Zeit immer wieder verwüstet worden war, mehrere Male angesteckt und am Ende fast abgerissen, war es jetzt saniert, in hervorragendem Zustand und hatte neue und solidere Bewohner. Es wunderte mich, dass Boris' Freundin dort wohnen konnte. Aber vielleicht hatte ich ja nur Vorurteile. Mir war die Dame schließlich noch nie begegnet.

Sie wohnten angeblich im zweiten Stock, also schlich ich mich die Hintertreppe hoch und stellte mich vor die Tür. Dort blieb ich stehen und horchte. Zuerst bemerkte ich nichts. Aber nach einer Weile hörte ich dann das Schnarchen. Gleichmäßig und rhythmisch.

Es gab keine Reaktion, als ich anklopfte. Nur eine kleine, fast unmerkliche Störung im Schnarchrhythmus und ein schwaches Knacken des Bettes. Das war alles.

Es war genau neun und ich hatte nicht viel Zeit.

Ich klopfte fester. »Boris! Mach auf. Hier ist Anwalt Foyn.«

Noch immer passierte nichts.

Ich drückte auf die Klinke und konnte feststellen, dass die Tür abgeschlossen war. Das Schnarchen ging weiter.

Der Bauunternehmer hatte an dieser Tür sicher gespart, Schloss und Angeln hatten schon bessere Tage gesehen.

Im Treppenhaus war Platz genug, deshalb nahm ich einige Meter Anlauf, zielte auf die Tür gleich neben das Schloss und trat aus Leibeskräften zu, während ich meine neunzig Kilo einsetzte.

Die Tür flog krachend auf und ich fiel in ein halbdunkles Zimmer mit dicker Luft. Jetzt begriff ich, warum das Paar nicht reagiert hatte.

Aber als ich drohend vor ihrem Bett stand, erwachten sie zum Leben. Boris Hansen hob einen zerzausten Schopf vom Kissen und starrte mich aus weit aufgerissenen Augen an. In seinem Blick lag Angst. Ohne seine Schmalztolle sah er schon normaler aus. »O Scheiße! Foyn? Was willst du'n hier? Musst du die Tür kaputt machen, du Arsch?«

Die Kleine neben ihm schien bis zu ihrem sechzehnten Geburtstag noch viel Zeit zu haben. Sie sagte nichts, sondern musterte mich nur resigniert. Eine innere Stimme sagte mir, dass sie eine solche Situation nicht zum ersten Mal erlebte. Sie sollte sich so schnell wie möglich einen anderen Freund suchen.

»Du bist ja nicht wach geworden«, sagte ich, schob einen Stuhl ans Bett und setzte mich, nachdem ich sicherheitshalber nachgesehen hatte, ob das Zimmer nicht noch andere Gäste beherbergte. »Dir wird nichts passieren, wenn du ein paar einfache Fragen beantwortest.« Ich hob warnend eine Hand. »Aber wenn du irgendwelche Tricks versuchst, dann ist die Hölle los.«

Er musste verstanden haben, dass es mir ernst war. »Ja, ja, klar doch, Scheiße«, sagte er schon wohlwollender und griff sich in die Haare. »Das war doch ein Unfall, hab ich gesagt. Wenn ich gewusst hätte, dass da Leute sind, hätte ich sie rausgeholt. Scheiße, das musst du doch raffen, Foyn. Ich bin doch auch kein Vollidiot!«

»Um dich geht es mir ja auch gar nicht.«

»O Scheiße. Was geht dir denn so auf den Keks?«

»Kim Fredheim. Du musst mir alles erzählen, was du über seinen Fall weißt.«

Er kniff die Augen zusammen. »Was willst du wissen?«

»Die Beweise gegen ihn waren frisiert, nicht wahr?«

»Wenn du das weißt, wieso fragst du mich?« Als ich keine Antwort gab, redete er zögernd weiter. »Ja, so war das. Die Ärsche haben das hingetrickst. Und das war nicht das erste Mal, das kann ich dir sagen.«

»Was haben sie denn genau gemacht?«

Er hatte sich im Bett jetzt aufgesetzt. »Die haben einen Zeugen besorgt. So 'nen Arsch, gegen den sie was in der Hand hatten. Und der musste sagen, dass er Kim da oben gesehen hatte. Also seinen Granada.«

»Na gut.« Mir war damals aufgefallen, dass dieser Zeuge einen ungeheuer nervösen Eindruck gemacht hatte. Aber ich hatte nie die Gelegenheit gefunden, ihn näher unter die Lupe zu nehmen. »Woher weißt du das?«

»Von Bekannten. Spielt das eine Rolle?«

»Nein, eigentlich nicht. Aber das war noch nicht alles, oder?«

»Nein, Scheiße. Das waren die verdammten Pariser.«

»Was war mit denen?«

»Das kann nicht stimmen«, sagte er überzeugt. »So was hat er nicht benutzt.«

»Woher kannst du das so genau wissen?«

»Puh!« Er schnaubte verächtlich. »Das haben doch alle gewusst.«

»Ich nicht.«

»Dann nicht. Aber der Kim war allergisch, verstehst du.«

»Allergisch? Und wie hat sich das gezeigt?«

»Er hat 'nen Scheißausschlag am Schwanz gekriegt, wenn er einen Pariser benutzt hat. Er war sogar beim Arzt deshalb. Große rote Blasen. Latexallergie, so hat der Arzt das genannt.« Boris grinste schadenfroh. »Der konnte keine Scheißpariser benutzen. Das wollte er nicht riskieren, so übel, wie das abgelaufen war.«

»Und da bist du dir ganz sicher?«

Er nickte. »Großes Ehrenwort.«

»Ich wusste nicht, dass du Kim so gut gekannt hast«, sagte ich skeptisch.

»Er war blöd genug, das einem Typen zu erzählen. Und dann wussten es alle.«

Kim war ein naiver Junge gewesen, fast schon zurückgeblieben. Ein junger Mann, der zu vielem bereit gewesen war, um akzeptiert zu werden. Zum Beispiel dazu, anderen ein dermaßen traumatisches Erlebnis anzuvertrauen.

Das Mädchen im Bett hatte genau zugehört. Jetzt

machte sie endlich den Mund auf. Sie hatte hübsche Zähne. »Armes Würstchen«, sagte sie leise. »Wer ist der eigentlich?« Sie sah mich an. Ihr Blick erinnerte mich an Kim Fredheims. Sicher war auch sie hoffnungslos naiv.

»Einer, dem es nicht so gut gegangen ist«, sagte ich. »Er ist jetzt tot.«

»Die haben ihn umgebracht.« Boris gab sich Feuer. »Jede Wette.«

»Du redest hier vielleicht von der Polizei?«

»Yes! Bestimmt hat dieser Arsch Kolberg das so hingetrickst. Der hatte es die ganze Zeit auf uns abgesehen, klar? Jetzt hat er zum Glück aufgehört. Ich weiß ja, ich hätte das damals sagen müssen, aber die wussten so verdammt viel Scheiß über mich, und dann hätte ich sicher sitzen müssen, stell ich mir vor.«

»Sie haben Kims Fingerabdrücke auf der Kondompackung gefunden. Wie erklärst du das?«

»Weiß ich doch nicht.« Er richtete einen warnenden Zeigefinger auf mich. »Die Ärsche!«

Im Büro blieb ich dann mit meinem entsetzlichen Dilemma sitzen. Sollte ich meine Exfrau anrufen? Ich hätte das natürlich tun müssen. Aber ich wusste ja, was dann passieren würde. Sie würde sofort zur Polizei gehen und einen Höllenaufstand machen. Bis auf weiteres musste ich das bisschen Kontrolle, das ich hatte, bewahren. Ich zwang mich zu rationalem Verhalten. Wie mochte es Mari jetzt gehen? Was war ihr passiert? Vielleicht hätte ich einfach zu Rønningen gehen sollen. Sie hätte mich verstanden. Es war ein Wunder, dass ich überhaupt hier sitzen und solche Überlegungen anstellen konnte.

Am Ende riss ich mich aus meinen Grübeleien. Ich hatte viel zu erledigen.

Unser Artikel war gar nicht schlecht. Ich war ein wenig beeindruckt, als ich ihn jetzt noch einmal las.

Jetzt musste ich also alles widerrufen, und zwar so, dass es auf nichts ahnende Leser nicht allzu auffällig wirkte. Es sollte einfach eine Art selbstkritischer Überlegung eines abtrünnigen Liberalen sein, der eingesehen hatte, dass die Wirklichkeit ganz anders und viel hässlicher war als in den politisch korrekten Schreibtischtheorien. Eine Übung, die schon viele Leute hinter sich hatten, Juristen, Gesellschaftswissenschaftler und nicht zuletzt Politiker. In diesem Punkt hatte der Entführer Recht. Ich hatte verstanden, was er sich wünschte. Meinen Artikel aber in *Aftenposten* unterzubringen, und das schon am Samstag, würde viel schwieriger sein.

Jetzt musste ich mir ein Problem nach dem anderen vornehmen. Zuerst das Schreiben, dann die Zeitung.

Das Schreiben ging überraschend leicht. So einfach war es also, seine Standpunkte aufzugeben.

Mehr Strafe, strengere Bußen, höhere Moral, persönliche Verantwortung und weniger Staat. Mein Artikel wurde zu einer Abrechnung mit einer gescheiterten liberalen Theorie von Jura und Gesellschaft, die uns alle auf Irrwege geführt, die Normen aufgelöst und Traditionen zerschlagen hatte. Und damit für Prostitution, Drogen und Homosexualität die Bahn frei gemacht hatte. Ich hörte mich an wie ein Wahlkämpfer aus den USA. Ich ging davon aus, dass er das auch hören wollte. Aber ich begriff nicht, wie ich es schaffen sollte, diesen Artikel drucken zu lassen. Wenn ich ihn einfach hinschickte, würde ich die vom Entführer gesetzte Frist niemals einhalten können. Bestenfalls würde der Artikel wochenlang herumliegen, bis sie eine passende Gelegenheit fanden. Sonderlich originell war er nicht. Alles war schon früher gesagt worden. Aller Wahrscheinlichkeit nach würde ich ihn einfach zurückbekommen.

Um ein Uhr hatte ich mich entschieden. Ich musste mit dem Redakteur sprechen.

Es war nicht leicht, zu *Aftenpostens* Politikredakteur durchzudringen. Aber als ich mich als Anwalt Svend Foyn vorstellte, wurde ich rasch an Redaktionschefs und Sekretärinnen vorbeigelotst und mir wurde eine Audienz bewilligt. Auch *Aftenposten* interessierte sich für spektakuläre Kriminalfälle.

Der Redakteur stand nicht auf, als ich das Zimmer betrat. Er schaute auch nicht von seinen Papieren auf. »Setzen Sie sich solange.« Er zeigte auf seinen Besuchersessel.

Es wurde quälend still. Die Wanduhr ging auf vier zu.

Endlich schaute er auf. »Sie sind doch *der* Foyn, ja?« Er hob die Augenbrauen und betrachtete mich mit echtem Interesse. »Aus Tønsberg?«

Ich nickte und schob ihm meine Karte hin. »Anwalt Svend Foyn, ja.«

»Der Anwalt, der unten in Grønland fast in die Luft gesprengt worden wäre, ja?« Wie ein Jagdhund witterte er Neuigkeiten. »Worum geht es?«

Ich öffnete meine Aktentasche und legte ihm einen Ausdruck hin. »Das ist ein Artikel, den ich heute geschrieben habe. Ich hoffe, Sie können ihn am kommenden Samstag in der Morgenausgabe bringen.«

»Sie hatten doch vor zwei Monaten einen Artikel bei uns.« Er schaute mich fragend an. »Sie und diese Journalistin, die ermordet wurde. Einen interessanten Beitrag, das weiß ich noch.«

»Das stimmt. Aber jetzt hat sich eine neue Situation ergeben. Ich weiß ja, dass sich das seltsam anhört, aber dieser Artikel muss unbedingt veröffentlicht werden. Und zwar am Samstag.«

»Eine neue Situation? Wenn ich das richtig in Erinnerung habe, wurde der Tatverdächtige selbst umgebracht und die Polizei hatte zunächst Sie im Visier. Wie sollen wir das verstehen?«

»Sie brauchen das nicht zu verstehen. Sehen Sie sich den Artikel an, bitte.«

Er nahm den Ausdruck und fing an zu lesen.

Einige Minuten darauf schaute er auf. »Soll ich das etwa ernst nehmen?«

»Das ist kein Witz, nein.«

Er ließ sich zurücksinken und schob sich die große Hornbrille auf die Stirn. »Und warum sollten wir uns als Lautsprecher für einen Anwalt ausnutzen lassen, der auf solche Weise seine Ansichten ändert? Können Sie mir das erklären?«

»Nein«, sagte ich. »Das lässt sich leider nicht machen. Aber ich habe meine Gründe. Der Artikel ist doch in Ordnung? Sie bringen doch oft solchen Stoff. Der hier ist ja wohl nicht schlimmer? Ich kann ihn gern noch mal durchsehen, wenn Sie das für nötig halten.«

»Hm.« Er trommelte mit den Fingern und sah mich an. Sein Blick sagte mir, dass er jetzt anbiss. »Kann ich davon ausgehen, dass das hier etwas mit den Morden zu tun hat?«

»Daran kann niemand Sie hindern.«

Er schaute den Artikel an. »Der bricht doch mit allem, was Sie neulich geschrieben haben. Aber er ist durchaus gut formuliert, das muss ich sagen. Ist etwas mit Ihnen passiert? Sind Sie vielleicht klüger geworden?« Seine Brille konnte das Funkeln in seinen Augen nicht verbergen. Der Mann hatte Sinn für Humor. »Oder gibt es andere Gründe?«, fügte er hinzu, jetzt ernster.

»Ich kann jetzt nicht mehr sagen. Nur, dass das hier lebenswichtig ist. Im wahrsten Sinne des Wortes.«

Er sah mich lange an. »Normalerweise würden wir uns durchaus überlegen, diesen Artikel zu drucken.«

»Ja?«

»Das geht nicht so schnell. Aber wir können Sie ja in die Warteschleife stecken.«

»Ist es nicht interessant genug, dass ein liberaler Verteidiger sich für strengere Strafen und straffere Moral einsetzt? Einer mit meinem Hintergrund? Das müsst ihr doch als Neuigkeit bringen können.«

Jetzt erhob er sich. Er war ein kleiner Mann. Aber so wirkte er nicht. »Sie wollen sich mit unserer Hilfe in aller Öffentlichkeit zum Narren machen, ja? Denn das tun Sie hier.« Er schlug auf die Blätter auf dem Tisch. »Ist das Ihre Absicht?«

»Spielt das eine Rolle?« Ich wurde jetzt langsam verzweifelt.

»Hm.« Er stand jetzt vor dem Sessel, in dem ich saß. Seine westnorwegische Stimme war noch immer sanft, fast musikalisch. Aber sie hatte einen neuen Tonfall angenommen. »Ich werde Ihnen sagen, was wir tun. Sagen Sie mir, was dahintersteckt, dann entscheiden wir, ob es gedruckt wird. Sonst kommt das nicht in Frage.«

Er hatte Recht. Ich konnte nicht mehr klar denken. »Na gut«, sagte ich langsam. »Aber es ist unbedingt notwendig, dass das nicht herauskommt. Das Leben meiner Tochter hängt davon ab.«

»Dann erzählen Sie jetzt einfach.« Er setzte sich wieder hinter seinen Schreibtisch.

Es strömte nur so aus mir heraus. Alles, was passiert war, von dem Abend an, als ich vor dem Fernseher gesessen und Mirjam Langes Auftritt bewundert hatte, bis zu dem Moment, in dem der fatale Anruf eingelaufen war. Ich gab ihm das, was ich für das Wichtigste hielt. Er war ein guter Zuhörer.

Danach schwiegen wir beide eine Weile. Ich war vollständig erschöpft. Erst jetzt machte sich mein Schlafmangel bemerkbar. Ich würde bald ein paar Stunden schlafen müssen.

»Hier mein Vorschlag«, sagte er endlich. »Wir drucken Ihren Artikel. Aber sobald Sie den Hintergrund der Sache erzählen können, kommen Sie zu uns und zu keinem sonst. Wir wollen die Exklusivrechte. Ist das abgemacht?«

Ich erhob mich erleichtert. »Ja, das ist es.«

»Und noch eins, Foyn. Dieser Artikel wird nicht widerrufen werden. Unter gar keinen Umständen darf herauskommen, dass wir die Zeitung dafür benutzt haben. Ist das klar?«

»Na gut.« In Wirklichkeit hatte ich ja keine Wahl.

»Zugleich möchte ich Sie wirklich dringend bitten, sich an die Polizei zu wenden. Das schaffen Sie nicht allein, Foyn. Lassen Sie sich einen guten Rat geben und tun Sie es. Auf Entführer ist nie Verlass. Welche Garantie haben Sie denn dafür, dass er seinen Teil der Vereinbarung einhalten wird?«

»Keinen«, sagte ich. »Aber es verschafft mir doch ein wenig Zeit.«

Erst um neun Uhr an diesem Abend fuhr ich hoch, schlaftrunken und mit benommenem Kopf. Nach ersten sorglosen Sekunden brach die Wirklichkeit wieder über mich herein. Leider war es kein Traum. Ich befand mich in der Wohnung meines Bekannten in Grünerløkka und war von Hulda geweckt worden. Das Tier hatte ich mit nach Oslo nehmen müssen. Der Gedanke an Mari quälte mich. Grauenhafte Bilder tanzten vor meinen Augen, und ich musste sie mit Gewalt verdrängen, um überhaupt klar denken zu können.

Ich hatte versucht, Kolberg aufzuspüren. Am Telefon hatte niemand sich gemeldet. Und in seinem Haus in der Carsten Bruuns gate war niemand da gewesen, als ich auf dem Weg nach Oslo vorbeigekommen war. Ich hatte an der Tür geklingelt, aber niemand hatte geöffnet. Die Vorhänge waren geschlossen, das Haus sah verlassen aus. Eine Nachbarin hatte mir anvertraut, dass Kolberg sich derzeit nur selten sehen ließ. »Er scheint viel auf Reisen zu sein.« In der Nachbarschaft war er offenbar nicht gerade beliebt. Auch dort nicht.

Bis auf weiteres musste ich mich auf seinen alten Freund und Kollegen konzentrieren, Brede Busk. Damals Staatsanwalt beim Prozess gegen Reidar Andersen. Aber zuerst wollte ich mich mit einem anderen unterhalten. Mit Pastor Halvdan Gjedde. Und diesmal sollte er nicht so billig davonkommen.

Ich hielt in der Linderngate, gleich vor Nr. 9, wo er laut Telefonbuch im zweiten Stock hausen sollte. Die gepflegten roten Klinkerhäuser in Lindern waren zu Beginn des zwanzigsten Jahrhunderts zukunftsweisende Arbeiterbehausungen gewesen, kleine, praktische Wohnungen. Ich ging davon aus, dass der Pastor allein dort wohnte.

Die Haustür unten war abgeschlossen, und da ich nicht vorhatte, die Gegensprechanlage zu benutzen, trat ich in den Schatten und wartete auf eine Gelegenheit. Die war bald zur Stelle.

Der alte Mann, der mit seinen Schlüsseln herumfummelte, war das Wohlwollen selber, als ich anbot, ihm beim Aufschließen zu helfen und seine Einkaufstüten ins Haus zu tragen. Er verschwand in einer Wohnung im Erdgeschoss, ich ging weiter nach oben. Die Wahrscheinlichkeit, um diese Tageszeit hier jemandem zu begegnen, war nicht groß.

Vor seiner Wohnungstür blieb ich stehen und lauschte. Ein kleines anonymes Messingschild zeigte, dass ich hier richtig war. H. Gjedde. Nicht mehr. Er hatte auch keinen Türspion. Das Schloss war alt und nicht gerade solide. H. Gjedde war offenbar kein ängstlicher Mann.

Ich konnte Musik hören. Rachmaninows Klavierkonzert Nr. 3. Der Pastor hatte einen guten Geschmack. Und er schätzte klassische Musik. Das fand ich schon beunruhigender.

Als ich auf den Klingelknopf drückte, hatte ich meinen Entschluss gefasst. Ich wollte hinein.

Ich klingelte lange, zuerst ohne Reaktion. Endlich wurde die Musik leiser gedreht. Langsame Schritte näherten sich der Tür, die einen Spaltbreit geöffnet wurde. Die Sicherheitskette machte keinen widerstandsfähigen Eindruck.

»Ja?« Die Stimme war gedämpft, er schien nicht gehört werden zu wollen. »Worum geht es?«

»Eilpost«, sagte ich und hielt mich aus seinem Blickfeld heraus. »Ein Paket.« Darauf fallen die meisten herein. Und sei es nur aus purer Neugier.

Gjedde gehörte zu den skeptischeren Zeitgenossen. »Ein Paket?«, fragte er misstrauisch. »Ich erwarte kein Paket.«

»Manchmal kommen Pakete eben unerwartet«, sagte ich mit resignierter Bürokratenstimme. »Machen Sie auf, oder soll ich es wieder mitnehmen? Dann müssen Sie es im Postamt abholen.«

Er öffnete die Sicherheitskette.

Ich schob die Tür auf und drängte mich in einen dunklen Gang. Der Pastor musterte mich verdutzt. »Foyn? Was soll das denn?«

Ich schloss hinter mir die Tür. »Ich habe ein paar Fragen an Sie. Und diesmal werden Sie antworten müssen.« Ich schob ihn vor mir her ins Wohnzimmer, einen engen, mit Möbeln vollgestopften Raum. Dort blieben wir stehen und schauten einander verärgert an.

»Was wollen Sie?«

»Das ist Ihnen ja wohl bekannt. Warum war Mirjam Lange bei Ihnen?« Als er keine Antwort gab, redete ich weiter. »Weil Sie etwas über diese alten Mordfälle wissen. Informationen, die Sie als Seelsorger erhalten haben. Habe ich Recht?«

»Ich habe nichts mehr zu sagen. Sie werden mich nicht dazu bringen, gegen das Beichtgeheimnis zu verstoßen.«

»Seien Sie sich da nicht so verdammt sicher.« Ich starrte ihn wütend an. Dieser scheinheilige Mistkerl! »Meine Tochter wird von einem Irren bedroht, den Sie jetzt beschützen. Sie leben gefährlich, Gjedde. Wenn ich zwischen euch beiden entscheiden muss, dann fällt die Wahl mir leicht.« Jedes Wort kam mir von Herzen.

»Ihre Tochter? Wie meinen Sie das?«

»So, wie ich es gesagt habe. Sie schwebt in Lebensgefahr und Sie können mir helfen. Werden Sie das tun?«

Er schlug die Arme übereinander und schaute mich trotzig an. »Tut mir leid. Wenn jemand Ihrer Tochter schaden will, dann sollten Sie zur Polizei gehen. Ich kann Ihnen nicht helfen.«

»Lassen Sie mich das entscheiden«, kläffte ich.

»Ich kann mein Versprechen nicht brechen, das ist einfach unmöglich.«

»Es wäre nicht das erste Mal, Mann! Und diesmal wäre es für eine gute Sache.«

»Ich habe einen hohen Preis bezahlt«, sagte er leise. »Es wird nicht wieder geschehen. Es tut mir leid.«

Aus irgendeinem Grund glaubte ich ihm.

Aber da fiel mein Blick auf den Schrank in der Ecke. Einen großen soliden Schrank mit Schloss.

Er folgte meinem Blick und sofort wusste ich es. »Sie hat Ihnen den Schlüssel gestohlen, nicht wahr?«

Ich nahm sein Schweigen als Bestätigung.

»Aber sie konnte den Inhalt vielleicht nicht mehr durchsehen, ehe das Schloss im Büro ausgewechselt wurde? Oder hat sie es geschafft?« Ich pflanzte ihm meine Faust vor die Hühnerbrust und schob den langen, schlaffen Körper auf ein Sofa, während ich auf den Schrank zeigte. »Wo ist der Schlüssel? Denn Ihre Geheimnisse haben Sie jetzt wohl dort versteckt?«

Er feuchtete sich die Lippen an, wie um etwas zu sagen, brachte aber keinen Ton heraus.

»Wie Sie wollen. Und wenn ich diese Bude in Einzelteile zerlegen muss, ich werde ihn finden. Und da können Sie mir auch gleich verraten, wo der Schlüssel liegt.«

Plötzlich schien er zu resignieren. »Da«, sagte er fast unhörbar und zeigte auf den Schreibtisch. »In der obersten Schublade.« Er saß bewegungslos auf dem Sofa und starrte vor sich hin, als wäre ich überhaupt nicht anwesend. Vielleicht kommunizierte er gerade mit dem Schöpfer persönlich.

Ich riss die Schublade heraus und leerte ihren Inhalt über dem Tisch aus. Und da lag der Schlüssel.

Er sagte nichts, als ich den Schrank aufschloss. Er saß nur da und betrachtete mich mit resigniertem Blick, während seine Prinzipien verdampften. Vielleicht war ihm das ja sogar recht.

Der Schrank enthielt allerlei ordentlich beschriftete Ordner. Viele reichten weit in der Zeit zurück. Der Pastor war offenbar ein Mann, der Ordnung zu schätzen wusste. Ein kurzer Überblick zeigte, dass die Ordner den üblichen Inhalt hatten. Rechnungen, Policen, Steuerkram.

Ich drehte mich zu ihm um. »Also, wo sind Ihre Notizen?«

Er schien mich nicht gehört zu haben.

In einem Metallkasten fand ich das Gesuchte. Schwarze Notizbücher mit der Aufschrift »Seelsorge«.

Ich begann mit dem Buch für 2001, dem Jahr, in dem er seine derzeitige Stellung angetreten hatte, und blätterte dann weiter. Er hatte kurze Stichworte notiert, zusammen mit Datum und Uhrzeit. Aber er hatte keine Namen aufgeschrieben. Es gab nur Buchstaben oder kurze Beschreibungen. »Mann Mitte 30, junge Frau, Rentner, FF«. Vage Bezeichnungen. Streng genommen hätte er wohl überhaupt keine Notizen machen dürfen. Was ihm hier unter vier Augen anvertraut worden war, hatte Anspruch auf volle Diskretion und Anonymität. Warum also hatte er diese Notizen gemacht?

Ich erhielt keine Antwort, als ich ihm diese Frage stellte, deshalb blätterte ich weiter. Das meiste war uninteressant für alle, außer den Menschen, die sich ihm eröffnet und über ihren Glauben und ihre Zweifel gesprochen hatten. Über Lug und Trug und Untreue. Beunruhigend vertraute Dinge.

Vor etwas über zwei Jahren, gegen Ostern 2002, hatte ein NN genannter Mann das Pfarrbüro aufgesucht. Ich war nicht sicher, ob das Initialen oder ein Symbol für Anonymität sein sollten.

NN hatte ein düsteres Geheimnis gehabt. Viele Jahre zuvor war ein Mann wegen Mordes verurteilt worden. NN hatte geahnt, dass es sich um einen Justizirrtum handelte, und jetzt konnte er diese Zweifel nicht mehr ertragen. Er hatte um Rat gebeten und Rat erhalten. Worin dieser Rat bestanden hatte, ging aus der kurzen Notiz nicht hervor. Auch nicht, wieso NN so sicher sein konnte, dass der Falsche verurteilt worden war.

Mehr fand ich nicht.

»Wer ist dieser NN?« Ich starrte den Pastor an. »Begreifen Sie nicht, welche Verantwortung Sie auf sich nehmen, wenn Sie das für sich behalten? Das eine ist, dass noch immer ein Unschuldiger wegen Ihres Schweigens leiden muss. Aber schlimmer ist noch, dass Sie das Leben meiner Tochter aufs Spiel setzen. Sehen Sie das ein?« Ich hob ihm am Kragen hoch. Er war überraschend leicht.

»Sie verstehen das nicht«, keuchte er. »Ich kann nicht.«

»Hat Mirjam Lange das gewusst?«

»Ich weiß es nicht sicher«, flüsterte er kaum hörbar. »Ich habe die Papiere erst einige Tage nach dem Verschwinden der Schlüssel hergeholt. Ich dachte, ich hätte sie verloren.«

Etwas an dieser Situation war unbegreiflich. Jetzt, wo ich so viel wusste, musste er mir doch auch den Rest verraten können, ohne dass der Himmel einstürzte. Einen Namen, mehr brauchte ich nicht. »Es ist nicht nur der Befehl des Herrn, der Sie zurückhält, nicht wahr?«

Gjedde musterte mich nur düster.

Ich legte die Notizbücher zurück und machte mich wieder über den Schrank her. Und ganz unten, hinter einem Briefstapel, lag ein grüner Ordner. Er war abgeschlossen.

Jetzt erwachte der Pastor zum Leben. Er sprang auf und machte einen halbherzigen Versuch, den Ordner an sich zu reißen. Ich stieß ihn wieder aufs Sofa. »Was ist das?« Ich hielt ihm den grünen Ordner vors Gesicht. »Noch mehr Geheimnisse vielleicht?«

Er schluckte nervös. »Das geht Sie nichts an, Foyn.«

Ich ignorierte seinen Protest. »Haben Sie den Schlüssel?«

Er schüttelte den Kopf.

»Wie Sie wollen. Ich schaff das schon.« Ich erbrach das Schloss mit einem Brieföffner. Allerlei Bilder fielen auf den Boden. Wir bückten uns beide danach, ich war jedoch schneller.

Gjedde packte mich am Arm und versuchte erfolglos, die Bilder an sich zu reißen. Seine Hände waren wie Klauen. Ich stieß ihn abermals aufs Sofa, diesmal energischer.

Als ich die Bilder durchsah, verstand ich sein Verhalten besser. Der Anblick traf mich wie ein Schlag. Kinder in erniedrigenden Situationen, zusammen mit erwachsenen Männern, alle Arten von Kindern, von Babys bis zu geschlechtsreifen Teenagern. Einige stammten aus fernen Ländern, andere hätten Nachbarskinder sein können. Ich sah so etwas nicht zum ersten Mal.

Der Pastor wand sich unter meinem Blick. »Es sind nur Bilder«, murmelte er. »Ich habe sie nie angefasst.«

Ich glaubte ihm nicht. »Auch nicht damals, als Sie gefeuert worden sind?«

»Das war etwas anderes. Und da war ich doch gar nicht dabei.«

Ich schob die Fotos zusammen und steckte sie wieder in den Ordner. »Das ist ein Fall für die Polizei. Und die Medien werden es sicher ebenfalls interessant finden. Von der Gemeinde gar nicht erst zu reden.«

Sein rundes, glattes Gesicht war jetzt ganz weiß.

»Aber es gibt einen Ausweg. Sagen Sie mir den Namen, den ich brauche, dann werde ich das hier vergessen.« Ich hielt ihm wieder den Ordner vors Gesicht. »Na, was wird?«

Er seufzte tief und schaute mich flehend an.

»Na los. Ich hab nicht ewig Zeit.«

Endlich gab er auf. »Er kam nicht zu mir, sondern zum Gemeindepfarrer, und der hat sich danach um Rat an mich gewandt. Trotz seines Amtes war er jung und unerfahren. Er betrachtete mich als seinen Beichtvater.«

So kann man sich irren. »Er hat Ihnen also erzählt, was ihm anvertraut worden war? War das nicht auch ein Bruch der Schweigepflicht?«

»Es kommt vor, dass wir unter uns ganz formlos solche Dinge diskutieren, wenn es sich um schwierige Fragen handelt. Ich bin nie direkt darüber informiert worden, worum es hier ging.«

»Aber Sie haben eine Ahnung?«

»Ja«, sagte er leise. »Später habe ich es herausgefunden. Aber der Pfarrer weiß nicht, dass ich es weiß.«

»Jetzt sagen Sie endlich diesen verdammten Namen!« Die Verzweiflung, die ich eine Zeitlang unter Kontrolle gehabt hatte, wurde wieder übermächtig.

»Dieser Mann ist nicht irgendwer. Er besitzt Macht. Und er hat sich der Kirche ganz im Vertrauen geöffnet. Er würde uns ruinieren, wenn er davon erführe.« Er schaute sich nervös um. »Und er weiß von meinem … äh … Hintergrund. Besteht die Möglichkeit, die Gemeinde aus der Sache herauszuhalten? Ich habe Familie.«

»An die hätten Sie früher denken sollen. Ich kann nichts versprechen. Und jetzt raus mit dem Namen.«

»Busk«, sagte er kaum hörbar. »Brede Busk, der Polizist.«

Es war keine große Überraschung. Aber es war doch befriedigend, es jetzt zu wissen. »Der ist kein Polizist«, sagte ich. »Das war er auch nie. Er war Staatsanwalt bei vielen großen Prozessen.« Ich musterte den Pastor, der in sich zusammengesunken auf dem Sofa saß. »Er weiß also etwas über Sie?«

»Ja«, flüsterte er. »Damals, als dieser … äh, als unser Fall vor Gericht kommen sollte, war er Staatsanwalt.«

»Und es wurde vereinbart, die Sache unter den Teppich zu kehren, um jemanden weiter oben zu beschützen?«

Er schaute mich überrascht an. »Woher wissen Sie das?«

»Ich weiß mehr, als Sie ahnen«, sagte ich und stand auf. »Bis auf weiteres behalte ich das hier. Wenn alles in Ordnung kommt, dann werde ich diesen Scheiß durch den Reißwolf jagen. Und Sie sollten sich schnellstens ein anderes Hobby suchen. Haben Sie noch mehr von der Sorte?«

Stumm schüttelte er den Kopf.

Eigentlich glaubte ich ihm nicht. »Wissen Sie noch mehr über diesen Fall?«

»Nein, wir haben nur ganz allgemein über dieses Dilemma diskutiert. Der Rest liegt in Gottes Hand.«

Mich konnte er mit seiner Frömmigkeit nicht hinters Licht führen. Ich verließ mich doch lieber auf meine eigenen Hände.

15

Vor dem Mietshaus in der Odins gate blieb ich im Jaguar sitzen und betrachtete die Fenster auf der rechten Seite des Erdgeschosses. Drinnen brannte Licht, Die Wohnung war vermutlich groß und luxuriös, und ich konnte sehen, dass es einen diskreten separaten Eingang im Hinterhof gab. Es wäre also nicht unmöglich, in dieser Wohnung jemanden zu verstecken. Ein Auto würde bis dicht an die Tür heranfahren können.

Ich glaubte nicht, dass Busk mich freiwillig einladen würde. Ich konnte meinen Bluff von Lindern auch nicht wiederholen, denn inzwischen ging es auf elf Uhr zu. Es gibt ja doch Grenzen für den Service, zu dem die Post in der Lage ist. Wenn der Mann so viel auf dem Gewissen hatte, wie ich befürchtete, würde ohnehin sein Misstrauen erwachen, wenn ich es mit diesem Trick versuchte.

Von Oslo aus hatte ich Mørk angerufen und ihn gebeten, mir weitere Informationen über Busks Privatleben zu besorgen. Jetzt rief er zurück. »Der Mann hat eine alte Mutter, die noch lebt. Sie wohnt im Majorstuheim. Seine Kinder sind erwachsen und offenbar wohnt keins in Oslo. Ein Sohn studiert in den USA. Die Exgattin ist nach Bergen zurückgezogen.«

»Weißt du den Namen seiner Mutter?«

»Jenny Busk.«

»Und ihr Geburtsdatum, hast du das auch notiert?«

»1. März 1912. Wozu um alles in der Welt willst du das wissen?« Er wirkte besorgt.

Ich beendete das Gespräch, ehe er noch weitere unangenehme Fragen stellen konnte.

»Spreche ich mit Brede Busk?« Ich ließ eine professionelle Fürsorgestimme hören.

»Ja, das bin ich. Worum geht es?« Er war höflich und zurückhaltend.

»Hier ist Stationsleiter Johnsen vom Majorstuheim. Es geht um Ihre Mutter.«

»Meine Mutter? Was ist denn los?«

»Frau Jenny Busk, geboren am 1. 3. 1912. Das ist doch Ihre Mutter, nicht wahr?«

»Ja, ja«, sagte er ungeduldig. »Ist etwas passiert?«

»Es tut mir leid, aber ich fürchte, ja. Sie hatte einen Schlaganfall und wir halten ihren Zustand für sehr ernst. Aber sie ist noch bei Bewusstsein und besteht darauf, mit Ihnen zu sprechen. Wir haben es noch nicht gewagt, sie ins Krankenhaus zu bringen.« Die Lügen strömten nur so aus mir heraus. »Könnten Sie sich wohl umgehend herbemühen?«

Er reagierte völlig normal. »Ja, natürlich. Ich kann in zehn Minuten bei Ihnen sein.«

Ich kam mir vor wie ein wahrer Jesuit. Es war ein gutes Gefühl.

Der Mann, der zwei Minuten später aus dem Haus kam, wirkte nicht sonderlich beeindruckend. Er war groß, hatte einen krummen Rücken und sah dünn und gebrechlich aus. Mit dem Autoschlüssel in der Hand lief er zu einem großen schwarzen BMW neueren Jahrgangs. Er hatte sich nicht einmal die Zeit gelassen, eine Jacke anzuziehen.

Ich glitt lautlos aus dem Jaguar. Die Odins gate war menschenleer.

Als er den Wagenschlüssel ins Türschloss steckte, schlug ich zu. »Lass dir ja nichts anmerken«, sagte ich. »Was du hier im Rücken spürst, ist eine Pistole. Dreh dich nicht um, sondern steig ganz ruhig in den Wagen ein.« Um meiner Forderung Nachdruck zu verleihen, stieß ich ihm noch einmal in den Rücken. Die alte Pistole aus Kriegstagen, eine 9 mm Walther, die ich vor ewigen Zeiten von einem Mandanten übernommen hatte, war schon lange nicht mehr benutzt worden. Aber sie tat ihre Wirkung. Und das Magazin war voll.

Als er hinter dem Lenkrad saß, drehte ich den Spiegel zur Seite und ließ mich auf den Rücksitz sinken. »Lass den Motor an und fahr ruhig in Richtung Frognerpark«, sagte ich. »Tu genau, was ich sage. Es würde mich keinerlei Überwindung kosten, abzudrücken.« Obwohl das nicht stimmte, tat es gut, es sagen zu können.

Er gehorchte widerstandslos. Wir bogen in den Frognervei ab, fuhren am Park vorbei und dann beim Frogner plass links. Danach ging es geradeaus weiter nach Bygdøy.

Erst als wir uns dem Parkplatz auf Huk näherten, versuchte er, etwas zu sagen. »Was soll …« Weiter kam er nicht, denn ich bohrte ihm den Pistolenlauf in den Nacken.

»Halt die Fresse und tu, was ich dir sage. Du wirst noch früh genug erfahren, worum es hier geht.«

Ich befahl ihm, zu einer Ecke des leeren Parkplatzes zu fahren und dort im Schatten eines hohen Baumes zu halten. »Schalt den Motor aus«, sagte ich. »Und schau weiter geradeaus.«

Er gehorchte ohne Widerwort.

Es herrschte vollständige Stille. Nicht ein Geräusch störte uns, wie wir so in der Luxuskarre saßen. Vorne ein ehemaliger hoher Jurist der Staatsanwaltschaft, auf dem Rücksitz ein verzweifelter Anwalt mit einer Pistole in der Hand.

»Ist dir klar, warum wir hier sitzen?« Das Schweigen war gebrochen. »Nicht umdrehen«, fügte ich eilig hinzu. »Dann zwingst du mich zu schießen.«

»Ein ungerechtes Urteil? Ist das das Problem?«, schlug er vor. »Darüber müssen wir doch reden können.« Jetzt strömte Schweiß über seinen Nacken. Er stank geradezu vor Angst.

»Mach noch einen Versuch.«

»Hören Sie ...«, er gab auf, noch ehe er es wirklich versucht hatte. »Was wollen Sie?« Seine Stimme zitterte. »Ich habe Geld ...«

»Reidar Andersen. Verurteilt wegen dreifachen Mordes. Vielleicht kann das deine Erinnerung auf Trab bringen?«

Er schluckte hektisch. »Andersen?«, stammelte er. »Das ist doch viele Jahre her.«

»Du warst Staatsanwalt. Du hast dafür gesorgt, dass ein Unschuldiger ein halbes Leben im Gefängnis verbringen musste. Was ist das für ein Gefühl?«

Er versuchte sich umzudrehen, aber ich ließ ihn abermals den Pistolenlauf kosten. »Lass das!«

»Sind Sie das?«, fragte er leise. »Sind Sie Reidar Andersen?«

»Viel schlimmer«, sagte ich. »Noch viel schlimmer. Warum glaubst du, ich könnte Reidar sein?«

»Ich habe gehört, dass er angeblich verschwunden ist. Nach ihm wird doch gefahndet.« Er hustete heftig.

Sein ganzer dünner Körper bebte. »Hören Sie doch, ich habe nur meine Arbeit getan.«

»Ach was. Und wie ist es dann möglich, dass du viele Jahre später erzählen kannst, dass es ein Fehlurteil war? Dass du etwas über den Fall wüsstest, was für Reidar Andersens Freilassung gesorgt hätte?«

»Was …?« Das Sprechen fiel ihm schwer.

»Mirjam Lange«, sagte ich unbarmherzig. »Sie hat dir im Nacken gesessen, und da habt ihr sie ein für alle Mal zum Schweigen gebracht. Ihr wart doch früher mal Elitesoldaten, nicht wahr?«

»Ja, aber …« Mehr fiel ihm nun überhaupt nicht mehr ein. »Das ist doch ein Menschenalter her.«

»Da habt ihr es gelernt, nicht wahr? Sprengladungen anzubringen.«

»Ich verstehe nicht, worauf Sie hinauswollen.«

»Nein, das kann ich mir denken. Sprechen wir über diese jungen Frauen, die in Vestfold verschwunden sind. Davon weißt du dann sicher auch nichts?«

»Von denen habe ich keine Ahnung. Ich weiß nur, was in den Zeitungen gestanden hat. Warum wollen Sie das wissen?«

»Ich stelle hier die Fragen. Du und dein Sangesbruder, Hauptkommissar Knut Kolberg, ihr habt im Fall Andersen die Beweise frisiert, nicht wahr?«

»Nein, nein, da irren Sie sich. Mit den Ermittlungen damals hatte ich nichts zu tun.«

»Vielleicht nicht direkt, nein. Aber du hast gewusst, dass etwas nicht stimmte, nicht wahr?«

»Es haben sich später noch Einzelheiten ergeben«, sagte er zögernd, »aber nichts, was die Sache wirklich verändert hätte. Es war nur, dass …« Wieder schluckte er hektisch. »Hören Sie, ich bin nicht gesund …«

»Was ist mit den Musikwünschen? Von denen hast du wohl auch noch nie gehört?«

Er gab keine Antwort, griff sich nur an die Brust, und ich redete weiter: »Mari Foyn, sagt dieser Name dir etwas? Sie befindet sich vielleicht gerade in deiner Wohnung? Antworte lieber gleich, ich werde jeden Winkel auf den Kopf stellen.«

»Foyn? Sind Sie …«

»Ja, der bin ich. Wo ist sie?« Ihm den Pistolenlauf in den Nacken zu bohren, war das pure Vergnügen. »Du musst mir alles erzählen, was du weißt, ist das klar?«

»Ja, aber ich …« Er schnappte nach Luft, dann sackte er in sich zusammen. »Ich kann nicht …« Mehr brachte er nicht mehr heraus.

Es wurde still. Nur kurzes, verzweifeltes Keuchen störte die Stille.

Ich schob ihn auf die Seite und schaltete das Deckenlicht ein. Busk war leichenblass und rang um Atem, während er die rechte Hand aufs Herz presste. Das Schlüsselbund war ihm aus der Tasche geglitten. Er flüsterte: »Die Pillen … hab sie vergessen … Kühlschrank … Mutters Geburtstag …« Der Rest ertrank in unverständlichem Gemurmel.

Ich versuchte, ihn auf dem Beifahrersitz zurechtzulegen, und setzte mich hinter das Lenkrad. Der Mann musste sofort ins Krankenhaus. Doch nun erlitt er einen neuen Anfall. Einige Sekunden lang bebte er am ganzen Leib, dann lag er wieder still da und ich konnte seinen Atem nicht mehr hören. Ich fand auch keinen Puls. Brede Busk lag im Sterben, hier vor meinen Augen.

Wir standen genau neben einer Telefonzelle. Das Krankenhaus versprach, dass der Krankenwagen nach wenigen Minuten zur Stelle sein würde, was eine bessere Lösung war, als wenn ich ihn ins Krankenhaus gefahren hätte. Ich wollte in nichts hineingezogen werden. Deshalb hatte ich auch nicht mein eigenes Telefon benutzt.

»Versuchen Sie Herzmassage und Mund-zu-Mund-Beatmung, wenn Sie die Technik beherrschen« war der Rat, der mir gegeben wurde. »Halten Sie den Patienten warm. Und sorgen Sie dafür, dass er atmen kann.«

Das alles schien nichts zu helfen. Ich bildete mir ein, dass er schon tot war, wie er hier bewegungslos auf dem Vordersitz des großen BMW lag, während ich versuchte, ihn wieder zum Leben zu erwecken.

Als ich die Sirene hörte, öffnete ich die Wagentür, wischte schnell alle Stellen ab, an denen ich vielleicht Abdrücke hinterlassen haben könnte, und lief zum Auto, während das Blaulicht des Krankenwagens seinen grellen Schein über den großen leeren Parkplatz warf. Busks Schlüsselbund hielt ich in der Hand.

Es würde sicher rätselhaft erscheinen, dass Busk um diese Tageszeit diesen einsamen Ort aufgesucht hatte. Mein Anruf aus einer Telefonzelle würde sicher bemerkt werden, falls es zu einer Ermittlung käme. Und irgendwer würde sich fragen, warum Busk sich ohne Mantel auf seine letzte Autofahrt begeben hatte. Die verschwundenen Schlüssel würden wohl ebenfalls zum Thema werden, auch wenn sich alles erklären lassen würde. Er konnte sie verloren haben. Und niemand konnte mir diese Sache anhängen. Bei meinem Anruf im Krankenhaus hatte ich mich als Spaziergänger ausgegeben, den ein Mann, der offenbar soeben einen Herzanfall erlitt, um Hilfe gebeten hatte.

Ich blieb im Schatten stehen und sah dem letzten Akt des Dramas zu, bis der Krankenwagen mit heulender Sirene und Blaulicht in Richtung Stadt davonjagte. Vielleicht würden sie ihn wieder ins Leben zurückholen können.

Ich verspürte nicht einmal einen Anflug von schlechtem Gewissen, ich war nur enttäuscht, weil ich nicht mehr erfahren hatte. Der Mann war herzkrank gewesen, das war ja allgemein bekannt. Was mir Sorgen machte, war die Möglichkeit, dass er seine Geheimnisse mit ins Grab nehmen würde.

Und wichtig war allein Mari. Wenn es nötig wäre, würde ich noch über weitere Leichen gehen.

Es war jetzt nach Mitternacht, in der Nacht zum Freitag.

Der Weg von Bygdøy in die Stadt kam mir lang vor. Und da ich es nicht riskieren konnte, ein Taxi zu nehmen, musste ich zu Fuß gehen.

Ich hatte also Zeit zum Nachdenken. Über den Entführer, über seine seltsame Forderung, über alles, was passiert war seit dem Tag, an dem Mirjam Lange in mein Leben getreten war. Danach hatte nur noch das Chaos geherrscht.

Dass der Entführer stumm blieb, machte mir große Sorgen. Warum ließ er nichts von sich hören? Was hatte er eigentlich vor? Würde er meine Tochter freilassen oder wollte er mich weiter auf die Folter spannen? Spielte er nur mit mir? Ich hatte viele Fragen, aber keine einzige Antwort.

Maris Freundinnen wurden jetzt misstrauisch. Sie konnten nicht begreifen, warum Maris Telefon ausgeschaltet war, auch wenn ich mir allerlei phantasievolle Erklärungen aus den Fingern saugte. Auch meine

Exfrau wollte mit Mari sprechen, sie würde jedoch erst am Sonntag von ihrer Reise zurückkehren. Maris Freund war glücklicherweise ebenfalls verreist. Auch ihn hatte ich angelogen. Ich hatte also reichlich Lügen auf dem Gewissen.

An das alles und noch mehr dachte ich, während ich in Richtung Stadt trabte. Die Pistole lag schwer in meiner Jackentasche. Ich hätte ohne Waffe vorgehen müssen. Ich hasste Waffen doch. Aber nichts war noch so wie sonst. Wenn es sein müsste, würde ich die Pistole benutzen.

Vor Busks Wohnung in der Odins gate war alles still. Mein Jaguar stand dort, wo ich ihn abgestellt hatte. Hinter Busks Fenstern brannte noch immer Licht. Ich glaubte nicht, dass er es noch brauchte. Ich nahm an, dass er jetzt in einer kühlen Abteilung des Krankenhauses in sicherem Verwahr lag.

Das Schlüsselbund brannte in meiner Tasche. Es war nicht wahrscheinlich, dass noch in der Nacht irgendwer die Wohnung aufsuchen würde, aber morgen schon könnte es zu spät sein. Dann würde die Verwandtschaft sich einfinden, die Polizei konnte auftauchen.

Ich schloss die Tür zum Treppenhaus auf. Busks Wohnungstür war mit nicht weniger als drei Schlössern gesichert, aber ich hatte alle Schlüssel. Was mir Sorgen machte, war der Aufkleber der Wachgesellschaft. Ich musste davon ausgehen, dass er den Alarm eingeschaltet hatte, obwohl er überstürzt aufgebrochen war.

Ehe ich es riskieren konnte, die Tür aufschließen, brauchte ich also den Code, eine vierziffrige Nummer.

Ich brauchte eine Weile, um die Lösung zu finden. Den Geburtstag der Mutter. 1. März 1912. 0103. Das hatte er versucht, mir mitzuteilen, ehe er draußen in Bygdøy in seinem Wagen zusammengebrochen war.

Zuerst betrat ich eine große, beeindruckende Diele. Stilmöbel, Kunst an den Wänden, teure Teppiche. Küche, Schlafzimmer, Wohnzimmer, alles war geprägt von Qualität und Geschmack. Hier hatte eine gebildete, kulturinteressierte Persönlichkeit gewaltet. Aber jetzt war niemand mehr da.

Ich hatte die schwache Hoffnung gehabt, Mari hier zu finden, musste aber zugeben, dass es doch zu unwahrscheinlich gewesen wäre, sie in einer Wohnung zu verstecken, mitten in Frogner. Trotzdem durchsuchte ich die Wohnung, Zimmer für Zimmer, auf der Suche nach irgendwelchen Zeichen. Ich war sicher, dass Busk mit der Sache zu tun hatte.

Ich fand nichts. Nichts, was darauf hätte hinweisen können, dass sie hier gewesen war.

Missmutig ließ ich mich in der Bibliothek nieder. Ich war todmüde. Bücher füllten den ganzen Raum, zusammen mit einer beeindruckenden Musiksammlung. Eine diskrete, ins Regal eingelassene B-&-O-Anlage sorgte für den Klang.

Klassik in den Regalen. Jede Menge Vinyl, Gestelle mit neuen CDs. Er hatte alles, und wie zu erwarten war, auch die todbringenden Grüße, die ich erhalten hatte.

Die ganze Zeit saß mir die Panik im Nacken. Ich konnte sie immer nur für kurze Augenblicke verdrängen. Das Bild stand mir glasklar vor Augen. Mari war irgendwo an einem unbekannten Ort eingesperrt, in den Händen eines wahnsinnigen Entführers. Alles war meine Schuld. Zweifel überwältigte mich. Ich hätte mich an die Polizei wenden müssen.

Ziellos fing ich an, in Schubladen, Regalen und Schränken herumzuwühlen. Ich war immerhin geistesgegenwärtig genug, vorher ein Paar Gummihandschuhe überzustreifen, das ich in der Küche gefunden hatte.

Es ging auf zwei Uhr zu, als ich endlich auf etwas Interessantes stieß. Gut versteckt, ganz hinten in einem Schrank, lag ein MP3-Player, in einer Plastiktüte aus einem Laden in Majorstua. Ladegerät und Ohrstöpsel konnte ich nicht entdecken. Es war nicht gerade überraschend, dass er so ein Teil hatte. Ein leistungsfähiger Rechner samt Drucker, dazu ein Laptop deuteten an, dass Busk technisch nicht gerade ein Neuling war. Und er war ans Breitbandsystem angeschlossen. Beide Computer waren jedoch mit Passwörtern gesichert.

Der MP3-Player hatte Ähnlichkeit mit dem, der der kleinen Mira gestohlen worden war. Und der Zeuge aus dem Krankenhaus hatte den Dieb als groß und dünn bezeichnet. Seine Haarpracht konnte einer Perücke zu verdanken gewesen sein.

Ich ließ den Player in die Tasche gleiten, zusammen mit der Tüte.

Die Ahnengalerie an der Wand zeigte Busk zusammen mit Mutter, Vater und drei Schwestern. Brede war der große Bruder. Er war anlässlich verschiedener Gelegenheiten zu bewundern: bei der Konfirmation, mit Studentenmütze, bei Hochzeiten, mit den kleinen Kindern. Nur die jüngste Schwester fehlte. Es gab keine Bilder von ihr, die aus der Zeit nach ihrer Abiturfeier stammten, weder allein noch zusammen mit anderen Familienmitgliedern.

Ein Bild über dem Kamin erweckte meine Aufmerksamkeit. Das Farbfoto eines kleinen roten Hauses mit

Anleger, zwei Bootsbuden und einigen kleinen Booten. Weit hinten am Horizont, im offenen Meer, ahnte ich die Konturen eines Leuchtturms. Ganz unten auf dem Bild hatte jemand notiert: KNATTEN, SOMMER 1990.

Autoscheinwerfer warfen ihr grelles Licht in die Wohnung. Ein Wagen hielt gleich vor der Haustür.

Ich schlich mich ans Fenster und schaute vorsichtig hinaus. Ein junges Paar entstieg einem Jaguar, einem silberglänzenden Sovereign aus den frühen neunziger Jahren, dem absoluten Spitzenmodell.

Ich hörte, wie sie die Tür aufschlossen und die Treppe hochliefen, in ein weiter oben gelegenes Stockwerk. Sie konnten mich nicht gesehen haben.

Ich musste weg hier. Hier gab es nichts mehr zu holen.

Vorsichtig schlich ich mich aus der Wohnung, schloss die Tür sorgfältig hinter mir ab, schaltete den Alarm wieder ein und glitt in meinem Jaguar davon. Die Ledersessel, das Holz und der Motor, der in den stillen Osloer Straßen vor sich hin schnurrte, beruhigten meine Nerven. Ich hatte noch einen Tag, bis etwas passieren würde.

Nachdem ich Hulda geholt hatte, fuhr ich nach Tønsberg. Einige Stunden Schlaf brauchte ich einfach.

Es schienen nur wenige Minuten vergangen zu sein, als ich vom Telefon geweckt wurde. Im stockdunklen Zimmer warf ich einen Blick auf die Uhr. Halb vier. Es musste der Entführer sein. »Ja?« Meine Stimme klang unsicher. »Wer ist da?«

Der Anrufer hustete. Im Hintergrund war schallendes Gelächter zu hören. »Du bist noch wach, Foyn?«, fragte dann endlich eine vertraute Stimme.

»Jetzt ja«, sagte ich resigniert, unsicher, ob ich erleichtert oder enttäuscht sein sollte.

»Also hör zu«, sagte er unbeirrt. »Ich hab eine Information für dich.«

»Weißt du, wie spät es ist?«

»Ich sitze hier in einer wichtigen Besprechung.« Christian Salvesen wurde nicht von der Notwendigkeit geplagt, morgens früh aufzustehen. »Und in diesem Zusammenhang brauch ich ein wenig Bargeld.«

»Eine Pokerrunde, meinst du.« Ich hatte im Hintergrund schon zwei Stimmen identifiziert. »Du hast vielleicht ausnahmsweise mal gute Karten?« Es war allgemein bekannt, dass Salvesen einen Großteil des Familienvermögens verspielt hatte.

Der ehemalige Anwalt beim Höchsten Gericht war ein Meister in der Kunst, Beleidigungen zu überhören. »Er ist ernstlich krank«, sagte er. »Das muss doch wohl einen Tausender wert sein?«

Jetzt fragte ich mich, ob der Alte vollständig den Verstand verloren haben könnte. »Gehen wir doch mal langsam vor«, sagte ich verzweifelt. »Wer ist krank?«

»Reiulf Rynning natürlich. Hast du vergessen, dass du mir einen dringenden Auftrag erteilt hattest?«

»Und deswegen musst du mich mitten in der Nacht wecken?«

Er überhörte meinen Einwand mit souveräner Arroganz. »Ist das also abgemacht?«

»Moment mal. Was fehlt ihm denn überhaupt?«

»Es ist wirklich ernst«, sagte er ohne den geringsten Anflug von Mitgefühl. »Und sie hatten Eheprobleme, große Probleme. Du kannst das Geld morgen im Büro abliefern.«

Ich konnte mir schon denken, wo dieses Büro wohl lag. Die Zockerbande saß immer im Hinterzimmer seiner Stammkneipe. »Tu mir einen Gefallen. Ruf heute Nacht nicht wieder an.«

Der Tag kam beängstigend schnell. Nachdem ich mich aus dem Bett gekämpft und ein schnelles Frühstück hinuntergewürgt hatte, wollte ich versuchen, aus Busks MP3-Player etwas herauszuholen.

Aber der erwies sich als mausetot. Nicht ein Mucks war zu hören.

Es war gerade acht, es war Freitag und Wilhelm Mørk war sicher schon im Büro. Um nicht gesehen zu werden, nahm ich die Hintertür.

Er schaute auf, als ich hereingetrampelt kam. »Das wird langsam zur Gewohnheit. Bist du krank?«

»Ich nicht, nein. Aber ich habe einen Verdacht, dass ein Bekannter von uns sich nicht so ganz wohlfühlt.«

Er musterte mich mit unergründlichem Blick. »Und wer könnte das sein?«

»Brede Busk. Ehemaliger Staatsanwalt. Kannst du feststellen, ob ihm etwas passiert ist?«

»Warum machst du das nicht selbst?«

»Frag nicht. Ruf einfach an seinem Arbeitsplatz an. Wenn du das machst, antworten sie sicher.«

Mørk verdrehte die Augen, griff aber zum Telefon.

Nachdem er zweimal verbunden worden war, hörte er zu. »Vielen Dank«, sagte er endlich, legte auf und sah mich nachdenklich an. »Da hattest du gar nicht Unrecht. Busk wurde heute Nacht in seinem Auto tot aufgefunden. Und offenbar unter ungewöhnlichen Umständen.«

Ich versuchte nicht einmal, Überraschung zu heucheln. »Woran ist er gestorben?«

»Er hatte ein schwaches Herz. Aber wenn ich das richtig verstanden habe, dann wird sein Tod für nicht natürlich gehalten. Er hat angeblich mitten in der Nacht Besuch gehabt. Das ist dir wohl nicht zufällig bekannt?«

Ich überhörte diese Frage. »Besuch? Von wem denn?«

»Tja, vorläufig weiß das niemand. Aber es scheint einen Zeugen zu geben.«

Einen Zeugen? »Und was soll dieser Zeuge gesehen haben?«

»Das haben sie mir nicht gesagt. Aber du hast vielleicht einen Vorschlag?«

Ich schüttelte den Kopf. »Nein.«

»Er wird ja obduziert werden. Im Moment durchsuchen die Kollegen in Oslo seine Wohnung.«

Ich spürte seinen Blick im Rücken, als ich ging.

Die Werkstatt des Computerfreaks lag im Gewerbegebiet Kilden, gleich vor der Stadt, gerade die richtige Entfernung für einen Ausgang mit Hulda. Noch immer hatte ich die Hoffnung, dass er in den Resten von Fredrik Grevstads Computer etwas Interessantes gefunden haben könnte.

»Ach, Foyn? Ich glaube, ich hab was für dich.« Er tauchte in sein Chaos ein und konnte unglaublicherweise etwas herausfischen, was Ähnlichkeit mit einer Festplatte hatte. »Das hier.« Er schaute mich bedauernd an. »Da war nicht viel drauf. Teile von einer einzigen Datei, das war alles. Und ein wenig Software natürlich.«

»Na gut. Hast du es ausgedruckt?«

»Jepp, das, was verständlich war.« Er reichte mir ein paar zerknüllte Blätter. »Das ist reichlich verstümmelt, aber du kannst es dir ja ansehen. Sieht aus wie irgendein Schulkram.«

Ich zog den MP3-Player hervor. »Kannst du dir den mal ansehen?«

Er musterte das kleine Teil skeptisch. »iPod«, sagte er. »So was musst du dir zulegen, nicht so einen Schrott wie das hier. Für Musik ist das doch total unbrauchbar.«

»Ich will nur wissen, ob darauf etwas gespeichert ist. Kannst du das feststellen?«

Er zuckte mit den Schultern. »Versuchen kann ich es ja immerhin. Eilt es?«

»Darauf kannst du einen lassen.«

Er fragte nicht, warum es eilte. Meine Miene war offenbar Argument genug.

»Ich schau vorbei, wenn ich mir das hier angesehen habe.« Ich schwenkte den Ausdruck.

Bei der nächstgelegenen Tankstelle wurde immerhin brauchbarer Kaffee serviert.

Der Ausdruck, den ich jetzt überflog, war der Entwurf für eine Hausarbeit im Rahmen des juristischen Staatsexamens. Es schien der erste Entwurf zu sein, denn der Verfasser hatte an mehreren Stellen Klammern mit Fragen und Kommentaren eingefügt. Das Thema war *Beweisführung,* genauer gesagt handelte es sich um eine Zusammenstellung und die Bewertung von Schwachstellen in den vom Staatsanwalt bei allerlei Prozessen vorgelegten Beweisen, von Bagatelldelikten bis zu Kapitalverbrechen.

Fredrik Grevstad war gründlich ans Werk gegangen. Er nahm sich das Problem erst theoretisch vor, um dann Beispiele aus der norwegischen Gerichtspraxis anzuführen.

Er begann mit Überlegungen zu den sogenannten *sicheren* Beweisen, Funden, die beim Prozess nur selten hinterfragt wurden. Biologische Spuren und Fingerabdrücke werden herangezogen, um eine Tatsache mit naturwissenschaftlicher Präzision festzustellen.

Fredrik wies systematisch darauf hin, was er als unkritische Verwendung naturwissenschaftlicher Herangehensweisen bezeichnete. Er machte deutlich, dass immer die persönliche Einschätzung den Ausschlag geben wird, wenn nicht sämtliche Aspekte der Beweisführung mit verlässlicheren Methoden überprüft werden können. Er ging ziemlich weit bei seiner Behauptung, dass sich immer Schwächen und direkte Fehler ergeben, ob bewusst oder unbewusst, solange die Ermittler die volle Kontrolle über die Einholung, die Aufbewahrung und die Registrierung von angeblich sicherem Beweismaterial hätten. Vor allem gelte das, wenn man sich nicht allzu strikt an die Vorschriften hält. Er behauptete, dass viel häufiger, als uns lieb ist, an den Beweisen herumgepfuscht wird. Aber da es sich hier um eine wissenschaftliche Erörterung handeln sollte, hatte er seine Vorwürfe gut getarnt.

Wirklich interessant wurde die Sache, als er zu praktischen Beispielen kam. In der Kriminalgeschichte, auch in der norwegischen, besteht kein Mangel an Fehlinterpretation und Manipulation von Beweismaterial. Ist es denn immer sicher, dass der Angeklagte sich dort auch aufgehalten hat, wo die biologischen Spuren gefunden werden? Lassen Fingerabdrücke sich nicht doch noch auf andere Weise erklären? Sind die Zeugen, auch die, die voller Überzeugung behaupten, die betreffende Person erkannt zu haben, wirklich zuverlässig? Es gab so viele Fragen.

Aber als er dann zu Kim Fredheims Fall kam, endete der Ausdruck.

Fredrik hatte das offenbar unmittelbar vor seinen letzten Prüfungen geschrieben, aber nach Kims Festnahme, vermutlich vor etwa zwei Jahren. Wenn er diese Hausarbeit abgegeben hatte, würde sie an der Uni vorliegen, aller Wahrscheinlichkeit nach im Institut für Rechtssoziologie.

Und da besaß ich gute Beziehungen. Ich konnte mich noch immer an die Nummer der Institutssekretärin erinnern, einer liebenswürdigen Dame, die sich um mehrere Generationen von Jurastudenten gekümmert hatte.

Sie meldete sich sofort. »Hier spricht Sven Foyn«, sagte ich. »Erinnerst du dich an mich?« Ich hatte schon ziemlich lange nicht mehr mit ihr gesprochen.

»Ich bin ja noch nicht senil. Und ich habe über diese schreckliche Explosion gelesen. Grauenhaft. Wie geht es dir denn?« Sie klang aufrichtig besorgt.

»Gar nicht so schlecht«, sagte ich. »Ich brauche Hilfe bei einem Fall, mit dem ich gerade zu tun habe. Du hast doch Fredrik Grevstad gekannt, oder? Der hat zusammen mit mir studiert. Ich glaube, vor ungefähr zwei Jahren hat er endlich sein Examen gemacht.«

»Natürlich erinnere ich mich an ihn. Er ist doch gleich darauf gestorben, nicht wahr?«

»Ja, das war traurig«, sagte ich, und das war ehrlich gemeint. »Es geht um eine Hausarbeit, die er kurz vor Ende seines Studiums eingereicht hat, vermutlich in Rechtssoziologie, eine Untersuchung über Beweisführung. Glaubst du, du kannst sie mir besorgen?«

»Das wird sich leider nicht machen lassen.« Ihre sanfte Stimme klang bedauernd.

»Warum nicht?«

»Also, hör zu. Ich kann mich gut an diese Geschichte erinnern, die hatte nämlich Folgen. Er geriet mit einem seiner Prüfer aneinander und hat die Arbeit deshalb nicht abgeliefert. Er konnte ganz schön schwierig werden, unser Fredrik. Er ließ sich ein anderes Thema geben und schrieb dann darüber. Ein intelligenter Junge, das war er.«

»Weißt du, wer dieser Prüfer war?«

»Nein, leider, ich hatte damit nichts zu tun. Vermutlich war es ein Externer. Aber das kann ich feststellen, wenn es wichtig ist.«

»Nein, das ist nicht nötig«, sagte ich enttäuscht. Es war neun Uhr, es war Freitag, und ich hatte keine Zeit, um mich auf die Suche nach einem Prüfer zu begeben, der sich vermutlich an die ganze Angelegenheit nicht mehr erinnern konnte.

Als ich den Kaffeebecher in den Papierkorb der Tankstelle warf, fiel mein Blick auf ein Gestell über dem Tresen. Tankstellen sind eine Antwort auf unsere Probleme, die sich nach Ladenschluss ergeben. Verhütung bildet da keine Ausnahme. Dort hing eine reichhaltige Auswahl an Kondomen, die exklusiveren Varianten waren allerdings nicht vertreten. An normalen RFSU-Produkten bestand jedoch kein Mangel.

Und da ging mir ein Licht auf. Wie schon so oft hatte hier der Zufall die Hand im Spiel.

Die blaue Kondompackung war in Plastikfolie eingeschweißt. Und Kim Fredheims Fingerabdrücke waren auf einem Umschlag gefunden worden, nicht auf der eigentlichen Kondompackung.

Kims Bericht über das Verhör, bei dem ich nicht hatte dabei sein können, war mir noch deutlich in Erinnerung. *Zuerst waren die verdammt nett, Foyn. Die haben mich nicht bedroht, zu Anfang jedenfalls nicht. Ich hab Tabak und Kaffee und so gekriegt, sogar Bonbons haben sie serviert. Ärger gab's erst danach, verstehst du, als ich nichts zugeben wollte. Aber Scheiße, ich hab doch auch nichts verbrochen!*

Bonbons. Kim Fredheims Verhältnis zu Süßigkeiten war wie das eines Fünfjährigen, der in einem Bonbonladen ungehindert zugreifen darf. Er war voll in die Falle getappt und niemand hatte das begriffen. Ein Plastikumschlag mit Bonbons auf dem Tisch. *Bedien dich einfach, Kim.* Fingerabdrücke auf dem Umschlag, der dann später über die Kondompackung geschoben werden konnte. So konnte es gewesen sein. Die Analyse hatte eine Woche nach der Vergewaltigung gezeigt, welche Sorte Kondom benutzt worden war. Und Kim wurde nach einer weiteren Woche festgenommen.

Sie hatten bei der ersten Vernehmung weder Video noch Tonbandgerät benutzt, worauf ich ja auch hingewiesen hatte. Das war mit technischen Problemen erklärt worden. Schon damals war ich misstrauisch geworden, war aber nicht clever genug, um zu verstehen.

Sie hatten den Fehler gemacht, sich nicht über Kims Kondomallergie zu informieren.

Vor Gericht hätte ich den Arzt vernommen, der Kim die Diagnose gestellt hatte. Eine solche Aussage wäre für die Anklagebehörden verheerend gewesen und hätte die Theorie der Beweisverfälschung plausibel gemacht. Die Haare des Opfers, die in Kims Auto gefunden worden waren, konnten dort platziert worden sein. Vielleicht war das ja auch gar nicht nötig gewesen, schließlich hatte die Frau ja einmal in diesem Wagen gesessen.

Ich konnte nur hoffen, dass das Beweismaterial noch vorhanden war. Und dann würde ich den Plastikumschlag auf Bonbonspuren hin testen lassen. Aber das spielte im Moment keine Rolle. Kim Fredheim konnte warten. Ich konnte das nicht.

Das Computergenie hatte Neuigkeiten für mich, als ich in die Werkstatt zurückging. »Dieser Herr hier ist kaputt, Foyn.« Er hielt mir den MP3-Player vor die Nase. »Und ich hab in dem Laden nachgefragt, wo er zur Reparatur war, aber die haben auch aufgegeben. Der ist einfach zu übel rangenommen worden.«

Der Player war vor weniger als einem Jahr in Oslo verkauft worden. Und er war die richtige Sorte. Aber es war unmöglich, festzustellen, was darauf gespeichert gewesen war, wenn da überhaupt etwas gespeichert worden war.

Im Büro machte ich mich über das Telefon her. Zum Glück war Mørk im Büro. »Es geht wieder um Busk. Du hast doch seinen Personalordner untersucht, nicht wahr?« Ich mochte mir nicht einmal vorstellen, auf welche Weise er sich Zugang zu solchen Informationen verschaffte.

»Wieso das?«

»Du musst noch etwas für mich überprüfen.«

»Tja.« Er klang nicht gerade begeistert. »Und was sollte das sein?«

»Busk hatte drei Schwestern«, sagte ich. »Die jüngste an die zehn Jahre jünger als er.«

»Ja und?«

»Ich muss wissen, was aus ihr geworden ist. Sofort. Kannst du das schaffen?«

Er schwieg eine Weile. »Das geht schnell.«

»Wie meinst du das?«

»Würdest du mir erzählen, wie du darauf gekommen bist?« Noch durch das Telefon konnte ich Mørks ironisches Grinsen ahnen.

»Worauf gekommen?«

»Dass seine kleine Schwester überfallen, vergewaltigt und fast umgebracht wurde. Gleich nach dem Abitur. Tüchtig war sie noch dazu, nur Spitzennoten. Danach ging es dann nicht gut mit ihr. Überhaupt nicht gut.«

Ich ließ diese Information sacken. »Lass mich raten. Der Täter ist nie gefunden worden.«

»Falsch. Sie wussten, wer es war, konnten aber keine Anklage erheben.«

»Wie war das möglich?«

»Schlechte Polizeiarbeit. Sie haben ihn entkommen lassen.«

»Entkommen?«

»Er war Staatsbürger der USA«, sagte Mørk ruhig. »Ehe sie reagieren konnten, war er wieder in Amerika. Und wie du weißt, liefern die ihre Bürger nur ungern aus, nicht einmal an ein humanes Land wie Norwegen. Das war im Sommer 1970. Die Sache ist längst verjährt.«

»Und einige Jahre darauf hat Busks Karriere bei den Anklagebehörden angefangen. Er wurde ein strenger Staatsanwalt.«

»Streng, aber gerecht. Das ist jedenfalls die allgemeine Auffassung.«

»Bis jetzt, ja.« Wenn es nach mir ginge, würde sein Ruf in Zukunft ganz anders aussehen. »Du bist doch allwissend, und da weißt du vielleicht auch, wo Busks Ferienhaus steht? Es muss irgendwo am Meer sein, vermutlich in der Nähe von Sandefjord.« Ich glaubte, den Leuchtturm im Hintergrund als den von Svenner erkannt zu haben.

»Nix. Das kannst du bei der Gemeindeverwaltung erfragen. Und, Svend?« Sein warnender Tonfall verhieß schlechte Nachrichten.

»Ja?«

»Du solltest dir eine gute Erklärung dafür überlegen, warum du dich mitten in der Nacht in Frogner aufhältst. Vor allem gestern Nacht«, fügte er lakonisch hinzu. »Du solltest auch überlegen, ob du dir nicht ein diskreteres Auto anschaffen solltest.«

Ich stellte mich taub. »Noch eins: Dein ehemaliger Kollege, Knut Kolberg, weißt du, wo der sich aufhält? Ich kann ihn nirgendwo ausfindig machen. Sein Auto ist auch verschwunden.« Ich hatte entsprechende Informationen eingeholt und wusste jetzt, dass er einen schwarzen Volvo 270, Baujahr 2000, fuhr.

»Was willst du von dem?«

»Frag nicht.« Es war fast elf und ich focht einen hoffnungslosen Kampf gegen die Angst aus.

»Er soll sich eine Freundin zugelegt haben«, sagte Mørk langsam.

»Ach!« Die Vorlieben der Frauen hatten mein Fassungsvermögen schon immer überschritten.

»Ich habe nur ein Gerücht gehört«, sagte er vage.

»Sag bloß. Hat dieses Gerücht einen Namen?«

»Ich fürchte, du kennst sie nicht«, sagte er trocken. »Für dich ist sie sicher zu gediegen.«

»Ja, ja«, sagte ich gereizt. »Jetzt spuck schon aus.«

»Soviel ich weiß, ist sie Architektin.«

»Hier in der Stadt?«

»Sie kommt aus Oslo, arbeitet wohl aber seit kurzer Zeit hier in einem Architekturbüro. Sie und Kolberg sind angeblich alte Bekannte.«

»Hast du Namen und Adresse dieser Frau?«

Ich stellte mir vor, dass er jetzt mit den Schultern zuckte. »Nix. Aber das kannst du sicher selbst in Erfahrung bringen.«

Er hatte Recht. Die Firma Kristiansen & Bernhardt war für fast alles zuständig, was hier in der Stadt abgerissen und aufgebaut wurde. Ein verlogener Anruf bei einem freundlichen und ungeheuer gutgläubigen Geschäftsführer verriet mir das Nötige. Sie wohnte in dem neuen Wohnkomplex bei den Sportplätzen.

16

Im Büro starrte ich dann düster mein Telefon an. Keine Nachrichten, keine Mitteilungen, nicht das geringste Lebenszeichen, weder von meiner Tochter noch von ihrem Entführer. Mehrmals hätte ich fast Rønningen angerufen. Ich wusste, dass sie rasch und effektiv handeln würde. Sie würde ihren gesamten Apparat anwerfen. Sie würde alle verdächtigen Milieus durchkämmen lassen, würde Verdächtige suchen, würde Himmel und Erde in Bewegung setzen und alles tun, wozu ich nicht in der Lage war. Es war Wahnsinn, darauf zu verzichten. Trotzdem beschloss ich endlich, mich einen weiteren Tag an die Anweisungen des Entführers zu halten.

Ich hatte einen Bekannten bei *VG* angerufen, einen Kriminalreporter mit besonders guten Beziehungen zur Polizei. »Alles negativ. Unter den Ermittlern herrscht Verwirrung, aber sie neigen jetzt mehr und mehr zu der Auffassung, dass diese beiden Mädels das Land verlassen haben, allem Anschein nach freiwillig. Sonst wären sie inzwischen gefunden worden. Was Reidar Andersen angeht, ist die Sache schon geheimnisvoller. Er scheint untergetaucht zu sein, und dann muss irgendwer ihm geholfen haben. Von seinem Auto fehlt auch jede Spur.«

Ein Anruf bei der Gemeindeverwaltung von Sandefjord verschaffte mir die nötigen Informationen. Brede Busk besaß ein Ferienhaus am Ende des Mefjords.

Auf dem Weg nach Sandefjord fuhr ich noch einmal

an Kolbergs Haus vorbei, wo noch immer alles leer war. Ich hatte mir seine Telefonnummern besorgen können, aber weder zu Hause bei ihm noch mobil erreichte ich mehr als einen anonymen Anrufbeantworter. Und auf dem Parkplatz bei den Sportplätzen war kein schwarzer Volvo zu sehen. Der konnte natürlich in der verschlossenen und unzugänglichen Tiefgarage stehen.

Um Punkt zwei Uhr nachmittags hielt ich auf Østerøya. Ich hatte den Jaguar durch einen gemieteten Golf ersetzt, womit Hulda sich nur mit leisem Knurren abgefunden hatte.

Die Karte, die ich bei der Gemeindeverwaltung enthalten hatte, zeigte mir, dass das Haus ziemlich einsam lag. Aber der Sachbearbeiter meinte, dass ein privater Fahrweg hinführte, der normalerweise mit einer Schranke versperrt wurde. Er konnte mir auch erzählen, dass das Haus kürzlich an das öffentliche Abwassersystem angeschlossen worden war. »Es liegt der Antrag vor, es als Ganzjahreswohnung zu registrieren. Soviel wir wissen, wird es schon jetzt das ganze Jahr als Freizeitwohnung genutzt.«

Die Pistole wog schwer in meiner Jacke, als ich über einen unwegsamen Pfad oberhalb der Hütte schlich. Ich hatte in sicherer Entfernung gehalten und mir die Parkplätze in der Umgebung angesehen, aber nichts Verdächtiges finden können. Keinen schwarzen Volvo, aber allerlei andere Wagen.

Von einem Hügelkamm aus hatte ich einen guten Überblick über das Grundstück, auf dem es einen Bungalow im Bauhausstil, eine Garage, einen Gartenpavillon und zwei kleine Hütten gab.

Kein Mensch war zu sehen, die Vorhänge waren

geschlossen. Die Wagenspuren vor der Garage sagten mir, dass hier vor nicht allzu langer Zeit jemand hineingefahren war.

Nach einigen langen Minuten entschied ich mich für einen Vorstoß und bewegte mich vorsichtig auf das Wohnhaus zu. Hinter einem Busch versteckt, warf ich einen Stein gegen ein Fenster, mit dem Ergebnis, dass die Scheibe zerbrach. Wenn jemand im Haus war, müsste er doch reagieren.

Einige lange Minuten lag ich da und lauschte. Keine Reaktion.

Am Ende ging ich zum Haus und überprüfte die Türen. Alle waren abgeschlossen.

Das sollte mich nicht hindern. In meinem Rucksack hatte ich eine reiche Auswahl an Werkzeug.

Ich versuchte es zuerst bei der Garage. Sie war mit Kette und Hängeschloss versperrt, aber die Kette konnte ich mit einer Kneifzange erledigen. Die Tür öffnete sich quietschend.

Der Mercedes war eine Seltenheit. Ein 220 SE, frühe sechziger Jahre. Schwarz, verstaubt und mit einem Oldtimerzulassungsschild stand er da, bereit für eine Landpartie. Wirklich ein Kleinod, das musste ich zugeben. Obwohl ich den Jaguar vorzog. Ich hatte keine Ahnung, dass Busk solche Interessen gehabt hatte.

Der Wagen war nicht verschlossen, die Schlüssel steckten.

Nachdem ich das Auto durchsucht hatte, musste ich mir eingestehen, dass es hier keine Spuren von Mari gab. Und auch keine anderen. In dieser Garage herrschte überhaupt eine ungewöhnliche Ordnung.

Ich ging weiter zum Bungalow, dessen Schloss schon eine größere Herausforderung war. Aber da es mir schnurz war, ob der Einbruch entdeckt werden würde, hatte ich die Tür rasch geknackt. Meine Handschuhe hinterließen keine Abdrücke, und meine alten Turnschuhe würde ich danach wegwerfen.

Die Luft, die mir entgegenschlug, war schwer und stickig und passte so gar nicht zu den hellen, leichten Möbeln.

Ich nahm mir ein Zimmer nach dem anderen vor, fand aber nichts. Als ich diese Übung auch in den beiden Hütten durchgeführt hatte, ließ ich mich resigniert in einen Sessel sinken. Im tiefsten Herzen hatte ich wohl gehofft, sie hier zu finden oder zumindest auf eine Spur zu stoßen.

Erst im Hinausgehen fiel mein Blick darauf. Das Gummi, das auf dem Boden lag, halb versteckt unter einem Flickenteppich, war von der Sorte, die junge Mädchen immer wieder über Haare oder Handgelenk streifen. Es war knallgrün und hatte gelbe Streifen. Ich hätte nicht beschwören können, dass Mari so eins hatte, aber es war möglich. Einem Mann gehörte es jedenfalls nicht.

Mehr fand ich nicht. Aber ich hatte doch ein wenig Tatkraft gewonnen, als ich zurückfuhr. Ich war sicher, dass Busk mit der Sache zu tun gehabt hatte. Jetzt musste ich seinen Sangesbruder finden. Dass Kolberg untergetaucht war, machte ihn nicht weniger interessant.

Es ging auf halb vier zu, als ich beim Borgarting-Gericht anrief, ein Anruf, den ich schon längst hätte erledigen sollen. Nach vielem Hin und Her landete ich bei derselben Sekretärin wie beim ersten Mal. Und als ich all meinen Charme mobilisiert hatte, konnte ich ihren bürokratischen Panzer durchdringen.

»Ich habe ja in den Zeitungen über diese schreckliche Explosion gelesen«, sagte sie mitfühlend. »Und über diese arme Frau. Und ihre kleine Tochter. Wie geht es der denn?«

»Besser. Aber sie hat Probleme mit den Augen.«

»Wie entsetzlich. Wird sie blind?«

»Wir hoffen aufs Beste. Aber die Sache ist ernst. Und der Täter läuft noch immer frei herum.«

»Aber war das nicht dieser Computerfachmann? Der dann auch umgebracht worden ist?«

»Das wissen wir noch nicht. Die Ermittlungen laufen. Und in diesem Zusammenhang rufe ich an. Sie können mir helfen.«

»Natürlich«, sagte sie sofort. »Sagen Sie, was ich tun kann.«

»Es ist lebenswichtig, dass ich erfahre, wer Kopien von den Andersen-Unterlagen bekommen hat. Sie haben gesagt, ich sei Nummer vier. Wer waren die anderen drei?« Als sie zögerte, fügte ich hinzu:

»Ich weiß, dass das gegen die Vorschriften verstößt. Aber es ist eine Notlage und ich kann nicht auf die gerichtliche Erlaubnis warten. Ich muss es jetzt wissen.«

Sie gab rasch nach. »Ich muss kurz nachsehen. Warten Sie einen Moment.«

Nach zwei Minuten meldete sie sich wieder. »Zuerst war da diese taube Journalistin, die dann ermordet wurde. Dann ein Polizeibeamter namens Kolberg.«

»Und dann? Wer war der Dritte?«

»Ein gewisser Ås. Peder Ås.«

»Aber das ist doch ein Pseudonym«, sagte ich enttäuscht. »Das wird überall in der juristischen Literatur benutzt. Wissen Sie noch, wie dieser Mann aussah?«

»Es ist lange her«, sagte sie unsicher. »Aber er ist

mir aufgefallen, weil schon zwei andere nach diesen alten Unterlagen gefragt hatten.«

»Ja?« Meine Geduld wurde auf eine harte Probe gestellt.

»Er war groß und nicht mehr ganz jung, auch wenn er so zu wirken versuchte.«

»Wie meinen Sie das?«

»Er hatte ungewöhnlich lange Haare. Ich glaube nicht, dass die echt waren.«

Das klang vertraut. Ein Peder Ås mit Perücke. »Ist Ihnen sonst noch was aufgefallen?«

»Nein, mir fällt jetzt jedenfalls nichts ein. An sein Gesicht kann ich mich nicht erinnern, es ist eben doch schon lange her. Aber er war höflich, sehr höflich.«

Auf dem Parkplatz bei den Sportplätzen war noch immer kein Volvo zu sehen. Es meldete sich auch niemand, als ich bei Kolbergs Freundin klingelte.

Ich hatte inzwischen festgestellt, dass Kolberg neben seiner Wohnung in Tønsberg kein weiteres Grundstück besaß. Keine Hütte, kein kleiner Hof und kein Ferienhaus waren auf ihn oder seine Exfrau eingetragen.

In der Carsten Bruuns gate hielt ich vor Kolbergs Haus. Wenn ich das richtig verstanden hatte, wohnte er ganz allein in der riesigen roten Villa. In einem Haus, das sicher Keller und Dachboden besaß. Einem geräumigen Haus. Einem Haus, in dem vieles versteckt werden konnte.

Das Grundstück war groß, die Einfahrt wurde von hohen Bäumen verborgen. Kein Mensch war in der Nachbarschaft zu sehen. Von der Hauptstraße her war das schwache Rauschen des Freitagsverkehrs zu hören, vermischt mit dem eher wütenden Knattern der Rasenmäher. Ansonsten war im Land der grünen Rasen alles still und ruhig.

Ich musterte den Eingangsbereich, auf der Jagd nach einem schwachen Punkt. Ein Alarmschild konnte ich nicht entdecken. Das war ziemlich ungewöhnlich in dieser Gegend, die doch einwandfrei im Einzugsbereich der Junkies lag und deren Bewohner deshalb ungewöhnlich oft über Einbrüche klagten. Aber ich ging davon aus, dass der Besitzer allgemein als Polizist bekannt war, was abschreckender wirken konnte als alle Alarmanlagen der Welt.

Mir machte es keine Angst.

Alles war gründlich abgeschlossen. Keine offenen Fenster, keine losen Angeln.

Ein erfahrener Einbrecher war ich nicht. Aber Not kennt kein Gebot. Ich wollte mich davon überzeugen, dass das Haus kein düsteres Geheimnis verbarg.

Auf der Rückseite, geschützt vor den Blicken der Straße und der Nachbarn, fand ich das Gesuchte. Ein einsames Fenster hoch oben in der Wand, gerade groß genug. Eine Leiter machte die Sache einfach.

Das Glas klirrte nicht allzu laut. Ich glaubte nicht einmal, dass es von der Straße her zu hören war, aber sicherheitshalber wartete ich einige Minuten und presste mich an die Garagenwand, bereit zur Flucht, falls irgendwer auftauchen sollte.

Niemand kam. Der Freitagsfriede senkte sich über die Umgebung.

Aber als ich gerade hochgeklettert war und mich durch das Fenster quetschen wollte, hörte ich eine Autotür ins Schloss fallen. Ehe ich die Leiter hinuntergestiegen war, klapperte das Gartentor. Jemand lief über die Einfahrt. Es bestand Grund zu der Befürchtung, dass es sich dabei um den Hausherrn handelte.

Plötzlich kam mir eine Idee. Statt über Nachbars Zaun zu steigen und stillschweigend zu verschwinden, machte ich das genaue Gegenteil. Ich lief um die Garage herum, schlich über die Auffahrt hinaus auf die Straße und versteckte mich einige Meter weiter. Vom Haus her hörte ich nichts.

Nach zwei Minuten ging ich ganz offen wieder die Auffahrt hoch. Jetzt wusste ich, dass jemand zu Hause war. Der Einbruch würde ihn verwirren, ihm vielleicht Angst machen.

Ich klingelte. Nicht nur ein Mal, sondern viele Male.

Keine Reaktion.

Er konnte mich durch das Seitenfenster gesehen haben.

Der schwarze Volvo stand auf der Straße, nicht in der Garage. Das konnte darauf hindeuten, dass er nicht lange im Haus bleiben wollte.

Nach einer Weile musste ich aufgeben. Weil ich keinen besseren Zeitvertreib hatte, fuhr ich ins Büro und versuchte, etwas von der Arbeit zu erledigen, die sich in den letzten Tagen angehäuft hatte. Es war eine unwirkliche Situation. Hier saß ich bei der Arbeit, während meine Tochter sich in den Händen eines wahnsinnigen Entführers befand, eines Mörders vielleicht. Eines Mannes mit unbegreiflichen Plänen.

Unter den Unterlagen und Notizen fiel mein Blick auf die Reklame des Bestattungsunternehmens, die Mirjam erhalten hatte und für die Bejer angeblich nicht verantwortlich gewesen war.

BESTATTUNGSUNTERNEHMEN FREDRIK-

SEN IM GRØNLANDSLEIRET ERLEDIGT ALLE AUFGABEN SCHNELL UND ZUFERLÄSSIG AUSKUNFT UND APHOLUNG RUNDT UM DIE UHR

Obwohl dieser Text allem Anschein nach auf einem Computer mit Rechtschreibprogramm verfasst worden war, hatte jemand in den vier Zeilen drei Fehler gemacht, Fehler, die eigentlich nur Ausländern oder Legasthenikern unterlaufen. Über Frantz Bejer konnten viele schlimme Dinge gesagt werden, aber es bestand doch Grund zu der Annahme, dass er die Rechtschreibung beherrscht hatte. Außerdem hatte er mit Computern umgehen können.

Josip Mirankovic hätte da eher gepasst. Und ich hielt ihn nun wirklich nicht für einen Schriftgelehrten. Reidar Andersen hatte bestimmt Rechtschreibprobleme, Leute wie er hatten Glück, wenn sie überhaupt lesen konnten. Das galt sicher auch für Boris.

Während ich über diese Frage nachgrübelte, merkte ich, dass die Jaguarschlüssel fehlten, die sonst bei meinen Zigarren lagen. Das Gefühl, mit dem mir aufging, wo ich sie verloren hatte, war überhaupt nicht gut. Als ich versuchte, mich durch das Fenster zu zwängen, mussten sie aus meiner Jackentasche gefallen sein. Mir war ganz einfach das Kunststück gelungen, sie mit Namen und Adresse versehen am Tatort liegenzulassen. Dass ich Reserveschlüssel besaß, war da kein großer Trost. Nur die ärgsten Versager unter meinen Mandanten begingen sonst solche Patzer.

Ich konnte nicht so recht entscheiden, was das für Folgen haben würde.

Kolberg ging noch immer nicht ans Telefon, so oft ich es auch versuchte.

Doch mein eigenes Telefon klingelte plötzlich. »Ja? Hier ist Foyn.« Mein Puls hämmerte los.

Anne Rønningens Stimme klang beruhigend vertraut, wenn auch wie immer eiskalt. »Du hast Probleme, Foyn.«

Das war nicht komisch. »Was du nicht sagst. Worum geht es diesmal?«

»Das weißt du ja wohl«, sagte sie spitz. »Offenbar lernst du nie. Du scheinst dich von Tod und Tragödien angezogen zu fühlen.«

Ich wünschte, sie hätte das nicht gesagt. Im Grunde hatte ich auf gute Nachrichten gehofft. Dass sie Mari gefunden hatten. Dass sie auf der Wache saß und abgeholt werden konnte. Dass alles vorbei sein und in meiner Erinnerung nur noch wie ein böser Traum erscheinen würde. Dass jemand die Zeit zurückdrehen könnte. »Was willst du eigentlich?«, fragte ich müde.

»Du musst so schnell wie möglich zur Vernehmung herkommen. Es gibt Leute, die gerne wüssten, welche Beziehung du zu Brede Busk hattest. Ich brauche dir ja wohl nicht zu erzählen, dass er tot ist.«

»Das habe ich gehört, ja. Krankes Herz, war das nicht so?«

»Kann schon sein.« Sie versuchte nicht einmal, ihre Skepsis zu verbergen.

»Ich komme freiwillig. Aber das geht erst morgen.«

Sie überlegte eine Weile, dann gab sie sich überraschend leicht geschlagen. »Um zehn in meinem Büro.«

»Moment mal«, sagte ich. »Du kannst mir einen Gefallen tun.«

»Was?«

»Knut Kolberg«, sagte ich. »Dein ehemaliger Kollege. Zu dem hätte ich eine Frage.«

»Ich kenne ihn kaum.« Ihre Stimme klang auffällig abweisend.

»Weißt du, ob es ihm schwerfällt, sich schriftlich auszudrücken?«

»Was? Warum in aller Welt willst du das wissen?«

»Das kann dir egal sein.« Ich hatte nicht genug Selbstbeherrschung, um auch nur den Versuch zu machen, höflich zu sein. »Beantworte einfach meine Frage.«

»Du musst doch den Verstand verloren haben«, sagte sie säuerlich. »Du kannst hier bei uns nicht arbeiten, ohne lesen und schreiben zu können. Das musst du doch wissen.«

Zu meiner Verwunderung konnte ich mir eine tödliche Bemerkung verkneifen. »Es bringt ja wohl nichts, über seinen jüngst verschiedenen Sangesbruder dieselbe Frage zu stellen, vermute ich?«

»Ausnahmsweise hast du Recht. Es bringt nichts. Ich erwarte dich morgen früh.« Sie legte auf. Es war auffällig, dass sie um diese Zeit überhaupt im Büro war. Ich hoffte, es war nicht nur meinetwegen.

Erst am späten Abend erreichte ich Kolbergs Freundin. Ich stellte mich als Berater einer Marktforschungsfirma vor.

Sie wies mich ab. Aber ich glaubte, im Hintergrund eine Männerstimme gehört zu haben.

Wieder holte ich den Golf und nahm mein Einbrecherwerkzeug mit. Hulda ließ ich zu Hause. Die Pistole schenkte mir zumindest ein Gefühl von Sicherheit.

Wenn er auch an diesem Abend nicht zu Hause war,

wollte ich einen neuen Versuch machen. Aber zuerst wollte ich versuchen, mit ihm zu reden, von Angesicht zu Angesicht. Dass vielleicht seine Freundin dabei sein würde, hielt ich für einen Vorteil. Dann würde er sich doch wohl zivilisiert verhalten müssen.

Nachdem ich eine Zeitlang vor dem Wohnkomplex gewartet hatte, schlich ich mich hinter einem Bewohner her in die Garage. Dort stand der schwarze Volvo neben einem nagelneuen silbergrauen Audi. Am Seitenfenster klebte der Firmenname: Architekten Kristiansen & Bernhardt. Kolberg bevorzugte offenbar Damen mit exklusivem und teurem Geschmack.

Niemand reagierte auf mein Klingeln. Und am Telefon meldete sich jetzt ein Anrufbeantworter.

Ich stellte den Golf auf der anderen Straßenseite ab, wo ich die Auffahrt im Blick hatte. Bis auf weiteres wollte ich nur warten. Auf sein Haus würde ich mich später noch konzentrieren können. Ich ging nicht davon aus, in dieser Nacht schlafen zu können.

Mitternacht war vorbei, es regnete jetzt und es war ungewöhnlich dunkel für den Frühherbst. Die Straßen waren leer und still. In fünf Stunden würde *Aftenposten* vorliegen.

Plötzlich kam der silbergraue Audi aus der Garage und bog in Richtung Horten auf die Hauptstraße ab. Nur eine Person saß im Wagen. Ich glaubte nicht, dass es sich um eine Frau handelte.

Er wollte offenbar nicht erkannt werden, da er nicht sein eigenes Auto benutzte.

Ich folgte ihm in sicherer Entfernung.

Er fuhr schnell, viel schneller als erlaubt. Zum Glück waren noch andere Autos unterwegs. Ich ließ zwei zwischen uns.

Der Audi passierte Åsgårdstrand, fuhr weiter in Richtung Borrekirche und bog dann auf dem Verteilerkreis nach rechts ab, zum unteren Teil der Hortener Innenstadt. Bald ließen wir den Strandpark hinter uns, wo ich an einem anderen dunklen Abend, der eine Ewigkeit zurückzuliegen schien, Reidar Andersen gefolgt war.

Jetzt fuhr der Audi zum Fähranleger und dann weiter in Richtung Lystlunden.

Ich glaubte nicht, dass mein Golf ihm aufgefallen war. Aber durch meine verdammten Schlüssel wusste er, dass ich ihm auf der Spur war.

Ich fragte mich, was er dagegen unternehmen wollte.

Es gab jetzt keinen Verkehr mehr. Außer uns war niemand hier unterwegs. Ich fuhr jetzt nur noch mit Standlicht. Der kleine Audi fuhr zweihundert Meter vor mir her durch den Regen. Die scharfen Scheinwerfer durchschnitten die Dunkelheit und bogen dann in den alten Werftbereich bei Karljohansvern ab und ließen die stattliche Villa des Seemilitärischen Korps rechts und das Marinemuseum links liegen. Ein Auto kam uns langsam vor der Einfahrt zu den alten Docks entgegen, wo jetzt unter der Leitung von Horten Industripark neue Betriebe angesiedelt wurden. Alles war still. Nicht ein Mensch war zu sehen. Im Rückspiegel ahnte ich die Bremslichter des Autos, dem wir begegnet waren.

Plötzlich ging mir auf, was mich mit der Architektenfirma Kristiansen & Bernhardt verband. Sie hatten kürzlich einen Wettbewerb für den Ausbau des alten Industriegeländes gewonnen. Ihre Angestellten besaßen sicher alle erdenklichen Informationen über die Umgebung.

Der Audi fuhr zur Seite und dann langsam über das offene Gelände. Er war jetzt ganz dunkel und schlich durch die Docks.

Ich hatte auf der Hauptstraße gehalten, gleich vor dem Tor. Jetzt lief ich hinter dem Audi her.

Der Audi passierte das erste Dock und fuhr dann weiter zum größeren der beiden, das vom Gewerbegebiet weiter entfernt lag, ganz ungestört draußen am Fjord. Dort hielt er, versteckt hinter zwei alten Containern. Niemand stieg aus.

Vor mehreren Jahren war ich im Zusammenhang mit einer Schadensersatzklage hier draußen unterwegs gewesen. Schon damals hatten mich die Dimensionen überwältigt. Alles war riesig und massiv und wurde dominiert von rostigen Eisenkonstruktionen und altem, geborstenem Beton. Mit den verödeten leeren Hallen, den tiefen Docks und den traurig zum Himmel ragenden Kränen war das Gelände ein Denkmal für eine Branche, ein Mausoleum einer Industrie, die einst eine ganze Stadt am Leben erhalten hatte. Jetzt wirkte alles hier nur noch düster und beängstigend.

Schritt für Schritt schlich ich mich vorsichtig an einem Speicher am Rand des Dockgeländes vorbei und näherte mich dem Audi von hinten, während der Regen wütend auf die Blechdächer trommelte.

Im kurzen Aufglühen eines Feuerzeugs erkannte ich den Fahrer, als er sich eine Zigarette anzündete. Ich stand nur einige Meter von ihm entfernt. Ein schwacher Lichtschein leuchtete in unregelmäßigen Abständen zwischen den Autos auf, während Knut Kolberg sich vorbeugte. Das Licht war grün und flimmernd wie das eines Computerbildschirms.

Ich war vom Regen schon fast durchgeweicht. Und

ich fror. Dann passierte plötzlich etwas. Er öffnete die Autotür, stieg lautlos aus, schob sie behutsam zu und bewegte sich mit vorsichtigen Schritten auf den Dockrand zu, wo das Schleusentor das Wasser aussperrte. Das Tor war kaum zwei Meter breit, dahinter lag die See, dunkel und drohend. Auf der anderen Seite fiel die Wand zum Trockendock sicher fünfzehn bis zwanzig Meter ab, nirgendwo Sicherung oder Geländer. Ein falscher Schritt und man war erledigt.

Er hatte eine Stablampe in der Hand und ließ den Lichtstrahl wandern, während ich versuchte, mich hinter Kabelrollen und Abfällen unsichtbar zu machen. Er blieb beim Tor stehen, ging in die Knie und sah sich etwas an. Aufgrund der Entfernung konnte ich nicht erkennen, was es war.

Plötzlich drehte er sich um und starrte in meine Richtung.

Ich blieb wie angewachsen stehen. Er wusste, dass ich hier war, irgendwo in der Dunkelheit. Polizisten mit langer Ermittlungserfahrung besitzen solche intuitiven Fähigkeiten.

Nach einer Zeit, die mir vorkam wie eine Ewigkeit, wandte er sich wieder dem Schleusentor zu, machte dann kehrt und ging zum Auto zurück. Immer wieder schaute er sich um und schien auf etwas zu warten. Er kam nur wenige Meter an mir vorbei, während ich mich an den Speicher presste, zog irgendein Gerät und ein Tau aus dem Kofferraum und legte sich das Tau über die Schulter.

Auf dem Rückweg zum Schleusentor blieb er mehrmals stehen, leuchtete mit der Lampe und lauschte, während er sich umschaute. Ich folgte in sicherer Entfernung, stolperte aber in der Dunkelheit und schlug mit dem Knie gegen einen spitzen Gegenstand, der aus einer Kabelrolle ragte. Es tat nicht nur schrecklich weh. Zu allem Überfluss knallte das Eisenteil mit Getöse auf den Beton, rollte zum Dockrand und verschwand im Abgrund. Es dauerte eine Ewigkeit, bis der Aufprall durch das leere Dock dröhnte.

Ich riss die Pistole hervor und machte zwei Schritte auf die Gestalt am Schleusentor zu. Er hatte sich zu mir umgedreht. »Ich hab dich im Visier«, rief ich. »Lass fallen, was du in der Hand hast.«

Eine weitere Ewigkeit verging. Er schien sich zu fragen, wen er hier vor sich hatte.

»Gib mir die Lampe.«

Er bückte sich und beförderte sie mit einem Tritt auf mich zu. Der Lichtstrahl fegte durch die Gegend. Der Schraubenschlüssel, den er nun fallen ließ, war groß und schwer. Ich fragte mich, ob er als Waffe oder als Werkzeug dienen sollte.

»Hände hoch«, kommandierte ich. »Und oben halten.«

Er gehorchte, überraschend zahm. Aber ich hatte nicht vor, mich an der Nase herumführen zu lassen. Der Mann vor mir war gefährlich. Und er verfügte über die Erfahrung vieler Jahre.

Mit dem Finger am Abzug bückte ich mich und hob die Lampe auf, die jetzt nur noch flackerte. Wenn nötig, würde ich schießen müssen. Nicht um ihn zu töten, sondern um ihn unschädlich zu machen. Aber ich wusste nicht, ob ich das über mich bringen würde. »Was machst du hier?« Meine Stimme klang nicht ganz fest. »Du suchst vielleicht jemanden?«

»Foyn?« Er kniff die Augen zusammen.

»Stimmt. Ich wiederhole meine Frage: Was machst du hier?«

»Was glaubst du wohl?« Er ließ die Arme schlaff nach unten hängen. Meine Waffe schien ihn nicht weiter zu stören. Vielleicht glaubte er, ich bluffte.

»Sag mir einfach, wo meine Tochter ist. Du bist auf jeden Fall fertig, Kolberg.«

»Deine Tochter?«

»Ja, genau«, kläffte ich. »Ist sie hier?«

»Du hast noch immer nichts kapiert, was? Du bist ein Trottel, Foyn.«

»Ich weiß genug. Mehr als genug, um dich für sehr lange Zeit hinter Gitter zu bringen.«

Er gab keine Antwort, sondern machte einige drohende Schritte auf mich zu.

Jetzt hörte ich etwas. Das Geräusch kam von der anderen Seite des Docks. Vielleicht war er nicht allein. Vielleicht war es eine Falle. Er hatte mich hierhergelockt, an einen Ort, wo er sich meiner ein für alle Mal entledigen konnte. Hier in diesem öden Chaos musste es ja Möglichkeiten genug geben.

Kolberg fuhr herum und blickte in dieselbe Richtung wie ich. Und da erlosch die Lampe endgültig. Es war dunkler denn je. Und der Abgrund war nur zwei Meter von mir entfernt.

»Vergiss nicht, dass ich mit einer Pistole auf dich zeige.« Ich richtete die Waffe auf seinen Rücken. Aber es war eine leere Drohung. Ich konnte nicht abdrücken und würde es auch nicht tun. Und ich glaubte, dass er das wusste. »Wie viele seid ihr?«

»Ich bin allein hier. Soviel ich weiß jedenfalls.« Er kam näher. »Leg die Pistole weg«, befahl er. »Das hier ist nichts für ein Weichei wie dich.«

Ich trat einen Meter zurück, stolperte über einen Balken und verlor die Balance.

Der Schlag traf meinen Arm. Die Pistole flog davon und verschwand in der Dunkelheit. Ehe ich reagieren konnte, bohrte sich sein Knie in mein Zwerchfell. Ich klappte zusammen und fiel auf die Nase. Kolberg hatte wirklich Erfahrung.

Dann stand er über mir. »Na«, sagte er ruhig. »Was wolltest du wissen?«

»Du hast Mirjam Lange umgebracht, du Schwein«, würgte ich hervor. »So wie die anderen Frauen.«

»Da irrst du dich, Foyn. Ich habe niemanden umgebracht.« Er platzierte einen Schuh in meinem Gesicht. »Du musst damit aufhören, dich in Dinge einzumischen, von denen du keine Ahnung hast.«

Ich versuchte, auf die Knie zu kommen, aber er setzte mir einen Fuß auf die Schulter und drückte mich wieder auf den Beton. »Sag mir einfach, wo meine Tochter ist«, flüsterte ich. »Dann vergesse ich, dass es dich gibt.«

»Deine Tochter?«

»Sie ist erst siebzehn. Sie ist entführt worden. Von dir?«

Er schüttelte den Kopf. »Wann ist sie verschwunden?« Plötzlich klang er wie ein Polizist.

»Mittwochabend.«

»O verdammt.«

Es war absurd. Ich lag da im Dreckwasser und versuchte, mit diesem Wahnsinnigen ein vernünftiges Gespräch zu führen. »Was soll das heißen?«

»Da war er hier.«

»Wer denn?«

Er gab keine Antwort, sondern steigerte nur noch den Druck auf meine Schulter.

»Du kommst damit nicht durch«, flüsterte ich. »Ich weiß, dass ihr Beweise frisiert habt. Reidar Andersen, Kim Fredheim, weiß Gott, wie vielen Menschen ihr das Leben zerstört habt.«

»Du hast doch keine Ahnung, Foyn. Das waren Schweine. Ihre Opfer hast du nie gesehen.«

»Aber was, wenn sie unschuldig waren? Dann läuft der echte Mörder frei herum. Hast du dir das schon mal überlegt?«

Er entfernte seinen Fuß, hob die Taschenlampe hoch, schüttelte sie und brachte sie wieder zum Leuchten. »Was glaubst du, weshalb ich hier bin?«

Ich kam mühselig auf die Knie, steif und starr wie ein Greis. Er machte keinen Versuch, mich daran zu hindern. »Ich habe keine Ahnung«, sagte ich. »Aber du kannst ja versuchen, es mir zu erklären.« Aus irgendeinem Grund hatte ich keine Angst vor ihm. Obwohl ich eigentlich unendlich viele Gründe dazu hatte.

»Sieh dir lieber das hier an, wo du so neugierig bist.« Er ließ den Lichtstrahl auf eine kreisrunde verrostete Luke mit einem Durchmesser von gut anderthalb Metern fallen. Sie befand sich mitten im Schleusentor.

Ich beugte mich vor. Es gab drei Luken dieser Art, alle waren mit verrosteten Eisengittern bedeckt. Aber die, auf die Kolberg zeigte, fiel auf. Die kräftigen Bolzen, die das Gitter festhielten, waren blank und neu und absolut nicht rostig. Die alten Muttern waren offenbar erst kürzlich ersetzt worden.

Er ließ den Lichtstrahl in das dunkle Loch wandern. Viele Meter unter mir konnte ich das Wasser ahnen. Das Schleusentor war hohl und mit Wasser gefüllt. Eine perfekte Stelle, um Dinge loszuwerden, die unerwünscht waren. Mir schauderte.

»Dreh die Muttern raus.« Er schob mir den riesigen Schraubenschlüssel mit dem Fuß hin.

Ich gehorchte mechanisch. Nicht weil er mich bedroht hätte, sondern weil ich herausfinden musste, was sich wohl in dem dunklen Loch verbarg. Ich wagte nicht einmal, diesen Gedanken zu Ende zu denken, sondern schraubte nur fieberhaft.

Die Bolzen waren beängstigend gut geschmiert. In kurzer Zeit hatte ich die Muttern entfernt, konnte das Gitter aufklappen und nach unten schauen. Unter mir klaffte ein tiefer, schwarzer Abgrund. Ein süßlicher, fauliger Gestank stieg von unten herauf. Aber ich sah nichts.

Ich schaute mich zu ihm um, während ich mich noch über das schwarze Loch beugte. Ich hatte tausend Fragen, konnte aber keine einzige stellen, denn plötzlich zuckte er wie vom Blitz getroffen zusammen. Für einen kurzen Moment erstarrte er in einer verzerrten Bewegung, dann kippte er rückwärts auf den Abgrund zu. Dort blieb er liegen, die Beine über der Kante.

Als ich versuchte, mich aufzurichten, wurde auch ich von etwas getroffen, was mich umwarf, rückwärts auf das kalte Eisen.

Eine hohe Gestalt kam mit langsamen Schritten auf uns zu. Wie in Zeitlupe sah ich das alles. Den dunklen Mantel, den Hut über den langen flatternden Haaren, die Waffe in seiner Hand. Der Teufel selbst schien auf uns zuzukommen, als wir hilflos auf dem nassen Schleusentor lagen.

Kolberg machte einen Versuch, sich auf sicheren Boden zu ziehen, aber er glitt nur weiter auf den Abgrund zu.

Das Gesicht der Gestalt war unter der Hutkrempe

nur zu ahnen. Ich sah, dass es von etwas bedeckt war. Von einer schwarzen, entsetzlichen Maske.

Er näherte sich Kolberg, der versuchte, auf die Beine zu kommen. Ein einziger zielgerichteter Tritt drehte den ehemaligen Polizisten um. Mit einer langsamen Bewegung glitt er über den Rand, während eine Hand vergeblich auf dem glatten Stahl nach Halt suchte. Dann verschwand er lautlos unten in der Dunkelheit.

Die Gestalt wandte sich mir zu. Sie sagte kein Wort.

Obwohl ich mich zerschlagen fühlte und mit einem Schock rang, umklammerten meine Finger den Schraubenschlüssel, der unter mir lag.

Er richtete die Waffe auf mich, sie sah aus wie eine Pistole.

Mit großer Mühe konnte ich mich aufrichten und schleuderte den schweren Schraubenschlüssel nach ihm. Er wurde am Knie mit solcher Kraft getroffen, dass er die Waffe fallen ließ und vornübertaumelte. Ich weiß nicht, woher ich die Kraft nahm, aber jetzt kam ich unsicher auf die Beine.

Und da standen wir nun und starrten einander an. Nur ein Meter trennte uns. Ich konnte nur noch versuchen, mich aufrecht zu halten, und schwankte hin und her, noch immer schwindlig von dem Schlag.

Plötzlich, ohne Vorwarnung, holte er zu dem Schlag aus, der mich mitten im Gesicht traf. In einem Nebel aus Schmerz spürte ich, wie Blut aus meiner Nase strömte, und abermals ging ich in die Knie.

Er blieb über mir stehen, bereit zu einem Tritt. Gleich hinter mir klaffte der Abgrund.

Dann hörten wir es. Schritte hinter uns auf dem

Beton. Wie auf Kommando fuhr er herum, geblendet von einem grellen Lichtstrahl, der ihn erstarren ließ.

Er schwankte, verlor das Gleichgewicht und fiel rückwärts. Ehe ich reagieren konnte, war er in dem offenen Loch im Schleusentor verschwunden. Ich hörte ein Klatschen, als er tief unten in der Dunkelheit auf die Wasseroberfläche aufschlug.

Mühsam kam ich auf die Beine. Die grelle Lichtquelle kam rasch näher. »Sieh mal an.« Wilhelm Mørk blieb vor mir stehen und warf einen Blick in den Abgrund, ehe er sich zu mir umdrehte. »Du siehst nicht gut aus. Wirst du das nie lernen?« Seine Anwesenheit hier kam mir ganz natürlich vor.

Benommen griff ich zu seiner Taschenlampe und hob die Taurolle auf. Ich räusperte mich. »Da unten«, würgte ich, reichte sie ihm und schaute ins Loch hinunter. Der Mann da unten schien noch zu leben, denn etwas bewegte sich im Wasser. »Binde das Tau an den Balken da und wirf es nach unten, damit er sich festhalten kann, während wir Hilfe holen.«

Ich zog mein Telefon hervor und rief die Polizei an, während Mørk sich um das Tau kümmerte. Meine Finger waren so taub, dass ich mir nicht einmal die Schnürsenkel hätte binden können.

Mørk leuchtete ins Loch hinab. Tief unten ahnten wir eine schwimmende Gestalt. »Jetzt wirf schon das verdammte Tau«, drängte ich. »Wie hast du mich gefunden?«

Er gab keine Antwort, ließ jedoch das lange Tau ins Loch hinab. Als er mir das Ende zuwarf, bekam ich es nicht richtig zu fassen, und das schwere, glitschige Tau glitt mir durch die Finger. Platschend verschwand es in der Finsternis. Er hatte es nicht festgebunden.

Wir schauten einander an. »Was zum Teufel sollte das denn?«, fragte ich endlich.

»Ich hab dir das Tau gegeben«, Mørk sah mich unbeeindruckt an. »Wie du gesagt hast. Ich bin dir gefolgt. Ich konnte mir ja denken, dass du Ärger hattest. Aber unterwegs hab ich dich verloren. Deshalb bin ich ein bisschen spät gekommen.«

Wir schauten wieder ins Loch hinunter. Die Bewegungen dort unten wurden langsamer.

»Er wird ertrinken«, sagte ich verzweifelt.

Mørk zuckte mit den Schultern. »Wie traurig. Seine Opfer sind nicht so billig davongekommen.«

»Du hast das nicht kapiert. Er ist der Einzige, der weiß, wo Mari sein kann.«

Er musterte mich forschend. »Sie ist offenbar verschwunden?«

»Sie wurde am Mittwochabend entführt.« Ich schaute wieder in das Loch. »War er das wirklich?«

»Der Richter, meinst du? Darauf kannst du Gift nehmen. Und es sollte doch kein Schock für dich sein. Hast du die Bestattungsreklame vergessen?«

Als ich keine Antwort gab, redete er gelassen weiter. »Du ahnst ja nicht, wie viele Legastheniker es gibt. Auch Leute, bei denen man es nicht annehmen sollte. Wie der, der das hier geschrieben hat.« Er zog einen Zettel aus der Tasche.

Mich interessierte das eigentlich nicht mehr. Ich musste ins Dock hinuntersteigen und nachsehen, ob Kolberg den Sturz überlebt hatte, was aber wenig wahrscheinlich war. Ich konnte nur an Mari denken. Die Angst, sie könnte sich in dem dunklen Loch im Schleusentor befinden, lähmte mich.

Mørk bückte sich und hob etwas Dunkles auf, das

an einem Bolzen in der Öffnung hängengeblieben war. Eine Perücke. Die hielt er vor mir hoch. »Sicher hat er die getragen, als er den Player der Kleinen gestohlen hat. Und Bejer noch weiter in Verdacht gebracht hat. Ein cleverer Teufel, das war er.«

Ich hörte mit halbem Ohr zu und versuchte, mich zusammenzureißen. Sie konnte überall da unten sein. Ich hatte keine Ahnung, wo ich suchen sollte. »Ohne euch wäre ihm schon vor Jahren das Handwerk gelegt worden.« Vielleicht war sie gar nicht hier, sondern an einem ganz anderen Ort.

Mørk ignorierte mich und schaute in das Loch im Schleusentor. Dort unten war jetzt alles still. »Aber am Ende hat die Strafe ihn ja doch ereilt, was?«

Ich entgegnete nichts.

»Mit den Textverarbeitungsprogrammen wurde für Legastheniker wie ihn alles besser«, sagte Mørk, scheinbar ganz gelassen. »Als er das hier geschrieben hat, hatte er es wohl ein wenig zu eilig.« Er knüllte den Bogen zusammen. »Der Richter hatte eine schwere Kindheit. Das hast du vielleicht nicht gewusst?«

Ich schüttelte den Kopf.

»Seine Mutter war psychisch krank. Als kleiner Junge wurde er grausam geschlagen, und niemand hat eingegriffen. Sie war die Sorte von Mutter, die einen Sohn zum Frauenhasser machen kann. Sie hat ihre Tage im Irrenhaus beendet. Und seinen Vater hat er nicht gekannt.«

»Das wusste ich wirklich nicht. Aber es ist keine Entschuldigung.« Ich zermarterte mein Gehirn. Da war etwas, was er am Telefon gesagt hatte, etwas, was eine Spur sein könnte. Aber im Moment konnte ich mich daran einfach nicht erinnern.

»Keine Entschuldigung. Aber vielleicht eine Art Erklärung. Es war ein Geheimnis, das er sehr gut verborgen hielt. Das Bild des Knaben aus kleinen Verhältnissen, der nach Oslo kam und Karriere machte, passte besser.« Mørk lächelte düster. »Als ich gehört habe, dass Rynning auf dem Straßenstrich gesehen worden war, habe ich ihn unter die Lupe genommen. Und seit damals hatte ich ihn im Visier. Kolberg hatte wohl am Ende auch seinen Verdacht. Aber damals in den achtziger Jahren war er wohl davon überzeugt, dass er an den Richtigen geraten war. Er wollte Frau Justitia nur hilfreich zur Hand gehen. Und es blieb nicht bei dem einen Mal.«

»Schöne Hilfe«, sagte ich. Meine Gedanken waren weit weg.

»Der Richter hat nur mit dir gespielt, Svend.«

»Ja, das hab ich jetzt auch begriffen.« Ich konnte nur hoffen, dass er Mari zu demselben Zweck benutzt hatte. Um zu zeigen, dass er die Kontrolle hatte; dass er mich zu allem zwingen könnte. Dass er kein Interesse daran gehabt hatte, ihr etwas zu tun; dass er sie nur benutzt hatte, um mich in der Hand zu haben.

Ich schaute mich in der Dunkelheit um und versuchte, logisch zu denken. Tatsache war, dass ich keine Ahnung hatte, wo ich suchen sollte. *Wo zum Teufel blieb die verdammte Polizei?*

Mørk hatte meine Gedanken gelesen. »Die werden bald hier sein«, sagte er beruhigend. »Mit allem, was wir brauchen. Wenn sie hier ist, dann haben wir sie bald gefunden. Also ganz ruhig.«

Wir blieben stehen und horchten. Kein Geräusch störte die Stille.

»Das hat er benutzt.« Mørk hob die geheimnisvolle

Waffe auf. »Eine Elektroschockpistole. Eine Taser M 26. Häufig benutzt, von der Polizei und von Kriminellen. Lähmt rasch und effektiv für einige Minuten.«

Ich hatte das Gefühl, dass er das Gespräch nur in Gang hielt, um mich zu beruhigen, während wir auf Hilfe warteten. Aber jetzt konnte ich ihm fast nicht mehr zuhören.

»Kolberg hat Beweise frisiert, das stimmt«, sagte er ruhig. »Das hatte er schon lange so gemacht. Aber er hat niemanden getötet. Jedenfalls nicht direkt.« Er schaute sich in der öden, düsteren Umgebung um. »Dafür war der Richter zuständig. Und er war heute nicht zum ersten Mal hier.«

»Woher weißt du das? Bist du ihm gefolgt?«

»Nicht ich. Kolberg«, erklärte Mørk geduldig. »Deshalb ist er heute Abend hergekommen. Er war gewarnt worden. Hast du schon mal von AIS gehört? *Automatic Identification System?*«

Ich schüttelte den Kopf.

»Ein GPS-basiertes Spürsystem. Du platzierst an deinem Objekt einen Registrator. Der sendet Meldungen an einen Kartenplotter, der mit einem Laptop verbunden ist. Und auf diese Weise weißt du auf den Meter genau, wo dein Objekt sich befindet. Kolberg hatte so einen im Auto, ausgeliehen von alten Kollegen bei der Droge, nehme ich an. Ich habe mir die Zeit genommen, seine letzten registrierten Bewegungen zu überprüfen.«

»Hast du etwas gefunden?«

»Das Objekt war am späten Mittwochabend hier.«

Plötzlich wusste ich es wieder. Auf der anderen Seite des Docks gab es ein neueres Steingebäude, das sich von der alten Bebauung abhob. Aber jetzt erweckten die Reste des Schildes an der Wand mein Interesse. Im Licht einer einsamen Lampe an der Wand konnte ich es lesen. RECHENZENTRUM.

Kurz bevor die Werften stillgelegt worden waren, hatten die Banken hier in der Gegend ein gesichertes Gebäude errichtet, ein Haus, das die Computeranlagen beherbergen sollte. Es wurde nicht lange benutzt, denn dann verlangte die technologische Entwicklung neue Lösungen. Seither stand das Gebäude leer. Nur Banken können sich so etwas erlauben.

Was hatte der Entführer noch gesagt? *Hier ist sie so sicher wie in der Bank*. Und dann hatte er gelacht. Er hatte mir den Tipp gegeben, den ich brauchte. Und jetzt wusste ich, wo ich suchen musste.

Ich lief durch die Dunkelheit, über das Schleusentor und auf den großen Steinkasten zu. Hinter mir hörte ich in der Ferne Sirenen. Wilhelm Mørk folgte mir auf dem Fuße.

Vor dem Haus blieben wir stehen und horchten. Kein Laut war zu hören, nur die Sirenen, die die Stille zerfetzten. Das Haus hatte nur wenige Fenster und war solide verrammelt. Nichts wies auf einen Einbruch hin.

Aber als ich mir den Kellereingang ansah, fand ich etwas Interessantes. Anders als die anderen Schlösser, die inzwischen schon reichlich verrostet waren, war dieses Hängeschloss blank und neu.

Ich griff nach dem erstbesten Gegenstand, einem Eisenstab, den wir mit vereinten Kräften hinter den Riegel klemmen konnten, der die Tür sicherte. Gemeinsam sprengten wir ihn auf. Danach war alles leicht. Wir brachen zwei weitere Türen auf und standen in einem fensterlosen dunklen Kellergang. Nicht der geringste Lichtstrahl fiel in dieses Mausoleum.

Eine massive Eisentür führte tiefer ins Haus hinein. Sie war mit einem riesigen blanken Hängeschloss gesichert. Die Mauern waren aus Beton. Das hier war der pure Bunker, sicher genug für Staatsgeheimnisse.

Ich hämmerte mit der Eisenstange gegen die Tür. »Mari? Bist du da drinnen?«

Keine Antwort.

Mørk packte meinen Arm. »Pst!«

Und dann hörten wir es. Ein leises Klopfen von drinnen. Jemand schien mit der Hand gegen die Tür zu schlagen.

Ich schaute mich suchend um, während Mørk die Lampe hochhielt.

Der Gang war leer. Es gab hier keinerlei Werkzeug. Der Raum hinter der Tür war gegen Feuer und Explosionen gesichert.

Die Einsatzwagen hatten jetzt das Hafengelände erreicht. Blaulicht wanderte gespenstisch über die Kaianlagen. Aus der Dunkelheit kam per Lautsprecher irgendeine Mitteilung.

Wilhelm Mørk drehte sich zu mir um. »Ich hole Werkzeug. Du bleibst hier.« Er reichte mir die Lampe. »Das schaffen wir.« Dann war er in der Dunkelheit verschwunden.

Ich konzentrierte mich auf die Tür. Darüber, ganz oben unter der Decke, gab es ein Lüftungsventil. »Mari, kannst du mich hören?«, rief ich.

»Papa? Bist du das?«, fragte eine dünne Stimme. »Ich bin hier unten.«

Die Erleichterung machte mich stark. »Geht's dir gut?«

»Sicher. Aber es ist kalt und dunkel hier. Ich hab

nur eine Kerze. Er hat mir nichts getan.« Sie fing an zu weinen. »Kannst du mich hier rausholen?«

»Halt nur noch einen Moment durch. Wir holen gerade Werkzeug. Bald ist alles vorbei.«

Hinter mir hörte ich Schritte und aufgeregte Stimmen.

Wilhelm Mørk und die beiden Polizisten verschwendeten keine Zeit. Nach einigen endlosen Minuten konnten wir die schwere Eisentür öffnen.

Sie schaute aus zusammengekniffenen Augen ins Licht, klein und in sich zusammengesunken, aber scheinbar unversehrt. Mari war jetzt nicht das große Mädchen, sondern ein ängstliches Kind, das sich in meine Arme warf.

Der enge kalte Raum enthielt eine Matratze mit zwei Wolldecken, einen einfachen Tisch und einen Eimer. Auf dem Steinboden standen eine Thermoskanne, einige Flaschen Mineralwasser und eine Tüte mit Butterbroten. Eine Packung Kerzen und eine Schachtel Streichhölzer, ein Teller und eine Tasse vervollständigten die Einrichtung.

Genug, um einige Tage ohne körperliche Schäden zu überleben. Die psychischen Belastungen waren sicher viel schlimmer gewesen. Ich musste mich einfach fragen, welche Pläne er für den nächsten Tag gehabt hatte, wenn *Aftenposten* seinen Wunsch erfüllt hätte. Hätte er sie dann laufen lassen?

Dass er an diesem Abend hergekommen war, war kein gutes Zeichen. Natürlich war mir sein Auto begegnet, als ich zur Werft hin abgebogen war. Da hatte er mich erkannt und gewendet.

»Es ist jetzt vorbei«, sagte ich und drückte sie an mich. »Jetzt bist du in Sicherheit.«

Danach brach das Chaos aus. Leute drängten sich um uns. Zwei Typen in weißen Kitteln waren besonders eifrig. »Wir müssen dich zu einer kleinen Untersuchung mit ins Krankenhaus nehmen.« Einer wandte sich an Mari, der andere klopfte mir freundlich auf die Schulter. »Der Chef will mit Ihnen sprechen.« Er zeigte hinaus in die Dunkelheit. »Überlassen Sie das hier uns. Sie können danach ins Krankenhaus nach Tønsberg kommen.«

»Das geht schon, Papa.« Sie brachte sogar ein kleines Lächeln zustande, als die Weißkittel sie davonführten. »Mir geht es jetzt gut. Du brauchst dir keine Sorgen zu machen.«

Mørk packte mich am Arm. »Die Wölfe warten.«

Am liebsten wäre ich sofort von hier verschwunden, zusammen mit meiner Tochter. Aber meine Erleichterung machte mich ungewöhnlich umgänglich.

»Mach das nur, wenn es sein muss, Papa. Ich komm schon zurecht.« Sie winkte tapfer.

Zögernd gab ich mich geschlagen.

Beim Loch im Schleusentor hatte jemand zwei kräftige Scheinwerfer aufgestellt, die jetzt das gesamte Werftgebiet in grelles, nacktes Licht badeten. Ein Froschmann wurde soeben nach unten abgeseilt.

Auch unten im Dock waren sie schon am Werk. Ich nahm an, dass es keine angenehme Aufgabe sein würde, Knut Kolbergs Überreste vom Beton zu kratzen.

Aber wie durch ein Wunder hatte er überlebt. Er war in einer mit Wasser gefüllten Senke gelandet. Jetzt versuchten sie, ihn da unten zum Leben zu erwecken. Ich stand am Rand, betrachtete die Anstrengungen und kam mir vor wie ein Zuschauer bei Filmaufnahmen.

Niemand sagte etwas, als der Froschmann nach

kurzer Zeit aus dem Loch im Schleusentor auftauchte. Unter seiner Maske, die er mit einer einzigen heftigen Bewegung abriss, war sein Gesicht kreideweiß. »O verdammt«, hörte ich ihn flüstern. »Da sind noch zwei Leichen. Und die liegen offenbar schon eine ganze Weile da.«

Hinter ihm wurde eine triefnasse, dunkel gekleidete Männergestalt aus der Tiefe gehievt. Willige Arme packten den Körper, zogen ihn über die Kante und legten ihn auf eine Bahre. Ich konnte gerade noch ein weißes Gesicht sehen, ehe er zugedeckt und zu einem Krankenwagen getragen wurde, der mit heulenden Sirenen davonjagte.

Der uniformierte Polizist, der sich nun zu uns umdrehte, stellte sich vor als Inspektor Fred Lier und übernahm das Kommando. »Anwalt Foyn?«, fragte er. »Sie haben diesen Vorfall gemeldet?« Mørk nickte er nur kurz zu. Sie schienen alte Bekannte zu sein.

»Ja«, sagte ich wohlwollend. Jetzt, wo Mari in Sicherheit war, kam ich mir unbesiegbar vor. »Die Leichen da unten sind die vermissten Mädchen. Helene Holt und Jannicke Jensen. Den Mörder habt ihr schon aufgelesen. Ich nehme an, dass er einen Bissabdruck im Arm hat. Vergleicht den mal mit dem Gebiss einer gewissen Alice Alfheim. Der, den ihr da unten im Dock gefunden habt, ist ein Kollege von euch.« Ich zeigte auf das Licht, das von unten hochstrahlte. »Er wurde über den Rand gestoßen.«

Lier schaute mich ungläubig an. »Und das alles ist Ihr Werk?«

»Gar nichts ist mein Werk. Ich zeige euch nur die Lösung. Haben Sie etwas dagegen?«

»Hm.« Der Polizeiinspektor zögerte. »Sie müssen

solange im Wagen warten.« Er zeigte zuerst auf mich und dann auf einen seiner Lakaien.

Ich ging brav mit. Ich war nass und kalt. Und ich konnte mir schon denken, dass die Nacht lang werden würde.

»Ein kleiner Tipp«, rief Mørk. »Holt euch den Wagen da.« Er zeigte auf ein Fahrzeug, das jetzt im Flutlicht der Scheinwerfer stand. »Da könnt ihr vielleicht interessante Dinge finden.«

Ich blieb lange in dem warmen, behaglichen Auto sitzen und betrachtete das Geschehen aus der Ferne, während die Müdigkeit sich über mich senkte. Erst als Lier nach einer Zeit auftauchte, die mir wie Stunden erschien, bei der es sich aber wohl um nicht mehr als etwas über eine halbe Stunde handelte, erwachte ich wieder zum Leben.

Er setzte sich neben den Fahrer und spuckte ein kurzes Kommando aus. »Fahr.« Niemand schien Notiz von mir zu nehmen.

»Soso«, ich räusperte mich auf dem Rücksitz. »Und wohin soll es jetzt gehen? Meine Tochter wartet auf mich. Und ich brauche meinen Wagen.«

»Um den werden wir uns schon kümmern.« Er drehte sich nicht einmal um. Gutes Benehmen wurde auf der Polizeihochschule offenbar nicht gelehrt. Aber das wusste ich ja schon. »Geben Sie mir die Schlüssel«, fügte er etwas freundlicher hinzu. »Und Ihrer Tochter ist nichts passiert, wenn ich das richtig verstanden habe?«

Ich verkniff mir die Bemerkung, dass das nicht der Polizei zu verdanken war. »Ja, Gott sei Dank«, sagte ich und überraschte mich selbst damit, dass ich mich einigermaßen beherrschen konnte. Aus irgendeinem Grund fuhren wir mit Sirenen und Blaulicht. Typisch. Sie hatten fast fünfundzwanzig Jahre Zeit gehabt, um diese alten Verbrechen zu klären, und erst jetzt hatten sie es eilig. Aber auch dazu sagte ich nichts.

»Sie können bald zu ihr. Wir müssen nur vorher kurz mit Ihnen sprechen.«

Die Wache in Horten hatte sich in eine Kommandozentrale verwandelt. Die Leute kamen und gingen, ununterbrochen klingelten Telefone und vor dem Haus versammelten die Vertreter der Presse sich wie die Geier. Einer von ihnen hatte mich noch schnell knipsen können, ehe ich mich hinter einem breiten Polizeirücken versteckt hatte.

Ich wurde in einen Vernehmungsraum geführt, wo endlich ein verständnisvoller Mensch mit Kaffee und einem freundlichen Auftreten erschien. Typischerweise handelte es sich um eine Polizistin.

Der Inspektor hatte jetzt einen jungen Spund zu Hilfe geholt, der sich als Polizeijurist vorstellte. Er führte das Wort. »Das hier ist nur ein formloses Gespräch«, sagte er als Erstes. »Ich schlage also vor, dass wir nicht das volle Programm fahren.«

»Von mir aus«, sagte ich und warf einen Blick auf die Uhr. »Ich wollte sowieso nicht lange bleiben.«

Sie wollten die ganze Geschichte, und sie bekamen so viel, wie ich über mich brachte, woran ich mich erinnerte und was mir angemessen erschien.

Als ich fertig war, blieben sie sitzen und sahen mich an. Sogar Lier wirkte leicht benommen. »Hm«, sagte er nachdenklich. Er legte eine Pause ein und trommelte mit den Fingern auf dem Tisch herum. »Das ist eine verteufelte Situation.«

»Eine unglaubliche Geschichte«, stimmte der junge Spund zu. »Absolut unglaublich«, sagte er dann unnötigerweise noch.

»Aber trotzdem wahr«, sagte ich säuerlich. Dass ich technisch gesehen den Tod des Richters verursacht hatte, machte mir überraschend wenig Schwierigkeiten. Und dem Polizeiinspektor schien es auch egal zu sein.

»Wir haben zwei weibliche Leichen gefunden«, sagte er düster. »Bisher sieht alles so aus, als seien das die vermissten Mädchen.«

Der Jurist schaltete sich ein. »Aber diese alten Fälle, die Sie erwähnen, sind etwas ganz anderes. Da haben wir ja nur Ihre Behauptungen.«

Wieder hatte ich das unangenehme Gefühl, dass ich hier das Problem war. »Na gut«, sagte ich mit wohlüberlegtem Sarkasmus. »Ihr irrt euch ja nie. Den Machtapparat zu schützen, genießt hohe Priorität, wie ich sehe. Zum Glück haben wir hierzulande noch immer Reste einer freien Presse. Wenn ihr nicht interessiert seid, dann gibt es genug andere. Habt ihr seine Wohnung schon durchsucht?«

Der junge Spund schlug beschämt die Augen nieder. »Sind gerade dabei.«

»Ihr werdet schon etwas finden«, sagte ich. »Und wenn nicht, dann müsst ihr eben anderswo suchen.« Ich war durchaus nicht so sicher, wie ich auftrat. Das Problem bei den alten Morden war, dass keine der Personen, die damals damit zu tun gehabt hatten, sich jetzt noch dazu äußern konnte. Der Fall drohte ganz einfach im Sande zu verlaufen.

»Und dann ist da noch diese Pistole.« Der junge Spund schaute mich fragend an.

»Pistole?« Ich hatte meine alte, nicht registrierte Walther total vergessen. Eine illegale Waffe. Ich besaß auch keinen Waffenschein. »Meinen Sie die Schockpistole?«, fragte ich unschuldig.

Er räusperte sich. »Wir haben da noch eine Pistole gefunden. Eine alte Kriegswaffe. Wissen Sie etwas davon?«

Der Polizeiinspektor schaute aus dem Fenster. Ihm schien die Wendung, die das Gespräch hier genommen hatte, nicht zu behagen.

»Tja«, sagte ich vage. »Er kann doch durchaus noch eine Waffe gehabt haben. Ich habe nicht alles gesehen. Es war doch dunkel, wissen Sie.«

Der Typ ließ nicht locker. »Wir haben noch etwas gefunden.« Er zog ein Schlüsselbund hervor und legte es auf den Tisch. »Das hatte der Mann im Dock in der Tasche. Gehört es Ihnen?«

Ich fand es unnötig, das zu leugnen, da mein Name deutlich zu sehen war. »Danke«, sagte ich und griff danach. »Die Schlüssel habe ich schon vermisst. Ich muss sie verloren haben«, fügte ich hinzu.

»Hm.« Der Chef musterte mich mit müdem Interesse. Er fragte nicht, wie der Tote an die Schlüssel gelangt sein konnte. Ich fragte mich, ob er heimlich auf meiner Seite stand.

Ich erhob mich. Es ging auf vier Uhr zu und ich war todmüde. »Ich hätte übrigens gern meinen Wagen. Habt ihr darin etwas Interessantes gefunden?«

»Nein«, sagte Lier kurz. »Sie bekommen die Schlüssel am Eingang. Die Kripo ist bereits eingeschaltet. Sie werden von denen hören. Und es wäre für alle von Vorteil, wenn Sie sich der Presse gegenüber nicht äußerten.«

»Nicht für alle«, korrigierte ich. »Für einige wäre es von Vorteil.«

Das hörte der Inspektor nicht gern, aber er ließ es mir durchgehen.

In Zentralkrankenhaus wurde ich auf ganz andere Weise empfangen. Eine freundliche Schwester führte mich zu Mari, die ein Einzelzimmer bekommen hatte. Das erweckte zuerst mein Misstrauen. Nach meinen Erfahrungen mit dieser Institution war es ein schlechtes Zeichen.

Die Schwester hatte meine Gedanken gelesen. »Wir dachten, dass sie jetzt Ruhe braucht«, sagte sie mit fürsorglichem Lächeln. »Es geht ihr aber gut. Wir haben keine Anzeichen für körperliche Schäden gefunden. Und sie ist guten Mutes, wenn wir in Betracht ziehen, was sie durchgemacht hat. Sie muss eine starke Psyche besitzen.«

Ich verkniff mir die naheliegende Erklärung. Gute Gene und gute Erziehung.

»Wir haben ihr ein Schlafmittel gegeben, aber Sie können ja nach ihr sehen. Morgen kann sie wohl nach Hause. Aber Sie müssen mit Nachwirkungen rechnen.« Die Schwester wurde ernst. »Es kann sein, dass sie noch lange Betreuung braucht.«

Erst als ich vor ihrem weißen Bett stand, ging mir wirklich auf, was ich fast verloren hätte. Ich musste einfach daran denken, was die beiden anderen Familien jetzt durchmachten.

Auf dem Heimweg kam ich an der zentralen Zeitungsauslieferung vorbei. Es ist ein sicheres Zeichen für eine zu lange Nacht, wenn die Morgenzeitungen schon da liegen, ehe man ins Bett kommt.

Ich borgte ein Exemplar von *Aftenpostens* Morgenausgabe und konnte feststellen, dass der Redakteur Wort gehalten hatte. Die Betrachtungen über unseren moralischen Verfall wurden mit der Kraft eines Anwalts vorgetragen, der sich in der Welt auskennt. *Wir brauchen eine neue Politik!*

Ich hätte gern gewusst, wie lange es dauert, bis so etwas in Vergessenheit gerät.

Am nächsten Morgen drehte das Telefon durch. Die Medien hatten es auf mich abgesehen. Irgendwer musste meinen Namen verraten haben. Abgesehen von *Aftenposten* wies ich alle ab. Deren Redakteur wollte mich noch am selben Nachmittag aufsuchen. Das hatte ich unter einer Bedingung akzeptiert. Keine Fotos. Und Maris Name durfte nicht genannt werden. Ich wollte jedes Wort der Reportage autorisieren. Hier sollte es keinen Prozess geben, bei dem alles in aller Öffentlichkeit ausgebreitet würde.

Damit hatte er sich einverstanden erklärt.

Um zehn Uhr war ich mit Rønningen verabredet. Und obwohl sich inzwischen viel verändert hatte, wollte ich diesen Termin einhalten. Ich freute mich fast darauf, diesen kleinen Triumph auskosten zu können. Nach vielen Niederlagen glaubte ich, ihn mir verdient zu haben. Im Radio waren die Nachrichten bereits durchgesickert.

Sie saß hinter dem Schreibtisch, als ich die Tür öffnete. Wie üblich hatte ich nach dem Anklopfen nicht auf Antwort gewartet. Ich wusste, dass ihr diese Unsitte missfiel.

Sie war wie immer tadellos gekleidet. Nicht ein einziges Haar war verrutscht.

Ihr Schreibtisch war aufgeräumt, abgesehen von *Aftenpostens* Morgenausgabe. Ich hätte gern gewusst, was sie beim Lesen meines Artikels gedacht hatte. Vielleicht würden wir uns jetzt besser verstehen.

»Sieh mal an«, sagte sie, als ich mich im Besuchersessel niederließ. »Sieh mal an«, wiederholte sie.

»Was soll man ansehen?«

Sie geriet ein wenig aus der Fassung. »Wir haben vielleicht nicht den richtigen Zeitpunkt für dieses ... äh, Gespräch ausgesucht.« Ausnahmsweise musste sie nach Worten suchen.

Ich hatte nicht vor, ihr die Sache leichter zu machen. »Wie meinst du das?«

»Ich weiß doch, dass heute Nacht dramatische Dinge passiert sind«, sagte sie vorsichtig. »Die Kripo hat uns informiert.« Sie schaute mich resigniert an. »Das ist doch eine ganz entsetzliche Geschichte. Vielleicht brauchen wir auf diese Zeugenaussage aus Frogner nicht weiter einzugehen.«

»Ich verstehe nicht, worauf du hinauswillst«, sagte ich unschuldig. »Aber die Leute sehen ja so viel.«

Sie gönnte mir die Andeutung eines Lächelns. »Man kann einen Jaguar mit einem anderen Auto verwechseln, meinst du?«

»Genau«, stimmte ich zu. »Außerdem kommen alte Jaguars jetzt häufiger vor, leider.«

»Die Kripo möchte nachher noch mit dir reden«, sagte sie jetzt geschäftlicher. »Fagereng ist schon gekommen. Heute Nachmittag gibt es eine Pressekonferenz. Es wird eine gewaltige Aufregung geben.« Sie seufzte tief.

Ich zeigte keinerlei Anzeichen von Verständnis.

»Kolberg hat überlebt. Aber er liegt im Koma. Die Ärzte glauben nicht, dass er es schafft.«

Bei der Vorstellung, welches Elend er verursacht hatte, fiel es mir schwer, besonders viel Mitleid zu mobilisieren. Aber er war wichtig, wenn die ganze Geschichte aufgerollt werden sollte.

»Ich glaube, ich kann jetzt nicht mehr hierbleiben«, sagte ich und stand auf. »Das wird ein typischer Zu-Hause-Tag. Und die Aufregung ist wohl verdient, wenn du mich fragst.«

»Geht es deiner Tochter gut?«

»Den Umständen entsprechend überraschend gut. Aber es kann noch Nachwirkungen geben.«

Eine besorgte Furche zeigte sich auf ihrer Stirn. »Die Medien werden kopfstehen. Hast du schon mit der Presse gesprochen?«

»Ich habe vor, mich bedeckt zu halten. Aber ich habe eine Verabredung mit denen.« Ich zeigte auf die Zeitung. »*Aftenposten* bekommt die Geschichte. Das heißt, alles, was relevant ist.« Ich hatte schon vor, einiges für mich zu behalten.

»Na gut.« Sie trommelte leicht mit den Fingern auf ihren blank polierten Schreibtisch. »Ganz privat: Warst du an dem Abend da?«

»Privat? Ich wusste nicht, dass du privat sein kannst.«

Meine Mutter hatte mich immer vor frechen Kommentaren gewarnt. Und sie hatte sicher Recht gehabt.

»Vergiss es«, sagte sie schroff. »Wir kommen auf die Sache noch zurück. Du hörst von uns.«

Auf dem Gang stieß ich mit Wilhelm Mørk zusammen. Er sah unverschämt morgenmunter aus. »Na?«, fragte er mit aufmunterndem Lächeln. »Hast du den Drachen schon besucht? – Wie geht's der Kleinen?«

»Gut, glaube ich. Gibt's was Neues?«

»Bei der Hausdurchsuchung haben sie die Unterhosen gefunden, sorgfältig verstaut. Er war wirklich ein Sammler.« Mørk zog mich in sein Büro und schloss hinter uns die Tür. »Zwei Stück, heißt es.«

»Nur zwei?« Ich dachte an diesem Morgen nicht schnell. »Nicht mehr?«

Er schüttelte den Kopf. »Vermutlich stammen sie von den Mädchen im Dock.«

»Aber keine älteren Fälle?« Ich war enttäuscht.

»Sieht nicht so aus, nein.« Er zog die aktuelle *Aftenposten* hervor. »Willst du nicht in die Politik gehen? Jetzt wird es doch Angebote hageln.«

»Die meisten Leute haben ein schlechtes Gedächtnis. Ich glaube, ich gehe lieber eine Zeitlang in Deckung.«

»Ja, gute Idee.« Er lächelte zufrieden. »Übrigens, wir haben festgestellt, dass der Richter kürzlich in Kopenhagen war.«

»So?« Ich war an diesem Tag offenbar ungewöhnlich schwer von Begriff.

»Die telefonischen Tipps, was die Verschwundenen anging«, sagte Mørk geduldig. »Zwei davon stammten aus einer Telefonzelle in der königlichen Stadt. Die Anrufe wurden bei uns registriert. Ein Mann, der nichts übersieht, was?«

Das überraschte mich nicht.

»Die Techniker haben im Auto Reste eines Betäubungsmittels gefunden. Er hat es wohl benutzt, nachdem er sie mit der Pistole gelähmt hatte. Außerdem ist da noch etwas Interessantes, was ich zufällig entdeckt habe.«

Bei Wilhelm Mørk gab es keine Zufälle. Aber diesmal widersprach ich nicht. »Ja und?«

»Erinnerst du dich an den alten Wagen, den du in der Garage auf Østerøya gesehen hast?«

»Was ist damit?«

»Der gehörte ihm. Seit den siebziger Jahren. Er hatte den Stellplatz gemietet. Oder geliehen.«

Ich verstand ihn nicht. »Aber hast du nicht das Fahrzeugregister überprüft?«

»Doch, sicher. Aber der Wagen war auf eine Firma zugelassen, nicht auf ihn persönlich. Ich habe die Verbindung nicht sofort gesehen. Er hatte mehrere alte Wagen, alle auf diese Firma zugelassen.« Mørk legte eine beredte Pause ein. »Ein dunkles, großes Auto war mit im Spiel, stimmt das nicht?«

»Doch, das stimmt«, sagte ich aufgeregt. »Das Auto muss auseinandergenommen werden.«

»Das wird schon passieren. Aber erwarte nicht zu viel.«

Er hatte natürlich Recht. Es war zu viel Zeit vergangen. Und niemand konnte jetzt noch sagen, was vor fünfundzwanzig Jahren wirklich passiert war. Wenn sich das größte Medieninteresse gelegt hätte, würde die Sache vergessen werden. Und diesmal für immer. Es war zum Heulen.

Wir blieben schweigend sitzen und sahen einander an. Mørk zeigte dieses neckende, allwissende Lächeln, das ich so gut kannte. Ich hätte gern gewusst, wie viel er wirklich wusste.

»Was ist mit den anderen Morden?«, fragte ich endlich. »Ist es wirklich möglich, dass dieser Mann hinter allem gesteckt hat? Diese jungen Mädchen, na gut. Das kann ich zur Not begreifen, auch wenn das schwer genug ist. Aber Messerstechereien? Und Autos? Das ergibt doch keinen Sinn.«

»Ich will dir ein Geheimnis anvertrauen, Svend. Ich habe eben eine interessante Auskunft erhalten.«

Ich konnte diese Ratespiele nicht mehr ertragen.

»Drei Tage vor dem Mord an deiner tauben Freundin kam ein gewisser Ivan Zoranic in Gardermoen an, direkt aus Amsterdam. So hat er sich damals genannt. Er wechselt seine Identität häufiger als du deine Hemden.« Mørk lächelte diabolisch. »Das war kein gutes Bild. Du hast ja kein einziges anständiges Hemd.«

»Kümmer dich nicht um meine Klamotten. Was willst du mir eigentlich sagen?«

»Dieser Zoranic arbeitet vermutlich als Auftragskiller. Wurde hier im Westen natürlich nie verurteilt. Lange Kriegserfahrung. Zu Hause in Kroatien hat er eine ungewöhnlich scheußliche Meritenliste.«

»Lass mich raten. Er hat für Mirankovic gearbeitet?«

»Du machst dich, Svend. – Und nicht nur das.«

»Ja?«

»Er hat Norwegen mit dem ersten Flug verlassen, am Morgen nachdem Bejer seinen Geist aufgegeben hatte.«

»Ihr habt ihn einfach laufen lassen?«

»Wir werden natürlich nach ihm fahnden«, sagte Mørk ungerührt. »Interpol hat ihn im Visier. Aber er wird sicher davonkommen. Außerdem haben wir nur unseren Verdacht. Aber keine Beweise.«

»Warum?«, fragte ich verzweifelt. »Warum musste Mirjam gestoppt werden? Und was ist mit Bejer?« Aber jetzt ahnte ich die Antwort. »Mirjam hatte bei Mirankovic etwas Kompromittierendes gefunden, nicht wahr? Etwas, von dem dann auch Bejer Wind bekommen hatte?«

»So sieht es aus, ja.«

»Informationen über seine Frauenhandelsgeschäfte«, dachte ich laut. »Oder andere lebensgefährliche Dinge. Etwas, was nicht herauskommen durfte. Es ging überhaupt nicht um die alten Morde, oder?«

»Ich glaube, nicht.«

»Deshalb wurde ihre Wohnung nach der Explosion durchsucht. Mirankovic musste finden, was Mirjam hatte.« Ich redete mich jetzt richtig in Rage. »Soll dieser Gangster wirklich ungeschoren davonkommen?«

Mørk zuckte mit den Schultern. »Falls wir nicht herausfinden, was Mirjam Lange gewusst hat.«

»Warte mal. Da hat doch noch jemand versucht, in Mirjams Wohnung einzubrechen.«

»Ein paar Tage später, ja. Ein Mann mit langen Haaren.«

»Richter Rynning, ja? Dem ging es sicher um etwas anderes.« Die Polizei hatte aus Rücksicht auf den Stand der Ermittlungen noch nichts über den ersten Einbruch veröffentlicht. »Mirankovic und Rynning hatten es beide auf Mirjam und das, was sie wusste, abgesehen. Aber aus unterschiedlichen Gründen.«

»Und Bejer geriet mit in den Sog«, fügte Mørk hinzu. »Was sie wusste, wusste auch er. Die Kripo meint, dass er sich über das Internet bei ihr eingeloggt hatte.«

Für einen Computernerd wie Bejer war das einfach gewesen. Und damit hatte er Zugang zu allem, was sie schrieb, und zu ihren Telefongesprächen gehabt. »Aber wie konnte der Richter von diesem MP3-Player wissen?«

»Zeitungsbilder«, sagte Mørk viel sagend.

Natürlich. Jemand hatte die Kleine heimlich fotografiert, von hinten, im Rollstuhl, mit einem leicht identifizierbaren MP3-Player in der Hand. Alle, die ein wenig Ahnung hatten, wussten, dass er ein Mikrofon besaß. Dieselbe Person hatte der Zeitung erzählt, dass die Polizei den Player der Mutter für Mira geholt hatte. Das Bild hatte auf der ersten Seite von *VG* unter der Schlagzeile HÖRT MUTTERS STIMME gestanden. Ganz richtig war das ja nicht gewesen. Sie hatte Musik gehört.

»Was ist mit dem Wecker in meinem Auto? Hinter diesem Scherz hat doch wohl kein Mietkiller gesteckt?«

»Solche Leute haben keinen Sinn für Humor. Da tippe ich eher auf den Richter. Er hat dich und deine taube Freundin genau im Auge behalten. Er wollte dir etwas sagen.«

»Ja, aber warum?«

»Gute Frage«, sagte Mørk spöttisch. »Vielleicht warst du für ihn der Inbegriff des liberalen Juristen, etwas, was er tief und innig hasste. Vergiss nicht, ihr hattet zusammen diesen Artikel geschrieben.«

Es war natürlich irrwitzig. Aber es war ja doch eine Art Erklärung. »Wie war das mit dem Staatsanwalt? Brede Busk? Was hat der über diese alten Mordfälle gewusst?«

»Diese Frage wird sich wohl nie beantworten lassen. Aber jetzt, viel später, ist ihm wohl aufgegangen, dass damals allerlei schiefgelaufen ist. Vielleicht hatte er Probleme mit seinem Gewissen.«

Ich musterte Mørk skeptisch. »Er hatte also nichts damit zu tun, meinst du?«

»Spielt das eine Rolle?«

Sicher nicht. »Und was war mit den Bränden? Hatte Rynning damit auch nichts zu tun?«

»Tja, wir wissen, dass der Brand auf Mølen ein Unglück war. Und der Hawaii-Kiosk? Auch das kann ein Unfall gewesen sein. Sogar wahrscheinlich. Brandstiftung war eigentlich nicht Rynnings Stil.«

»Vielleicht nicht. Aber er hat doch Mira überfallen.«

»Er hatte natürlich Angst, dass der Player ihn entlarven könnte. Falls darauf etwas gespeichert war. Das werden wir wohl nie erfahren.«

»Es sieht doch fast so aus, als wäre es ihm egal gewesen. Ob er erwischt würde, meine ich.«

»Wer weiß, was in Leuten wie ihm vorgeht?« Mørk zündete sich eine seiner abscheulichen Zigaretten an. »Du hast den großen Fehler gemacht, alle diese Ereignisse in einen Topf zu werfen, Svend. Aber nicht alles ist immer so, wie du glaubst. Nicht alles hier auf der Welt hängt zusammen.«

Ich musste zugeben, dass er da nicht Unrecht hatte. Obwohl meistens ich richtig lag.

So dachte ich, als ich von der Wache zum Krankenhaus fuhr, um Mari abzuholen. Mein Anruf bei ihrer Mutter war mehr als anstrengend gewesen. Ich hatte mich geschlagen gegeben, alles bedauert und Buße und Besserung gelobt. Was aber nichts genutzt hatte.

Bereits in der Rezeption witterte ich Unheil. Zwei der Journalisten, die dort warteten, kannte ich. Und die Fotografen versuchten nicht einmal, sich zu verstecken.

Mit Hilfe einer wohlwollenden Oberärztin konnte ich Mari zur Hintertür und in ein anonymes Taxi schmuggeln, während die Geier vergeblich am Haupteingang herumlungerten.

Meine Tochter war viel besser in Form als ich. Sie war erst eine halbe Stunde zu Hause, als sie schon alle ihre Freundinnen angerufen hatte, auch wenn sie keine Details über den Fall erzählen durfte. Weitere Instruktionen würde sie in der nächsten Woche von der Kripo erhalten. Ihr Freund befand sich noch immer in glücklicher Ahnungslosigkeit. Aber er wurde für den nächsten Tag zu Hause erwartet.

Als wir bei einem leckeren Mittagessen am Küchentisch saßen, fiel mir das Gummi um ihren Pferdeschwanz auf. »Fehlt dir so eins?«, fragte ich und zeigte auf das rote Teil.

Meine Tochter sah mich verständnislos an.

»Ein grünes mit glänzenden Goldstreifen?«, fügte ich hinzu.

»Spinnst du? So eine Farbe würde ich doch nie nehmen!«

Die Diskussion war beendet, noch ehe sie richtig angefangen hatte. Das Gummi, das ich in Busks Ferienhaus auf dem Boden gefunden hatte, hätte jeder gehören können. Mari war niemals dort gewesen.

Was der Entführer erzählt hatte, erwies sich dann als die Wahrheit. Sie hatte ihn nicht gesehen und hatte keine Ahnung gehabt, wo sie untergebracht gewesen war. Er hatte die Elektroschockpistole benutzt, als er sie entführt hatte. Dann war sie im Bunker wieder zu sich gekommen.

Vielleicht hätte er sie wirklich laufen lassen. Auch das würde ich niemals erfahren. Aber meine lähmende Furcht angesichts der Vorstellung, was hätte passieren können, würde ich wohl niemals vergessen.

17

Es wurde wirklich ein arger Medienzirkus. Jedenfalls an den ersten Tagen. Aber da Zeugen, Opfer und Täter sich nicht äußern konnten, legte die Aufregung sich bald wieder. Der Tod der beiden Mädchen galt jetzt als aufgeklärt, auch wenn es nicht zur Anklage kam. Der Mord an Mirjam Lange und ihrem Verflossenen, dem begabten, wenn auch leicht exzentrischen Forscher Frantz Bejer, war da schon weniger klar. Die Medien deuteten jetzt Verbindungen zur internationalen Kriminalität an. Kripo und Interpol arbeiteten an der Sache.

Die Verfälschung von Beweisen wurde von Anklagebehörden und Polizei bagatellisiert. *Es liegen keinerlei Beweise dafür vor, dass irgendwer, weder von Seiten der Polizei noch von Seiten der Staatsanwaltschaft, Beweise manipuliert haben könnte,* wie der Sprecher der Staatsanwaltschaft das so präzise formulierte.

Ich sagte so wenig wie möglich, nachdem ich *Aftenposten* meine Version der Geschichte geliefert hatte. Ohne sichere Beweise würde ich ja doch nicht weiterkommen. Deshalb erzählte ich nicht alles. Um einen Kampf gegen die Obrigkeit zu gewinnen, braucht man mächtige Waffen.

Recht zu haben ist nicht dasselbe wie Recht zu bekommen. Das ist der erste Lehrsatz der Juristen.

Niemand konnte mit Sicherheit sagen, was damals passiert war, als sie Kim Fredheim den Wölfen zum Fraß hingeworfen hatten, von dem, was noch weiter zurücklag, ganz zu schweigen. Auch wenn ich es *wusste*.

Reidar Andersen war verschwunden. Auf geheimnisvolle Weise hatte er sich offenbar in Luft aufgelöst. Abgesehen von Polizei und Interpol gab es auch keinen, absolut keinen Menschen, der ihn vermisst hätte.

Meine robuste Tochter schien von ihrem Aufenthalt im Hochsicherheitstrakt keinen wesentlichen Schaden davongetragen zu haben. Aber sie verstand es, ihren Status als Opfer auszunutzen. Es kam vor, dass ich das Gefühl hatte, in unserer kleinen Familie ganz unten zu sein. Ich hatte den klaren Eindruck, dass auch Hulda versuchte, mich auszunutzen.

Ein Herbstmonat verging, ohne Spuren zu hinterlassen. Fast alles verlief wieder normal. Niemand drehte sich auf der Straße noch nach mir um, die Presse rief nicht mehr an, keine weiteren feministischen Zeitschriften wollten mich interviewen. Knut Kolberg lag noch immer im Koma. Die Ärzte befürchteten, dass er da auch bleiben würde.

Kein Tag verging, an dem ich nicht an sie gedacht hätte.

Ab und zu dachte ich auch an Gerechtigkeit, aber immer kam ich zu dem Schluss, dass es darauf nicht anzukommen schien. Polizei und Anklagebehörden hatten die Sache unter den Teppich gekehrt. Die Medien brachten den einen oder anderen kritischen Beitrag. Aber niemand konnte zum eigentlichen Kern der Sache durchdringen.

An einem Freitag Anfang Oktober passierten zwei wichtige Dinge. Sie geschahen unabhängig voneinander, sollten gemeinsam aber große Bedeutung erhalten. Der Zufall wollte es, dass sie gleichzeitig stattfanden.

Er klang nüchtern, als er anrief. Es war aber auch noch nicht spät. »Also, Foyn. Wie geht's der Tochter? Ich hab sie neulich hier in der Stadt getroffen. Ist ja eine reizende junge Dame geworden.« Der alte Jurist Christian Salvesen konnte galant und höflich sein, wenn er wollte. »Wie wäre es mit einem Gläschen?« Er klang so, als wolle er einen ausgeben.

Ich warf einen Blick auf die Uhr, wie ich da so am Schreibtisch saß und in die letzten Drohbriefe des Finanzamtes vertieft war. Es war ohnehin Zeit, Feierabend zu machen. »Tja, warum nicht?«

»Hervorragend. Wir können zuerst über die Geschäfte sprechen. Ich komm zu dir ins Büro.«

Offenbar hatte er aus der Telefonzelle auf dem Marktplatz angerufen, denn schon nach zehn Minuten hörte ich im Treppenhaus schlurfende Schritte. Ich hatte inzwischen eine Flasche Bache-Gabrielsen Couvé Anna No. 99 aus dem Schrank holen können. Ein für besondere Gelegenheiten vorgesehenes Getränk. Etwas in Salvesens Stimme hatte meine Neugier erregt.

»Sollte der Hund nicht auf dem Boden sitzen?«

Ich schaute Hulda streng an. Aber das Tier bewegte sich nicht.

Ich seufzte und schenkte uns beiden großzügig ein. »Ihr passt gut zusammen. Such dir doch neben dem Tier einen Platz.«

Er presste sich auf das Sofa, klemmte sich eine abgegriffene braune Aktentasche zwischen die Beine und griff nach dem Glas. »Prost. – Ich habe interessante Neuigkeiten.« Er leerte das Glas mit einem einzigen langen Zug.

»So?«

»Es geht um den Auftrag, den ich seinerzeit angenommen habe.« Ich ignorierte seinen sehnsüchtigen Blick in Richtung Flasche. »Es sind neue Informationen aufgetaucht.«

Es wurde schwer, mir nichts anmerken zu lassen. Aber ich kannte die Spielregeln. »Na gut«, sagte ich neutral. »Etwas, was für mich interessant sein kann?«

»Das möchte ich meinen.« Er saugte an seinem leeren Glas. »Ich bin im Moment nicht bei Kasse.«

»Worüber reden wir hier?« Ich konnte meine Neugier nicht mehr verbergen.

»Ein Tausender würde mich weit bringen. Und es wäre billig.« Er grinste listig. »Was tut man nicht alles für eine gute Sache?«

»Was hast du denn erfahren?« Ich grub in meiner Brieftasche. »Jetzt raus damit.«

Er ließ sich auf dem Sofa zurücksinken. Sogar Hulda beobachtete ihn. »Ja, siehst du, Foyn. Alles hat einen Hintergrund«, dozierte er. »Ich habe Astrid Bruuns Familie gut gekannt, weißt du.«

»Die der Richtersgattin?«

»Die Reederfamilie, ja. Eine alte und ehrwürdige Sippe, eine der feinsten in Sandefjord. Übrigens, weißt du, ob sie obduziert wurde?«

»Das bezweifele ich. Die Todesursache war doch leicht festzustellen. Massive Kopfverletzungen. Kann das von Bedeutung sein?«

»Aber sie wurde nicht eingeäschert«, sagte er.

»Nein, das wohl nicht.«

»Dann ist es ja noch nicht zu spät.«

»Wozu denn?«

»Sie zu testen. Der Richter hatte das Virus.«

»Moment mal. Redest du von HIV?«

»Das habe ich doch versucht, dir zu sagen«, erwiderte er geduldig. »Aber du hattest ja keine Zeit zum Zuhören. Die Krankheit war zwar noch nicht ausgebrochen, aber das war nur eine Frage der Zeit. Das muss doch bei den Ermittlungen erwähnt worden sein?«

»Seltsamerweise bin ich darüber nicht informiert worden«, sagte ich und schenkte mehr Cognac ein. »Und du weißt das ganz sicher?«

»Ich habe es von ihrem Hausarzt, einem alten Freund von mir. Die Schweigepflicht hat ihn am Reden gehindert.«

»Außer dir gegenüber«, sagte ich spöttisch.

»Er hat mich um Rat gebeten. Und den hat er auch bekommen.«

Reiulf Rynning hatte sich also trotz seiner Kondombenutzung mit dem HIV-Virus infiziert. »Die Polizei weiß das sicher. Aber das ändert doch nichts. Auch wenn es etwas erklärt.«

Salvesen hörte nicht zu. Er war in seine eigene Geschichte vertieft. »Anfangs war es wohl eine gute Idee. Vor allem hatten sie die Musik. Er hat sicher seine kleinen Unsitten abgelegt, als er sie kennengelernt hat.«

»Du hast eine seltsame Ausdrucksweise«, sagte ich. »*Kleine Unsitten?* Er hat gemordet und vergewaltigt.«

Salvesen ließ sich von meinen Einwänden nicht beeindrucken. »Aber damit war Schluss. Für viele Jahre. Warum hat er dann wieder angefangen?«

»Seine Frau ist auf dramatische Weise ums Leben gekommen«, sagte ich. »Und das hat ihn dann rückfällig werden lassen. Er muss Frauen gehasst haben.«

»Frauen nicht. Huren. Es war eine komplizierte Hassliebe. Als seine Ehe Risse bekam, hat er bei den Nutten Trost gesucht. Und nach dem Tod seiner Frau hat er die Lage nicht mehr unter Kontrolle gehabt. Im tiefsten Herzen wollte er gefasst werden, glaube ich. Deshalb hat er dich herausgefordert.«

Das hatte ich mir auch schon überlegt. »Jetzt spielt das keine Rolle mehr. Der Fall ist abgeschlossen.«

»Nicht ganz.« Salvesen lächelte listig. »Es gibt außerdem eine Erklärung dafür, dass er sich lange ruhig verhalten hat, ehe er wieder zugeschlagen hat, nachdem seine Frau tot war.«

Ich musterte ihn skeptisch. »Und die wäre?«

»Wie viele andere hat er Trost bei der Kirche gesucht«, sagte Salvesen mit frommer Miene. »Er war angeblich ein aktiver Kirchgänger. Unter anderem hat er sich eifrig an diesen Sommertreffen an der Küste beteiligt. Du weißt, wo alle Promis Zeugnis für ihren Glauben ablegen.«

»Du redest hier von Dingen, von denen ich keine Ahnung habe. Von welchen Promis redest du?«

»Tja, von unserem Ministerpräsidenten zum Beispiel. Der muss doch fast als Einheimischer von Vestfold gelten, seit er hier sein Ferienhaus hat.«

»Aber geholfen hat das ja auch nicht.«

Salvesens Lächeln ging in ein glucksendes Lachen über. »Da hast du Recht. Nach allem, was ich gehört habe, hat er sich mit der Kirche überworfen. Angeblich glaubte der Richter nicht an das Prinzip, dass man auch die andere Wange hinhalten soll. Er fand, das Christentum sei inzwischen zu weichherzig. Nicht mehr Auge um Auge, Zahn um Zahn, weißt du. Deshalb hat er die Kirche aufgegeben. Und danach wurde es dann schlimmer denn je.« Er leerte sein Glas. »Dieser Cognac ist nicht schlecht. – Und die Geschichte ist noch nicht zu Ende.«

»Kommt wirklich noch mehr?«

»Ja, verstehst du, mein guter Foyn? Astrid Bruun hatte eine alte Mutter, die eine ganz besondere Frau war. Ja, ich habe Cecilie Bruun früher einmal gut gekannt.« Er schaute verträumt vor sich hin. »Auch wenn sie um einiges älter ist als ich.«

Ich verkniff mir eine Bemerkung. »Na gut. Was ist mit ihr?«

Salvesen leckte sich die Lippen. »Dieses viele Gerede macht durstig.«

Ich schenkte nach.

»Vor zwei Jahren, unmittelbar vor Astrids tragischem Unfall, hat sie ihre alte Mutter aufgesucht, die damals noch ziemlich rüstig war. Und da hat die Tochter der Mutter gegenüber offenbar angedeutet, dass sie ein Geheimnis hatte.«

»Was für ein Geheimnis?«

»Tja, das hat sie eben nicht erzählt.« Er machte eine vage Handbewegung. »Aber ein nettes Geheimnis war es bestimmt nicht. Die Mutter kam zu dem Schluss, dass es mit dem Gatten zusammenhängen müsste.«

»Es kann das Virus gewesen sein«, überlegte ich. »Das wäre doch möglich.«

»Nein, das war es eher nicht, mein lieber Foyn«, sagte er und schaute mich viel sagend an. »Astrids Geheimnis war noch dunkler.« Er machte ein triumphierendes Gesicht.

»Könntest du dich wohl ein wenig genauer ausdrücken?«

Er legte seine dünnen, überraschend gepflegten Finger gegeneinander und beugte sich vor. »Ja, verstehst du, Foyn? Ihre Mutter war eine sehr intelligente Frau. Und sie ahnte schon längst, dass der Schwiegersohn seine Schattenseiten hatte. Also machte sie sich so ihre Gedanken. Und sie stellte auch ihre eigenen kleinen Untersuchungen an.«

Gegen meinen Willen hatte ich mich von seinem Bericht mitreißen lassen. »Ist dabei etwas herausgekommen?«

Er schüttelte bedauernd den Kopf. »Nicht sofort. Und dann ist ihre Tochter ja bei diesem tragischen Unfall ums Leben gekommen.«

»Woher weißt du das? Lebt die Mutter noch?«

»Das tut sie, ja, wenn auch nicht gerade bei bester Gesundheit. Nach dem Unfall hat sie einen Gehirnschlag erlitten. Jetzt ist sie vollständig gelähmt und kann sich fast nicht mitteilen. Erst seit kurzer Zeit kann sie durch einen Computer der Umwelt ihre Wünsche vermitteln. Aber sie konnte doch noch etwas Wichtiges erledigen, ehe sie von diesem Schlag getroffen wurde.«

»Ja?«

»Unmittelbar vor ihrem Tod war Astrid bei ihrer Mutter und bat sie inständig, das hier aufzubewahren.« Aus seiner Ledertasche zog er ein elegantes Kästchen aus schwarzem Holz mit schönen Beschlägen und Handgriffen aus Kupfer. Etwas, in dem man wichtige Dinge verwahrt.

Er öffnete das Kästchen und nahm ein Plastiketui heraus, das er vorsichtig hochhob und aufschlug. Darin lagen drei durchsichtige Plastiktüten von der Sorte, in der Ermittler ihre Beweise sicherstellen.

Es war der Inhalt der drei Tüten, der mich interessierte. Als ich mich vorbeugte, sah ich, worum es sich handelte. In jeder Tüte steckte eine Damenunterhose. Und nicht nur das. Allen Hosen war deutlich anzusehen, dass sie unsanft behandelt worden waren.

»Interessant, nicht?«, fragte Salvesen lächelnd. »Was für ein Ehemann sammelt wohl solche Requisiten?«

»Moment mal«, sagte ich. »Woher hast du das?«

»Es wurde zu Hause bei Cecilie Bruun gefunden, von ihrer Pflegerin, der einzigen Person, die mit ihr kommunizieren kann. Cecilie wollte, dass ich es bekomme.« Er legte eine beredte Pause ein und musterte mich mit ungewöhnlich scharfem Blick.

»Gibt es noch mehr?«

»Darauf kannst du dich verlassen, mein lieber Foyn. Cecilie Bruun ist, wie gesagt, eine intelligente Frau. Sie hat offenbar das Kästchen geöffnet und erkannt, dass der Inhalt gefährlich werden könnte. Nach dem Tod ihrer Tochter hat sie deshalb ihren Schwiegersohn aufgesucht, um mehr zu erfahren, Dinge, die sie dann gegen ihn verwenden könnte. Sie hat sich ins Haus geschlichen, als der Richter ausgegangen war.« Wie bei einer Theatervorstellung zog er noch ein Etui hervor, das ebenfalls eine Plastiktüte enthielt. Eine mit fast identischem Inhalt. Eine zerrissene Damenunterhose mit Flecken, die nach Blut aussahen. »Und da hat sie das hier gefunden.« Er ließ die Tüte vor meinen Augen hin und her baumeln. »Noch am selben Abend, ehe sie jemanden informieren konnte, hatte sie den Gehirnschlag.«

Wir schauten einander an. Das konnte der endgültige Beweis sein. Drei Unterhosen, die von den Morden vor fast fünfundzwanzig Jahren stammen konnten, die vierte vielleicht von dem Überfall, der Kim Fredheim zum Schicksal geworden war.

»Das ist Beweismaterial«, sagte ich endlich. »Kannst du das wirklich alles belegen?«

»Da brauchst du dir keine Sorgen zu machen. Ich habe schon vor Gericht gestanden, als von dir überhaupt noch keine Rede war.« Er legte einen Ordner auf den Schreibtisch. »Hier findest du alles, was du brauchst. Und ich sage gern als Zeuge aus.«

Ich füllte abermals unsere Gläser. Diesmal bis zum Rand.

Ein DNA-Test würde die Besitzerinnen der Unterhosen identifizieren können.

»Du hast Recht gehabt«, sagte ich endlich. »Diese Information ist wertvoll.« Ich sah ihm ins Gesicht. »Und jetzt erzähl mir bloß nicht, dass du auch die Umstände von Astrid Bruuns Tod kennst.«

Salvesen zuckte mit seinen schmalen Schultern. »Da kann ich nur raten«, sagte er gelassen. »Wenn es dich interessiert, meine ich.«

Ich sah nicht mehr klar. Und ich dachte auch nicht mehr klar. »Lass hören.«

»Also, siehst du, Foyn. Ich gehe davon aus, dass sie am Unglücksabend einen Streit hatten. Dass sie ihn mit ihrem Verdacht konfrontierte. Dass sie begriff, mit wem sie so lange verheiratet gewesen war. Der Alkohol gab ihr die notwendige Klarsicht. Und den Mut, die Konsequenzen zu ziehen.«

So konnte es wirklich gewesen sein.

»Sie hat keinen Mantel angezogen, hat keine Tasche und kein Geld mitgenommen. Sie ist einfach geflohen. Und dann ist sie in dieses Auto gelaufen.« Er lächelte traurig. »Wer weiß, vielleicht wollte sie Hilfe holen? Oder sie wollte allem ein Ende setzen?«

Ehe es an diesem Abend im Frühherbst ganz dunkel geworden war, hatten wir die Flasche schon geleert. Das hatte zwar vor allem Salvesen erledigt, aber ganz nüchtern war ich auch nicht. Kästchen und Beweisstücke schloss ich im Safe ein, ehe ich das Büro verließ.

Zu Hause dachte ich lange nach, ehe ich meinen Entschluss fasste. Diesmal wollte ich Polizei und Anklagebehörden umgehen. Die richtige Adresse war ja wohl eher die Kommission für die Wiederaufnahme von Strafprozessen. Diese Kommission war befugt, bei Verdacht auf einen Justizirrtum den Fall wieder aufzurollen.

Als ich vom Telefon aus meinen Gedanken gerissen wurde, war ich in Wim Wenders' Universum vertieft. Ich hatte mir *Paris, Texas* auf DVD zugelegt.

»Spreche ich mit Anwalt Foyn?« Es war eine Frauenstimme. Und sie kam mir bekannt vor.

»Ja, stimmt«, sagte ich neutral. Ich konnte nicht noch mehr Verrückte ertragen.

»Es tut mir leid, dass ich so spät anrufe«, sagte sie hektisch. »Hier ist Eva.«

Das machte mich nicht klüger. »Na gut.«

»Eva aus Horten«, fügte sie hinzu, jetzt noch ungeduldiger. »Sie haben doch gesagt, ich könnte Sie anrufen. Erinnern Sie sich nicht an mich? Aus der Bäckerei.«

Natürlich. Die freundliche ältere Dame. Reidar Andersens einzige Freundin in der Stadt. Die Frau mit dem Brot. »Doch, natürlich. Ich war mit meinen Gedanken nur ganz woanders.«

Eine sehr korrekte Beschreibung. Ich befand mich in einer Peepshow in Texas, zusammen mit Travis

Anderson, auf der Jagd nach der Frau seines Lebens. »Wie kann ich Ihnen behilflich sein?«

Sie zögerte kurz. »Es geht um Reidar Andersen.«

»Ja? Gibt's was Neues? Haben Sie von ihm gehört?«

»Äh, ja. Das heißt …« Sie unterbrach sich. »Ich habe einen Brief bekommen.«

»Einen Brief? Jetzt kürzlich?«

»Nein, eigentlich nicht.« Wieder zögerte sie. »Sie sollten ihn vielleicht selbst lesen«, sagte sie endlich. »Er liegt hier bei mir.«

»Wohnen Sie in Horten?«

»Ja sicher, nur ein paar Minuten vom Zentrum entfernt. Ich bin zu Hause«, fügte sie unnötigerweise hinzu. »Sie können jederzeit herkommen. Ich arbeite nicht mehr in der Bäckerei, die hat dichtgemacht.«

Ich warf einen Blick auf die Uhr. Es war erst neun. »Ich bin in einer Dreiviertelstunde bei Ihnen.«

Sie beschrieb mir den Weg ausführlich. »Wenn Sie Hunger haben, es ist noch etwas vom Essen übrig. Wenn Sie Zeit haben, meine ich.«

»Ja, danke.« Ich hatte getrunken, nicht gegessen. Und ich ging davon aus, dass sie nicht oft Besuch hatte.

Als ich die Wohnung verließ, musste ich mich einem Problem stellen. Ich war nicht ganz nüchtern. Und die norwegische Nulltoleranz in Bezug auf Alkohol am Steuer konnte mich in Schwierigkeiten bringen. Ich brauchte einen Chauffeur.

Normalerweise hätte ich Wilhelm Mørk angerufen. Aber es war unwahrscheinlich, dass er um diese Uhrzeit fahrtüchtiger war als ich.

Also blieb meine Tochter, genauer gesagt deren Freund. Er hatte doch den Führerschein.

»Fahren?«, fragte sie skeptisch, als ich anrief. »Freitagabend? Kannst du das nicht selber?«

»Es ist wichtig«, beteuerte ich. »Und es dauert nur eine Stunde.«

Sie sprach mit irgendwem im Hintergrund. »Na gut«, sagte sie dann endlich. »Und wohin fahren wir?«

»Nach Horten. Wir müssen eine Dame besuchen«, eilig fügte ich hinzu: »Eine ältere Dame.«

Der Junge behandelte den Jaguar überaus vorsichtig und fuhr wie ein erfahrener Mann, das musste ich widerwillig zugeben. Aber weder ich noch Hulda fühlten uns auf dem Rücksitz wohl.

Sie wohnte in einem kleinen weißen Haus oben beim Krankenhaus mit Blick auf Stadt und Hafen.

»Geht in ein Café in der Stadt, ich ruf an, wenn ich fertig bin«, sagte ich dem Freund. »Ich bleibe nicht lange.«

Sie stand in der Tür, als ich das Gartentor öffnete. »Kommen Sie herein«, sagte sie freundlich. »Ich hoffe, ich habe Ihnen den Abend nicht verdorben? Ich habe ein so schlechtes Gewissen, ich hätte doch schon längst anrufen sollen.«

Ich bekam ein solides Essen aufgetischt. Frikadellen wie bei Muttern. Erst als ich mich pappsatt auf dem Stuhl zurücksinken ließ, wollte sie reden. »Ich habe so viel an Reidar gedacht«, sagte sie. »Ich fürchte, ich war nicht ganz ehrlich, als Sie in der Bäckerei waren. Ich war ein wenig überrumpelt.«

»Na«, sagte ich verständnisvoll. »Sie konnten ja auch nicht wissen, was ich wollte.«

»Genau, das war es. Die Presseleute, die hier waren,

haben mir jedes Wort im Mund umgedreht. Denen ging es nur um Sensationen, nicht um die Wahrheit.«

Sie hatte ja so recht! »Gibt es etwas Wichtiges, was Sie nicht erzählt haben?«

Ihre Augen waren ungewöhnlich blau. In ihrer Jugend war sie bestimmt sehr attraktiv gewesen. »Ich habe ihn doch besser gekannt, als ich zugegeben habe«, sagte sie leise.

»So? Wie gut denn?«

Sie schlug die Augen nieder. »Sehr gut, könnte man sagen.« Sogar ältere Damen können erröten.

Ich konnte meine Überraschung nicht ganz verbergen. »Waren Sie ein Paar?«

»Sozusagen, ja. Er wollte das aber geheim halten.«

»Warum war das so wichtig?« Ich kannte die Antwort bereits.

»Reidar wollte mich nicht dem Kleinstadtklatsch aussetzen. Er wusste, was das bedeuten konnte. Er ließ sich nicht erweichen. Also kam es so.« Sie lächelte. »Ja, ich war früher verheiratet. Aber mein Mann ist seit vielen Jahren tot, und Kinder hatten wir nicht. Und dann ist man sehr allein.«

Wir saßen still da. Mehr war nicht zu sagen.

Ich schaute aus dem Fenster, hinunter auf die Stadt, in der Reidar Andersen gewohnt hatte.

Sie folgte meinem Blick. »Ja, ich kann sein Haus sehen, aber ich durfte es nicht betreten. Ich musste versprechen, es niemandem zu sagen. Deshalb habe ich ein schlechtes Gewissen.«

Ich betrachtete sie, wie sie da im Licht einer Lampe aus den fünfziger Jahren auf dem Sofa saß. »Warum erzählen Sie es jetzt?«

»Ich habe doch erwähnt, dass ich einen Brief bekommen habe«, sagte sie und zog einen zerknüllten Umschlag aus ihrer Handtasche. »Er kam erst drei Wochen nach seinem Verschwinden.« Sie zeigte auf die Adresse. »Er hatte ihn falsch adressiert.«

Ich sah Reidar Andersens Handschrift nicht zum ersten Mal. Sie hatte sich nicht sehr verändert, seit während der Ermittlungen Schriftproben genommen worden waren. Groß, unregelmäßig und kindlich. Aber der Inhalt war reifer. Wie in einem klassischen Drama. Romeo und Julia.

Liebe Eva! Wenn du diesen Brief erhältst, bin ich weit weg. Du musst mich vergessen. Es wäre ja doch nie gegangen. Ich konnte dir das nicht zumuten. Gruß, Reidar. PS: Du findest sicher einen anderen zum Schwänefüttern.

Ich drehte und wendete den Brief. »Das ist alles?«

Sie nickte. »Mehr habe ich von ihm nicht gehört.«

»Und das haben Sie der Polizei gegenüber nicht erwähnt?« Diese Frage war überflüssig. »Haben Sie eine Vorstellung, wo er sein kann?«

Sie zögerte kurz. »Nein, keine Ahnung.«

Ich war davon ausgegangen, dass der Brief in Horten aufgegeben worden war, aber jetzt sah ich mir den Umschlag genauer an. Der Poststempel war einfach unleserlich, was Datum und Ort anging. »Geben Sie mir den Umschlag, dann versuche ich herauszufinden, wo er abgeschickt worden ist. Das könnte uns auf seine Spur bringen.«

»Sie können ihn gern haben.« Ihre Stimme klang resigniert. »Aber den Brief möchte ich behalten.«

»Natürlich.« Ich erhob mich. Ich hatte die Geduld der Jugend lange genug auf die Probe gestellt. »Ich habe Ihnen auch etwas zu erzählen«, sagte ich aufmunternd. »Es sind neue Beweise aufgetaucht. Jetzt lässt es sich nachweisen, dass er unschuldig verurteilt worden ist. Wenn alles so geht, wie ich glaube, dann wird der Fall wieder aufgerollt. Sein guter Ruf wird wiederhergestellt und er wird entschädigt werden. Und dann wird er sich nicht länger zu verstecken brauchen.«

»Ach! Wie schön«, sagte sie leise. Sie wirkte nicht richtig glücklich. Ich fragte nicht, warum nicht.

*

Am frühen Montagmorgen war ich im Büro, nachdem ich den Umschlag zuerst bei der Post abgeliefert hatte, wo man sich bei mir melden wollte, falls es gelänge, den Stempel zu entziffern.

Die Kommission zur Wiederaufnahme von Strafsachen stand als Nächstes auf meiner Liste. Um die Vertreter der Anklagebehörden wollte ich einen großen Bogen machen.

Nachdem ich das Bollwerk der Bürokratie durchdrungen hatte, konnte ich mir für denselben Nachmittag einen Termin erzwingen. Der Leiter der Kommission war bereit, sich mit mir zu treffen.

Ich war noch immer eine Art Promi.

Ich hatte das Wochenende genutzt, um einen ausführlichen Bericht über die Entwicklung des Falls zu verfassen, von dem Tag an, an dem Mirjam Lange mich angerufen hatte. Diesmal verschwieg ich nichts. Fast nichts. Diesen Bericht legte ich zusammen mit dem Beweismaterial in einen nagelneuen soliden Aktenkoffer aus Metall, den ich gründlich verschloss. Ich hatte ihn auf der Fahrt nach Oslo neben mir auf dem

Vordersitz liegen. Hulda musste sich knurrend auf den Rücksitz verbannen lassen.

Der Leiter der Kommission war eine Frau und erfahrene Strafrechtsexpertin.

Sie begrüßte mich nicht übermäßig freundlich. Ich hatte ihr diesen Termin aber auch fast mit Gewalt aufgezwungen. »Wir haben genau eine halbe Stunde«, begann sie geschäftsmäßig, nachdem sie mir eine Sachbearbeiterin vorgestellt hatte, die bei unserem Gespräch Notizen machen sollte. »Legen Sie los.«

Ich erzählte meine Geschichte. Einige Male schaltete sie sich ein und stellte Fragen, meistens aber ließ sie mich einfach reden. Am Ende hob ich den Aktenkoffer hoch und öffnete ihn vor ihren Augen. »Hier liegt das Beweismaterial. Und alle schriftlichen Unterlagen, die Sie brauchen.«

Sie sagte nichts dazu, sondern musterte die Plastiktüten nur mit nüchternem Interesse.

Es wurde still in dem großen, aufgeräumten Büro. Nur das schwache Rauschen des Verkehrs draußen verriet, dass wir uns im Herzen von Oslo aufhielten. Sogar die Sachbearbeiterin ließ die Computertasten ruhen.

»Also?«, fragte ich. »Wie sehen Sie das Ganze?«

Sie setzte sich in ihrem Sessel gerade und beugte sich dann zu mir vor. »Nun ja. Sie verstehen sicher, dass ich nicht so einfach einen Schluss ziehen kann. Aber gehen wir theoretisch davon aus, dass dieses Material«, sie zeigte auf den Koffer, »nach den technischen Untersuchungen Ihren Bericht untermauern wird.«

»Ja?«

»Dann könnte es nach meiner Einschätzung einen Grund geben, sich den Fall genauer anzusehen. Und die nötigen Untersuchungen und Erörterungen vorzunehmen«, fügte sie unnötigerweise hinzu.

Ich war enttäuscht, auch wenn ich wusste, dass sie nicht mehr versprechen konnte.

»Wir werden das Beweismaterial übernehmen und es mit den Beweisstücken aus den alten Fällen vergleichen lassen. Das wird zunächst Zeit beanspruchen. Und danach werden wir dann weitersehen.«

»Na gut«, sagte ich leicht resigniert.

Sie schaute auf die Uhr. Die halbe Stunde war vorbei. »Aber es gibt ein Problem.«

»Was meinen Sie jetzt?«

»Wie Sie sicher wissen, können wir Fälle auf eigene Initiative und auf Wunsch der Verurteilten oder ihrer Vertreter wieder aufnehmen. Wenn ein Verurteilter verstorben ist, können wir den Fall ebenfalls stellvertretend wieder aufnehmen, auch wenn uns keine Vollmacht erteilt worden ist.« Sie faltete die Hände und legte sie ordentlich auf den Schreibtisch. »Aber solange der Verurteilte nicht tot ist und niemanden befugt hat, in seinem Namen zu handeln, dürfen wir das eben nicht.«

Ich starrte sie an. »O Scheiße«, rutschte es mir heraus. Die Sekretärin unterbrach für einen Moment ihre Arbeit. »Das meinen Sie doch nicht im Ernst.«

Das tat sie aber doch.

Nach einigem Nachdenken begriff ich selbst, dass in dieser juristischen Begrenzung eine Art perverse Logik lag. Verurteilte, die das nicht wollten, mussten im Prinzip das Recht haben, eine Wiederaufnahme ihres Falles zu verhindern. Aber zugleich müssten Ausnahmen möglich sein.

»Es tut mir leid«, sagte sie. »Wir werden der Sache

natürlich nachgehen, und der Fall ist mir außerdem bekannt. Wenn dieses Material Grundlage genug bietet, werden wir die nötigen DNA-Analysen durchführen lassen. Aber danach muss der Verurteilte seinen Wunsch äußern oder eine Vollmacht ausstellen. Sonst können wir nicht viel tun. Es sei denn, es ließe sich nachweisen, dass der Verurteilte nicht mehr lebt.«

»Er ist verschwunden«, sagte ich verzweifelt. »Aus verständlichen Gründen. Er kann durchaus schon längst tot sein. Kann er nicht bis auf weiteres für tot erklärt werden?«

»Dann muss es wirklich klare Hinweise darauf geben, dass das der Fall ist. Wenn nicht, wird es Jahre dauern. Das müssen Sie als Anwalt doch wissen.«

Sie hatte Recht, natürlich. Das wusste ich.

»Wir melden uns, wenn wir das hier durchgesehen haben.« Sie zeigte auf den Koffer. »Und Sie können ja inzwischen versuchen, Herrn Andersen ausfindig zu machen.«

Zwei Tage vergingen wie im Flug. Wilhelm Mørk hatte mir alles mitgeteilt, was die Polizei über Reidar Andersen wusste, aber das war nicht gerade viel. Es waren zwar etliche Tipps eingelaufen, die sich auf dunkelblaue Volvo Amazons und Personen bezogen, die angeblich aussahen wie Reidar, aber keine dieser Spuren hatte ein konkretes Ergebnis erbracht. Tatsache war, dass einfach niemand eine Ahnung hatte, wo er sich befinden konnte.

Am Donnerstagmorgen rief die Post an. Der Anrufer bedauerte, dass es so lange gedauert hatte, aber jetzt konnte er mitteilen, dass Reidars Brief am Montag, dem 16. August, in Røldal abgestempelt worden war, zwei Tage nach dem Entführungsversuch an Alice Alfheim in Oslo. An diesem Samstag war außerdem Reidar Andersen zuletzt in Horten gesehen worden. Er konnte am Wochenende nach Westen gefahren sein und den Brief unterwegs eingeworfen haben. In Norwegen werden Briefkästen sonntags nicht geleert.

Ich holte mir eine Landkarte und konnte feststellen, dass er mehrere Straßen benutzt haben konnte, um nach Røldal zu gelangen. Er konnte auf der E 76 nach Bergen oder nach Haugesund gefahren sein, um dann der Landesstraße 520 nach Sauda zu folgen, oder er konnte die Landesstraße 46 nach Sand und Ryfylke genommen haben. Ich hatte das Gefühl, die berühmte Nadel im Heuhaufen zu suchen.

Natürlich hätte ich zur Polizei gehen sollen. Aber das tat ich nicht.

Eva aus der Bäckerei meldete sich sofort, als ich anrief. Wieder überkam mich das Gefühl, dass sie am Telefon gewartet hatte. Ich teilte ihr mit, was die Post herausgefunden hatte. »Möglicherweise ist er nach Westen gefahren«, sagte ich. »Hatte er irgendeine Beziehung zu Westnorwegen?« Aus den Fallunterlagen wusste ich, dass beide Eltern aus Oslo stammten. Ich hatte keinerlei Hinweise auf irgendwelche Verbindungen nach Westen gefunden. Und da er keine Arbeit und eigentlich nur eine einzige Freundin gehabt hatte, mussten seine Kontakte doch ziemlich begrenzt sein.

»Nein«, sagte sie zögernd. »Oder vielleicht.« Sie dachte ein wenig nach. »Es hat sicher keine Bedeutung, aber er hat einmal eine Autofahrt mit seinen Eltern erwähnt, die einzige Ferienreise, die er je gemacht hat. Damals waren sie an der Westküste. Danach kam er in die zweite Klasse. Er hatte gerade erst angefangen,

Norwegisch zu sprechen. Während seiner ersten beiden Jahre in Norwegen hat er fast kein Wort gesprochen. Aber er hat alles verstanden, hat er erzählt.«

»Wissen Sie noch, ob er gesagt hat, wo sie damals waren?«

»Sie haben auf einem abgelegenen Hof gewohnt. Bei entfernten Verwandten der Mutter, glaube ich. Das letzte Wegstück mussten sie mit der Fähre zurücklegen, es muss also am Meer gewesen sein. Sie haben viel Kabeljau gefangen, er und der Vater.«

»Kann es sich um Bergen oder Haugesund gehandelt haben?«

»Nein, ich glaube, es muss ein kleinerer Ort gewesen sein.«

»Was ist mit Sand?«, schlug ich vor. »Oder Sauda?«

Sie kostete die Namen aus. »Vielleicht Sauda? Liegt da die Fabrik mit dem hohen Schornstein? Der rund um die Uhr den dicken Qualm ausspuckt? Ich war einmal da, zusammen mit meinem Mann.«

»Das stimmt, ja.«

»Ich glaube, er hat Sauda erwähnt. Ja, ich bin mir fast sicher.«

Während ich ihr zuhörte, kam mir eine Idee. Aus den Fallunterlagen, die hier vor mir lagen, hatte ich entnommen, dass seine Mutter vor ihrer Ehe Tengesdal geheißen hatte. In meinen Ohren klang das ein wenig westnorwegisch. »Wissen Sie noch, ob er Tengesdal erwähnt hat?«

Sie antwortete nicht sofort. »Tengesdal?« Diese Frau ließ sich von plötzlichen Impulsen nicht mitreißen. »Kann das der Name des Hofes gewesen sein, wo sie damals waren?«

Der Rest war einfach. Eine Karte der Fjorde verriet mir, dass es einen Ort namens Tengesdal innen im Hylsfjord gab, einem langen schmalen Seitenfjord des Saudasjø. Und viele Familien hatten ja ihre Hofnamen als Familiennamen. Die Vorfahren der Mutter konnten von dort stammen.

Die Bibliotheksleiterin in Sauda, die ich dann anrief, verwies mich an einen Lokalhistoriker, und nach einigen weiteren Anrufen hatte ich den Mann selbst an der Strippe.

Er konnte bestätigen, dass einmal auf einem kleinen und sehr einsamen Hof eine Familie namens Tengesdal gelebt hatte, ein Stück hinter der Stelle, an der jetzt die Straße aus Sauda endete. Der Hof sei verfallen, der Boden verkauft, der alte Anleger jedoch noch vorhanden. Früher war alles auf dem Seeweg hingebracht worden. Er glaubte, der Hof sei gegen 1960 aufgegeben worden, einige Jahre ehe die Straße am Hylsfjord angelegt worden war. Bei den letzten Hofbewohnern konnte es sich um entfernte Verwandte der Mutter gehandelt haben.

Ich fuhr am frühen Samstagmorgen los. Meine Pläne waren so vage, dass ich niemanden darüber informierte. Ich ließ den Jaguar vorher warten, suchte meine Gebirgsausrüstung heraus und fuhr mit der schlafenden Hulda los. Ich hatte acht Stunden bis Sauda berechnet und das stimmte fast.

Als es auf fünf Uhr zuging, passierte ich das unten am Meer gelegene Schmelzwerk. Noch immer hing der schwere Rauch über dem ehemals so stolzen Industrierevier. Es wurde an diesem regnerischen Tag im Oktober schon dunkel, und vor mir lag noch eine gute halbe Stunde Fahrt am Hylsfjord entlang, der sich tief in die wilde Gebirgslandschaft einschnitt, mit einem üppigen grünen Streifen am Ufer und dem steilen Felshang im Hintergrund. Ich sah kaum Menschen. Die wenigen Häuser kamen mir neu und gepflegt vor.

Die Straße wurde immer schmaler und kurvenreicher und die Gegend immer einsamer. Dann hatte ich das Ende erreicht. Weiter konnte man angeblich hier nicht fahren.

Ich hielt an, ließ Hulda laufen, legte meine Regenkleidung an und lud mir den Rucksack auf.

Das Gelände war nicht besonders unwegsam. Hier war kürzlich noch jemand unterwegs gewesen, das verrieten die Reifenspuren. Mit einem robusten Wagen würde man auf diesem Karrenweg weiterfahren können. Aber für ältere britische Luxuskutschen war er nicht geeignet.

Nach ungefähr einem Kilometer näherte ich mich meinem Ziel. In der Dämmerung konnte ich ein Stück offenes Gelände erkennen, auf dem einige düstere, teilweise eingestürzte Häuser standen. Eine Straße, die nicht viel breiter war als ein Pfad, führte von den Gebäuden zu einem verfallenen Anleger.

Um mich herum war alles still. Nicht einmal Vögel waren zu hören. Auch der Regen fiel lautlos.

Tengesdal war einwandfrei nicht der Nabel der Welt.

Ich fühlte mich hier nicht wohl in meiner Haut. Etwas an der Atmosphäre machte mir Angst. Auch Hulda blieb ganz still. Sie stand am Waldrand und nahm Witterung auf, wie um die zu suchen, die einst hier gewohnt hatten.

Das Hauptgebäude war am stärksten verfallen. Das

Dach war ganz verschwunden, nur ein Stück vom Stuhl und die Reste von zwei Wänden ragten in den finsteren Himmel. Hier konnte jedenfalls niemand wohnen.

Etwas, was vermutlich einst ein Vorratshaus gewesen war, wirkte einigermaßen intakt. Sogar Fenster und Türen waren noch vorhanden. Aber als ich einen Fuß auf die Treppe setzte, fuhr ich sofort zurück. Der Geruch, der durch die Risse in der Wand strömte, war faulig und süßlich. Und drinnen bewegte sich etwas.

Hulda knurrte warnend hinter mir.

Während meine Phantasie mir ausmalte, was sich hinter der Tür befinden mochte, stand ich wie angewachsen da. Ich bereute, nicht irgendeine Waffe mitgebracht zu haben.

Ehe ich weiter überlegen konnte, löste sich ein Teil des Problems von selbst. Ein Fuchs jagte aus einem Loch in der Wand und verschwand in der Dunkelheit, noch ehe selbst Hulda reagieren konnte. Aber der Geruch verschwand nicht.

Ich ließ den Lichtstrahl über das Vorratshaus wandern, konnte aber nichts Auffälliges entdecken. Alles war jetzt wieder still. Nach einigen langen Sekunden fasste ich mir ein Herz, trat die Tür ein und leuchtete. Die Kadaver lagen sicher schon eine ganze Weile hier. Der Fuchs war nicht der Einzige, der hier zugelangt hatte. Sicher hatten die Schafe sich hierherverirrt und keinen Ausweg mehr gefunden. Meine Nerven waren einfach am Ende. Ich konnte weitere Erlebnisse dieser Art einfach nicht mehr brauchen.

Eine halbe Stunde darauf, als ich das ganze Grundstück abgeschritten hatte, musste ich mir meine Niederlage eingestehen. Es gab keine frischen Menschenspuren auf diesem verfallenen Hof.

Inzwischen war es wirklich dunkel geworden und ich war triefnass. Das Sauda Fjordhotel, wo ich mir ein Zimmer bestellt hatte, würde mich sicher gastlich aufnehmen.

Ich warf noch einen letzten Blick auf den Anleger, wo eine kleine rotgestrichene Bude stand. Und dabei entdeckte ich zufällig eine Radspur im Gras, neben dem matschigen Weg. Hier hatte offenbar vor nicht allzu langer Zeit ein Auto gestanden. Um einen Trecker konnte es sich kaum gehandelt haben.

Aufmerksam musterte ich jetzt den Weg zum Anleger, fand aber nichts. Das Problem bei diesem Matsch war, dass nach und nach alle Spuren verschwanden.

Aber unten am Anleger fand ich es dann. Einen weißen Plastiküberzug, wie von einem zusätzlichen Autoscheinwerfer. Und nicht nur das, ganz am Rand, bei einem krummen Eisenpoller, lagen zwei Glasscherben.

Ich blieb stehen und leuchtete das schwarze Wasser an. Natürlich konnte ich nichts sehen.

Und es schien hier verdammt tief zu sein.

Und da fasste ich meinen Entschluss.

Ich rief die Polizei im nächsten Ort an, die sich meinen Bericht mit überraschendem Wohlwollen anhörte. Aber, wie mein Gesprächspartner sagte: »Morgen ist Sonntag. Da kriegt man nur schwer Leute. Aber ich werde tun, was ich kann. Wir brauchen Taucher und einen Hebekran.«

Wir verabredeten, dass er seinen Sonntagsspaziergang an den Hylsfjord machen wollte, um mich dort zu treffen. »Bei Tageslicht werden wir rasch sehen, ob Ihre Spekulationen stichhaltig sind«, sagte er freundlich. »Und dann versuchen wir, die Sache zu untersuchen.« Schlimmstenfalls würde ich bis Montag warten müssen.

Ich verbrachte einen ruhigen Abend im Fjordhotel. Ehrlich gesagt war ich total erschöpft.

*

Am Sonntag lief alles wie geschmiert. Sobald die Polizei dasselbe wie ich gesehen hatte, ging alles schnell.

Als ich am Anleger stand und sah, wie das Hinterteil des Volvos aus dem Wasser auftauchte, wusste ich, dass diese Geschichte endlich zu Ende war. Fast.

Der Mann hinter dem Lenkrad bot keinen schönen Anblick. Er war noch immer angeschnallt. Er hatte den Wagen offenbar weit zurückgesetzt, um ihn dann ins Wasser zu jagen.

Ohne den Plastikbezug und die Glasscherben wäre er für immer dort unten geblieben.

Die Polizei übernahm die Formalitäten und informierte alle Betroffenen. Eva aus der Bäckerei aber wollte ich selbst anrufen. »Sie haben es geahnt, nicht wahr?«, fragte ich. »Dass er sich das Leben genommen hat?«

Sie schwieg lange. »Ja«, sagte sie dann leise. »Er wollte einfach verschwinden.«

Ich war am späten Sonntagabend wieder zu Hause.

Epilog

Oslo, vier Monate später

Nicht viele hatten sich an diesem Tag im Gericht eingefunden. Die Generalstaatsanwaltschaft hatte einen von ihren jungen Knaben geschickt. Er machte sich nervös an seinen Unterlagen zu schaffen und schaute mich immer wieder ängstlich an, als ob er befürchtete, ich könnte ihn persönlich verantwortlich machen. Die Vorsitzende der Kommission hatte sich persönlich herbemüht. Ansonsten waren nur der Richter und zwei Gerichtsbeamte zugegen.

Keine Presse. Nicht einmal ein kleiner Journalistikstudent hatte sich zu dieser Kanzleiverhandlung eingefunden, wie die offizielle Bezeichnung der Veranstaltung lautete. Es war eine Art Gerichtsverhandlung, bei der ohne weitere Zeremonien das Urteil verkündet wurde.

Während der Richter mit monotoner Stimme den Freispruch verlas, herrschte Totenstille. Ich selbst war in Gedanken weit weg. *Das Urteil gegen Reidar Andersen, geboren am 11. 2. 1946, verstorben am 16. 8. 2004, verkündet am 20. 1. 1982, gilt hiermit als aufgehoben,* endete er.

Und damit waren wir fertig. Das war alles. Ich fühlte mich leer. Sogar danach, als alle einander die Hände drückten, empfand ich keinen Triumph. Was schiefgegangen war, würde sich nie wieder gerade rücken lassen.

Danach beschloss ich, zwei Stunden im Justisen totzuschlagen, ehe ich mich mit meiner Tochter traf. Sie und ihr Freund hatten sich freigenommen und waren mit mir nach Oslo gefahren, um den Sieg zu feiern.

Ich hatte gerade erst an meinem Bier genippt, als ich eine Hand auf der Schulter spürte. »Ach was. Du glaubst also, das hättest du verdient, was?«

Die Stimme war unverkennbar. Ich fuhr überrascht herum. »Was machst du denn hier?«

Wilhelm Mørk schob meinen Mantel zur Seite und nahm Platz. »Ach, ich habe heute kurz in der Stadt zu tun.« Er lächelte aufmunternd. »Du siehst aus wie nach einer Beerdigung. Du solltest dich doch darüber freuen, dass die Sache ein gutes Ende genommen hat.«

Als ich zuletzt hier gesessen hatte, war ich wirklich von einer Beerdigung gekommen. Jetzt kam es mir nur so vor. »Es ist noch nicht zu Ende«, sagte ich kurz. »Ich werde im Namen seiner Enkelin Schadenersatz verlangen.« Es war den Versuch wert, auch wenn es juristische Probleme gab. Aber man konnte doch immer noch hoffen, dass das System bereit wäre, moralische Verantwortung zu übernehmen.

Ich machte mir keine großen Hoffnungen.

»Du siehst das zu schwarz, Svend. Die Sache zeigt doch, dass es trotz allem eine Art Gerechtigkeit gibt. An der Grenze zur Perversität zwar, aber immerhin.«

Er hatte natürlich Recht. »Darauf ein Prost«, sagte ich und hob mein Glas.

»Ich habe übrigens etwas für dich«, sagte er und zog eine flache, dünne Schachtel aus der Tasche. Sie war in graues neutrales Papier gewickelt. Unten in einer Ecke konnte ich einen Firmennamen ahnen. *Bjørn Ringstrøms Antiquariat.* »Das hab ich zufällig entdeckt.«

Ich unterdrückte ein Lächeln, als ich das Papier entfernte. Das Paket enthielt ein abgegriffenes Plattencover. Den Soundtrack zu *Paris, Texas. Music by Ry Cooder.*

»Mir gefällt das erste Stück am besten. Was meinst du?« Mørk winkte dem Kellner.

»In diesem Punkt sind wir einer Meinung.« Ich merkte, dass es trotz allem ein netter Abend werden könnte. »Du isst doch heute mit uns, ja?«

»Vielleicht. Ja, und übrigens ist da noch etwas«, sagte er so nebenbei. »Er ist zu sich gekommen.«

»Wer ist zu sich gekommen?«

»Knut Kolberg. Wie durch ein Wunder. Die Ärzte glauben jetzt, dass er wieder ziemlich gesund werden kann. Gesund genug für eine Anklage«, fügte er freundlich hinzu.

Beim Frühstück am nächsten Morgen, noch ehe ich richtig aufgewacht war, legte Mari mir einen Ausschnitt aus *Aftenposten* auf die Untertasse. »Hast du das schon gesehen?«

Es war eine Anzeige des Osloer Jugendamtes.

Besuchsfamilie wird gesucht für aktive Sechsjährige mit vielseitigen Interessen. Sie hat Schweres hinter sich und muss aus Gesundheitsgründen bis auf weiteres in einem Heim wohnen. Es sollte im Haus keine kleineren Kinder geben, da sie viel Aufmerksamkeit braucht, sie ist sehbehindert und braucht stetige medizinische Betreuung. Sie wünscht sich Kontakt zu Tieren. Fachliche Beratung ist gegeben.

Ich schaute auf. »Ist sie das?«

Meine tatkräftige Tochter nickte. »Ja, sicher. Ich hab schon für dich angerufen.«

Ich verschluckte mich am Kaffee. »Was hast du gemacht?«

»Ich hab angerufen und mich erkundigt. Ich wollte wissen, was eine Besuchsfamilie ist.«

»Und was konnten sie dir erzählen?«, fragte ich mit übertriebener Ruhe.

»Sie kann ein Wochenende pro Monat herkommen, Papa. Das tut dir nur gut. Und es macht nichts, dass nur wir beide hier wohnen. Und Hulda. Ich habe gesagt, dass du dich meldest.«

Ich konnte mir diesen Gedanken nicht aus dem Kopf schlagen, als ich dann mit Hulda den obligatorischen Morgenspaziergang machte. Eine verrückte Idee natürlich. Aber warum nicht? Die Probleme der Kleinen, physisch wie psychisch, waren doch schlimmer als zunächst angenommen. Sie brauchte wirklich andere Menschen.

Vor der Wache lief ich einer bekannten Gestalt in die Arme, die sich mit entschiedenen Schritten dem Eingang näherte. Auch an diesem Samstag wollte Rønningen also arbeiten. Hatte sie denn überhaupt kein Privatleben?

»Ach, Verzeihung«, rief sie verwirrt, ehe sie entdeckte, dass sie mit mir zusammengestoßen war. »So früh schon unterwegs?«

»Sicher«, sagte ich freundlich. »Die Töle zieht mich ja aus dem Haus. Aber du brauchst solche Motivation sicher nicht.«

Sie war jetzt ernst. »Die Urteilsaufhebung ist gestern veröffentlicht worden. Ich muss dir wirklich gratulieren. Das war eine sehr wichtige Entscheidung.«

Ich musterte sie überrascht. »Ja, danke. Es hat ja schon geholfen. Auch wenn sie ja nichts rückgängig machen kann.«

»Nein, da hast du natürlich Recht.« Sie schaute auf die Uhr. »Ich bin in Eile, ich muss ein paar Dinge wegarbeiten. Und außerdem ziehe ich um.«

»Du ziehst um?« Soviel ich wusste, wohnten sie im teuersten Haus der Gegend.

»Wir lassen uns scheiden. Ich habe mir gerade eine Wohnung gekauft.«

»Das tut mir leid«, sagte ich und meinte kein Wort davon.

»Das ist jetzt schon in Ordnung. Wir hätten es längst machen sollen.« Ich war sicher, dass sie mich dabei anlächelte. »Bei mir wird es also große Veränderungen geben. Zum Besseren, hoffe ich.«

Ich war sprachlos.

»Wir sehen uns sicher bald.« Sie verschwand im Haus. »Bis dann«, sagte sie noch und winkte.

Aus irgendeinem Grund war ich guter Laune, als ich an diesem Morgen meinen Spaziergang beendete.